W0317582

HEYNE BÜCHER

SCIENCE FICTION

Herausgegeben
von Wolfgang Jeschke

Vom **BATTLETECH™-Zyklus** erschienen in der Reihe
HEYNE SCIENCE FICTION & FANTASY:

Die Gray Death-Trilogie:
William H. Keith jr.: Entscheidung am Thunder Rift · 06/4628
William H. Keith jr.: Der Söldnerstern · 06/4629
William H. Keith jr.: Der Preis des Ruhms · 06/4630

Ardath Mayhar: Das Schwert und der Dolch · 06/4686

Die Warrior-Trilogie:
Michael A. Stackpole: En Garde · 06/4687
Michael A. Stackpole: Riposte · 06/4688
Michael A. Stackpole: Coupé · 06/4689

Robert N. Charrette: Wölfe an der Grenze · 06/4794
Robert N. Charrette: Ein Erbe für den Drachen · 06/4829

Das Blut der Kerensky – Trilogie:
Michael A. Stackpole: Tödliches Erbe · 06/4870
Michael A. Stackpole: Blutiges Vermächtnis · 06/4871
Michael A. Stackpole: Dunkles Schicksal · 06/4872

Die Legende vom Jadephönix – Trilogie:
Robert Thurston: Clankrieger · 06/4931
Robert Thurston: Blutrecht · 06/4932
Robert Thurston: Falkenwacht · 06/4933

Robert N. Charrette: Wolfsrudel · 06/5058
Michael A. Stackpole: Natürliche Auslese · 06/5078
Chris Kubasik: Das Antlitz des Krieges · 06/5097
James D. Long: Stahlgladiatoren · 06/5116
J. Andrew Keith: Die Stunde der Helden · 06/5128
Michael A. Stackpole: Kalkuliertes Risiko · 06/5148
Peter Rice: Fernes Land · 06/5168
Michael A. Stackpole: Die Kriegerkaste · 06/5195
Victor Milán: Auge um Auge · 06/5272
James D. Long: Black Thorn Blues · 06/5290
Robert Thurston: Ich bin Jadefalke · 06/5314
Blaine Pardoe: Highlander Gambit · 06/5335
Don Philips: Ritter ohne Furcht und Tadel · 06/5358
William H. Keith jr.: Pflichtübung · 06/5374
Michael A. Stackpole: Abgefeimte Pläne · 06/5391
Victor Milán: Im Herzen des Chaos · 06/5392
William H. Keith jr.: Operation Excalibur · 06/5492
Victor Milán: Der schwarze Drache · 06/5493
Blaine Pardoe: Der Vater der Dinge · 06/5636
Nigel Findley: Höhenflug · 06/5655
Loren Coleman: Blindpartie · 06/5886 (in Vorb.)
Loren Coleman: Loyal zu Liao · 06/5893 (in Vorb.)

Nigel Findley

Höhenflug

Fünfunddreißigster Roman
im BATTLETECH™-Zyklus

Deutsche Erstausgabe

WILHELM HEYNE VERLAG
MÜNCHEN

HEYNE SCIENCE FICTION & FANTASY
Band 06/5655

Titel der Originalausgabe
NO LIMITS
Übersetzung aus dem Amerikanischen von
REINHOLD H. MAI

Umschlagbild: FASA

Redaktion: Joern Rauser

Printed in Germany 1998
Umschlaggestaltung: Atelier Ingrid Schütz, München
Technische Betreuung: M. Spinola
Satz: Schaber Datentechnik, Wels
Druck und Bindung: Elsnerdruck, Berlin

ISBN 3-453-11923-1

Für meinen Bruder Rod –
vielleicht findest du ja die Zeit,
diesen *zu lesen …*

Nur der Himmel ist die Grenze.

MIGUEL DE CERVANTES (1547–1616),
Don Quichotte de la Mancha

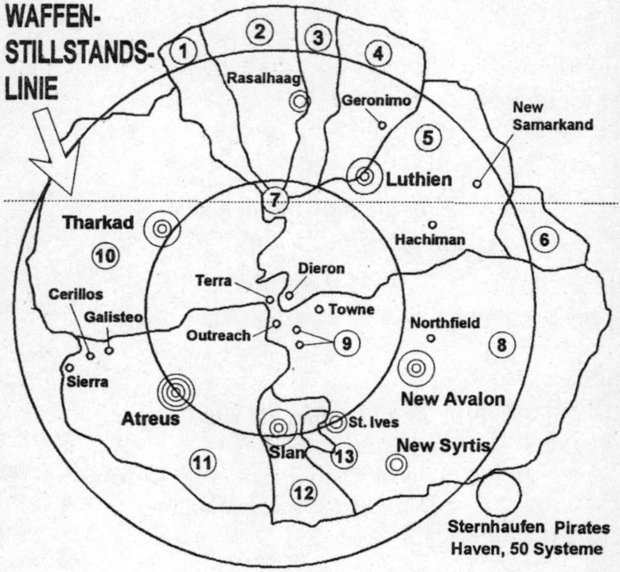

KARTE DER NACHFOLGERSTAATEN

1• Jadefalken/Stahlvipern, 2• Wölfe, 3• Geisterbären,
4• Nebelparder/Novakatzen, 5• Draconis-Kombinat,
6• Außenweltallianz, 7• Freie Republik Rasalhaag,
8• Vereinigtes Commonwealth, 9• Chaos-Marken,
10• Lyranische Allianz, 11• Liga Freier Welten,
12• Konföderation Capella, 13• St. Ives-Pakt

Karte erstellt durch COMSTAR,
nach Informationen des COMSTAR-EXPLORERDIENSTES
und des STERNENBUNDARCHIVS, Terra

1

Irgendein selbsternannter Experte hat einmal gesagt: »Für einen aggressiven Piloten ist eine MiG an sechs Uhr besser als gar keine MiG.« Sam Dooley fing an, ernste Zweifel an dieser Perle der Weisheit zu entwickeln.

Verdammt noch mal ... Ja, die MiG-25 ›Foxbat‹ hing immer noch an Dooleys Heck – ›klebte an sechs Uhr‹ –, nicht abzuschütteln, etwa drei nautische Meilen hinter ihr. Die Radarimpulse der MiG peitschten über Dooleys F-16 Fighting Falcon und versuchten, die kleinere Maschine zu erfassen, um endlich eine Rakete landen zu können. Warnsummer dröhnten in Dooleys Ohren – und Warnlichter blinkten auf dem Kontrollbrett des Falcon. Noch hatte das Radar sie nicht sicher erfaßt, und es gab kein Anzeichen für einen Raketenabschuß, aber das war nur noch eine Frage der Zeit, wenn sie nicht schleunigst etwas unternahm. Unglücklicherweise hatte Dooley nicht die geringste Idee, was dieses ›etwas‹ sein konnte.

Ihr Blick flog über die Instrumente des Jägers. Flughöhe knapp unter siebzehntausend Fuß, Fluggeschwindigkeit fallend auf 400 Knoten. Ohne daß es ihr bewußt wurde, drückte Dooley den Gashebel durch die Sicherungsarretierung und startete die Stufe-3-Nachbrenner. Als die Geschwindigkeitsanzeige im HUD auf 450 kletterte – die optimale ›Drehgeschwindigkeit‹ für den Falcon –, riß sie das Flugzeug in eine scharfe Rechtskurve und spannte in Erwartung des Andrucks die Muskeln.

Ein erneuter Blick hinüber zur MiG. Der zweimotorige Jäger driftete aus seiner Position, als der feindliche Pilot einen Sekundenbruchteil zu langsam auf Dooleys Manöver reagierte. Er driftete ab, aber nicht weit genug. Dooley konnte vor ihrem inneren Auge sehen, wie der MiG-Jockey seine Tumanski-R-31-Düsenturbinen auf Nachbrenner schaltete und sich mit maximalem Andruck in ein Korrekturmanöver legte. *Tod und Teufel!*

»Rogue Two, wo zur Hölle stecken Sie?« bellte Dooley.

Die Stimme ihres Flügelmanns drang aus dem Ohrhörer des Helms – angespannt, gepeinigt, beinahe, als säße ihm ein Elefant auf der Brust. »Rogue One, ich kämpfe gegen zwei MiGs, bin total in der Defensive. Hier bei mir ist alles Delta Sierra.«

Trotz ihrer Lage mußte Dooley grinsen. Delta Sierra – Pilotenslang für ›Dogshit‹. *Ja, hier bei mir ist auch Delta Sierra …*

Wie ging noch der Spruch aus *Top Gun?* »Ich trete auf die Bremse, dann fliegt er voll vorbei …« Lachhaft. So was funktionierte nur im Film. Hier draußen in der Wirklichkeit – ›am spitzen Ende‹ – war es nicht so einfach, jemanden an sich vorbeirauschen zu lassen. *Ich trete auf die Bremse, und er fegt mich vom Himmel …*

Ein heiseres Schnarren traf Dooley wie ein elektrischer Schlag. *Rakete im Anflug.* Der Foxbat hatte eine radargesteuerte AA-7 Apex-Rakete abgefeuert, und plötzlich reichte Delta Sierra nicht mehr aus, ihre Lage zu beschreiben. Daten zuckten durch Dooleys Gedanken. Die Apex hatte eine Höchstgeschwindigkeit von Mach 3,5, weit über 2000 Knoten, und konnte Kurven mit einer Geschwindigkeit fliegen, die einen Piloten aus Fleisch und Blut umbringen würde. Dooleys einzige Hoffnung bestand in der Tatsache, daß der MiG-Jockey zu nah war – innerhalb der effektiven Minimalreichweite der Rakete. Die optimale Entfernung für den Einsatz einer Apex war zehn nautische Meilen oder mehr, bis zur Maximalentfernung von 25 Meilen. Auf drei Meilen Distanz bestand die Chance, daß die Apex nicht genug Zeit hatte, um ihre Flugrichtung nach dem Start zu korrigieren und Dooleys Maschine sicher zu erfassen.

Mit einem stummen Stoßgebet kehrte Dooley die

Wende um, zog den Falcon zurück nach links und stieß gleichzeitig vier Pakete Störfolie aus. Die Streifen aus metallbeschichtetem Mylar, speziell entwickelt, um das Lenkradar zielsuchender Raketen zu verwirren, breiteten sich hinter Dooleys Maschine aus. Gashebel bis zum Anschlag – der Pratt & Whitney F100 Turbinenpropeller des Falcon heulte auf. Steuerknüppel vor, Nase auf den drei Meilen unter ihr liegenden Boden. Im Sturzflug versuchte Dooley auch noch das letzte Quentchen Geschwindigkeit aus der F-16 zu holen, das ihr die Naturgesetze zugestanden …

Etwas zuckte über dem Kuppeldach des Falcon-Cockpits vorbei, so dicht, daß Dooley es fast hätte berühren können: die Apex, die mit dreifacher Schallgeschwindigkeit vorbeisauste, durch die Folienstreifen und das verzweifelte Ausweichmanöver der F-16 getäuscht. Alles ging so schnell, daß Dooley es kaum bewußt wahrnahm. Sie legte den Jäger in eine harte Rolle, dachte an die Belastung der kleinen Tragflächen und sah deren Umrisse vor ihrem inneren Auge wie zitternde Lichtblitze auf einem Computerschirm.

»Rogue One.« Die Stimme ihres Flügelmannes klang scharf, hell – *Angst?* »Rogue One, ich habe drei von ihnen an mir dran!«

Dooley suchte den Himmel nach Rogue Two ab, während der Falcon seine Wende zum Abschluß brachte und die Nase wieder hob. *Da, vier Meilen entfernt.* Die blaugraue Bemalung der anderen F-16 machte es sonst schwierig, sie vor den hohen Zirruswolken zu entdecken, aber jetzt zog sie eine schwarze Rauchspur hinter sich her, die wie ein riesiger Finger auf die Maschine zeigte. Die drei MiGs an ihrem Heck waren deutlich zu erkennen, tödliche dunkle Pfeile am hellen Firmament. MiG-29 Fulcrums, schneller und wendiger als der Foxbat, möglicherweise ebenso flink wie der F-16 Falcon. Während Dooley noch hinsah, brach unter der Tragfläche des vorderen Fulcrum Rauch hervor. Eine weiße

Klaue mit einer Spitze aus Feuer streckte sich nach Rogue Two aus.

»Rogue One ... Teufel, Atoll im Anflug, ich steck in Schwierigkeiten ...«

Rogue Twos Falcon rollte um die Längsachse, aber es war zu spät. Dooley konnte keine Einzelheiten ausmachen, aber das war auch nicht notwendig, oder? Näherungszünder. Sprengkopfexplosion. Sekundäre Detonationen. Die F-16 wurde von einer Kette schmutzig-roter Rauchbälle vom Himmel gefegt, als der dreizehn Pfund schwere Gefechtskopf der Atoll-Rakete glühendes Schrapnell in die Tragflächentanks des Jägers schleuderte und dessen Treibstoff zur Explosion brachte. Die Stimme in Dooleys Ohr verstummte mitten im Schrei.

Irgend etwas loderte in ihren Eingeweiden. *Wut? Ist es das?* Ein Teil ihres Verstands beurteilte das Gefühl als unangebracht ... aber es war nicht der Teil, der ihr Flugzeug kontrollierte. Mit einem unartikulierten Knurren riß Dooley den Falcon in eine enge Steigkurve und zog gleichzeitig den Gashebel aus der Nachbrennerposition, um den Wendekreis zu verkleinern. *Wo ist die gottverdammte MiG?*

Da war sie, weit außer Kurs. Dooley lächelte grimmig. *Du hast es vermasselt. Du hast dir eingebildet, mit der Rakete hättest du mich erledigt, und hast dich zurückfallen lassen, um das Schauspiel zu genießen.*

Er soll bezahlen, murmelte eine Stimme in ihrem Hinterkopf. *Er soll bezahlen.* Wieder zog Dooley den Knüppel an den Körper und setzte alles an Beschleunigung ein, was der Falcon liefern konnte.

Der MiG-Jockey wußte, daß er einen Fehler begangen hatte. In dem verzweifelten Versuch, einen zweiten zu vermeiden, versuchte er den schweren Abfangjäger zu drehen und Dooleys Manöver abzuwehren. Aber es war zu spät, und Dooley wußte es, tief in ihren Eingeweiden wußte sie es, da, wo man absolute Wahrheiten spürt. Der Foxbat mit seinen zwei mächtigen Düsentriebwerken war schnell, im Geradeausflug fast anderthalbmal so schnell wie der Falcon. Aber er war auch groß und schwer, ohne Nutzlast fast 20 Tonnen, mehr als das Doppelte des Gewichts einer F-16. Ein Ausbund an Kraft und Masse, den es hier und jetzt zu bändigen galt. Indem er sich hatte zurückfallen lassen, hatte er seinen Positionsvorteil verloren – und wenn Dooley ihre Sache gut machte, würde er bald noch sehr viel mehr verlieren.

Die drei MiG-29 waren nach dem Abschuß von Rogue Two bereits in schnellem Anflug auf Rogue One. In wenigen Augenblicken würden sie Dooley erreichen. Wahrscheinlich brachten sie sich bereits in Position für den Einsatz ihrer wärmesuchenden Raketen. Im Gegenzug – auch wenn es kaum allzuviel nutzen konnte – schoß sie fünf Leuchtkugeln ab, glutheiß lodernde Zielobjekte, um die IR-Suchautomatik der Raketengefechtsköpfe zu verwirren. Eine andere Möglichkeit blieb ihr im Augenblick nicht. *Ich werde euch auch noch kriegen*, versprach Dooley den Fulcrums leise.

Ihr enges Wendemanöver erfüllte seinen Zweck. Der Falcon drehte sich im Wendekreis der Verfolger-MiG und brachte die feindliche Maschine auf zwölf Uhr. Um seine Wendegeschwindigkeit zu erhöhen, hatte der Foxbat-Pilot die Nachbrenner eingeschaltet, und die beiden Triebwerke spien schwarzen Rauch. In Dooleys Ohr sang der Suchton der Sidewinder-Raketen unter den Tragflächen des Falcon seinen Grabgesang. Im HUD – Head-Up Display – der F-16 näherte sich der Suchkopf der kastenförmigen Zielmarkierung um die MiG. Suchkopf und Markierung trafen sich und blinkten auf. Das Schnarren der Sidewinder in Dooleys Ohrhörer verwandelte sich in ein helles Jaulen.

Die Rakete schoß davon, noch bevor Dooley sich bewußt wurde, daß sie den Feuerknopf gedrückt hatte, und jagte an der Spitze einer weißen Rauchspur auf den feindlichen Jäger zu. Dooley stieß ein zufriedenes Knurren aus. Hinter dem Foxbat flammten die winzigen, sonnenhellen Punkte der Leuchtkugeln auf, ein verzweifelter Versuch des Piloten, die Sidewinder abzulenken. Aber solange die Nachbrenner arbeiteten, blieb die MiG die stärkste IR-Quelle am Himmel. Ein Blinder hätte die Hitze auf hundert Schritt *fühlen* können. Dooley ließ ihre Rakete nicht aus den Augen und beobachtete, wie sie schnurgerade durch das Leuchtkugelfeld schoß und im rechten Triebwerk des Foxbat explodierte. Wieder flammten sekundäre Explosionen auf, als der Treibstoff des Ziels Feuer fing. Sie schrie ihren Triumph hinaus.

Der Falcon bockte wie ein Auto, das mit Highwaytempo in ein Schlagloch fährt. Auf dem Kontrollbrett blitzten die Warnlichter, und Alarmsummer gellten. Dooley überprüfte sofort ihre Heckzone, obwohl sie schon wußte, wer an sechs Uhr aufgetaucht war.

Ja! Einer der Fulcrums hatte sich in Stellung gebracht und hing nun in bester Angriffsposition wenig mehr als eine Meile hinter ihr. Viel zu nah für Raketen, aber in idealer Entfernung für das 30-mm-Geschütz des Jägers... das bereits vollauf damit beschäftigt war, Dooleys Maschine schrottreif zu schießen.

Sie schaltete die Warnsummer aus und warf gleichzeitig einen Blick auf die Warnanzeigen an der rechten Seite der Kontrollen. Warnlämpchen brannten über NAV und WEP ARM. *Shit!* NAV bedeutete, das Trägheitsnavigationssystem des Falcon war ausgefallen – nicht so schlimm, zumindest nicht akut. Aber die Warnleuchte bei WEP ARM schien ein herber Schlag: der Zentralmechanismus, der die Waffensysteme der F-16 scharf machte, war beschädigt und nicht mehr funktionsfähig. Ihr Jäger trug noch drei Luft-Luft-Raketen unter den Tragflächen, aber Dooley konnte sie nicht mehr abfeuern. *Zeit, die Kanone zu ziehen.*

Mit einer Daumenbewegung machte sie das M61A1-

Geschütz des Falcon scharf. *Du willst spielen? Dann wollen wir mal sehen, wie heiß du wirklich bist.*

Aber das war sinnlos. Dooley stand allein gegen drei Gegner – vier, falls der zerstörte Foxbat einen Flügelmann hatte, der darauf wartete, einzugreifen. Ein Luftkampf gegen eine derartige Übermacht war Selbstmord, gleichgültig, wie gut ein Pilot war. Die einzige logische Alternative bestand darin, die Flucht zu ergreifen, den Nachbrenner voll aufzudrehen und zu beten, daß die MiG-Jockeys auf eine Verfolgung verzichteten.

Nicht, daß die Fulcrums Dooley eine günstige Gelegenheit geboten hätten, sich davonzumachen. Der Falcon wurde erneut durchgeschüttelt, als ein zweiter 30-mm-Feuerstoß seinen Rumpf aufriß. Wieder schrillten die Warnsummer, und rote Lämpchen flackerten ihre Alarmmeldungen von den Kontrollen. Die HUD-Symbole verschwanden von der halbverspiegelten Scheibe über der Konsole. *Rauch?* dachte Dooley, als die Feuermelder aufheulten. *Oder bilde ich mir das nur ein?*

Sie trieb den Knüppel nach vorne, richtete die Nase des Falcon auf den tief unter ihr liegenden Boden und stieß gleichzeitig den Schubhebel bis zum Anschlag durch. Die F-16 sprang nach vorne …

Zu spät. Die Rückenlehne des Pilotensitzes rammte Dooleys Nieren mit der Gewalt eines austretenden Maulesels. Das Cockpit kippte zur Seite, Dooleys Helm schlug mit betäubender Gewalt gegen das Kanzeldach. Alle Warnlichter auf den Kontrollen blinkten blutrot. *»Achtung! Achtung!«* krähte die synthetische Stimme des Bordwarnsystems – ›Bitching Betty‹ wurde sie von den Piloten genannt –, dann verstummte sie.

Raketentreffer. Was könnte es sonst sein? Der Falcon war außer Kontrolle, scherte wild, wurde von der Wucht der Explosion herumgewirbelt. Die Welt auf der anderen Seite des Kanzeldachs drehte sich in einem wilden Reigen – Himmel, Erde, Himmel. Dooley kämpfte mit dem Knüppel, versuchte verzweifelt, die F-16 wieder in ihre

Gewalt zu bekommen. Die Fluggeschwindigkeit fiel rapide, das Triebwerk war ausgefallen. Die Überziehungswarnung heulte kurz auf, dann verstummte sie, als der Strom ausfiel.

Dooleys Instinkt übernahm die Führung. Ihre Hände zuckten zu den Schleudersitzgriffen, zerrten hart. Keine Reaktion.

... Natürlich nicht. *»Shit!«* Während über dem Kanzeldach die ganze Welt sich weiter in einem hypnotischen Tanz drehte, löste Samantha Dooley den Kinngurt ihres Helms, hob die Acrylschale von ihrem Kopf und schüttelte das lange braune Haar aus.

»Shit!« sagte sie laut. Dann bellte sie: »Okay, genug.«

Die Lichter auf den Kontrollen gingen aus, das Rauschen der an der Kanzel vorbeijagenden Luftmassen verstummte. Einen Augenblick später verschwand die wild wirbelnde Außenwelt und machte dem stumpfen Grau der Bildschirmkuppel Platz. Mit einem leisen Sirren bewegte sich der Simulator ein letztes Mal auf den Hydraulikstützen, und das Cockpit kehrte in eine waagerechte Lage zurück.

Dooley streckte den Arm aus, entriegelte das Kanzeldach und klappte es weg. Sie löste die Druckleitungen und Telemetriekabel von ihrem Andruckanzug. *Die Simulatoren in Edwards lassen nichts aus,* dachte sie mit trockenem Humor, dann kletterte sie ins Freie, die Metalleiter drei Meter hinab zum Hallenboden.

Lt. Benjamin Katt wartete außerhalb der Kuppel, in seinen Drehsessel zurückgelehnt, die Füße auf einer Ecke des Computertischs. Er grinste wie ein Bandit und wirkte unverschämt selbstzufrieden und entspannt, dachte Sam wütend. »Na, wie war's?«

»Was, zum Teufel, sollte das?«

Katt zuckte die Achseln. »Du hast gesagt, du willst eine Herausforderung«, stellte er fest, und sein Grinsen wurde noch breiter, soweit das überhaupt möglich war.

»Eine Herausforderung?« Sam legte den Helm vorsichtig neben seine Füße auf den Tisch, um ihn dem Lieutenant nicht an den Kopf zu werfen. »*Herausforderung?* Zwei Falcons gegen einen Foxbat und drei Fulcrums? *Drei!* Das würde ich keine Herausforderung nennen!«

»Ich habe keine Beschwerden von Rogue Two gehört.«

Sie schnaubte verächtlich. »Nein, den hast du zu einem derartigen Hefeteilchen programmiert, daß er nicht mal das Maul aufgemacht hat.«

Katt zuckte wieder mit den Schultern. »Hefeteilchen hin, Hefeteilchen her, du hast auch nicht viel länger durchgehalten als er.«

Allmählich filterte Sams Körper das Adrenalin aus dem Blutstrom, und ihre Wut verrauchte. In wenigen Minuten würde der unvermeidliche Adrenalinkater folgen, das Gefühl der emotionalen Ausgelaugtheit, das nach einer Periode starker Anspannung auftrat. Aber noch fühlte sie sich ganz gut – müde, ausgewrungen wie ein nasses Handtuch, aber ganz gut. Sie verzog die Lippen zu einem halben Lächeln. »Ja, ja.« Sie zog einen Handschuh aus und fuhr sich mit den Fingern durch das schweißnasse Haar. »Okay, ich *habe* gesagt, ich brauche eine Herausforderung. Aber, gütiger Himmel, Ben, *drei* Fulcrums? Nennst du das fair?«

Er breitete die Arme aus. »He, wer hat behauptet, das Leben sei fair? Scheiß passiert.«

Sam lachte. »Das war kein Scheiß – das war Durchfall.«

»Wette ist Wette.«

»Als ob ich das nicht wüßte.«

»Ein Restaurant meiner Wahl, richtig?«

Sam schüttelte in gespielter Verzweiflung den Kopf. »Ich habe eine grauenhafte Vorahnung. Das wird teuer.«

»He, keine Bange – nur zwei Wochensolde, versprochen.« Katt verschränkte die Hände im Nacken. »Heute abend?«

»Heute geht's nicht, sorry.« Sie lächelte süß. »Ich bin schon vergeben.«

»*Nh*-nh«, widersprach Katt nachdrücklich. »So funktioniert das nicht. Erst die Arbeit, dann das Vergnügen. Zahl deine Schulden, *danach* kannst du zu deiner Verabredung.«

Sie trat zu ihm und tätschelte ihm die Wange. »Ach, Ben«, flötete sie. »Du *weißt* doch, daß ich den Abend lieber mit dir verbringen würde.« Es fiel ihr schwer, nicht loszuprusten, aber sie konnte ihm ohnehin am Gesicht ablesen, daß er ihr kein Wort glaubte. *Aber sicher*, sagte sein Blick. »Ernsthaft, ich bin für ein paar Tage nicht in der Stadt.«

»Geschäftlich oder zum Vergnügen?«

Sie zögerte. »Nicht geschäftlich«, antwortete sie langsam. *Aber auch nicht zum Vergnügen.*

Einen Moment lang erwartete sie, daß er weiterfragte, aber dann nickte er. *Gar nicht mal so unsensibel*, dachte sie, *…für einen Piloten.* »Wie du willst. Nächste Woche geht's auch noch.« Sein Raubtiergrinsen kehrte zurück. »Aber dann müssen wir uns mal über Zinsen für verspätete Bezahlung unterhalten.«

Sie klopfte ihm noch mal auf die Wange, diesmal fest genug, daß er es spürte. »Laß die Hose zu, Soldat.« Ihr Ton war gespielt streng. »Oder…« Sie zögerte, mit einem Ausdruck tiefer Nachdenklichkeit. »Oder vielleicht…« Sie trat zwei Schritte zurück und ließ sich in eine Jujutsu-Abwehrhaltung sinken. »Wie wäre es mit Doppelt oder Nichts, gleich hier und jetzt? Zwei Würfe von dreien. Wie sieht es aus, *Lieutenant?*«

Katt war sofort auf den Beinen und wich in übertriebenem Entsetzen zurück, die Hände abwehrend vors Gesicht gehoben. »He, bitte, wirklich. Du weißt genau, daß ich meine Kämpfe nur auf zivilisierte Art austrage – mit Raketen und Kanonen.«

Sam lachte. Ohne die Kampfhaltung zu verlassen, fuhr sie sich lüstern mit der Zunge über die Lippen.

»Ich dachte, du wolltest gerne in den Nahkampf mit mir übergehen, großer starker Mann?«

»Gute Piloten lernen aus ihren Fehlern.«

»Soll heißen …?«

»Nie wieder«, verkündete Katt ehrfürchtig. »Eine Abreibung ist mehr als genug für *meiner* Mutter Sohn. Und jetzt mach, daß du hier rauskommst, bevor du erwischt wirst.«

Sam lachte. »Bis später.« Sie salutierte lässig und ging zur Tür.

»He, Dooley!«

Sie drehte sich um. »Ja?«

»Du warst gut, Dooley«, sagte Katt, und zum erstenmal an diesem Tag war seine Miene ernst. »Gut geflogen.« Damit drehte er sich wieder zu seinem Computer um.

Samantha Dooley knöpfte die Bluse zu. Nach der Dusche fühlte sich die gestärkte Baumwolle auf der Haut gut an. *Eine willkommene Abwechslung vom Druckanzug.* Wieso schaffte es die Luftfahrtindustrie – derselbe militärisch-industrielle Komplex, der ein Flugzeug bauen konnte, das schneller flog als eine Gewehrkugel – nicht, einen bequemen Druckanzug zu entwickeln, der einem nicht das Gefühl gab, einen Dauerlauf in einem Taucheranzug absolviert zu haben?

Sie warf Shampoo und Handtuch in die Tasche und schloß den Spind, den Benjamin Katt, unter seinen Kollegen als ›Kit‹ bekannt, ihr geliehen hatte. Inzwischen erwachte das Gebäude, in dem die Simulatoren untergebracht waren, zum Leben. Sie konnte Stimmen auf dem Flur vor dem Umkleideraum hören, Piloten und Techniker, die ein paar Worte miteinander wechselten, bevor sie sich an die Arbeit machten. Sam zog den Reißverschluß ihrer Tasche zu und machte sich auf den Weg zum Notausgang an der Rückseite des Gebäudes. Es war ein offenes Geheimnis, daß Piloten und Simulatorentechniker außerhalb der offiziellen Betriebszeiten Freunde in die Geräte ließen, aber niemand legte Wert darauf, es den Kommandierenden Offizieren unter die Nase zu reiben. So anstrengend Ben Katt auch sein konnte, sie wollte ihm keinen Ärger machen – zumindest nicht allzuviel. Sie schlüpfte durch den Notausgang und schloß leise die Tür.

Im Osten ging gerade die Sonne über den Cady Mountains auf, aber der Wind blies bereits warm und trug den unverwechselbar süßlichen Duft in ihre Nase, den Dooley jedesmal mit der Wüste in Verbindung brachte. Es würde wieder ein heißer Tag werden. Sie konnte sich das Flimmern der heißen Luft über der harten Oberfläche des ausgetrockneten Rogers Lake vorstellen, von dem Thermalwinde aufstiegen, die stark genug waren, um unvorsichtigen Jetjockeys die Kontrolle über ihre Maschine zu rauben.

Um sie herum begann der Alltag auf der Edwards Air Force Base. In der Ferne, auf dem Flugfeld, konnte sie das Brüllen aufwärmender Düsentriebwerke hören, mit dem unverwechselbaren Knattern eines Hubschrauberrotors als Kontrapunkt. Dreitausend Fuß über ihr zerriß ein Schwarm von vier F-15 Eagles die Morgenluft mit einem reißenden Lärm, der sie an einen Riesen denken ließ, der eine gewaltige Leinwand zerfetzte. Sie sah den eierschalenblauen Jägern hinterher und genoß das durchdringende Donnern ihrer Triebwerke. *Der Sound der Kraft*, dachte sie. Eine Serie krachender Donnerschläge schüttelte sie durch, als die Eagle-Piloten die Nachbrenner aktivierten und die Flugzeuge steil in den Himmel stiegen. Die Eagles schossen senkrecht empor, waren schnell nur noch winzige Punkte am Firmament, dann verschwanden sie völlig außer Sicht.

Eine Gruppe Piloten in Fluganzügen trat aus dem Gebäude auf der anderen Seite des Parkplatzes. Sam erkannte zwei von ihnen, John ›Chopstick‹ Lui und Lincoln ›Cerberus‹ Brown, zwei von Ben Katts engsten

Freunden. Die Namen der vier anderen kannte sie nicht, aber wahrscheinlich hatte sie sich auch mit ihnen mindestens einmal schon unterhalten. *Jägerpiloten, nicht wahr?* dachte sie lächelnd. *Selbsternannte Mitglieder dieser Bruderschaft von Kriegern.* Manchmal erstaunte es sie immer noch, wie sehr sich Piloten ähnelten, als wären sie alle aus einer Form gegossen. Sicher, es gab Unterschiede. Immerhin waren auch Jägerjocks Individuen. Aber es war schon seltsam: die Unterschiede schienen hauptsächlich den Zweck zu besitzen, die Gemeinsamkeiten zu betonen. *Wie ist so etwas möglich? Ist es die Flugausbildung, die das aus ihnen macht, die sie allesamt zum Prototyp, zum* Stereotyp *eines Jagdpiloten formt? Oder kommen von vornherein nur die von schnellen Jets angezogenen Kandidaten durch die Ausbildung, die dem Archetyp entsprechen?* Sie kicherte. *Sind alle Angler Lügner, oder gehen nur Lügner angeln? Was kam zuerst ...?*

Chopstick und Cerberus lächelten ihr zu und winkten. Die anderen starrten sie nur mit unverhüllter Bewunderung an. Sam lächelte. Sie wußte, daß sie in ihrer weißen Bluse und den hellbraunen Slacks im Jeansschnitt gut aussah: groß, schlank und selbstbeherrscht. Genauso gefiel es ihr. Sie sah, wie einer der Piloten – ein kleiner, stämmiger Bursche mit sandblondem Haar – seinem Kumpel einen Rippenstoß versetzte und etwas zumurmelte, ohne die Augen von Dooley zu nehmen. *Ich frage mich, was sie über mich reden,* dachte sie. *Sie wissen natürlich, daß Ben mich in den Simulator läßt. Wahrscheinlich denken sie, wir schlafen miteinander.* Ben würde sicher niemandem erzählt haben, daß es so wäre – so gut kannte sie ihn schon –, aber er würde wohl auch keine besonderen Anstrengungen unternommen haben, Spekulationen darüber ein Ende zu bereiten.

Sie kicherte. Sex hatte eindeutig ganz oben auf Ben Katts Liste gestanden, als sie sich kennengelernt hatten. Er war aggressiv und selbstsicher gewesen, aber weder aufdringlich noch arrogant – so, wie Männer sein können, die sich selbst genau kennen und mögen. Eine Menge Frauen wären seinem Charme erlegen. *Sind es wahrscheinlich schon*, dachte Sam trocken. Aber Sam Dooley hatte schon vor langer Zeit gelernt, wie sie mit brünstigen jungen Hirschen umgehen mußte, um ihren manchmal empfindlichen männlichen Stolz nicht zu verletzen. Sie hatte von Anfang an völlig klargemacht, daß sie Benjamin Katt mochte und seine Gesellschaft als Freund schätzte, aber mehr nicht. Zumindest nicht in der näheren Zukunft. *Und wenn ich von meinen bisherigen Erfahrungen ausgehe*, gab sie sich selbst gegenüber zu, *ist der Tag, an dem ich zulasse, daß eine Freundschaft diese Grenze übertritt, der Anfang vom Ende.*

Ben hatte ihre Bedingungen akzeptiert – ein weiterer Beweis, wenn sie den gebraucht hätte, daß seine Selbstsicherheit nicht nur Fassade war –, auch wenn er bis heute nicht auf Zweideutigkeiten und Anspielungen verzichtete. Wahrscheinlich mehr, um den Erwartungen zu genügen, als aus irgendeinem Glauben, damit etwas erreichen zu können. Sie kamen gut miteinander aus, und daß sie einander beide etwas geben konnten, worauf der andere Wert legte, half auch noch.

Für Sam war dieses Etwas natürlich der Zugang zu der breiten Palette teurer Flugsimulatoren auf der Edwards Air Force Base. Offiziell waren diese mehrere Millionen Dollar teuren Maschinen für Zivilisten gesperrt – nicht aus Angst, sie könnten die Anlagen beschädigen, sondern mehr wegen der Gefahr, daß sich unter diesen ›Zivilisten‹ ausländische Spione befinden konnten, die mehr über die Möglichkeiten amerikanischer Kampfflugzeuge erfahren wollten, als dem Militär recht war. Wie üblich sah die Wirklichkeit auch hier völlig anders aus. So ziemlich jeder Pilot auf dem Stützpunkt schmuggelte ab und zu einen Freund oder eine Freundin zu einer Simulatorsitzung oder sogar für einen kurzen Flug in einem Zweisitzerjet ein. Die Offiziere drückten ein Auge zu, solange die Regelverstöße nicht zu offensichtlich wurden. Sam mußte laut auflachen, als sie sich an den Piloten erinnerte, der versucht hatte, ein junges Groupie im Cockpit seines Düsenjägers zu vernaschen. Er hatte behauptet, das sei so ziemlich das einzige gewesen, was er dort noch nicht getan hätte. Er hatte sich bei dem Versuch einen Wirbel ausgerenkt und über Funk eine Bodencrew rufen müssen, die ihn aus der Maschine hob. In dieser Hinsicht hatte Ben weniger Grund zur Sorge als viele andere Piloten – weil Sam eine erstklassige Fliegerin war. Falls ein Offizier unverhofft in eine ihrer Simulatorsitzungen platzte oder die Telemetriebänder überprüfte, bestand keine Gefahr, daß er irgendein Hefeteilchen kreuz und quer durch den simulierten Himmel wanken sah. Er würde jemanden sehen, der einen Instinkt dafür besaß, alles aus einer Maschine herauszuholen. *Teufel, solange man nicht meine Stimme hört oder mich aus dem Simulator steigen sieht, gibt es kein Anzeichen dafür, daß ich nicht auch ein Jägerjockey mit beinahe soviel Flugstunden wie Ben bin.*

Und dann war da die Gegenleistung. Für Ben bestand sie in Flugstunden an den Kontrollen eines Helikopters. Er war auf Jets ebenso ausgebildet wie auf so ziemlich allen Festflügelmaschinen, die es nur gab, und er prahlte Sam gegenüber regelmäßig, selbst einen Backstein fliegen zu können, solange jemand Tragflächen daran anbrachte. Er liebte die Geschwindigkeit, die Erregung, die Gefahr. Aber er genoß auch die Möglichkeiten eines Hubschraubers, die ihm kein Überschallabfangjäger bieten konnte: bewegungslos in der Luft zu hängen, die Maschine um ihre eigene Achse zu wenden, rückwärts oder seitwärts zu fliegen, Punktlandungen. Und das konnte Sam ihm bieten. Seit zwei Jahren, seit ihrem dreiundzwanzigsten Geburtstag, flog sie für WestAir, eine Hubschrauber-Rundfluggesellschaft in der Nähe ihrer Wohnung in Venice, knapp südlich von Santa Monica. Die Bezahlung war nicht so toll, und manchmal hatte sie es herzlich satt, Grüppchen auswechselbarer Touristen durch die Luft zu karren, damit sie jeden Tag über denselben Sehenswürdigkeiten in Ahs und Ohs ausbrachen. Aber zumindest konnte sie *fliegen* und wurde dafür bezahlt! Und sie hatte schon ziemlich früh eine Vereinbarung mit ihrem Arbeitgeber getroffen, die ihr erlaubte, den Kopter in ihrer Freizeit zu benutzen, solange sie alle Treibstoff- und Wartungskosten übernahm. *Besser als nichts, viel besser*, sagte sie sich zum tausendsten Mal.

Es war diese Übereinkunft, die es ihr erlaubte, auf das Tauschgeschäft mit Ben einzugehen. Zuerst hatte sie nicht verstanden, warum er so interessiert daran war (es sei denn, man betrachtete das Ganze als langfristigen Versuch, sie doch noch zwischen die Laken zu bekommen). Er übernahm ohne das geringste Murren alle Treibstoffkosten für ihre Ausflüge, obwohl es auf Edwards genug Hubschrauberpiloten geben mußte, die einen anderen Offizier jederzeit gerne hätten mitfliegen lassen. Und die Maschinen, die er dort hätte fliegen können! Huey Cobras, Apaches – Kampfhubschrauber, schnell und wendig. Wie konnte ein Bell Jet Ranger – eine *Touristenschaukel*, Grundgütiger! – dagegen bestehen?

Als ihr die Antwort schließlich aufgegangen war, hatte sie diese eigentlich recht einleuchtend und zugleich höchst amüsant gefunden. Es lief alles auf eben dieses ›Jägerpiloten-Stereotyp‹ hinaus und damit natürlich mal wieder auf den guten alten männlichen Stolz. Ben *konnte* einfach keinen seiner Kollegen bitten, ihn mit hoch zu nehmen, weil er damit hätte eingestehen müssen, daß es etwas gab, worin ein anderer besser war.

Selbst jetzt, Monate nach dieser interessanten Entdeckung, mußte sie lachen, wenn sie daran dachte. Ben Katt war ein guter Jägerjockey und steuerte seine Maschine mit einer verteufelt guten Intuition. Wenn man bedachte, wie wenig Stunden er an den Kontrollen eines Hubschraubers verbrachte, mußte man eingestehen, daß er auch das verflucht gut machte. *Aber er war nicht der Beste,* und genau darum ging es. Das konnte er nicht zugeben und seinen Kameraden auf dem Stützpunkt nicht eingestehen.

Natürlich war diese Haltung dumm. Katts Spezialität waren Festflügler; sein Interesse an Drehflüglern war nicht mehr als ein Hobby. Und dafür machte er sich gut – *bemerkenswert gut,* verbesserte sie sich. Seine Landungen waren bei ihren letzten Ausflügen deutlich sanfter geworden. Aber hatte das in seinen Augen irgendeine Bedeutung? Nein, natürlich nicht. Es war völlig irrational.

Aber Männer sind nun mal irrational, nicht wahr?

Na ja, gab sie zu, vielleicht nicht *alle* Männer. Vielleicht nicht einmal die *meisten* Männer. Aber, und das war sie bereit zu beschwören, alle männlichen Jägerpiloten. Sie schüttelte den Kopf und sah den Männern in den khakifarbenen Overalls nach, wie sie im Hangar verschwanden.

Jägerpiloten *wußten,* daß sie im Cockpit Könner waren. Das war ihr Job, jeder Tag war ein Erfolg – und jeder Tag, an dem sie nach einer Trainingsmission oder einem Luftkampf mit ihren Kumpels in einem Stück zurückkamen, lieferte eine Bestätigung dieser Tatsache. Aber dann machten sie den Fehler, anzunehmen, sie wären *außerhalb* des Cockpits ebensolche Könner. Jeder einzelne Jägerpilot, den Sam jemals kennengelernt hatte, hielt sich für den besten Autofahrer, den besten Faustkämpfer, den besten Athleten, den besten Liebhaber – und das konnte einfach nicht stimmen.

Zum Beispiel Benjamin Katt. Als er zu Beginn ihrer Freundschaft erfahren hatte, daß Sam Kampfsport praktizierte, hatte er vorgeschlagen, sie könnten sich einmal zu einem Übungskampf auf der Matte treffen. »Nur so zum Spaß«, hatte er gesagt. *(Ja, klar. Ihm ging es nur darum, mich auf den Rücken zu legen – wo und wie auch immer.)* Er hatte ihr versichert, selbst Kampfsporterfahrung zu haben. Sicher, das war bereits ein paar Jahre her, und er war vielleicht etwas eingerostet – aber manche Dinge verlernt man einfach nicht, richtig? Sam hatte versucht, es ihm auszureden, aber heute war ihr klar, daß sie die Sache völlig falsch angepackt hatte. Sie hatte ihm sorgfältig erklärt, daß sie mehr als nur ›etwas‹ Erfahrung hatte. Sie trainierte regelmäßig, um in Form und in Übung zu bleiben, und war alles andere als eingerostet. Aber genau dieser energische Versuch, es ihm auszureden, war ein Fehler gewesen, wie sie schnell erkannt hatte. Sie hatte Ben ungewollt in eine Lage manövriert, in der er nicht zurückstecken *konnte*, selbst wenn er gewollt hätte. Er mußte ihr und möglicherweise sich selbst nun beweisen, daß er ihr auf der Matte ebenbürtig war, egal um welchen Preis.

Am nächsten Abend in Sams Jujutsu-Club war Ben in bester Macho-Manier auf die Matte gekommen – der unbesiegbare Jagdpilot, der dem dummen Mädel einen Gefallen tat, das sich einbildete, es mit ihm aufnehmen zu können. Er hielt sich gut, zugegeben, überraschend gut sogar. Seine Reflexe waren ausgezeichnet, er traf blitzschnelle Entscheidungen, und sein über die Jahre geschärfter Killerinstinkt leistete ihm gute Dienste. Jedenfalls für eine Weile. Aber sie hatte nicht lange gebraucht, um ihn aus der Defensive zu locken, so daß sie seine Stärken und Schwächen abschätzen konnte. Er war schnell und stark, aber schließlich setzten Sams Erfahrung und Übung sich durch – außerdem war ihr Killerinstinkt auch nicht von Pappe.

Wenigstens hatte Ben darüber seinen Humor nicht verloren. Er war großzügig genug gewesen, seine Niederlage einzugestehen, nachdem sie ihm zum zwölften Mal auf die Füße geholfen hatte. Er hatte sich höflich vor ihr verneigt, als sie sich umziehen gegangen waren, und sogar hinterher das Bier bezahlt.

Aber er hatte ihr Revancheangebot immer wieder abgeschlagen, und sie fragte sich noch immer, was er wohl den anderen Piloten erzählt hatte. Sie konnte sich einfach nicht vorstellen, daß er ihnen die ganze Wahrheit gesagt hatte, aber andererseits hatte sie festgestellt, daß sie seitdem mit erheblich mehr Respekt behandelt wurde. Sie lachte wieder und strich sich eine lange braune Haarsträhne aus dem Gesicht. *Irgendwann muß ich mal das Florett und die Maske vorholen und Ben fragen, ob er Lust hat, gegen mich zu fechten …*

Grendel war in der hintersten Ecke des Besucherparkplatzes abgestellt, gleich am Zaun. Er leuchtete weiß in der kalifornischen Sonne. (Besser ein paar hundert Meter weiter laufen, als Lackkratzer von anderer Leute Autotüren ausbessern zu müssen.) Sam warf die Tasche auf die Rückbank und stieg in das Mustang-Kabrio. Grendels leistungsstarker Fünflitermotor sprang beim ersten Versuch an, und Sam tippte auf das Gaspedal, um das Donnern der Maschine zu hören.

Einige ihrer Bekannten hatten ihr ziemlich zugesetzt, als sie sich das große Kabriolett im Jahr zuvor zugelegt hatte. »Kauf dir einen Importwagen«, hatten sie alle geraten. »Laß dir doch bloß keinen Detroit-Schrott andrehen.«

Aber zwischen ihr und diesem Mustang war es Liebe auf den ersten Blick gewesen. Der Wagen hatte einerseits eine nostalgische Bedeutung für sie: Ihr Vater, Jim Dooley, Jr., hatte einen Mustang gekauft, als er 1965 neu auf den Markt gekommen war, zwei Jahre vor seinem Tod. Hinzu kam sein Aussehen und das Gefühl, hinter seinem Steuer die Straße entlangzufahren. Sie liebte seine Beschleunigung. Der 225-PS-Motor konnte das Kabrio auf gut 140 Meilen in der Stunde treiben, wenn sie Vollgas gab. Zugegeben, die Steuerung ließ Wünsche offen. Der Wagen hatte zuviel PS und war ein wenig kapriziös. Es gehörte nicht viel dazu, in der Kurve die Kontrolle über ihn zu verlieren. Aber sie hatte nicht lange gebraucht, um sich die sanfte und dabei doch feste Handhabung anzueignen, die Lenkrad und Gaspedal verlangten. Daß sie die Goodyear Eagles der Standardausstattung gegen Pirelli-Flachprofilreifen ausgewechselt hatte, war eine weitere Hilfe gewesen.

Während der schwere V-8-Motor warmlief, schob Sam eine Spange ins Haar und setzte eine Ray-Ban-Pilotensonnenbrille auf. Sie senkte die automatischen Fenster und machte es sich auf dem lederbezogenen Fahrersitz bequem. *Ein guter Tag zum Autofahren*, dachte sie lächelnd. Grendel war ein Wagen für den Highway, und jetzt bot sich ihr die perfekte Gelegenheit, ihn auszufahren. Als sie den Parkplatz verließ, röhrte der Motor des Mustang einen Kontrapunkt zum Donnern der Jets.

2

Als Samantha Gold Beach, Oregon, erreichte, fühlte sie sich ausgelaugt. Obwohl sie mehrmals Schutzfaktor-25-Sonnencreme aufgetragen hatte, waren Gesicht und Arme verbrannt, und ihre Nerven waren bis zum Zerreißen gespannt.

Sie war auf eine Fahrt von zwölf bis dreizehn Stunden eingestellt gewesen: die I-5 rauf nach Redding, dann die kurvenreiche Aussichtsstrecke am Ufer des Trinity entlang bis an die Küste bei Arcata. Dann nach Norden die 101 hoch über die Staatsgrenze von Oregon und nach Gold Beach. So etwa achthundert Meilen. Zwölf Stunden erschienen ihrer Schätzung nach vernünftig, obwohl die Strecke von Redding bis zur Küste sich in zahlreichen Windungen durch den Trinity National Forest zog und sie dort nur eine Durchschnittsgeschwindigkeit von 40 Meilen in der Stunde fahren konnte. Aber auf der Interstate und dem Highway 101 hatte sie gehofft, den Mustang aufdrehen und Zeit aufholen zu können. Sie hatte Edwards Air Force Base um 7 Uhr 30 verlassen und hätte ein, zwei Stunden vor Sonnenuntergang über die Ortsgrenze von Gold Beach rollen müssen.

Wie heißt noch mal der Spruch: Der Mensch denkt, Gott lenkt? dachte sie sarkastisch. Heute schien sich alles gegen sie verschworen zu haben. Straßenarbeiten auf der I-5 hatten den Verkehr in eine einzelne, hoffnungslos überfüllte Fahrspur gedrängt. Eine schier endlose Parade lahmärschiger Ausflügler auf der Trinity-Straße war mit 20 Meilen um Kurven gekrochen, die Grendel mit 55 hätte nehmen können. Außerhalb von Smith River hatte sich ein Winnebago überschlagen und war von Streifenwagen und Rettungsfahrzeugen umringt gewesen. Aus zwölf Stunden waren vierzehn geworden, dann sechzehn. Als sie endlich die Lichter von Gold Beach sah, war es weit nach Mitternacht. Ihre Augen brannten wie offene Wunden, und ihre Füße waren geschwollen. Sie quartierte sich im ersten Motel mit Zimmer-frei-Schild ein, das sie fand – dem einfallslos getauften Inn at Gold Beach –, und schlief neun Stunden tief und fest, eingelullt vom Rauschen der Brandung unterhalb des Highways.

Sie wachte erfrischt wieder auf, ließ sich mit dem Einpacken und dem Frühstück in einem Coffee Shop auf der gegenüberliegenden Straßenseite aber Zeit. Sie hatte länger als erwartet gebraucht, um hierherzukommen. Trotzdem wünschte sie jetzt, es hätte noch länger gedauert. *Das ist dumm,* schalt sie sich selbst. *Das Hinauszögern macht es um nichts einfacher.*

Es war fast Mittag, als sie wieder losfuhr und langsam die sechs Querstraßen umfassende ›Innenstadt‹ von Gold Beach entlangrollte. Sie überquerte den Rogue auf der Betonbrücke und bog nach rechts ab. Die Straße führte am Kai der US-Postboote vorbei, schnellen Hydrojetbooten mit minimaler Verdrängung, die neben Post auch Touristen den Fluß hinauftrugen. Ein Fischadler zirkelte über ihr wie ein Segelflugzeug in der Thermik. Das weiße Brustgefieder und die dunklen Schwingen zeichneten sich deutlich ab. Sie erinnerte sich an einen Artikel, in dem sie gelesen hatte, wie die Vögel mit ihren kräftigen Krallen Fische aus dem Wasser ziehen und ihre Beute ans Ufer oder auf einen überhängenden Baumast tragen, um sie zu verspeisen. Das Problem dabei ist, daß diese Krallen ihre Beute erst wieder freigeben können, wenn der Fischadler auf festem Grund ist. Der Autor war auf diesen Aspekt näher eingegangen und hatte erklärt, daß der Vogel ertrinkt, wenn er sich verkalkuliert und einen Beutefisch schlägt, der zu schwer ist, um ihn aus dem Wasser zu heben. Das *nenne ich volles Risiko. Möglicherweise verbirgt sich dahinter eine Lektion.*

Sie warf einen Blick auf den Tacho des Mustang und stellte fest, daß sie mit 20 Meilen in der Stunde dahinschlich, obwohl die Straße frei und in gutem Zustand war. *Ich versuche immer noch, das Unvermeidliche hinauszuzögern.* Mit einem angewiderten Schnauben trat sie das Gaspedal durch und legte den zweiten Gang ein. Grendel schoß mit quietschenden Reifen nach vorne.

Zwei Minuten später hatte sie ihr Ziel erreicht. Ein von Bäumen umgebenes Haus auf einem Vorsprung über dem Fluß. Von der Straße aus war nur ein Teil des am Ende eines kurvigen Kieswegs gelegenen Gebäudes zu sehen. Sam wußte, daß der Anblick täuschte. Es war größer, als es aussah, geräumig und gut ausgestattet. *Mit einer hölzernen Veranda nach hinten, von der aus man einen hervorragenden Blick ins Tal hat.* Sie konnte die Veranda von hier unten aus nicht sehen, aber vor ihrem inneren Auge stand ein lebhaftes Bild der Szenerie. *Ob die alten Cape-Cod-Stühle noch da sind, mit den breiten Armlehnen, auf denen an einem frischen Frühlingsabend leicht eine große Tasse heiße Schokolade Platz hat?*

Sie bog langsam am offenen Tor auf den Kies und fuhr den Weg hinauf. Vor der Einzelgarage parkte bereits ein Wagen, ein unauffälliger grauer Chrysler. Einen Augenblick lang war sie überrascht. *Gehört nicht der rote Jensen nach vorne, das Präsentationsstück?* Aber nein, wurde ihr beinahe augenblicklich klar. Es mußte Platz für Besucher bleiben. Der Jensen Interceptor III stand sicher in der Garage. *Solange er keinen neuen Besitzer hat, wird er wohl kaum benutzt werden, oder?*

Sams Augen brannten. Sie rieb sie ärgerlich. *Damn, ich hatte mir versprochen, daß es nicht soweit kommt.* Sie stellte den Mustang neben dem grauen Wagen ab und schaltete den Motor aus. Ein paar Sekunden lang schloß sie die Augen und lauschte. Sie verdrängte das metallene Klicken des schweren abkühlenden Motorblocks, bis sie nur noch den Wind in den Bäumen und das leise, stetige Rauschen des Flusses hörte. Vorsichtig ließ sie ihren Gedanken freie Bahn, öffnete sich den Erinnerungen, die ihren Geist überfluten wollten.

Es waren keine Kindheitserinnerungen, keine im Lauf von Jahrzehnten geprägten Eindrücke. (*Und genau daher rührt der Schmerz*, wußte sie, *daß es so wenige sind.*) Sie hatte dieses Haus vor sieben Jahren zum erstenmal gesehen und war seitdem nur selten zu Besuch gewesen. Aber die Erinnerungen waren teilweise so wach, weit lebhafter als eine Menge der Bilder, an die sie sich aus ihrer Kindheit erinnerte, aus ihren sogenannten entscheidenden Jahren. *Was sagt mir das?*

Sie schüttelte entschieden den Kopf, öffnete die Wagentür und stieg aus. Drei Stufen führten hinauf zur Haustür, wo sie den Knopf der Gegensprechanlage drückte. Nach ein paar Sekunden drang eine Stimme aus dem Kasten – blechern, elektronisch, aber trotz allem vertraut. »Hallo?«

»Ich bin's, Pop-Pop«, quetschte sie durch ihre plötzlich wie zugeschnürte Kehle. »Sam.«

Selbst durch die Verzerrungen des Interkom hindurch hörte sie die Wärme in der Stimme ihres Großvaters. »Komm rauf, Samantha Rose.« Sie konnte sein Lächeln vor sich sehen. »Du kennst den Weg.« Die Tür entriegelte sich mit einem leisen Knacken.

Samantha stieg langsam die leise knirschenden Stufen hinauf, an dem Seitenfenster vorbei, das den Blick auf den Garten neben dem Haus freigab, und vorbei an den körnigen Schwarzweißfotos – eingerahmten Erinnerungen – an den Wänden. Selbst jetzt fühlte sie noch eine gewisse Geborgenheit, jene Geborgenheit, die dieses Haus immer für sie bedeutet hatte. Die Geborgenheit eines Zuhauses, eines Ortes, an dem sie ganz sie selbst sein konnte, ohne Peinlichkeit oder Entschuldigung.

Pop-Pops Schlafzimmer, sein Krankenzimmer, lag am hinteren Ende des Flurs, an der Rückseite des Obergeschosses. Auf dem Weg kam sie an den Türen zur Bibliothek und dem Gästezimmer vorbei, in dem sie früher logiert hatte. Ein Teil von ihr wünschte sich, wieder dort wohnen zu können, bis dies alles vorbei war. Aber sie wußte, daß das nicht möglich war. Nicht, weil sie nicht willkommen gewesen wäre, im Gegenteil, sondern weil sie es, aus sehr persönlichen Gründen, nicht ausgehalten hätte.

Die Tür am Ende des Gangs stand ein wenig auf. Sie konnte Stimmengemurmel hören – zwei männliche Stimmen, zu leise, als daß sie hätte verstehen können, was gesagt wurde. Sie zögerte, dann atmete sie tief durch, zog die Schultern zurück und klopfte fest an den Türrahmen.

Das Gespräch auf der anderen Seite der Tür brach ab, dann hörte sie: »Samantha? Komm rein, jetzt ist nicht der Zeitpunkt, förmlich zu werden.« Die Stimme ihres Großvaters …

… und doch gleichzeitig *nicht*. Der Tonfall vermittelte denselben trockenen Humor, den sie immer mit Pop-Pop in Verbindung gebracht hatte, aber irgend etwas fehlte – die Kraft … *das Leben*. Der Gedanke drängte sich in ihr Bewußtsein. *Der Unterschied zwischen Livemusik und einer Aufzeichnung. Die Unmittelbarkeit ist dahin.* Sie schloß für einen langen Augenblick die Augen, kämpfte darum, ihre Gefühle unter Kontrolle zu bringen. Dann stieß sie die Tür auf und trat ein.

Jim Dooley, Sr., betrachtete sie mit den leuchtendgrünen Augen, die ihr so vertraut waren, jenen Augen, die ihr bis ins Herz und bis in die Gedanken blicken konnten. Die Vorhänge waren halb zugezogen, aber selbst im Zwielicht des Schlafzimmers strahlten diese Augen Kraft und Zuneigung aus. Samantha zwang sich ein Lächeln aufs Gesicht und konzentrierte sich auf diese Augen.

Denn sie waren das einzige an Jim Dooley, was vertraut schien. Der Krebs, mit dem er kämpfte, hatte seinen Körper ausgemergelt. Er war nur noch die Hülle eines Menschen, winzig gegenüber dem Stahlrahmen des Krankenhausbetts, das sein geliebtes schweres Eichenbett ersetzt hatte. Eingefallene Wangen, dunkle Ringe unter den Augen, spärliche Strähnen schweißnassen Haars auf einer pergamentenen Kopfhaut, die Gesichtshaut wie dünnes Leder über seine schweren Knochen gespannt. Sie erinnerte sich daran, wie er bei ihrem letzten Besuch ausgesehen hatte: gebräunt, wettergegerbt, ein großer, stämmiger Holzfällertyp, der leicht zwanzig Jahre jünger als die zweiundsiebzig Jahre aussah, die er zählte. Jetzt schien er zwei Jahrzehnte *älter*, als er tatsächlich war.

Eine Hülle, dachte Sam, *mehr ist er nicht mehr. Eine leere Hülle, ausgelaugt und leergesogen.* Der Krebs, der sich durch seine Knochen fraß, hat sein Fleisch verzehrt, seine Muskeln dahinschmelzen lassen, seine Haut in brüchiges, altes Papier verwandelt. *Aber was sind Fleisch und Muskeln und Haut schon wirklich?* fragte sie sich in Gedanken. *Ist das alles, was einen Menschen ausmacht? Natürlich nicht.*

Sie sah ihren Großvater noch einmal an, und es schien, als sähe sie ihn zum ersten Mal. In gewisser Weise war es fast, als hätte die Auszehrung ihn *geläutert*, alles Unwichtige weggebrannt. *Alles, was nicht wesentlich für ihn ist*, dachte sie. Sie konnte sich beinahe vorstellen, daß er in einem inneren Licht erstrahlte, einem Licht, das man nicht mit den Augen sehen, sondern nur mit dem Herzen fühlen konnte. Sie glaubte die Fieberglut der Krankheit zu spüren wie die Hitze eines fernen Scheiterhaufens auf ihrem Gesicht. Aber da war noch mehr, ein reineres Glühen, das gegen die Glut des Krebses ankämpfte. Dieses Feuer war der Jim Dooley – der Geist, die Kraft, die Persönlichkeit –, das, was noch immer im Innern der verfallenen Hülle wohnte.

Ihre Erleuchtung währte nur einen Augenblick, aber Samantha wußte, daß dieser Eindruck sie nie mehr verlassen würde. Ihr gezwungenes Lächeln wurde echt, und das Brennen der unvergossenen Tränen verschwand. Sie trat hinüber an das Bett und nahm die Hand des alten Mannes – leicht und zerbrechlich wie ein kleiner Vogel – zwischen ihre beiden Hände.

»Es tut gut, dich zu sehen, Samantha. Ich bin froh, daß du kommen konntest.«

»Denkst du ernsthaft, du hättest mich fernhalten können, Pop-Pop?« fragte sie leise.

»Du siehst gut aus.«

»Du auch.«

Jim Dooley zog die Stirne kraus und setzte zu einem sarkastischen Kommentar an. Aber dann schwieg er, als habe er etwas Überraschendes in Sams Augen gesehen. Nach einem Augenblick des Zögerns nickte er stumm. Sie fühlte, wie er ihre Hand drückte, mit einem blassen Schatten seiner früheren Kraft.

»Wirst du gut versorgt, Pop-Pop?«

Jim zuckte die knochigen Schultern. »Wenn ich es zulasse«, sagte er tocken, und seine jadegrünen Augen funkelten.

»Hast du eine Schwester?«

Er nickte. »Die Reinkarnation von Attilas Kindermädchen.« Er grinste böse. »Ich habe ihr den Morgen freigegeben. Ich bin sicher, sie nutzt diese unerwartete Freizeit dazu, ein paar kleine Kätzchen zu sezieren.« Plötzlich schnalzte er mit der Zunge und schüttelte den Kopf. »Samantha, ich vergesse meine Manieren. Ich möchte dir Ernest Macintyre vorstellen, einen alten Freund. Mac, das ist meine Enkelin.«

Sam drehte sich um. Sie hatte völlig vergessen, daß noch jemand im Raum war.

Der andere Mann stand mit dem Rücken zur Wand in der Ecke. Um sich noch weiter vom Bett zu entfernen, hätte er das Zimmer verlassen müssen. Die Augen hinter seiner Drahtbrille weiteten sich, als Sam auf ihn zutrat, und einen Augenblick lang dachte sie, er würde an ihr vorbei aus der Tür stürzen. Aber dann lächelte er – *ein* unschuldiges *Lächeln, beinahe kindlich,* dachte sie unwillkürlich – und streckte die Hand aus. »Ms. Dooley«, sagte er höflich.

Seine Förmlichkeit ließ Sam eine Augenbraue hochziehen. »Mr. Macintyre.« Während sie ihm die Hand schüttelte, schätzte sie den Mann ab. Mittlere Statur, durchschnittliche Größe – eigentlich, stellte sie auf den zweiten Blick fest, war er ziemlich groß, mindestens 1 Meter 82. Aber irgend etwas an seiner Statur oder möglicherweise an seiner Haltung ließ ihn kleiner erscheinen. Hellbraunes Haar, konservativer Schnitt. Blasse Gesichtsfarbe, helle, kornblumenblaue Augen. *Nicht hübsch, aber auf eine ihm unbewußte Weise attraktiv.* »Sie sind ein Freund von Pop-Pop?« fragte sie, als er ihre Hand freigab.

Macintyre setzte zu einer Antwort an, sagte aber nichts. Sam sah, wie er dem Mann im Bett einen schnellen Blick zuwarf.

»Ein alter Kollege«, antwortete Jim Dooley glatt, »der kürzlich zu einem Freund *geworden* ist, so könnte man es ausdrücken.« Sam blinzelte überrascht. *Ein alter Kollege?* Dieser Macintyre wirkte nur ein paar Jahre älter als sie selbst – vielleicht dreißig.

Jims Blick wanderte von Sam zu Macintyre. »Und ich möchte diese neue Freundschaft nicht länger belasten, Mac«, fuhr er mit einem freundlichen Lächeln fort. »Ich weiß, du hast viel zu tun, und das ist wichtiger, als einem alten Mann Gesellschaft zu leisten.«

Wieder klappte Macintyres Mund auf und zu, ohne einen Laut hervorzubringen. Dann schluckte er sichtlich und nickte. »Wenn du sicher bist, daß ich nichts für dich tun kann…« Jim schüttelte den Kopf. »Na gut, dann. Ich… ich komme wieder vorbei.«

»Wenn es sich einrichten läßt«, bestätigte Jim gelassen.

Macintyre schluckte erneut und streckte Sam die

Hand entgegen. Sie nahm sie, amüsiert, aber gleichzeitig auch leicht verwundert.

»Vielleicht sieht man sich ja mal wieder, Mr. Macintyre.«

Der schlanke Mann zögerte, als wisse er darauf keine Antwort. Dann murmelte er: »War mir ein Vergnügen.« Er ließ ihre Hand los und ging zur Tür. Auf dem Flur blieb er kurz stehen und sah sich zu ihr um. Dann war er fort. Sam hörte Schritte auf der Treppe, dann das Öffnen und Schließen der Haustür. Sie drehte sich zu ihrem Großvater um, eine Frage auf den Lippen.

Jim kicherte leise. Seine Augen funkelten vergnügt. »Der gute Mr. Macintyre hinterläßt den üblichen ersten Eindruck«, stellte er lachend fest.

Sam konnte ein Grinsen nicht unterdrücken. »Wer *war* das?«

»Wie ich schon sagte, ein alter Kollege.« Sein Lächeln verblaßte. »Es ist eine lange Geschichte und keine sonderlich lustige. Wie kann man ihn nennen?« Er zögerte. »Einen Air-Force-Knirps, mehr oder weniger. Schwere Kindheit, frühe Verluste...« Er warf ihr einen bedeutungsschweren Blick zu. »Klingt vertraut?«

»O ja«, erwiderte sie.

»Er wurde... Im Grunde wurde er *adoptiert*... Von ein paar meiner alten Kollegen. Flieger, Testflugingenieure zum größten Teil. Sie stellten über Jahre seine Familie dar.« Er zuckte die Schultern. »Sie tun es wohl immer noch. Ich habe Mac kennengelernt, als er noch ein Kind war.« Er schloß die Augen. *Als ob auf der Innenseite seiner Lider ein Film abläuft*, dachte Sam. »Wir haben reihum die Elternrolle für ihn übernommen. Manche waren eifriger dabei als andere, aber im Laufe der Jahre dürfte wohl jeder einige Zeit mit ihm verbracht haben.« Jim Dooley lächelte sanft. »Ein ruhiges Kind. Jeder, der auch nur die Empfindsamkeit einer Amöbe hatte, konnte die Aura von Tragik *fühlen*, die ihn wie eine kleine dunkle Wolke begleitete. Er hat nie viel geredet, und wer ihn nicht kannte, hielt ihn wahrscheinlich für nicht ganz da, wie man so sagt. Aber wir, die wir ihn kannten, wußten es besser.«

Das Gesicht des alten Manns entspannte sich noch weiter. Erst jetzt, da sie verschwunden schien, erkannte Sam, wie groß die Anspannung in Pop-Pops Zügen und Bewegungen gewesen war. Ihr Herz öffnete sich ihm. *Du hast Schmerzen, Pop-Pop, nicht wahr? Aber das wirst du mir gegenüber nie zugeben … Und auch niemand anderem gegenüber.* »Ja?« fragte sie leise.

Jim lächelte wieder, und nicht zum erstenmal hatte Sam das Gefühl, daß er ihre Gedanken hören konnte. »Wir sind gut miteinander ausgekommen, Mac und ich. Es stellte sich heraus, daß wir voneinander lernen konnten. Ich habe ihm beigebracht, wie die Welt funktioniert, und er hat mir gezeigt, wie sie funktionieren *sollte*, wie es sein *müßte*.« Seine Augen zuckten auf, und sein eisgrüner Blick fixierte Sam. »Kennst du den Ausdruck ›Sense of Wonder‹?« Sie nickte. »Das war es, was Mac einem beibringen konnte. Und er *hat* es gelehrt, jeden, der sich Zeit für ihn genommen hat. Ich habe mir die Zeit genommen. Heute ist er Ingenieur. Aeronautik und andere Fachgebiete. Wenn du ihn fragen würdest, was für eine Beziehung uns verbindet, würde er mich wahrscheinlich als seinen Mentor bezeichnen.« Jim zuckte vielsagend die Achseln. »Der Begriff stimmt, aber die Richtung, in die er geht, gefällt mir nicht so recht, wenn du verstehst, was ich meine.«

Sam antwortete nicht sofort. Tränen traten in ihre Augen. *Warum?* fragte sie sich. *Warum jetzt? Was ist an dem, wie Pop-Pop über Mac redet, das mich so traurig macht?* Mit einiger Anstrengung verdrängte sie die verwirrten Gefühle, die sie belasteten. *Darüber kann ich mir später auch noch den Kopf zerbrechen*, stellte sie entschieden fest. Sie zwang das Lächeln zurück auf ihr Gesicht.

Falls Jim Dooley ihre kurze Verstimmung bemerkt

hatte, ließ er es sich zumindest nicht anmerken. Er klopfte auf den Bettrand. »Genug von Mac. Ich will was von dir hören. Du wohnst bei deiner Rennfliegerfreundin, richtig?«

Samantha setzte sich neben ihren Großvater aufs Bett und fing zu erzählen an.

* * *

»Wie war's, Kiddo?«

Sam zuckte etwas unbehaglich die Schultern. Um sich einen Augenblick Zeit zu verschaffen, in der sie ihre Gedanken ordnen konnte, nahm sie einen Schluck aus dem Whiskeyglas auf dem Beistelltisch. »Schwierig«, sagte sie schließlich. »Es war schwierig, wie ich es erwartet hatte.«

Ihre Freundin nickte. Maggie Braslins saß mit seitlich untergeschlagenen Beinen in einem breiten Sessel und hörte ihr zu. *Sie sieht aus wie eine Katze*, dachte Sam plötzlich. *Eine große, alte Katze – geschmeidig wie Gummi, entspannt und völlig losgelöst von allem, was um sie herum geschieht.*

Aber nein, das stimmte nicht, korrigierte sie sich sofort. Maggie sorgte sich. Das hatte sie schon immer getan. Ihre abgehobene, beinahe abweisende Art war im Grunde reiner Selbstschutz. Sie machte sich eher zu viele als zuwenig Sorgen, und ihre Pose der Ungerührtheit gegenüber dem Leben war der Versuch, zu verhindern, daß sie allzu oft und allzu schwer verletzt wurde.

Sam grinste, als sie sich an ihre erste Begegnung mit Maggie erinnerte. Das war 1982 gewesen, bei einem Treffen der Sacramento-Valley-Abteilung der sogenannten 99er. Einen Monat vorher hatte Sam einen persönlichen Einladungsbrief erhalten, unterschrieben von einer gewissen Margaret Braslins, von der sie vorher noch nie gehört hatte. Samantha hatte kaum etwas über die Organisation gewußt, sie für eine Art Pilotinnenclub gehalten und kein sonderliches Verlangen verspürt, von Los Angeles bis Sacramento zu fahren, nur um sich mit irgendwelchen Fremden zu unterhalten. *Wahrscheinlich irgendein furchtbar aufgedrehtes politisches Aktionskomitee für die Zulassung weiblicher Kampfpiloten*, hatte sie vermutet. Aber, wie sich die Dinge so häufig entwickelten, irgendwie hatte sie sich aus anderen Gründen in der Gegend von Sacramento tatsächlich wiedergefunden und der Gelegenheit nicht widerstehen können, sich diesen ›Mädelclub‹ anzusehen.

Die 99er waren wahrhaftig eine Art Lobby, hatte sie herausgefunden, aber das war nicht alles. Es handelte sich um eine Organisation mit einer langen, ruhmreichen Geschichte, nicht die Trittbrettfahrerclique, die sie erwartet hatte. Gegründet worden waren sie bereits 1929 von den ersten Pilotinnen überhaupt, die damals noch ›Aviatrixe‹ genannt wurden, einschließlich Amelia Earhart persönlich. Und *das* hatte natürlich völlig ausgereicht, Samantha Dooleys Interesse zu wecken. Soweit sie in ihrer Jugend überhaupt Vorbilder gehabt hatte – abgesehen von ihrem Vater natürlich und Pop-Pop –, war Amelia das Top-Idol ihres kleinen Pantheons gewesen. Vom Gründungstag an hatte die Mitgliedschaft bei den 99ern allen Frauen mit Pilotenlizenz offengestanden. Die Organisation besaß Abteilungen in den gesamten Vereinigten Staaten, und zu ihren Mitgliedern gehörten Rennfliegerinnen, Luftakrobatinnen, Linienpilotinnen, Rettungsfliegerinnen, weibliche Air-Force-Offiziere und sogar Astronautinnen wie Sally Ride.

Die offizielle Aufgabe der 99er bestand, in den Worten des Gründungsmitglieds Amelia Earhart, darin, ›Kameradschaft, Arbeit und ein zentrales Büro mit Akten über Frauen im Flugbereich‹ zu bieten. Alles sehr begrüßenswert, fand Sam, aber es war die *in*offizielle Aufgabe der Organisation gewesen, die sie eingefangen hatte: Im Kern waren die 99er ein Ort, an dem sich Frauen treffen konnten, die das Hochgefühl des Fliegens genossen und Zeit mit ihresgleichen verbringen wollten. Obwohl sie an diesem Nachmittag in Nordkalifornien ein Neuankömmling gewesen war, hatte Samantha Dooley sich fast vom ersten Augenblick an *zu Hause* gefühlt. Zum ersten Mal überhaupt war sie von Frauen umgeben gewesen, die ihre Sichtweise teilten. Viele von ihnen hatten einen ähnlichen Hintergrund: ›Militärknirpse‹, die in die Fußstapfen ihrer Väter getreten waren und mit fünfzehn oder sechzehn den Pilotenschein gemacht hatten. Die 99er hatten ihr die Kameradschaft und das Gemeinschaftsgefühl vermittelt, das sie bei den verschiedenen Sororities ihrer Unizeit vergeblich gesucht hatte. Der entscheidende Unterschied war, daß die Frauen in den 99ern alle dieselbe Weltsicht hatten: Sie teilten den Glauben, daß die Welt aus einer Höhe von mehreren tausend Fuß weit besser aussah und daß die Zeit, die sie am Boden zubrachten, vorzugsweise nur ein kurzer Abstecher sein sollte.

Sam war von der allgegenwärtigen *Atmosphäre* der Versammlung so gefangen gewesen, daß sie keinerlei Versuch unternommen hatte, Margaret Braslins zu finden, deren Einladung sie ihre Anwesenheit zu verdanken hatte. Erst einige Stunden nach der Ankunft hatte sie sich im Gespräch mit einer angegrauten, mutterhaften Frau wiedergefunden, die alle ›Mags‹ nannten ... und sich klargemacht, daß *sie* ihr diese Einladung geschickt hatte. Wie sie aus dem Gespräch erfahren hatte, war Maggie Braslins bereits zwanzig Jahre lang Mitglied der 99er und an der Pazifikküste eine bekannte Rennfliegerin.

Die beiden waren in Kontakt geblieben und hatten sich, so oft es ging, bei Treffen der 99er und regionalen Kongressen getroffen. Seit Maggie aus Red Bluff, Kalifornien, nach Norden umgezogen war, nach Nesika Beach, Oregon, nur etwa fünf Meilen nördlich von Gold

Beach, hatte Sam ihr jedesmal einen Besuch abgestattet, wenn sie zu Pop-Pop gefahren war. *Selbst dieses letzte Mal*, dachte sie traurig.

Sam sah hinüber zu Maggie, die sich in ihrem Lehnsessel zusammengerollt hatte. Mags sah immer noch so aus wie vor fünf Jahren. Und Sam hätte nicht darauf gewettet, in noch einmal fünf Jahren eine Veränderung an ihr feststellen zu können.

Maggie nickte langsam. »Schwierig«, wiederholte sie Sams Antwort leise. »Und er?«

Sam schüttelte den Kopf. »Er ist alt.« Ihre Stimme erschien ihr selbst leise, kaum mehr als ein Flüstern. »Alt und müde.« Sie schloß die Augen. »Und er hat *Schmerzen*, Mags. Er spricht nicht darüber, aber man sieht es an seinem Gesicht, wenn er es nicht bewußt unterdrückt. Er hat Schmerzen ... und er wird froh sein, wenn ...« Sie konnte es nicht aussprechen. Die Worte blieben ihr im Halse stecken.

Maggie nickte wieder und blickte zur Seite, um ihre Freundin nicht leiden sehen zu müssen. Sie nahm eine Packung Zigaretten, schüttelte eine raus und zündete sie an. Sam lächelte, als sie das Feuerzeug erkannte. Maggie folgte ihrem Blick und grinste ebenfalls. Sie hielt das stählerne Zippo mit dem Wappen aus ineinander verschlungenen Neunen hoch. »Oklahoma City«, sagte sie.

»Ich erinnere mich.« Es war der erste Kongreß der 99er gewesen, an dem Sam teilgenommen hatte, im Internationalen Hauptquartier der Organisation. Samantha und Maggie waren zusammen in Maggies ›Baby‹ hingeflogen, einem restaurierten T-34-Schulflugzeug. Das war vier Jahre her, und Sam erinnerte sich nicht mehr, wer die Hauptrednerin gewesen war, aber sie hatte lebhafte Erinnerungen an eine der Workshopkoordinatorinnen, Amy Langland, seit vierzig Jahren bei den 99ern. Sie hatten sich vor dem Abendessen, ›in der Warteschleife‹, wie Langland es genannt hatte, in der Bar eines Restaurants in der Nähe der Kongreßhalle getroffen und hervorragend verstanden. Viel später hatte Sam erfahren, daß die spindeldürre Frau mit dem Raubvogelgesicht, mit der sie Jack Daniel's getrunken hatte, eine der ›grauen Eminenzen‹ der 99er war, eine ehemalige Präsidentin und eines der respektiertesten Mitglieder, das noch eine gültige Pilotenlizenz besaß. *Das waren Zeiten*, dachte sie trübsinnig.

Sam schüttelte den Kopf. Sie deutete auf die Zigarettenpackung neben Maggie. »Gib mir eine.«

Maggie sah sie fragend an. »Ich dachte, du hättest es aufgegeben.«

»Hab' ich auch.«

Maggie lachte, ein warmes, kehliges Lachen. Sie warf Sam das Päckchen hinüber, gefolgt von dem abgegriffenen Zippo. Samantha zündete sich eine Zigarette an und zog den Rauch in die Lunge. Es schmeckte wie abgefackelter Kameldung, aber sie konnte fühlen, wie ihr Körper auf das Nikotin reagierte. *Du hast es nie wirklich aufgegeben, nicht wahr? Du schiebst den nächsten Glimmstengel nur vor dir her, manchmal jahrelang.* Sie schloß die Augen und genoß das milde Hochgefühl. *Jack Daniel's und eine Kippe. Es ist lange her.*

»Du hast nie viel über deine Familie erzählt«, sagte Maggie schließlich und brach das freundschaftliche Schweigen.

»Ich habe dir von Pop-Pop erzählt.«

Die ältere Pilotin zuckte die Schultern. »Das war es aber auch, Kiddo«, gab sie zu. »Über deinen Großvater. Beinahe, als hättest du keine Eltern gehabt.«

»Hatte ich auch nicht, nicht richtig«, erwiderte Sam, und ihre Miene verhärtete sich. Aber dann entspannte sie sich. »Das stimmt nicht«, sprach sie leise weiter. »Sie sind gestorben, als ich noch klein war.«

»Wie klein?«

Sam zögerte. Gewöhnlich bog sie ein Gespräch an dieser Stelle ab, bevor es zu tief in diesen Bereich eindrang – ›das verbotene Land‹ nannte sie es in Gedanken –, aber heute nacht hatten der Jack Daniel's und das Nikotin ihre Abwehr entschärft. »Mein Vater, als ich fünf war.« Es fiel ihr schwer, es auszusprechen, trotz allem. »Meine Mutter ein Jahr später.«

Maggie seufzte und schüttelte den Kopf. »Das ist hart.« Dann lachte sie trocken. »Sorry. Du weißt natürlich selber, daß das hart ist. Ich werde prosaisch, wenn ich trinke.«

»Wer nicht?« Sam hob das Glas in gespieltem Salut. Dann starrte sie das Kristallglas an und konzentrierte sich auf das Lichtspiel in der bernsteinfarbenen Flüssigkeit. »Sie waren nicht zusammen, als es geschah«, sagte sie schließlich. »Als er starb, meine ich.«

»Sie waren geschieden?«

»Getrennt«, korrigierte Sam. »Das Jahr davor. Ich blieb bei meiner Mutter.« Sie schnaubte. »Nicht, daß ich dabei etwas zu sagen hatte.«

»Oh?«

Samantha sah auf und begegnete dem Blick ihrer Freundin. Maggies Miene war völlig neutral – *die perfekte Psychoanalytikerin*, dachte Sam. Erst wollte sie das Thema wechseln, irgendeinen cleveren Kommentar abfeuern und das Gespräch auf sichereren Boden steuern. Statt dessen: »Sie hat ihn verlassen«, sagte sie leise. »Als ich vier war.«

»Was ist geschehen?«

Wieder drängte es Samantha, sich dem Gespräch zu entziehen, aber sie entschied: *Was soll's?* Sie blieb eine Weile stumm, während sie versuchte, sich darüber klarzuwerden, wo genau die Geschichte ihren Anfang genommen hatte.

Ich war vier, begann Samantha. Wir lebten in einem der winzigen Hohlziegelhäuser für verheiratete Offiziere in der Patuxent River Naval Air Station, ›Pax River‹, in Maryland. Dad – Jim Dooley, Jr. – war bei der Testfliegergruppe für die nächste Düsenjägergeneration nach der A3J. Die Blechsoldaten nannten die neue Maschine den Vindicator. Die Piloten in der Flugstaffel – wie mein Dad – nannten sie die ›Badewanne‹ oder den ›Sarg‹. Ein echter Reinfall mit Flügeln, der es nie zu etwas brachte, und irgendwann hat die Navy das auch eingesehen und die Arbeit daran aufgegeben. Aber bevor die Navy *irgendwas* aufgibt, muß erst ein hoher Preis gezahlt worden sein.

Es waren die Testpiloten, die den Preis bezahlt haben, in Blut. Es war eine schlimme Zeit für die Gruppe, eine sehr schlimme Zeit sogar. Innerhalb von vier Monaten sind drei Piloten umgekommen. Alle drei wurden bis zur Unkenntlichkeit verbrannt, als sie ihre Vögel aus einer Höhe von zwei Meilen in den Boden jagten. Mir war damals natürlich nicht klar, was vorging. Mit vier Jahren versteht man nicht allzuviel von Flugzeugabstürzen und Tod. Ich wußte nur, daß Mom und ihre Freundinnen wegen irgend etwas wirklich bedrückt und angespannt waren, während Dad und seine Freunde mehr und lauter redeten als gewöhnlich. Und mir fiel auf, daß die Erwachsenen alle paar Wochen sonntags nach der Kirche schwarze Sachen anzogen und ein paar Stunden irgendwohin verschwanden. Es hat Jahre gedauert, bis mir klar wurde, was das bedeutete.

Aber schlimme Zeit oder nicht, manche Traditionen mußten aufrechterhalten werden. Eine davon waren die wöchentlichen Gemeinschaftsessen, zu denen die Piloten und ihre Frauen reihum einluden. Ich fand es immer toll, wenn die Party bei uns stattfand. Damals mochte ich es, viele Leute um mich zu haben. Ich mochte es, ihnen zuzuhören. Ich mochte das Gefühl, wenn ringsherum geredet wurde – das Gefühl, *dazuzugehören* –, auch wenn ich das meiste, worüber sie sprachen, nicht verstand. Aber noch wichtiger war natürlich, daß ich an Partyabenden länger aufbleiben durfte.

Ich durfte Dads Pilotenkollegen begrüßen und Moms Freundinnen: Pete und Maureen, Andy und Catherine und all die anderen. Manchmal erlaubte Mom mir sogar, noch länger aufzubleiben, und ich bekam ein Glas Apfelsaft, während die Erwachsenen ihren Martini oder ein Glas Wein tranken. Irgendwann wurde ich dann rauf ins Bett geschickt.

Aber das hieß natürlich nicht, daß ich gleich eingeschlafen wäre. Die kleinen Offiziershäuser waren billig gebaut, mit dünnen Fußböden und Innenwänden. Ich konnte von oben in meinem Zimmer das Murmeln der Stimmen hören. Ich konnte nicht verstehen, was sie sagten, aber es reichte, um zu wissen, daß *sie sich weiter amüsierten*, nachdem ich weggeschickt worden war. Das war natürlich viel zu wenig!

Also schnappte ich mir meistens meine Decke und schlich mich bis zur Treppe, außer Sicht des Wohnzimmers, und setzte mich an die Wand. Von dort aus konnte ich hören, was unten geschah.

Ich habe natürlich kaum was von dem, worüber die Erwachsenen geredet haben, verstanden. Die meisten ihrer Witze gingen völlig an mir vorbei, und fast alle Leute, über die sie sich unterhielten, kannte ich nicht. Irgendwann wurde es mir dann langweilig, und ich bin entweder zurück ins Bett getrottet oder da oben an der Treppe eingeschlafen. (Jetzt fällt mir ein: Ich habe Dad oder Mom nie gefragt, wie oft sie mich nach einer ihrer Partys zurück in mein Zimmer tragen mußten.) Aber selbst, *wenn* ich verstand, worum es ging, hinterließ es keinen bleibenden Eindruck in meinem kindlichen Geist, und ich erinnere mich nicht mehr daran.

Bis auf eine Gelegenheit.

Einmal konnte ich spüren, daß irgend etwas anders war, irgend etwas nicht stimmte. Dad, Pete und Andy bestritten den Großteil der Konversation. Jemand namens Danny war an diesem Tag abgestürzt – ich habe das später herausgefunden. Seine Maschine war in Flammen aufgegangen, als er eine Seitenwindlandung versuchte. Noch ein Toter.

›Danny war ein guter Pilot.‹ Ich werde nie vergessen, was Dad in jener Nacht sagte, oder die beinahe nonchalante Art, wie er es sagte. ›Und er war ein guter Mann. Aber …‹ – ich sehe noch ganz genau vor mir, wie er seine breiten Schultern zuckte – ›… er hatte nicht gerade allzuviel Erfahrung, oder? Und es ist ja auch nicht, als wäre er der geborene Knüppel-und-Seitenruder-Jockey gewesen. Als die Kontrollen gestreikt haben … Na ja, er hatte schlechte Karten und nicht die Erfahrung, sich aus der Lage zu befreien.‹

Inzwischen ist mir klar, daß ich diese Worte, oder ganz ähnliche zumindest, schon vorher gehört hatte. Es war eine Art Litanei der Testpiloten-Bruderschaft, ein Nachruf auf die Toten, die übliche, anerkannte Methode, auf den Verlust eines Freundes und Mitpiloten zu reagieren. Einer holte die Standardentschuldigung raus, und alle anderen – die Piloten und ihre Frauen – nickten wissend. Es war natürlich ein verteufelter Schlag, daß Soundso sich das Genick gebrochen hatte, aber sicher war er selbst daran schuld gewesen. Verdrängung, etwas anderes war es nicht: Verdrängung reinsten Wassers. Entschuldigungen, ein paar Worte drumherum – eine Technik, um die Tatsache, daß ein junger Mann wie sie selbst das Leben verloren hatte, zu überspielen. Eine Technik, mit der sie verdrängten, daß jedem der anwesenden Piloten dasselbe passieren konnte, jederzeit – aus heiterem Himmel, und das im wahrsten Sinne des Wortes. Wenn ich zurückschaue, wirkte es tragikomisch. Aber für sie hat es funktioniert, solange sich alle an die Spielregeln hielten, dem ungeschriebenen Skript folgten. Und weil die Alternative einfach zu grauenhaft war, spielten alle mit.

Außer in jener Nacht. Es war die Stimme meiner Mutter, die das Schweigen brach, laut und schrill genug, um mich erschreckt hochfahren zu lassen. ›Ich *glaube* das einfach nicht!‹

Schockiertes Schweigen. Das war die einzige Antwort, die sie bekam. Dann, nach ein paar Sekunden, hörte ich eine ruhige Stimme – einer der Piloten versuchte Mom zu beruhigen, sie zu stoppen, bevor sie die tröstende Scheinwelt der anderen ruinierte.

Aber Mom ließ sich nicht zum Schweigen bringen. ›Ich *glaube* es nicht!‹ rief sie wieder, und in ihrer Stimme lag soviel Schmerz, daß ich weinen mußte, obwohl ich das Ausmaß dessen, was sie tat, nicht verstand. ›Danny ist *tot*. Er ist tot, weil das gottverdammte Flugzeug *kaputtgegangen* ist. Etwas anderes ist ein ‚Streiken der Kontrollen' doch nicht, oder? Etwas ist *kaputtgegangen!* Mein Gott!‹ Ihre Stimme war ein einziger Klageschrei. ›Was, in Gottes Namen, läßt irgendeinen von euch glauben, *ihr* wärt besser davongekommen? Es kann jedem von euch passieren – *jederzeit!*‹

Selbst heute kann ich mir nichts vorstellen, was Mom hätte sagen können, um die Menschen in diesem Zimmer schlimmer zu verletzen, um ihre Schutzmechanismen wirksamer zu zerschlagen. Sie hatte die unausgesprochenen Regeln gebrochen – das größte Verbrechen. Das war das Ende der Feier, und es war das Ende der Ehe meiner Eltern.

Niemand hat Moms Ausbruch je wieder erwähnt. Am nächsten Morgen waren Mom und Dad ruhig, beherrscht. Aber zwei Tage später packte Mom unsere Sachen, und wir haben Dad in dem Hohlziegelhaus zurückgelassen und sind weggefahren.

* * *

Samantha seufzte und steckte sich eine zweite Zigarette an. »Er hat mir viel geschrieben nach der Trennung, jede Woche.« Sie lächelte traurig. »Seine Briefe. Sie waren wie diese wunderbaren Augenblicke, wenn die

Sonne hinter einer Gewitterwolke aufblitzt, eine Erinnerung, daß die Dunkelheit nicht ewig dauern wird. Ich las sie immer wieder und stellte mir vor, daß er eines Tages kommen und mich mitnehmen würde. Wir würden zusammenbleiben, er und ich, und er würde mir das Fliegen beibringen. Und es würde wunderbar werden. Und dann war er tot, und ein Jahr später war sie es auch.«

Unbewußt krampften sich ihre Hände um das Whiskeyglas. »Manchmal denke ich, daß ich deswegen fliege«, sprach sie weiter, kaum lauter als ein Flüstern. »Daß ich deswegen mit fünfzehn den Pilotenschein gemacht habe, sobald es legal war, mit der Hinterbliebenenrente der Regierung. Ich konnte die Welt hinter mir lassen. Die Trauer, die Erinnerungen.« Sie stockte. »Es ist schon seltsam. Selbst jetzt noch, zwanzig Jahre danach, fühle ich mich ihm näher, wenn ich fliege.« Langsam hob sie den Blick aus dem Glas zum Gesicht ihrer Freundin und suchte … *Wonach?* fragte sie sich. *Mitgefühl? Mitleid?* Was sie sah, war wertvoller als beides: *Verständnis*.

Maggie seufzte. »Du wolltest bei ihm bleiben, nicht wahr?«

Sam nahm einen Zug von der Zigarette, um ihre Antwort zu überdenken. »Wie ich bereits sagte, ich hatte keine große Wahl«, stellte sie schließlich so ruhig fest, wie sie es nur fertigbrachte. »Er war Navy-Testpilot in einer Zeit, in der jede Woche eine Maschine vom Himmel fiel. Sie war Grundschullehrerin. Was glaubst *du*, wer das Kind bekam?«

»Das Kind wird nicht gefragt, nicht wahr?«

Jedenfalls *glaubte* Sam, daß Maggie das gesagt hatte, aber die Stimme der älteren Frau war so leise gewesen, daß sie sich nicht sicher sein konnte. »Bitte?« fragte Samantha.

Maggie winkte ab. »Vergiß es.« Sie machte eine Pause. »Was ist aus ihm geworden?«

Sam zuckte die Achseln. Sie versuchte, Miene, Stimme und Körperhaltung locker zu halten, wußte aber nicht, inwieweit ihr das gelang. »Der große Knall.« Wieder hob sie den Drink in einem gespielten Salut. »Erster Flug mit einer neuen Maschine. Wie sich herausstellte, waren noch nicht alle Probleme ausgebügelt.«

»Hmm. War das nicht die Zeit, an der man an der X-12 und ähnlichem gearbeitet hat?«

»Es war keine Militärmaschine«, schüttelte Sam den Kopf. »Er war sechs Monate vorher ins Zivilleben zurückgekehrt.« Sie lachte bitter. »Die Militärarbeit war ihm zu gefährlich geworden.«

»General Dynamics?«

»Schön wär's. GD hat seine Angestellten immer bestens versichert.« Sam seufzte. »Nein, er ging zu einer dieser kleinen unabhängigen Firmen, Generro Aerospace. Schon mal davon gehört?«

»Den Namen kenne ich«, gab Maggie nach einem Zögern zu. »Aber er sagt mir nicht viel. Was haben sie gemacht?«

»*Gar nichts*«, erwiderte Samanta, und diesmal klang in ihrer Stimme deutliche Verbitterung mit. »Nichts von irgendwelcher Bedeutung. Damals haben sie mit Überschall rumgespielt, aber das einzige, was sie jemals zustande gebracht haben, waren große Krater in der Wüste.«

»Überschall.« Maggie runzelte die Stirn. »Da war doch mal was. Generro ... der Thunderbolt. Richtig?«

»Thunder*flash*«, verbesserte Sam. »Der verblichene und von niemandem vermißte Thunderflash – so haben ihn jedenfalls die Marketingdödel getauft. Ein von Grund auf neues Überschallkonzept: der ideale Hochgeschwindigkeitsabfangjäger. Angestrebte Höchstgeschwindigkeit Mach 4, maximale Einsatzflughöhe 63 000 Fuß, Gefechtsradius um die 650 Seemeilen.«

»Beeindruckend.«

Sam nickte. »Allerdings«, stimmte sie zu. »Es hat fünfzehn Jahre gedauert, bis ein tatsächlich einsatzfähiger Jet diese Werte erreicht hat.« Sie stieß einen tiefen Seufzer aus. »Ich habe später ein Bild des Dings gesehen, ein altes Aktenfoto. Es war wunderschön, Mags. Alles an ihm war hochmodern. Es hatte sogar primitive LERX – eine Grundversion dieses Leading-Edge-Root-Extensions-Mists, den die Sowjets fast zwanzig Jahre später beim Su-27 Flanker eingesetzt haben. Einfach wunderbar. Zu schade, daß es nicht zu fliegen war.«

»Die Maschine ist nie in Dienst gestellt worden?«

Samantha schaubte verächtlich. »Nein, nie. Sie hat meinen Dad auf dem Gewissen und anscheinend noch eine Reihe anderer guter Piloten. Laut GAs PR-Flunkies wurde das Projekt zwei Jahre nach Dads Tod eingestellt. Zwei Jahre zu spät.«

Maggie nickte. Sie deutete auf Sams Glas. »Noch einen?«

»Nein, ich …« Sam unterbrach sich. Immerhin war das Glas leer. Sie hielt es ihrer Freundin hin. »Ach, zum Teufel, warum nicht?«

Maggie hebelte sich aus dem Sessel, nahm beide Gläser und verschwand in der Küche. Eine Minute später kehrte sie zurück und reichte Sam einen frischen Drink.

»Ohne Eis?«

Die ältere Frau verschraubte ihr Gesicht zu einem überzogenen Ausdruck der Verärgerung. »Wofür, zur Hölle, hältst du das hier? Für eine Bar?« Sie ließ sich in die Polster fallen, zog die Beine unter sich und hob das frischgefüllte Glas. »Klarer Himmel!«

»Sichere Landung«, antwortete Sam. Sie nippte am Bourbon und verzog das Gesicht wegen des sauren Geschmacks. »Puh. Das beißt!«

Maggie zuckte verächtlich mit der Hand. »Yeah, aber nur bei der ersten Flasche.« Ihr Lächeln verblaßte langsam, und nach ein paar Sekunden fragte sie: »Und deine Mom?«

»Ein betrunkener Autofahrer.« Sam stellte den Whiskey ab und nahm noch einen Zug von der Zigarette. Sie versuchte, einen Qualmring zu blasen, aber das Ergebnis ihrer Anstrengungen erinnerte mehr an eine Brezel. »Etwa ein Jahr nach seinem Tod.«

»Und dann bist du zum alten Jim gezogen, schätze ich?«

»Ich habe nie bei ihm gewohnt«, stellte Sam kühl fest.

Maggies graue Augen weiteten sich vor Überraschung. »Aber ich dachte ...«

»Yeah. Na ja.« Samantha drückte wütend die Zigarette aus. »Das denken die meisten. Aber er war auch Pilot, oder? Und die Familie meiner Mutter, die war das Salz der Erde – Lehrer, genau wie sie. Was glaubst *du*, wo ich gelandet bin?«

»So einfach ist es nicht«, erklärte Maggie nach kurzer Pause. »Es gibt immer besondere Umstände. Hat Jim kein Sorgerecht beantragt?«

Sam zuckte die Schultern, so teilnahmslos, wie sie konnte. »Weiß ich nicht.«

»Hast du ihn nicht gefragt?«

»Warum sollte ich?«

Maggie zündete sich eine neue Zigarette an und blies den Rauch zur Decke. »Du bist eine kluge Frau, Sam. Viel zu klug für so eine verflucht blöde Antwort.«

Samantha blinzelte, überrascht von der Vehemenz der Zurechtweisung. »Was ...?«

Die grauhaarige Frau wedelte mit der Zigarette. »Du weißt genau, was ich sage, Samantha. Himmel! Es nagt doch an dir. Warum *fragst* du ihn dann nicht, um Himmels willen?«

»Aber das *kann* ich nicht, nicht jetzt ...«

»Wann *dann?*« Maggie ließ nicht locker. »Wann?« wiederholte sie ruhiger. »Wenn du ein Ouija-Brett dazu brauchst?« Dann seufzte sie. »Sorry, Kiddo«, sagte sie leise. »Vielleicht sollte ich nicht soviel trinken. JD macht mich aufdringlich.« Sie drückte die erst halb heruntergerauchte Zigarette im Aschenbecher aus und stand auf. »War ein langer Tag. Bis morgen früh.«

Nach zwei Schritten drehte sie sich um und hob das volle Glas vom Tisch. »Ein Schluck für die Nacht«, erklärte sie. »Schalt das Licht aus, wenn du ins Bett gehst.« Damit ließ sie Samantha mit ihren Gedanken allein.

3

In den ersten Sekunden nach dem Aufwachen wußte Sam nicht mehr, wo sie war. Dann flutete die Erinnerung herbei. Sie stöhnte und wälzte sich in dem Versuch herum, ihre Augen gegen das helle Sonnenlicht abzuschirmen, das durch die Jalousie strömte. Die überalterten Federn des Schrankbetts protestierten laut gegen die Belastung.

Wieviel Uhr ist es überhaupt? Die Augen immer noch zugekniffen, streckte Sam die Hand nach der Pilotenuhr auf dem Nachttisch aus und hätte fast ihr Glas Wasser umgestoßen. Sie fluchte leise und zog das große Zifferblatt mit einer Hand dicht vor die Augen, die sie mit der anderen abschirmte.

Zehn Uhr siebzehn. Damn. Mit einem weiteren Fluch, diesmal auf den Bundesstaat Tennessee im allgemeinen und die Jack-Daniel-Destillerie im besonderen, warf sie die Laken zurück und zwang sich in einen einigermaßen aufrechten Sitz auf dem Bettrand.

Ihre Kehle war rauh vom Whiskey und den Zigaretten, und ein klopfender Kopfschmerz hatte sich hinter ihrem linken Auge eingenistet. Sie leerte das Glas Wasser neben dem Bett und rollte es im Mund, um den Pelz von der Zunge zu waschen. *Genau deswegen habe ich das Rauchen aufgegeben,* erinnerte sie sich grimmig.

Maggie war längst fort, als sie nach unten kam. Ein Zettel an der Kaffeemaschine erklärte, daß die ältere Pilotin den ganzen Tag auf dem nahe gelegenen Ophir-Feld Flugstunden geben und wahrscheinlich erst spät zurückkommen würde. Der Text ging weiter und gestattete Sam den freien Gebrauch des Hauses, in dem sie sich wie zu Hause fühlen durfte. Die gekritzelte Botschaft endete mit: ›Whiskey löst die Zunge, aber er zerhackt die Erinnerung. Wenn ich mich an irgendwas von letzter Nacht erinnern soll, laß es mich bei Gelegenheit wissen.‹

Sam grinste, als sie Wasser einfüllte. *Mit anderen Worten*, übersetzte sie in Gedanken, *wenn du willst, können wir so tun, als hätte das Gespräch gestern nacht nie stattgefunden. Typisch für Maggie*, dachte sie freundschaftlich. Immer großzügig. Sie bot anderen immer einen Fluchtweg.

Will ich denn einen Fluchtweg? fragte Sam sich, während sie einen Bagel aufschnitt und mit Schmelzkäse bestrich. *Nein, ich glaube nicht.* Manches von dem, was Maggie am Abend zuvor gesagt hatte, war schmerzhaft gewesen, aber das machte es nicht weniger wahr. *Sie hat recht – es tut mir immer noch weh, daß Pop-Pop mich nicht zu sich genommen hat, als Mom starb … und es schmerzt mich noch mehr, daß ich nicht weiß,* warum. *Ich* will *es wissen. Und wenn ich ihn jetzt nicht frage, wann dann?*

Wieder stand bereits ein Wagen in Pop-Pops Auffahrt, als Sam ankam, diesmal ein leuchtendrotes Porsche-Kabriolett aus den 60ern, makellos restauriert und gepflegt. Sie zog Grendel weiträumig daran vorbei. *Ein Pilotenwagen*, dachte sie grinsend. *Darauf wette ich!*

Der Besitzer des Wagens hatte es sich bequem gemacht, stellte sie fest, als sie leise anklopfte und ins Schlafzimmer ihres Großvaters trat. Er hatte einen Lehnstuhl neben Pop-Pops Bett gezogen und lümmelte sich ungeniert darin, die abgetragenen Wanderstiefel auf den Rahmen am Fußende des Betts gelegt. Aber er sprang auf, sobald Sam erschien, warf ihr ein freundliches Lächeln zu und sah bedeutungsvoll zu Pop-Pop hinunter. »Wenn das die Schwester ist, Jim, dann muß ich mir ernsthaft überlegen, ob ich dieses Kranksein nicht auch mal ausprobiere.«

Sam mußte grinsen. Die gute Laune des Besuchers war ansteckend.

»Samantha, ich möchte dir einen alten Fliegerkumpel vorstellen …«

»He, so alt bin ich nicht«, protestierte sein Gast.

»… Sid Warner. Sid, meine Enkelin, Samantha Rose.«

»Sam«, verbesserte Samantha, als sie Warner die Hand schüttelte und ihn näher betrachtete. Mit seinem weißen Haarschopf und seiner groß gewachsenen, langgliedrigen Statur machte er einen schlaksigen Eindruck, den sie sofort mit Athleten in Verbindung brachte. Sein wettergegerbtes Gesicht zeigte, daß er Ende Fünfzig, Anfang Sechzig sein mußte, aber die grauen Augen – eingerahmt von einem komplexen Netzwerk tiefer Falten vom Blinzeln in die Sonne – waren klar und leuchteten mit der Kraft eines Zwanzigjährigen. »Freut mich, Sie kennenzulernen, Sid.« Sam zögerte. »Sid Warner …«, wiederholte sie langsam.

»Du hast den Namen schon gehört«, half Jim Dooley aus. »Oder zumindest gelesen. Erinnerst du dich an die Liste von Höhenrekordhaltern, die du früher hattest? Simon Warner, 1965, einhunderttausend Fuß. Weißt du's wieder?«

»Die X-15-Flüge, stimmt.« Sam starrte ihren Großvater an. »Ich wußte nicht, daß du jemand aus dem Programm kennst, Pop-Pop.«

Dooley lachte trocken. »Der alte Mann hat noch eine Menge Geheimnisse, Kleine.«

»Sie wissen ja, was man sagt«, ereiferte sich Warner mit einem breiten Grinsen. »Stille Wasser sind tief. Entweder das, oder sie stagnieren. Na ja«, setzte der schlanke Mann hinzu und schlug sich auf den Oberschenkel unter der khakifarbenen Wanderhose. »Ich werd mich mal wieder auf den Weg machen, Jimmy-Boy, und dich in hübscherer Gesellschaft zurücklassen.«

»Lassen Sie sich von mir nicht verscheuchen, Sid«, sagte Sam hastig. »Sie hatten sich mit Pop-Pop unterhalten.« Sie sah die Zweifel in den grauen Augen ihres Gegenübers und fügte hinzu: *»Ehrlich.«*

»Na.« Warner grinste. »Nur, damit Sie nicht glauben, daß Sie mich verscheucht haben.« Er setzte sich wieder in den Lehnstuhl. »Wir sprachen über *Yellow Bird,* Jim und ich, über das erste Mal, daß ich sie gesehen habe. Sie kennen *Yellow Bird?*«

Samantha nickte, aber es war Jim Dooley, der antwortete. »Nur zu gut, was, Sam?«

»Es war '79, schätze ich«, meinte Warner und lehnte sich zurück. »Und dieser *Taugenichts*« – er grinste Jim schief an – »hat mir angeboten, mich in seinem neuen Spielzeug mitzunehmen.« Der Pilot zuckte die Schultern. »Er hatte mir von *Yellow Bird* erzählt, und ich dachte, ich wüßte, was mich erwartete. Ein Eigenbau, ein Fertigbausatz. Ein mieseliger kleiner Glasair-Heckschlepper, ein echtes Leichtgewicht. Wahrscheinlich mit einem 160 Lycoming oder etwas ähnlich Schwachbrüstigem – 200 Knoten in achttausend Fuß, mit *Auto*benzin, Gott bewahre. Nach dem, was wir in der Vergangenheit geflogen waren, Jim und ich, konnte diese kümmerliche Glasair nur ein Witz sein. Und ich würde mich verstellen und dem alten Mann ein paar süßliche Lügen über sein neues Spielzeug erzählen müssen.« Jim kicherte, als er das hörte.

»Ich hätte es natürlich besser wissen müssen«, fuhr Warner trocken fort. »Teufel, schließlich war das *Jimmys* neues Spielzeug. Das hätte mir zu denken geben müssen. O Mann«, seufzte der Pilot. »Ich erinnere mich noch, wie ich sie das erste Mal gesehen habe, da draußen auf dem Gras. Klein, einfach – der typische Eigenbau. Abgesehen von der Bemalung. Sie war *perfekt,* glänzend wie Metall. Leuchtend gelb, mit scharf gezeichneten schwarzen Heckziffern.« Er lachte leise. »Der Himmel war bedeckt, aber in der Nähe dieses Flugzeugs hätte ich glauben können, daß die Sonne schien. Sobald wir einstiegen, wußte ich, daß an dieser Maschine etwas anders war. Die Kontrollen waren komplexer, als ich erwartet hatte. Und das Layout schien ganz anders als in den Glasairs, die ich bis dahin gesehen hatte.«

Sam nickte. Das alles klang sehr nach *ihrer* ersten Begegnung mit der *Yellow Bird*.

»Und dann ließ der alte Jim den Motor an.« Warner lachte, ein volles, *freies* Lachen. »Und ich sagte mir: ›Das ist kein schwachbrüstiger Lycoming.‹ All die anderen Eigenbauten, die ich geflogen bin, klingen wie Nähmaschinen. Jims Baby – das hat *gedonnert*. Jimmy-Boy bringt die Maschine auf Touren, und die *Yellow Bird* ruckt und stößt gegen die Bremsen, als ob sie es nicht erwarten kann, vom Boden zu kommen. Wir bringen die Checkliste zu Ende, Jimmy löst die Bremsen und gibt Gas.«

Warner seufzte und schüttelte in wohliger Erinnerung den Kopf. »Mann, wir waren oben, bevor ich wußte, wie mir geschah. Jimmy hebt die Nase in den Himmel, und der Boden fällt nur so unter uns weg. Zehntausend Fuß in … Teufel auch, es schien keine Minute zu dauern. Und dann sagt Jimmy: ›Sie gehört Ihnen, Captain.‹ Ich nehme den Knüppel, setze die Füße auf die Pedale, probiere die Kontrollen aus. Und ich bin im Himmel«, schwärmte der alternde Pilot leise. »Ich habe das Baby durch die Luft geschleudert, als wäre es speziell für Luftakrobatik gebaut worden. In die Rolle geworfen und so plötzlich wieder raus, daß es aussah, als liefe sie auf Schienen. Dann hab ich die Nase hochgezogen und volle Leistung gegeben. Wir sind durch die Wolken geschossen, und die Sonne war wie ein Feuerball, der vor uns in der blauen Leere explodierte.«

»… Gottes Antlitz berühren«, flüsterte Pop-Pop.

»Yeah«, nickte Sid Warner. »Yeah.«

Für einen langen Augenblick herrschte Stille – respektvolle, beinahe *fromme* Stille. Sam starrte Warner an, und eine ganze Welle von Gefühlen brandete durch ihren Körper. *Ein Bruder im Geiste* – das war der beherrschende Eindruck. *Er versteht.*

Warner sah ihr einen Moment lang in die Augen, und sie hörte seine Botschaft laut und klar: Du *versteht, wovon ich rede, nicht wahr?*

Warner brach den Bann mit einem leisen Lachen und stand auf. »So, jetzt bin ich aber wirklich weg.« Er klopfte sich auf den flachen Bauch. »Bingo Fuel«, grinste er und benutzte den Pilotenslangausdruck für gefährlichen Treibstoffmangel. »Wir sehn uns, Jimmy-Boy.« Er klopfte Sam auf den Arm. »Wir auch, Sam. Ich bin ein Punkt.« Und er war fort.

Sam sagte nichts, bis sie den Porschemotor starten und den Sportwagen abfahren hörte. Dann setzte sie sich in den Lehnstuhl, in dem Warner gesessen hatte. Jim Dooley sah zur Tür und schien in Gedanken weit weg zu sein.

»Ich wußte gar nicht, daß du X-15-Piloten kennst, Pop-Pop.«

»Hm?« Jim wirkte überrascht. »Oh.« Er zuckte die Schultern. »Wenn du erst in meinem Alter bist, kennst du eine Menge Leute. Selbst alte Raketenjockeys.« Das Lächeln verblaßte langsam und wurde von einer Leere in seinen Augen verdrängt. »Eine Menge Leute«, wiederholte er leise. Dann schüttelte er die kurze Traurigkeit mit sichtbarer Anstrengung ab. »Pilotenvereinigungen«, sagte er. »Fliegerclubs wie deine 99er. Ich wette, in der Gesellschaft siehst du *Hunderte* von Leuten. Da habe ich eine Menge von ihnen kennengelernt.« Er lächelte dünn. »Nimm nur mal Sid. Wir waren in den 1960ern beide Mitglieder einer… na, man könnte es wohl eine Art Hobbyvereinigung nennen. Du würdest dich wundern, wem man in so einer Truppe alles begegnet.«

Sam nickte verständnisvoll. *Leuten wie Mags und Amy Langland,* dachte sie. Sie lehnte sich zurück und schloß die Augen. Sie streckte den rechten Arm aus und legte die Hand um den Unterarm ihres Großvaters. *So dünn, nur Haut und Knochen.* Ihre Gedanken wanderten…

»Warum hast du mich nicht zu dir geholt, Pop-Pop?« Ihre Augen sprangen auf. Die Worte waren heraus, bevor sie sich auch nur bewußt geworden war, daß sie es sagen wollte.

»Wie war das?« Jim Dooley sah sie an. Seine hohlen Augen fixierten ihr Gesicht.

Sams Haut war kalt, als würde ein eisiger Windhauch über ihren Nacken fahren. Sie wünschte sich verzweifelt, sie hätte die Worte zurücknehmen können, aber dafür war es zu spät. Sie hatte keine andere Wahl, als es durchzustehen. »Als Mom starb.« Es fiel ihr schwer, die Worte durch ihre zugeschnürte Kehle zu zwingen. »Sie haben mich zu Moms Eltern verfrachtet. Warum hast *du* mich nicht zu dir genommen? Warum nicht, Pop-Pop?«

Der alte Mann antwortete nicht sofort. Als er es tat, war seine Stimme kaum mehr als ein Flüstern, das Rauschen eines kalten Winds durch die kahlen Zweige eines Winterwaldes. »Warum nicht?« Er stockte. »Denkst du denn, ich hätte es nicht versucht, Samantha?«

»Ich weiß es nicht, Pop-Pop. *Hast* du?«

»So sehr, wie ich nur jemals etwas versucht habe.« Er grinste kläglich. »Aber es ist ja nichts dabei herausgekommen.«

»Was ist passiert?«

»Was *glaubst* du wohl, das passiert ist?« Er seufzte. »Es war die große Zeit der Familie, Samantha. *Father Knows Best. Leave It to Beaver. The Donna Reed Show.* Welches Gericht in diesem Land hätte das Sorgerecht über ein Kind nicht Oma Ida und Opa Steve übertragen, sondern einem Witwer – und dazu noch einem Piloten? Einem allein lebenden Mann statt einer netten Kleinfamilie mit Eigenheim, Kombi und weißem Lattenzaun?«

»Bist du vor Gericht gegangen?«

Jim nickte. »Obwohl eine Handvoll teurer Anwälte mir geraten hat, es gar nicht erst zu versuchen.«

»Es gibt noch andere Möglichkeiten ...« Sams Stimme war für sie selbst kaum hörbar.

Ihr Großvater richtete seine grünen Augen auf sie. »Denk nicht, ich hätte nicht von Zeit zu Zeit mit dem Gedanken gespielt.« Er lachte freudlos. »Wenn nötig, hätten wir zwei vom Angesicht der Erde verschwinden können. Niemand hätte uns je gefunden, das darfst du mir glauben.« In seiner Stimme lag ein seltsamer Ton, aber Sam entschied sich, den erst einmal zu ignorieren.

»Warum hast du es nicht getan?«

Jim schloß die Augen. »Warum nicht?« Er zögerte. »Ich wollte es, Samantha. Als deine Eltern gestorben sind, warst du alles, was ich noch an echter Familie hatte. Aber … ich dachte, du wärst gerne bei den Eltern deiner Mom. Immer, wenn wir uns unterhalten haben, schienst du zufrieden.«

Zufrieden? Nein, Pop-Pop: ich hatte mich mit diesem Zustand abgefunden. *Das ist ein gewaltiger Unterschied.* »Du hast mich nie gefragt. Du hast nicht einmal mit mir darüber geredet.«

Ihre Stimme war leise, aber ihr Großvater zuckte zusammen, als hätte sie ihn angeschrien. »Ich weiß, Samantha Rose.« Er sprach langsam, fast vorsichtig, als müsse er sich sorgsam einen Weg durch die Worte bahnen, durch die Gefühle und Bilder, die sie hervorriefen. »Vielleicht war das ein Fehler. Vielleicht hätte ich es anders anpacken sollen. Aber, wie ich schon sagte, ich dachte, du wärst gerne bei Ida und Steve. Du hast dich nie beschwert.« Er lächelte traurig. »Und ich wollte dich nicht offen danach fragen, Samantha. Ich wollte dich nicht in eine Lage bringen, in der du dich hättest entscheiden müssen – zwischen ihnen und mir.«

»Ich hätte mich für dich entschieden, Pop-Pop«, flüsterte sie. Ihre Augen brannten. Die Welt um sie herum verschwamm.

»Ich weiß. *Heute* weiß ich es«, korrigierte er sich. Dann, leiser: »Wahrscheinlich wußte ich es damals auch schon. Aber möglicherweise hatte ich nicht den Mut, es zu riskieren. Wenn ich dir weh getan habe, tut es mir leid, Samantha.«

Sie schüttelte den Kopf, konnte einen Augenblick lang nichts sagen. Ein Pfeil bittersüßer Schmerzen durchbohrte ihr Herz.

»Warst du wirklich so unglücklich?«

Sam blinzelte die Tränen weg. Sie ergriff die Hand ihres Großvaters. »Nein, Pop-Pop. Nein. Nicht *un*glücklich ...«

»Aber auch nicht *glücklich*«, beendete er den Satz für sie. »Ich verstehe.«

»Sie waren nie schlecht zu mir oder irgendwas.« Ihr wurde klar, daß sie plapperte. Pop-Pop verstand, was sie sagen wollte, auch ohne daß sie es ausführte. Aber etwas in ihr *wollte* reden, wollte zum ersten Mal die Gedanken und Gefühle ausdrücken, die sie so lange unter Verschluß gehalten hatte. »Sie haben sich um mich gekümmert, haben für mich gesorgt.« Sie schluckte schwer. »Ich weiß, sie haben mich auch geliebt, auf ihre Art.«

»Auf ihre Art«, wiederholte Jim leise. »Aber nicht auf *deine* Art?«

Sie zuckte in plötzlicher Verlegenheit die Schultern. »Ich weiß, das hört sich kleinlich an, nicht wahr? ›Ich nehme ihnen übel, daß sie mich nicht auf genau die Weise geliebt haben, in der ich geliebt werden wollte, daß sie nicht genau das gesagt haben, was ich gebraucht hätte.‹ Aber so habe ich es nun mal erlebt.« Sie seufzte. »Genau wie bei Mom.«

Pop-Pop drehte den Kopf und sah sie an. Seine Stimme klang nüchtern, als er fragte: »Wie meinst du das?«

Wieder zuckte Sam die Schultern. »Ich weiß, du bist gut mit Mom ausgekommen«, sagte sie langsam. »Aber du mußt doch zugeben, daß sie mit ihren Gefühlen nicht gerade großzügig war.«

»Großzügig«, artikulierte der Todkranke, als wolle er das Wort aus allen Blickwinkeln beleuchten. »Großzügig? Na gut, vielleicht nicht. Jedenfalls nicht mehr, als du auf der Bildfläche erschienst.«

»Wie meinst du das?«

Er lächelte traurig. »Für jeden Menschen gibt es irgendwo eine Grenze, Samantha Rose«, erklärte er sanft. »Selbst für deine Mutter.« Er seufzte. »Zu der Zeit, als du sie brauchtest, hatte sie schon deinem Vater alles gegeben, was sie geben konnte. Sie war leer, Samantha, erschöpft. Deshalb hat sie ihn verlassen.«

»Aber er hat nicht von ihr verlangt…«

Die Lautstärke seiner Stimme blieb unverändert, aber seine Worte unterbrachen sie ebenso wirkungsvoll, als hätte er sie angebrüllt. »Ich habe nicht gesagt, daß er es von ihr verlangt hat. Deine Mutter hat aus sich heraus gegeben, bis sie nicht mehr konnte. Und dann ist sie gegangen.«

Nein, wollte Sam widersprechen, *so war es nicht.*

Aber vielleicht war es ja doch so. Warum hatte ihre Mutter in jener Nacht vor so vielen Jahren die ›unausgesprochenen Regeln‹ gebrochen? Vielleicht, weil sie nicht mehr konnte. *Konnte das Schweigen nicht auch ein Geschenk sein? Und das Verdrängen, das Spielen ihrer Rolle in der gemeinschaftlichen Illusion dieser ›Regeln‹, ein weiteres Geschenk? Was machst du, wenn dein Herz leer ist, deine* Seele *erschöpft, und du einem anderen nicht mehr geben kannst, was er von dir braucht?*

»Es gab noch eine andere Möglichkeit, weißt du?«

Sie sah zu ihm hinüber, die Frage auf der Zunge. Aber dann wurde ihr klar, was er meinte. Sie blinzelte mit schmerzenden Augen. »Ich weiß, ich hätte es dir sagen können«, flüsterte sie. »Ich hätte dir sagen können, daß ich bei dir leben wollte.« Sie atmete tief durch, zwang sich zur Ruhe. »Aber ich wollte dich auch nicht bedrängen, Pop-Pop. Ich wollte dich nicht zu einer Entscheidung zwingen.«

Er lachte leise. »Und du wolltest nicht riskieren, daß ich nein sage, oder?«

»Nein.« Sie schüttelte den Kopf und ließ den Tränen freien Lauf. »Nein, das wollte ich nicht riskieren.«

Jim Dooley nahm ihre Hand in beide Hände. Er drückte sie mit einer Kraft, die Sam überraschte. »Wenn wir nur die Chance hätten, es noch einmal zu versuchen…«

Sam nickte. Mit der freien Hand wischte sie die Tränen fort. *Wir haben einander zu spät kennengelernt, Pop-Pop*, dachte sie. *Ich wünschte, wir hätten mehr Zeit.*

Samantha massierte sich die verspannten Nackenmuskeln. Mit einem tiefen Seufzer ließ sie ihren Körper in den Lehnstuhl zurücksinken.

Jim Dooley neben ihr beobachtete sie mit einiger Belustigung in den grünen Augen. »Mit der Jugend von heute ist nichts mehr los«, schalt er in gespielter Empörung. »Als *ich* in deinem Alter war, konnte ich den ganzen Tag in einem bequemen Sessel sitzen, ohne müde zu werden.«

Sam mußte lachen. »Stimmt, Pop-Pop«, feuerte sie zurück. »Du hattest schon immer *viel* mehr Talent dazu, auf dem Hintern rumzusitzen, als ich.« Sie streckte die Hand aus und nahm das Glas vom Beistelltisch, schwenkte es eine Weile und betrachtete gedankenverloren die rauchig-bernsteingelbe Flüssigkeit darin. Dreißig Jahre alter Single Malt Scotch Whisky, ein Schluck aus Jims eifersüchtig gehütetem Vorrat Royal Lochnager ›Old Rarity‹, ein Whisky, der in den Vereinigten Staaten nie zum Verkauf gestanden hatte. (Sie lächelte traurig. Jim wußte, daß sie Bourbon trank, aber von Zeit zu Zeit hatte er freundliche Versuche unternommen, sie in die Wunderwelt der ›zivilisierten‹ Whiskys ›einzuführen‹. *Noch eine verpaßte Gelegenheit*, dachte sie, als das leichte und doch differenzierte Aroma ihre Nase füllte. *An Scotch ist mehr, als ich mir je eingestanden habe, und ich habe einen Kenner vorbeigehen lassen, der* mit Freuden *sein Wissen mit mir geteilt hätte.*) Sie nahm noch einen Schluck und stellte das Glas ab.

Jim leistete ihr Gesellschaft. Für ihn gab es natürlich keinen Whisky – sein Magen konnte ihn nicht mehr vertragen. *Und Gott allein weiß, wie sich Alkohol in Verbindung mit dem Cocktail von Medikamenten in seinem Blut auswirken würde.* Statt dessen hatte er einen Plastikbecher mit ›Käfersaft‹, wie er es nannte, einer entfernt fruchtig schmeckenden Mixtur aus Elektrolyten und Mineralien. Er nahm einen Zug durch den Strohhalm, den die Schwester ihm in den Becher gesteckt hatte, nachdem er sich bei dem Versuch, gleich aus dem Gefäß zu trinken, naß gemacht hatte. (*Und wenn das einem nicht das Herz bricht, weiß ich es auch nicht,* dachte Sam mit einem weiteren schweren Seufzer. *Jim Dooley, auf einen* Strohhalm *runtergestuft, weil er den Check für ein Glas nicht mehr packt.*)

Sie sah, wie seine Hand zitterte, als er versuchte, den Becher wieder abzustellen, und nahm ihn entgegen.

Er nickte dankend. Dann funkelten seine Augen mit satanischem Humor, und er sagte übertrieben freundlich: »Eines Tages wirst du eine wundervolle kleine Ehefrau abgeben, Samantha Rose.«

Sie hob den Becher mit Elektrolyt, als wolle sie ihn dem alten Mann ins Gesicht schütten. »Welche Größe Käfersaft trägst du noch mal, Pop-Pop?« fragte sie süßlich.

Jim lachte laut, aber sein Gelächter verwandelte sich in ein trockenes, schmerzhaftes Husten. Sam bot ihm den Käfersaft noch einmal an, aber er winkte ab. Kurz darauf hatte er seinen verräterischen Körper wieder unter Kontrolle und ließ sich zurück in die Kissen sinken. »Ernsthaft«, fragte er nach einer kurzen Pause. »Wann gedenkst du eigentlich zu heiraten, Samantha Rose?«

Die Frage überraschte sie, aber sie antwortete sofort. »Wenn ich einen Mann finde, der stärker ist als ich,

Pop-Pop«, erwiderte sie ehrlich. »Wenn ich jemanden finde, der sich von mir nicht einschüchtern läßt.«

Einen Augenblick lang war er stumm, dann kicherte er – *ein wenig bedauernd*, dachte sie. »Das könnte eine lange Wartezeit werden«, stellte er leise fest.

»Ach, ich weiß nicht«, sagte sie und versuchte, unbeschwert zu klingen. »Ich hoffe nicht.«

»Hmm.« Ihr Großvater klang nicht sonderlich überzeugt. Er sagte lange nichts mehr, und Sam glaubte schon, er sei eingeschlafen. Aber dann fragte er: »Du hattest schon immer eine sehr niedrige Toleranzschwelle für Dummheit, nicht wahr, Samantha Rose? Dummheit und Schwäche.«

Sam blinzelte. Die Worte trafen sie. »Ich weiß nicht, ob ich es *so* nennen würde, Pop-Pop.«

»Nein, wahrscheinlich nicht.« Er zögerte. »Ich habe so etwas aber schon bei anderen erlebt«, setzte er nachdenklich hinzu. »Und ich habe gesehen, welchen Ärger es verursachen kann. Ich habe Leute gesehen, die denjenigen lieben und achten konnten, mit dem sie ausgingen, in den sie verliebt waren, mit dem sie ins Bett gingen ... solange dieser andere stark, selbstsicher und beherrscht war. Aber sobald ihr Partner das leiseste Anzeichen von Schwäche zeigte oder von Selbstzweifeln oder Verwirrtheit ...« Er zuckte die Achseln. »Dann verabschiedeten sie sich, wenn nicht sofort körperlich, so doch auf jeden Fall mit den Gefühlen. Sie sahen auf die ›Schwächlinge‹ hinab, und im Laufe der Zeit empfanden sie nur noch Verachtung für sie. Ganz egal, wie sehr sie den Betreffenden ursprünglich geliebt hatten.« Der alte Mann fixierte Sam. »Verstehst du, was ich sage, Samantha Rose?«

»Ja, ich versteh dich, Pop-Pop.« *Die Beschreibung paßt auf mich.*

Jim zuckte die dürren Schultern. »Diesen Leuten fehlt eine fundamentale Einsicht. Sie verstehen nicht, daß *jeder* von Zeit zu Zeit einen Augenblick der Schwäche erlebt. Jeder hat seine Augenblicke des Selbstzweifels, Momente, in denen ihm alles *zuviel* scheint.« Er schnaubte leise. »Jeder, der behauptet, so etwas nicht zu kennen, ist entweder ein Lügner oder ein Psychopath ... möglicherweise auch beides.«

Er schüttelte den Kopf und versuchte, die trockenen Lippen mit der Zunge zu befeuchten. Sam beugte sich vor und reichte ihm den Käfersaft. Er nahm einen Schluck und nickte dankend. »Manchmal kommt mir das Eheversprechen in den Sinn«, sprach er weiter, mit ruhiger, nach innen gerichteter Stimme. »Das altmodische, nicht das neuzeitliche ›Sag-was-immer-dir-gerade-in-den-Sinn-Kommt‹. Nein, das alte, von wegen ›in Krankheit und Gesundheit, in Reichtum und Armut‹.« Er lächelte. »Vielleicht sollte man noch ›in starken und in schwachen Zeiten‹ hinzusetzen. Ist es denn realistisch zu erwarten, daß ein Partner, *irgendein* Partner, in der Ehe – oder in *irgendeiner* Beziehung – immer stark ist? Ich glaube nicht. Ich würde sagen, das Beste, worauf man hoffen kann, ist, daß *einer* der Partner stark sein kann, wenn es Schwierigkeiten gibt, und nicht immer derselbe.« Er grinste. »Wie bei Flügelmännern: Einer achtet auf den anderen. Die Partnerschaft hält, und das Team kommt durch.« Sein Lächeln verblaßte. »Eine Menge Leute kapiert das nicht. Oder erst, wenn es zu spät ist.« Er wandte den Blick ab.

Sam nickte langsam. *Du redest von dir selbst, nicht wahr, Pop-Pop? Ich wünschte, ich hätte deine Frau Mary gekannt.*

Jim stieß einen tiefen Seufzer aus, dann kehrte sein schelmisches Lächeln zurück. »So«, sagte er. »Laß mich die Frage wiederholen: Wann gedenkst du eigentlich zu heiraten, Samantha Rose?«

Sie sah den alten Mann an. Liebevoll. Und mit Respekt. *Du willst mir sagen, daß ich noch etwas zu lernen habe, nicht wahr? Etwas, worüber ich mir Gedanken machen sollte.* Sie legte die Hände in den Schoß und klapperte züchtig mit den Wimpern. »Ich warte darauf, daß *du* mich fragst, Pop-Pop.«

Samantha rutschte auf dem Lehnstuhl herum, um eine bequemere Stellung zu finden. Sie wollte schlafen – sich vergessen, selbst wenn es nur für wenige Minuten war –, aber es gelang nicht.

Neben ihr schnarchte Pop-Pop friedlich in seinem Stahlbett. Die Vorhänge waren zugezogen, aber der Nachmittagssonnenschein drang an den Rändern vorbei herein, so daß sie sein Gesicht erkennen konnte, entspannt und friedlich wie das eines Kindes. *Nur im Schlaf kann er den Schmerzen entkommen,* dachte sie traurig.

Die Schmerzen durch den Krebs, der ihn von innen heraus zerfraß, mußten furchtbar sein. Sie hatte gewußt, daß er Schmerzen litt, aber nicht, wie schlimm sie waren, bis er sie gebeten hatte, ihm vier seiner Tabletten vom Nachttisch zu geben – »um mir beim Einschlafen zu helfen«, hatte er gesagt. Als sie die kindergesicherte Verschlußkappe öffnete – *Was für ein Unsinn, einem alten Mann Medizin mit so einem Verschluß zu geben!* –, hatte sie heimlich einen Blick auf das Etikett geworfen. Der Name des Präparats war ihr unbekannt, aber es enthielt 65 Milligramm Kodein. *Tylenol 3 hat nur 30 mg Kodein, oder? Das ist nicht einmal die Hälfte, und zwei Tylenol 3 reichen aus, um mich benommen zu machen.*

Ich wünschte, ich könnte etwas für ihn tun. Es war nicht so sehr der bevorstehende Verlust – oder es war zumindest *nicht nur* der Verlust. Was ihr wirklich zu schaffen machte, war die Hilflosigkeit. *Bald wird er nicht mehr da sein, und das Beste, was ich tun kann, um zu helfen, ist, ihm die Tabletten zu reichen, die ihm das Sterben erleichtern. Das ist nicht fair.*

Ja, klar. Was hat Ben Katt noch gesagt, als ich ihm gegenüber dieses Argument angebracht habe? erinnerte sie sich mit einem verbitterten Schnauben. *Wer hat behaup-*

tet, das Leben sei fair? Sam fühlte ein Kribbeln im Nakken, als beobachte sie jemand.

Pop-Pops Augen waren offen, und sein Blick ruhte auf ihrem Gesicht. Sie zwang sich zu einem Lächeln. »Gut geschlafen?«

Er zuckte die Achseln, antwortete aber nicht gleich. Seine Züge verkrampften sich einen Augenblick, bevor er sie unter Kontrolle bringen konnte. Sein Atem stockte vor Schmerzen. Sie war augenblicklich auf den Beinen und griff nach dem Schmerzmittel, aber er winkte ab. »Es geht schon.« Seine Stimme verriet die Lüge, aber sie respektierte seinen Einwand. Mürrisch nahm sie wieder Platz.

»Wir haben uns nie richtig unterhalten, nicht wahr?« sagte er nach einer Weile. »Über das, was danach sein wird.«

Sam schloß die Augen. *Es wird kein ›danach‹ geben. Du wirst wieder gesund.* Das war es, was sie sagen wollte, woran sie verzweifelt zu glauben versuchte. *Verdrängung*, dachte sie grimmig. *Eine Familiengewohnheit.*

Aber nein, das hier konnte sie nicht verdrängen, dem hier konnte sie nicht ausweichen. Ihr Großvater starb. Sie wußten es beide. Falsche Hoffnungen, falsche Aufmunterungen – damit hätte sie keinem von ihnen einen Gefallen getan. »Stimmt, Pop-Pop«, bestätigte sie leise. »Das haben wir nicht.«

»Die meisten Einzelheiten sind bereits geklärt.« Er lächelte schwach. »Die Vorteile des Zeitdrucks. Aber ich möchte, daß du mir bei etwas hilfst.«

Sie nickte nur und schluckte.

»Ich möchte, daß du dich um meine Asche kümmerst, Samantha Rose. *Du*. Ich bin sicher, die *Profis* …« – seine Stimme war voller Verachtung – »… werden dir anbieten zu helfen, aber ich möchte, daß du es tust, wenn es dir nichts ausmacht.«

Seine Augen fixierten sie, seine Miene blieb dabei

ganz nüchtern. *Das bedeutet ihm viel,* erkannte sie instinktiv. »Ich werde es tun.«

Jetzt lächelte er, und sie *fühlte* seine Erleichterung. »Ich möchte, daß du die *Yellow Bird* nimmst«, sagte er. »Geht das?«

Er möchte, daß ich seine Asche verstreue. »Natürlich. Wo? Eagle Mountain?« Jim Sr. gehörte ein Stück Land nahe der Ortschaft dieses Namens, zwischen Interstate 10 und dem Joshua Tree National Monument. Er hatte es als Sommerresidenz geplant, als Standort für ein Ferienhaus, aber die Baugenehmigung nicht bekommen.

Dooley schnaufte. »Bestimmt nicht. Ich habe was Besseres mit der Ewigkeit vor, als dir Haare und Nase zu verstauben.«

Sie mußte lachen. »Ich hätte nichts dagegen, Pop-Pop.« Sie wurde wieder ernst. »Wo dann?«

»In den Bergen.« Er schloß die Augen. »Um Kings Canyon. Die Sierra Nevada.« Er lachte leise. »Offiziell braucht man dazu eine Sondergenehmigung. Aber ich fände es ziemlich lächerlich, ausgerechnet jetzt damit anzufangen, gesperrte Lufträume zu respektieren.« Sein Atem wurde langsamer, und seine Züge entspannten sich. Einen Augenblick lang dachte Sam, er wäre wieder eingeschlafen. Aber dann seufzte er. »Ich wünschte, wir hätten mehr Zeit gehabt, Samantha Rose. Ich hätte dir gerne die Berge gezeigt.«

»Ich kenne sie, Pop-Pop. Das weißt du doch. Ich bin häufiger über sie geflogen als ...«

Er unterbrach sie. »Nicht so.« Wieder einmal lachte er. »Ich weiß, das wirst du ausgerechnet mir nicht glauben, aber es gibt Dinge, die man nur am Boden schätzen – *wirklich* schätzenlernen kann.« Er schüttelte den Kopf. »Ich habe es auch nicht glauben wollen, bis ein guter Freund mich einmal zu Fuß dahin gezerrt und es mir *gezeigt* hat. Von da an haben wir es jedes Jahr wiederholt. Ich wünschte, du hättest einmal mitkommen können.«

»Ich auch, Pop-Pop.« Sam schüttelte den Kopf. *Eine alljährliche Wandertour durch die Berge? Was weiß ich sonst noch nicht über ihn? Was werde ich alles* nie *erfahren?*

Wie gut kennen wir überhaupt jemanden?

Der Atem des alten Mannes wurde langsamer, als er wieder in Schlaf fiel. Vorsichtig, um ihn nicht aufzuwecken, streichelte Sam seinen Handrücken. Die Haut schien fast durchsichtig. Die Adern waren deutlich zu sehen, feinverzweigte blaue Linien wie Straßen auf einer Landkarte. Samantha lehnte sich in ihrem Sessel zurück und suchte nach einer bequemen Stellung, in der sie den körperlichen Kontakt zu ihrem Großvater nicht aufzugeben brauchte. Sie schloß die Augen und versuchte, ihre Atmung ebenfalls zu verlangsamen, ließ die Gedanken, die sie quälten, los. Irgendwann schlief sie ein.

Es schien nur Sekunden später, als sie jäh hochschreckte, aber die Veränderung im Lichtschein, der durch das Fenster fiel, machte ihr klar, daß mindestens eine Stunde vergangen war. Einen Augenblick lang war sie verwirrt. Was hatte sie geweckt? Ihre Träume …?

Dann hörte sie Pop-Pops keuchenden Atem und hatte die Antwort. Plötzliche Panik riß sie auf die Beine. Sein gesamter Körper war verkrampft, jeder Muskel hart wie Eisen. Seine Lippen waren in einem Anfall unvorstellbarer Schmerzen zurückgezogen, die Zähne lagen blank.

O mein Gott … Sie tastete nach der Flasche mit Schmerztabletten auf dem Nachttisch, heulte beinahe vor Verzweiflung, als sie mit dem Deckel kämpfte. *In der Hölle schmoren soll er, der Erfinder der Kindersicherung!*

Endlich hatte sie die Plastikflasche offen und schüttelte drei der staubigen Tabletten in die Hand … zögerte, nahm noch eine vierte. Sie beugte sich über ihren Großvater …

Und mußte hilflos warten. Ober- und Unterkiefer

waren durch den Krampf aufeinandergepreßt. Es war kaum möglich, seinen Mund weit genug aufzuzwingen, um ihm die Tabletten zu geben, und völlig unmöglich für ihn, sie zu schlucken. Sie mußte warten – verzweifelt, ängstlich, von einem Fuß auf den anderen hüpfend –, bis der Krampf von selbst abklang.

Es schien eine Ewigkeit, aber der logische, emotionslose Teil ihres Verstands registrierte eine Dauer von höchstens zwölf Sekunden. Die Anspannung verließ den Körper des alten Mannes, und sein Atem normalisierte sich ein wenig, als der Schmerz das Nervensystem aus seinem unerbittlichen Griff entließ. Die Gesichtshaut sackte zusammen, die Lider flatterten.

»Pop-Pop«, flüsterte Sam drängend. »*Pop-Pop.* Kannst du mich hören?«

Die Lider des alten Mannes flatterten wieder, dann öffneten sie sich. Ein paar Sekunden lang rollten die Augen wild in den Höhlen, schienen unfähig, etwas zu fixieren. Dann endlich richteten sie sich auf ihr Gesicht, und langsam schien er zu verstehen, was er sah. »Samantha Rose …« Seine Stimme war fast unhörbar, nicht mehr als der Hauch eines leisen Windzugs spät in der Nacht.

»Hier, Pop-Pop, deine Tabletten.«

Sein Mund bewegte sich eine Weile, ohne daß ein Laut ihn verließ, dann nickte er. »Hilf mir.«

Sie hielt seinen Kopf und schob die Pillen in seinen Mund, dann hielt sie ihm das Wasserglas an die Lippen und wischte anschließend Kinn und Hals ab. Nachdem er die Medizin geschluckt hatte, ließ sie ihn zurück in die Kissen sinken. Sein Brustkorb pumpte, sein Atem ging so schwer, als sei er einen Marathon gelaufen. *Ist es soweit?* fragte sie sich.

Aber irgendwie schaffte er es, seinen Körper wieder unter Kontrolle zu bringen. Sein Atem verlangsamte sich, die letzten Spuren der Anspannung verließen sein Gesicht, die unter der Anstrengung des Kampfes gegen die Schmerzen hervorgetretenen Sehnen an seinem Hals verschwanden. Endlich schaffte er es, sie anzulächeln. »Schlimm. Sehr schlimm.« Seine Stimme klang etwas lauter, aber die Worte waren leicht genuschelt, als könne er die Kraft nicht aufbringen, seinen Sprechapparat einwandfrei zu kontrollieren.

Sam unterdrückte ein Schaudern und zwang ein ermutigendes Lächeln auf ihre Züge. »Ich weiß, Pop-Pop. Ich weiß.« Sie setzte sich wieder und nahm seine zerbrechliche Hand in die ihren.

Sie dachte, er wäre schon wieder friedlich in den Schlaf gesunken, aber plötzlich überraschte er sie mit den Worten: »Ich habe dir von meinen Memoiren erzählt, oder?«

Sam drückte die Hand ihres Großvaters. »Nicht jetzt, Pop-Pop. Ruh dich aus, okay?«

»Es ist wichtig, Samantha Rose.« Das Nuscheln war jetzt noch stärker. Vielleicht hatte der plötzliche Schmerzanfall ihn völlig entkräftet, oder die starken Schmerztabletten zeigten Wirkung. Er versuchte, sich auf einem Ellbogen aufzurichten, aber sie drückte ihn sanft zurück und streichelte seine trockene, fiebrige Stirn.

»Okay, Pop-Pop.«

»Ich habe dir von meinen Memoiren erzählt?« wiederholte er.

»Du hast es mir erzählt, Pop-Pop.«

»Ich möchte, daß du sie liest. Ich möchte, daß du…« – er zögerte – »… sie *verstehst.*« Seine Stimme verklang zu einem Flüstern, dann zu einem Hauch, war kaum noch wahrnehmbar. »Und vielleicht kannst du versuchen, dich wohlwollend an mich zu erinnern.«

Sie kämpfte gegen die Tränen an, die sie zu überwältigen drohten. »Du weißt, daß ich mich immer gerne an dich erinnern werde, Pop-Pop. Das *weißt* du.«

Er zuckte schwach die Achseln. »Mag sein«, hauchte er. »Mag auch nicht sein. Meine Memoiren …«

»… werden daran nichts ändern«, erklärte sie entschieden. Mit einiger Anstrengung legte sie eine ironische Note in ihre Stimme. »Was ist, beschreiben sie deine Karriere als Nazi-Kriegsverbrecher? Oder vielleicht als Serienkiller?«

Er schenkte ihr die entfernte Andeutung eines Lächelns und schüttelte den Kopf.

»Wie könnten sie dann meine Gefühle dir gegenüber verändern, Pop-Pop? *Wie?*«

Jim Dooley lächelte schwach. »Nichts ist unveränderlich, Samantha Rose«, erwiderte er ruhig. »Nichts ist unveränderlich. Das habe ich vor langer Zeit gelernt.«

»Trotzdem.«

»Du wirst sie also lesen?«

»Natürlich werde ich sie lesen. Du weißt, daß ich sie lesen werde.«

Ein paar Sekunden lang herrschte Stille. Dann sprach der alte Mann weiter, mit sichtbarer Kraftanstrengung. »Warte nicht auf die Anwälte, Samantha.« Das Nuscheln war schlimmer geworden, so stark, daß Samantha sich anstrengen mußte, manche Worte zu verstehen. »Warte nicht, bis diese dressierten Seehunde durch ihre kleinen Gesetzesreifen springen.«

»Wie meinst du das, Pop-Pop? Ich verstehe nicht.«

»Manches kann passieren, gelegentlich«, stellte er düster fest. »Warte nicht, Samantha. Bitte. Wenn es soweit ist, *nimm* sie dir.«

»Aber das ist illegal, oder nicht?« Dann lächelte sie traurig. »Aber es wäre ziemlich lächerlich, ausgerechnet jetzt damit anzufangen, gesperrte Lufträume zu respektieren«, fügte sie hinzu und wiederholte seine Worte aus ihrem früheren Gespräch. Ihre Augen brannten, als sie sein müdes Lächeln sah. »Sie liegen in der Bibliothek, nicht wahr? Ich hole sie gleich jetzt.«

Sie wollte aufstehen, aber Pop-Pops knochige Hand schloß sich mit überraschend festem Griff um ihr Handgelenk. »*Nein*«, keuchte er heftig. »Nein, jetzt nicht. Bitte.«

Langsam setzte Sam sich wieder. »Warum nicht, Pop-Pop?« fragte sie verwirrt.

»Nicht, solange ich noch lebe. *Bitte*, Samantha Rose.«

Sie nickte. »In Ordnung, Pop-Pop. Was immer du willst.«

Sein Griff wurde einen Augenblick lang noch fester, dann verschwand der Druck fast völlig, als habe er damit seine letzten Energiereserven verbraucht. »Wirf nicht einmal einen Blick darauf, solange ich noch da bin«, fuhr er fort. »Bitte, Samantha.«

»Werd ich nicht. Ich habe *gesagt*, daß ich es nicht tue.« Sie streichelte seinen Handrücken und versuchte, ihn zu beruhigen. »Was immer du willst, *ehrlich*.«

Jim Dooley zögerte, dann lächelte er und schloß die Augen. »Danke, Samantha Rose«, sagte er leise. Die Anspannung – die *Angst* – auf seinem Gesicht schien sich in nichts aufzulösen. »Danke«, sagte er noch einmal. »Ich glaube, ich werde ein wenig schlafen.«

Sie streckte wortlos die Hand aus und strich eine Haarsträhne von seiner Stirn. *Was immer du willst, Pop-Pop,* versicherte sie ihm schweigend. *Was immer du willst.*

4

In den nächsten drei Tagen verschlechterte sich Jim Dooleys Zustand sichtbar. Samantha hatte beinahe den Eindruck, daß er sich an seine Gesundheit, um nicht zu sagen: ans Leben, gekrallt hatte, bis er mit seiner Enkelin über die seiner Meinung nach wichtigen Dinge sprechen konnte. Das wenige Fleisch, das noch an seinen Knochen hing, schien wegzuschmelzen wie ein Traum im Licht der Morgensonne. Seine Haut fiel in sich zusammen, dehnte sich über die zerbrechlichen Knochen, bis er sie an Fotos von Holocaust-Opfern erinnerte. Das vertraute Leuchten seiner Augen verblaßte, ihr Grün war jetzt von Rot durchzogen. Er sprach nicht mit ihr darüber– natürlich nicht –, aber Sam war überzeugt, daß er beinahe blind war.

Es ist nicht fair! wütete sie wieder und wieder in Gedanken. *So sollte es nicht mit ihm zu Ende gehen müssen.* Jim Sr. war ein Rennflieger, ein Testpilot. Er hatte die Motoren tausendmal bis an die Grenze getrieben, hatte ›den Dämon gereizt‹, den die Ingenieure jenseits der Schallgrenze vermutet hatten. Er hatte tausendmal mit dem Tod gespielt, mit dem Großen Knall, und jedesmal hatte er gewonnen. Er hatte die alten Rennmaschinen – nichts als riesige Sternmotoren mit Stummelflügeln, schneller als der Teufel, aber von einem wahnwitzigen Temperament – um die Rennstrecken gejagt und war nach Sacklandungen, die Dutzenden seiner Zeitgenossen das Leben gekostet hatten, unversehrt davongestiefelt. Wo war *da* die Gerechtigkeit? Er verdiente eine letzte Herausforderung, bei der sein Überleben vom *Können* abhing, nicht von blindem Glück …

Die Zeit war kostbar, das wußte sie. Jede Minute, jede Sekunde, die sie mit ihm verbrachte, war wertvoll – unwiederbringlich. Maggie hatte das verstanden, ganz so, wie Sam es vorausgesehen hatte. Sie war nur zweimal in das kleine Haus ihrer Freundin zurückgekehrt, als sie zu müde war, um ihre Augen noch offenzuhalten. Beide Male hatte sie mit dem Gedanken gespielt, sich in das Bett in Pop-Pops Gästezimmer zurückzuziehen, aber die alten Ängste – *der alte Aberglaube*, wie sich selbst gegenüber inzwischen zugab – hatten sie jedesmal daran gehindert. Pop-Pop konnte das verstehen. Krankheit war der Alptraum jedes Piloten, Ärzte und Schwestern der Feind, der ihn jederzeit ohne Chance auf Widerspruch an den Boden fesseln konnte. Nein, sie konnte unmöglich im selben Haus schlafen, aus demselben Grund, aus dem sie nicht eine längere Zeit in einem Krankenhaus hätte zubringen können. Die Nähe von Kranken weckte immer wieder dieselben alten irrationalen Ängste.

Sie hatte die Krankenschwester getroffen, die Pop-Pop angestellt hatte, Lorna Millington. Sie war streng und professionell, aber ganz sicher nicht ›die Reinkarnation von Attilas Kindermädchen‹, wie Jim Dooley sie genannt hatte. Sam und Lorna hatten sich unterhalten, während Pop-Pop schlief. Sie war Sams einzige vertrauenswürdige Auskunftsquelle, was den wirklichen Gesundheitszustand ihres Großvaters betraf. Pop-Pop konnte sie nicht fragen, und selbst wenn er ihr geantwortet hätte, wäre sie sich nie sicher gewesen, ob er die Wahrheit nicht ›beschönigt‹ hätte, um sie zu schonen. Sie hatte erfahren, daß die Krankheit ihn zerriß und der Krebs sich von seiner Leber durch das gesamte Lymphsystem bis ins Hirn ausgebreitet hatte. Seine Nieren waren von den Giftstoffen aus dem gefolterten Gewebe schon fast völlig verwüstet, und sein Herz wurde schwächer.

Wie wird er sterben? Die Frage hatte Sam auf der Seele gebrannt, aber sie hatte sich nicht überwinden können, sie laut auszusprechen. Glücklicherweise hatte Lorna es ihr erspart. Wenn er Pech hatte, durch Ausfall der Nieren, hatte die Schwester erklärt, mit allen schrecklichen Konsequenzen. Aber wenn er Glück hatte – *Glück! Was für eine* schreckliche *Verwendung dieses Wortes*, dachte Samantha, *und dabei sogar noch korrekt* –, brachte der Krebs in seinem Gehirn ihn vorher um, ›schaltete ihn ab‹, möglicherweise im Schlaf.

»Warum ist er dann nicht in einem Krankenhaus, um Himmels willen?« hatte Samantha gefragt. Lorna hatte ihr keine Antwort gegeben, aber das war auch nicht nötig gewesen. Sam wußte die Antwort in dem Augenblick, in dem sie die Frage stellte: *Weil Pop-Pop nicht in einem antiseptischen, charakterlosen Krankenhauszimmer sterben will. Er will abtreten, wie er gelebt hat – zu* seinen *Bedingungen.*

Als sie zu Hause in Venice diesen letzten Besuch bei Pop-Pop plante, hatte Sam sich das große Haus bis auf sie, ihren Großvater und gesichtsloses medizinisches Personal leer vorgestellt. Aber sie hätte es von Anfang an besser wissen müssen: Jim Dooleys Freunde ließen ihn nicht einsam sterben. Sie kamen in einer Stafette zu Besuch – Dutzende, zig Dutzende, einzeln oder in kleinen Grüppchen. Nur wenige blieben lange da, es waren bloß kurze Besuche – eine Chance, ein letztes Mal Erinnerungen aufzufrischen, bevor die lange Nacht anbrach. Viele waren aus Pop-Pops Generation, in den Sechzigern und Siebzigern – aber es kamen auch einige jüngere Besucher. *Verehrer*, dachte sie gelegentlich, *Bittsteller fast. Pilger, Hadschis, auf Wallfahrt zu einem Schrein oder einer geheiligten Stätte.* Sie waren wie der junge Ingenieur, Macintyre, erkannte sie. Jim Dooley war ihr Mentor; er hatte ihr Leben irgendwie berührt, und jetzt kamen sie aus dem ganzen Kontinent hierher, um ihm auf die einzige Weise zu danken, die sie kannten – mit ihrer Gegenwart, jetzt, da es zu Ende ging.

Die Gesichter, die sie erkannte, boten jedesmal eine Überraschung. Es waren Gesichter, die sie in den

Büchern über das Fliegen gesehen hatte, die sie als Kind verschlungen hatte, in Dokumentationen und Zeitschriftenartikeln. Größtenteils Piloten: Flugjockeys mit Geschwindigkeits- und Höhenrekorden wie Sid Warner, den sie schon getroffen hatte, und auch neue Gesichter wie Jacqueline Cochran. Mitglieder der Testfliegerbruderschaft, die ganze Generationen von Experimentalflugzeugen auf Test- und Probeflügen ›ausgewrungen‹ hatten.

Und dann waren da die Forscher. Bergsteiger, die Mordgipfel wie den K2 und den Kantschindschunga bezwungen hatten. Polarforscher wie Will Steger. Zuerst war Sam entgeistert. *Was haben die mit Pop-Pop gemein?* Aber dann fand sie die Antwort. *Ihre Gemeinsamkeit ist das Erforschen von Extremen, im Fliegen oder in der Landschaft. Sie sind alle bis an die Grenzen gegangen und haben sie ein Stück weiter vorgeschoben.*

Und am Morgen des vierten Tags traf ein Telegramm ein, das sie hoch zu Pop-Pop brachte.

Jim, lautete der Text, *sorry, daß es dieses Jahr nichts wird. Die Sierra Nevada wird nie mehr wie früher sein.* Die Unterschrift lautete ›Chuck Yeager‹.

Chuck Yeager? *War* das *der ›gute Freund‹, der Pop-Pop zum erstenmal zu Fuß in die Berge geschleppt hatte?*

Im allgemeinen hielt sich Sam zurück, wenn die Gäste da waren. Immerhin waren sie nicht ihretwegen gekommen, und die Zeit, die sie sich mit ihr unterhielten, ging von ihrer Besuchszeit bei Pop-Pop ab. Sie waren natürlich alle freundlich und höflich, und die meisten schienen erfreut, Jim Dooleys Enkelin kennenzulernen. Aber abgesehen von einer Begrüßung und ein wenig Geplauder gab es wenig Gesprächsstoff zwischen ihnen und Sam.

Sie war im allgemeinen gegen 2 Uhr wieder bei Maggie, um auf dem quietschenden Schrankbett ein wenig zu schlafen. Dann, noch bevor Maggie aufgestanden war, lenkte Sam Grendel wieder nach Süden auf den

Highway 101, während die Sonne gerade über den Klamath Mountains aufging.

Pop-Pop baute mit jedem Tag schneller ab. Seine Augen wirkten wie zersprungene Murmeln, und sein Atem rasselte. Lorna Millington war rund um die Uhr bei ihm – an Freizeit war nicht mehr zu denken – und gönnte sich zwischendurch nur ein, zwei Stunden Schlaf in der Bibliothek im Untergeschoß, die sie für sich in Schlafzimmer und Büro umgewandelt hatte. (Mit einem gewissen Schuldgefühl machte Sam sich klar, daß Pop-Pop das Gästezimmer für *sie* freihielt, falls sie es doch einmal brauchte, statt es seiner Pflegerin zu geben.) Zwischen den Besuchen saß Sam bei ihrem Großvater und hielt seine welke Hand. Wenn er wach war, redeten sie – nichts von Bedeutung, nur Reminiszenzen von der Art ›Weißt du noch, wie …‹. Aber er ermüdete jetzt schnell, und die immer stärkeren Schmerzmitteldosen vernebelten häufig seinen Geist. Aber Sam war es zufrieden, einfach stumm neben ihm zu sitzen und dem Fluß zu lauschen, der endlos und unveränderlich unter den Klippen entlangrauschte.

James R. Dooley, Sr., starb um 3 Uhr 17 am Morgen des 26. Juli, ohne noch einmal aufgewacht zu sein.

Sam war nicht da; *natürlich nicht*, schalt sie sich in Gedanken. Sie hatte ihrem schlafenden Großvater gegen 2 Uhr einen Kuß auf die Stirn gedrückt und war die fünf Meilen nordwärts nach Nesika Beach gefahren. Es war ihr nicht leichtgefallen, ihre brennenden Augen offenzuhalten. Sie hatte traumlos geschlafen, bis der Wecker sie um 5 Uhr aus dem Schlummer gerissen hatte. Dann war sie wieder in Grendel gesprungen und an das Ufer des Rogue zurückgekehrt.

Sie *fühlte* es, kaum daß sie durch die Tür trat. Tief in ihren Eingeweiden wußte sie, daß er nicht mehr da war. Es war still, niemand rührte sich … aber es war mehr als nur das. Etwas war aus dem großen, komfortablen

Haus verschwunden – hatte der Welt Lebewohl gesagt. Sie sank in dem breiten, mit Teppich ausgelegten Flur in die Hocke, den Rücken an der Eingangstür. Der Flur im ersten Stock war dunkel. Am Kopf der Treppe hatte immer ein schwaches Licht gebrannt. Jetzt nicht mehr. Die Treppe wirkte plötzlich steil, schwer zu erklimmen. Sie wischte sich die Augen. Ihre Finger blieben trocken.

Keine Tränen?

Nein, erkannte sie, die Tränen würden später kommen. Wenn die Endgültigkeit des Geschehenen wirklich zu ihr durchgedrungen war, erst dann würde sie weinen können.

Lorna Millington fand sie so kauernd vor, ungezählte Minuten später. Die Schwester sagte nichts – schließlich gab es nichts zu sagen. Samantha sah hoch und der älteren Frau in die Augen. Ja, auch dort sah sie, daß etwas fehlte. Mehr als nur den Verlust eines Patienten? *Ja*, dachte Sam, *Jim Dooley hat auch ihr Leben berührt …*

Es kostete ihre ganze Kraft, aufzustehen. Sie tat einen Schritt auf die Treppe zu.

Die Hand der Schwester auf ihrem Arm war sanft, aber sie stoppte Sam ebenso wirkungsvoll, wie es ein Schraubstock getan hätte.

»Ich muß ihn sehen.« In ihren eigenen Ohren klang Sams Stimme leer, trostlos.

Lorna zögerte, dann nickte sie mit einem traurigen Lächeln. Sam konnte die Blicke der älteren Frau in ihrem Rücken spüren, als sie die leise knarrenden Stufen hinaufstieg.

Die Vorhänge in Pop-Pops Schlafzimmer waren wegen des Morgenlichts teilweise zugezogen. Im Zwielicht hätte man fast meinen können, er schlafe nur, wie er dort lag, auf dem harten, eckigen Bett. *Fast …* Seine Augen waren geschlossen, seine Züge entspannt und friedlich. Aber sie wußte, er war tot, konnte es fühlen. Hier war der Brennpunkt der Leere, die sie schon im Eingangsflur gespürt hatte.

Zärtlich hob sie seine Hand von der Decke. Die Haut spannte sich über den Knochen – *wie die Bespannung eines alten Doppeldeckers, stramm über die hölzernen Spanten gezogen.* Sie war kühl, aber nicht kälter als in der Nacht zuvor. Sie hob sie an die Lippen, küßte sie sanft.

Und dann kamen die Tränen.

Der Arzt kam und ging, absolvierte die Formalitäten. Dann kamen die anderen: jung, in schwarzen Anzügen, in ihre berufsmäßige Ernsthaftigkeit gehüllt wie in einen Mantel. Samantha folgte ihnen in den Ort. Grendel verfolgte ihr schwarzes Fahrzeug wie ein Raubtier auf den Fersen einer trägen Beute. Vom Parkplatz aus sah sie hilflos zu, wie sie Pop-Pops mit einem Laken abgedeckten Leichnam ins Bestattungsinstitut trugen. Sie konnte ihnen nicht folgen, jetzt nicht. Als die schwere Tür sich hinter ihnen schloß, hallte der Schlag wie eine Totenglocke durch ihren Geist.

Die Zeremonie fand am nächsten Tag statt, einem Montag. Wie Pop-Pop gesagt hatte, waren alle Vorbereitungen bereits getroffen. (Auf gewisse Weise fand Sam das traurig: Sie hätte es vorgezogen, irgendwie an diesen letzten Schritten beteiligt zu sein. Aber gleichzeitig begrüßte ein Teil von ihr die Ruhezeit, die ihr gestattete, den Trauerprozeß seinen Anfang nehmen zu lassen.) Die Trauerandacht fand in kleinem Kreis statt: Sam, Sid Warner und – zu Samanthas Überraschung – Maggie Braslins. Zuerst war Sam verwirrt. Hatte jemand wie Jim Dooley nicht eine größere, besser besuchte Beerdigung verdient, damit seine Freunde ihm Lebewohl sagen konnten? Aber später verstand sie, daß sie sich bereits auf eine Weise von Pop-Pop verabschiedet hatten, die ihm sehr viel mehr bedeutet hatte als irgendeine religiöse Zeremonie, an die er nie wirklich geglaubt hatte. Aber eine Totenwache hätte zu dem Stil gepaßt, in dem er gelebt hatte, dachte sie. Eine traditionelle Wake im irischen Stil, auf der seine Freunde ein Glas Whiskey auf sein Angedenken trinken konnten. *Aber wenn er eine Totenwache gewollt hätte, dann hätte er eine arrangiert.* Vielleicht war es besser für seine Freunde, sich auf ihre Art von ihm zu verabschieden, statt einen bestimmten Rahmen von jemand aufgezwungen zu bekommen, der selbst nicht mehr teilnehmen konnte.

Samantha und Maggie saßen nebeneinander in der kleinen Begräbniskapelle, und die ältere Frau schniefte leise, während der Bestatter seine leeren Wendungen herunterbetete. Simon Warner saß allein in einer der hinteren Reihen, die silberne Mähne in erstaunlichem Kontrast zu seinem schwarzen Anzug. Sein Gesicht wirkte ausdruckslos, sein Blick bedeckt, aber Sam konnte die Trauer hinter dieser unnachgiebigen Fassade spüren. Seine Selbstbeherrschung schuf eine Art *Abwehrzone* um ihn herum – zumindest erschien es Sam so –, eine Barriere, die zu durchbrechen sie kein Bedürfnis verspürte. Hätte sie ihn nicht an jenem zweiten Tag in Pop-Pops Zimmer getroffen, hätte sie ihn jetzt für gefühllos und abweisend gehalten. Aber so wußte sie, daß die Wahrheit unendlich komplexer war.

Schließlich teilte sich der Vorhang an der Stirnwand des Raumes, und unter den süßlichen Klängen falscher Engelschöre glitt der Sarg in das Krematorium. Der Vorhang schob sich zurück vor die Tür, und es war vorbei. Sid Warner war bereits fort, als Sam dem Bestatter die Hand geschüttelt hatte – sie verspürte keinerlei Bedürfnis, den Mann zu berühren oder sich seine öligen Beileidsbezeugungen anzuhören, aber sie akzeptierte die Notwendigkeit, bestimmte Höflichkeitsformen einzuhalten. Sie seufzte. Es war schon seltsam: Sie kannte Simon Warner kaum, aber sie konnte das Gefühl der … Seelenverwandtschaft schien das einzig treffende Wort dafür zu sein … nicht abschütteln, das sie wenige Tage zuvor in Jim Dooleys Krankenzimmer empfunden hatte. Es wäre schön gewesen, noch einmal mit dem älteren Mann zu reden.

Aber es gibt Wichtigeres, rief sie sich zur Ordnung, mit einem letzten traurigen Blick auf den geschlossenen Vorhang und das leere Sarggestell.

Sie sah Sid Warner aber noch am selben Tag wieder: im Wartezimmer vor dem Büro des Bestatters, als Sam zurückkehrte, um Pop-Pops Überreste abzuholen. Er stand auf, als sie eintrat, und warf ihr ein Lächeln zu, das den Raum zu erleuchten schien.

»Samantha.«

»Sam«, korrigierte sie unwillkürlich. Dann: »Was machen Sie hier? Ich dachte, Sie wären schon...« – sie zuckte die Achseln – »... na ja, wohin immer Sie müssen.« Sie sah ein schiefes Lächeln auf das Gesicht des Piloten treten und fügte hastig hinzu: »Nicht, daß ich Sie nicht gerne sehe oder so.«

Das ließ ihn eine Augenbraue hochziehen. »Vor dreißig Jahren hätte mich so ein Satz im Kreis rennen und eine Tragfläche nachziehen lassen«, lachte er. »Ach was, noch vor *zwanzig* Jahren.« Sein Lächeln verblaßte, und er warf einen Blick auf die Tür zum Büro des Bestatters. »Schätze, ich war doch noch nicht wirklich fertig mit ihm.« Er versuchte, eine leichte Note in den Satz zu legen, schaffte es aber nicht ganz.

Samantha nickte. Wortlos ergriff sie die Hand des alternden Piloten. Seine blaßgrauen Augen weiteten sich überrascht. Dann kehrte sein Lächeln zurück, und er drückte dankbar ihre Hand.

Die Tür des Büros öffnete sich, und der Bestatter trat heraus. In seinen Händen hielt er eine Messingurne von einfacher Eleganz – *mit übertriebener Vorsicht, als hätte er es mit einer Ampulle Pestbazillen zu tun,* dachte Sam pietätlos. Trotz bester Absichten fühlte Sam ihre Augen feucht werden, als sie die Urne sah. *Das ist alles, was von ihm geblieben ist ...*

Der Bestatter nickte ihnen zu. »Ms. Dooley, Mr. Warner.« Seine dünnen Brauen hoben sich fragend.

Sam trat vor und nahm die Messingurne entgegen.

Neben ihr räusperte sich Warner. »Samantha«, begann er. Dann verbesserte er sich hastig: »Sam. Ich hätte eine Frage.« Er stoppte, als suche er nach den richtigen Worten, um ein kniffliges Thema anzuschneiden.

»Ja?« half sie nach.

»Ich wollte nur fragen ... also, ob Sie irgendwelche *Pläne* haben.« Er gestikulierte unbestimmt in Richtung der Urne.

Samantha blinzelte. »Pläne?«

Warner nickte. »Yeah. Ich frage mich, ob Sie sich schon Gedanken gemacht haben, wo ... was ...« Er stockte wieder. *Als ob er es nicht über sich bringt, die Worte auszusprechen*, dachte Sam verständnisvoll: *»Was hast du mit der Asche vor?«*

»Wenn nicht«, fuhr der Pilot hastig fort, »hätte ich vielleicht einen Vorschlag.«

Samantha sah auf in das Gesicht des alten Mannes und erkannte seine Verlegenheit. *Typischer Jetjockey*, dachte sie freundlich. *Den Tod spricht man einfach nicht an, nicht wahr?* Auf gewisse Weise war Warners Unbehagen ergreifend. »Er hat mir gesagt, wo, Sid«, meinte sie leise. »Kings Canyon. Die Sierra Nevada.«

Er lächelte. »Natürlich. Seit Chuck ihm den Ort das erstemal gezeigt hat, konnte er nicht genug davon bekommen.«

Sam nickte. *Chuck Yeager*, dachte sie bei sich. *Wie ich es mir vorgestellt habe.* »Woran hatten Sie gedacht?« fragte sie nach einer Weile neugierig.

»Spielt keine Rolle. Kings Canyon ist passend.«

»Nein«, hakte sie nach. »Es interessiert mich.«

Warner zuckte die Schultern. »Okay. Also, wissen Sie, da gibt es dieses ... ich schätze, Sie könnten es ein *Museum* nennen. Ein Ort, um die Namen derer zu ehren, die an die Grenzen vorgestoßen sind. Ein paar der anderen haben es arrangiert, daß ihre Asche dort aufbewahrt wird, und ich dachte ...« Er zuckte wieder die

Achseln. »Also, ich dachte, Jimmy könnte es gefallen, bei seinen Kollegen und Kameraden zu ruhen. An Kings Canyon hatte ich nicht gedacht, aber eigentlich finde ich die Idee noch besser.« Er lachte. »Jimmy war einfach nicht der Typ für drinnen, nicht wahr?« Er klopfte auf den Urnendeckel.

»Wo *ist* dieser Ort?« fragte Samantha neugierig. »Ich habe nie von etwas Derartigem gehört.«

»Werden Sie wohl auch kaum, wenn Sie kein Testpilot sind. Testflieger werden nicht zu Berühmtheiten. Nicht wie die Büchsenfleisch-Pseudopiloten, die sich abgesetzt haben, um bei Mercury, Gemini oder Apollo mitzumischen.«

Sam lachte laut über die Mißbilligung in der Stimme ihres Gegenübers. »Möglicherweise würde ich mir das gerne mal ansehen.«

»Wann immer Sie in der Nähe sind«, erwiderte Warner leichthin. Sein Lächeln verblaßte, und er streckte noch einmal die Hand aus, um das polierte Metall zu berühren. »Es dürfte Zeit werden«, sagte er zögernd, und wieder sah Sam den tiefen Schmerz in seinen Augen. Er wandte sich ab.

»Sid.«

Er drehte sich um.

»Sid, Mags und ich halten eine Art kleine Totenwache für Pop-Pop. Wenn Sie …«

Warner lächelte. »Eine Mini-Wake, eh? Gerne, Sam, aber ich kann nicht. Verpflichtungen, einfach keine Zeit und all der Mist.«

»Können Sie mir Ihre Telefonnummer dalassen?«

Er riß die Augen auf. »Ernsthaft?«

Sie zuckte die Schultern. »Es wäre doch schade, jemanden aus den Augen zu verlieren, der Pop-Pop gekannt hat.«

Er seufzte und gab vor, enttäuscht zu sein. »Ach so, und ich dachte, es wäre mein männlicher Charme.« Er klopfte seine Taschen ab. »Keine Visitenkarten.« Er streckte den Arm aus und griff sich ein Blatt Papier von einem nahen Tisch. Hastig kritzelte er eine Zahlenfolge. »Rufen Sie an, wann immer Sie wollen, Sam. Jimmys Enkelin ist auch meine Enkelin...« – seine Miene fiel komikerhaft in sich zusammen –, »... und da ich weder an Inzest noch an Country-Musik interessiert bin, muß ich zugeben, das ist so ziemlich das Traurigste, was ich seit Jahren gehört habe.«

Sam lachte laut auf. »Klarer Himmel«, rief sie ihm hinterher, als er das Wartezimmer des Bestattungsunternehmens verließ.

Die Messingurne stand neben Samantha auf dem Kopilotensitz der *Yellow Bird*, von einem Sicherheitsgurt festgehalten. Unter ihr lagen die Berge der Sierra Nevada in all ihrer Pracht, zerklüftete Gipfel, die in den Himmel ragten und das kleine Flugzeug zwischen ihren Hängen einschlossen. Auf den höchsten Bergspitzen erstrahlte Schnee in unfaßlichem Weiß, während die tieferen Hänge baumbewachsen waren. Das Gelände war phantastisch – wahrhaft *phantastisch*, wie etwas aus einem Traum oder einer Phantasievorstellung. Sie hatte die Sierra Nevadas schon früher überflogen, aber sie hatte sie sich nie wirklich *angesehen*, nicht so wie jetzt. *Wie mag es sein, da unten zu sein? Zu Fuß, umgeben von diesen Bergen, die Gipfel über sich aufragen zu sehen? Es muß wunderbar sein.*

Sie seufzte, und wieder einmal vernebelte sich ihr Blick. Sie rieb sich die Augen. *Pop-Pop hatte recht*, dachte sie. *Das ist der richtige Ruheplatz für ihn, nicht die zahmen Hügel von Eagle Mountain. Und auch nicht Sid Warners Testpilotenmuseum.*

Sie nahm vorsichtig Gas weg und fiel um tausend Fuß. Sie flog eine tiefe Schlucht mit steilen Wänden hinab. Einige Meilen voraus glitzerte ein Bergsee in der Sonne. Den Steuerknüppel zwischen den Knien, griff sie hinüber auf den Sitz neben sich und löste den Gurt, der die Urne hielt. Die Tragflächen wackelten leicht, als sie den Messingbehälter in den Schoß nahm. Eigentlich hätte sie aus Sicherheitsgründen einen Kopiloten mitnehmen müssen, der die Kontrollen für sie übernahm, während sie Pop-Pops letzten Wunsch erfüllte. Sie wußte, daß Maggie bereitwillig mitgekommen wäre. Möglicherweise fühlte die ältere Frau sich sogar übergangen, weil sie nicht eingeladen worden war, mitzufliegen, aber es erschien ihr einfach richtiger, diesen letzten Akt allein durchzuführen.

Sie schob das kleine Seitenfenster neben sich auf. Der Sog peitschte durch die Kanzel und trug den klaren, sauberen Geruch der Berge, der Schneewüste herein. Vorsichtig nahm sie den Deckel von der Urne und hob den Behälter ans Fenster.

Vorsichtig jetzt. Sie mußte die Urne weit aus dem Fenster halten, unter den Rumpf, damit der Sog den Inhalt davontrug. Sie lächelte ein wenig traurig. *Irgendwie habe ich meine Zweifel, daß Pop-Pop begeistert darüber wäre, die Ewigkeit hinten im* Yellow Bird *zu verbringen.*

Langsam drehte sie die Urne um. Der Wind erfaßte die feine, körnige Asche und trieb sie in einer sich schnell auflösenden Wolke davon. *Adieu, Pop-Pop.*

Samantha stellte die leere Urne wieder auf den Sitz neben sich und schloß das Fenster. Mit einem letzten Blick auf die Berge unter sich, *die Berge, durch die Pop-Pop mit Chuck Yeager gewandert ist,* zog sie die Glasair in den Steigflug und drehte in Richtung Küste ab.

5

Samantha und Maggie Braslins hielten in der Nacht ihre eigene Totenwache in sehr kleinem Kreis ab – nur sie beide, ein paar von Maggies alten Fotoalben und eine Flasche Jack Daniel's. Das Ganze war Maggies Idee gewesen. Sam hatte befürchtet, es könnte schlimm werden, aber das hatte ihre ältere Kameradin zu verhindern gewußt. Sie war eisern, was die Traditionen einer Wake anging (Samantha vermutete, daß sie in ihrem Leben schon an einigen teilgenommen hatte), und bestand darauf, daß Traurigkeit bei dieser Veranstaltung ganz und gar unangebracht war. Sinn und Zweck einer Wake war das *Feiern*, nicht das Trauern: Sie feierten die Tatsache, daß Jim Dooley gelebt hatte, und ehrten seine Stärken und Leistungen. Überhaupt, hatte Maggie erklärt, ließ sich das gesamte Konzept mit einem Satz zusammenfassen, den sie Jahrzehnte zuvor bei einer Baptisten-Beerdigung in den Südstaaten aufgeschnappt hatte: »Wir danken Dir, Herr, daß Du uns diesen guten Menschen für eine kleine Weile ausgeliehen hast.« Samantha hatte zögernd genickt. Ihre Trauerarbeit war noch keineswegs vorbei, aber es mußte möglich sein, sie für eine kurze Zeit zu unterbrechen und Dankbarkeit für die Erfahrungen zu zeigen, mit denen Pop-Pop ihr Leben bereichert hatte. *Wir danken Dir, Herr*, betete sie stumm.

Maggie war jetzt in den Fünfzigern und hatte erst mit Mitte Zwanzig ein ernsthaftes Interesse am Fliegen entwickelt. Trotzdem hatte sich ihre ›Laufbahn‹ mit der Jim Dooleys gekreuzt – mehr als Sam ahnte, wie sich herausstellte. Nach der ›Taufe‹ der Whiskeyflasche blätterte Maggie durch die Fotoalben, bis sie das Bild gefunden hatte, nach dem sie suchte. Es war ein typisches Pilotenfoto, dachte Sam: ein Haufen Leute mit zerzausten Haaren vor einem Flugzeug, irgendwo auf einem gottverlassenen Rollfeld.

»Mein Geburtstag«, stellte Maggie fest. »1965. Das bin ich.« Mit einem breiten Zeigefinger klopfte sie auf die Gestalt in der Mitte der körnigen Schwarzweißaufnahme. »Ich war dreiunddreißig.«

Sam lächelte. Ja, das war unverkennbar Maggie. Dasselbe Lächeln, dieselbe großzügige Figur. Der einzige erkennbare Unterschied war, daß ihre Haare noch keine Spur von Grau zeigten.

Einen Augenblick lang wurde Sam von der Maschine im Hintergrund abgelenkt: einem spitznasigen Jet mit Deltaflügeln.

»Eine Mirage III«, beantwortete Maggie die unausgesprochene Frage. »Dassault-Breguet. Französisch. Eine modifizierte Ausbildungsmaschine, zweisitzig.« Sie grinste breit. »Alles in allem ein beachtliches Geburtstagsgeschenk.«

»Was?«

Maggie lachte. »Nicht das Flugzeug. *Knüppelzeit* in ihrem Cockpit.« Sie zeigte auf eine andere Gestalt auf dem Foto, einen breitschultrigen, athletisch gebauten Mann mit einem Arm um Braslins' Schultern. »Es war Bobbys Idee. Bobby Atlow. Wir waren damals *so dicht* dran zu heiraten.« Sie lächelte warm. »Um genau zu sein, wir lebten miteinander. Bobby wollte mir ein Geschenk machen, an das ich mich immer erinnern würde: ein Flug in einem Düsenjäger und die Chance, ihn selbst zu steuern. Ich ahnte nichts. Ich wußte nur, daß Bobby irgendwas arrangiert hatte, bevor er mich an dem Morgen zum Flugfeld rausbrachte, aber ich hatte keine Ahnung, was. Der Typ hier« – wieder deutete sie auf eine der Personen auf dem Foto, diesmal einen hochgewachsenen, hageren Mann auf ihrer anderen Seite – »wartete auf uns. Ein französischer Luftwaffenoffizier namens Gilles. Er half mir, mich in den Overall zu zwängen, und dann nahm er mich mit rauf für eine

Stunde des größten Vergnügens, das ich je voll angezogen hatte.« Sie zeichnete mit der Fingerspitze die Linien des Jets nach. »Es war dieser Flug, der mir den Floh ins Ohr setzte, mir ein eigenes Düsenflugzeug anzuschaffen, und so bin ich schließlich an meine T-38 gekommen.«

»Alles dank Bobby«, sagte Sam. »Wie hat er das geschafft? Ein französischer Jäger, ein französischer Pilot? Himmel, '65 war die Dassault Mirage State-of-the-Art, oder irre ich mich?«

»Oh, Bobby wußte, wie er bekam, was er wollte. Oder, um genau zu sein, er wußte, *mit wem er reden mußte*, um zu bekommen, was er wollte. Und in diesem Fall kannte er *diesen* Typ hier.« Sie deutete auf eine der Gestalten in der hinteren Reihe der Gruppe – leicht verschwommen, das Gesicht im Schatten der scharfkantigen Jettragfläche.

Sam lehnte sich vor, neigte das Buch ins Licht. *Ist das?*

Ja, es war Jim Dooley, Sr. – fit, robust, sonnengebräunt, Anfang Fünfzig. Die einzelnen Gesichtszüge waren undeutlich, aber die Art, wie sie sich zum generellen ›Eindruck‹ des Gesichts zusammensetzten, war unverwechselbar. Sie sah wortlos zu ihrer Freundin auf.

Maggie nickte bestätigend. »Jim Dooley. Einer von Bobbys Hunderten von Kontakten.« Sie seufzte. »Ein bemerkenswerter Mann, dieser Bobby Atlow. Er zog Menschen an wie ein Magnet Eisenspäne. Zu schade, daß die meisten davon Frauen waren«, stellte sie mit einem Grinsen fest.

»Du kanntest Pop-Pop, vor all den Jahren.«

»Ich bin ihm *begegnet*, ich *kannte* ihn nicht«, korrigierte Maggie schnell. »Er hat Bobby geholfen, mein Geburtstagsgeschenk zu arrangieren, und danach ist er wieder verschwunden. Ich habe ihn nicht *kennengelernt*, bis ich von dir erfahren habe, daß wir praktisch Nachbarn waren, und selbst da …« Sie zuckte die Achseln. Sanft nahm sie Sam das Album aus der Hand und schloß es. »Ich weiß gar nicht, warum ich dir das überhaupt gezeigt habe, Kiddo«, gab sie zu. »Ich schätze ... vielleicht ... einfach, um dir noch eine Facette seines Lebens zu zeigen. Ich weiß nicht.«

Sam nahm die Hand ihrer Freundin. »Ich bin froh, daß du es mir gezeigt hast.« Sie hob das Whiskeyglas zu einem Trinkspruch. »Wir danken Dir, Herr – ob Du tatsächlich existierst oder nicht, Du geheimniskrämerischer Bastard –, daß Du uns Jim Dooley für eine Weile ausgeliehen hast. Und ich hoffe, Du behandelst ihn gut, jetzt, da Du ihn zurückhast.«

Maggie strahlte. »Darauf trinke ich.«

Am nächsten Morgen schlief Sam aus und ließ sich Zeit mit dem Aufstehen. Trotzdem war sie schon auf den Beinen, bevor Maggie sich auch nur rührte. Zum Glück für ihren gepeinigten Schädel war der Tag trübe und bedeckt. Sie wanderte nach unten und machte auf dem Weg zur Kaffeemaschine einen Umweg durch das Wohnzimmer, um den Schaden der Nacht zu begutachten.

Maggies Lieblingsaschenbecher, das Wellenlager eines alten Flugzeugsternmotors, quoll über vor Kippen, und das Kratzen in Sams Hals erinnerte sie daran, wie viele sie davon selbst geraucht hatte. Auf dem Kaffeetisch standen zwei ›Abschüsse‹ – eine leere Jack-Daniel's-Flasche und eine Weinflasche, in der nur noch ein Fingerbreit Flüssigkeit war. Sam starrte sie trübsinnig an. *Sour-Mash Bourbon und Weißwein. Kein Wunder, daß ich mich so beschissen fühle.*

Nach dem Frühstück ging es ihr jedoch schon sehr viel besser. Kaffee und Cornflakes beruhigten ihren Magen, und die Kopfschmerzen gingen von einem bösartigen Hämmern bis auf ein sanftes Sticheln irgendwo in der Nähe der Stirnhöhlen zurück. Nach der dritten Tasse starken Kaffees räumte sie ein wenig auf und leerte vor allem den Aschenbecher. Die leeren Flaschen ließ sie allerdings auf dem Tisch stehen, als Erinnerung an die Aktivitäten der vergangenen Nacht – für Maggie, wenn sie sich erst wieder nach unten wagte.

Während sie vor sich hin arbeitete, nagte etwas an ihr, das unverwechselbare Gefühl, etwas Wichtiges vergessen zu haben, irgend etwas, das ihr im Wirbel des gestrigen Tages entgangen war. *Aber was?*

Auf der Suche nach einem Einfall, irgend etwas, das eine Assoziation wecken und die Erinnerung wachrütteln konnte, ließ sie den Blick durch die Küche schweifen. Als sie den Notizblock neben der Tür sah, fiel es ihr ein.

Pop-Pops Memoiren. Verdammt!

Sie zwang sich zu entspannen, einen Augenblick lang tief durchzuatmen. *Kein Problem*, dachte sie. Jim Dooley hatte ihr gesagt, daß die Memoiren wichtig waren – zu wichtig, um darauf zu warten, daß die Testamentsvollstrecker sie ihr auf dem üblichen Weg überließen. Aber er hatte ihr auch gesagt, sie solle warten, bis er tot sei, bevor sie darin las. Sie hatte sich doch nicht zu lange Zeit gelassen?

Was immer, dachte sie mit einem Schulterzucken. *Es ist mir wieder eingefallen, und ich werde mich jetzt gleich darum kümmern.* Sie kritzelte ihrer Freundin eine kurze Notiz auf den Block neben dem Telefon, schnappte sich den Mantel und ging nach draußen, wobei sie darauf achtete, die Tür leise hinter sich ins Schloß zu ziehen.

Der kalte Fahrtwind vertrieb die letzten Reste ihrer Kopfschmerzen, als sie Grendel nach Süden drehte und Gas gab. Als sie an Pop-Pops Auffahrt eintraf, fühlte sie sich wieder ganz wie ein Mensch.

Sie war sich nicht sicher, was genau sie am Haus erwarten würde. Seit sie erwachsen war, hatte sie nie mit dem Tod und seinen Folgen zu tun gehabt und hatte keine Ahnung, wie derlei Angelegenheiten üblicherweise geregelt wurden. Die Anwälte würden sicher Pop-Pops Testament lesen, wahrscheinlich innerhalb der nächsten ein, zwei Tage. Das dürfte einfach genug sein, und sie erwartete keine Probleme. Danach würden es die Vollstrecker übernehmen und dafür sorgen, daß die richtigen Leute die richtige Erbschaft erhielten. *Aber was passiert bis dahin?* fragte sie sich. *Steht das Haus einfach leer?*

Als sie um die letzte Kurve der Auffahrt kam und anhielt, sah sie die Antwort auf ihre Frage. Vor dem Haus parkte ein gelber Ford Bronco, auf dessen Tür ein Wappen prangte, das ihn als Eigentum von Curry Private Security auswies. *Private Security? Ein privater Sicherheitsdienst?* Aber als sie darüber nachdachte, erschien ihr das gar nicht mehr so erstaunlich. Pop-Pop hatte eine Menge kostbaren Besitz; zum Beispiel den Jensen, aber auch einige kleinere Teile, die viel leichter abzutransportieren waren, und ein leerstehendes Haus konnte eine zu große Versuchung für Einbrecher sein. Offensichtlich wollten die Anwälte oder Testamentsvollstrecker oder wer auch immer kein unnötiges Risiko eingehen.

Ein schlanker, blonder junger Mann in einer kurzärmeligen dunkelblauen Uniform kam ums Haus, als Sam aus dem Mustang stieg. Seine strenggeschnittene Uniform ließ ihn wie einen Cop aussehen, und die *Ausrüstung* an seinem Gürtel unterstrich diesen Eindruck: eine kleine Taschenlampe, Handschellen, ein Walkie-Talkie und ähnliches. *Aber keine Pistole*, registrierte sie. Sie sah mit einer gewissen Erheiterung zu, wie er näher kam. Er war jung, beinahe ein Milchgesicht, und das Ergebnis seiner Anstrengungen, sich einen ›regulären‹ Polizisten-Schnäuzer wachsen zu lassen, war dünn und flaumig, fast weiß auf seiner sommersprossigen Haut. Er bewegte sich unbeholfen, schien unsicher, wie er sich geben sollte. *Er hat noch keine Erfahrung*, entschied sie, *und die Uniform ist eine Nummer zu groß für ihn – nicht für seinen Körper, aber für sein* Innenleben *ganz bestimmt.*

Sie verbarg ihre Einschätzung hinter einem freundlichen Lächeln. »Hi.«

»Hi, äh ...« Er zögerte, offensichtlich unsicher, wie er weiter vorgehen sollte. »Äh, kann ich irgend etwas für Sie tun ... äh ... Ma'am?«

Ma'am? Sam kämpfte gegen ein breites Grinsen an. Sie klopfte dem jungen Mann auf die Schulter, während sie an ihm vorbei zum Haus ging. »Nein, ist schon okay, danke.«

»He, Moment mal.« Er klang erschreckt.

Immer noch lächelnd, drehte Sam sich zu ihm um. »Ja?«

»Sie ... Sie können da nicht rein.«

Ihr Lächeln verschwand. »Ach?«

»Tut mir leid, Ma'am.«

Sam reckte sich zu voller Körpergröße und fixierte ihn mit einem Blick unverhüllter Verachtung. »Jetzt hören Sie mal gut zu«, herrschte sie ihn an. »Mein Name ist Samantha Dooley. Ich bin die Enkelin von Jim Dooley, Sr., dem Mann, dem dieses Haus gehört. Mein Großvater. Okay?«

Der Wachmann zog ein Notizbuch aus der hinteren Hosentasche und blätterte hastig auf die gesuchte Seite. »Samantha Dooley ...«, murmelte er. Nach ein paar Sekunden sah er hoch und schüttelte den Kopf. »Tut mir leid, Ma'am. Sie stehen nicht auf der Liste.«

Das ist allmählich nicht mehr witzig, Blondie. Sam hatte Mühe, ihre wachsende Verärgerung zu kontrollieren. »Und was für eine Liste wäre das?«

»Die Liste der Personen, die ich ins Haus lassen darf. Sie stehen nicht drauf.«

»Zeigen Sie mal her.« Sam riß dem Mann das Notizbuch aus der Hand, ohne sich um sein protestierendes »He!« zu kümmern. Sie überflog die kurze Namensliste – nur sechs Personen, allesamt männlich. Keiner der Namen war ihr auch nur entfernt vertraut. Mit einem gesetzten »Danke« reichte sie dem jungen Wachmann sein Buch zurück.

Dann versuchte sie es noch einmal. »Hören Sie, ich

weiß, Sie machen nur Ihre Arbeit, aber wer immer Ihnen diese Liste gegeben hat, war wohl ein wenig verwirrt. Ich bin Jim Dooleys Enkelin. Wenn Sie wollen, kann ich mich ausweisen. Ihre Vorgesetzten haben sicher nicht beabsichtigt, daß Sie Jim Dooleys einzige lebende Verwandte – und seine Erbin, was das angeht – aus seinem Haus fernhalten. Was meinen *Sie*?«

Er zögerte, aber dann riß er sich zusammen. »Ich weiß nur, daß Sie nicht auf der Liste stehen.« Er zog die Schultern zurück. »Und ich würde auch den Präsidenten der Vereinigten Staaten abweisen, wenn er nicht auf der Liste steht«, stellte er ein wenig selbstgefällig fest.

»Wer hat Sie beauftragt, dieses Haus zu bewachen?«

Der Mann kaute auf der Unterlippe. An einem seiner Zähne fehlte ein Stück. »Ich glaube nicht, daß ich befugt bin, Ihnen das zu sagen«, meinte er zögernd.

Sam verspürte einen unbändigen Drang, loszuprusten. »Sie wissen es selbst nicht, was?«

Beleidigt steckte der Wachmann die Daumen in den Ausrüstungsgürtel und schob den Brustkorb vor. »Sorry, Ma'am«, erklärte er brüsk, »aber ich kann Sie nicht in dieses Haus lassen.«

Sam kochte. *Ich könnte Blondie auf seinen kümmerlichen Arsch werfen und ihm mit seinem Gürtel die Luft abschnüren, bevor er auch nur mitbekommt, daß ich mich bewegt habe*, dachte sie.

Ruhig bleiben, Dooley. Sie konzentrierte sich auf ihre Atmung und ließ die Wut abklingen, die in ihren Eingeweiden brodelte. Dann zwang sie sich ein Lächeln aufs Gesicht. »Na schön«, stellte sie so leichthin wie möglich fest. »Dann werde ich mal wieder abfahren. Einen schönen Tag noch.«

Der Wachmann blieb in Pose, während sie in Grendel stieg und den schweren V-8-Motor anwarf. Sie fuhr langsam davon und unterdrückte die Versuchung, die Räder durchdrehen zu lassen und ihn mit einem Kieshagel zu überschütten. Im Rückspiegel konnte sie den blonden Wachmann beobachten, bis er hinter einer Kurve verschwand.

Sam fuhr kaum schneller als im Kriechtempo zurück auf die Straße und drehte nach links ab, in Richtung Küstenhighway. Nach knapp hundert Metern hielt sie auf dem Seitenstreifen an. *Warum nicht?* Sie lächelte, als sie den Motor abstellte und ausstieg.

Pop-Pops Haus lag an der Rückseite eines riesigen Grundstücks, fast dreimal so groß wie die meisten Parzellen in dieser Gegend. Schon seit Jahren war er von Maklern bedrängt worden, zu verkaufen oder seinen Besitz zumindest aufzuteilen. Aber Pop-Pop hatte Wert auf seine Privatsphäre gelegt. Er hätte sich nur zehn, zwölf Meter neben einem Nachbarn unmöglich wohl fühlen können. Da war es viel besser gewesen, das ganze Gelände zu behalten und sich eine Pufferzone zum Rest der Menschheit zu bewahren. Beim Bau des Hauses hatte er das Gelände für das Fundament und die unmittelbare Umgebung gerodet. Der Rest war unberührt geblieben – über viertausend Quadratmeter jahrhundertealter Wald und dichtes Unterholz.

Samantha wanderte offen sichtbar die Straße hinunter – wer weiß, wie die Nachbarn beim Anblick einer ›herumschleichenden‹ Fremden reagiert hätten? – und durch Pop-Pops Tor. Sobald sie außer Sicht der Straße war, tauchte sie in den Schatten eines breiten Baumstamms und überdachte die taktische Lage. Die gekurvte Auffahrt verbarg das Haus zum Tor hin… und umgekehrt. Sam ging tiefer in den Wald, bis sie keine Gefahr mehr lief, von jemandem bemerkt zu werden, der auf der Straße vorbeikam.

Sie hockte sich ins Gebüsch und sah zum Haus hinüber. Durch die Bäume und das Unterholz konnte sie einzelne gelbe Flecken sehen: der Ford Bronco des Wachmanns. Sie benutzte den Wagen als Orientierungspunkt und schlich sich durch das Unterholz. Als sie sich dem Waldrand näherte, wurde sie langsamer. Dann duckte sie sich in die Deckung eines großen Gebüschs.

Von hier aus hatte sie eine gute Sicht auf die gesamte Hausfront. Der Wachmann – ›Blondie‹ – stand noch mehr oder weniger dort, wo sie ihn verlassen hatte, knapp vor den Stufen hinauf zur Eingangstür. Er sah sich um, schien die Umgebung abzusuchen. Anscheinend zufrieden über das Ergebnis seiner Kontrolle, griff er in die Tasche und zog eine Packung Zigaretten heraus. Sam grinste böse, als er sich eine ansteckte und einen tiefen Zug nahm. *Rauchen im Dienst, ja? Das ist bestimmt nicht erlaubt. Er hat kontrolliert, ob ihn auch keiner sieht.* Als er den Rauch ausatmete, fühlte sie den Wunsch, sich ebenfalls eine anzustecken. *Ich habe nie wirklich Schluß gemacht,* stellte sie wieder fest.

Sie machte es sich auf dem unebenen Boden bequem. Einen Augenblick lang fragte sie sich, was sie eigentlich hier tat. *Warum mache ich mir überhaupt soviel Arbeit? In den nächsten zwei Tagen wird hier nichts abhanden kommen.*

Es ging wohl ums Prinzip. *Das ist jetzt* mein *Haus. Die Anwälte sind nur noch nicht soweit. Für wen, zum Teufel, halten die sich, mich nicht in mein eigenes Haus zu lassen?* Und dann waren da noch Pop-Pops Wünsche. Warum auch immer, aber er hatte es für wichtig erachtet, daß Sam seine Memoiren an sich nahm und sie las, *ohne* auf den Abschluß der rechtlichen Prozeduren zu warten.

Der Wachmann rauchte seine Zigarette auf und warf sie, ohne sie auszudrücken, in das Blumenbeet rechts neben der Tür. Sam kicherte, als er mit beiden Zeigefingern seinen spärlichen Schnurrbart glättete. Dann wanderte er nach rechts davon und verschwand hinter dem Haus.

Als ich Blondie getroffen habe, kam er von links, erinnerte sie sich. Wahrscheinlich ging er jetzt wieder einmal rund um das Gebäude. *Los geht's.*

Sie verließ die Deckung der Bäume und lief über den Kiesplatz, vorbei an dem Bronco zur Haustür. Sie holte die Schlüssel aus der Tasche und suchte den Hausschlüssel, vorsichtig, damit sie nicht klimperten. Da war er, ein großer, silberner Weiser. Sie schob ihn ins Schloß, drehte und hörte den Riegel zurückschnappen. Sie huschte hinein und schloß leise die Tür.

Zwei Jahre zuvor hatte Jim Dooley eine Alarmanlage installiert. Die Kontrolltafel aus einer kleinen Zifferntastatur und einem grünen und roten Statuslämpchen befand sich an der gegenüberliegenden Wand. Sam beeilte sich, ans andere Ende des Flurs zur Tastatur zu kommen, und streckte die Hand aus, um den Autorisationscode einzutippen, bevor die 30-Sekunden-Frist verstrichen war. Aber das System war nicht eingeschaltet. Das grüne Licht brannte. *Was für eine Nachlässigkeit*, dachte sie. *Einen Wachmann anzuheuern, aber nicht einmal den Alarm einzuschalten. Was ist denn das für eine Sicherheit?*

Sie atmete tief durch. *Na schön, drin bin ich.* Die Memoiren lagen oben in Pop-Pops Bibliothek – zumindest hatte sie *angenommen*, daß sie dort lagen, als sie sich mit ihrem Großvater darüber unterhalten hatte, und er hatte nicht widersprochen. Also würde sie dort anfangen.

Sie ging die Treppe bis zum ersten Absatz hinauf und sah sich vor, den Kopf unterhalb des Fensters zu halten. Vorsichtig sah sie hinaus in den Garten. *Da ist er.* Die blaue Uniform des Wachmanns war vor dem Gebüsch und dem Wald deutlich auszumachen. Sie wartete, bis er um die Ecke hinters Haus ging und nicht mehr zu sehen war. Dann ging sie weiter.

Die Tür zu Pop-Pops Schlafzimmer am Ende des Flurs im ersten Stock war geschlossen. Sam fühlte Erleichterung. Schon der Blick in das Zimmer hätte genügt, den Schmerz wieder zu wecken, den sie noch nicht verarbeitet hatte. Die Tür zu seiner Bibliothek, dem ersten Raum auf der rechten Seite, stand einen Spalt auf. Leise drückte Sam sie auf und trat ein.

Plötzlich war ihre Kehle wie zugeschnürt, und ihre Augen füllten sich mit Tränen. *Er ist immer noch hier.* Der Gedanke drängte sich ihr auf. *Jedenfalls ein* Teil *von ihm. Er ist noch hier und wird immer hier bleiben.* Sie schloß die Tür hinter sich und lehnte sich an, während sie sich umsah.

Die Jalousie am einzigen Fenster in der gegenüberliegenden Wand war heruntergelassen. Aber es war hell genug, um die vertraute Einrichtung zu erkennen. Unter dem Fenster stand Pop-Pops kleiner Schreibtisch. In einer Ecke stand ein zwei Jahre alter Macintosh unter einer Plastikhülle. Sam lächelte. Ihr Großvater hatte den Computer auf ihr Drängen hin angeschafft, aber sie war ziemlich sicher, daß er ihn nie ernsthaft benutzt hatte. Die Wand rechts von ihr wurde bis zur Decke von einem bis auf den letzten Zentimeter gefüllten Bücherregal eingenommen. Andere Bücher, die keinen Platz mehr auf den Regalbrettern gefunden hatten, stapelten sich in den Ecken. Die linke Wand hing voller Fotografien – gerahmten Erinnerungen, farbigen und schwarzweißen Momentaufnahmen aus dem Leben des Jim Dooley, Sr. Sie zog den hohen ledernen Bürosessel unter dem Schreibtisch vor und setzte sich. Mit dem Handrücken wischte sie die Tränen ab.

Pop-Pop liebte es, hier zu sitzen, erinnerte sie sich. *Er fand es hier gemütlich.* Ihre Gedanken drifteten zurück zu einem ihrer ersten Besuche, als sie im Gästezimmer neben der Bibliothek übernachtet hatte. Mitten in der Nacht – es mußte so etwa 3 Uhr morgens gewesen sein – war sie aufgestanden, um sich ein Glas Wasser zu holen. Im dunklen Flur hatte sie den gelben Lichtschein der Lampe unter der Tür zur Bibliothek gesehen. Neugierig hatte sie die gutgeölte Tür leise aufgestoßen. Ihr Großvater hatte in einem abgegriffenen Morgenmantel in diesem Chefsessel gesessen und war so in ein Buch vertieft gewesen, daß er sie überhaupt nicht bemerkt hatte. Selbst jetzt noch, Jahre später, sah Sam das

Lächeln vollkommener Zufriedenheit auf seinem Gesicht vor sich.

Mit einiger Anstrengung verdrängte sie die Erinnerungen. *Ich bin aus einem bestimmten Grund hier*, rief sie sich ins Gedächtnis.

Der Schreibtisch war der geeignetste Ausgangspunkt für ihre Suche. Sie öffnete nacheinander alle drei Schubladen. In der ersten fand sie nur den üblichen Bürobedarf: Bleistifte, Kugelschreiber, einen Hefter, drei Blocks gelbe Post-it-Zettel. In der zweiten lagen zwei grüne Kunstlederordner. Sie holte sie heraus, löste die Velcro-Verschlüsse und öffnete sie auf ihrem Schoß. Versicherungspolicen, erkannte sie sofort: Lebensversicherung, Hausrat und eine dritte, die wohl den *Yellow Bird* betraf. Ihr war unbehaglich. *Ich will an die Lebensversicherung im Augenblick nicht einmal* denken, *geschweige denn die Police lesen.* Sie schloß die Ordner und legte sie zurück. Die unterste Schublade enthielt ein Notizbuch mit Spiralbindung ohne Aufschrift. *Bingo,* dachte sie, als sie es hervorzog, und schlug die erste Seite auf.

Sie sah mit einem Blick, daß das hier nur das Logbuch des *Yellow Bird* war. Details der Betriebsstunden, Wartungsarbeiten, Treibstoffkosten und so weiter. Sie blätterte es schnell durch. Nichts, was auch nur entfernt an Memoiren erinnerte. Mit einem Stirnrunzeln legte sie das Logbuch zurück und stieß den Sessel weg. Wo konnten die Memoiren sonst sein? Sie drehte den Sessel langsam und suchte das Zimmer ab. Es enthielt keine Aktenschränke oder ähnlich offensichtliche Aufbewahrungsorte. *Also im Regal.* Sie stand auf und trat hinüber an die Regalwand. *Am besten methodisch,* dachte sie. *An einem Ende anfangen und die einzelnen Bretter abarbeiten.*

Sie hatte das erste Regalbrett noch nicht abgesucht, als sie bereits lächelte – möglicherweise etwas traurig. *Ich hatte seinen Lesegeschmack ganz vergessen,* sinnierte sie. *So schnell vergessen.* Jim Dooley war immer eine Leseratte gewesen. Aber im Gegensatz zu anderen begeisterten Lesern, die sie kannte, hatte er so ziemlich *alles* verschlungen, von Detektivgeschichten über Biographien und militärhistorische Werke bis zu philosophischen Traktaten. Und er wollte seine Bücher *besitzen*, statt sie aus einer Bücherei zu leihen. Er fand Gefallen an dem Gedanken, daß sie *sein* waren.

Das muß man sich mal ansehen. Ihr Blick ging noch einmal an dem Regalbrett entlang. Ein einzelner Hardcoverband von *Lord of the Rings*, daneben *Gray's Anatomy*, daneben Attenboroughs *Life on Earth*, daneben *The Complete Shakespeare*, daneben *The Seven Minutes* von Irving Wallace. Sie erinnerte sich, daß er ihr einmal erklärt hatte, er habe so viele Bücher, daß die einzig logische Vorgehensweise darin bestand, sie nicht nach Titel, Thema oder Autor, sondern nach Größe zu sortieren, um Platz zu sparen.

Sam seufzte. Wenn sie die ganze Regalwand absuchen mußte, würde das einige Zeit dauern. Aber welche andere Möglichkeit hatte sie schon? Sie beugte sich vor, um das nächste Brett zu betrachten, und lehnte sich dabei mit der Hüfte an den dunklen Eichenrahmen.

Als sie sich anlehnte, schien das Regal etwas nachzugeben, und sie hörte ein leises, aber hartes metallisches Klicken. Instinktiv sprang sie zurück und hob die Arme über den Kopf. *Was für eine idiotische Art zu sterben: ein Bücherregal umzuwerfen und von den Werken der Weltliteratur erschlagen zu werden.*

Nichts fiel herab. Nichts brach zusammen. Verwirrt trat sie näher, um das Regal zu untersuchen.

Sie bemerkte sofort, daß sich etwas verändert hatte. Der Rand des einen Meter breiten Regalabschnitts, an den sie sich angelehnt hatte, stand gute fünf Zentimeter vor. *Das sah vorher anders aus, das weiß ich genau*, dachte sie. Sie zögerte, dann streckte sie die Hand aus und drückte gegen den vorstehenden Rahmen. Das Holz gab etwas nach, dann spürte sie Widerstand. *Wie von einer Feder*, fand sie. Sie drückte fester, bis der vorstehende Rand wieder auf selber Höhe mit dem Rest der Regalwand war. Als die Bretter sich trafen, erklang ein weiteres Klicken, und der Gegendruck verschwand. Sie trat einen Schritt zurück, wußte aber bereits, was sie sehen würde. Das Regal bot wieder eine Einheit. Selbst wenn man wußte, wonach man Ausschau halten mußte, war kein Unterschied zwischen diesem und irgendeinem anderen Abschnitt zu erkennen. *Hinter diesem Regalabschnitt verbirgt sich … was? Eine Art Geheimfach? Die Art Versteck, in dem man private Dokumente aufbewahrt – so etwas wie seine Memoiren?*

Sie drückte noch einmal auf dieselbe Stelle. Diesmal wußte sie, was sie zu erwarten hatte: Sie beobachtete die Bewegung in der Regalwand und sah ihre Vermutung bestätigt. Der Teil, der sich verschob, war etwa einen Meter breit und zwei Meter hoch. Ungefähr von der Größe einer Tür.

Der vorstehende Teil des Holzrahmens bot einen adäquaten Griff. Vorsichtig zog sie daran. Zuerst spürte sie Widerstand und fragte sich, ob es noch einen Riegel oder ein Schloß gab, das sie öffnen mußte. Aber dann überwand ihr Zerren die Trägheit des vollen Bücherregals, und der Regalabschnitt schwang langsam und lautlos auf, wie eine Tür. Sie hielt an, als die Öffnung gute sechzig Zentimeter breit war. Hinter der Tür war es dunkel. Sie konnte nicht erkennen, wie weit hinein es ging, aber irgendwie *fühlte* sie, daß es sich um einen recht großen Raum handelte. *Ein ganzes verstecktes Zimmer.*

Das durch die heruntergelassene Jalousie einfallende Dämmerlicht genügte, um sich in Pop-Pops Bibliothek zurechtzufinden, aber es reichte nicht bis in diesen neuen Bereich hinein. Wo war der Lichtschalter? Es mußte einen geben. Vielleicht hinter der Tür.

Eine Weile zögerte sie. Der Griff ins Dunkel, in den geheimnisvollen schwarzen Raum auf der Suche nach dem Lichtschalter hatte etwas … nicht wirklich Beängstigendes, aber schon etwas *Beunruhigendes.* Dann lachte sie ängstlich, von ihrer eigenen Regung peinlich berührt. *Zu viele Horrorfilme gesehen,* schalt sie sich selbst. *»Nein, Sam, geh nicht so ganz allein in den dunklen Keller …«* Sie schob die Hand an der Wand entlang in die Dunkelheit und tastete nach dem Schalter.

In dem Augenblick, in dem ihre Hand in den Raum eindrang, flammte ein Licht auf und vertrieb die Dunkelheit. Sie unterdrückte einen überraschten Aufschrei. *Nimm dich zusammen,* herrschte sie sich selbst verächtlich an. *Pop-Pop hat einen Bewegungssensor eingebaut. Das ist noch kein Grund, sich naß zu machen.*

Sie tat einen tiefen Atemzug, um sich zu beruhigen, und trat durch die Geheimtür.

6

Das also ist Pop-Pops Allerheiligstes. Sein geheimer Zufluchtsort. Einen Augenblick lang fühlte sich Samantha wie von der Wirklichkeit abgeschnitten. *Ich drehe durch,* dachte sie benommen. *Das ist wie in einem … einem Film oder so. In Wirklichkeit haben Leute keine Geheimzimmer.*

Aber andererseits, warum nicht? Warum sollten sie keine haben, wenn sie eine Notwendigkeit dafür sahen und ihr Haus selbst entwarfen und bauten? Je mehr sie darüber nachdachte, um so besser gefiel ihr der Gedanke. *Ich hätte nichts dagegen, auch eines zu haben,* mußte sie zugeben, *und für Pop-Pop muß der Gedanke unwiderstehlich gewesen sein – eine Art Streich, den er der ganzen restlichen Welt spielen konnte.* Die Existenz dieses ›Allerheiligsten‹ erklärte auch einiges, was ihr immer zu denken gegeben hatte. Für einen Mann mit einer fünfzigjährigen Laufbahn als Berufspilot hatte Jim Dooley, Sr., bei ihr immer den Eindruck hinterlassen, ungewöhnlich wenige Souvenirs und Erinnerungsstücke zu besitzen. Sicher, er hatte seine Bücher und Fotos gehabt, an der Wand der Bibliothek und auch anderswo im Haus, aber das war es auch so ziemlich. Da hatte es keine Flugzeugmodelle, verzierten Kaffeetassen und andere ›Trophäen‹ gegeben, wie sie Piloten beinahe immer ansammelten. *Teufel, selbst* Mags *hat ihren Aschenbecher als Erinnerung an eine ihrer ersten Maschinen.* Statt anzunehmen, daß Pop-Pop sich so sehr von allen anderen Piloten unterschied, denen sie je begegnet war, war es da nicht vernünftiger, anzunehmen, daß er einfach einen privateren Ort gefunden hatte, um seine Kostbarkeiten aufzuheben?

Die fensterlose ›innere Bibliothek‹ war geräumiger, als sie erwartet hatte: knappe zwei Meter breit schätzungsweise und vielleicht vier Meter tief. Und sie war sichtlich überfüllt. Fotos – gerahmt und ungerahmt, schwarzweiß und in Farbe – füllten zwei der Wände. Eine dritte war zugestellt mit kleinen Borden und Regalen, die eine verwirrende Masse *Zeug* trugen: Modelle, Plaketten und Ehrungen, sogar zwei Orden in einem gläsernen Schaukasten. Plötzlich wurde Sam klar, daß ihr Mund offenstand, und sie schloß ihn mit hörbarem Klacken. Sie fühlte ein warmes Schaudern bittersüßer Nostalgie. *Sein ganzes Leben ist hier aufgebaut,* dachte sie. *Pop-Pops ganzes Leben. Alles, was ihm wichtig war.*

Langsam näherte sie sich einer der Fotowände, streckte zögernd die Hand nach einem der Bilder aus. Es war ein körniges Gruppenfoto, in Farbe, und zeigte Jim Dooley mit Mitte Vierzig, zwischen sechs anderen Männern, alle in militärisch geschnittenen Fliegeroveralls. Ein kleines Kind von vielleicht vier Jahren saß auf der Schulter eines der Männer. Sam beugte sich vor und versuchte das Einheitsabzeichen auf der Brustpartie von Pop-Pops Overall zu erkennen, aber die Auflösung des Fotos war zu schlecht. Sie wollte weitergehen, aber eines der Gesichter in der hinteren Reihe fiel ihr ins Auge. Wieder beugte sie sich vor und kniff die Augen zusammen. Sie schüttelte den Kopf. Das *konnte* Simon Warner sein, aber es war unmöglich mit Gewißheit zu sagen.

Das nächste Bild war viel älter – schwarzweiß, mit dem geringen Kontrast, den Sam mit Bildern aus der Zeit des 2. Weltkriegs assoziierte. Da war Pop-Pop wieder, jetzt als kraftstrotzender junger Mann Mitte Zwanzig, der aus dem Cockpit einer P-51 Mustang kletterte. Abschußmarkierungen auf dem Rumpf unter der Kanzel zeigten, daß er zwei feindliche Maschinen bestätigt und eine ›wahrscheinlich‹ vom Himmel geholt hatte.

Sam erkannte keinen der beiden Männer auf dem nächsten Foto. Auch dies war ein grobkörniges Schwarzweißbild, das diesmal zwei Männer in altmodischen Anzügen zeigte, die vor einem Ding standen, das Sam an einen frühen Bathyskaph erinnerte.

Vor dem nächsten gerahmten Foto blieb Sam stocksteif stehen. Wieder war Jim Dooley, Sr., zu sehen, ein großer, schlaksiger Jüngling nicht älter als zwanzig. Neben ihm stand eine schlanke, graziös wirkende Frau in den Dreißigern mit einem rätselhaften Halblächeln, das Haar leicht zerzaust, und mit Augen, so tief wie das Meer. Beide trugen Fliegermontur: hohe Schnürstiefel, Broadclothhosen und verschlissene lederne Fliegerjacken. Sam starrte mit weit aufgerissenen Augen auf das Bild. Sie erkannte die Frau. Sie hatte dieses Gesicht mit ebendiesem Lächeln auf den Seiten Dutzender Biographien und Fliegeralmanache gesehen. *Amelia Earhart, das muß sie sein. Pop-Pop kannte Amelia Earhart – es sieht sogar aus, als wäre er mit ihr geflogen.* Sie konnte nicht fassen, daß er ihr das nie gesagt hatte!

Es sei denn, es war eine Art Promostunt gewesen, dachte sie plötzlich. *Ein Foto von Ihnen mit Lady Lindy für nur einen Dollar.* Das konnte es gewesen sein.

Aber diese Erklärung glaubte sie selbst nicht so recht. Vorsichtig nahm sie das gerahmte Foto von der Wand und drehte es um. Im Rahmen steckte eine vergilbte Visitenkarte. G. P. PUTNAM'S SONS, PUBLISHERS, und eine Telefonnummer in New York. Aber es war der handschriftliche Vermerk auf der Karte, der Sams Aufmerksamkeit erregte. *Für Jimmy,* las sie. *Nur der Himmel ist die Grenze! In Freundschaft, A. E.*

Leicht benommen hängte sie das Bild wieder an die Wand. *Was hat Sid Warner letztens gesagt? ›Stille Wasser sind tief …‹*

Sie überflog die übrigen Fotos mit zunehmender Eile. Jim Dooley in verschiedenen Stadien seiner Laufbahn, vor den unterschiedlichsten Flugzeugen. Gruppenbilder, lässig und posiert, von Männern und Frauen, die ihr unbekannt waren. Amateurfotos von Freunden und Kollegen.

Sie blieb plötzlich stehen, als ihr ein anderes Bild ins Auge fiel. Jim Dooley, wie es schien jetzt Ende Dreißig, grinste breit und schüttelte die Hand eines gebeugten Mannes mit wirrem grauem Haar, einem Schnauzbart wie einem Handfeger und den traurigen Augen eines Menschen, der die dunkelsten Geheimnisse der menschlichen Seele kennengelernt hatte. *Albert Einstein.*

Sam schüttelte langsam den Kopf. *Das gibt es doch nicht*, sagte sie sich. *Einstein. Earhart. Wie hat er die getroffen? Wie hat er sie kennengelernt? Was, zum Teufel, hat Pop-Pop getrieben?*

Und ein weiteres Bild erregte ihr Interesse. Es hing ein gutes Stück jenseits des Einsteinfotos. Es war größer als der Rest, in brillanter, lebendiger Farbe. Eine Landschaft, offenbar aus der Luft aufgenommen. Ein Strand aus schwarzem Sand, mit Schlangenlinien von leuchtendem Blaugrün durchzogen, an der Küste eines gewaltigen Ozeans. In einer nicht abschätzbaren Entfernung von der Küste ragten gewaltige zerklüftete Felssäulen aus den Wellen, in einer Reihe wie monolithische Wachtposten. Sam hatte ähnliche Formationen an den Küsten von Oregon und Kalifornien gesehen, aber irgend etwas an diesen Säulen ließ sie sehr viel größer erscheinen. *Ja*, dachte sie, als sie das Bild studierte. *Ich kann die Wellen sehen, die sich am Fuß der Säulen brechen. Wenn das Wellen von durchschnittlicher Höhe sind, dann …* Wieder schüttelte sie den Kopf. *Nein, das kann nicht stimmen*, entschied sie. *Nirgendwo auf der Welt gibt es eine Meile hohe Felsnadeln.*

Sie entschied, daß es ein Gemälde sein mußte. Ein äußerst detailliertes fotorealistisches Gemälde, aber ein Gemälde. *Das muß es sein.* Als sie sich ein paar Jahre zuvor kurz mit Science Fiction beschäftigt hatte, war sie auf einige höchst bemerkenswerte Gemälde gestoßen, die beinahe vertraute Szenen hätten darstellen können, wäre da nicht irgendein phantastisches Element gewesen: zwei Sonnen am Himmel zum Beispiel oder ein gepanzerter Ritter auf einem Dinosaurier. *Bemerkenswerte Leistung. Und bemerkenswert beunruhigend …* Hastig wandte sie sich von der fremdartigen Landschaft ab.

Was war das?

Sie schreckte hoch wie unter einem Elektroschock.

Ein Geräusch von unten. Ein metallisches Klicken. *Wie ein Schlüssel in der Haustür. Der Wachmann …* Sie sah sich wild um, kämpfte plötzlich mit Schuldgefühlen.

Eine Sekunde später hatte sie sich wieder in der Gewalt. *Kein Grund zur Panik, meine Güte,* dachte sie verärgert. *Vielleicht muß er nur mal aufs Klo.*

Sie hörte ein weiteres leises Klicken, als die Haustür sich schloß. *Er ist sehr leise, wenn ich es recht bedenke. Als ob er keine Aufmerksamkeit erregen will, wer immer es ist.*

Plötzlich fühlte Sam sich sehr unsicher. *Wenn man das Gesetz strikt auslegt, habe ich wahrscheinlich überhaupt kein Recht, hier zu sein,* erinnerte sie sich. Und die Nähe der rätselhaften Bilder und unwahrscheinlichen Souvenirs verstärkte ihr Gefühl des Unbehagens nur noch. *Es ist, als ob man an einen Ort zurückkehrt, von dem man glaubt, ihn zu kennen, und dann feststellt, daß eine ganze Menge von dem, was man zu wissen dachte, nicht stimmt.*

Lautlos trat sie aus dem Geheimzimmer zurück in Pop-Pops Bibliothek. Sie hielt den Atem an und lauschte. Stille.

Es ist also doch nur der Wachbubi, beruhigte sie sich selbst. *Er geht auf die Toilette, und dann wird er wieder nach draußen verschwinden, um im Garten Streife zu gehen – oder was er auch immer hier zu treiben gedenkt.*

Dann strafte ein erneutes Geräusch ihre Beruhigungsversuche Lügen. Leise knarrte Holz. *Die Treppe,* erkannte sie schockiert. *Jemand kommt die Treppe rauf.*

Was, zum Teufel, geht hier vor?

Wieder legten sich Schuldgefühle wie ein stählerner Reifen um ihre Brust. *Nein,* riß sie sich zusammen. *Ich bin hier nicht der Übeltäter. Oder wenigstens bin ich nicht* allein *unbefugt eingedrungen. Wer immer da auf der Treppe ist, hat hier ebensowenig zu suchen wie ich.*

Ein weiteres Knarren und ein Schaben, als etwas über die Wand am ersten Treppenabsatz strich. Sam lief es kalt den Rücken hinab, als sich Adrenalin in ihre Blutbahn ergoß. Plötzlich schienen ihre Sinneswahrnehmungen schärfer zu werden, so, als hätte jemand die ›Lautstärke‹ ihres Nervensystems aufgedreht. Sie fühlte sich bereit, geladen – *wie auf der Jujutsu-Matte unmittelbar vor dem Kampf.* Ihre Füße schienen den Boden nicht zu berühren, als sie zur offenen Tür der Bibliothek glitt. An der Türöffnung erstarrte sie wieder und setzte ihre erweiterten Sinne ein, so gut sie konnte.

Stille. Absolute Stille. Sie schloß kurz die Augen, konzentrierte sich ganz auf ihre anderen Sinne. In der Vergangenheit hatte sie manchmal, wenn sie bis zum äußersten gespannt war, den Eindruck gehabt, die Anwesenheit anderer Menschen in ihrer Nähe *spüren* zu können, indem sie auf verschiedene nicht bewußt wahrnehmbare Signale ihrer Sinnesorgane ›lauschte‹. Zumindest erklärte sie sich dieses Phänomen so. Jetzt fühlte sie nichts. Gar nichts.

Sie tat noch einen tiefen, beruhigenden Atemzug und ließ die Luft langsam und lautlos wieder aus. Sie schob sich in die Türöffnung, wagte einen kurzen Blick um die Ecke.

Der Eindringling war keinen Meter vor ihr, am Kopf der Treppe. Ein groß gewachsener Mann, breit und muskulös, in unauffälliger schwarzer Kleidung. Kurze schwarze Haare, ein Gesicht, das in der Menge unterging. Ein metallisches Glitzern in der rechten Hand – ein Schlüsselring. Sam sah ihn überrascht die grauen Augen aufreißen.

Aber das war das einzige Zeichen von Schock. Er reagierte augenblicklich und schlug mit der linken Faust zu.

Ihre eigene Reaktion war instinktiv, als ihr Jujutsu-Training übernahm. Sie ließ sich einen halben Schritt zurückfallen und blockte den Schlag gleichzeitig mit dem linken Unterarm ab. Bevor er sich erholen konnte, packte sie seine Rechte mit der eigenen, stieß den Daumen auf den Handrücken und grub die übrigen vier Finger in die Handfläche. Einen Augenblick später hatte sie auch mit der linken Hand zugepackt und übte im sogenannten Adlergriff Druck aus. Sich auf dem rechten Fußballen drehend, sprang sie auf ihn zu und beugte seinen Ellbogen schmerzhaft nach hinten, während sie das linke Bein hinter das seine brachte. Mit einem angestrengten Grunzen beendete sie das Manöver, indem sie den linken Ellbogen mit ganzer Kraft gegen sein Kinn donnerte. Der Mann schrie vor Schmerz und Schock auf, als er nach hinten wegkippte.

Sam versuchte, den Adlergriff um seine Hand beizubehalten, aber noch bevor er aufschlug, peitschte sein Bein bereits in einem blitzartigen Tritt gegen ihr ungeschütztes linkes Knie durch die Luft. Sie tänzelte außer Reichweite, verlor ihn dabei aber aus dem Griff. *Verdammt!* Sie kämpfte um ihr Gleichgewicht. *Der hat auch irgendeine Ausbildung.*

Sie setzte zu einem erneuten Angriff an, bereitete ihrerseits einen Tritt vor, aber bevor sie heran war, sprang ihr Gegner schon wieder wie von einer Feder getrieben auf. Sam sah ihn das Gewicht verlagern, und ihr geschärfter Instinkt ließ sie sich nach hinten werfen.

Gerade noch rechtzeitig. Sein rechter Fuß zuckte blitzschnell zu einem Schwungtritt gegen ihren Hals vor, dessen Wucht ihr bei einem Treffer den Kehlkopf eingedrückt hätte. *Jesus Christus!* Sie stählte sich für den nächsten Angriff.

Aber der kam nicht. Statt dessen drehte der Mann auf dem Absatz um und spurtete die Treppe hinunter. Sam setzte ihm augenblicklich nach, aber da hatte er schon einen guten Vorsprung aufgebaut. Er riß die Haustür auf, bevor sie auch nur auf dem Treppenabsatz war, und sprang hinaus in die Auffahrt. Ein Motor röhrte auf, und Sam wußte schon, welcher Anblick sie erwartete, als sie hinaus auf die Eingangsstufen kam.

In der Auffahrt stand ein unscheinbarer hellgrüner Chevy-Kombi mit grauen Flecken im Lack. Der Motor lief, die Tür auf der Beifahrerseite war offen. Sams Gegner hechtete durch die offene Seitentür, als der Fahrer aufs Gaspedal stieg. Der Wagen schoß in einer Kiesfontäne davon und raste mit wild ausschlagendem Heck auf die Zufahrt.

Wo, zum Teufel, steckt Blondie? Warum ist nie ein Wachmann zu finden, wenn man mal einen braucht? Der gelbe Ford Bronco parkte noch immer vor dem Haus, aber von dem Wachtposten war weit und breit nichts zu sehen. *Verdammt!* Sam blieb in Bewegung und rannte über den Zufahrtsweg hinter dem Kombi her. Dessen Fahrer hatte offensichtlich keine Verfolgung erwartet und war langsamer geworden, als er auf die Straße nach Gold Beach und zur Küste einbog. Sam war nur ein paar Dutzend Meter hinter ihm, als sie das Tor erreichte. Mit wild pumpenden Beinen warf sie sich in die Kurve. Der Motor des Kombi röhrte wieder auf, und der Wagen wurde schneller. Der Fahrer mußte sie im Rückspiegel bemerkt haben. Aber das war nicht schlimm. Grendel stand keine hundert Meter entfernt.

Zwanzig Sekunden später sprang sie auf den Fahrersitz, rammte den Schlüssel ins Zündschloß und startete den schweren Motor des Mustang. Der grüngraue Kombi war außer Sicht, aber das würde sich bald ändern. Sam kannte die Straße. Bis zur Küste gab es keine Möglichkeit, sie zu verlassen.

Der Motor sprang an. Sam trat das Gaspedal durch und gab die Kupplung frei. Grendel schoß vorwärts wie ein von der Kette gelassenes Raubtier. Die Reifen quietschten, und der scharfe Geruch verbrannten Gummis drang in ihre Nase. Das Heck des schweren Wagens drohte auszubrechen, aber sie hielt ihn auf. Die Nadel des Drehzahlmessers schob sich in den gelben Bereich, als sie hastig erst in den zweiten Gang, dann in den dritten schaltete. Der Wind peitschte ihre Haare. Ihre Gesichtshaut spannte, und sie erkannte, daß sie in wilder Freude grinste. *Du gehörst mir*, dachte sie. Es war nur eine Frage der Zeit. Der Schrottkombi hatte keine Chance, einem aufgemotzten 5-Liter-Mustang zu entkommen. Mit jedem Meter Straße mußte sich der Abstand zwischen den beiden Fahrzeugen verringern.

Dann stellte sie fest, daß er sich überhaupt nicht zu verändern schien. Als Samantha unter den Bäumen vorschoß und auf den US-Postbootsteg zuraste, war von dem Kombi noch immer nichts zu sehen. *Ha!* Da war er, ein limonengrüner Lichtblitz, auf dem Weg zum Highway 101. Sie trat das Gas durch, ließ den Motor frei.

Gefahr! Aus dem Augenwinkel bemerkte sie eine Bewegung – einen Stationwagon, der rechts aus einer Seitenstraße kam. Sie lehnte sich auf die Hupe, riß das Lenkrad nach links und sofort wieder zurück. Der Mustang scherte auf die Gegenfahrbahn und geriet auf einem Kiesstreifen böse ins Schleudern. Einen Sekundenbruchteil später hatte Sam ihn wieder in der Gewalt. Die Hupe des Stationwagon plärrte, vom Dopplereffekt verzerrt, hinter ihr durch die Luft.

Meine Güte, der Kombi ist schnell! In den ein, zwei Sekunden der Ablenkung hatte er fast die Kuppe des Hügels erreicht, auf dem die Küstenstraße auf den Highway 101 traf. Sam rammte den Schalthebel in den vierten Gang und trat wieder aufs Gas. Der Motor heulte auf, und die Tachonadel kletterte von ›verdammt schnell‹ auf ›Wahnsinn‹. Grendel erreichte den Fuß der Steigung zum Küstenhighway mit einem Sam durch Mark und Bein gehenden Knirschen der Stoßdämpfer. Sie stemmte das linke Knie fest gegen die Fahrertür, um nicht durch den Wagen geschleudert zu werden.

Der Kombi schien um nichts langsamer zu werden, als er die Kreuzung an der Hügelkuppe erreichte und nach rechts drehte – nach Norden. Mit einem gequälten Aufquietschen der Reifen schleuderte er auf allen vier Rädern, verfehlte nur knapp ein Stoppschild und einen Betonpfeiler und hinterließ vier schwarze Schleifspuren auf dem Asphalt. Einen Augenblick dachte Sam, diesmal hätte der Fahrer sich übernommen, und sie erwartete, den schweren Wagen jeden Moment durch die Leitplanke brechen und über die Klippen hinab ins Meer stürzen zu sehen. Aber offensichtlich war das Handling des Kombi sehr viel besser, als sie angenommen hatte. Er schleuderte wild hin und her über den Highway, während der Fahrer um die Kontrolle rang, dann heulte der Motor auf, und die Reifen quietschten, als er wieder beschleunigte.

Grendel war fast an der Hügelkuppe. Das Stoppschild und die Betonpfeiler in der Mitte der Kreuzung schienen ihr gesamtes Blickfeld auszufüllen. *Shit, Shit ...* Die Tachonadel zitterte um die 65 Meilen, und Sam mußte jetzt etwas unternehmen. Verzweifelt schaltete sie gleich vom vierten in den zweiten Gang und tanzte auf der Kupplung. Der Drehzahlmesser schoß in den roten Bereich, und der Motor kreischte auf wie eine geschundene Seele unter der Folter. Mit dem rechten Fuß trat sie einmal kurz auf die Bremse. Dann zog sie das Lenkrad bis zum Anschlag nach rechts.

Beinahe wäre es das Ende gewesen. Vor Beginn der Verfolgungsjagd hatte sie sich nicht die Zeit genommen, den Sicherheitsgurt anzulegen, und ohne den Halt des Schultergurts hätte die scharfe Drehung sie fast aus dem Sitz geworfen. Sie stemmte die linke Schulter und das Knie gegen die Fahrertür, preßte den linken Fuß auf den Wagenboden und zwang sich zurück in die Lederpolster.

Ich schaffe es nicht. Sie war zu schnell. Der Straßenbelag war zu schmutzig, um den breiten Pirellis die bestmögliche Haftung zu liefern. Das Lenkrad war bis zum Anschlag durchgedreht, und trotzdem schoß Grendel nach wie vor auf die Leitplanke auf der anderen Seite des Highway zu. In einem letzten verzweifelten Versuch, die Herrschaft über den Wagen zurückzugewinnen, trat sie ein einzelnes Mal das Gaspedal durch und nahm den Fuß dann ganz weg.

›Schubbetrieb-Übersteuerung‹ – so hatte es einer der Männer genannt, von denen sie Rennunterricht erhalten hatte. Das war, worauf sie es anlegte. Die Motorkompression verlangsamte die Antriebsräder *gerade genug*, und die hinteren Pirellis lösten sich von der Straße, während die Vorderräder ihre Haftung behielten. Das Heck des Wagens schlug hart aus und drohte den ganzen Wagen in eine unkontrollierte Drehung zu reißen. Aber Sam steuerte in die Schleuderbewegung. Ihre Knöchel am Lenkrad glänzten weiß vor Anstrengung. Sie trat wieder aufs Gas und lieferte den Hinterrädern Energie. Die Reifen faßten wieder, und Grendel sprang nach vorne. Gedankenschnell drehte Sam das Lenkrad in die entgegengesetzte Richtung, und wieder, und gleich noch einmal, um gegen die Tendenz des Wagens, auszubrechen, anzukämpfen. Der Motor kreischte, als sie das Pedal durchtrat und sofort wieder in den dritten Gang hochschaltete, dann in den vierten. Ihr war kalt – eine erste Nachwirkung des Adrenalins, das durch ihre Adern strömte –, und ihre Kaumuskeln schmerzten, so hatte sie die Zähne zusammengebissen. *Aber ich hab es geschafft, Gott steh mir bei*, stellte sie in Gedanken fest. *Ich hab es* geschafft! Wo war der Kombi?

Es war kaum zu fassen, aber der Kombi hatte den Abstand zwischen den beiden Wagen wieder vergrößert. Er war mindestens hundert Meter voraus und schien zu beschleunigen. Sam sah entgeistert zu, wie er sich am Otter Point in eine Kurve legte und sie wie auf Schienen absolvierte, nahezu ohne ein Wackeln. *Spezialmotor, Spezialaufhängung*, erkannte sie. *Was, zum Teufel, geht hier vor?* Sie trat das Gaspedal durch, beobachtete die Nadel des Drehzahlmessers, die sich der roten Linie näherte. Wieder stemmte sie sich gegen die Tür und warf Grendel, immer noch beschleunigend, durch die Otter-Point-Kurve.

Der Tacho zeigte fast 100 Meilen in der Stunde an, als sie aus der Kurve schoß. Vor ihr hielt der Kombi seinen Vorsprung, aber wenigstens schien er ihn nicht noch auszubauen. Sam versuchte, sich die Details dieses Highwayabschnitts ins Gedächtnis zu rufen. Nach Otter Point folgte eine ziemlich gerade Strecke aufwärts nach Nesika Beach, dann weiter nach Norden bis Ophir. Sie gestattete sich ein leichtes Lächeln. Auf einer offenen Geraden würde Grendel den Kombi abfrühstücken.

Die Küstenstraße war fast leer – *Gott sei Dank!* Zwei riesige, ausstaffierte Honda Gold Wings zogen nach Süden, und eine Gruppe nach Norden fahrender Biker hatte auf dem Seitenstreifen angehalten, um sich die wilde Jagd anzusehen. Ansonsten gab es keinen Verkehr. Der Mustang erreichte 120 Meilen, und das Donnern des Winds war lauter als der Motor. Die Luftwirbel peitschten Sams Hinterkopf und schleuderten ihre langen Haare nahezu waagerecht nach vorne. Sie hatte den Wagen noch nie so schnell offen gefahren. *Wie werden sich der Wind und die Turbulenzen auf das Handling auswirken, wenn ich ein Notmanöver ausführen muß?* überlegte sie mit einem unguten Gefühl in der Magengrube.

Die Tachonadel kroch weiter auf 130, dann 135. Grendel entwickelte eine beunruhigende Vibration, in der die gesamte Karosserie auf der harten Federung rhythmisch erbebte. Das Lenkrad unter Sams Händen zitterte wie ein lebendes Wesen. Hastig nahm sie Gas zurück und ließ die Geschwindigkeit unter 130 Meilen in der Stunde sinken. *Das ist schnell genug*, entschied sie. Endlich verringerte sich die Distanz zum Kombi – langsam, aber sicher. *Und was mache ich, wenn ich ihn eingeholt habe?* Sie verwarf den Gedanken so schnell, wie er gekommen war. *Eines nach dem anderen.*

Alle dreißig Sekunden zuckte eine weitere Meile Straße unter Grendels Rädern vorbei. Sie war keine fünfzig Meter mehr hinter dem Kombi. *Gleich sind wir in Nesika Beach,* erkannte sie. *Wenn wir durch den Ort fahren, muß der Kombi langsamer werden, oder?*

Sie hatte den beigelackierten Polizeiwagen passiert, noch bevor sie ihn überhaupt wahrgenommen hatte. Der Streifenwagen stand im Leerlauf auf dem Seitenstreifen, als Grendel vorbeischoß. Im Rückspiegel sah Sam die blauen und roten Blinklichter aufflammen, als der Polizeiwagen in einer Kiesfontäne auf die Fahrbahn schleuderte. *Toll, jetzt hänge ich echt in Delta Sierra. Was, zum Teufel, mach ich jetzt?*

Noch während sie sich die Frage stellte, hatte ihr Unterbewußtsein sie bereits beantwortet. Sie nahm den Fuß vom Gas und bremste leicht, während sie über den dritten in den zweiten Gang schaltete und die Geschwindigkeit des Mustang drosselte. Der grüngraue Kombi bremste nicht einmal andeutungsweise und verschwand hinter einer bewaldeten Kurve. *Verdammt!*

Als sie auf eine einigermaßen vertretbare Geschwindigkeit herabgebremst hatte, fuhr sie an die Seite. Grendels rechte Reifen knirschten über den Kies des Seitenstreifens. Sie sah den Polizeiwagen herankommen. Halb erwartete sie, daß er einen Bogen um sie machte und dem Kombi nachsetzte – es war doch wohl offensichtlich, daß der Fahrer des Kombi die Verantwortung für die Verfolgungsjagd trug –, aber statt dessen zog er hinter Grendel. Mit einem wilden Fluch stoppte sie den Wagen, hielt die Handbremse an und schaltete den Motor aus. Sie beobachtete im Seitenspiegel, wie der Streifenwagen etwa dreißig Zentimeter hinter der Heckstoßstange anhielt.

Durch die dunkle Windschutzscheibe des Wagens, auf der sich grell die Mittagssonne spiegelte, konnte sie die beiden Insassen nur als dunkle Silhouetten ausmachen. Keiner der beiden schien es sonderlich eilig zu haben auszusteigen. Über dem metallischen Knakken des abkühlenden Automotors vernahm sie ein leises elektronisches Knistern. *Sie sprechen über Funk,* erkannte sie. *Vielleicht fordern sie eine Straßensperre für den Kombi an.*

Schließlich öffneten sich beide Vordertüren des Polizeiwagens, und die beiden Beamten stiegen aus. Der Beifahrer blieb in der Deckung der offenen Autotür stehen. Sam konnte sich vorstellen, wie seine Hand auf dem Griff der Dienstpistole lag, bereit, einzugreifen, wenn es Schwierigkeiten gab. Der Fahrer, ein gutaussehender Schwarzer, kam langsam näher. Seine Miene war steinern, die Augen hinter einer verspiegelten Sonnenbrille versteckt. Sam hielt beide Hände auf dem Lenkrad, wo sie gut sichtbar waren. Der Polizist blieb neben dem Wagen stehen, kurz hinter ihrer linken Schulter – *damit ich ihm nicht die Tür gegen die Beine schlagen kann,* erkannte sie. *Er geht kein Risiko ein.* Sie sah mit nüchternem Gesichtsausdruck zu ihm hoch.

»Guten Morgen, Ma'am. Ist Ihnen klar, wie schnell…?«

»Etwa eins dreißig«, unterbrach Sam ihn. »Hören Sie, Officer…« Sie schaute auf das Namensschild an seinem Uniformhemd. »…Officer Belmont, ich verfolge einen Einbrecher, jemanden, der in das Haus meines Großvaters eingedrungen ist und mich angegriffen hat.«

Belmont drehte sich langsam um und blickte den Highway hinauf. »Ich sehe niemanden.«

Es kostete Sam ihre ganze Kraft, nicht auszurasten. »Natürlich sehen Sie niemand«, stellte sie langsam und deutlich fest. »*Er* fuhr ebenfalls eins dreißig. Auf die Weise kommt man schnell voran. Er ist wahrscheinlich schon hinter Nesika Beach.«

»*Wer* ist wahrscheinlich schon hinter Nesika Beach?«

»Der Einbrecher«, preßte Sam durch die zusammengebissenen Zähne. »Der Mann, der mich zusammengeschlagen hat. Der grüne Kombi, den ich verfolgt habe.«

Der Polizist war einen Augenblick still. Dann stellte er fest: »Ich habe keinen grünen Kombi gesehen.«

»*Was?*« Samantha starrte ihn verständnislos an. »*Himmel*, Mann, er war nur fünfzig Yards vor mir und ist gefahren wie ein Teufel. Sie *müssen* ihn gesehen haben.«

»Sorry.« Belmont verlagerte das Gewicht von einem Fuß auf den anderen. *Er ist nervös*, stellte Sam fest. *Warum?*

»Sie haben den Kombi nicht gesehen.«

»Sorry«, wiederholte der Cop.

»*Was*, zum Teufel, haben Sie dann über Funk durchgegeben?« fragte sie wütend.

Belmonts Kiefer arbeiteten. Dann antwortete er: »Wir haben Ihr Kennzeichen überprüft.« Seine Stimme war tonlos, ohne Emotion. »Es liegen keine Anzeigen vor.«

Das Kennzeichen. Welches Kennzeichen hatte der Kombi, zur Hölle? Sam schloß für einen Moment die Augen und versuchte, sich das Bild vor Augen zu rufen. Während der Verfolgungsjagd war sie nicht nahe genug an den Kombi herangekommen, um das Nummernschild zu erkennen. Aber als er noch auf Pop-Pops Auffahrt stand, hatte sie einen kurzen Blick darauf erhaschen können. Wenn sie das, was sie dort gesehen hatte, jetzt nur noch einmal zurückholen konnte ... *hab es!*

Sie öffnete die Augen und starrte zu Officer Belmont hoch. »Wenn Sie unbedingt ein Kennzeichen überprüfen wollen, versuchen Sie doch mal XBF-254. Registriert in Oregon. Ein grüner Chevy-Kombi, fünf oder sechs Jahre alt.«

Belmont sah sie nur wortlos an. Sam versuchte, seine Augen zu erkennen, um abzuschätzen, was er dachte, aber sie sah nur verzerrte Spiegelbilder ihres eigenen Gesichts in seiner Sonnenbrille. Schließlich sagte er: »Ich habe keinen grünen Kombi gesehen.«

Ich fasse *es nicht!* Sam kämpfte gegen die plötzliche Wut an, die in ihren Eingeweiden tobte. »Sie werden das Kennzeichen also nicht überprüfen, ist es das, was Sie mir sagen wollen?« Selbst in ihren eigenen Ohren klang ihre Stimme kalt und spröde.

Der Beamte zuckte leicht die Schultern. »Was für ein Kennzeichen?«

»Ich verstehe.« Sam nickte langsam. *Obwohl ich eigentlich gar nichts verstehe.* »Was werden Sie dann tun, Officer Belmont?« fragte sie süßlich. »Mir einen Strafzettel ausstellen?«

Belmont wirkte äußerst unbehaglich. »Das Radargerät war nicht an«, murmelte er.

»*Radar?* Ich hätte gedacht, der Überschallknall wäre verräterisch genug gewesen.« *Hier geht irgend etwas höchst Merkwürdiges vor.* »Was dann?«

Der Cop rückte die Brille zurecht und bekam sein Gesicht wieder unter Kontrolle. »Diesmal kommen Sie mit einer Verwarnung davon«, knurrte er. »Aber keine Geschwindigkeitsrekorde mehr, okay?« Damit drehte er auf dem Absatz um und marschierte zurück zu seinem Wagen – und er schien es eilig zu haben, dachte Sam. Im Rückspiegel beobachtete sie, wie die beiden Polizisten ein paar Sekunden redeten. Dann schaltete Belmont das Blau-Rot-Licht ab und lenkte den Wagen zurück auf den Highway. Als er den Mustang passierte, blickten beide Cops geradeaus und nahmen Sam nicht einmal zur Kenntnis.

7

Samantha lenkte den Wagen zurück auf den Highway und fuhr langsam zurück nach Gold Beach. Ihr war kalt, obwohl die Sonne heiß vom Himmel strahlte, und ihre Hände zitterten, sobald sie das Lenkrad nur etwas locker ließ. In ihrer Magengrube schien ein Loch zu klaffen, während ihr Kopf sich wie mit Watte zugepackt anfühlte. *Adrenalinkater.* Sie kannte das Gefühl. Es waren die Nachwirkungen der Verfolgungsjagd.

Irgend etwas ist gerade geschehen. Ihre Gedanken waren so zäh wie Melasse im Winter. *Etwas Wichtiges. Aber* was? *Was, zum Teufel, kann das bedeuten?*

Officer Belmonts Story ergab keinen Sinn. Es war lächerlich – vollkommen, ganz unglaublich –, daß er den Kombi nicht hatte vorbeidonnern sehen. Und trotzdem hatte er behauptet, ihn nicht gesehen zu haben. *Warum?*

Sam erinnerte sich an das Knistern des Polizeifunks. *Weil es ihm jemand* befohlen *hatte? Wer? Und wieder:* warum?

Und ebenso unglaublich war, jetzt, da sie darüber nachdachte, daß sie nur eine Verwarnung bekommen hatte. *Nur, weil das Radargerät nicht an war? Kaum.* Sie war mit 130 Meilen in der Stunde einen zweispurigen Highway hinuntergerast, um Himmels willen – und hatte es *zugegeben.* Kein Polizist, der diesen Namen verdiente, brauchte ein verdammtes Radargerät, um sie wegen Geschwindigkeitsübertretung, Gefährdung der Öffentlichkeit, Fahrlässigkeit und wahrscheinlich noch einem Dutzend anderer Übertretungen zur Rechenschaft zu ziehen, von denen sie noch nie etwas gehört hatte. Aber Officer Belmont hatte sie weiterfahren lassen. *Zum dritten und letzten Mal,* warum?

Wer, zur Hölle, waren die Kerle in dem Kombi?

Sie brauchte fast zehn Minuten, um die Strecke zurückzufahren, die sie während der Verfolgung in etwa zwei zurückgelegt hatte. Als sie auf die Flußstraße abbog, sah sie die schwarzen Schleuderspuren, die Grendels Pirellis auf dem Asphalt hinterlassen hatten. Sie zogen sich quer über beide Fahrbahnen bis in Griffweite der Leitplanke auf der Klippenseite. Sie schauderte. *Himmel, das war zu nah …*

Der blonde Wachmann stand in der Auffahrt, als Sam in Pop-Pops Tor einbog. *Wo, zum Teufel, warst du, als es darauf ankam, Blondie?* wollte sie ihn anschreien. Statt dessen hielt sie ihre Miene neutral, als er ihr ein Zeichen gab, anzuhalten.

Irgend etwas an seiner Haltung hatte sich verändert, stellte Samantha fest, als er an die Fahrertür kam. Größere Selbstsicherheit war es nicht. Er wirkte immer noch wie ein Jüngling, der versuchte, die Arbeit eines Mannes zu erledigen. *Das ist es,* dachte sie plötzlich. *Er strengt sich mehr an* – sehr viel *mehr. Beinahe, als wüßte er, daß ihn jemand beobachtet.* Sie blickte die Auffahrt hinauf zum Haus. Durch die Bäume konnte sie etwas Gelbes sehen – das mußte der Bronco des Sicherheitsdienstes sein –, aber jetzt standen noch andere Wagen vor dem Haus. Beigefarbene. *Streifenwagen.*

Blondie schob die Daumen in den Gürtel und richtete sich zu voller Größe auf. »Ma'am«, sprach er sie schroff an. »Kann ich Ihnen helfen?«

Sam zögerte. Ihr erster Impuls war, mit der Polizei zu reden, den Eindringling zu melden, aber dann überlegte sie es sich anders. *Keine gute Idee, Dooley.* Erstens würde sie erklären müssen, was sie selbst im Innern des Hauses gemacht hatte, nachdem ein offizieller Wachtposten ihr das Betreten verboten hatte. Und zweitens …

Zweitens, kann ich der Polizei trauen? Das war ein beunruhigender Gedanke. In ihrer Jugend waren Polizisten immer die Guten für sie gewesen – respektiert, zuverlässig, ja, bewunderungswürdig. Aber jetzt ging hier etwas sehr Mysteriöses vor – *und zumindest ein* Teil *der Cops ist zumindest am Rande daran beteiligt*, dachte sie mit Blick auf Officer Belmont.

Sie behielt ihre Sorgen für sich und lächelte den Wachmann an. »Ich will nur wenden«, antwortete sie freundlich.

»Das ist einfach lächerlich!« Maggie Braslins ließ sich stirnrunzelnd in den Sessel sinken. »In was für einen Schlamassel hast du dich da reinmanövriert, Kiddo?«

Samantha grinste, aber es lag wenig Humor in ihrer Reaktion. »Das ist die große Frage, nicht wahr?«

»Und die Memoiren, um die es dir ging, hast du nicht gefunden?«

Sam schüttelte den Kopf. »Ich habe sie nicht einmal zu Gesicht bekommen.«

Maggie zog eine Packung Zigaretten aus der Tasche und schüttelte eine heraus. Nach kurzem Zögern hielt sie Sam das Päckchen hin. Die jüngere Frau grinste und zog eine eigene Schachtel hervor. Maggie schüttelte in gespielter Verzweiflung den Kopf. »Ich sehe, das Teufelskraut hat dich wieder in den Fängen.« Sie steckte sich ihre Zigarette an und warf Sam das Zippo zu.

Sie rauchten ein paar Sekunden lang in kameradschaftlichem Schweigen. Sam blies einen Rauchkringel an die Decke. *Ich werde besser*, stellte sie fest. *Er sieht nicht mehr ganz so nach einem Bagel aus.*

Mit einem Schnaufen beugte Maggie sich wieder vor. »Und es gibt keine Möglichkeit, daß die Cops den Kombi hätten verpassen *können?*« fragte sie leise. »Vielleicht hatten sie die Schnauzen in einer Donutschachtel vergraben.«

Sam kicherte und schüttelte den Kopf. »Trotzdem. Teufel, Mags, ein Kombi mit eins dreißig erzeugt eine beachtliche Schockwelle, meinst du nicht? Der Streifenwagen muß durchgeschüttelt worden sein wie bei einem Erdbeben.«

»Gut möglich.« Maggie war eine Weile still. Dann: »Und sie haben das Kennzeichen nicht überprüft?«

»Er hat es nicht einmal aufgeschrieben.«

Maggie schnaubte verächtlich. »Dann sind sie entweder völlig unfähig oder gekauft. Oder beides.«

»Was, wenn sie den Kombi *wirklich* nicht gesehen haben?«

»Butter bei die Fische!« Maggie stieß mit der Zigarette in Sams Richtung. »Cops überprüfen *alles*. Mann, wenn sie an der Ampel hinter einem Wagen anhalten, kannst du wetten, daß sie das Kennzeichen überprüfen – das ist SP, Standardprozedur, nur für den Fall, daß was vorliegt. Selbst wenn dein Freund Belmont den Kombi nicht gesehen hätte, wäre es SP gewesen, das Kennzeichen zu überprüfen. Wenn es zu einem grünen Kombi gehört, wie du behauptet hast, liefert es ihm einen Grund, dir zu glauben. Wenn nicht, kann er dir versuchte Irreführung der Behörden anhängen, wenn er es darauf anlegt.«

Sie machte eine Pause. »Ich habe einen Freund in Salem«, sagte sie schließlich. »Vielleicht kann ich ihn dazu bewegen, das Kennzeichen inoffiziell zu überprüfen. Schaden kann es nicht, denke ich mir.«

»Schaden kann es nicht«, bestätigte Sam. *Irgend etwas* sehr *Seltsames läuft hier ab.*

Samantha lehnte sich an die Fassade der kleinen Anwaltskanzlei. Auf dem Schild stand *Kerr & Simons, Ltd.* Sie lag direkt an der ›Hauptstraße‹ von Gold Beach – das war natürlich der Highway 101 – und gegenüber dem einzigen, kleinen Kino am Ort. Obwohl es erst früher Vormittag war, spürte sie durch das weiße Baumwollhemd die Wärme des von der Sonne aufgeheizten himmelblauen Putzes.

Sie rauchte nachdenklich und beobachtete den leichten Verkehr. Es war Mittwoch früh. Das Sonnenlicht funkelte auf dem Chrom und Glas in bunten Glanzspektren, die in der Hitze schillerten. Plötzlich mußte sie lachen. Ihr war klargeworden, daß sie halb unbewußt Ausschau nach einem grüngrauen Chevy-Kombi hielt. *Keine Chance*, dachte sie mit einer gewissen Grimmigkeit.

Maggies Freund in der Staatshauptstadt hatte das Kennzeichen überprüft, das Sam gesehen hatte. Mags hatte ihr das Ergebnis mitgeteilt, bevor Sam am Morgen zur Anwaltskanzlei aufgebrochen war. Die ältere Frau hatte etwas gezögert, es ihr zu sagen – *nicht ohne Grund*, machte Sam sich klar –, als ob sie nicht wußte, wie sie die Nachricht einschätzen sollte, die sie brachte.

»Die Computer der Verkehrsbehörde haben nichts gefunden«, hatte Maggie festgestellt.

Sam hatte genickt. »Das macht wohl Sinn, schätze ich. Gestohlener Kombi, gestohlene Nummernschilder…«

»Nein.« Maggie hatte sie entschieden unterbrochen. »Das meine ich nicht. Ich meine, sie haben *nichts* gefunden. Laut Auskunft der Verkehrsbehörden in Oregon existiert das Nummernschild XBF-254 nicht. Es wurde nie ausgegeben.« Sie wartete einen Augenblick. »Bist du sicher, daß es ein Oregon-Kennzeichen war?«

Samantha hatte gezögert und sich verunsichert das Bild des Kombis wieder vor ihr inneres Auge gerufen, wie er aus Pop-Pops Auffahrt verschwunden war. Weißer Hintergrund, blauer ›Himmel‹ entlang der Oberkante, violette ›Berge‹ an der Unterkante, ein einzelner grüner Baum – *wahrscheinlich eine Douglastanne. Das ist doch der Staatsbaum von Oregon, oder?* – in der Mitte des Nummernschilds. »Ich bin mir sicher«, bestätigte sie.

Maggie hatte die Schultern gezuckt. »Dann hast du etwas gesehen, was es offiziell nicht gibt«, stellte sie tonlos fest. »Wie immer du das auslegen willst.«

Sam seufzte. *Wie ich es auslegen will?* fragte sie sich. *Ich habe keinen Schimmer, wie ich es auslegen soll.*

Sie nahm einen weiteren tiefen Zug von ihrer Zigarette, dann starrte sie traurig auf das glimmende Ende. *Hat nicht lange gedauert, bis ich wieder voll versklavt war, was?* dachte sie säuerlich. Sie sah auf die Uhr: zwei Minuten vor zehn. Sie ließ die halbgerauchte Zigarette auf den Bürgersteig fallen und trat sie aus. Dann drehte sie sich um und ging durch die Tür, während sie mit einer Hand die Ray-Ban-Fliegerbrille in die Hemdtasche steckte.

Die Empfangsdame, eine reichlich spröde wirkende Blondine, schenkte ihr ein Plastiklächeln und deutete auf die offene Bürotür hinter ihr. Sam nickte kurz und ging weiter.

Morton Kerr, Jr., Pop-Pops Anwalt, saß hinter einem überdimensionalen Schreibtisch, dessen beinahe leere Arbeitsfläche spiegelte. Er saß in einem hohen, komfortablen Ledersessel, die spitzen Ellbogen auf den Armlehnen, die langen Finger vor der Brust verschränkt. Sein schmales Gesicht war ausdruckslos, aber die grauen Augen – *scharfe Augen*, dachte Sam, *wie die eines Adlers* – zuckten durch den Raum, als wollten sie sich nicht das kleinste Detail entgehen lassen. Sam ließ sich in einem der Stühle nieder, die vor dem Schreibtisch standen. Es waren nur drei, registrierte sie, und einer davon war zur Seite gerückt, als spiele er nur eine Nebenrolle in dem Verfahren. Das bedeutete, so nahm sie zumindest an, daß nur eine weitere Person an der Verlesung des Testaments teilnehmen würde. Wer? Sid Warner vielleicht?

Ein Telefon surrte leise. Ohne eine Miene zu verziehen, öffnete Kerr die oberste Schreibtischschublade und holte einen Hörer heraus. »Ja?« Während er zuhörte, verschleierte sich sein Blick für einen Augenblick. Dann nickte er, wie zu sich selbst. »Ich verstehe. Das ist… akzeptabel. Bitte kommen Sie jetzt herein,

Arlene.« Er legte das Telefon auf und schloß die Schublade.

Er fixierte Samantha mit seinem Raubtierblick. »Ich fürchte, der zweite … ähem, Teilnehmer ist verhindert«, stellte er mit glatter Stimme fest. »Dr. Macintyre ist unabkömmlich, hat mir aber aufgetragen, ohne ihn fortzufahren.«

Sam blinzelte überrascht. Dr. Macintyre? Konnte das der Ernest Macintyre sein, den sie bei ihrem ersten Krankenbesuch bei Pop-Pop kennengelernt hatte? *Wenn man bedenkt, was Pop-Pop über Macintyres Kindheit erzählt hat, ergäbe das einen Sinn. Oder?*

Sie erhielt keine Gelegenheit, weiter darüber nachzugrübeln. Die Wasserstoffblondine aus der Rezeption trat ins Büro und schloß die Tür. Sie setzte sich auf den abseits gerückten Stuhl, klappte einen altertümlichen Stenoblock auf und spitzte ihren Bleistift.

Kerr zog eine andere Schublade auf und holte einen dünnen Stapel Papiere hervor, die er vor sich ausbreitete. Er sah sie ein paar Sekunden lang durch, dann hob er den Kopf und fixierte Sam mit scharfem Blick. »Der Zweck dieser Unterredung ist die Verlesung des Letzten Willens und Testaments des Mr. James R. Dooley Senior«, stellte er mit perfekter Artikulation fest, als stünde er auf einer Bühne. »Im Anschluß stehe ich Ihnen für alle Fragen zur Verfügung, die Sie noch haben – im Rahmen meiner Fähigkeiten, versteht sich.« Sein dünnes Lächeln ließ keinen Zweifel daran, für wie unwahrscheinlich er eine Frage hielt, die über seine Fähigkeiten hinausging. »Darf ich fortfahren?«

»Bitte.« Sam rutschte auf dem harten Stuhl umher und suchte nach der am wenigsten unbequemen Position.

Die selbstgefällig klingenden juristischen Phrasen zogen an ihr vorbei, als Morton Kerr mit langsamer, präziser Aussprache vorlas. Als sie sich einmal an den

Stil und Rhythmus der Sprache gewöhnt hatte, stellte sie fest, daß sie nicht jedes Wort zu verstehen brauchte. Statt dessen zog sie eine Art Summe aus dem Vortrag – eine Essenz der legalistischen Sprachungetüme, die deren Bedeutung auf ein paar Kernpunkte reduzierte. *(Warum schreiben Anwälte nicht von vornherein so?* fragte sie sich nach einer Weile. *Natürlich könnte es durchaus sein, daß wir irgendwann auf den Gedanken kämen, ihre hochherrschaftliche Rechtspriesterschaft gar nicht zu benötigen, wenn sie das täten.)*

Es lief darauf hinaus, daß nahezu alles ihr gehörte – zumindest war das ihre Interpretation. Ein Treuhandfonds, den Pop-Pop zwanzig Jahre zuvor eingerichtet hatte, ging an einen Dr. Ernest Macintyre aus Ontario, Kalifornien. (Sam fragte sich beiläufig, wie groß die Geldsumme auf dem Konto wohl war, aber sie wußte, daß es keinen Sinn hatte, den Anwalt danach zu fragen. *Rechtsanwälte sind zu diskret, um ihre linke Hand wissen zu lassen, was die rechte tut,* erinnerte sie sich und unterdrückte ein Grinsen.) Dr. Macintyre erhielt auch Pop-Pops roten Jensen Interceptor III.

Als er diesen Satz vorlas, warf Kerr Sam einen fragenden Blick unter seinen dunklen Augenbrauen zu, fast, als erwarte er einen Einwand. Sie lächelte nur. *Pop-Pop wußte, wie ich über den Wagen denke. Er ist für mich nur deshalb von Interesse, weil Pop-Pop ihn so liebte. Vielleicht kommt ja irgendwann mal der Tag, an dem die britischen Sportwagenhersteller herausfinden, wie man eine* funktionierende *Lichtmaschine baut.* Ihr Grinsen bekam einen schelmischen Touch. *Ich hoffe, Macintyre hat keine Einwände gegen ein* positiv*geerdetes System und hat Spaß daran herumzurätseln, was, zum Teufel, ein weiß-violett gestreifter Draht sein soll …*

Ein ganzer Abschnitt des Testaments war Jim Dooleys Erinnerungsstücken gewidmet, eine äußerst detaillierte und möglicherweise vollständige Liste. Abgesehen von zwei für Samantha vorgesehenen Familienfotos ging der gesamte Rest – Modelle, Auszeichnungen, Souvenirs, Fotografien und ›andere Bilder‹ – an ein sogenanntes Museum of Flight in der kleinen Ortschaft Rogers, Kalifornien. Das ließ Sam skeptisch eine Augenbraue hochziehen, aber sie sagte nichts, auch nicht, als Kerr ihr erneut einen fragenden Blick zuwarf. Sie hätte die Erinnerungsstücke ihres Großvaters gerne selbst behalten – besonders die aus der ›inneren Bibliothek‹ und ganz besonders das Foto von Pop-Pop mit Amelia Earhart –, aber ihre Enttäuschung war nicht so groß, daß sie ein Bedürfnis verspürte, Jims Letzten Willen anzufechten. Er mußte gewußt haben, daß Sam eine sentimentale Bindung an seine Souvenirsammlung entwickeln würde; aber er hatte sie ausdrücklich dem Museum hinterlassen. Offensichtlich hatte das Rogers-Fliegermuseum ihm viel bedeutet, auch wenn Sam noch nie etwas davon gehört hatte.

Der Anwalt verstummte für ein paar Sekunden, als wolle er Sam Gelegenheit geben, ihre abschweifenden Gedanken zu sammeln. Dann verlas er die Liste der Objekte, die Pop-Pop ihr vererbt hatte.

An erster Stelle der Liste stand das Haus außerhalb von Gold Beach sowie dessen gesamter Inhalt, soweit er nicht bereits in früheren Teilen des Testaments vergeben worden war. Das Dokument überließ Sam die Entscheidung darüber, wie sie mit dem Besitz verfahren wollte. Sie konnte das Haus als ihr Eigentum übernehmen oder es auf den Markt werfen und verkaufen. Das Dokument bot ihr jedoch noch eine dritte Option: Sie konnte den Verkauf über die Testamentsvollstrecker abwickeln lassen – mit anderen Worten durch die Kanzlei Kerr & Simons, Ltd. (Sie nahm an, daß dies die übliche Vorgehensweise war, aber es war typisch für Pop-Pop, sie ausdrücklich wissen zu lassen, daß sie sich die möglicherweise unangenehme Aufgabe vom Hals schaffen konnte, wenn sie sich ihr nicht gewachsen fühlte. Sam lächelte traurig. *Ich werde seinen ›Ausweg‹ wohl anneh-*

men, überlegte sie. *Es würde mich zerreißen, Pop-Pops Haus verkaufen zu müssen.*)

Jim Dooleys extrem umgebautes Glasair-Flugzeug – seine geliebte *Yellow Bird* – fiel natürlich an Sam, ebenso wie die (nicht weiter erläuterten) Erträge zweier separater Treuhandfonds und die Erträge der Lebensversicherungen nach Begleichung der Begräbniskosten, Erbschaftsteuer und so weiter. *Das dürfte mich zu einer wohlhabenden jungen Dame machen,* wurde Sam sich mit einem gelinden Schock klar. *Trotzdem, ich wäre lieber arm, wenn ich Pop-Pop dadurch zurückbringen könnte.*

Und das war alles. Kerr beendete die Verlesung des Testaments und legte es beiseite, bevor er sich wieder in seinem Sessel zurücklehnte. Samantha blinzelte überrascht. »Was ist mit Pop-Pops Memoiren?« stieß sie aus.

Der Anwalt betrachtete sie über die verschränkten Finger hinweg. (*Das perfekte Pokerface,* dachte Sam verärgert.) Er schwieg einen Augenblick, als überlege er eine Antwort – *oder er wartet darauf, daß ich meine in seinen Augen dumme Frage zurückziehe.* Schließlich schürzte er die Lippen und erklärte: »Persönlich würde ich Memoiren unter den Oberbegriff ›Erinnerungsstücke‹ fassen, hmm?«

Was bedeutet, sie gehen an das Museum of Flight in Rogers. Das ist unannehmbar. Sam bemühte sich, ihre Stimme ruhig und vernünftig zu halten. »Ihr Klient hat ausdrücklich festgelegt, daß diese Memoiren an mich als seine einzige lebende Verwandte fallen sollen.«

Kerr war ungerührt. »Falls dies der Fall wäre«, erwiderte er, »sollte man annehmen, daß er diese Bestimmung in seinem Testament aufgeführt hätte.«

Sam biß die Zähne so hart zusammen, daß es schmerzte. Sie wußte, daß ihre Reaktion durch den Gefühlsaufruhr des Augenblicks weit überzogen war, aber… plötzlich *haßte* sie Morton Kerr, Jr., – seine einstudierten, überpräzisen Gespreiztheiten, seine pedantische Redeweise, sogar die Art, wie aus seinen Augen ein trockenes Amüsement zu leuchten schien, dessen Ursprung er mit jemand, der nicht in die Großen Mysterien des Rechts eingeführt war, nicht teilen konnte *oder wollte*. Sie stellte sich vor, wie sie über den Schreibtisch hechtete, seine Haare packte und das hochtrabende Gesicht auf die spiegelblanke Tischplatte schlug… und die Vorstellung gefiel ihr. Es kostete sie einiges an Willenskraft, ihre Stimme und ihr Gesicht unter Kontrolle zu halten.

»Das *könnte* man annehmen«, erwiderte sie mit einer beinahe ebenso kalten und deutlichen Artikulation wie ihr Gegenüber, »falls man nicht die Ansicht vertritt, daß seine persönlichen Wünsche, direkt und persönlich vorgebracht, Vorrang vor einem simplen Dokument haben sollten. Hm?«

Falls er bemerkt hatte, daß sie ihn parodierte, ließ er sich zumindest nichts anmerken. Statt dessen legte er nur den Kopf ein wenig auf die Seite – *wie ein Greifvogel, der sich überlegt, ob er noch eine Feldmaus schlagen soll*, dachte sie plötzlich – und ließ ein leises, skeptisches Räuspern hören. »Möglicherweise«, gab er schließlich zu, »aber das wäre unklug.« Er öffnete eine weitere Schublade und zog ein zweites dünnes Papierbündel hervor. Er fuhr schnell mit der Fingerspitze über das Deckblatt. Dann legte er die Papiere verdeckt vor sich ab. Sein scharfer Blick senkte sich wieder auf ihr Gesicht. »Wie sich zeigt«, fuhr er gelassen fort, »ist dies nicht der Fall.«

»Was ist das?« Sie deutete auf die Papiere.

»Unter anderem eine Liste der für das Museum of Flight bestimmten Gegenstände.«

»Die Erinnerungsstücke.«

Sein Nicken vollzog sich im Millimeterbereich.

»Lassen Sie sehen.« Sie streckte die Hand aus, aber er zog die Papiere mit einer geschmeidigen Bewegung vom Tisch, legte sie zurück in die Lade und schloß diese lautlos.

»Arlene kann Ihnen natürlich eine *Kopie* der Liste anfertigen«, stellte er in noch reservierterem Tonfall als zuvor fest. »Ich gebe Ihnen aber mein Wort, daß sie keinen Eintrag bezüglich eines Tagebuchs oder irgendwelcher Memoiren enthält.«

»Wer hat die Liste angefertigt?«

Auf diese Frage hin wölbten sich seine Augenbrauen ein wenig. »Sie wurde von Partnern unserer Kanzlei erstellt. Ich versichere Ihnen, daß sie höchst effizient arbeiten.«

Effizient genug, um mit Pop-Pops Memoiren zu verschwinden, bevor sie auf die Liste gelangen konnten? Sie schüttelte den Kopf. Nein, das machte wenig Sinn. Sie hatte Jim Dooleys Memoiren nicht gefunden. Zugegeben, ihre Suche war unterbrochen worden, aber hätte Pop-Pop sich solche Mühe gemacht, sie zu verstecken? Wenn sie sich nicht auf den Serpentinenpfad des Verfolgungswahns begeben und annehmen wollte, daß die Testamentsvollstrecker und die Polizei – und überhaupt der ganze Rest der Menschheit – sich mit … *irgend jemand* verschworen hatten, um ihr … *irgend etwas* anzutun …, machte es sehr viel mehr Sinn, Kerr zu glauben. Die Memoiren waren nicht im Testament aufgeführt, weil Pop-Pop erwartet hatte, sie würde sie mitnehmen, bevor es vollstreckt wurde. Und sie standen nicht auf Kerrs Liste von Erinnerungsstücken, weil sie nicht im Haus gewesen waren, als sie angefertigt wurde. *Betrachten wir es doch mal ganz nüchtern*, erinnerte sie sich. *Eine Menge Leute hatten Zutritt zu dem Haus – Leute, die von Pop-Pops Memoiren gewußt haben können.*

Aber welchen Grund sollten diese Personen gehabt haben, sie mitzunehmen?

Plötzlich fiel ihr etwas anderes ein, dessen Abwesenheit im Testament bemerkenswert war. »Mr. Dooley besaß etwas Land«, stellte sie fest.

Er nickte sofort. »Ja, das Eagle-Mountain-Grundstück.«

»Genau.« Sie zögerte. »Ich hatte Grund zu der Annahme …« Sie zögerte wieder, suchte nach den passenden Worten.

Kerr nahm ihr die Mühe ab. »Daß dieses Grundstück Ihnen zufallen würde?« Ein kühles Lächeln spielte einen Augenblick lang um seine Mundwinkel. »Unwahrscheinlich, fürchte ich, Ms. Dooley, da die Unterlagen zeigen, daß Mr. Dooley diesen Besitz vor sieben Jahren abgestoßen hat.«

»Hat er nicht«, rief Sam. »Das hätte er mir gesagt.« Der Ausdruck auf dem Gesicht des Anwalts machte ihr deutlich, was er von dieser Argumentation hielt. Sie zügelte ihre Gefühle und versuchte es anders. »Ich bin sicher, daß er diesen Besitz nicht verkauft haben *kann.* Zwei Tage vor seinem Tod hat er mir noch gesagt …«

Ihre Stimme erstarb. *Was genau hat er mir gesagt?* fragte sie sich plötzlich. *Daß er das Grundstück noch besaß?* Sie versuchte sich zu erinnern, sich die genauen Worte ins Gedächtnis zurückzurufen. *Pop-Pop hat davon gesprochen, was ich mit seiner Asche machen soll. Ich habe ihn gefragt, ob ich sie nach Eagle Mountain bringen sollte, und er hat gewitzelt, er habe Besseres mit der Ewigkeit vor, als mir Haare und Nase zu verstauben …*

Es war keine direkte Bestätigung, daß er das Gelände noch besaß und sie es erben würde, aber doch eine reichlich deutliche Anspielung.

Der Anwalt hatte darauf gewartet, daß sie ihren Satz beendete. Jetzt zuckte er die Schultern. »Vielleicht«, entgegnete er kühl, »sollten Sie besser den gesetzlichen Dokumenten vertrauen als der Erinnerung an einen möglicherweise senilen Sterbenden.«

Wut flammte in Sams Eingeweiden auf, und wieder sah sie den Kopf des Anwalts vor sich, der auf den blankpolierten Schreibtisch schlug. *Kein kluger Schachzug, Dooley.* Sie atmete tief ein, hielt den Atem einen Augenblick lang an, ließ ihn dann mit einem Seufzer entweichen und zumindest einen Teil ihrer Wut und

Frustration mitnehmen. »Wann hat er das Grundstück verkauft?« Sie hatte den Eindruck, daß ihre Stimme spröde wie Marienglas klang, aber zumindest wirkte sie nicht aggressiv. »Haben Sie die Papiere ausgefertigt?«

Er schüttelte den Kopf und beantwortete ihre zweite Frage zuerst. »Ich bin erst vor vier Jahren in die Firma eingetreten. Den Unterlagen zufolge hat mein Vater den Eagle-Mountain-Verkauf betreut.«

»Kann ich die Angelegenheit mit ihm besprechen?«

Kerr antwortete nicht sofort, und seine Miene wurde noch frostiger, soweit das überhaupt möglich war. »Das dürfte reichlich schwierig werden«, sagte er schließlich.

Ach ja? Ihr kam ein böser Gedanke. Sam verzog ihre Miene zu einem Ausdruck von Mitgefühl. »Es tut mir leid«, gab sie entschuldigend zurück. »Ich wußte nicht davon. Seinen Vater zu verlieren ist ein schwerer Schlag. Wie lange ist es her, daß er ... daß Sie ihn verloren haben?«

»Etwas mehr als ein Jahr.«

Sam nickte. *Es war von vornherein ein paranoider Einfall,* schalt sie sich – aber trotzdem fühlte sie eine gewisse Erleichterung, daß etwa sechs Jahre zwischen dem angeblichen Verkauf von Eagle Mountain und dem Tod von Morton Kerr, Sr., lagen.

Der Anwalt zögerte, dann stellte er in leicht defensivem Ton fest: »Ich *habe* die Verträge jedoch im Verlauf meiner Tätigkeit durchgesehen. Sollten Sie irgendwelche Zweifel an der Rechtmäßigkeit hegen, kann ich Ihnen versichern ...«

»Der Gedanke ist mir nicht gekommen«, log sie. Dann: »Kann ich bitte Kopien der Verkaufsunterlagen bekommen?«

Kerr zögerte, dann zuckte er kaum wahrnehmbar die Achseln. »Arlene kann Ihnen Kopien anfertigen.« Mit einer plötzlichen Geste richtete er die Schreibunterlage an der Tischkante aus. »Haben Sie noch weitere Fragen?«

Sam schenkte ihm ein Lächeln, das zwar ihre Lippen bewegte, aber ihre Augen nicht erreichte. »Sollte mir noch etwas einfallen, hören Sie von mir«, versicherte sie ihm kalt.

Ein weißer, mittelgroßer Umzugslaster stand in der Auffahrt von Pop-Pops Haus, als sie zehn Minuten später dort eintraf. Das rotblaue Logo auf seiner Seite lautete: ›Jones Cartage‹. Als sie neben dem Laster anhielt, tauchte ein Mann in einem blauen Overall in der offenen Haustür auf. Er trug einen großen Karton. Tränen traten in Sams Augen, als sie einige der Objekte erkannte, die aus dem offenen Karton ragten. Gerahmte Fotografien, farbig und schwarzweiß, ein eingerahmtes Diplom oder eine Auszeichnung. *Pop-Pops Erinnerungsstücke.*

Der blonde Wachmann – in Begleitung eines älteren Mannes in ähnlicher Uniform: *Blondies Vorgesetzter,* erkannte Sam sofort – kam von der rechten Hausseite näher. Bevor die beiden Grendel erreicht hatten, fuhr sie das Fenster herunter und rief den Umzugsarbeiter an: »He!« Als er herübersah, winkte sie ihn zu sich.

Er kam nicht an den Wagen, blieb aber wenigstens stehen und stützte den Karton für einen Augenblick auf der Hüfte ab. »Yeah?« fragte er mißtrauisch.

»Jones Cartage?« Er nickte. »Wer hat Sie beauftragt, die Sachen abzutransportieren?«

Der Arbeiter zögerte. »Vielleicht reden Sie besser mit meinem Vorarbeiter«, sagte er langsam.

Sam sah nach rechts. Blondie und sein Boß waren fast schon da. »Ein Museum?«

Die Miene des Arbeiters hellte sich auf. »Yeah«, bestätigte er. Offensichtlich machte es ihm weniger aus, Sams Feststellung zu bestätigen, als diese Information selbst zu liefern. »Irgendein Fliegermuseum in Kalifornien.«

»Rogers?«

»Genau.« Er nickte freundlich.

»Danke schön.« Blondies Boß hatte den Wagen fast erreicht und setzte an, etwas zu sagen – wahrscheinlich, daß sie noch warten solle. Sam schaltete Grendel in den Rückwartsgang und trat aufs Gas. Kies prasselte gegen die Unterseite des Wagens, als sie rückwärts die Auffahrt hinunterfuhr, und die beiden Wachmänner zuckten zurück.

Verdammt, dachte sie. *Auf die Einfache geht es anscheinend nicht. Ich werde mir was einfallen lassen müssen.*

8

Samantha fuhr langsam durch die engen Straßen von Venice, Kalifornien. Ihre Augen waren von zwölf Stunden Fahrt wund und trocken, und die Lichtkegel der Straßenlaternen hatten eine Tendenz, vor ihren Augen zu verschwimmen, sobald ihre Konzentration auch nur ein wenig nachließ. Glücklicherweise waren die Straßen verlassen. *Selbst Venice klappt irgendwann die Bürgersteige hoch*, erinnerte sie sich. Das gedämpfte Grollen von Grendels Motor hallte von den Hauswänden wider, als sie auf die 25th Avenue und von dort in eine Seitengasse bog. Sie hielt hinter dem schäbigen Mietshaus an, schaltete den Motor ab und sicherte das Lenkrad mit der Sperrstange Marke The Club, die sie unter dem Sitz aufbewahrte. Mit einem unterdrückten Gähnen zog sie die schwere Tasche unter dem Rücksitz des Kabrios vor und schloß die Hintertür des Gebäudes auf.

Apartment D lag im ersten Stock nach hinten raus. Sams Beine waren schwer wie Blei, und ein stechender Schmerz bohrte sich in ihr Kreuz, als sie die Treppe hinaufstieg. Sie schloß die Wohnungstür auf, trat ein und schlug sie zu. Die Tasche warf sie im Flur auf den Boden, während sie nach dem Lichtschalter suchte. Dann schleppte sie sich über den Hartholzfußboden und ließ sich in den großen, schwarzbespannten Papasansessel fallen, der eine Ecke des Wohnzimmers beherrschte. Sie streifte die Schuhe ab und streckte genußvoll die Beine aus. Ohne sich umzudrehen, griff sie nach hinten an die Stereoanlage auf dem Regal hinter sich, schaltete den Verstärker ein und drückte PLAY am CD-Spieler. Sie schloß die Augen, als die leichten Jazzklänge von Spyrogyra durch das Zimmer schwangen.

Ich bin geschafft, dachte sie. *Ausgebrannt, ausgelaugt, erschöpft, leer – körperlich, geistig und emotional.* Es war wieder eine Horrorfahrt gewesen. Diesmal war sie auf der Interstate 5 außerhalb von Sacramento in die Schlußphase der Rush-hour geraten. Mit etwas Überlegung hätte sie die Stadt umgehen können, vielleicht über die Verbindungsstraße runter nach Davis und dann über die trostlosen Highways, bis sie irgendwo bei Thornton wieder auf die I-5 getroffen wäre. Aber nein, sie hatte sich treiben lassen – *Auto und Hirn auf Cruise Control*, dachte sie sarkastisch – und hatte erst bemerkt, daß es Probleme gab, als sie keine Möglichkeit mehr hatte, auszuweichen. Es war drückend heiß gewesen, und sie hatte auf einem Highway gestanden, der aussah wie ein einziger großer Parkplatz. Wenn sie die Augen schloß, sah sie noch die Schlange vor sich, die sich vor ihr bis zum Horizont erstreckte und in der Ferne in der Hitze zu tanzen schien wie eine Halluzination.

Sie rieb sich müde das Gesicht und riß die Hand schnell weg, als die Berührung stechende Schmerzen auf der Nase auslöste. *Dreck*, dachte sie wütend, *ich hab mir die Nase verbrannt*. Diesmal hatte sie den Sonnenschutzfaktor 25 noch großzügiger aufgetragen als üblich, aber es war trotzdem zuwenig gewesen. *Ich lerne es ja wohl auch nie. Je besser die Sonnenbrille – je mehr UV-Strahlen sie reflektiert –, desto mehr Schutz braucht die Nase.* Natürlich war es Pop-Pop gewesen, der sie darauf hingewiesen hatte. ›Was glaubst du, wohin das UV-Licht reflektiert wird, Samantha Rose? Das ist, als würdest du deine Nase in einen Backofen stecken.‹

Sam lachte leise und griff hinter sich, um die Lautstärke aufzudrehen, wenn auch nicht zu weit. Der Altbau zeichnete sich nicht durch die beste Schallisolierung aus, und selbst die Möchtegern-Lebenskünstler in den anderen Wohnungen wollten wahrscheinlich schlafen. Sie lächelte, als die Band ›Rasul‹ anstimmte. Die leichten, lyrischen Klänge aus Jay Becksteins Saxophon schienen ihren Streß abzusaugen. Sie atmete tief ein, füllte ihre Lunge, so weit es ging, hielt die Luft an –

hielt sie an –, ließ sie dann mit einem Seufzer entweichen. *Schon viel besser.* Es würde zwar noch eine ganze Weile dauern, bis sie schlafen konnte, aber wenigstens ging die schmerzhafte Verspannung ihrer Schultern allmählich zurück.

Immer noch mit geschlossenen Augen zog sie eine Zigarettenschachtel aus der Tasche, holte eine heraus und zündete sie mit einem Bic an, das sie in Red Bluff in einem Gemischtwarenladen gekauft hatte. Sie sog den Rauch in die Lunge und blies ihn in einem dünnen Faden zur Decke.

Was für eine Woche. Einen Großvater verloren, ein Laster wiedergewonnen …

Sie hatte die Ereignisse der letzten Tage auf der Fahrt zurück nach Südkalifornien einige Male Revue passieren lassen: der Einbrecher, die Verfolgungsjagd, Officer Belmonts selektive Blindheit, der nichtexistente grüne Kombi, das Fehlen des Erinnerungsbuchs, die unziemliche Hast des Abtransports seiner Souvenirs ins Museum of Flight. *Irgendwas geht hier vor,* stellte sie wohl zum hundertsten Mal fest. *Irgendwas übersehe ich.* Die Frage war natürlich: *Was?* Sie war überzeugt, daß sich hinter diesen Geschehnissen ein Muster verbarg. Jedes einzelne dieser seltsamen Ereignisse war für sich genommen unbedeutend, beinahe vernachlässigbar, sofern man es als isolierte Anomalität betrachtete, aber korrekt zusammengesetzt ergaben sie die Lösung eines Rätsels. *Falls ich nicht so zerschlagen bin, daß mein Verstand mir etwas vorgaukelt.*

Sie nahm noch einen Zug von der Zigarette und drückte sie dann in der Erde des Gummibaums neben dem Sessel aus. *Wenn ich vorhabe, damit weiterzumachen, sollte ich besser ein paar Aschenbecher anschaffen.* Sie unterdrückte ein Gähnen, hebelte sich mühsam aus den bequemen Polstern des Papasansessels und schlurfte ins Bett.

Der Morgen kam viel zu früh. Sam hatte die Vorhänge zugezogen, um das Sonnenlicht abzuhalten, aber gegen den Lärm des Strands und der Promenade in gerade mal einem halben Block Entfernung konnten sie nichts ausrichten: Hundegebell, laute Gespräche und Musik aller Art, von Folk bis Rap, aus zahllosen Kofferradios. Ihre gewöhnliche Morgenroutine bestand aus einem Spaziergang zum Sidewalk Café auf einen Kaffee und ein Croissant, aber heute morgen war ihr das bereits zuviel. Selbst um halb acht hätte sie das mit zu vielen Menschen in Kontakt gebracht – von denen einige versuchen würden, ein Gespräch anzufangen, und dem war sie im Augenblick nicht gewachsen. *Ich werde noch den ganzen Tag über höflich sein müssen,* erinnerte sie sich. *Warum jetzt schon damit anfangen …* Sie goß sich eine einzelne Tasse Kaffee auf, zu heiß und zu stark, genau das richtige, um ihren Körper auf Trab zu bringen, und schüttete ihn hinunter. Dreißig Minuten nach dem Aufstehen zog sie Grendel wieder auf die Straße und fuhr nach Norden zum Santa Monica Municipal Airport.

WestAir Helicopter Sightseeing war in einem kleinen, umzäunten Bereich am Rande des Flughafens angesiedelt, den Sam das ›Lager‹ nannte. Das Büro der Firma befand sich in einem Campinganhänger, der schon bessere Zeiten gesehen hatte – auf Steine gestellt, die Räder abmontiert, der einzige Zugang ein paar zerbrechlich wirkende Holzstufen, die abblätternde Farbe von der kalifornischen Sonne gebleicht. Der kleine Hangar, in dem die Hubschrauber untergebracht waren, bot einen bemerkenswerten Kontrast, denn er war gut gepflegt und glänzend sauber. Gelegentlich fand Sam es auf eine beunruhigende Art amüsant, daß die Hardware so viel besser behandelt wurde als die ›Wetware‹ – die Menschen, die für WestAir arbeiteten –, aber auf eine verquere Art und Weise ergab es einen Sinn. Die Helikopter produzierten Umsatz und Profit. Die Büromannschaft, vom Besitzer bis hinunter zu Becky, der Rezeptionistin, war ein Kostenfaktor.

Sam fuhr durch das offene Tor und parkte Grendel an der üblichen Stelle neben dem Hangar. Als sie aus dem Wagen stieg, sah sie jemand kommen, einen kleinen, stämmigen Mann in ölverschmutztem Overall, hier und da mit Stoffflicken ausgebessert, die kaum weniger fadenscheinig waren als der Rest der Montur. Wie er so über den Asphalt näher kam – selbst so früh am Morgen war es heiß genug, daß die Luft flimmerte –, schien er beinahe quadratisch. Sein Gesicht hätte von einem ungeschickten Bildhauer aus einem Felsen gemeißelt sein können, eine Ansammlung sich überschneidender Schrägen und Bruchlinien, die erst noch zum Bild eines menschlichen Gesichts poliert werden mußten. Sein Haar war so kurz geschoren, daß es ihr bis jetzt nicht gelungen war, seine Farbe herauszufinden. Seine Haut war bleich. In all den Jahren, die sie diesen Mann schon kannte, hatte sie ihn noch nie braun werden sehen; andererseits schien er auch immun gegen Sonnenbrand, obwohl er einen Großteil seiner Zeit draußen verbrachte.

»He, Joe!« rief sie ihn an.

Der Mann, dem sie den Spitznamen ›Joe Mountain‹ gegeben hatte, winkte. Sein kantiges Gesicht teilte sich zu einem breiten Grinsen, und die kleinen Augen verschwanden fast in einem Netz tiefer Falten. »He, Sam«, rief er zurück, mit einer Stimme, die überraschend leise für jemanden war, der wirkte, als könne er einen Bulldozer auf die Matte zwingen. »Schön, daß du wieder da bist.« Er nahm ihre ausgestreckte Hand, und sein Griff war so sanft, daß man ihn beinahe hätte zart nennen können. »Gertrude hat dich vermißt.«

›Gertrude‹ war Sams Name für das Prunkstück unter den Hubschraubern der Firma, einen auf Hochglanz polierten Bell Jet Ranger. »Wie geht's dem alten Mädchen? Und wie macht sich mein Ersatz?«

Joes Miene verzerrte sich zu einem Ausdruck, der Sam angst gemacht hätte, wenn sie den muskelbepackten Mechaniker nicht besser gekannt hätte. »Nenn ihn nicht so, Sam. Du weißt, für dich gibt es keinen Ersatz.«

»Probleme?«

Joe stöhnte. »Ach, eigentlich nicht, schätze ich«, murrte er. »Er ist annehmbar, aber er hat deinen Touch nicht. Weiß nicht, wie man eine Lady behandeln muß.« Seine dicken Lippen verzogen sich zu einem Grinsen. »Wenn du mich fragst, glaubt er immer noch, über dem Mekong Gewehrfeuer ausweichen zu müssen, so wie er Gertrude durch die Gegend reißt. Vor zwei Tagen hatte eine kleine alte Japanerin eine Bilgenlosung. Hat mich zwei Stunden gekostet sauberzumachen.«

Sam lachte. ›Bilgenlosung‹ war eine Umschreibung für Erbrechen, die potentielle Kunden nicht gleich abschreckte, wenn sie zufällig ein Gespräch mitbekamen. »Traurig, Joe«, stimmte sie zu. »Aber dafür bekommst du auch das dicke Geld.«

Er lachte einmal kurz und scharf auf. »Das ist wahr.« Er verstummte, und seine Augen funkelten. »Na, gut, dich wieder in God's Country zu haben. Wie war's im Norden?«

Jetzt war es an Sam zu verstummen. Üblicherweise hätte sie Joes Frage mit einem witzigen Kommentar beantwortet, der keinerlei persönliche Informationen preisgab. Aber heute …

Sie zuckte ein wenig unbehaglich die Schultern. »Mein Großvater ist gestorben, Joe«, sagte sie leise. »Ich mußte … mußte tun, was nötig war.«

Er runzelte die Stirn und drückte ihre Hand. »Das ist hart, Sam, echt hart. Es ist immer hart, wenn man jemanden aus der Familie verliert. Ist alles unter Dach und Fach, oder zerren dir die Geier von Rechtsverdrehern noch am Fleisch?«

»Ein paar schon«, gab sie zu. »Ein paar.« Sie trieb ihre Sorgen so weit von sich, wie sie konnte, und klopfte dem Mechaniker auf die Schulter. »Na, komm«, sagte sie. »Gehen wir nachsehen, was für heute auf der Absturzliste steht.« Zusammen schlenderten sie zum Bürowagen.

Es wurde ein langer Tag. Er wäre zur Tortur geworden, hätte Sam es nicht so genossen, wieder hinter Gertrudes Knüppel zu sitzen. Vier Flüge: drei kurze einstündige Ausflüge die Küste hinauf und hinunter, dann ein längerer, dreieinhalb Stunden dauernder ›Spezialflug‹ nach Avalon auf Santa Catalina Island. Als sie ihr Pensum für den Tag absolviert hatte, schienen sich die Bügel ihrer Ray-Ban-Fliegerbrille durch den Schädel geradewegs in ihren Hirnkasten zu bohren.

Die Sonne war ein aufgedunsener roter Feuerball, der langsam im Ozean versank, als sie Grendel hinter dem Haus abstellte. Nach einem langen Tag schlenderte sie häufig noch zum Sidewalk Café auf der Strandpromenade und trank zur Entspannung ein Bier, während sie das abendliche Treiben beobachtete. Aber nicht heute abend. Vielleicht war es eine Reaktion auf die Zeit in Gold Beach – die gesamte Bevölkerung des kleinen Orts in Oregon schien aus weniger Menschen zu bestehen, als in der Nähe ihrer Wohnung den Strand besuchten –, jedenfalls hatte sie an diesem Abend nicht das Bedürfnis, in die Menge zu tauchen. Anscheinend hatten die vier Touristengrüppchen an Bord von Gertrude ihren gesamten Vorrat an kommunikativen Fähigkeiten aufgebraucht.

Außerdem, erinnerte sie sich, *habe ich einiges zu überdenken.*

Sie verriegelte die Wohnungstür und ließ sich tief in den Papasansessel sinken. Einen Augenblick lang überlegte sie, ob sie Musik anstellen sollte, entschied sich dann aber dagegen. Sie steckte sich eine Zigarette an, schloß die Augen und genoß das Gefühl des Rauchs in der Lunge.

Den ganzen Tag über hatte sie sich die verwirrenden Ereignisse der vergangenen Woche durch den Kopf gehen lassen. (*Einer der Vorteile, wenn man einen Hubschrauber fliegt*, sinnierte sie. *Der Motorenlärm ist so laut, daß nur die wenigsten Passagiere versuchen, ein Gespräch anzufangen. Viel Zeit zum Nachdenken.*) Der Schlüssel bei der Lösung ihres Rätsels, entschied sie, bestand darin, alle Fragen, Fakten und Annahmen im Auge zu behalten.

Nach ein paar Minuten löste sie sich aus dem Kokon des Sessels und ging zu ihrem kleinen Schreibtisch in einer Ecke des Zimmers. Sie stöberte in den Schubladen, bis sie einen Stapel Karteikarten und einen Stift gefunden hatte. Zurück im Papasan, lutschte sie am Griffende des Stifts, während sie ihre Gedanken ordnete. Dann begann sie. Jedes seltsame Geschehen, alles Ungewöhnliche, jede Frage, im Grunde jeder Gedanke, der ihr im Zusammenhang mit den Ereignissen um Pop-Pops letzte Tage in den Sinn kam, erhielt eine eigene Karte. Auf halbem Weg fragte sie sich plötzlich, ob es sinnvoller gewesen wäre, verschiedenfarbige Karten zu benutzen, um zwischen Fakten – wie dem Einbrecher – und Fragen und Vermutungen zu unterscheiden – wie zum Beispiel dem Verschwinden von Pop-Pops Memoiren. Sie schüttelte enttäuscht den Kopf. *Wozu die Mühe?* fragte sie sich sarkastisch. *So eine Masse von Fakten habe ich nun auch nicht …*

Als sie fertig war, kehrte sie zurück an den Schreibtisch. Ein Teil der Wand dahinter war von einem Korkbrett bedeckt, dem Ergebnis eines alten, halbherzigen Versuchs, die ›Verwaltungsaspekte‹ ihres Lebens, Rechnungen und dergleichen, in Ordnung zu bringen. Sie hatte ihre grandiosen Pläne, ihr Leben effizienter zu gestalten, jedoch nie wirklich durchgezogen. Gelegentlich pinnte sie eine Telefonrechnung oder einen Strafzettel an das Brett, als Zahlungserinnerung, aber ganz gleich, ob die Rechnung in voller Sicht an der Wand hing oder irgendwo in den Schubladen versteckt war, an der Wahrscheinlichkeit, daß Sam sie vergaß, änderte sich nichts. (*Manche von uns haben einfach von Natur aus Bedarf für eine Sekretärin*, dachte sie grinsend.)

Jetzt leerte sie die Pinnwand – eine längst überholte Erinnerung, die KFZ-Versicherung zu erneuern, und zwei Bilder, die sie aus Reisezeitschriften ausgeschnitten hatte – und brachte die frisch beschrifteten Karteikarten an. Sie unternahm keinerlei Versuch, sie zu sortieren, sondern pinnte sie einfach nur an die Wand, um sie alle im Blick zu haben. Dann trat sie einen Schritt zurück und betrachtete das Ergebnis ihrer Arbeit.

Okay, dachte sie. *Sehen wir mal, was wir da haben.* Sie trat wieder an das Brett und steckte die Karten um. *Der Einbrecher und die Weigerung des Polizisten zuzugeben, daß er den Fluchtwagen gesehen hatte – da muß es eine Verbindung geben. So. Was ist mit dem verschwundenen Buch?*

Nein, entschied sie, da war keine *direkte* Verbindung zu erkennen. Sie hatte den Einbrecher aufgeschreckt, bevor er die Gelegenheit gehabt haben konnte, die Memoiren zu finden und mit ihnen zu fliehen. *Es sei denn, das Buch befand sich gar nicht im Obergeschoß*, fügte sie hinzu, und er hatte es bereits eingepackt, bevor er hochgekommen war.

Oder vielleicht war dies ja auch nicht sein *erster* Besuch im Haus ihres Großvaters gewesen. In dem Fall stellte sich allerdings die Frage, was, zum Teufel, er ein zweites Mal am Ort seines Verbrechens wollte. Worauf hätte er es noch abgesehen haben können? *Vielleicht auf Pop-Pops Erinnerungsstücke? Oder nur auf einen Teil davon?* Das seltsame fotorealistische Bild der unirdischen Landschaft drängte sich unaufgefordert vor ihr inneres Auge. *Wieso denke ich daran gerade jetzt?* fragte sie sich. *Könnte das irgendeine Bedeutung haben, die mir noch entgeht?*

Sie schrieb eine neue Karte, plazierte sie aber zunächst abseits von den anderen. *Darüber weiß ich einfach noch zu wenig.*

Gab es irgendeine Verbindung zwischen den seltsamen Ereignissen und dem scheinbar endlosen Strom von Besuchern bei Pop-Pop in dessen letzten Tagen? Sie hatte schon früher den Gedanken gehabt, einer von ihnen hätte die Memoiren entwendet haben können. Aber warum? Das größte Rätsel hier war das Motiv.

Ach, zum Teufel damit. Sie seufzte. Es war schön und gut, das Rätsel alleine lösen zu wollen, aber im Grunde drehten sich ihre Räder hier doch im Leerlauf. Sie brauchte jemanden, mit dem sie diskutieren konnte – jemanden, der Jim Dooley, Sr., ebenso gut kannte wie sie, wenn nicht besser. Sie zog die Brieftasche vor und holte das Stück Papier heraus, das Simon Warner ihr im Wartezimmer des Bestatters gegeben hatte. Die Tinte war etwas verschmiert, die Telefonnummer aber noch lesbar. *Vorwahl 303 – das ist Denver, oder?* Sie setzte sich wieder in den Papasan, griff sich das Telefon vom Beistelltisch und wählte.

Ein paar Sekunden lang lauschte sie den leisen Geisterstimmen in der Leitung, dann klingelte es. Sie hörte ein scharfes Knacken, dann die verhaßteste aller Botschaften: »Die von Ihnen gewählte Nummer ist außer Betrieb. Bitte überprüfen Sie die Nummer, und wählen Sie noch einmal. Dies ist eine Botschaft von Telefonzentrale 3-0.«

Leise fluchend hängte sie auf und wählte die Nummer sorgfältig noch einmal. Sie lauschte auf das elektronische Schnarren des Signaltons, dann: »Die von Ihnen gewählte Nummer ...«

»Damn!« Sie sah sich den Zettel genau an. Verschmiert oder nicht, Warners Schreibweise war präzise und eindeutig: ohne mögliche Fehlerquellen wie einer *Eins*, die auch eine *Sieben* sein konnte, oder einer *Vier*, die auch als *Neun* auslegbar war. Sie wählte die Nummer ein drittes Mal und vergewisserte sich bei jeder Ziffer, daß sie keinen Fehler gemacht hatte. »Die von Ihnen gewählte Nummer ist außer Betrieb. Bitte überprüfen…«

Vielleicht war Warner umgezogen. Sie starrte einen Augenblick lang in die Ferne, dann wählte sie eine andere Nummer.

»Auskunft. Welche Stadt, bitte?«

»Denver, schätze ich.«

»In Ordnung.«

»Ich hätte gerne die neue Nummer von Warner, Simon Warner.«

»Sorry«, meinte die Auskunft nach einer kurzen Pause. »Ich habe keinen neuen Eintrag für diesen Namen.«

Sam starrte stirnrunzelnd auf den Fetzen Papier. »Dann geben Sie mir die jetzige Nummer.«

»Sorry, ich habe überhaupt keinen Eintrag unter Simon Warner.«

»Dann versuchen Sie ›Sid‹.«

»Sorry, kein Eintrag unter Sid Warner.«

»Vielleicht nur der Anfangsbuchstabe?«

»Ich habe zwölf Nummern für ›S. Warner‹. Haben Sie eine Adresse?«

»Nein.« Sam knirschte mit den Zähnen. »Okay, danke.« Sie hängte auf.

Damn! dachte sie und sackte zurück in den Sessel. *Irgendwas stimmt hier nicht.* Kein Eintrag für Sid Warner, und die Nummer, die er ihr gegeben hatte, war außer Betrieb. Es war denkbar, daß er eine Geheimnummer besaß und sie falsch aufgeschrieben hatte. *Oder vielleicht hat er die Telefonrechnung nicht bezahlt*, dachte sie sarkastisch. Aber wäre das nicht ein etwas *zu* großer Zufall gewesen, nach allem, was in letzter Zeit passiert war? Wenn man diese Möglichkeit demnach ausschloß, blieb nur noch eine Erklärung…

Er hat mir eine falsche Nummer gegeben, um mich loszuwerden.

Dreck!

Nach einer Weile griff sie wieder nach dem Telefon. Sie wählte eine Nummer in Oregon.

Maggie Braslins meldete sich nach dem zweiten Klingeln.

»He, Mags.«

»Sam?« Sam grinste, als sie Maggies kehliges Lachen hörte. »Kriegst nicht genug von mir, was? Wie war die Rückkehr in das, was sich lächerlicherweise das ›wahre Leben‹ nennt?«

»Nicht schlimmer als erwartet.« Sam zögerte. »Mags, ich brauche deine Hilfe.«

»Klar«, meinte ihre Freundin sofort. »Raus damit.«

»Was weißt du über Sid Warner?«

»Der Typ bei Jims Beerdigung?« Maggie dachte einen Augenblick nach. »Den Namen kenne ich. Gehört zur alten Testpilotenbruderschaft, oder?« Sie zögerte wieder. »Aber das weißt du wahrscheinlich schon?«

»Ich bin auf der Suche nach etwas weitergehenden Informationen«, gab Sam zu.

»Hmmm.« Sam konnte sich vorstellen, wie ihre Freundin grinste. »Hintergrund, ja? Worauf genau hast du es abgesehen?«

Sam zuckte die Schultern, auch wenn Maggie das nicht sehen konnte. »Erst einmal, wo er wohnt. Was er so treibt. Ich weiß nicht, alles, was von Interesse sein könnte.«

»Ich verstehe.« Maggie verstummte. »Du möchtest, daß ich Simon Warner durchleuchte, ist es das?«

»Das trifft es so ziemlich, Mags.«

»Ich verstehe«, antwortete Maggie wieder. »Könntest du mir sagen, wozu? Worum sich das Ganze dreht?« Ihr Tonfall verlagerte sich etwas. »Glaubst du, Warner hat was mit der Cop-Sache zu tun?«

»Ich weiß nicht, Mags. Kann sein, aber … Ich weiß es einfach nicht.«

»Hmm«, brummte Maggie nachdenklich. Aber dann: »Okay, Sam, weil du es bist. Ich mach's. Noch was?«

Jetzt war es an Sam, zu zögern. »Ja«, erklärte sie schließlich. »Da wären noch ein paar Leute, über deren Hintergrund ich auch gerne etwas wüßte.«

»Die gleiche Art Informationen? Derzeitiger Aufenthaltsort, Aktivitäten, Auffälligkeiten?«

»Ganz genau, Mags«, bestätigte Samantha. »Hast du einen Stift?« Sam ging im Geiste die Liste der Personen durch, die Jim Dooley in der letzten Woche seines Lebens besucht hatten.

Als sie fertig war, dauerte es eine Weile, bis Mags wieder etwas sagte. »Ein paar der Namen kenne ich«, stellte sie schließlich fest, »aber wahrscheinlich aus demselben Grund wie du. Ich kenne keinen davon persönlich.« Sie lachte. »Aber was soll's, ich wollte schon immer mal Privatdetektiv spielen. Soll ich mich umhören, was die 99er wissen?«

»So hatte ich es mir vorgestellt. Aber ich wüßte es zu schätzen, wenn ...«

»Wenn ich das Ganze bedeckt halten könnte«, vervollständigte Maggie. »Keine Bange. Niemand wird erfahren, wer das alles wissen will.«

»Wo wirst du anfangen?«

Maggie überlegte. »Ich rede wahrscheinlich erst mal mit Amy Langland«, sagte sie nachdenklich. »Amy kennt alle und jeden.«

»Wo steckt Amy gerade?« unterbrach Sam. »Immer noch in Milwaukee?«

»Nh-nh, sie ist vor einer Weile zu dir runter gezogen. Irgendwo nach Glendale, glaube ich.« Maggie machte eine Pause. »Soll ich anrufen, wenn ich was habe? Oder hast du Fax? Das wäre wahrscheinlich am leichtesten – und effizientesten.«

»Seit wann bist du denn so effizient, Mags?« Sie überlegte einen Augenblick. »Warum faxt du es nicht zu WestAir?« Sie holte ihre Geschäftskarte aus der Brieftasche und gab ihrer Freundin die Nummer durch. »Bist du sicher, daß ich dir nicht zuviel Umstände mache?«

»Wenn doch, lasse ich es dich wissen«, versicherte Maggie. »Unter Garantie.«

Nachdem sie aufgehängt hatte, holte Sam den Stapel Fotokopien hervor, den Arlene, Kerrs Sekretärin, für sie angefertigt hatte. Bestimmt zum dutzendsten Mal ging sie die Inventarliste der Erinnerungsstücke und persönlichen Besitztümer durch, die dem Museum of Flight in Rogers zugesprochen worden waren. Sie glaubte nicht, daß sie irgend etwas Offensichtliches wie Pop-Pops Tagebuch übersehen hatte, aber vielleicht stand ja etwas auf der Liste, das ihr eine Idee lieferte. Nach ein paar Minuten warf sie die Liste enttäuscht beiseite und blätterte die Verkaufsunterlagen von Pop-Pops Eagle-Mountain-Grundstück durch.

Soweit sie das beurteilen konnte, schien alles in Ordnung zu sein. Das Land war den offiziellen Unterlagen zufolge Anfang 1980 von einer Gesellschaft namens New Horizons Industries gekauft worden. (Sie schnaubte. *Typisch kalifornischer New-Age-Name*, dachte sie. *Züchten wahrscheinlich Tofu oder bauen Deprivationstanks oder irgend so 'n Scheiß.*) Sam besaß natürlich weder den Hintergrund noch die nötigen Kenntnisse, um den Rechtsjargon nach Fehlern durchzusehen – die ›parties of the first and second part‹, ›henceforths‹ und ›heretofores‹ erschienen ihr als groteske Parodie der englischen Sprache –, aber auf den ersten Blick schien alles einen Sinn zu ergeben. Die Zahlungsmodalitäten, ›gegen einen Dollar Baranzahlung, zuzüglich weiterer wertgemäßer Vergütungen‹, erregten zunächst ihre Aufmerksamkeit, aber dann erinnerte sie sich, daß einer ihrer früheren Freunde einmal einen Wagen zu ähnlichen Bedingungen gekauft hatte, um die Steuer zu umgehen. Ein paar Minuten lang spielte sie mit dem Gedanken, sich an einen Anwalt zu wenden und den Vertrag überprüfen zu lassen. Aber dann entschied sie sich dagegen. *Morton Kerr, Jr., hat ihn schon durchgesehen*, erinnerte sie sich, *und er hat keinen Fehler gefunden. Er schien kompetent genug … hochnäsig, aber kompetent.*

Sie warf den Vertrag in dieselbe Richtung wie zuvor die Inventarliste, grob in Richtung des Schreibtischs, und starrte wieder auf die Korkwand. *Reagiere ich vielleicht übertrieben?* fragte sie sich mit einer gewissen Grimmigkeit. *Vielleicht hatte Morton Kerr recht – vielleicht* sollte *ich mich mehr auf juristische Dokumente verlassen als auf die Erinnerung eines möglicherweise senilen Sterbenden … selbst wenn er mein Großvater ist. Und vielleicht hat Officer Belmont den Kombi* wirklich *nicht gesehen. Und vielleicht war der Einbrecher einfach nur ein Dieb, der Todesanzeigen durchsieht und Häuser besucht, deren Besitzer verstorben sind. Und vielleicht …* Sie lachte bitter. So gesehen war es lächerlich. Jeder einzelne dieser Punkte ließ sich für sich genommen leicht erklären. Aber ihre Häufung erforderte eine lächerlich unwahrscheinliche Kette von ›Zufällen‹. *Denk an Ockhams Klinge,* ermahnte sie sich. *Die einfachste Erklärung, die alle Fakten berücksichtigt, ist im allgemeinen die beste. Und* hier *ist die einfachste Erklärung die, daß* irgend etwas *vorgeht. Ein Komplott des Schweigens oder wie immer man es sonst nennen will. Jedenfalls läuft hier mehr als nur simple Paranoia ab.*

Sie griff nach einer Zigarette und stellte fest, daß die Packung leer war. Mit einem Fluch zerknüllte sie die leere Schachtel und warf sie gegen die Pinnwand.

9

Es war schwer – manchmal verteufelt schwer –, aber Samantha schaffte es, ihre Überlegungen für die nächsten Tage hintanzustellen. Bis Maggie zurückrief und ihr erzählte, was sie durch den Dschungeltelegrafen der 99er über die Liste von Pop-Pops Besuchern erfahren hatte, konnte sie nichts Sinnvolles unternehmen. In der Zwischenzeit machte sie einfach mit ihrem Leben weiter, so schwer es ihr auch fiel: hauptsächlich flog sie, und dazwischen existierte sie nur, bis es Zeit wurde, wieder zu fliegen.

Wenn sie an Gertrudes Kontrollen in der Luft war, fiel es leicht, sich in den Komplexitäten und Eindrücken des Fliegens zu verlieren. Am Boden jedoch war es weit schwerer, die seltsamen Entwicklungen zu vergessen. Wenn ihre Gedanken sie zu überwältigen drohten, schnappte sie sich Grendel und lenkte den Wagen hinaus auf die Freeways des Los Angeles Basin. Im Verlauf von fünf bis sechs Tagen entdeckte sie Bereiche des ausufernden Stadtgebiets, deren Existenz sie bis dahin nicht einmal erahnt hatte, obwohl sie seit über zehn Jahren hier lebte. Aber ihre Lieblingsstrecke blieb die Fahrt über Griffith Park nach Norden zum Los Feliz Boulevard, wo sie den Mustang durch die engen Straßen schleudern konnte, die an den staubtrockenen Hängen hinauf und den zugewachsenen Arroyos entlang führten.

Am ersten August, zwei Tage nachdem sie die Arbeit wiederaufgenommen hatte, fand sie eine Nachricht von Morton Kerr auf dem Anrufbeantworter vor. Anscheinend zog Pop-Pops Haus bereits Interessenten an, und verschiedene Leute hatten Angebote eingereicht. Die Beträge, die der Anwalt beiläufig erwähnte, waren astronomisch – mehr Geld, als Sam jemals aus einer einzigen Quelle zu erhalten erwartet hätte –, und seine Botschaft ließ Zuversicht erkennen, daß der schlußendliche Verkaufspreis noch höher liegen würde. *Vielleicht sollte ich mich zur Ruhe setzen,* überlegte sie. *Oder ich könnte mit dem Geld meine eigene Flugschule aufmachen.* Mit einem Schnauben ordnete sie diese Gedanken unter der mentalen Kategorie Zukunftspläne ein. Sie war noch nie eine Frau gewesen, die unter irgend etwas einen Schlußstrich zog, bevor sie sich davon überzeugt hatte, daß wirklich alles geregelt war – einer der Charakterzüge, der sie zu einer guten Pilotin machte –, und die mysteriösen Begebenheiten rund um Pop-Pops Ableben waren ganz eindeutig noch nicht geregelt. *Wenn ich das erst hinter mir habe,* versprach sie sich selbst, *dann kümmere ich mich darum, wie's weitergeht.*

Trotz ihrer Vorsätze hatte sie ihre Verdächte und Besorgnisse bis zum Abend des 3. August beinahe vergessen. Ihr Leben hatte wieder seinen früheren Rhythmus gefunden, und sie hätte sich relativ leicht einreden können, daß sich im Grunde nichts verändert hatte – daß die ganzen Ereignisse in Gold Beach nie stattgefunden hatten. Daher war sie völlig überrascht, Joe Mountain warten zu sehen, als sie nach einem Flug in den Sonnenuntergang mit Gertrude in der Mitte des Helipads aufsetzte. Während über ihnen die Rotorblätter langsam zur Ruhe kamen, half sie den Passagieren – wieder mal eine japanische Familie, drei Generationen – aus dem Heli und erinnerte sie mit Hilfe von Gesten daran, den Kopf unten zu halten. Nachdem sie sich vergewissert hatte, daß sie alle unter den rotierenden Blättern vorgekommen waren, ohne den Kopf zu verlieren, und ihren Dank zusammen mit einem großzügigen Trinkgeld in Empfang genommen hatte, ging sie hinüber zu dem gedrungenen Mechaniker.

»Sieh dir das an«, sagte sie und zeigte Joe den 50-Dollar-Schein, den ihr das Familienoberhaupt in die Hand gedrückt hatte. »Was meinst du, können wir die

Japaner dazu bewegen, den anderen Touristen Unterricht im Trinkgeldgeben zu erteilen?«

Joe lachte laut. »Sieht so aus, als ob das Bier auf dich geht. Es ist Miller Time.«

»Wann ist für dich mal *keine* Miller Time, Joe?« Sie boxte ihm auf die Schulter. Es war, als würde sie gegen den Hubschrauber schlagen. »Ich dachte, du hättest längst Schluß gemacht.«

Er schüttelte den großen Kopf. »Ich dachte mir, du möchtest das hier vielleicht noch bekommen, bevor du fährst.« Er griff in die Oberschenkeltasche des Overalls und zog einen sorgfältig gefalteten Stapel Faxpapier heraus. »Ist über den Kasten gekommen, als Becky gerade abschließen wollte«, erklärte er. »Ich habe mir gedacht, du willst vielleicht nicht bis morgen früh drauf warten.«

Sam nahm die Blätter aus seiner dickfingrigen Hand und klappte sie auf. Sie überflog die erste Seite, dann faltete sie das Bündel wieder zusammen und schob es in die Tasche. »Danke, Joe. Du hattest recht. Ist es okay, wenn ich dir das Bier wann anders ausgebe?«

Der Mechaniker ließ in gespielter Entmutigung den Kopf sinken. »Die Geschichte meines Lebens«, klagte er. »Dann werd ich mich mal nach Hause schleichen und in Gesellschaft meiner lieben Freunde Sam Donaldson und David Letterman ein paar Kalte kippen.« Er klopfte ihr auf die Schulter. »Bis morgen früh, Sam.«

Es kostete Sam ihre ganze Selbstbeherrschung, nach Hause zu fahren, Grendel zu parken, die Tür abzuschließen und es sich bequem zu machen, bevor sie das Fax wieder ausfaltete und las. Es war von Maggie, von Hand auf dem Briefpapier der Ophir Flight School geschrieben, wo sie arbeitete.

Sam,

sorry, daß es so lange gedauert hat, aber der 99er-Dschungeltelegraf ist auch nicht mehr, was er in der guten alten Zeit mal war. Hat wohl was damit zu tun, daß die Frauen zu sehr mit dem Wahren Leben beschäftigt sind, wenn Du mich fragst. Als ob es etwas Wichtigeres gäbe als Schwesternschaft und den ganzen Mist.

Ich habe mich nach all den Namen erkundigt, die Du mir gegeben hast, aber wie Du es wolltest, habe ich bei Simon Warner ›Druck‹ gemacht. Hier ist, was ich herausgefunden habe. Ich hoffe, es ist das, wonach Du gesucht hast. (He, Kiddo, Du bewegst Dich dieser Tage ja wirklich in hehren und bemerkenswerten Kreisen. Weißt Du zufällig, ob Simon derzeit eine ständige Bettgefährtin hat? Ich überlege mir, mich um den Posten zu bewerben.) Man sieht sich.

Sam schmunzelte und blätterte zur zweiten Seite der Nachricht. Sie war ebenfalls in Maggies großzügiger Handschrift gehalten und mehr oder weniger wie ein Lebenslauf angelegt, der die wichtigsten Daten und Ereignisse im Leben von Simon Warner, Esquire, aufführte. Einen Großteil der frühen Geschichte kannte Sam schon, wenn auch nicht annähernd so genau. Eine lange Periode als FTE, Flugtestingenieur, bei der Air Force, von 1963 bis 1967 in Edwards, wo er in einer erstaunlichen Serie von Experimentalflugzeugen die Grenzen des Möglichen getestet hatte. Anscheinend hatte er seinen Platz im X-15-Raketenflugzeugprogramm gefunden – er lehnte eine Gelegenheit, am Mercury-Raumflugprogramm der NASA teilzunehmen, ab, weil er kein ›Büchsenfleisch‹ werden wollte (Sam mußte grinsen, als sie das las) – und hatte in diesem Zwischending zwischen Flugzeug und Raumschiff ein halbes Dutzend Rekorde gebrochen, bevor er das Militär verlassen hatte und in die Privatwirtschaft gewechselt war.

Flugtestingenieur bei McDonnell Douglas. FTE bei Fairchild. FTE bei Grumman. FTE bei General Dynamics... Sam konnte nur noch den Kopf schütteln. *Mann, der Kerl muß so ziemlich an jeder wichtigen Düsenjägerserie beteiligt gewesen sein, die in den letzten dreißig Jah-*

ren entstanden ist. Sie überflog den Rest der Liste. Nichts Besonderes ...

Moment mal. Was war das?

Die handgeschriebene Zeile sprang sie förmlich an: 1971 bis 1978 Flugtestingenieur bei Generro Aerospace.

Sam sank in den Papasan, starrte das Fax an. Generro Aerospace. *Die Firma, für die Dad geflogen ist, als er starb. Hat Warner Dad gekannt?*

In den fast zwanzig Jahren seit dem Tod Jim Dooleys, Jr., hatte Sam wiederholt versucht, Leute zu finden, die ihn gekannt hatten, mit ihm geflogen waren. Wie sich herausstellte, ohne großen Erfolg. Als sie alt genug war, die Spur aufzunehmen und die Namen weiterzuverfolgen, an die sie sich aus ihrer Kindheit erinnerte, verdiente diese den Namen Spur noch kaum. In manchen Fällen hatte sie einfach nicht genug Informationen gehabt. ›Pat und Maureen aus Pax River‹ war einfach nicht genug, um irgend etwas von Wert aufzuspüren. In anderen Fällen waren die Personen tot, hatten das Militär verlassen und waren im nicht annähernd so umfassend dokumentierten Zivilleben untergetaucht, oder sie waren in der byzantinischen Bürokratie der Streitkräfte verlorengegangen. Wie groß war die Wahrscheinlichkeit gewesen, daß sie durch puren Zufall auf ihre bis jetzt beste Verbindung stoßen würde? *Zufälle kommen vor*, sagte sie sich. *... Aber man sollte nicht drauf wetten.*

Sie überflog die Angaben zu Sid Warner noch einmal und versuchte, sich ein Bild von der Laufbahn des Mannes und seinem Leben ganz allgemein zu machen. Nach ein, zwei Minuten legte sie die Papiere beiseite und versuchte, ihn zu fassen zu bekommen. *Ein Testpilot unter Testpiloten*, mußte sie zugeben. *Während seiner ganzen Laufbahn immer ganz vorne, nie ›hintan‹ – der Alptraum jedes Karrieremenschen – außer beim Raumprogramm, und da war es seine eigene Entscheidung.* Sie schüttelte den Kopf. *Und möglicherweise hat er die richtige Entscheidung getroffen, wenn er ein* echter *Pilot bleiben und nicht zu einer Mischung aus Versuchskaninchen und Galionsfigur verkommen wollte.* Keinerlei Hinweise auf eine Ehefrau oder Kinder – ungewöhnlich, aber so etwas kam vor. Und auch das konnte durchaus eine bewußte Entscheidung gewesen sein. Die besten Testflugaufträge damals, die Missionen, die eine Laufbahn wirklich weiterbringen konnten, waren häufig kaum verschleierte Selbstmordaktionen gewesen, und möglicherweise hatte er sich einen Vorsprung bei der Vergabe ausgerechnet, wenn er auf Bindungen verzichtete.

Warner war Mitglied in den angesehensten und wichtigsten Clubs und Vereinen, wenn auch teilweise nur ehrenhalber. Unter anderem gehörte er zur Society of Experimental Test Pilots (SETP, das Pantheon der Testpilotenbruderschaft) und – wie Sam mit trockenem Grinsen feststellte – zum inoffiziellen ›Caterpillar Club‹, dessen Mitgliedschaft auf Piloten beschränkt war, die schon einmal gezwungen gewesen waren, mit dem Schleudersitz aus einer abstürzenden Maschine auszusteigen, um ihr Leben zu retten. Sie fragte sich, aus welchem Verein er Pop-Pop kannte.

In seiner Laufbahn gab es keine ungewöhnlichen, wirklich auffälligen Punkte. Zugegeben, es war interessant, daß er anscheinend keinen Vollzeitjob mehr gehabt hatte, seit er vor neun Jahren Generro Aerospace verlassen hatte, weder als Pilot noch als etwas anderes, aber das mußte nicht allzuviel heißen. Laut Maggies Dossier war Simon Warner 1926 geboren worden, also war er zweiundfünfzig gewesen, als er bei Generro ausschied. Das war kein ungewöhnliches Alter, um sich zur Ruhe zu setzen, ganz besonders nicht für jemand mit Warners Laufbahn – und den Pensionsansprüchen, die er sich dabei erworben haben dürfte. Anscheinend gab ihm das die Freiheit zu tun, was ihm in den Sinn kam, einschließlich kurzzeitiger Funktionen als Berater und Public-Relations-Mann für verschiedene Ingenieursfirmen: hier eine Woche, da zwei. Maggies Aufstellung enthielt die wichtigsten – Sam hatte von ein paar gehört –, sie deutete aber an, daß sie sich die meisten erspart hatte.

Samantha seufzte und überlegte, ob sie sich eine Zigarette anzünden sollte. *Interessanter Hintergrund*, entschied sie. *Hochinteressanter Hintergrund. Besonders, weil er möglicherweise Dad* und *Pop-Pop gekannt hat.*

Sie unterwarf sich dem Verlangen ihres Körpers nach Nikotin und zündete sich eine an. Dann blies sie den Rauch an die Zimmerdecke und schloß die Augen.

Okay, überlegte sie. *Ich habe Hintergrundinformationen über Simon Warner. Hintergrund, aber nichts Aktuelles.* Lohnte es sich, weiterzugraben, herauszufinden, was er zur Zeit machte und wo sie in Kontakt mit ihm treten konnte? Immerhin gab es nicht einmal die Andeutung einer Verbindung zwischen ihm und dem Rätsel um Jim Dooleys Tagebuch.

Doch, es lohnt sich, entschied sie. Irgend etwas tief in ihren Eingeweiden, eine Art Instinkt, nagte an ihr, erklärte Warner irgendwie zu einer Schlüsselfigur in dem ganzen Geschehen. Es gab keine vernünftige Erklärung dafür: Nicht ein Punkt im Leben des Simon Warner ergab für ihren Verstand eine logisch nachvollziehbare Verbindung zu den Ereignissen der letzten Zeit. Aber im Laufe der Jahre hatte sie gelernt, auf den *un*logischen Teil ihres Bewußtseins zu hören.

Was ich wirklich brauche, sind Informationen darüber, wo Warner heute steckt. Wahrscheinlich habe ich das Mags nicht deutlich genug gesagt. Sie sah auf die Uhr der Stereoanlage. *Es ist noch nicht zu spät, bei ihr anzurufen und sie zu bitten, mir eine Telefonnummer oder Adresse zu besorgen.* Sie griff nach dem Telefon.

Es klingelte, bevor sie es berührt hatte. Das elektronische Zwitschern ließ sie überrascht zusammenzucken. Sie nahm den Hörer ab. »Mags?«

Am anderen Ende blieb es stumm, dann fragte eine

Stimme, die Sam sofort erkannte: »Könnte ich bitte mit Samantha Dooley sprechen?«

Sam lächelte. »Ich bin am Apparat, Amy. Wie geht's?«

»Erwartungsgemäß«, antwortete Amy Langland trocken. Ihre Stimme hatte dieselbe Schärfe, an die sich Sam noch von ihrer ersten Begegnung her erinnerte – eine Schärfe, die jeden, der sich nicht die Mühe machte, tiefer zu blicken, davon überzeugte, daß Amy eine eiskalte alte Hexe war. Die Stimme und ihr Mittelwestakzent riefen Sam immer das Bild eines alternden Tomboys vor Augen, der den Männern in Rauchen, Saufen und Fluchen in nichts nachstand – und das beschrieb Amy Langland ganz genau. »Ich höre, du hast momentan ein paar Probleme.«

Sam blinzelte überrascht, dann fragte sie: »Hast du das von Maggie Braslins?«

Langland zögerte einen Augenblick, bevor sie langsam antwortete: »Na, ja, von ihr.« Eine längere Pause, dann: »Habe ich etwas Falsches gesagt?« Ihre Stimme war so sanft, wie es ihr nur möglich war.

»Nein. Nein, ist schon okay.« Sam runzelte die Stirn. *Mags, ich dachte, wir wären übereingekommen, daß du dich bedeckt hältst.*

»Sie hat mir nicht allzuviel darüber erzählt, was los ist«, fuhr Langland fort. Sie schnaubte. »Vielleicht, weil ihr klargeworden ist, daß sie besser die Klappe gehalten hätte, schätze ich. Wenn du mir ein paar Einzelheiten mitteilen willst? Vielleicht kann ich helfen. Und wenn nicht, ist es mir auch recht. Du brauchst dich nicht bedrängt zu fühlen.«

Sam zögerte eine Weile. Dann wurde ihr Lächeln breiter. »Ich kann die Hilfe gebrauchen, Amy. Ich versuche Informationen über einen Simon Warner zu bekommen.«

»Hm. War es das, was Maggie wollte?«

»Nicht nur Warner«, erklärte Dooley. »Aber er ist im Augenblick der Wichtigste.« Und sie listete die übrigen

Personen auf, an denen sie interessiert war, wie sie es schon für Braslins getan hatte. Als sie fertig war, hörte sie nur Schweigen. »Amy?«

»Ich bin noch da«, erwiderte Langland leicht gereizt. »Ich denke nach – etwas, wofür ihr jungen Dinger euch viel zu wenig Zeit nehmt, wenn du mich fragst.« Sie machte eine Pause, dann summte sie nachdenklich und etwas schräg ein paar Akkorde einer alten Count-Basie-Nummer. »Da hast du dir ja eine illustre Gruppe zusammengesucht, Mädchen.«

»Du kennst die Namen?«

»Die meisten«, bestätigte Langland. »Ich muß zugeben, ein paar der Leute habe ich seit Jahren nicht mehr gesehen, aber völlig fremd sind mir nur ein, zwei der Namen. Was willst du über sie wissen?«

Sie überlegte, ordnete ihre Gedanken. »*Alles* im Grunde«, stellte sie schließlich fest. »Oder alles, was besonders interessant sein könnte«, korrigierte sie hastig.

»Könntest du das möglicherweise ein wenig präzisieren, Kleine?« fragte Langland trocken. »›Interessant‹ ist für mich ein sehr weiter Begriff. Es wäre einfacher für mich, ihn einzugrenzen, wenn ich wüßte, ob du sie flachlegen, umlegen oder in Ketten legen willst.«

Samantha lachte auf. »Da ist was dran.« Sie überlegte wieder. »Okay«, sagte sie nach einer Weile. »Sagen wir ›alles Verdächtige‹, alles, was dir auffällt, was nicht ins Bild paßt. Sorry, Amy«, erklärte sie. »Ich will dich nicht ärgern. Ich *weiß* nicht, wonach ich suche. Außer bei Warner. Ich will nur wissen, wo er momentan steckt und wie ich Kontakt mit ihm bekommen kann.«

»Hmf.« Langland schnaufte. »Ich nehme nicht an, du könntest mir mitteilen, warum du überhaupt nach etwas suchst? Nein, nein«, schnitt sie Sam eine etwaige Antwort gleich im Ansatz ab. »Vergiß es, das war nur die krankhafte Neugier einer alten Frau. Ich werde ein wenig Zeit brauchen«, stellte sie nachdenklich fest.

»Mein Gedächtnis ist auch nicht mehr das, was es mal war.«

»Danke, Amy. Das meine ich ernst.«

»Hmf. Was immer.« Langland wischte Sams Dank beiseite, als bereite er ihr ein leises Unbehagen. »Margaret Braslins erkundigt sich auch schon nach diesen Leuten?«

»Stimmt«, bestätigte Sam. »Mags hat gesagt, sie hat es auf den Dschungeltelegrafen der 99er gegeben.«

»Hat sie das? Hmf, das wäre nicht nötig gewesen, die anderen Schwestern damit zu belasten. Aber ich schätze, was passiert ist, ist passiert.« Langland betonte den letzten Satz fast wie eine Frage. Aber bevor Sam antworten konnte – oder sich auch nur entscheiden konnte, ob eine Antwort nötig war –, redete sie weiter. »Egal. Ich rufe in ein paar Tagen wieder an, Samantha. Wenn ich meinem alten Schädel die richtigen Erinnerungen abgerungen habe.«

»Danke, Amy«, erklärte Sam noch einmal.

»Ja, na ja, spar dir das, bis wir wissen, ob mir irgendwas einfällt.« Ein Knacken, und die Leitung war tot.

Zu Sams Überraschung waren es Maggie und der Dschungeltelegraf, die zuerst weitere Informationen lieferten. An den beiden nächsten Tagen trafen Notizen von Maggie über das Faxgerät von WestAir ein – weitere Hintergrunddaten, immer wieder ein wenig. Sams erste Reaktion war, jede Notiz durchzugehen, sobald sie eintraf, aber nach kurzem Nachdenken kam sie zu dem Schluß, daß es sinnvoller war, abzuwarten, bis sie einen vernünftigen ›Fundus‹ an Daten hatte, den sie abarbeiten konnte. Auf diese Weise hatte sie mehr Chancen, ungewöhnliche Verbindungen, Gemeinsamkeiten oder Anomalitäten zu bemerken.

Als sie sich schließlich mit den Faxblättern hinsetzte, wurde ihr schnell klar, daß sie sich das Abwarten hätte sparen können. Selbst wenn sie der Bericht über Sid

Warner nicht vorgewarnt hätte, wäre ihr der eine Punkt, den eine ungewöhnliche Anzahl dieser Personen gemeinsam hatte, bestimmt nicht entgangen.

Sie hatten alle irgendwann auf die eine oder andere Weise mit Generro Aerospace zu tun.

Samantha kletterte aus dem Papasan und drückte ihre erst halb gerauchte Zigarette aus. Sie breitete die Faxbögen auf dem Boden aus und ging sie noch einmal durch. Es gab keinen Zweifel. Von den zwölf Leuten, deren Namen sie Maggie gegeben hatte, besaßen acht eine Verbindung zu Generro (neun, wenn man Sid Warner einrechnete). Zugegeben, die Art der Beziehung variierte – nur zwei hatten als Piloten für die Firma gearbeitet, die anderen als Berater, Manager oder technische Repräsentanten –, und die Perioden ihrer Anstellungen schienen sich nirgends sonderlich zu überschneiden. Trotzdem erschien es ihr bemerkenswert.

Sie legte die Blätter beiseite, griff sich das Telefonbuch und blätterte die Einträge unter L durch. Tatsächlich fand sie einen Eintrag für ›Langland, Amy L.‹ mit der amüsanten Adresse Aloha Street – in Los Feliz, nicht in Glendale, aber doch ganz in der Nähe. (Sam schüttelte den Kopf. *Die Welt ist klein.* Auf ihren Streifzügen durch Griffith Park war sie wahrscheinlich auf eine knappe Meile an Langlands Wohnung herangekommen, ohne es zu ahnen.) Sie schrieb sich die Nummer heraus, nahm den Telefonhörer ab und wählte.

Langland meldete sich fast augenblicklich. »Samantha«, sagte sie, nachdem Dooley sich zu erkennen gegeben hatte. »Sorry, daß ich mich nicht gemeldet habe. Es kam was dazwischen, und ich hatte noch nicht die Zeit, die ich gedacht hatte, dafür zu haben.«

»Schon okay, Amy«, beruhigte sie die ältere Pilotin. »Wann immer es dir paßt. Aber ich habe zwei besondere Fragen.«

»Ach? Hat der Dschungeltelegraf was gebracht?«

»Mehr oder weniger.«

»Dann mal los.«

»Simon Warner erst mal. Hast du eine Adresse oder Telefonnummer rausgefunden?«

»Nh-nh«, wehrte Langland sofort ab. »Da bin ich überfordert. Ich habe ein paar alte Sachen über ihn, aber er ist umgezogen, ohne eine Nachsendeadresse zu hinterlassen. So was ist bei Piloten nicht ungewöhnlich, wie du weißt.«

»Diese alte Adresse: war die in Denver?«

»Hä?« Sam sah geradezu vor sich, wie Langland überrascht aufs Telefon starrte. »Nein. In Burbank. Das ist aber *wirklich* schon Jahre her. Ich habe versucht, ihn wiederzufinden, aber da war nichts zu machen. Und zweitens?«

»Amy, was kannst du mir über Generro Aerospace erzählen?«

Langland sagte eine Weile gar nichts. »Generro«, murmelte sie dann. »Generro ...«

»In Moreno Valley«, half Sam.

»Ich weiß, wo sie sitzen«, bellte Langland fast. »Ich versuche nur, mich zu erinnern.« Eine weitere Pause. »Dein Vater ist für Generro geflogen.«

»Habe ich dir das in Kansas City erzählt?«

»Du hast es irgendwo mal erwähnt. Generro – der Thunderflash, korrekt?«

»Genau die.«

»Sie waren eine Weile ein heißer Tip, soweit ich mich entsinne«, redete die alte Frau weiter, beinahe mit sich selbst und so leise, daß Sam sich anstrengen mußte, sie zu verstehen. »Sie hatten ein paar gute Ingenieure, gute Konstrukteure. Mit etwas Glück hätten sie wirklich groß rauskommen können. *Wirklich* groß. Im Grunde war es nur Pech, daß nichts daraus geworden ist. Aber so war das damals. Ideen allein genügten nicht – man brauchte auch noch Glück, damit der Blitz einschlug.«

»Was war an dieser Firma, das sie so attraktiv machte?«

»Attraktiv?« Langland schnaubte. »*Nichts* eigentlich. Es war einfach nur ein Flugzeughersteller.«

»Wie kommt es dann, daß so viele der Leute, die ich dir genannt habe, irgendwann dort gearbeitet haben?«

»Hä?« Langland klang überrascht. »Wie?«

»Die zwölf Namen, die ich dir letztens gegeben habe«, erläuterte Sam. »Neun dieser Leute hatten eine Verbindung zu Generro. *Neun.* Ich frage mich nur, warum, was sie angezogen hat.«

»So war das damals einfach«, stellte Langland fest. »Es war eine viel kleinere Industrie als heute, eine kleine, enge Gemeinschaft. Teufel, Mädchen, alle *zwölf* waren irgendwann bei McDonnell Douglas, oder?«

»Stimmt, aber zwischen Generro Aerospace und McDonnell Douglas besteht ein großer Unterschied. Milliarden Dollar Unterschied.«

»Mag sein.« Langland verstummte kurz, dann fragte sie: »Kannst du mir erklären, warum du an diesen Leuten so interessiert bist?«

Sam überlegte einen Augenblick, dann schüttelte sie den Kopf, auch wenn Langland das natürlich nicht sehen konnte. »Reine Neugier, Amy«, stellte sie fest. »Wahrscheinlich ist es gar nicht so wichtig.«

»Hrmpf.« Die ältere Frau klang keineswegs überzeugt. »Aus ›reiner Neugier‹ horcht man nicht den Dschungeltelegrafen ab, wie du es tust.« Sie machte eine Pause. »Aber wenn du nichts sagen willst, ist das natürlich dein gutes Recht. Wir leben immer noch in einem freien Land, mehr oder weniger.«

»Kennst du jemand, der immer noch mit Generro zu tun hat?«

»Aus reiner Neugier?« fragte Langland sarkastisch. »Nein, nicht, daß mir jetzt im Augenblick jemand einfiele. Die Firma hat vor fünf, sechs Jahren ihren ganzen Betrieb umgestellt, weißt du. Großes Managementausmisten, rollende Köpfe in der Verwaltung, knöcheltiefes Blut in den Chefetagen, so wie ich es gehört habe.«

»Warum?«

»Wegen der gottverdammten Rezession natürlich«, schleuderte Langland zurück. »Wahrscheinlich hatte ein paar feige Säcke unter den Hauptaktionären die Panik gepackt. So was soll alle Tage vorkommen. Soweit ich es mitbekommen habe, hat das Generro fast den Garaus gemacht. Der gesamte Flugbetrieb wurde eingestellt.« Sie schnaufte verächtlich. »Wahrscheinlich irgendein idiotischer Erbsenzähler. Flugoperationen kosten eine Menge Geld, aber es ist gerade diese Art kostspielige Entwicklungsarbeit, die eine Firma gesund erhält.«

»Generro ist nicht mehr gesund?«

»Ich sage lieber nichts mehr, sonst zeigt mich irgendein blöder Börsenmakler noch an, ohne Lizenz Anlageberatung zu betreiben.« Der grimmige Tonfall Langlands brachte Sam zum Schmunzeln. »Jedenfalls scheint niemand von der alten Garde an Bord geblieben zu sein, niemand, der in den siebzigern oder früher da gearbeitet hat.« Sie zögerte. »Ist dir das eine Hilfe, Kindchen?«

Sam war sich nicht sicher. Nach Langlands Beschreibung sah Generro jedenfalls stark nach einer Sackgasse aus.

Aber da war immer noch dieses seltsame Gefühl in ihrer Magengrube. »Das kann man nie wissen, Amy. Das kann man nie wissen.«

10

Das Firmenhauptquartier und die Hauptforschungsanlage von Generro Aerospace Technologies Incorporated lag in Moreno Valley, etwa 65 Meilen östlich der Innenstadt von Los Angeles, in der Nähe der March Air Force Base. *Das muß eine günstige Lage gewesen sein, als sie tatsächlich noch Flugzeuge entwickelt haben*, dachte Sam, als sie zwei Düsenjäger – schnelle, tödlich wirkende Pfeile – vor der dünnen Wolkendecke über den Himmel rasen sah, die schnell außer Sicht verschwanden.

Sam hatte keine Probleme gehabt, ein Treffen mit einem Vertreter der Firma zu arrangieren. Ein einzelner Anruf hatte genügt. Sie hatte keinen der plausiblen Vorwände gebraucht, die sie sich mit solcher Hingabe zurechtgelegt hatte. Die Frau in der Zentrale hatte nur ihren Namen und ihre Telefonnummer notiert und erklärt, Mr. Jacques Leclerc könne sie am Donnerstag, dem 6. August, um 11 Uhr empfangen. Donnerstag und Freitag waren Sams freie Tage bei WestAir, so daß es in dieser Hinsicht keine Schwierigkeiten gab. *Jacques Leclerc wird natürlich irgend so ein glatter PR-Mensch sein, aber es ist doch schon mal ein Anfang.*

Gegen 10 Uhr 40 erreichte Sam das Haupttor der Generro-Anlage. *Eher schon des Generro*-Lagers, korrigierte sie in Gedanken. Der schwere Sperrzaun mit nach außen abgeknickter und mit Stacheldraht verzierter Krone sowie das schwere Automatiktor auf der Anfahrtstrecke erinnerten sie mehr an ein Zuchthaus oder eine militärische Hochsicherheitsanlage als an eine zivile Forschungseinrichtung. Das Tor selbst befand sich weit abseits der Straße, am Ende einer bestens asphaltierten und von Bäumen gesäumten Privatstraße. Nur ein kleines Schild wies auf die Zufahrt hin, und ein noch kleineres wies den Eingang als das Tor zu Generro

Aerospace aus. *Interessant,* dachte sie. *In der Hinsicht ist es hier wie beim Militär: Wenn du nicht weißt, wohin du willst, hast du dort auch nichts verloren.*

Sie stoppte Grendel einen Meter vor dem Tor und wartete, während ein Sicherheitsbeamter aus dem Torhäuschen trat und sich dem Wagen näherte. Sie stellte fest, daß er bewaffnet war, mit einer 9-mm-Automatikpistole im Holster, deren Griff sichtbare Spuren von Benutzung aufwies.

Er warf ihr ein oberflächliches Lächeln zu – höflich genug, aber ohne Zweifel nicht freundlich. »Guten Morgen, Ma'am. Kann ich Ihnen helfen?«

Sie antwortete mit einem breiten Grinsen. *Er kann schließlich nichts dafür, daß von ihm eiskalte Effizienz erwartet wird,* sagte sie sich. »Das hoffe ich doch«, stellte sie fröhlich fest. »Ich habe einen Termin bei einem Jacques Leclerc. Mein Name ist Samantha Dooley.«

»Okay. Einen Augenblick.« Der Posten sah über die Schulter zum Torhaus, und zum erstenmal bemerkte Sam eine zweite Gestalt hinter den leicht grünstichigen Fenstern. (*Kugelsicheres Glas?* fragte sie sich plötzlich.) Der zweite Posten schien gehört zu haben, was sie gesagt hatte – was auf ein Richtmikrofon hindeutete. Die Sicherheitsvorkehrungen hier waren weit intensiver, als sie erwartet hatte. Er beugte sich vor, wie über ein Klemmbrett oder einen Computerschirm. Nach ein paar Sekunden nickte er.

Der Mann neben Grendel lächelte wieder, diesmal etwas ehrlicher als zuvor. »Willkommen bei Generro Aerospace, Ms. Dooley. Sie sind etwas früh, aber Mr. Leclerc erwartet Sie.« Er griff in die Tasche, zog eine Art Abzeichen etwa von der Größe einer Spielkarte hervor und reichte es ihr. »Bitte legen Sie diesen Ausweis während des Aufenthalts in der Anlage nicht ab. Er identifiziert Sie als Besucherin. Wenn Sie uns wieder verlassen, geben Sie ihn bitte bei mir oder einem meiner Kollegen wieder ab. In Ordnung?«

»Okay.« Sam drehte die Karte in der Hand. Sie war aus Plastik und erinnerte an eine übergroße, ungewöhnlich dicke Kreditkarte. Sie konnte jedoch weder irgendwelche eingeprägten Zahlen noch einen Magnetstreifen finden. Die einzige Markierung auf der hellgrauen Oberfläche war der in großen schwarzen Lettern gehaltene Schriftzug VISITOR. *Warum ist sie so dick?* überlegte sie. *Wahrscheinlich eine ›Smart Card‹, vielleicht mit eingebautem Peilsender. Interessant.*

An einer Seite der Karte war eine kleine Krokodilklemme angebracht, mit der sie den Ausweis am Kragen ihrer weißen Baumwollbluse befestigte. Sie lächelte zu dem Posten hoch. »So, damit wäre ich wohl offiziell.«

Diesmal war sein Antwortlächeln ehrlich. »Kann man so sagen.« Er deutete durch das Tor, die Asphaltstraße hinab, die zu den nächsten der niedrigen Gebäude im Innern der Anlage führte. »Bleiben Sie auf der Hauptstraße, bis sie zu Ende geht, Ms. Dooley«, wies der Posten sie ein. »Dann biegen Sie rechts ab. Der Besucherparkplatz befindet sich vor dem Empfangsgebäude. Mr. Leclerc wird Sie dort abholen. Okay?«

»Bis zum Ende und dann rechts«, wiederholte sie. »Und wenn ich nach links fahre ...?«

Er lachte. »Das ist der Teil meines Jobs, der mir am wenigsten gefällt: die Hinterbliebenen benachrichtigen. Einen schönen Tag noch, Ms. Dooley.« Als er zurücktrat, glitt das Tor lautlos auf Metallschienen beiseite.

Sam fuhr langsam weiter und hielt sich an die neben der Straße angezeigte Geschwindigkeitsbegrenzung von zehn Meilen in der Stunde. Als sie durch das Tor fuhr, bemerkte sie eine Videokamera auf einem der metallenen Torpfosten, die ihrem Wagen in einer sanften Drehbewegung folgte. Sie wandte hastig den Blick ab – *nichts macht Sicherheitstechniker nervöser als Leute, die ihren Spielzeugen zuviel Aufmerksamkeit schenken* –, machte sich aber ihre Gedanken über den Eindruck der

Kamera, den sie in ihrem Gedächtnis bewahrt hatte. Ein großes Objektiv. Wahrscheinlich ein leistungsstarker Zoom. Ohne Zweifel würden die Jungs im Torhäuschen es augenblicklich sehen, falls sie tatsächlich versuchte, nach links statt nach rechts abzubiegen.

Die zweispurige Straße führte vom Tor in gerader Linie auf den Gebäudekomplex zu. Die Entfernung betrug schätzungsweise eine Viertelmeile. Zu beiden Seiten der Straße war das Gelände hinter dem flankierenden Grünstreifen staubtrocken und eben. Keine Gebäude, keine Zäune, nichts. *Eine Pufferzone*, erkannte sie. *Ein Schutzgürtel zwischen dem Zaun und der eigentlichen Anlage. Die nehmen ihre Sicherheitsvorkehrungen wirklich ernst.* Wahrscheinlich ein Überbleibsel aus den ruhmreichen Tagen der Firma, als sie mit millionenschweren Militäraufträgen bedacht wurde. *Aber warum halten sie das aufrecht?* fragte sie sich plötzlich. *Der Geldaufwand für diese Art von Sicherheit ließe sich doch bestimmt in wichtigere Projekte investieren …*

Jetzt waren die zusammengedrängten Bauten schon viel deutlicher zu erkennen: ausgedehnte, flache Betonblocks, häufig mit eindrucksvollen Ansammlungen von Mikrowellen- und Satellitenantennen auf dem Dach. Nur ein kleiner Teil besaß Fenster, und die wenigen, die es überhaupt gab, bestanden aus stark eingefärbtem Glas: ohne Zweifel hauptsächlich, um das Gebäudeinnere nicht unnötig aufzuheizen; aber gleichzeitig verhinderten sie, daß Sam einen Blick ins Innere werfen konnte. Entlang einzelner Gebäude hatte jemand schmale Blumenbeete angelegt, wohl in einem halbherzigen Versuch, die institutionelle Kälte zu mildern, aber die meisten grenzten an spärlich besetzte Parkplätze. *Dieser Ort wirkt erstaunlich vertraut.* Sie mußte einen Augenblick überlegen, bevor sie verstand, warum: Generro Aerospace schien ein Mittelding zwischen einem modernen Industriegelände und einer Anlage der Regierung wie dem Zentrum für bemannte Raumfahrt in Houston, das sie als Teenager einmal besucht hatte, zu sein.

Sie erreichte das Ende der Straße und drehte wie angewiesen nach rechts ab, an einem großen Schild vorbei, das alle Besucher anwies, sich im Empfangsgebäude zu melden. Es überraschte sie nicht sonderlich, daß kein Schild irgendeinen Hinweis darauf gab, was in der anderen Richtung lag. *Wenn du nicht weißt, wohin du willst, hast du dort auch nichts verloren.*

Das Empfangsgebäude war kleiner als die anderen und besonders großzügig mit dunkelgetönten Fenstern ausgestattet. Sam stellte Grendel auf einem der mit VISITOR markierten Plätze ab und stieg die drei flachen Stufen zur doppelten Eingangstür aus Milchglas empor.

Dahinter lag die übliche Empfangshalle einer HiTech-Firma: übermäßig viel Chrom und Glas sowie Licht aus winzigen, sonnenhellen Halogenscheinwerfern auf Laufschienen. *Recht hübsch*, dachte Sam. *Geradewegs aus einer Designzeitschrift. Aber ohne jede Spur von Seele.*

Sie trat an die Rezeption, die wie eine Mischung aus NASA-Missionskontrollkonsole und Geschützbunker wirkte, und gab der Empfangsdame ihren Namen. Die Frau, deren Namensschild sie als Mrs. Parks auswies, trug einen Telefonkopfhörer, der teilweise von ihrer roten Lockenpracht verdeckt wurde, so daß es schien, als entspränge das flache Bügelmikrofon geradewegs ihrem Schädel. Ihr Blick wanderte von Sams Besucherausweis zu einem kleinen, in den Schreibtisch eingelassenen Computermonitor. »Willkommen bei Generro Aerospace, Ms. Dooley«, sagte sie und klang dabei zwar nicht völlig gleichgültig, aber auch nicht wirklich ehrlich. Sie deutete auf eine Couch aus schwarzem Leder und Edelstahl. »Wenn Sie sich einen Augenblick setzen möchten, Mr. Leclerc kommt sofort.«

Sam hatte kaum auf der kalten eckigen Couch Platz genommen, als schon ein Mann aus der Tür hinter der

Rezeption trat und mit ausgestreckter Hand auf sie zukam. »Ms. Dooley? Ich bin Jacques Leclerc.«

Samantha sprang auf und musterte ihren Gastgeber, während sie seine Hand schüttelte. Sie mußte zugeben, daß er einen bemerkenswerten Eindruck hinterließ. Der französische Name hatte sie einen schmalbrüstigen, europäisch wirkenden Herrn mit Adlernase erwarten lassen. Tatsächlich ähnelte Leclerc jedoch mehr Muhammad Ali zu seinen besten Zeiten: groß und breitschultrig, ein schwarzer Adonis, der sich mit der Grazie eines professionellen Athleten bewegte. Sein leichter grauer Anzug war von exquisiter Verarbeitung, wirkte an ihm aber völlig natürlich, weder affektiert noch zu formell. Das einzig entfernt Französische an ihm – abgesehen von seinem Namen – war ein kaum wahrnehmbarer europäischer Akzent in seiner mitternachtsdunklen Samtstimme.

»Mr. Leclerc«, begrüßte sie ihn und erwiderte seinen Handschlag mit gleicher Stärke. »Vielen Dank, daß Sie sich Zeit für mich nehmen.«

»Kein Problem, kein Problem.« Er lächelte und zeigte zwei Reihen unwahrscheinlich weißer Zähne. »Willkommen bei Generro Aerospace.« Er deutete zur Tür. »Wenn Sie mir bitte folgen ...?«

Leclerc führte sie in sein Büro im vorderen Teil des Gebäudes, mit Blick durch die dunkelgefärbten Fenster auf den Parkplatz. Als er die nicht gekennzeichnete Bürotür öffnete, bemerkte Sam eine kleine Wandplatte neben dem Türrahmen. Als Leclerc hindurchtrat, blinkte ein grünes Lämpchen auf, und bei ihrer Annäherung blinkte es erneut. Leclerc deutete auf eine bequem wirkende Sitzgruppe abseits des großen Schreibtischs und setzte sich in einen der Sessel, nachdem Sam Platz genommen hatte. Erst jetzt sah Sam, daß auch Leclerc einen ähnlichen ›Smart Card‹-Ausweis wie sie trug, allerdings mit seinem Foto. Anscheinend hatte das Gerät an der Tür auf die Präsenz ihrer Ausweise reagiert, die beiden den Zutritt zu diesem Raum gestatteten, und – wahrscheinlich – ihren Aufenthaltsort in einem Zentralcomputer gespeichert.

Leclerc bemerkte ihren Blick und erkannte sofort dessen Bedeutung, denn er lächelte und berührte etwas verlegen seine Ausweiskarte. »Ein gewisser ... *technologischer Overkill*, nicht wahr?« Er gluckste. »Finde ich auch, aber« – er zuckte auf äußerst französische Weise die Schultern – »manchmal ist es notwendig, die scheinbar unvermeidlichen Ängste ... äh ... bestimmter Auftraggeber zu berücksichtigen, um eine enge Zusammenarbeit zu ermöglichen.«

Sam hatte nicht erwartet, so schnell auf den Punkt zu kommen, aber sie zögerte nicht, die Chance zu ergreifen. »Und was macht Generro Aerospace heutzutage? Ich dachte, Sie hätten vor einiger Zeit alle Flugoperationen eingestellt.«

»Das stimmt, das haben wir getan. Natürlich war das vor meiner Zeit.« Er zuckte wieder die Achseln. »Die mit der Entwicklung kompletter neuer Flugzeugtypen verbundenen Kosten wurden immer höher, während die ... die institutionellen Hürden, die man bewältigen muß ... gleichzeitig auch immer größer wurden. Der Aufsichtsrat entschied, das Operationsfeld der Firma einzuschränken.«

Sam nickte verstehend. »Also entwickeln Sie Subsysteme statt ganzer Flugzeuge.«

Leclerc strahlte sie an, wie ein Lehrer, der stolz auf eine brillante Schülerin ist. »Ganz genau. Wie Sie es sagen, Subsysteme. Technologie in reinster Form, die wir dann zur Integration an andere lizenzieren.«

»Technologie welcher Art?« Sie bemerkte die leichte Veränderung in Leclercs Lächeln und nahm ihm die Antwort ab. »Ich weiß, ich weiß. Sie könnten es mir sagen, aber dann müßten Sie mich anschließend umbringen. Richtig?«

Er hob in einer Geste der Hilflosigkeit die leeren

Hände. »Regierungsamtliche Verpflichtungen und Beschränkungen. Das müssen Sie verstehen.«

»Ich verstehe.« Sie machte eine Pause. »Vielleicht können Sie mir einen Hinweis geben? Es handelt sich nicht um Aerodynamik, nehme ich an.«

»Stimmt.«

»Also hauptsächlich Avionik und Ortungstechnik?«

Leclercs Lächeln wurde breiter. *Er hat Spaß daran*, erkannte Sam mit einer Mischung aus Heiterkeit und Ärger. »Ich kann sagen, daß unsere Arbeit einen gewissen Bezug zu Avionik und Ortungstechnik hat, ja«, erwiderte er vorsichtig.

»Und Ihr ›Auftraggeber‹, wie Sie ihn nennen: Die Air Force? Die Army?«

Wieder die Geste der Hilflosigkeit. »Tut mir leid, Ms. Dooley.«

»Schon gut«, stellte sie leichthin und entwaffnend fest. »Reine Neugierde.«

»Ich verstehe«, erklärte er großzügig. »Interesse an einer Firma, für die der eigene Vater mal gearbeitet hat, ist nur natürlich.« Sams Miene mußte ihre Überraschung verraten haben, denn ihr Gegenüber gluckste leise. »Meinen Sie nicht, es wäre ein wenig nachlässig von uns gewesen, jemanden, der uns einen Besuch abstatten will, nicht wenigstens oberflächlich zu durchleuchten?«

»Sie meinen, ich könnte ja auch eine Spionin sein?«

Ein weiteres Schulterzucken, und das war Antwort genug.

Sam atmete tief ein und begann, die Lügengeschichte vor Leclerc auszubreiten, die sie sich vor Beginn der Fahrt zurechtgelegt hatte, um den wahren Grund für ihr Interesse zu verschleiern. »Tatsächlich hat meine Anwesenheit hier mit meinem Vater zu tun. Wenn Sie meinen Hintergrund durchleuchtet haben, wissen Sie auch, daß er starb, als ich fünf war. In Verbindung mit der Tatsache, daß mein Familienleben nicht gerade erfüllt war« – er nickte verständnisvoll –, »werden Sie verstehen, daß ich keine echte Chance hatte, ihn kennenzulernen. Ich weiß, es hat eine Weile gedauert, bis ich darauf gekommen bin, aber ich mache mir Gedanken über die Leute, mit denen er hier bei Generro geflogen ist, damals, 1967. Ich schätze, sie müßten ihn besser kennen als irgend jemand anderes und sie könnten mir etwas über ihn erzählen.« Sie zuckte die Achseln. »Es ist natürlich nicht dasselbe, wie ihn selbst kennenzulernen, aber immer noch besser als nichts.«

Er nickte langsam, und seine Miene drückte Verständnis und Mitgefühl aus. »Ganz sicher, Ms. Dooley. Eine ausgezeichnete Idee. An wen speziell hatten Sie gedacht?«

Sam täuschte Verlegenheit vor. »Ja, sehen Sie, genau da liegt das Problem, Mr. Leclerc. Falls mein Dad je seine Kollegen hier bei Generro erwähnt hat, war ich zu jung, um mich an ihre Namen zu erinnern. Ich hatte gehofft, Sie könnten mir da weiterhelfen.«

Leclerc schürzte nachdenklich die Lippen. »Sie verstehen sicher, Ms. Dooley«, antwortete er zögernd, »daß es seit jenen Tagen zu einem ... *Austausch* von Personal gekommen ist. Keiner unserer gegenwärtigen Mitarbeiter hat noch irgendeine Verbindung zu unserem Personalbestand von damals.« Er strahlte sie an. »Ich selbst habe erst vor vier Jahren hier angefangen.«

»Ich verstehe«, sagte Sam. »Aber Sie müssen doch noch Unterlagen aus jener Zeit haben. Sie wußten von meinem Vater ...«

»Natürlich«, erwiderte Leclerc glatt. »Ja, solche Unterlagen existieren, aber unsere Firma hat eine strenge Vertraulichkeitspolitik. Das ist übrigens keine Idee aus der Verwaltung. Im Gegenteil, unser Personalbüro hat immer wieder Probleme damit. Aber die Angestellten haben es selbst verlangt.«

»Ich weiß, daß derartige Unterlagen vertraulich sind«, gestand Sam ein. »Aber in diesem Fall, da ich doch beinahe zur Generro-›Familie‹ gehöre ...«

»Mir blutet das Herz, Ms. Dooley«, entgegnete Leclerc, und sein Gesichtsausdruck paßte zu seinen Worten. »Aber es würde mich die Stellung kosten, Ihrem Wunsch nachzugeben. Vielleicht, wenn Sie einen Namen wüßten…« Er zuckte die Schultern.

Innerlich knirschte Samantha mit den Zähnen. Mauern war Mauern, egal, ob höflich verbrämt oder nicht, aus gutem Grund oder nicht. »An einen kann ich mich erinnern«, sagte sie langsam. »Soundso Warner: Sam? Sal?«

Leclercs Miene hellte sich auf. »Simon«, korrigierte er. »Simon Warner. Ja, er hat als Testflugingenieur hier gearbeitet, von 1971 bis 1978, glaube ich.« Er wirkte erleichtert, wieder auf sicherem Boden zu stehen. Er zog einen ledergebundenen Planer aus der Innentasche der Jacke und klappte ihn auf. »Wenn Sie mir Ihre Telefonnummer geben würden und die Nachricht, die Sie Mr. Warner zukommen lassen möchten…« Er zückte einen Mont Blanc und wartete.

»Können Sie mir nicht einfach sagen, wie ich mich selbst mit ihm in Verbindung setzen kann?« fragte Sam. »Telefonnummer, privat und am Arbeitsplatz…?«

»Ich bin tief betrübt, aber, nein, das kann ich nicht. Vertraulich, Sie wissen schon. Und Sie haben keine Botschaft für ihn?«

Sam seufzte und schüttelte den Kopf. »Nichts, was ohne entsprechende Hintergrundinformationen für Mr. Warner einen Sinn ergeben würde«, log sie.

Leclerc steckte Füllfeder und Planer ein. »Es tut mir wirklich leid, Ms. Dooley«, erklärte er, und wieder klang es durchaus ehrlich gemeint, als müsse sein Unvermögen, einer Jungfer in Bedrängnis zu Hilfe zu eilen, ihm nächtelang den Schlaf rauben. »Ich wünschte, ich könnte Ihnen behilflich sein. Gibt es irgend etwas anderes, was ich für Sie tun kann?«

»Kaum«, erwiderte Sam nach kurzem Nachdenken.

Leclerc stand augenblicklich auf. »Darf ich Ihnen die Firma zeigen?« fragte er hoffnungsfroh.

Samantha lächelte und erhob sich ebenfalls. »Was könnten Sie mir denn da zeigen, Mr. Leclerc?« In ihrer Stimme lag ein Hauch von Ironie. »Die Kantine? Die Parkplätze? Ich möchte wetten, selbst der Kopierer ist geheim, oder etwa nicht?«

»Wo Sie recht haben ...«, nickte Leclerc traurig. Dann heiterte sein Gesicht sich ein wenig auf. »Vielleicht möchten Sie uns ja noch einmal besuchen, Ms. Dooley, falls Sie weitere Fragen haben?«

Sam zuckte die Schultern. »Kann man nie wissen, Mr. Leclerc«, stellte sie schüchtern fest. »Das kann man nie wissen.«

Auf dem Weg zurück zum Haupttor fuhr Sam noch langsamer als zuvor. Im gewölbten Seitenspiegel auf der Beifahrerseite beobachtete sie den hinter ihr kleiner werdenden Gebäudekomplex und suchte nach irgendwelchen Besonderheiten, nach allem, was einen Hinweis darauf geben konnte, was dort vorging.

Viel war nicht zu sehen. Die Gebäude hatten keinerlei Markierungen und schienen aus einem Guß. Zugegeben, auf manchen Dächern standen mehr Antennen als auf anderen, aber Sam kannte sich nicht gut genug mit Telekommunikation aus, um ihren Sinn und Zweck zu ergründen. *Nach allem, was ich erkennen kann, könnten sie ebensogut am heißesten Satellitenfernsehsystem diesseits von CNN basteln*, dachte sie sarkastisch. Zwei Bauten im Hintergrund, jenseits des Empfangsgebäudes, erinnerten von der Bauweise an Hangars, aber sie war sich ziemlich sicher, daß sie inzwischen anders genutzt wurden. *Wenn Generro noch Flugbetrieb unterhielt, würde Leclerc das nicht abstreiten. Es ist ziemlich schwierig, einen Jägerprototyp beim Testflug zu verstecken.*

Moment: Es *gab* eine Besonderheit. Zum einen konnte sie ein relativ kleines Gebäude entdecken – kantig, gedrungen und vollständig aus Beton gegossen –, das in einem Abstand von fast hundert Yards vom Rest der

Anlage isoliert war. Die eleganten, in der Sonne glänzenden Bögen mehrerer Hochspannungsleitungen verbanden es mit der Metallbaukastenstruktur eines Umspannwerks. Von dort aus führten andere Leitungen zu einigen der größeren Gebäude. *Sie verbrauchen eine Menge Strom,* erkannte Sam leicht schockiert. *Eine verteufelte Menge Strom sogar. Wozu?* Auf den ersten Blick schien es, als sei der quadratische Betonblock die Quelle des Stroms, der zum Umspannwerk geleitet und von dort auf die anderen Bauten verteilt wurde. *Aber das macht keinen Sinn.* Das Umspannwerk mußte der Hauptverteiler sein. Was bedeutete, der Betonbau – was immer er verbarg – hatte den größten Strombedarf in der ganzen Anlage. Was konnte eine so enorme Energiemenge verschlingen?

Laser? Hochenergielaser? Die Regierung gibt immer noch eine Unmenge Geld für SDI-Forschung aus. Krieg der Sterne. Vielleicht fließt ein Teil davon zu Generro. Sie schüttelte den Kopf. Spekulieren konnte sie, soviel sie wollte. Was sie brauchte, waren harte Fakten, keine Vermutungen.

Wie angewiesen gab sie ihren Besucherpaß am Eingangstor wieder ab. Wie sich herausstellte, hätte es sich der Posten bei ihrer Ankunft sparen können, diesen Punkt zu betonen: Das Tor bewegte sich keinen Millimeter, bis sie den Ausweis abgegeben hatte. Sie bog nach rechts auf den Highway zurück nach Los Angeles ein. Im Rückspiegel sah sie einen weißen Lastzug aus der Gegenrichtung kommen und in Generros Privatstraße abbiegen. Dann verschwanden Laster, Tor und Anlage hinter einer Kurve.

Das Telefon zwitscherte und riß Sam aus jenem warmen, schwerelosen Dämmerzustand kurz vor dem Einschlafen. »Dreck!« Sie wälzte sich herum und sah auf die Uhr. Fast eins. *Typisch,* meckerte sie in Gedanken. *Wenn ich mal einen Abend früh ins Bett gehe …*

Sie nahm den Hörer ab. »Yeah?« Ihre Stimme klang wie zehn Meilen Kiesweg.

»Guten Abend. Habe ich deinen Schönheitsschlaf gestört?«

Der Mittelwestakzent war unverkennbar. Sam wischte sich das Haar aus den Augen, setzte sich auf und schaltete die Nachttischlampe an. »Hi, Amy.«

»Ich habe nachgedacht«, erklärte die alternde 99erin. »Ich hab dich wohl ziemlich abfahren lassen, was Generro Aerospace angeht, und jetzt habe ich Schuldgefühle deswegen.«

»Generro?« Sam versuchte, die geistigen Spinnweben aus ihren Gedanken zu vertreiben. »Ich war heute da.«

»Du warst da? Hmpf. Vielleicht hätte ich mir die ganze Mühe gar nicht machen brauchen. Das wird mich lehren, Verantwortungsbewußtsein zu zeigen.«

»Nein, Amy, es ist schon okay«, versicherte Sam ihrer Bekannten. »Ich habe nicht viel rausbekommen. Was ist dir eingefallen?«

»Nicht mir, anderen Leuten«, verbesserte Langland. »Ich habe mich umgehört. Irgendwie bin ich neugierig geworden, was Generro so macht, wenn sie nicht gerade Thunderflashs in die Wüste schleudern.«

»Was hast du herausgefunden?«

»Nicht viel, alles in allem. Und das hat mir eine Menge gesagt.«

»Häh?« Sam wischte sich noch eine widerspenstige Haarsträhne aus dem Gesicht. »Sorry, Amy. Ich bin noch nicht richtig wach, glaube ich.«

»Es ist, als sähe man einen Schatten«, erklärte Langland mit ungeduldiger Stimme. »Ein Schatten ist nichts Greifbares, richtig? Aber irgend etwas muß den Schatten *werfen*. Und als ich nach Generro gefragt habe, habe ich eben nur genau das gefunden: Schatten.«

Sam blinzelte, als ein Funken der Erkenntnis aufflammte. »Du meinst streng geheime Projekte?«

»Mehr als nur streng geheim. Hast du schon mal von

›schwarzen‹ Projekten gehört? Streng geheime Projekte werden abgeschirmt, schwarze Projekte existieren überhaupt nicht. Das SDI-Projekt ist streng geheim. Die Nachfolgermaschine für das SR-71 Blackbird-Spionageflugzeug, die Aurora, ist schwarz.«

»Und damit hat Generro zu tun?«

»Mit etwas dieser Art«, bestätigte Langland. »Jedenfalls ist das der Schluß, zu dem ich gekommen bin. Was immer das wert ist.«

»Und was könnte das mit Pop-Pop zu tun haben?« Die Worte waren heraus, bevor Sam sich klarwerden konnte, daß sie Amy Langland nie gesagt hatte, warum sie an Generro interessiert war. »Ich meine …«, setzte sie hastig an.

Langland schnaubte und unterbrach. »Dein Großvater, ich weiß. Ich bin kein *Volltrottel*, Kleines.« Sie lachte. »Mußt du wirklich fragen, ob Jim irgendwas mit ›schwarzen‹ Projekten zu tun gehabt hätte? Mister ›Der Steuerzahler hat ein Recht zu wissen, was mit seinem Geld geschieht‹? Warum beantwortest *du* mir diese Frage nicht?«

Sam mußte laut lachen. Aus ihrer vom Schlaf rauhen Kehle klang es wie das Knarren eines rostigen Tors. »Nein. Nein, du dürftest recht haben.«

»Natürlich hab ich recht.« Langland schien geradezu beleidigt. »Und es erklärt auch, wieso es einer scheinbar winzigen Firma wie Generro gelingt, Top-Leute anzuziehen, was? Teufel, Mädchen, ich hätte *getötet*, um bei Aurora mitmischen zu dürfen.«

»Du hast wahrscheinlich recht, Amy«, seufzte Sam. »Also, danke. Okay?«

»Nichts zu danken.« Langland klang mürrisch, als ob Sams Dank sie verlegen machte. »Ich hab nur versucht, einer Schwester einen Gefallen zu tun. Schlaf gut.« Und sie legte auf.

Sam plazierte den Hörer seufzend wieder auf der Gabel. *Sackgasse.*

11

Sam träumt. Sie *weiß*, daß es ein Traum ist. Sie weiß, daß sie in ihrem Bett in der Wohnung in Venice liegt. Aber dieses Wissen ändert nichts. Sie kann das Geschehen in ihrem Traum nicht beeinflussen. Sie kann sich nicht daraus lösen und in die Wirklichkeit zurückkehren.

Sie ist wieder bei Generro Aerospace – irgendwie weiß sie das, obwohl sie keine vertrauten Orientierungspunkte sieht – und wandert, begleitet von Jacques Leclerc, durch endlose Büroflure. Leclerc redet mit ihr, während sie scheinbar ziellos die Gänge entlangschlendern. Sie hört seine Stimme klar und deutlich, aber irgendwie gelingt es ihrem Gehirn nicht, die Laute auf sinnvolle Weise zu interpretieren. Es ist, als hätte sie die Fähigkeit der Sprache verloren.

Dasselbe gilt für die Namensschilder auf den Türen, an denen sie vorbeikommen, und die Hinweise an den Wänden. Sie erkennt einzelne Buchstaben und weiß, daß sie Worte formen, die sie kennen *müßte*, aber sie erscheinen ihr so sinnlos, daß sie ebensogut in Kyrillisch geschrieben sein könnten.

Aus dem Augenwinkel bemerkt sie eine Bewegung: eine der zahllosen Bürotüren hat sich geöffnet. Sie blickt sich gerade noch rechtzeitig um und sieht jemanden ins Zimmer zurückweichen. Die Tür schließt sich wieder. Jemand, den sie kennt: Sid Warner? Er muß es gewesen sein. Sie ist sich sicher.

Die Stimme neben ihr verändert sich. Plötzlich hört sie nicht mehr Leclercs schwachen europäischen Akzent, sondern eine leisere, unsichere Stimme. Einen Augenblick lang erinnert sie Sam an den jungen Ingenieur, den sie am ersten Tag in Pop-Pops Haus getroffen hat: Ernest Macintyre. Ihr Kopf fliegt herum, aber es ist immer noch Jacques Leclerc neben ihr. Noch bevor sie sich umgedreht hat, ist seine Stimme wieder wie gewöhnlich.

Sie spürt ein unangenehmes Prickeln im Nacken – *jemand starrt auf mein Grab*, so hat ihre Mutter das Gefühl genannt. Instinktiv dreht sie sich um.

Hinter ihnen erstreckt sich der Korridor unendlich weit in die Ferne, meilenweit, bis seine Wände in einem winzigen Punkt verschwinden. Jemand folgt ihnen. Mit einer seltsamen, unzweifelhaften Gewißheit weiß sie, daß dieser Jemand schon immer da war, auch wenn sie sich dessen eben erst bewußt geworden ist. Obwohl sie zu weit entfernt ist, um irgendwelche Einzelheiten zu erkennen, glaubt sie, die Person zu erkennen, die ihnen folgt. *Die Art, wie sie geht, wie sie sich bewegt ... Pop-Pop.*

Es ist ihr Großvater, der ihr schweigend folgt. Einen Augenblick lang erwägte sie, ihm entgegenzulaufen, aber da sind – in einem dieser jähen Wechsel, die nur im Traum möglich sind – Pop-Pop, Leclerc und der endlose Flur verschwunden. Sie sitzt an Grendels Steuer und fährt langsam durch das Haupttor der Generro-Anlage, hinaus auf den Highway. Wie in der Wirklichkeit kommt ein weißer Lastzug aus der anderen Richtung – von Osten. Aber diesmal ist er etwas früher da und donnert dicht an Grendel vorbei, als er zu Generro einschwenkt. Ihre Sprachfähigkeit ist noch nicht zurückgekehrt. Sie kann das Logo auf der Seite des weißen Lastzugs nicht entziffern. Aber irgendwie kommt ihr das rotblaue Symbol sehr bekannt vor.

Sams Augen flogen auf, dann kniff sie die Lider hastig zusammen, um das grelle Morgenlicht auf der weißgetünchten Decke abzublocken. Mit einem leisen Fluch zog sie das Laken übers Gesicht, wälzte sich herum und vergrub das Gesicht im Kissen.

Mann, dachte sie. *Was für ein verrückter Traum. War das ein nächtliches Psychodrama oder was? Ein Psychiater würde sich die Finger nach dieser Symbologie ablecken.* Wie so häufig bei Träumen hatte auch dieser Elemente ihres wirklichen Lebens vereinnahmt, Dinge, an die sie gedacht, über die sie sich Sorgen gemacht hatte, und sie in diese besondere Form verwandelt.

Endlose Korridore? Das stand offensichtlich für das Rätsel, mit dessen Lösung sie beschäftigt war. (Und jetzt, da sie darüber nachdachte, galt sicher dasselbe für die Tatsache, daß sie Leclerc nicht hatte verstehen und die Schilder an den Wänden nicht hatte lesen können.) Leclerc und der Schauplatz Generro Aerospace? Daran war nichts Rätselhaftes: nur Wiederholungen des tatsächlichen Tagesablaufs. Das kurze Auftauchen Sid Warners? Das war nur eine Visualisierung ihres Verdachts, daß er eine zentrale Rolle in dem ganzen Puzzle spielte oder zumindest darin verwickelt war. Pop-Pop? Nun, er war eindeutig die Triebfeder des Ganzen, denn die Ereignisse rund um seinen Tod waren der Grund für ihre Aktionen.

Natürlich waren da wohl noch zwei Aspekte, die sie nicht so leicht deuten konnte. Warum hatte sich Leclercs Stimme für kurze Zeit in die Macintyres verwandelt? Und warum war es ihr so bedeutsam erschienen, daß ihr der Lastzug irgendwie bekannt erschien?

Der Lastzug! Sie richtete sich kerzengerade auf. Durch den Mahlstrom der Gedanken versuchte sie, ein mentales Bild des Lasters aufzubauen, den sie gesehen hatte. Des echten, nicht des Traumbilds.

Langsam erinnerte sie sich an Einzelheiten. Es war ein Standardlastzug, wie man ihm überall begegnete, die Art, mit der Brot, Gemüse oder Bürobedarf transportiert wurde. Oder Möbel. Obwohl der Blickwinkel nicht ideal gewesen war, *hatte* sie einen kurzen Blick auf die Seitenwand des Lastzugs werfen können, wie sie jetzt erkannte. Sie hatte dem nur keine Beachtung geschenkt. Jetzt konzentrierte sie sich auf die Details, an die sie sich erinnerte. *Ja, da war etwas auf der Seite des*

Lasters. Ein Name oder ein Logo, in leuchtendem Rot und Blau.

Wie das Logo auf dem Umzugslaster, der Pop-Pops Erinnerungsstücke abtransportiert hatte. Ja, vor ihrem inneren Auge stimmten beide Symbole überein. *Es war ein Jones-Cartage-Laster, der zu Generro Aerospace eingebogen ist!*

Dann traf sie die Wirklichkeit wie eine kalte Dusche. *Nimm dich zusammen, Dooley,* wies sie sich ärgerlich zurecht. *Es war also dieselbe Firma. Und wenn! Das heißt noch lange nicht, daß da irgendeine Verbindung besteht. Jones Cartage hat sicher eine Menge Kunden. Eine Beziehung daraus zu konstruieren wäre eine ebenso große Idiotie wie* – sie suchte nach einem Vergleich – *wie anzunehmen, zwei Leute in verschiedenen Bundesstaaten steckten unter einer Decke, nur weil sie beide einen Mietwagen von Hertz fahren.* Sie ließ sich zurück in die Kissen fallen.

Trotzdem, kam ihr ohne Vorwarnung ein anderer Gedanke, *da ist ein Aspekt, den ich habe schleifenlassen …*

Das Rogers Museum of Flight. Wenn Generro tatsächlich die Sackgasse darstellte, als die Amy Langland die Firma sah, konnte sie vielleicht in Rogers einen Hinweis finden. Zumindest teilweise beruhigt, daß sie einen neuen Angriffspunkt gefunden hatte, drehte Sam sich auf die Seite und versuchte, wieder einzuschlafen.

Rogers war eine kleine Ortschaft an der Route 58, um die sechzig Meilen Nordnordost von Los Angeles. Sie lag zwischen Boron und Four Corners, hart am Rand der Edwards Air Force Base. Als sie nach Osten durch die Cady Mountains fuhr, hörte Samantha das unverwechselbar reißende Heulen der Düsentriebwerke durch die Wüstenluft hallen. Wie immer brachte der Klang ein Lächeln auf ihr Gesicht: *der Sound der Kraft, der Sound der Freiheit.*

Drei Meilen östlich von Boron verließ sie den Highway. Rogers war typisch für die kleineren Orte in Mittelkalifornien: *Die Art Kleinstadt, in der die Kids davon träumen wegzuziehen*, dachte sie ein wenig zynisch. *Ein guter Heimatort.* Die Ortschaft bestand aus einer einzigen Hauptstraße, auf der mehrere Wagen schräg vor dem Drugstore parkten und ein paar andere vor einem Supermarkt mit verstaubten Schaufenstern. Ein kleines Motel – einfallslos Desert Inn getauft und besseren Zeiten nachtrauernd – stand verloren am Ortseingang. Sam fuhr langsam die Hauptstraße entlang. Nur zwei Personen schienen bereit, sich bei der Hitze ins Freie zu wagen, denn selbst jetzt, gegen sieben Uhr abends, war es noch unangenehm heiß. Sie sahen dem weißen Mustang gelangweilt nach, als er an ihnen vorbeischlich.

Das Fliegermuseum befand sich in der Ortsmitte, gegenüber einem Mr. Frosty mit vernagelten Fenstern. Wahrscheinlich war das Haus früher eine Bank gewesen, dachte Sam, als sie den Wagen abstellte und nach einem Quarter für die Parkuhr suchte. Die Betonfassade war vor ein paar Jahren neu gestrichen worden, aber die Jahreszahl auf dem Türsturz zeigte, daß das Haus aus den Tagen kurz nach der Depression stammte.

Sie betrachtete das kleine Gebäude zweifelnd. *Wieso verschwende ich hier meine Zeit?* fragte sie sich kopfschüttelnd. Sie zupfte am Stoff ihrer Bluse, die verschwitzt am Rücken und den Schultern klebte. *Bloß zurück auf den Highway.*

Ein handschriftlicher Zettel an der Tür verkündete, daß das Museum bis halb acht Uhr abends geöffnet hatte. Das gab ihr nur eine halbe Stunde. Nicht genug Zeit für den Besuch eines *echten* Museums, aber wahrscheinlich mehr als genug für dieses. Sie stieß die Glastür auf und trat ein.

Die Luft im Innern war kühl, fast kalt, und der Schweiß auf ihrem Rücken wurde unangenehm frostig. Im Gegensatz zum strahlenden Sonnenschein auf der Straße wirkte das Gebäudeinnere düster. Sie blieb in der Tür stehen und blinzelte, bis sich ihre Augen an die veränderten Lichtverhältnisse angepaßt hatten.

Es hatte zwar einen hochtrabenden Namen, aber Sam war vom ersten Eindruck des Museum of Flight eher enttäuscht. Es bestand aus einer einzelnen Halle – ›Korridor‹ wäre wahrscheinlich das passendere Wort, dachte sie – von höchstens fünfzehn Metern Länge und sechs Metern Breite. Die Beleuchtung bestand hauptsächlich aus Neonröhren an den Wänden, etwa einen halben Meter unter der Decke. Die Wände selbst waren hell genug erleuchtet, aber die Mitte des Raums blieb ziemlich dunkel.

Sie hatte recht gehabt, erkannte sie auf den ersten Blick: Das hier war fast mit Sicherheit ursprünglich eine Bank gewesen. Der Boden war mit einem Zementmosaik ausgelegt, einem einfachen Muster aus abwechselnd weißen und schwarzen Formen. Die Decke war hoch, vielleicht doppelt mannshoch, mit einer noch einmal halb so hohen Mittelkuppel. Vier Fenster in der Kuppel, die eine dicke Schmutzschicht beinahe völlig undurchsichtig machte, ließen dünne Sonnenstrahlen herein, die sich in der staubigen Luft deutlich abzeichneten. Sam fühlte eine bittere Übelkeit in sich aufsteigen. *Pop-Pop hat seine Erinnerungsstücke – seine* Erinnerungen *– diesem Witz von einem Museum hinterlassen?*

In der relativen Düsternis vor ihr bewegte sich etwas. Sie kniff die Augen zusammen und bemerkte einen Schreibtisch. Jemand stand hinter dem Tisch auf und kam eifrig näher. Sie musterte den Mann, während er auf sie zukam. *Der Kurator?* Er war klein von Statur und recht pummelig. Seine halbkahle Schädeldecke lag auf Sams Augenhöhe. Er trug einen stahlgrauen Anzug mit schmalen Aufschlägen und von altertümlichem Schnitt, wie auf einem Foto aus den fünfziger Jahren. Runde Brillengläser glänzten im einfallenden Licht und verbargen kurz seine Augen. Einen Augenblick hatte Sam das seltsame Gefühl, ihr Gegenüber sei irgendwie nicht echt, nur eine Attrappe, eine Wachsfigur. Dann war es wieder vorbei. Der Kurator lächelte sie an. »Willkommen, willkommen«, begrüßte er sie herzlich und rieb sich die Hände. »Willkommen im Museum of Flight.«

»Äh … hi«, zögerte Sam ein wenig zweifelnd. Weil sie nicht wußte, was sie sonst tun sollte, streckte sie die Hand aus. »Hi, Mr. …«

Die Brauen ihres Gegenübers zuckten einen Augenblick lang unsicher, als wüßte er nicht, wie er reagieren sollte. Dann wurde sein Lächeln noch breiter, und er packte ihre Hand. Sein Griff war unerwartet fest. Sam sah überrascht hinunter. Die Finger des Mannes waren schlank, fast zierlich, aber sein Handgelenk war dick und voller Sehnen, die unter der Haut wie stählerne Steuerkabel wirkten. Sie blinzelte überrascht. ›Jägerjockey-Gelenke‹, so hatte sie diese spezielle Hypertrophie der Muskeln und Sehnen immer genannt, weil sie typisch für Düsenjägerpiloten war, das Ergebnis langer Jahre am Steuerknüppel. *War dieser Kerl ein Jägerjockey?*

»Ich bin Timothy Howe«, stellte sich der lächelnde Mann vor, gab ihre Hand frei und trat einen Schritt zurück. »Willkommen im Museum of Flight«, wiederholte er. »Was kann ich an diesem wunderschönen Abend für Sie tun?« Er verlagerte sein Gewicht hin und her und hüpfte beinahe vor Eifer.

Sam unterdrückte ein Grinsen. »Mein Name ist Sa …« – sie folgte einer plötzlichen Eingebung und überlegte es sich mitten im Wort anders – »Sandra Dillon.« Sie stockte: Falls Howe die leichte Unsicherheit in ihrer Stimme bemerkt hatte, ließ er sich zumindest nichts anmerken. »Ich kam gerade hier durch, und dachte mir« – sie zuckte die Schultern –, »ich schau mal für ein paar Minuten rein.«

Er nickte. »Natürlich, natürlich. Gibt es irgend etwas Besonderes, das ich Ihnen zeigen kann?«

»Ich weiß nicht, Mr. Howe.« Sie sah sich mit gespielter Neugierde um. »Haben Sie irgend etwas Besonderes, das mich interessieren könnte?«

Howe gluckste, ein leises, trockenes Lachen. »Ich

würde sagen, ›eine Menge‹, aber ich bin natürlich voreingenommen.« Er machte eine Pause. »Ich gehe davon aus, daß Sie ein gewisses Interesse an der Geschichte des Fliegens haben, sonst wären Sie gar nicht hier.«

Sam zuckte wieder gelangweilt die Achseln, als sei die Frage beinahe überflüssig. »Ein leichtes Interesse vielleicht. Ich hatte schon immer was für Flugzeuge übrig. Für *schnelle* Flugzeuge.«

»Schnelle Flugzeuge?« Howe rieb sich wieder die Hände. »Wußten Sie, daß Edwards Air Force Base – die ist gleich nebenan, Ms. Dillon, Sie sind wahrscheinlich daran vorbeigefahren – traditionell einige der schnellsten Flugzeuge der Welt beherbergt hat? Zum Beispiel hat Chuck Yeager hier im Jahre 1947 zum erstenmal die Schallmauer durchbrochen, in der Bell X-1 …« Er nahm sanft ihren Arm und führte sie, ohne seinen Vortrag zu unterbrechen, zu einem Satz Fotografien an einer der Wände.

Der Typ weiß, wovon er redet, mußte Samantha nach einer erschöpfenden Tour durch das Museum zugeben. Er schien mit der Umgebung, der Geschichte und dem Hintergrund nahezu jedes einzelnen Ausstellungsstücks persönlich und intim vertraut zu sein. Es gab nur ein, zwei Bilder oder Modelle, die Timothy Howe keine Anekdote oder nähere Information entlockten. Sam kannte die meisten davon schon – auch wenn sie sich bemüßigt sah, die Laute der Überraschung und Anerkennung von sich zu geben, die der Kurator von einer Nichtfliegerin sicher erwartete –, aber allmählich fand sie Gefallen an der trockenen, gelegentlich ironischen Art, in der Howe sie vortrug. Ab und zu gelang es ihm sogar, einer vertrauten Geschichte eine Wendung zu verleihen, die sie in ungespielter Erheiterung kichern ließ.

Während des gesamten Rundgangs – der nicht *so* lange dauerte, schließlich bestand das ganze Museum nur aus einem Raum – hielt sie die Augen nach Stücken aus Pop-Pops Haus offen. Als Howe endlich zum Ende kam, hatte sie ein paar Fotos entdeckt, die nur aus Jim Dooleys Sammlung stammen konnten, wenn auch nicht viele. In den Vitrinen standen zwei Flugzeugmodelle, die ebenfalls aus seinem Besitz kommen konnten, aber sie hatten keine speziellen Besonderheiten, die es ihr möglich gemacht hätten, sich dessen sicher zu sein.

Zu Sams besonderer Verwunderung stammten alle diese Gegenstände aus der äußeren Bibliothek oder von den Wänden im Rest des Hauses. Sie konnte nirgends eines der einzigartigen Fotos oder anderen Stücke aus der Geheimkammer entdecken. *Warum nicht?* fragte sie sich. *Man sollte meinen, daß ein paar davon aus der Sicht eines Museumskurators zu den interessantesten Ausstellungsstücken zählen müßten. Amelia Earhart, Albert Einstein – echte Personen der Weltgeschichte.*

»Das ist wundervoll«, jubelte sie, als Howe seinen Vortrag beendet hatte. »Hier ist soviel Geschichte versammelt. Ich kann sie praktisch *fühlen.*« (*Übertreib's nicht, Dooley*, ermahnte sie sich sarkastisch.) »Woher bekommen Sie all diese herrlichen Dinge?« fragte sie, so beiläufig sie es fertigbrachte.

»Von überall her, wirklich«, antwortete der Kurator. »Aus verschiedenen Archiven. Direkt von der Air Force und der NASA. Und gelegentlich durch Schenkungen privater Eigentümer oder Sammlungen.«

»Schenkungen?«

»Aber ja«, bestätigte Howe. »Ein Teil der Fotografien, die ich Ihnen gerade gezeigt habe, zum Beispiel. Sie wurden dem Museum von einem alten Freund der Fliegerei vermacht.« Er deutete auf Pop-Pops Fotos.

»Nur die Fotografien?«

Howe warf ihr einen scharfen, fragenden Blick zu, und seine Brillengläser blitzten auf wie Spiegel. Einen Sekundenbruchteil hatte Sam Angst, zu weit gegangen zu sein. Aber dann kehrte das Lächeln des Kurators zurück, und er schüttelte den Kopf. »Nein, ehrlich gesagt«, erwiderte er glatt, »die Schenkung umfaßte noch andere Teile.« Er zuckte die schmalen Schultern. »Aber Sie werden verstehen, daß wir sehr selektiv vorgehen müssen. Unser Platz ist begrenzt. Wir können nur die Stücke ausstellen, die unserer Ansicht nach für Besucher vom größten Interesse sind. Den Rest bewahren wir in unserer permanenten Sammlung auf.« Er deutete mit einer schlanken Hand zur Rückwand des Ausstellungsraums.

»Sie meinen, Sie haben noch mehr?« Sam legte eine gesunde Dosis Enthusiasmus in ihre Stimme. »Kann ich den Rest auch sehen?«

Howe schüttelte wieder den Kopf, und sein Mund verzog sich zu einem entschuldigenden Lächeln. »Es tut mir leid, Ms. Dillon, wirklich, aber die permanente Sammlung ist für Besucher nicht zugänglich. Schade, aber sie wird hinten in Kisten und Kartons aufbewahrt.« Er seufzte. »Wir hoffen darauf, irgendwann in einen größeren Bau umziehen zu können, wo wir möglicherweise in der Lage sein werden, alle unsere Schätze auszustellen. Aber bis dahin ...« Er zuckte wieder die Schultern.

»Kann ich nicht einen kurzen Blick darauf werfen? Ich fände es toll, einmal die Hinterzimmer eines Museums zu sehen, mit all den Kisten und Kartons.« Allmählich wurde der naive Enthusiasmus harte Arbeit, aber Sam zwang sich durchzuhalten. *Ich gurgle nachher mit Whiskey, um den honigsüßen Geschmack zu vertreiben,* versprach sie sich. »Ich wette, es ist wie in der Szene am Schluß von *Raiders of the Lost Ark,* hab ich recht?« Sie setzte sich in Richtung Rückwand in Bewegung. »Können wir mal reinschauen?«

»Tut mir leid, Ms. Dillon, wirklich, aber das kann ich nicht machen.« Howe lächelte sie beinahe väterlich an.

Sam gab sich am Boden zerstört. »Denken Sie, ich würde was stehlen?«

»Natürlich nicht, natürlich nicht. Es geht mir um Ihre Sicherheit, Ms. Dillon. Dort hinten könnten Sie stolpern, sich den Kopf anschlagen oder sich schneiden. Unsere Versicherungsfirma würde mich häuten, wenn ich Sie dort hineinließe. Sie verstehen?«

Sie zuckte die Achseln. »Ich schätze, ja. Aber es ist wirklich zu schade.« Sie sah auf die Uhr. Es war fast 20 Uhr. Sie hatte den Kurator schon zu Überstunden gezwungen, aber sie war entschlossen herauszufinden, was das Museum mit dem Rest von Pop-Pops Sammlung getan hatte. Plötzlich hatte sie einen Plan. »Sorry, daß ich Sie so lange aufgehalten habe, Mr. Howe. Der Rundgang hat mir toll gefallen.« Sie zögerte schüchtern, dann warf sie dem Kurator ihr bestes Kinderlächeln zu. »Kann ich Sie noch ein kleines bißchen um Geduld bitten, während ich mal für kleine Mädchen gehe?«

Die Tritiumziffern auf Samanthas Armbanduhr leuchteten hell im tiefen Schatten des Gebäudes. Es war beinahe Mitternacht und vier Stunden, nachdem sie Timothy Howe das Museum of Flight abschließen und hatte nach Hause gehen sehen. Mit einem letzten fröhlichen Winken war sie in Grendel gestiegen und die Hauptstraße hinab Richtung Highway gefahren.

Zwei Meilen weiter war sie an den Straßenrand gefahren und hatte den Motor abgestellt, nachdem sie vorher noch das Dach des Kabrios ausgefahren hatte, um sich warm zu halten, während die Wüste die im Tagesverlauf gespeicherte Wärme an den klaren Nachthimmel abgab. Sie hatte den Fahrersitz zurückgelegt und versucht, ein wenig zu schlafen.

Die Alarmfunktion ihrer Armbanduhr hatte sie um 23 Uhr geweckt. Sie war ausgestiegen, um die Beine zu strecken, und hatte sich ein paar Sekunden Zeit genommen, um in unverhohlener Bewunderung zu den Sternen aufzuschauen, die scharf, klar, beinahe hart, wie rasiermesserscharfe Diamantsplitter am tiefsamtenen

Schwarz des Wüstenhimmels standen. Dann war sie wieder eingestiegen und langsam zurück nach Rogers gefahren.

Sie hatte Grendel am Ortsrand von der Straße ins Gebüsch gefahren und abgestellt. Sie wußte, das weiße Kabrio würde im Scheinwerferlicht jedes vorbeikommenden Wagens wie ein Leuchtfeuer erstrahlen, aber sie hatte nicht die Zeit – und, um ehrlich zu sein, auch nicht den Nerv –, es zu verstecken. Auf dem kiesbedeckten Seitenstreifen der Fahrbahn war sie in den Ort gewandert.

Wie erwartet, war Rogers um diese Zeit fast eine Geisterstadt. Selbst ein paar der Straßenlaternen waren ausgefallen. (Sam hatte leise gekichert. *Gibt es überhaupt irgendwo eine Kleinstadt, in der die Bürgersteige nicht bei Sonnenuntergang hochgeklappt werden?*) Sie war die Hauptstraße hinabgehuscht, hatte nach zwei Minuten das Museumsgebäude erreicht und war mit den tiefen Schatten verschmolzen, die es umgaben. Jetzt hockte sie hier auf dem harten Boden, den Rücken an der grobkörnigen Betonwand.

Das kleine Fenster der Damentoilette stand noch immer offen, aufgehalten von den feuchten Papierhandtüchern, die sie vier Stunden zuvor in den Rahmen geklemmt hatte. Zum erstenmal, seit sie den Entschluß gefaßt hatte, sich noch einmal in das geschlossene Museum einzuschleichen, dachte Sam kurz darüber nach, was sie vorhatte. Sie hatte in ihrem Leben schon eine Menge Dinge getan, war reichlich Risiken eingegangen, aber nichts davon war so eindeutig illegal und *mit Vorbedacht* geschehen – *und den Gedanken möchte ich jetzt im Augenblick wirklich nicht weiterverfolgen,* entschied sie. *Ich habe später immer noch Zeit, darüber nachzudenken, in was für eine Art Mensch ich mich verwandle.* Sie packte das Fensterbrett, zog sich hoch und zwängte sich durch das schmale Fenster in das dunkle Museum.

Sie hockte auf dem Fliesenboden des kleinen Waschraums. Die tiefe Dunkelheit lag schwer wie ein Leichentuch auf ihr. Sie strengte all ihre Sinne bis an die Grenzen an – lauschte, *fühlte* nach irgendeinem Hinweis von Bewegung oder menschlicher Präsenz im Innern des Gebäudes. *Nichts.* Nach fast einer Minute gestattete sie sich schließlich, sich ein wenig zu entspannen. Vielleicht war das Haus nicht völlig verlassen – es bestand die Möglichkeit, daß ein Nachtwächter seinen Rundgang machte –, aber sie hatte auf jeden Fall das *Gefühl*, allein zu sein. Sie griff in die Tasche und holte eine kleine Stifttaschenlampe hervor, die sie aus Grendels Handschuhfach mitgenommen hatte. Sie lächelte. *Semper paratus. Allzeit bereit, das alte Pfadfindermotto. Natürlich habe ich nicht erwartet, daß ich den Inhalt meines ›Auto-Notfallsets‹ einmal dazu benutzen würde, irgendwo einzubrechen, als ich ihn zusammengestellt habe.* Sie schaltete die Lampe an – das metallische Knacken des Schalters wirkte erschreckend laut für ihre Ohren – und drehte den Kragen, bis der Lichtkegel nur noch die Größe eines 25-Cent-Stücks hatte. Sie wünschte sich, sie hätte das Licht zusätzlich dimmen können – schließlich hatten ihre Augen sich inzwischen an die Dunkelheit gewöhnt –, aber dieses Lampenmodell verfügte über keine entsprechende Funktion.

Leise ging sie zur Tür und schob sie einen Spaltbreit auf. Dann lauschte sie. Immer noch kein Laut. Sie legte ein Auge an den Spalt und sah nur Dunkelheit: Kein schwacher, sich bewegender Lichtschein, der von einem Wachmann mit Taschenlampe hätte stammen können. Beruhigt öffnete sie die Tür ganz und trat hinaus auf den Flur.

Sams Augen hatten sich so hervorragend an die Nacht angepaßt, daß sie ihre Lampe nicht mehr benötigte, als sie den Ausstellungsraum des Museums erreichte. Ein rotes Exit-Zeichen brannte über dem Haupteingang und spendete genug Helligkeit, um sie an den Vitrinen vorbeizuführen. In einer plötzlichen

Eingebung sah sie hoch. Die schmutzverkrusteten Oberlichter der Kuppel schienen wie mit einem eigenen Licht schwach zu glühen. Sie wußte, es war Sternenlicht, aber trotzdem wirkte der Effekt magisch. Sie konnte ein Lächeln nicht unterdrücken.

Sie bahnte sich lautlos einen Weg zwischen den Schaukästen hindurch in den hinteren Teil der Galerie. Während Howes Rundgang hatte sie die Tür bemerkt, die zu den Lagerräumen mit der ›permanenten Sammlung‹ des Museums führen mußte. Jetzt untersuchte sie diese Tür mit ihrer Taschenlampe.

Sie war nicht sonderlich gesichert, unterschied sich in nichts von jeder anderen Tür, die man in einem beliebigen amerikanischen Wohnhaus vorfinden konnte. Sie schien nicht einmal ein Schloß zu besitzen, nur einen ganz gewöhnlichen Knauf. Sie streckte die Hand aus, um ihn zu drehen, dann zögerte sie. *Vielleicht gibt es einen Alarm.* Hastig ließ sie den Kegel der Taschenlampe über den Türrahmen spielen und suchte nach Drähten oder Spuren von Kontakten. Es war nichts zu sehen. *Aber vielleicht bedeutet das nur, daß es gut versteckt ist.*

Sie schüttelte mit einem verächtlichen Schnaufen den Kopf. *Mach dich nicht selbst verrückt, Dooley. Das hier ist das Museum of Flight in Rogers, nicht Fort Knox.* Sie packte den Türknauf und drehte ihn.

Keine Sirene gellte durch die Nacht, kein Scheinwerfer flammte auf. Sie öffnete die Tür eine Handbreit, stellte dankbar fest, daß die Scharniere gut geölt und lautlos waren, und wartete. Wieder fand sie hinter der Tür nur Schweigen und Dunkelheit vor. Das Trommeln ihres Herzschlags war das lauteste Geräusch im ganzen Gebäude, möglicherweise in der ganzen Stadt. Sam zwang sich zu einem tiefen, beruhigenden Atemzug, dann stieß sie die Tür ganz auf und trat hindurch.

Als sie die Taschenlampe schwenkte, mußte sie leise lachen, weil sie sich an ihre Bemerkung Timothy Howe gegenüber erinnerte, in der sie das Hinterzimmer des

Museums mit der Lagerhallenszene in *Raiders of the Lost Ark* verglichen hatte. *Yeah, sicher! Es ist zum Lachen.* Statt eines gewaltigen Depots, größer als ein Flugzeughangar, sah sie einen staubigen, zugestellten Lagerraum, kaum größer als ihre Wohnung. Die hölzernen Kisten und Kartons, die scheinbar wahllos ringsum aufgestapelt waren, machten eine Schätzung schwierig, aber ihrem Urteil nach mochte das Zimmer etwa halb so groß wie der Ausstellungsraum sein. Die Decke war unverkleidet. Träger und Bauelemente warfen harte geometrische Schatten, als sie den Kegel der Taschenlampe nach oben richtete.

Sam zögerte. Innerlich hatte sie wohl erwartet, daß die ›permanente Sammlung‹ ordentlich sortiert war, mehr oder weniger wie eine Art Ausstellung. Aber sie sah auf den ersten Blick, wie falsch sie damit gelegen hatte. Wenn es irgendeine Ordnung in diesen wirren Kistenstapeln gab, dann war sie einem uneingeweihten Betrachter nicht zugänglich. *Ich habe bei meinen Freunden schon Keller gesehen, die besser aufgeräumt waren.* Ihr Mut schwand. Es würde schwieriger werden als vorhergesehen, irgendeine Spur von Pop-Pops Erinnerungsstükken zu finden. Sie bewegte sich lautlos wie ein Geist zwischen den aufgestapelten Kisten umher.

Kein guter Vergleich. Sie hielt an. Die Härchen entlang ihres Rückgrats stellten sich auf und kitzelten. Eine dunkle Ahnung, die bis dahin in den Randbereichen ihres Bewußtseins geflackert hatte, verdichtete sich plötzlich und brach über sie herein. Sie schauderte.

Ein nächtliches Museum: Was für ein einsamer, gespenstischer *Ort.* Ihr wurde klar, daß sie von Erinnerungen umgeben war, Erinnerungen anderer Menschen. In vielen Fällen den einzigen Dingen, die noch von ihrem Leben Zeugnis ablegten. Fotografien, liebgewonnene Besitztümer … *Es ist wie ein Mausoleum,* dachte sie plötzlich. *Ich bin umgeben von den Toten.*

Und in mancher Hinsicht war es *schlimmer* als ein

Mausoleum. *Ein Friedhof beherbergt körperliche Überreste. Aber eine Person besteht nicht aus ihrem physischen Körper. Sie besteht aus Hoffnungen und Träumen, Gedanken und Erinnerungen ... und das ist es, was mich hier umgibt.*

Wenn ich ein Geist wäre, würde ich es ganz entschieden vorziehen, in einem Museum zu spuken, statt in einem Mausoleum ...

Es kostete sie einige Anstrengung, ihre Gedanken zu zügeln. *Du knallst durch, Dooley,* herrschte sie sich an. *Spar dir deine metaphysischen Spintisierereien für eine andere Gelegenheit auf.* Sie atmete tief durch. Die Luft roch nach Staub. Sie zwang sich, den Raum in aller Ruhe zu betrachten, ihn so zu sehen, wie er tatsächlich war. *Nichts als Kartons,* stellte sie entschieden fest. *Mit nicht mehr Bedeutung als bei jedem Garagenverkauf.* Der Eindruck vergangener Lebzeiten, fremder Präsenzen, gestaltgewordener Erinnerungen – all das verschwand augenblicklich. Sie ging weiter.

Sekunden später erreichte sie die Rückwand des Lagerraums und entdeckte nicht die erwarteten kahlen Betonblöcke, sondern eine leichte Gipswand, wie sie in Großraumbüros häufig zu finden war. Eine einzelne verschlossene Tür durchbrach die Fläche. Sam zögerte, berechnete Entfernungen. Wenn sie sich nicht irgendwo verrechnet hatte, mußte diese Wand viereinhalb bis sechs Meter vor der hinteren Gebäudewand liegen. Demnach konnte die Tür nicht in eine Gasse hinter dem Haus führen, sondern nur in einen weiteren Raum. *Noch ein Lager? Das Büro des Kurators?* Sie rüttelte am Türknauf und stellte ohne große Überraschung fest, daß abgeschlossen war. *Okay,* dachte sie. *Jetzt werden wir kreativ.* Sie ging in die Hocke und untersuchte das Schloß im Lichtkegel der Taschenlampe.

Es war ein lächerlich simpler Verschlußmechanismus, das sah sie sofort. Keine Spur von High-Tech oder Sicherheitsschloß. Es war nicht einmal ein Riegelschloß, nur der übliche Verschlußkeil mit einem Schlüsselloch in der Mitte des Knaufs. Wieder suchte sie den Türrahmen nach Hinweisen auf eine Alarmvorrichtung ab, diesmal jedoch nur oberflächlich. *Wozu sich mit Sicherheitsvorkehrungen rumschlagen, da es nichts zu stehlen gibt?*

Aus der Hüfttasche zog sie einen weiteren Bestandteil des Auto-Notfallsets, ein großes, reichhaltig bestücktes Taschenmesser im Stil eines Schweizer Armeemessers. Nach kurzer Überlegung klappte sie eine breite, flache Klinge aus flexiblem Federstahl aus, ganz ähnlich dem Streichmesser eines Töpfers. Vorsichtig schob sie den dünnen Metallstreifen unterhalb des Schlosses zwischen Tür und Rahmen, schob ihn tief hinein. Dann zog sie ihn mit ein wenig Hebeldruck nach innen höher. Das Messer packte die Kante des Verschlußkeils. Ein paar Sekunden arbeitete sie den Stahl vorsichtig weiter und versuchte sich vorzustellen, die Nervenenden ihrer Fingerspitzen setzten sich bis in die Klinge fort. *Noch ein wenig mehr …* Sie nahm die Taschenlampe zwischen die Zähne, packte mit der freien Hand den Türknauf und zog vorsichtig. Das Schloß löste sich mit kaum hörbarem Knacken, und die Tür öffnete sich. Schnell schloß sie das Messer und steckte es wieder ein. Sie stieß die Tür weit auf und trat in die Dunkelheit.

12

Als sie die Taschenlampe schwenkte, hatte sie ein plötzliches Gefühl von Déjà-vu. *Hier war ich schon einmal …*

Dann wurde ihr klar, woher dieser Eindruck stammte. *Pop-Pops Allerheiligstes,* dachte sie, *genau* daran *erinnert mich das hier.*

Das Zimmer, in dem sie sich befand, war schmaler, als sie erwartet hatte – von der Tür bis zur Rückwand konnten es höchstens drei Meter sein –, aber es erstreckte sich über die gesamte Breite des Gebäudes. Der Lichtkegel ihrer Taschenlampe fiel auf Vitrinen, auf Flugzeugmodelle und andere von der Decke hängende Objekte, auf gerahmte Fotografien an den Wänden. Sie trat einen Schritt vor, dann blieb sie verwirrt stehen. *Noch ein Ausstellungsraum? Aber Howe hat gesagt …*

Der Gedanke versiegte. *Nein,* stellte sie bei sich fest. *Dieses Zimmer sieht nur aus wie ein Ausstellungsraum.* Oberflächlich hatte es viel mit der Galerie im vorderen Teil des Gebäudes gemein. Aber hier herrschte eine völlig andere *Atmosphäre.*

Sie ging wieder weiter. Unter ihren Schritten gab ein dicker Filzteppichboden nach, kein Beton- oder Mosaikfußboden. Sie ließ den Kegel der Taschenlampe über die Bilder an der Wand gleiten. Sie stellte fest, daß es sich um Porträts handelte, posierte, professionelle Aufnahmen. Die meisten waren Fotos, aber die Sammlung enthielt auch vereinzelte Ölgemälde. Sie berührte den Rahmen des ihr am nächsten hängenden Bildes. Es war das Gemälde einer Frau mit schlankem Gesicht und einer Hochfrisur im Stil der sechziger Jahre. Der Rahmen war schwer und prunkvoll, kunstvoll aus einem Holz mit starker, herrlicher Maserung geschnitzt. Es gab kein Namensschild oder eine Tafel zur Identifizierung der Frau, als wäre klar, daß jeder, der diesen Raum betrat, wußte, wer sie war. *Aber ich weiß es nicht.*

Eine andere Einzelheit erregte Sams Aufmerksamkeit. Über die obere rechte Ecke des Rahmens war ein violetter Samtstreifen gespannt, beinahe wie eine Auszeichnung. Sie trat zurück und fuhr mit dem Licht die Porträtreihe ab. An etwa zwei Dritteln der Rahmen hingen violette Samtbänder.

Woran erinnert mich das? Sie schloß einen Augenblick lang die Augen und dachte nach. Da war *irgend etwas*, das wußte sie. Irgend etwas in ihrer Erinnerung. Es lauerte knapp hinter der Grenze ihres Bewußtseins. Mit einem enttäuschten Schnauben öffnete sie die Augen und ging langsam die Porträtreihe ab.

Sie blieb auf einmal stehen. Plötzlich war ihr kalt. *Mein Gott, ich kenne manche dieser Leute …*

Das Gemälde, vor dem sie gerade stand, zeigte einen gutaussehenden Mann Anfang Dreißig, dem eine schwarze Augenklappe über dem linken Auge ein piratenhaftes Erscheinungsbild verlieh. *Das ist Wiley Post*, erkannte sie, der berühmte amerikanische Flieger, der 1933 als erster Mensch in einem Soloflug die Welt umrundet hatte. Und zwei Bilder weiter, der Mann mit dem hageren Gesicht, dem stechenden Blick und dem Bürstenschnurrbart – *noch einer, zwischen dessen Zähnen ein Entermesser nicht fehl am Platze erschiene* –, das mußte Howard Hughes sein, ebenfalls ein berühmter Flieger. Beide Porträts waren mit einem violetten Band verziert. Sie ging weiter die Reihe hinab.

Und wieder erstarrte sie, als wären ihre Füße am Boden festgewachsen.

Pop-Pop … Pop-Pop, das bist du.

Ein junger, lebenslustiger James R. Dooley, Sr., grinste sie unbekümmert aus einem lebensgroßen Ölgemälde an. Aus tränennassen Augen sah sie das violette Band an Pop-Pops Bild. Es schien neu, frisch, seine Farbe lebhafter als die der anderen Bilder.

Das ist es. Die Erkenntnis traf sie fast wie ein Schlag ins Gesicht. *Ich stehe in einem Schrein. Einem Schrein für die Helden der Fliegerei. Ein violettes Band bedeutet, sie sind tot.* Ein anderer Gedanke zuckte durch ihr Hirn. *Ich frage mich, ob …*

Sie lief hastig die Wand entlang, betrachtete alle Bilder. Über die Hälfte der Gesichter waren vertraut, nun, da sie wußte, worum es ging. Charles Lindbergh, Richard Byrd, Fred Noonan … Vor dem Porträt eines großgewachsenen, schlaksigen Mannes Anfang Dreißig, dessen dichtes Haar erste Spuren von Silber zeigte, hielt sie an. Die grauen Augen schienen im Netz der dünnen Fältchen zu glitzern, die im Lauf der Jahre noch so viel tiefer werden sollten. »Schön, dich wiederzusehen, Simon Warner«, flüsterte Samantha. Sie fuhr vorsichtig mit dem Finger den Holzrahmen ab und hielt kurz in der leeren oberen rechten Ecke an.

Ein Schrein. Sie starrte in die leblosen Augen des Porträts. Hierher *wolltest du Pop-Pops Asche bringen, nicht wahr?* fragte sie das Bild in Gedanken. *›Ein Ort, um die Namen derer zu ehren, die an die Grenzen vorgestoßen sind … bei seinen Kollegen und Kameraden‹, so hast du es ausgedrückt, nicht wahr? Welchen anderen Ort könntest du damit gemeint haben, wenn nicht diesen?* Sie sah zurück zu Posts Porträt. *Wiley, ist deine Asche hier?*

Aber wo war ›hier‹? Was war das hier? Ein Schrein, in Ordnung – aber wessen Schrein? Wer hatte ihn eingerichtet und warum? *Timothy Howe?* Sie schüttelte den Kopf. Nicht allein. *Wenn ich lange genug suche, finde ich dann auch ein Bild von dir in besseren Tagen, Timothy …?*

Sie leuchtete noch einmal die Wände ab und schätzte die Anzahl der Porträts. *Vierzig, grob geschätzt.*

Was muß man machen, um ein Bild von sich an diese Wand zu bekommen? Welchem Verein muß man beitreten? Welche Bedingungen muß man erfüllen? Sie schnaubte. *Sobald ich einer Antwort auch nur näherkomme, stellen sich mir um so mehr gottverdammte Fragen.*

Frustriert wirbelte sie herum, drehte der Porträtgalerie an der Wand den Rücken zu und richtete die Taschenlampe auf die in der Mitte des Raumes ausgestellten Vitrinen. Sie begutachtete den Inhalt der ersten beiden Schaukästen. Einer enthielt ein kleines, in Leder gebundenes Journal, das irgendwo in der Mitte aufgeschlagen war. Im Licht der kleinen Taschenlampe konnte Sam die dünne, kritzelige Handschrift kaum entziffern. Das Papier war alt und vergilbt, die Tinte zu einem schattenhaften Sepiaton verblaßt. Ganze Teile der Seite waren durch Flecken – möglicherweise Wasser – unleserlich gemacht. Die Bindung wirkte brüchig, angekokelt und stellenweise verfärbt wie durch große Hitze.

Sam beugte sich tiefer, bis sie fast mit der Nase an das Glas stieß. ›*... sogar vor ein paar Männer gedrängt, die mir Jahre in der VGL voraushaben*‹, entzifferte sie mit einiger Schwierigkeit. ›*Wie, ist ohne Bedeutung. Innerhalb von Minuten zwängte ich mich in den engen Tuchsitz des Cockpits. Als zwei Techniker das schwere Kanzeldach über mir schlossen, konnte ich durch das Quarzglas ...*‹ Ein Fleck überdeckte mehrere Zeilen. Ihr Blick fuhr die Seite hinab, und sie las weiter, als sie die nächste intakte Textstelle fand.

›*... Innern des Cockpits war die Verschiebung unendlich intensiver – fast wie in einem Flugzeug, wenn es den Auftrieb verliert, aber dieser ›Sturz‹ ging in eine Richtung, von deren Existenz ich nie etwas geahnt hatte. Ein Augenblick lang war völlige Leere ...*‹ Dann machte es ein anderer Fleck unmöglich, weiterzulesen.

Eine Art Tagebuch, erkannte Sam. Sie blickte auf die kleine Messingplatte, die das Ausstellungsstück identifizierte. PERSÖNLICHES JOURNAL DES FREDERICK J. NOONAN (1900–37), JANUAR 1936 BIS MAI 1937. VGL CAT. # 335–006.

Samantha blinzelte. Fred Noonan? Das war der Name von Amelia Earharts Navigator auf dem letzten Flug gewesen, auf dem sie verschwunden war. *Das kann nicht der Fred Noonan gewesen sein, oder?* Sie starrte die Vitrine an. Laut der Plakette war *dieser* Frederick J. Noonan 1937 gestorben, im Jahr von Earharts letztem Flug. *Um genau zu sein*, fiel ihr plötzlich ein, *war der Flug nicht Ende Mai des Jahres?*

Sie schüttelte den Kopf. *Interessant.* Sie betrachtete noch einmal die Platte. *Was ist diese ›VGL‹?* fragte sie sich. Sam hatte eine unbestimmte Idee, daß sich hinter dieser Abkürzung eine Art Gruppe oder Verein verbergen mußte, aber sie hatte keine Ahnung, was die Buchstaben bedeuteten: *V-irgendwas G-irgendwas Library?* Sie sah sich um. *Könnte* das hier *die VGL sein?*

Na, ich werde keine Antworten finden, indem ich hier wie ein Fisch auf dem Trockenen nach Luft schnappe. Sie zwang sich weiterzugehen.

Der nächste Schaukasten enthielt ein Modell – aber nicht das erwartete Flugzeug, sondern etwas, das nach einer Kreuzung zwischen einem großen Dampfkessel und einer Überdruckkammer aussah. Ein Ende wurde von einer Luke beherrscht, wie sie auf U-Booten Verwendung fand, komplett mit schwerem Drehrad, während ein kleines, verstärktes Bullauge das andere Ende markierte. *Und was, zum Teufel, soll* das *vorstellen? Eine Art archaische Tauchkugel?* Ihr Blick fiel auf die Messingplatte.

FRÜHER PROTOTYP, UFT-TRANSPORTERCOCKPIT SYSTEM EINS, 1935. VGL CAT. # 032–298.

Da war sie wieder, die Abkürzung ›VGL‹. Und diesmal noch eine andere: ›UFT‹ Sam zögerte. *›UFT‹: Das klingt vertraut.* Mit einem Schlag brach die Erinnerung hervor, aber sie schüttelte nur traurig den Kopf. *Die ›UFT‹, an die ich dachte, ist die ›Unified Field Theory‹, die Einheitliche Feldtheorie*, erkannte sie. *Und das ergibt in diesem Kontext keinen Sinn.* Sie fügte die drei Buchstaben an ihre Liste zu ergründender Rätselhaftigkeiten an und ging weiter.

Und wieder einmal blieb sie wie angewurzelt stehen.

Das Déjà-vu-Erlebnis war wieder da, aber diesmal gekoppelt an die Art phantasmagorischer Dissoziation, wie sie in Alpträumen üblich ist. Die Vitrine vor ihr erinnerte sie in vielerlei Hinsicht an die Ausstellungen von ›Mondgestein‹, die Anfang der 1970er nach der Apollo-11-Mondlandung durch das Land gereist waren. Hier lagen dieselben kleinen Stücke kristallisierten Felsgesteins auf mattschwarzem Untergrund, mit einem Bild an der Rückwand des Schaukastens, das zeigte, woher sie stammten.

Aber dies war kein weißlichgraues Mondgestein. Die drei streichholzschachtelgroßen Steine leuchteten in einem brillanten blaugrünen Farbton – *beinahe Cyan,* dachte Sam –, den sie nie zuvor bei Mineralien oder Edelsteinen gesehen hatte. Und das Bild, das ihren Fundort kennzeichnete … Es war das ›Science-Fiction-Gemälde‹ aus Pop-Pops Geheimversteck. Der gewaltige Ozean, die monolithischen Felsnadeln, die kilometerhoch aus den Fluten ragten, der schwarze Sandstrand mit den blaugrünen Schlieren … alles entsprach exakt ihrer Erinnerung. Sie starrte mit offenem Mund auf die Vitrine und erkannte plötzlich, daß der leuchtende Cyanton der Gesteinsproben genau dem Farbton der Linien entsprach, die sich über den Strand zogen.

Was, im Namen von allem, was heilig ist, geht hier vor …?

Das mußte eine Art übertriebener Aprilscherz sein, irgendein komplexer Schelmenstreich … oder? Aber für wen gedacht? *Für mich? Krieg dich wieder ein, Dooley.* Für einen Scherz hatte sich hier jemand ganz entschieden zu viel Arbeit gemacht. Vielleicht stammten diese Dinge aus einem Film? Sie schüttelte den Kopf. Nein, das schien auch nicht möglich zu sein. *Das ist ernst gemeint. Zumindest nimmt es* irgend jemand *ernst.*

Heilige Mutter Gottes, was war das? Sie hörte etwas, das leise Tapsen sich nähernder Schritte. Und sie erkannte augenblicklich, daß sie die Schritte schon seit einiger Zeit gehört hatte, mehrere Sekunden wenigstens.

In Gedanken fluchte sie. *Verdammt, Dooley, das ist nicht der richtige Zeitpunkt, um am Knüppel einzuschlafen!* Sie hielt den Atem an, versuchte Entfernung und Richtung der Geräusche abzuschätzen.

Das Tempo der Schritte war langsam, entspannt. Vor ihrem inneren Auge sah sie einen übergewichtigen, gelangweilten Wachmann lethargisch durch den Ausstellungsraum des Museums schlurfen. Der Lautstärke der Geräusche nach zu urteilen, mußte er noch ein gutes Stück entfernt sein – wahrscheinlich war er gerade erst aus dem Ausstellungsraum ins Lager gekommen –, aber er kam näher. Sie huschte hastig zur Tür des Schreins, Privatmuseums oder ›VGL‹ oder was es auch war, und sah hinaus.

Ja, sie konnte ein sich bewegendes Licht über die chaotisch gestapelten Kisten und Kästen wandern sehen. Eine Taschenlampe. *Nichts wie raus hier!* Sie beobachtete einen Augenblick lang die Bewegung der Schatten, um sich über Entfernung und Richtung sicher zu werden. Falls sie sich nicht dramatisch verschätzt hatte, bewegte der Wachmann sich langsam im Uhrzeigersinn an der Außenwand des Lagers entlang. Das bedeutete, er bewegte sich von Sams rechter Seite auf diese Tür zu. Kurz bevor sie ihre Taschenlampe abschaltete, spähte sie noch einmal durch die Türöffnung und blickte zurück in den Raum, während sie nach dem Knauf tastete.

Und zum vierten Mal in dieser Nacht erstarrte sie wie durch eine plötzliche Lähmung. Ihr Mund öffnete und schloß sich, aber kein Laut drang heraus.

Es kostete sie ihre ganze Willenskraft, diese Starre zu überwinden, den Kegel der Taschenlampe direkt auf das Objekt zu richten, das mit so dramatischen Konsequenzen ihre Aufmerksamkeit erregt hatte. Nein, sie hatte sich nicht geirrt. *O mein Gott …*

Die Schritte des Wachmanns wurden lauter. Jeden Moment mußte er das Licht ihrer Taschenlampe bemerken. Sam biß sich fest auf die Unterlippe, und der plötzliche Schmerz löste ihre mentale Blockade. *Später,* riß sie sich zusammen. *Darüber kann ich später nachdenken.* Sie drückte die Stifttaschenlampe an ihren Körper, um das scharfe Knacken des Schalters zu dämpfen. Nach dem lautlosen Schließen der Tür huschte sie wie ein Geist zurück durch den Lagerraum zum Ausgang. Während sie durch das schweigende Museum eilte und durch das Toilettenfenster hinaus in die Nacht kletterte, beherrschte ihr letzter Eindruck aus dem geheimen Schrein ihre Gedanken. Sie sprintete stumm zurück an die Stelle, an der sie Grendel abgestellt hatte, aber während des ganzen Wegs gelang es ihr nicht, die Erinnerung an das wissende Lächeln auf dem gerahmten Porträt Amy Langlands aus ihren Gedanken zu vertreiben.

Kaum zurück auf dem Highway, senkte Samantha das Fenster, um sich von der kalten Nachtluft den Geist durchfegen zu lassen. Schon begannen Zweifel an der Sicherheit zu nagen, die sie noch Minuten zuvor gespürt hatte. *Vielleicht habe ich mich getäuscht. Es könnte jemand gewesen sein, der Amy Langland nur* ähnlich *sieht …*

Aber dann riß sie sich zusammen. »Mach dir nichts vor«, herrschte sie sich an. Der Klang ihrer Stimme war beinahe so erfrischend wie der kalte Windzug. »Ich weiß, was ich gesehen habe. Es war Amy.«

Auf gewisse Weise machte es Sinn. Sie wußte immer noch nicht, was, zur Hölle, da vorging. Die großen Fragen – beispielsweise: Was ist die VGL? – blieben unbeantwortet. Aber im Hinblick auf die interne Schlüssigkeit des Ganzen ergab die Anwesenheit von Amys Bild in jenem Raum einen perversen Sinn.

Gehen wir es mal der Reihe nach durch, dachte Sam und versuchte, sich zu beruhigen und ihre Gedanken unter Kontrolle zu halten. *Nehmen wir an, daß Pop-Pop und Sid Warner beide Mitglieder dieser VGL sind, was immer das ist.*

Pop-Pop wollte, daß ich sein Tagebuch lese, weil es alles erklärt. Warner wollte das Tagebuch wahrscheinlich – genau wie Pop-Pops Asche – für dieses Museum oder den Schrein der VGL. Es machte auch mehr Sinn, daß Pop-Pop seine kostbaren Fotos dem Schrein vermacht hatte statt der belanglosen Attrappe des Rogers Museum of Flight. *Plötzlich ergibt alles einen Sinn.*

Und was war mit Amy Langland? Hier waren die Verbindungen weit unsicherer, aber … *Nehmen wir einmal an, Amelia Earhart war auch Teil dieser VGL. Das erklärt ihr Bild in Pop-Pops innerer Bibliothek. Und es paßt dazu, daß Fred Noonan ein VGL-Mitglied gewesen zu sein scheint. Da Earhart eine der Gründerinnen der 99er war, könnte das nicht heißen, daß die 99er selbst – oder zumindest ein Teil von ihnen – eine Art ›weibliches Hilfskorps‹ der VGL waren, es vielleicht immer noch sind?* Offensichtlich hatten nicht alle 99er eine Verbindung zur VGL. Niemand war je damit an Samantha herangetreten, und sie war sich sicher, daß auch Maggie nichts damit zu tun hatte.

Aber falls Langland in Verbindung mit der VGL *stand*, erklärte das eine Reihe interessanter Ungereimtheiten. *Irgendwas an Amys erstem Anruf ist mir die ganze Zeit aufgestoßen,* erinnerte Sam sich. *Ich habe nur nicht weiter darüber nachgedacht.* Vielleicht hatte Maggie Amy *nicht* erzählt, daß Sam etwas über die Leute zu erfahren versuchte, die ihren Großvater besucht hatten. Vielleicht hatte Langland aus anderer Quelle erfahren – *zum Beispiel von ihren VGL-Kollegen* –, daß Sam ihre Nase in Dinge steckte, die sie nichts angingen. *Das würde Amys Zögern – ihre* Verwirrung – *erklären, als ich sie gefragt habe, ob Mags es ihr verraten hatte. Sie wußte nicht, daß Mags den Dschungeltelegrafen befragte, weil Maggie es ihr gegenüber nicht einmal beiläufig erwähnt hatte.*

Sam knirschte mit den Zähnen. Also hatte sich Langland nur deshalb mit Sam in Verbindung gesetzt, um sie von der Spur der VGL abzubringen. *Sie hat mich zum Narren gehalten!* Ihre Knöchel auf Grendels Lenkrad wurden weiß, und ihr Blick zuckte zu den blaugrünen Leuchtziffern der Fahrzeuguhr. *Es wird Zeit, Amy Langland einen Besuch abzustatten*, dachte sie kalt. *Und das sehr bald.*

Die Uhr auf Grendels Armaturenbrett zeigte 07:45. Von ihrem Standort in Griffith Park aus hatte Sam den rosaroten Morgen über die Betonwüste des Los Angeles Basin schwappen sehen. Ihre Augen schmerzten, ihre Muskeln protestierten gegen die Stunden auf dem Fahrersitz.

Sie war um drei Uhr morgens an ihrem Beobachtungsposten in der Nähe des Observatoriums eingetroffen. Stundenlang hatte sie hier gesessen, über die Lichter der nächtlichen Stadt hinausgeschaut und nachgedacht. Ihr Verstand schien mit Turbogeschwindigkeit zu arbeiten, als habe jemand alle Bremsen der Maschine gelöst. Obwohl sie körperlich erschöpft war, hatte sie gewußt, daß sie keinen Schlaf gefunden hätte, wäre sie die fünfundvierzig Minuten nach Venice weitergefahren. Ihr Geist war aufgeladen gewesen, so aufgedreht wie nach drei Kannen Kaffee auf nüchternen Magen. Sie hatte auf den unter ihr ausgebreiteten Distrikt Los Feliz geblickt und sich gefragt, welches der Lichter Amy Langlands Haus sein mochte. Als die Sonne hoch genug am Himmel stand, um die Luft aufzuwärmen, hatte sie Grendels Tuchdach eingefahren und den süß-würzigen Duft des trockenen Geländes genossen. Ringsum hatte das Surren und Knarzen der Insekten den Anbruch eines neuen Tages verkündet.

Amy Langland war eine Frühaufsteherin. Sie hatte es bei ihrer ersten Begegnung fünf Jahre zuvor in Kansas City erwähnt. Sam drehte den Zündschlüssel, und Grendel erwachte mit einem satten Grollen zum Leben. Langsam rollte sie die kurvenreichen Straßen hinab, die das Arroyogebiet von Griffith Park umrahmten, und hinaus auf den Los Feliz Boulevard. Aloha Street hatte sie bereits im *James Guide* nachgeschlagen, den sie unter dem Fahrersitz aufbewahrte – selbst für Angelenos, die ihr ganzes Leben in der Stadt verbracht hatten, ein unentbehrlicher Helfer –, und sich die Strecke eingeprägt. Zehn Minuten später fuhr sie langsam einen steilen Hügel hinauf und suchte nach der richtigen Hausnummer.

Sie fand Langlands Haus nahe der Kuppe. Von der Straße aus war nur eine weiße Wand zu erkennen – es schien eine Art künstlicher Adobeziegel zu sein –, in der ein zweiflügliges braunes Tor wahrscheinlich zu einer Garage führte. Daneben befand sich eine kleinere Seitentür mit einer Gegensprechanlage. Vom Haus selbst war nichts zu sehen. Sam nahm an, daß es sich um einen der üblichen kalifornischen Bauten handelte, die so an einen steilen Berghang gebaut waren, daß die Haustür in den obersten Stock führte. Sie stellte Grendel dicht am hohen Randstein ab, schaltete den Motor ab und stieg aus.

Vor der Sprechanlage blieb sie stehen und ging noch einmal durch, wie sie sich Amy nähern wollte. Sie klopfte auf die harte, rechteckige Ausbuchtung in ihrer Blusentasche – eine Anschaffung aus einem der 24-Stunden-Supermärkte, die man überall in Los Angeles finden konnte –, um sich zu vergewissern, daß sie zwar da war, aber nicht auffallen würde. Sie zog die Schulterblätter zurück und drückte den Summer.

Langland antwortete fast sofort. »Ja?«

»Ich bin's, Amy«, meldete sich Sam und versuchte ihre Stimme leicht und unbeschwert zu halten. »Samantha Dooley. Hast du ein paar Minuten Zeit?«

Die ältere Frau zögerte. Sam konnte fast hören, wie sie überlegte. Dann: »Natürlich, Sam. Komm rein.« Sam öffnete die Tür und trat hindurch.

Langland erwartete sie in der offenen Haustür. Die ältere Pilotin trug einen Frotteehausmantel, der schon bessere Zeiten gesehen hatte, und ihr Haar lag auf einer

Seite flach am Kopf an. Trotzdem gelang es ihr irgendwie, einen gebieterischen Eindruck zu erwecken. Als Sam näher kam, trat Langland zur Seite und bat sie herein.

Das Obergeschoß des Hauses war klein – im Grunde nur ein Flur und eine einzelne offene Tür zu einem Studierzimmer oder einer Bibliothek. Durch die Tür konnte Sam ein Fenster mit Blick über das Hügelgebiet von Los Feliz sehen. Wortlos deutete Langland auf die nach unten führende Treppe.

Sam ging voraus, dicht gefolgt von Langland. Das nächste Stockwerk war erheblich geräumiger. Die Treppe führte in ein großes, komfortables Wohnzimmer. Mehrere Türen führten in andere Zimmer, und aus einer von ihnen drang Kaffeeduft.

Langland winkte Sam zu einer mit cremefarbenem Brokatstoff bezogenen Couch. »Ich bin gerade mit dem Frühstück fertig«, stellte sie fest. »Möchtest du einen Kaffee?« Sam nickte, und die ältere Frau verschwand in der Küche.

Sam machte es sich auf der Couch bequem und sah sich um. Das Haus schien recht alt, aber Langland hatte es erfolgreich renoviert. Die verputzten Wände und die Decke waren frisch gestrichen, und nur leichte Verfärbungen in einzelnen Ecken ließen erkennen, daß das Haus kein Neubau war. Der Hartholzfußboden zeigte Spuren jahrelanger Benutzung, aber sie verliehen ihm zusätzlich Charakter.

Langland kam zurück und reichte Sam eine Steinguttasse: »Ich hoffe, du magst ihn schwarz. Zucker und Milch sind mir ausgegangen.«

»Schwarz ist okay«, versicherte Sam, als ihr schlankes Gegenüber sich in einem Lehnsessel niederließ.

Langland musterte ihre junge Besucherin mit stechendem Blick – *wie der eines Raubvogels*, dachte Sam plötzlich –, bis sie schließlich sagte: »Also? Worüber wolltest du mit mir reden?«

Sam stählte sich. »Ich möchte über die VGL mit dir reden«, stellte sie ruhig fest, ohne die Augen von Langlands Gesicht zu nehmen.

Die Miene der alternden Pilotin zeigte keine Regung. Trotzdem hatte Sam den sicheren Eindruck, daß sich hinter diesen dunklen, glänzenden Augen etwas abspielte. »Was willst du wissen? Es ist allgemein bekannt, daß die Virtual Geographic League Forschungsexpeditionen und Versuche verschiedenster Art unterstützt, ähnlich wie die National Geographic Society. Was kann ich dir noch sagen, und warum fragst du mich das?«

Sam dachte hastig nach. *Okay, es scheint, nur weil ich noch nie etwas von einer Organisation gehört habe, heißt das nicht, daß es sie nicht gibt. Die einfachste Möglichkeit für Amy zu mauern besteht darin, mich mit irgendeiner gefälligen Lüge über die VGL abzuspeisen. Selbst wenn das, was sie mir erzählt, wahr ist, weiß ich doch, daß es nicht die ganze Wahrheit sein kann. Es hat ihre ganze Kraft gekostet, nicht zu grinsen. Mal sehen, wie weit sie sich treiben läßt.* »Du weißt, wovon ich rede, Amy.« Sam ließ einen Hauch von Stahl in ihre Stimme fließen. »Ich *weiß* es, ich habe es *gesehen*. Ich weiß, ihr seid alle Mitglieder. Pop-Pop. Simon Warner. Lindbergh, Post, Noonan, Hughes. Und *du auch*, Amy. Die VGL mag eine öffentliche Einrichtung sein, aber sie hat einen geheimen Zweck. Ich *weiß* es, Amy«, schnarrte sie. »Ich weiß vom UFT-Cockpit ...«

Sam stockte, als Langland zusammenzuckte. »Hat Leclerc ...?« Die Frau starrte Sam an, dann schloß sie mit einem hörbaren Knacken den Mund und zuckte die Schultern. »Er liebt es, Leute, die seine Leidenschaften nicht teilen, mit seinen Lieblingstheorien zu überfallen.«

Sam hatte Mühe, ihre Reaktion nicht sichtbar werden zu lassen. *Leclerc? Dann steckt Generro auch mit drin ...* Sie zwang sich zu einem wissenden Lächeln. »Nein«, stellte sie gelassen fest. »Leclerc hat mir nichts erzählt.«

Sie kicherte. »Unterschätze die Kontakte nicht, die ich aufgebaut habe, Amy. Das wäre ein Fehler.«

»Ich begreife immer noch nicht, wovon du eigentlich redest«, brauste Langland auf. »Soweit ich es weiß, ist die Virtual Geographic League genau das, was sie sagt, das sie ist.«

Samantha lachte laut. »Spar dir das, Amy«, schnappte sie. »Mach dich nicht lächerlich und beleidige meine Intelligenz nicht.« Sie legte Verachtung in ihre Stimme. »Zumindest *soweit* sollte die Schwesternehre der 99er reichen, meinst du nicht?«

»Ich ...«, setzte Langland an, dann verstummte sie. »Ich ...«

»Ich habe Respekt für die Ehre, die Pop-Pop in der VGL erwiesen wird«, stellte Sam fest und änderte schnell das Thema, um Langland weiter zu verunsichern.

Langland blinzelte, offensichtlich überrumpelt, und erklärte: »Die VGL kümmert sich um ihre Mitglieder.«

Es funktioniert. Ich muß sie aus ständig wechselnder Richtung angehen. Sie darf nicht zu Atem kommen, ihr Gleichgewicht nicht zurückgewinnen. Aber wie lange halte ich das durch, bei dem wenigen, was ich weiß? »Weißt du«, sagte sie, »es waren die Steine, die mich vor allem erstaunt haben – die Kristalle vom schwarzen Strand.«

»Du warst im Museum?« fragte Langland leise.

Sam nickte. »Mr. Howe war ein höchst aufschlußreicher Gastgeber.« Sie hielt den Atem an.

Langland keuchte, und Sam wußte, daß sich der Bluff gelohnt hatte. »Howe hat es dir *gezeigt?*«

»Wie ich schon sagte, höchst aufschlußreich.« *Zeit für einen neuen Bluff.* »Ich schätze, Timothy hat auch irgendwann für Generro gearbeitet.«

Langland schüttelte den Kopf. Anscheinend vom Chaos ihrer Gedanken abgelenkt, murmelte sie: »Nein, er hat in den siebziger Jahren Horizons geleitet.«

Sam brauchte eiserne Selbstbeherrschung, um sich

den Schock nicht anmerken zu lassen, den diese Mitteilung bei ihr auslöste. *New Horizons? Das ist die Firma, die Pop-Pops Land gekauft hat … Wenn das nicht auch getürkt war. Mein Gott, sie hängen alle zusammen. Worauf, im Namen des Herrn, bin ich da gestoßen?*

Die ältere Frau schien in einem Schockzustand. »Ich kann es nicht fassen, daß er dir Proben aus dem Anderswann gezeigt hat«, murmelte sie. »Bilder der virtuellen Welten …«

Was, im Namen alles Heiligen, ist ›das Anderswann‹? Das Wort besaß eine seltsame ›Schwingung‹ – *vielleicht liegt es an dem Tonfall, in dem Amy es ausgesprochen hat,* dachte Sam. *Es ist wichtig – möglicherweise sogar der Schlüssel zum Geheimnis der League.* »Timothy hat mir eine Menge gezeigt«, stellte Sam fest, um Zeit zu gewinnen, während sie sich den nächsten Zug überlegte. »Was ist mit dir, Amy?« fragte sie plötzlich. »Wie lange bist *du* schon Mitglied der League? Seit den 1940ern?«

Langland wurde bleich. Sie wirkte körperlich und geistig erschöpft. Sie schüttelte den Kopf. »Neunzehnhundertsiebenundvierzig.«

»Ich habe mich oft gefragt, ob du Gelegenheit hattest, die Gründer der VGL kennenzulernen.«

»Nein.« Langland schüttelte den Kopf. Sie schien wie benommen. »Nein, natürlich nicht. Burton und Bell sind gestorben, lange bevor ich Mitglied wurde.«

Burton und Bell … Sam zermarterte sich das Hirn. Die einzigen Personen dieses Namens, die ihr spontan einfielen, waren Sir Richard Francis Burton und Alexander Graham Bell. *Die kann sie doch nicht wirklich meinen?* Sie erinnerte sich an das Foto in Pop-Pops Bibliothek, und um ihre Verwirrung zu verbergen, fragte sie: »Und Einstein?«

»Natürlich. Er hat mich zur Aufnahme vorgeschlagen … Gott weiß, warum.«

Das ist unglaublich. Sams Gedanken gerieten ins Schwimmen. *Das geht weit über meine Fähigkeiten hinaus.*

Eine Verschwörung – wie soll ich es sonst nennen? –, die seit den 1940ern existiert, wenn nicht noch länger, die Leute wie Albert Einstein umfaßt. Ein … ein Geheimbund …, *der seine Mitglieder insgeheim rekrutiert und seine wahren Absichten vor dem Rest der Welt verborgen hält. Meine Güte, ich stecke mitten in einem Spionagethriller …*

Bevor Sam eine neue Frage stellen konnte, fixierte Langland sie mit scharfem Adlerblick. »Du erstaunst mich, Kleines«, stellte sie fest. Ihre Stimme klang wieder einigermaßen beherrscht. »Wie, *zum Teufel*, hast du so schnell so viel herausgefunden? Deine Leistung ist … atemberaubend.«

Sam zuckte die Schultern. »Ich bin eine Dooley«, erklärte sie und dachte dabei an Pop-Pop. »Liegt wohl in der Familie.«

»Ja, ja.« Langland nickte, und ihre Augen verengten sich gedankenverloren. »Du hast recht. Du hast die Entschlossenheit und den Mut deines Vaters geerbt.« Ihre Stimme wurde sanfter. »Was für ein schwerer Verlust. Er war einer unserer vielversprechendsten Rekruten.«

Sam keuchte. Ihr war, als wäre ein strahlendes Licht in ihrem Hirn explodiert und hätte sie betäubt. Ihre Gedanken schienen benommen, verwirrt. *O mein Gott. Sie hat mich mißverstanden. Sie dachte, ich rede über Dad.*

Er war auch in der VGL!

Was bedeutet das für seinen Tod? War die VGL an der Entwicklung des Thunderflash beteiligt?

Ist er überhaupt so gestorben?

Langland sah sie an. Ihre Augen waren zu schmalen Schlitzen verengt. »Du hast es nicht gewußt«, stellte die ältere Frau leise, verwundert, fest. »Du hast es nicht gewußt, oder?«

»Nein, hab ich nicht«, gab Sam zu. Sie bemühte sich, ihre Stimme fest klingen zu lassen – den Vorteil nicht zu verlieren, den sie gewonnen hatte.

Langland fixierte sie immer noch intensiv, als versuche sie, durch Sam hindurchzusehen. »Du *weißt* es nicht!« Der plötzliche Satz war beinahe ein Aufschrei der Erkenntnis. »Du weißt gar nichts, oder? Du hast nur geraten!«

Sams Lügengebäude war eingestürzt. Aber es hatte seinen Zweck bereits erfüllt. »Ich *wußte* nichts«, bestätigte sie. »Aber *jetzt* weiß ich es. Du hast es mir gesagt.«

»Was ich dir gesagt habe, sind kaum welterschütternde Neuigkeiten«, mokierte sich Langland. »Jeder Club hat seine Geheimnisse, und die hier sind vergleichsweise reichlich zahm.«

»Ich weiß, daß die Fassade der Virtual Geographic League eine Geheimgesellschaft verbirgt«, stieß Sam nach. »Und ich weiß, daß dieser Geheimclub Generro Aerospace und New Horizons Industries unterwandert hat.« Sie entschloß sich zu einem weiteren Bluff. »Und Jones Cartage.«

Langland lachte laut auf, ein hartes Bellen voller Ironie. »›Unterwandert‹? Kleines, die VGL *ist* Generro, New Horizons und Jones Cartage.«

»Ich bin sicher, es gibt Leute, die sehr daran interessiert wären, das zu hören.«

Die alte Pilotin lachte wieder. »Die einzigen Leute, die dir glauben werden, sind ohne die geringste Bedeutung«, gab sie zurück. »Du wirst dich anhören wie eine paranoide Idiotin, und wenn du meinen Namen ins Spiel bringst, werde ich abstreiten, je mit dir geredet zu haben.«

Sam verzog den Mund zu einem bitteren Lächeln. »Das wird dir schwerer fallen, als du denkst.« Sie griff in die Brusttasche und zog das Minitonbandgerät hervor. Mit dem Daumen drückte sie erst STOP, dann REWIND. Der Motor des Recorders jaulte. Dann drückte sie PLAY. Langlands Stimme war blechern und etwas verzerrt, aber durchaus erkennbar.

»›Unterwandert‹? Kleines, die VGL ist *Generro, New Horizons und Jones Cartage.«*

Sam schaltete den Recorder ab und steckte ihn zurück.

Langland starrte sie einen Augenblick lang wütend an, dann entspannte sich ihre Miene. Sie klopfte mit den Fingern einer Hand auf die Handfläche der anderen – stummer Applaus. »Du hast Mut, Kleines. Das muß ich dir zugestehen. Mut und Köpfchen.« Sie machte eine Pause. »Aber wem willst du das vorspielen? Hast du darüber schon mal nachgedacht? Der Polizei?« Langland schnaubte verächtlich. »Es liegt kein Verbrechen vor. Den Zeitungen? Die einzigen Blätter, die eine dermaßen wilde Verschwörungsstory abdrukken würden, setzen sie auf dieselbe Seite wie die letzte Elvis-Sichtung.«

Sam war kalt, als wäre ihr ein eisiger Wind in den Nacken gefahren. Sie versuchte, sich ihre plötzlichen Zweifel nicht anmerken zu lassen. »*Ich* hatte mehr an die Regierung gedacht«, stellte sie fest.

Langland lachte wieder. »Kleines, glaubst du wirklich, wir könnten das, was wir tun, vor der Regierung geheimhalten? Die Regierung ist *beteiligt*. Wir sind *Partner*.«

13

Das kann nicht wahr sein. Sam schüttelte benommen den Kopf.

Sie hatte das Gefühl, in einem Traum gefangen zu sein. Sie wußte, sie war von Amy Langlands Couch aufgestanden, hatte das Haus der alten Fliegerin verlassen und war in Grendel abgefahren. Jetzt rollte sie auf der Vermont nach Süden – ziellos, beinahe blind. Wenn sie auf die Ereignisse der letzten Minuten zurücksah, fühlte sie sich fast wie eine unbeteiligte Zuschauerin. Es war, als hätte sie sich dabei *zugesehen*, wie sie das Haus verlassen hatte – das Haus einer Frau, die sie zu kennen geglaubt hatte. *Ich kenne Amy nicht.* Der Gedanke war ernüchternd. *Ich kenne sie nicht wirklich. Und ich habe Pop-Pop – und Dad – auch nicht gekannt.* Sie fühlte sich einsam, schien zu taumeln. Das Fundament ihrer Existenz schien weggebrochen zu sein. Unwillkürlich erinnerte sie sich an das letzte, was Amy Langland zu ihr gesagt hatte, bevor sie gegangen war. »Ich an deiner Stelle würde alles wieder vergessen, was ich weiß, Kleines«, sie hatte es mit kühler, gefühlloser Stimme gesagt. »Es ist schon vorgekommen, daß die League Leute umbringen mußte, die ihre Ziele bedrohten.«

Wo bin ich da nur hineingeraten, zur Hölle? fragte sie sich. *Ein Geheimbund, eine Verschwörung, groß genug, um ganze Firmen zu übernehmen … mit Komplizenschaft der Regierung! Ein Geheimnis, das wichtig genug ist, um Leute mit ihrem Leben dafür bezahlen zu lassen …*

Aber was wollte diese Verschwörung? Was war ihr Ziel, ihr Zweck? Und wie versuchte sie, dieses Ziel zu erreichen?

Das sind die Fragen, die Pop-Pop mir mit seinen Memoiren beantworten wollte, erkannte sie. *Darauf hat er in jener Nacht angespielt – all das Gerede über Verständnis und daß ich nicht schlecht von ihm denken soll, all die verschleierten Hinweise auf Geheimnisse. Er wollte, daß ich nach seinem Tod von seiner Rolle in dieser Virtual Geographic League erfahre, was zum Teufel das auch sein mag.*

Die geheimen Pläne der VGL lieferten die Erklärung für eine Menge der Rätsel, an denen sie gesessen hatte. *Offensichtlich hat Pop-Pop die ›unausgesprochenen Regeln‹ verletzt, indem er mir seine Memoiren überließ, wenn die VGL so streng geheim bleiben soll. Deshalb sollte ich sie an mich nehmen, bevor die Testamentsvollstrecker anrückten – bevor die VGL sie in ihre dunklen Finger bekommen und meinem Zugriff entziehen konnte.*

Aber die VGL *hatte* die Memoiren bekommen, erinnerte sie sich verbittert, so, wie sie dafür gesorgt hatte, daß Sam Pop-Pops Erinnerungsstücke nie bekommen würde, ebensowenig wie das Gelände am Eagle Mountain. *Wie schwer kann es gewesen sein, eine lächerlich kleine Anwaltskanzlei zu korrumpieren, wenn die VGL groß genug ist, einen Konzern wie Generro Aerospace zu kontrollieren?*

Generro ... Eine Flut neuer Gedanken brach über sie herein. *Mein Vater – er war auch darin verwickelt.* Was hatte Langland über ihn gesagt? *›Was für ein schwerer Verlust. Er war einer unserer vielversprechendsten Rekruten.‹*

Was für ein schwerer Verlust? Sag bloß. Erzähl mir *doch nichts von Verlusten.*

Also, was genau hatte Jim Dooley, Jr., bei Generro Aerospace gemacht? Und wie war er tatsächlich umgekommen? *War* er am Knüppel eines Thunderflash-Düsenjäger-Prototyps abgestürzt, oder war das nur eine Tarnbehauptung gewesen? *Was, zum Teufel, ist mit meinem Dad geschehen?*

Sams Gedanken, ihre Erinnerungen, wirbelten durcheinander wie in einem Orkan. Sie zog Grendel an den Straßenrand, wobei sie einem Taxi den Weg abschnitt, und senkte unter dem wütenden Hupen des Droschkenfahrers den Kopf in beide Hände. Wörter und Sätze tanzten durch ihren Geist. *Virtuelle Welten. Burton und Bell.* Anderswann. *Albert Einstein. UFT-Transportercockpit... Was* bedeutete *das alles? Was* war *diese VGL?*

Sie zwang sich, tief durchzuatmen, um die Gefühle abzuschütteln, die sie zu überwältigen drohten. Sie rieb sich die Augen, strich sich das lange Haar aus dem Gesicht. *Nimm dich zusammen, Dooley.* Sie öffnete das Handschuhfach und setzte die Ray-Ban auf, die sie dort aufbewahrte.

Die Sonnenbrille dämpfte das grelle Licht der Morgensonne und schien gleichzeitig ihre Konzentration zu unterstützen, ihr zu gestatten, die Flut von Worten und Begriffen zu sortieren. *Nimm dich zusammen,* herrschte sie sich noch einmal an. *Du schaffst das. Du kommst noch dahinter.*

Sie fühlte eine wachsende Überzeugung in ihrem Hinterkopf, daß sie genug Informationen besaß, um alles zu durchschauen. *Es ist wie ein Puzzle,* dachte sie. *Ich habe alle Stücke, aber ich weiß nicht, wie sie zusammengehören. Noch nicht.*

* * *

Drei Stunden später saß sie zusammengesunken in ihrem Papasansessel und starrte auf die Karteikarten auf dem Zettelbrett.

Auf dem Rückweg hatte sie an einer Telefonzelle angehalten und sich bei WestAir krank gemeldet. Ihr Boß hatte sich nicht allzu erfreut angehört. Sie war sich ziemlich sicher, daß er so kurzfristig keinen Ersatz würde auftreiben können und ein paar Flüge absagen mußte, aber er respektierte sie genug, um keine lästigen Fragen zu stellen. Dann war sie zurück nach Venice gefahren und hatte sich an die Arbeit gemacht, das ›Puzzle‹ VGL zu lösen. Als erstes hatte sie alle neuen Fakten, Spekulationen, Fragen und sonstigen Dinge, an die sie sich erinnern konnte, auf weitere Karteikarten geschrieben.

Nachdem sie einmal damit angefangen hatte, erstaunte sie selbst, wieviel ihr einfiel. *Es scheint fast, als ob ich nur mit dem* Versuch, *alles auf die Reihe zu bringen, die Schleusentore aufgestoßen habe,* dachte sie sarkastisch. Aber es waren weniger die Erinnerungen selbst, die so faszinierend waren: Es waren die *Verbindungen*, die sie zwischen diesen Erinnerungen entstehen sah.

Zum Beispiel das rätselhafte Modell in dem privaten Museumsschrein, das ›UFT-Transportercockpit‹. Als sie dort gewesen war, hatte sie ihre Interpretation der Abkürzung UFT verworfen; welche Verbindung hätte zwischen diesem bizarren Gerät und einer einheitlichen Feldtheorie bestehen können, hatte sie gedacht. Aber nun … Jetzt, da sie wußte, daß Albert Einstein Mitglied der VGL gewesen war, erschien ihr diese Verbindung keineswegs mehr lächerlich.

Nachdem sie dies einmal als Möglichkeit akzeptiert hatte, lieferte das eine ganz neue Deutung des seltsamen Ausdrucks, den Langland benutzt hatte: ›virtuelle Welten‹, und ebenso für den Namen der Virtual Geographic League selbst. *Die einheitliche Feldtheorie befaßt sich mit Quantenmechanik, der Heisenbergschen Unschärferelation, Schrödingers Katze und all dem Mist, oder? Könnte es das sein, was Amy mit ›virtuellen Welten‹ gemeint hat?*

Und was war das *Anderswann?* Langland schien vorausgesetzt zu haben, daß die beiden Begriffe gleichbedeutend oder zumindest verwandt waren. *Okay, das ist eine Frage, auf die ich noch keine Antwort habe.*

Sie dachte an die Textfragmente aus Fred Noonans Tagebuch. Worauf hatte sich die Eintragung bezogen?

Offensichtlich auf irgendeine Art Testflug. Er sitzt im Cockpit eines Experimentalflugzeugs, und die Flugtechniker schließen das Kanzeldach.

Nein, dachte sie. *Das kann nicht sein. Er hat Quarzglas erwähnt* – sie bemühte sich, sich an die genauen Worte zu erinnern – *›konnte ich durch das Quarzglas …‹ Was für ein Flugzeug hatte 1937 Quarzglas im Cockpit?* Quarzglas kam nur zur Anwendung, wenn Strahlungsgefahr bestand, oder? *Und das ergibt überhaupt keinen Sinn. Gute Güte, das war* 1937, *vor dem Manhattan Project, vor Trinity, vor Hiroshima …* Wann war es zur ersten Kernspaltung gekommen? 1939? Wozu dann Quarzglas?

Vielleicht war es kein Flugzeug. Der Gedanke kam aus dem Nichts. *Was stand im Rest der Tagebucheintragung? Etwas über ein Gefühl* fast *wie bei einem Flugzeug, das den Auftrieb verliert und absackt.* Noonan hatte irgendeine Erfahrung – *›die Verschiebung‹, so hat er es genannt,* erinnerte sie sich plötzlich – mit dem Verhalten eines Flugzeugs verglichen. Hätte er das getan, wenn er *über ein Flugzeug geredet* hätte? *Wozu wäre es gut, eine Erfahrung mit deren eigenen Begriffen zu beschreiben? Das wäre wie der alte Witz über die Eintragung im Mathematikerlexikon: ›Rekursion: siehe Rekursion‹ …*

Und worum war es im Rest der Eintragung gegangen? Das war noch schwerer zu entschlüsseln. *Irgend etwas über einen ›Sturz in eine Richtung, von deren Existenz ich nichts geahnt habe‹ oder so ähnlich …*

Das Telefon zwitscherte und riß sie aus den Gedanken. »Hallo?«

»He, Kiddo.«

Samantha richtete sich im Papasan auf. »Mags. Mann, Mädel, habe ich dir Sachen zu erzählen.«

»Ich zuerst«, unterbrach ihre Freundin mit kehligem Gelächter. »Ich hab mir den Arsch aufgerissen, um dir die Informationen zu besorgen, die du wolltest, und ich werde sie jetzt loswerden, selbst wenn ich dich dazu erst erwürgen müßte.«

Sam kicherte. »Na, dann mal raus damit.«

»Sid Warner. Habe ich deine Aufmerksamkeit erregt?«

»Hast du.«

»Ich habe immer noch keine Adresse oder Telefonnummer, aber ich *habe* es geschafft, einen Hinweis darauf zu bekommen, wo er zur Zeit arbeitet.«

»Er nimmt immer noch Aufträge an?«

»So ist es«, bestätigte Maggie. »Und zwar unten in deiner Ecke der Welt. Eine Firma in Moreno Valley namens New Horizons Industries.«

»O Dreck ...«, hauchte Sam.

»Du kennst den Namen?«

Unter anderen Umständen wäre die Überraschung in Maggies Stimme komisch gewesen. Im Augenblick jedoch war Sam nicht zum Lachen zumute. »Ich kenne ihn«, stellte sie trocken fest.

»Hrmf«, grunzte Mags. »Dann wird das jetzt wohl nicht die Bombe, für die ich es gehalten habe. Wahrscheinlich weißt du es schon.«

»Erzähl es mir trotzdem.«

»Diese New Horizons ist keine unabhängige Gesellschaft, auch wenn sie sich einige Mühe macht, das *vorzugeben*.«

Samantha schloß die Augen. *Ich habe ein definitives Gefühl, daß ich weiß, worauf das hinausläuft.* »Und sie gehört?«

»Und sie gehört jemand, von dessen Namen ich *weiß*, daß du ihn kennst«, erklärte Mags. »Generro Aerospace.«

Samantha starrte an die Decke. *Alle Wege führen zu Generro Aerospace.* Langland hatte klar und deutlich erklärt, daß Generro die VGL und die VGL Generro *war*. Diese Firma war der Angelpunkt, um den sich alles drehte. Simon Warner und Jacques Leclerc – beides VGL-Mitglieder. Der Tod des jungen Jim Dooley. Ihr Instinkt war von Anfang an richtig gewesen, erkannte sie grimmig. *Wie lange ist es her, daß ich mir zum erstenmal gesagt habe, die Antworten liegen bei Generro?*

Es wurde Zeit, Generro Aerospace einen zweiten Besuch abzustatten.

Aber wie? Diese Frage hatte sie qualvolle zwölf Stunden lang beschäftigt, bevor sie eine Antwort fand. Jetzt, während sie in Grendels Fahrersitz auf dem Seitenstreifen des Highway 60 knapp westlich von Rubidoux saß, mußte sie kichern. *Ich wollte zu subtil vorgehen, das war das Problem. Manchmal zahlt sich Direktheit aus.*

Es war eine Wiederkehr ihres Traums gewesen – die endlosen Korridore bei Generro und anschließend der Jones-Cartage-Lastzug –, die sie auf die richtige Spur gebracht hatte. Mit Hilfe von Maggie Braslins hatte sie Erkundigungen über Jones Cartage, Inc., eingezogen. Da Langland ihr gesagt hatte, daß auch die Transportfirma Teil der Virtual Geographic League war, ging sie grundsätzlich davon aus, daß Generro Aerospace Jones Cartage für alle anfallenden Transportaufgaben einsetzte. *Warum das Geld nicht ›in der Familie‹ halten?*

Sam wußte nicht – wollte auch nicht wissen –, wie Maggie an die Information gekommen war, aber sie hatte sie beschafft und ihr mitgeteilt, daß Jones Cartage alle zwei Tage Nahrungsmittel und sonstige Vorräte in die Generro-Anlage lieferte.

Von diesem Ansatzpunkt aus hatte Sam sich etwas eingehender über die Lieferpläne und Verfahren bei Jones Cartage umgehört. Es hatte nicht lange gedauert, bis sie wußte, daß die Generro-Lieferung Teil einer genau festgelegten Route war. An jedem der Liefertage fuhr der Laster in derselben Reihenfolge und ungefähr zur selben Zeit dieselben Ziele an. Zum Beispiel tankte er an jedem dieser Morgen auf dem Weg von Los Angeles zur Generro-Anlage an einer Kundenkartentankstelle auf dem Highway 60 zwischen Rubidoux und Riverside …

Ganz so einfach war es natürlich nicht, mußte Samantha zugeben. Je länger sie darüber nachgedacht hatte, was Langland ihr über die Ausmaße und die damit verbundene Macht der VGL erzählt hatte, von ihrer Drohung ganz zu schweigen, desto größer war ihre Angst geworden. *Ich kann nicht glauben, daß sie die Tochter eines ihrer Mitglieder umbringen würden, um sie am Reden zu hindern,* hatte sie sich zu beruhigen versucht. *Aber mir fallen auch eine Menge Alternativen ein, die nicht zum Tode führen, mir aber deswegen auch nicht besser gefallen. Außerdem ist es nie gut, ein unnötiges Risiko einzugehen.*

Also hatte sie ihre Wohnung verlassen. Sie hatte kein Gepäck mitgenommen, nur den ›Notgroschen‹, den sie im Eisschrank versteckt hatte. *Falls die VGL hier auftaucht, darf nicht zu erkennen sein, daß ich vorerst nicht zurückkomme.* Sie hatte bei WestAir angerufen und aus ›persönlichen Gründen‹ um noch ein paar freie Tage gebeten. (Diesmal war sie sich keineswegs sicher, daß ihr Boß ihr glaubte, und sie hegte ernste Zweifel, daß ihr Job noch auf sie warten würde, wenn all das vorbei war – *falls es je vorbei sein wird* –, aber sie sah keine andere Möglichkeit.) Dann war sie unter falschem Namen in ein billiges Motel in Riverside gezogen, in dem sie ihre Rechnung im voraus bar bezahlt hatte. Alle Gespräche mit Maggie hatte sie über Münzfernsprecher geführt, und sie hatte ihrer Freundin gegenüber nicht einmal angedeutet, wo sie war. *Nicht, daß ich Mags nicht trauen würde, aber es kann nicht schaden, auf Nummer Sicher zu gehen. Außerdem möchte ich nicht, daß sie meinetwegen in die Bredouille gerät.*

Und jetzt zahlten sich ihre Planung und ihre Mühen aus. Im Außenspiegel sah sie den weißen Truck herankommen. Sie warf ihre Zigarette auf die Straße und drehte den Zündschlüssel. Der schwere V-8-Motor des Mustang sprang sofort an. Grendel bebte, als der Lastzug vorbeidonnerte, eine gewaltige weiße Bergwand, die über dem Kabrio aufragte, verziert mit den roten und blauen verschränkten Buchstaben des Jones-Cartage-Logos. Sam ließ die Kupplung kommen, zog den Wagen vom Seitenstreifen auf den Highway und machte sich in zweihundert Yards Entfernung an die Verfolgung. Um diese Zeit, gegen 10 Uhr, war nur leichter Verkehr, und es bestand keine Gefahr, daß sie ihr Gegenüber verlor. Schließlich wußte sie genau, wohin es wollte.

Als sie bis auf eine Meile an die Tankstelle heran war, bremste sie ab und ließ die Distanz zu dem Lastzug wachsen. Als sie auf die Tankstelle fuhr, stand der Jones-Truck bereits an einer der Säulen, und der Fahrer füllte den Tank.

Sam war auf ihren Fahrten schon häufig an Kundenkarten-Dieseltankstellen vorbeigekommen, hatte sie aber nie weiter beachtet. Erst bei den Vorbereitungen für den heutigen Plan hatte sie sich mit ihnen beschäftigt.

Das System war effizient und auf seine Weise fast elegant, mußte sie zugeben. Trucks, und ganz besonders Langstrecken-Lastzüge, schluckten Unmengen von Treibstoff und benötigten Tag und Nacht eine Möglichkeit, aufzutanken. Statt Tankwarte dafür zu bezahlen, rund um die Uhr einen Truck Stop zu bemannen, hatten die Ölgesellschaften deshalb das Kundenkartensystem entwickelt. (Inzwischen gab es sogar erste Versuche, es in den Privatfahrzeugbereich auszudehnen.) Kundenkartentankstellen benötigten kein Personal. Die Trucker fuhren die Säulen an und benutzten ihre Kundenkarten dazu, die Verriegelung der Pumpen zu lösen. Während der Fahrer den Tank füllte, wurde automatisch die gezapfte Menge festgehalten und der entsprechende Preis seinem Konto oder dem seiner Firma in Rechnung gestellt. Manche Kundenkartenanlagen waren reine Zapfstellen: zwei Säuleninseln und die entsprechenden Kartenlesegeräte. Andere waren etwas größer, mit Waschräumen, Umkleideräumen, sogar Duschen.

Die Anlage am Highway 60 bei Rubidoux gehörte zur letzteren Kategorie. Ein kleines Betongebäude in sicherer Entfernung von den Pumpanlagen beherbergte, was an Annehmlichkeiten angeboten wurde. Eine ganze Außenwand war von Automaten mit Limonade, Kaffee, Schokoriegeln und ähnlichem bedeckt.

Sam parkte Grendel hart am Rand der Auffahrt, kurz hinter dem Highway, entfaltete eine Karte und tat so, als studiere sie intensiv, während sie aus dem Augenwinkel den Lastwagenfahrer beobachtete. Alles in allem lieferte sie das Bild einer verirrten Touristin. Es war verlorene Liebesmüh: Der Trucker schenkte ihr nicht einmal einen flüchtigen Blick.

Jetzt hatte er das Auftanken beendet und steckte den Zapfstutzen zurück in die Säule. Er machte sich auf den Weg um den Laster, wahrscheinlich zu einer Routineüberprüfung der Reifen, Blinker und sonstigen möglichen Problemstellen. Sobald er außer Sicht war, griff sich Sam die Club-Sperrstange unter dem Sitz, stieg aus und marschierte strammen Schritts auf den Laster zu.

Von nun an mußte sie improvisieren. Sie wußte nur, was sie sich vom Fahrer *erhoffte*, und darauf hatte sie sich vorbereitet. Aber sie konnte nicht vorhersagen, ob der Mann sich an ihre Erwartungen halten würde. Wenn er auf unvorhergesehene Weise reagierte, mußte sie aus dem Stegreif eine Antwort finden oder die Sache aufgeben und später einen neuen Versuch starten. Als sie den Lastwagen erreicht hatte, ging sie in die Hocke und blickte zwischen den Rädern hindurch. Sie konnte die Beine des Fahrers sehen. Er ging zum Heck des Wagens. Ihr Brustkorb war wie eingeschnürt, der Puls donnerte in ihren Ohren. *Was mache ich, wenn er hier herumkommt und wieder in die Kabine steigt?* Sie wog den Club prüfend in ihrer Hand.

Nein, sah sie dann mit deutlicher Erleichterung, er kam noch nicht auf die Fahrerseite des Trucks. Nach Beendingung der Sichtinspektion wanderte er in Richtung der Waschräume. Von ihrem Versteck aus beobachtete Sam, wie er auf der Herrentoilette verschwand.

Jetzt rannte sie los, sprintete auf die Tür zu, die der Trucker gerade hinter sich geschlossen hatte. Genau darauf hatte sie gehofft – *ein Boxenstopp, um eine lange Tour erträglicher zu machen,* dachte sie mit beinahe manischem Vergnügen – und sich vorbereitet. Sie schob das U-förmige Ende des Club über den Schaft des Türknaufs. Dann preßte sie das andere Ende der

Stange gegen die Wand, zog die hakenförmige Klammer des Geräts aus und legte sie um ein Regenrohr neben dem Türrahmen. Ihre Hände zitterten so stark, daß sie fast den Schlüssel hätte fallen lassen, als sie die Stange abschloß. Das rote Griffende des Club klemmte fest an der Mauer. Der Fahrer hatte keine Chance, die Tür aufzuziehen, solange die Sperrstange an ihrem Platz war.

Er mußte das Klicken des Stangenschlosses gehört haben. Etwas schlug schwer von innen gegen die Tür. »He, was, zum Teufel …!« schrie der Trucker.

Aber Sam wartete nicht darauf, was er noch zu sagen hatte. Sie rannte zurück zur Fahrerkabine des Lasters, zog die Fahrertür auf, sprang hinein und griff zur Zündung.

»Wer, zum Teufel, bist denn *du?*«

Vor Schreck sprang Sam in die Höhe und schlug fast mit dem Kopf an die Kabinendecke.

Sie war nicht allein. Der Ersatzfahrer – *Lehrling?* – war auf dem Beifahrersitz zusammengesunken und zog sich erst jetzt die Dodgers-Baseballkappe aus dem Gesicht, unter der er gedöst hatte. *Ich bin überhaupt nicht auf den Gedanken gekommen, daß sie zu zweit sein könnten …*

Der zweite Fahrer wurde schnell lebendiger. Sams erster Eindruck war der einer kleinwüchsigen, hageren Gestalt mit dem Gesicht eines unterernährten Wiesels. Aber als er sich am Armaturenbrett hochzog, traten stahlkabeldicke Sehnen auf seinen sonnengebräunten Unterarmen hervor. Er fixierte sie aus zusammengekniffenen Augen, und plötzlich roch Sam den bitteren Duft unmittelbar bevorstehender Gewalt. »Was, zum Teufel, machst du da?«

Einem Instinkt zufolge stieß Sam die Fahrertür auf und wollte hinausspringen. Aber bevor sie ihr Gewicht weit genug verlagern konnte, zuckte der linke Arm des Wiesels vor, und er packte sie am rechten Handgelenk.

Sam schrie auf, als seine Finger sich tief in den Arm gruben. »Nicht so hastig, Mädchen«, bellte der Trucker.

Wieder reagierte Dooley instinktiv, aber diesmal speiste sich der Instinkt aus einer anderen Quelle. Das Training auf der Jujutsu-Matte übernahm die Führung, und ihre Muskeln reagierten, bevor der Verstand mitbekommen hatte, was geschah. Sam packte in der Drehung auf dem Fahrersitz mit der Linken den Daumen des Wiesels und riß ihn mit ganzer Kraft nach hinten. Der Mann keuchte vor Schmerzen und gab Sams Handgelenk frei. Augenblicklich verlagerte sie den Griff um seine Hand und übte mit beiden Händen im Adlergriff Druck aus. Sie verlagerte ihr Körpergewicht in seine Richtung, hakte den rechten Ellbogen über seine Armbeuge. Ihr Gegner schrie auf, als sie ihm in einer gnadenlosen Hebelaktion Ellbogen- und Handgelenk verdrehte.

Ein cleverer Mann hätte aufgegeben, bevor sein Arm unter dem Druck brach. Das Wiesel war nicht so clever. Noch während er vor Schmerzen jaulte, warf er sich auf Sam und schleuderte einen wilden rechten Boxhieb in ihr Gesicht. Sie ließ sich zurückfallen und wich dem Schlag aus, während sie gleichzeitig den Druck auf Ellbogen und Handgelenk erhöhte.

Auf der Jujutsu-Matte hätte sie die Bewegung leicht in einen Hüftwurf umwandeln können, und genau das versuchte sie unwillkürlich auch jetzt. Sie hatte das Gewicht schon verlagert und war schon mitten in der Bewegung, als ihr Verstand die Warnglocken klingen ließ. Zu spät. Sie schrie erschreckt auf, als sie erkannte, was geschah. *Ich bin nicht auf der Matte. Ich sitze in der Kabine eines Trucks …*

Sie verlor das Gleichgewicht und fiel aus der offenen Tür. Sie sah den Asphalt auf sich zuschießen, während ihr Körper ungerührt die eintrainierte Bewegungsfolge abspulte. Die Gesetze der Mechanik, Hebelwirkung und Massenträgheit funktionierten im Flug ebenso gnadenlos wie am Boden. Die Schwungwirkung ihres stürzenden Körpers verstärkte die Hebelwirkung noch. Während sie aus der Kabine fiel, zog sie das Wiesel mit. Sein eingeklemmter Arm diente als Hebel, der es um Sams Schwerpunkt drehte. Mit einem schockierten Aufschrei wurde der Trucker von seinem Sitz und mit ins Freie gerissen. Die Baseballkappe flog davon, und ihr Besitzer drehte sich im Fallen um seine Gegnerin.

Sam schlug hart auf, aber das Wiesel lag unter ihr, als sie auf den Boden trafen. Sein Rücken fiel flach auf den Asphalt. Einen Sekundenbruchteil später rammten Sams Knie in seinen Brustkorb und Bauch. Die Luft schoß aus seinem Körper, und Sam wurde von einem Spuckeregen getroffen. Durch ihren Schwung rollte sie beiseite. Der grobe Belag des Parkplatzes schürfte ihre Haut an Wange und rechtem Arm ab. Ihr Verstand war durch den Aufprall benommen – die Fahrerkabine eines Trucks hängt ein beachtliches Stück über dem Boden –, aber ihre Reflexe waren aufs höchste angespannt, und sie war augenblicklich wieder auf den Beinen, keuchend vor Anstrengung und durch den Adrenalinrausch.

Das Wiesel zog die Knie an die Brust und rang mit schwerem, asthmatischem Keuchen nach Luft. Seine Lippen hatten einen Blaustich, seine Wangen waren gerötet. Seine Augen waren vor Schmerz zugekniffen. Er rollte zur Seite und erbrach sich. Sam wich zurück, bevor der Geruch sie erreichte.

Sie stand nur da und verlagerte unsicher das Gewicht von einem Fuß auf den anderen. *Ich sollte ihm helfen. Ich sollte etwas tun …*

Aber dann übernahm ihr Verstand die Führung. *Er kommt drüber weg. Er ist nur angeschlagen.* Sie zuckte zusammen, als sie sich an die Schmerzen erinnerte, die sie hatte aushalten müssen, als ein übereifriger Jujutsu-Partner ihr einmal das Knie in den Solarplexus gerammt hatte. *Von so einem Bauchtreffer stirbt man nicht. Man wünscht es sich nur.*

Mit einem letzten Blick auf den sich am Boden krümmenden Beifahrer kletterte sie zurück in die Fahrerkabine und startete den Motor. Sie schüttelte erstaunt den Kopf. *Was für ein Morgen, Dooley. Freiheitsberaubung, gefolgt von ein wenig Körperverletzung – und das alles nach dem Einbruch in das Museum, gar nicht zu reden davon, was du bei Generro vorhast. Wie viele Jahre Zuchthaus kommen da wohl zusammen?* Nicht zum erstenmal seit dem Tod ihres Großvaters fragte Samantha sich, woher sie ihre scheinbare Begabung hatte, das Gesetz zu brechen. Und sie verzog schmerzhaft das Gesicht, als sie sich vorstellte, ihr Handeln vor Pop-Pop rechtfertigen zu müssen. Aber wenn diese VGL-Sache sich so entwickelte, wie sie es erwartete … Möglicherweise hätte Pop-Pop es dann verstanden.

Was immer. Was geschehen ist, ist geschehen, sagte sie sich und zwang ihre moralischen Bedenken in den Hintergrund. *Und nachdem ich mir diese Gelegenheit verschafft habe, sollte ich sie auch nutzen.*

Das Getriebe knirschte, als sie den Gang einlegte und den schweren Lastzug in Bewegung setzte.

14

Der Torposten bei Generro starrte Samantha mißtrauisch an. »Sie sind nicht der normale Fahrer«, stellte er fest.

Sam zuckte die Schultern. Sie saß weit hinten im Fahrersitz, gab sich gänzlich unbeeindruckt und schaute nicht einmal in die Richtung des Wachmanns. Sie trug die Dodgers-Baseballkappe, von der sich das Wiesel unfreiwillig getrennt hatte. Ihr langes Haar hatte sie daruntergeschoben und den Schirm tief über die Stirn gezogen. Eine Zigarette baumelte im Mundwinkel. Ein dünner Rauchfaden schlängelte sich unter die Ray-Ban und brachte ihr linkes Auge zum Tränen, aber sie ließ die Kippe, wo sie war. Sie zog die Nase hoch. »Joe is krank«, meinte sie gelangweilt. (Joe Lindroos war der Name, den sie auf den Fahrtpapieren im Handschuhfach gefunden hatte.) »Hat was Falsches gegessen… oder gesoffen.«

Der Posten – derselbe, der Sam ein paar Tage zuvor eingelassen hatte, wie sie erfreut feststellte – kicherte. »Eine hochprozentige Grippe, möcht ich wetten.« Aber dann wurde er wieder ernst. »Wir wurden von keiner Änderung in Kenntnis gesetzt.«

Sam unterdrückte mühsam einen Seufzer der Erleichterung. Anscheinend hatten weder Joe – der Fahrer, den sie im Waschraum eingesperrt hatte – noch das Wiesel den Diebstahl ihres Trucks bei Generro gemeldet. *Warum auch? Wenn einem der Wagen gestohlen wird, informiert man die Polizei, nicht wen immer man gerade besuchen wollte, als der Diebstahl stattfand.*

»Da müssen Sie sich an den Dispatcher halten«, stellte sie mit einem Schulterzucken fest. »Ob ich diese Lieferung loswerde oder nicht, geht mir am Arsch vorbei.«

Der Posten wirkte unbehaglich. »Zeigen Sie mir mal Ihre Schwindelbögen«, sagte er nach einem Augenblick des Zögerns.

Schwindelbögen? Sam verspürte ein kaum unterdrückbares Verlangen loszuprusten. Sie hatte den Ausdruck erst ein einziges Mal gehört, in einem dummen Truckersong – ›Convoy‹ oder etwas in der Art – in den Siebzigern, als CB-Funk der letzte Schrei war. *Es gibt tatsächlich Leute, die so reden?* Sie verkniff sich krampfhaft das Lachen. *Verdammt, Dooley, nimm dich zusammen. So komisch war es nun auch nicht.* Sie reichte dem Posten die Ladepapiere, die sie auf einem Klemmbrett unter dem Fahrersitz gefunden hatte.

Er blätterte sie durch.

»Sind meine Papiere in Ordnung, Sir?« fragte Sam trocken.

Der Wachmann kniff die Lippen zusammen. Er reichte das Klemmbrett mit einer heftigen Bewegung hoch. »Sie können durch«, grunzte er. »Sie wissen, wohin.«

»Nein, ehrlich gesagt. Wie Sie schon festgestellt haben, bin ich nicht der reguläre Fahrer auf dieser Route.«

»Bis zum Ende durch, dann links«, knurrte der Mann. »Die Laderampe sehen Sie dann schon.« Er gab dem zweiten Mann im Wachhäuschen ein brüskes Zeichen. Mit einem metallenen Knacken setzte sich das Tor in Bewegung.

Sam hob in einem ironischen Salut einen Finger an den Schirm der Baseballkappe. Dann legte sie den Gang ein – vorsichtig! – und rollte durch das Tor. Leise flötete sie den Chorus von ›Convoy‹.

Das Lenkrad lag schwer unter ihren Armen, als sie an der Abzweigung nach links schwenkte. Als der Truck um die Ecke bog, warf sie einen Blick in den rechten Außenspiegel. Die konvexe Oberfläche verzerrte das Empfangsgebäude, das sie ein paar Tage zuvor besucht hatte, und ließ es sich wie ein Beispiel moderner Avantgarde-Architektur winden. Die linke Trasse der Straße führte in gerader Linie zu einem weitläufigen Gebäude, das an einen umgebauten Flugzeughangar erinnerte. Weiter links, abseits vom Rest der Anlage, bemerkte sie den kleinen Betonbau, der beim ersten Besuch ihre Aufmerksamkeit erregt hatte. Die Hochspannungsleitungen, die ihn mit dem Umspannwerk verbanden, glänzten im Sonnenlicht wie Laserstrahlen, die auf unglaubliche Weise zu eleganten Hyperbeln verbogen waren.

Eine kleinere Straße ging nach rechts ab. Ein mit einem Pfeil gekennzeichnetes Schild wies sie als den Weg zur Laderampe aus. Sie zwang den schweren Truck herum. Vor ihr führte eine flache Rampe hart am Rand des umgebauten Hangars nach unten. Sie sah eine leere Laderampe mit zwei nach oben wegschwenkbaren Frachttoren. Offensichtlich wurden Trucks rückwärts die Rampe hinuntergesetzt, bis die Laderampe auf gleicher Höhe mit der Unterkante des Laderaums war. Links neben der Rampe befand sich ein breiter Asphaltplatz – bis auf ein großes Schild mit der Aufschrift DENKEN SIE NICHT EINMAL DARAN, HIER ZU PARKEN völlig leer. *Ein Wendeplatz für den Lasterfahrer, bevor er den Truck rückwärts auf die Rampe bringt,* erkannte sie.

Sam brachte den Lastzug mit zischenden Druckluftbremsen zum Stehen und dachte nach. Sollte sie versuchen, den Laster in Position an die Laderampe zu bringen? *Mach keine Witze, Dooley. Gäbe es eine bessere Methode, dich zu verraten, als den Truck in eine Hausecke zu rammen?* Ihre Anspannung verriet sich in einem leicht hysterischen Kichern. *Ich kann froh sein, daß ich bis jetzt noch keinen Unfall gebaut habe.* Sie brachte den Truck auf den Wendeplatz und sah sich um. Es war niemand zu sehen – kein Mensch auf den Betonpfaden zwischen den Häusern und auch niemand auf der Laderampe.

Der riesige Hangar schien keine Fenster zu haben. *Okay, dann woll'n wir mal.* Sie schaltete den Motor ab, zog die Handbremse an, öffnete die Tür und sprang zu Boden. Die Zigarette landete auf dem Asphalt, wo Sam sie austrat. Dann ging sie zielstrebig auf den umgebauten Hangar zu.

Hinter der Ecke des Gebäudes, links von der Laderampe, befand sich eine einzelne Tür. Als sie sich darauf zubewegte, erwachten neue Zweifel. Sie erinnerte sich an den Gästeausweis, den sie bei ihrem ersten Besuch erhalten hatte, und die ›Smart Card‹ an Leclercs Aufschlag, die von dem Sicherheitssystem an seiner Bürotür gelesen worden war. *Wenn die Tür genauso gesichert ist, wird das die kürzeste Unterwanderung aller Zeiten.* Sie sah sich zu dem Lastzug um. *Was, zum Teufel, mache ich dann? Mit dem Truck durchs Tor brechen?* Mit Mühe vertrieb sie ihre Ängste. *Es gibt keinen Weg zurück, Dooley.* Sie lächelte, aber es fühlte sich an wie eine Grimasse. *Denk an den Fischadler – volles Risiko …*

Die Tür war zu, aber sie sah keine Kontrolltafel an der Wand neben ihr. Aufs äußerste angespannt, streckte sie die Hand nach dem Knauf aus und drehte ihn.

Das Schloß öffnete sich mit einem metallischen Schnappen, das in ihren Ohren hallte wie ein Schuß. Sie drückte die Tür auf, trat ein.

Im Gegensatz zur gleißenden kalifornischen Sonne schien der Gang, in dem sie sich jetzt befand, düster. Aber wenigstens war er leer. Niemand stellte sie und wollte wissen, was sie hier zu suchen hatte. Eilig ging sie den Gang hinunter und warf einen schnellen Blick auf jede Tür, die sie passierte.

Der dritte Raum auf der linken Seite war als Damenumkleideraum ausgewiesen. Ohne nachzudenken ging sie hinein.

Sie fand sich in einem Raum mit niedriger Decke wieder, dessen Wände auf zwei Seiten mit Metallspinden zugestellt waren. Vor ihnen standen zwei lange hölzerne Bänke. Aus einer offenen Tür in der Rückwand drang das Rauschen einer Dusche. Der Raum war leer.

Hastig sah sie sich um, in der halbwegs verlorenen Hoffnung … Tatsächlich, die Tür eines der Spinde stand einen Spalt offen. Von der Tür hing ein billiges Zahlenschloß. Sie lief hinüber und schwang sie auf. Der kleine Stauraum im oberen Teil des Schranks enthielt ein Paar Joggingschuhe und eine kleine Handtasche. An einem Haken unter der Ablage hing ein mattolivgrüner Overall, über dessen rechter Brusttasche der Name PETRIE eingestickt war. Unwillkürlich sah sie hinüber zu der Tür bei den Duschen. Noch rauschte das Wasser, aber sie erwartete, daß dieses Geräusch jeden Augenblick verstummte. *Beeilung, Beeilung!* Sie holte den Overall heraus und sah auf den ersten Blick, daß er ihr zu klein war. *Hätte eh nichts gebracht*, wurde ihr sofort darauf klar. Wenn sie nach ihrer Dusche zurückkam, hätte Petrie das Fehlen ihrer Dienstkleidung bestimmt nicht übersehen.

Ein plötzlicher Impuls ließ sie in den Taschen des Overalls suchen. *Vielleicht, vielleicht …*

Ja! Unter dem Stoff einer der Brusttaschen fühlte sie etwas Steifes, das etwas größer war als eine Spielkarte. Mit einem erleichterten Aufatmen zog sie die Ausweiskarte heraus. Wie bei Leclerc war die hellgraue Plastikoberfäche bis auf ein Foto leer. *Gott hilft den Dummköpfen,* dachte sie sarkastisch. Sie warf einen kurzen Blick auf Petries Bild und sah eine zart gebaute, schlanke Rothaarige mit kurzgeschorenem Haar. Dann hängte sie den Overall wieder an den Haken, schloß die Spindtür so weit, wie sie es zuvor gewesen war, und machte, daß sie wegkam.

Erst als sie wieder auf dem Korridor war, nahm sie sich die Zeit, die Smart Card mit der Krokodilklemme an ihrem Kragen zu befestigen. Sie probierte mehrere Möglichkeiten durch, bis sie eine gefunden hatte, bei der Petries Foto nicht auf den ersten Blick erkennbar war. *Wenn sich irgendwer die Zeit nimmt, den Ausweis anzusehen, bin ich erledigt. Aber wenigstens sollte das Sicherheitssystem keine Bedenken dagegen haben, daß Petrie durch die Anlage wandert.*

Am hinteren Ende des Flurs sah sie eine rotlackierte Doppeltür. Sie ging mit sicherem Schritt darauf zu, als wisse sie, wohin sie unterwegs war. Kurz vor der Tür blieb sie stehen. NUR AUTORISIERTE PERSONEN warnte ein großes Schild schwarz auf weiß. Darunter verkündete ein kleineres Schild: UFT TRANSPORT. *›Unified Field Theory Transport‹? Wer weiß.*

In der Wand neben der Doppeltür war eine kleine Metallplatte mit einer roten und einer grünen Leuchtdiode eingelassen. Es war eine exakte Kopie der Platte an Leclercs Bürotür im Verwaltungsgebäude. Sam zögerte und hob die Hand zu Petries Ausweis. Dann trat sie an die Tür.

Die grüne LED leuchtete auf, und Sam hörte ein leises metallisches Knacken, als die Türverriegelung sich löste. Erst als sie laut aufatmete, wurde ihr klar, daß sie die Luft angehalten hatte. Sie drückte die linke Tür auf und trat hindurch.

Einen chaotischen Augenblick lang hatte sie das Gefühl, auf eine Filmbühne getreten zu sein, in die Aufbauten für ein millionenschwer budgetiertes Science-Fiction-Spektakel. *Vielleicht ist es das, was bei Generro abgeht,* dachte sie verunsichert. *Filmarbeiten.* Keine Sekunde später hatte sie sich wieder im Griff. *Das ist kein Filmset. Das hier ist echt.*

Wie sie vermutet hatte, war das Gebäude ein umgebauter Flugzeughangar. Die Konstruktion war unverkennbar. Das Dach befand sich hoch über ihr und war in vielleicht achtzehn Metern Höhe von zahlreichen Trägern und Streben gekreuzt. Ringsum ragten nichtidentifizierbare Gerätschaften auf und warfen im Licht einiger vom Dach hängender Leuchtstoffröhreninseln seltsame kantige Schatten. Sam löste sich von der Tür und drückte sich im Schatten eines Geräts an die Wand, das wie eine Kreuzung zwischen einem gewaltigen Van-de-Graaff-Generator und einem enormen Batteriestapel aussah. Außer Sicht des Eingangs ließ sie die Szenerie auf sich wirken.

15

Was, zur Hölle, geht hier vor? Der Saal, in dem sich Sam befand, war riesig, kavernenartig. Monströs große Ausrüstungsteile ragten überall zur Decke, und ihre schiere Größe machte es schwer, die Weite des Saals einzuschätzen. Trotzdem kam sie zu dem Schluß, daß er mindestens dreißig Meter breit und vielleicht doppelt so lang sein mußte. Ein Teil der geheimnisvollen Ausrüstung stand frei, etwa eine Gruppe aus sechs ringverstärkten Keramiktürmen rechts von ihr, gewaltige Zylinder von zehn Metern Höhe und gut anderthalb Metern Durchmesser. (Irgend etwas an diesen Säulen weckte eine Erinnerung an einen Physikkurs in Sams Highschoolzeit. *Sie erinnern an Teslaspulen, aber wozu könnte irgendwer sechs enorme Teslaspulen brauchen?*) Andere Maschinen waren von Gerüsten umgeben, und zwischen manchen erstreckten sich Gitterwerk-Laufstege. Ihr gegenüber, auf der anderen Seite des freien Mittelraums, sah sie jemand in einem Overall auf einer Plattform hocken und an einem Gerät arbeiten, das an einen überdimensionierten Starkstromtransformator erinnerte.

Die ganze Halle schien in einem allgegenwärtigen Summen zu vibrieren, das so tief war, daß menschliche Ohren es kaum wahrnahmen. Sam hob eine Hand ans Ohr. Ja, sie *fühlte* das Summen mehr durch die Schädelknochen, als daß sie es hörte. *Energie*, dachte sie. Jede Menge *Energie*. Sie schnüffelte und erkannte den typischen Geruch von Ozon. Sie erinnerte sich an das Umspannwerk außerhalb der Halle. Offensichtlich war dies der Ort, an den all die Energie abfloß. *Aber warum? Für was?*

Über dem unterschwelligen Summen konnte Sam mehrere Stimmen hören, und das, wie ihr jetzt klar wurde, schon seit einiger Zeit. Sie hatte nur nicht darauf geachtet. Sie hielt den Atem an und versuchte, die Worte zu verstehen, aber das elektrische Brummen überlagerte alle Feinheiten, maskierte die Sprache und verhinderte jedes Verständnis. Immerhin gelang es ihr, drei Stimmen zu unterscheiden: zwei männliche, eine weibliche. Eine der Männerstimmen klang vertraut. Ihr überstimuliertes Hirn konnte sie nicht genau einordnen, aber etwas an der Stimme – der Tonfall, möglicherweise die Betonung und Sprachmelodie – überzeugte Sam, daß der Sprecher ihr nicht unbekannt war.

Sie sah sich erneut in der Halle um. Die einzige Person, die sie von ihrer Position aus sehen konnte, war der ›Techniker‹ hoch auf dem Gerüst. Sie tat zwei tiefe Atemzüge, um wenigstens den schlimmsten Druck auf ihrer Brust zu lindern. Dann setzte sie sich in Bewegung, huschte wie ein Geist von einem Schatten zum nächsten, um die turmhohen Maschinen herum. Überall warnten Schilder vor Hochspannung, unterstrichen durch Zeichnungen menschlicher Gestalten, die von einem Blitz getroffen wurden. Sams Entschlossenheit, nichts zu berühren, wurde noch weiter gestärkt. Sie orientierte sich an den Stimmen und schlich vorwärts in die Mitte der Halle.

Das Zentralareal war heller beleuchtet. Zusätzlich zum Licht der Leuchtstoffröhren erhellte eine Serie kleinerer Scheinwerfer mit dem harten, grellen Schein von Quarzhalogenbirnen einen speziellen, offenen Bereich, der von nicht identifizierbaren Gerätschaften umringt war, die fast bis an die Träger unter der Hallendecke aufragten. Sie ließ sich in die Hocke fallen, schob sich in einem verkrampften Watscheln langsam weiter vor, hielt sich in den tiefsten Schatten. Endlich fand sie einen Beobachtungspunkt, von dem aus sie freie Sicht auf den hellerleuchteten Bereich bekam, an dem sie selbst aber hinter einem drei Meter hohen grünen Metallkäfig, aus dem ein leises Singen drang, das sie an einen Mehrfachkondensator erinnerte, vor zufälliger Entdeckung geschützt war. Wieder kostete es sie Mühe, dem, was sie sah, einen Sinn abzugewinnen:

Drei Computerkonsolen waren in einem großen Halbkreis angeordnet. Ein aus dieser Entfernung nicht zu entziffernder Text lief über verschiedene Monitore, während ein komplexes Muster von Signallämpchen in frenetischem Tempo aufblinkte. Über einer der Konsolen hing eine große Monitorleiste, aber der Winkel, aus dem sie das Geschehen beobachtete, hinderte Sam daran zu erkennen, was die Bildschirme zeigten. An der Rückseite der Konsolen schlängelten sich dicke, locker gebündelte Kabelmassen auf dem Boden. Irgend etwas an diesem Anblick verlieh ihr das sichere Gefühl, daß es sich um eine irgendwie provisorische Einrichtung handelte – *wie der Prototyp eines NASA Mission Control Rooms.*

Vor einer besonders mit Geräten und Kabeln vollgepfropften Computerstation drängten sich drei Personen. Ein großer Monitor zeigte komplexe, grün leuchtende Wellenmuster. *Zwei* Wellenmuster, erkannte Sam plötzlich, die sich überlappten, aber nicht synchron liefen. Beide waren im Grunde einfache Sinuswellen, aber auf komplexe Weise wie durch zusätzliche Signale moduliert. Eine der Personen – ein kleinwüchsiger Orientale von Ende Zwanzig in einem weißen Laborkittel – gab Befehle in eine Tastatur unter dem Bildschirm ein. Das grüne Licht des Monitors spiegelte sich in seinen runden Brillengläsern. Hinter dem Orientalen stand eine Frau, ebenfalls im weißen Laborkittel. Sie war größer als er, aber immer noch kleiner als Sam, mit einem schmalen Gesicht und leichtem Knochenbau. Ihr mausbraunes Haar war zu einem strengen Knoten nach hinten gezogen.

Aber es war die dritte Gestalt, die Sams Aufmerksamkeit auf sich zog. Der Mann trug keinen Laborkittel, sondern eine lockere graue Sporthose und ein weißes

Hemd mit hochgekrempelten Ärmeln. Unter den Achseln waren Schweißflecken zu sehen. Groß, mittlere Statur – das braune Haar leicht zerzaust. Hinter der Drahtbrille blitzten kornblumenblaue Augen.

Ernest Macintyre. Wer hätte das gedacht?

Der junge Ingenieur, den sie an Pop-Pops Sterbebett getroffen hatte, starrte mit vorgestrecktem Hals auf den Schirm. Er tippte mit einem schlanken Zeigefinger auf den Monitor. »Wir bekommen immer noch Kanalüberschneidungen.« Seine Stimme war so leise wie in ihrer Erinnerung, aber jetzt besaß sie einen Unterton von Autorität. *Hier fühlt er sich zu Hause,* dachte Sam. *Er ist in seinem Element – mit Computern beschäftigt statt mit Menschen.* »Kannst du die Zuleitung von der Quaternärkupplung isolieren und die Harmonie auf der sekundären hochfahren?«

Der junge Asiate warf Macintyre einen fragenden Blick zu, dann zuckte er die dünnen Schultern. »Du bist der Boß, Mac.« Er tippte eine lange Befehlskette ein.

Samantha zuckte zusammen, als das aus dem Käfig neben ihr dringende Singen seine Tonart veränderte. In einem Versuch, den stechenden Schmerz in ihren Ohren zu lindern, bewegte sie den Unterkiefer von einer Seite zur anderen. Auf dem Bildschirm verschoben sich die Wellenformen, überlappten stärker, näherten sich einander spürbar an. Dann trieben sie wieder auseinander. Obwohl sie keinen Schimmer hatte, was sie beobachtete, konnte Sam sich der Anspannung nicht entziehen, die aus jeder Bewegung der drei Personen an den Computern sprach. *Als ob man Chirurgen bei der Arbeit zusieht,* dachte sie.

Macintyre schnalzte mit der Zunge. »Resonanzeffekte«, murrte er.

»Ich dachte, die hätten wir im Griff«, sagte die Frau.

Macintyre klopfte wieder auf den Schirm. »Die tertiäre um fünf Prozent höher.« Die Wellenformen verschoben sich wieder. »Noch fünf.« Millimeter um Millimeter näherten sich die Wellen einander an. »Und noch einmal fünf...« Die Wellen legten sich übereinander. Es war kein Unterschied mehr festzustellen, eine einzelne, ununterbrochene Linie leuchtete intensiv grün vom Bildschirm herab. *»Kongruent«*, verkündete Macintyre. »Sichern.« Während der Orientale einen neuen Befehl in den Computer eintippte, drehte Macintyre sich mit einem sanften Lächeln zu der Frau um. »Ich schätze, wir sind bereit für das Team, Andrea.«

Andrea nickte zackig und marschierte schnell davon. Macintyre sah wieder zu der Wellenform hoch und klopfte dem asiatischen Tastaturkünstler auf die Schulter. »Das wird ein guter Tag, John«, erklärte er freundlich.

Sam verlagerte ihr Gewicht, um die Anspannung in den Knien zu reduzieren. *Gerade ist etwas Wichtiges vorgefallen. Aber* was?

Und von was für einem Team hat er geredet?

Sie brauchte eine bessere Beobachtungsstellung. Es mußte doch mehr geben... bei dem, was hier vorging, als nur diese Computer. *Soweit ich es weiß, braucht man keine drei Stockwerke hohen Teslaspulen, um Computer zu betreiben.* Sie arbeitete sich entgegen dem Uhrzeigersinn an den Ausrüstungsteilen vorbei, wobei sie versuchte, Macintyre und John an den Terminals aus dem Augenwinkel in Sicht zu behalten.

Nach etwas über zwanzig Schritten hielt sie an. Aus diesem Winkel hatte sie einen besseren Blick auf die herabhängenden Bildschirme, die offensichtlich von Videokameras gespeist wurden. Nur die obere der zwei je acht Monitore umfassenden Reihen von Bildschirmen war in Betrieb, und jeder von ihnen schien dasselbe Bild zu zeigen. Sie kniff die Augen zusammen. Ja. Auf jedem der Schirme war etwas zu sehen, das an das Innere eines Flugzeugcockpits erinnerte, abgesehen von der Tatsache, daß das Kanzeldach undurchsichtig war. Sie konnte rechts einen Steuerknüppel und links einen einfachen Gashebel erkennen. Reihen von Knöpfen, Anzeigelichtern und LED-Datenanzeigen umgaben den Pilotensitz. *Ich dachte, Generro hätte die Flugoperationen eingestellt …*

Enttäuscht über ihre Unfähigkeit zu verstehen, was sie sah, schüttelte Sam den Kopf und bewegte sich weiter an den Ausrüstungsstapeln entlang. Der junge Asiate saß noch immer an der Tastatur, aber Macintyre war an eine andere Konsole getreten und drückte Knöpfe an einer Reihe von Geräten, die wie Videorecorder aussahen. Über dem konstanten elektronischen Brummen hörte sie ihn tonlos vor sich hin summen. Sie schlich weiter.

Sie trat um eine gewaltige, brummende Ansammlung von … *irgendwelchen elektrischen Apparaten …* und blieb stehen. *Was, zum Teufel …?* Jetzt sah sie, was jenseits des Halbkreises der Computerkonsolen lag.

Acht … *Cockpits,* riet sie, *was könnte es sonst sein?* Jede Einheit war rechteckig, zweieinhalb bis drei Meter lang, etwas über einen Meter breit und anderthalb Meter hoch. Sie waren in zwei – von einem einen guten Meter breiten Mittelgang – getrennten Reihen zu je vier Cockpits aufgebaut. Alle acht waren offen. Die Abdeckungen waren auf Leitschienen zurückgerollt und legten das Innenleben der Kästen frei. Im Innern der Kabinen glänzten vielfarbige Lichter – die Anzeigelämpchen und Datenanzeigen, die sie auf den Beobachtungsmonitoren gesehen hatte, nahm Sam an. Die metallene Außenhaut war dunkelgrau und trug hier und da kryptische Symbole, aus dieser Entfernung unlesbare Beschriftungen und Warnzeichen, ähnlich wie der Rumpf eines Jagdflugzeugs. Komplexe Verdrahtungen verbanden die Cockpits mit der sie umgebenden Ausrüstung und letztlich mit den Computerkonsolen, an denen Macintyre noch immer stand. *Nein,* entschied sie einen Augenblick später, *die Kabel sind* nicht *an die Cockpits angeschlossen, nicht direkt.* Statt dessen schienen sie an den Schienen oder Rahmen –

vielleicht war Gerüste das passendere Wort – befestigt, auf denen die Cockpits ruhten. Sie konnte es nicht sicher sagen, aber Sam war sich ziemlich sicher, daß nichts direkt an die Cockpits selbst angeschlossen war. *Was für einen Grund könnte das haben?*

Sie suchte sich erneut eine bessere Beobachtungsposition und bemerkte etwas, das nun wirklich ihre Neugierde erregte. An der vorderen Hälfte jedes Cockpits prangte ein greller Farbklecks: eine farbenfrohe, auffallende Illustration. *Wie die Bugbemalung auf den Bombern des 2. Weltkriegs,* dachte sie. Das ihr am nächsten gelegene Cockpit war mit einem Annie-Oakley-artigen Cowgirl verziert, das den Pulverdampf seines Revolvers wegblies. Der Seilschlaufen nachempfundene verschnörkelte Schriftzug ›Calamity Jane‹ rahmte die Figur ein. Auf dem nächsten Cockpit prangte der Name ›Privateer‹. Das Wort lag über dem Bild eines mit gezücktem Entermesser vorpreschenden Piraten. Danach folgte ein mit ›Call of the Wild‹ gekennzeichnetes Cockpit, dessen Emblem die Silhouette eines den Mond anheulenden Wolfs zeigte. Sie konnte die Frontpartien der übrigen fünf Cockpits nicht sehen, ging aber davon aus, daß diese ebenfalls verziert waren.

Langsam dämmerte es ihr. Sie nickte. *Cockpits, die nicht Teil eines Flugzeugs sind, an komplizierte Computeranlagen angeschlossen, wenn auch nur indirekt ...* Es mußten Simulatoren sein. Sehr viel primitiver als die Simulatoren, die sie in Edwards benutzt hatte – diese hier besaßen keinerlei Bewegungskontrollen, keine Hydrauliksysteme, die reale Bewegungseffekte vortäuschen konnten –, aber es waren eindeutig Simulatoren.

So schnell, wie ihr die Gewißheit gekommen war, ging sie auch wieder. *Was für Simulatoren brauchen derartige Mengen an Strom? Und was bedeuten die Wellenformen auf dem Monitor?* Diese ganze Sache wollte einfach keinen Sinn ergeben.

Sie hörte Stimmen hinter sich lauter werden und

duckte sich tiefer in die Schatten. Die Frau, Andrea, war zurück, gefolgt von sechs Piloten.

Sie sehen jedenfalls nach Piloten aus, verbesserte Sam sich. Sie trugen khakifarbene Overalls, die nach Flugmonturen aussahen, aber was sie überzeugte, war die Art, wie sie sich bewegten. Jeder einzelne von ihnen – fünf Männer, eine Frau – bewegte sich mit jener eleganten Selbstsicherheit, nur einen winzigen Schritt entfernt von Arroganz, die sie mit Ben Katt und den anderen Jetjockeys in Edwards verband. Sie alle waren jung, etwa in Sams Alter, und trugen das Haar beinahe militärisch kurz. Ihr Blick war ruhig, und sie schienen Energie und Aufregung auszustrahlen.

Einer der Piloten, ein muskulöser Mann mit sandfarbenen Haaren und stahlgrauen Augen, trat auf Macintyre zu. *Der Flight Leader*, erkannte Sam. »He, Mac. Haben wir die Freigabe?«

Macintyre nickte. Er war größer als der Pilot, aber etwas an seiner Haltung wirkte so, als sähe er zu dem anderen Mann auf. »Wir hatten ein paar unerwartete Resonanzeffekte, Will, aber es ist uns gelungen, die Harmonien auszubalancieren und ...«

Der Pilot zuckte die Achseln und grinste Macintyre schief an. »Schenk dir dein Technogelaber, Mac«, unterbrach er, wobei sein Tonfall den Worten jede Schärfe nahm. »Mich interessiert nur, ob wir starten.«

Macintyre sah auf den Monitor. Die Wellenformen waren noch immer perfekt synchronisiert. Es stand eine einzelne, leuchtend grüne Welle auf dem Monitor. »Ihr startet«, stellte er fest.

Will drehte sich zu seinen Gefährten um. »Gentlemen, Ladies«, verkündete er. »Wir starten nach Solaris. U-N-V Eins-Drei-Sieben wartet. Translokation in ...?« Er sah Macintyre fragend an.

»Fünf Minuten«, erwiderte der junge Ingenieur.

»... In fünf Minuten«, wiederholte Will lauter. Er deutete auf die Cockpits. »Aufsitzen«, befahl er.

Sam sah zu, wie die sechs Piloten in ihre Cockpits stiegen und die Abdeckungen schlossen. Während die Kanzeldächer mit lautem Knall zufielen, ging Andrea die Reihe entlang und vergewisserte sich, daß sie sicher verschlossen waren. Die beiden Cockpits, die Sams Position am nächsten lagen – ›Calamity Jane‹ und ›Privateer‹ –, blieben leer und offen.

Sie wandte ihre Aufmerksamkeit den Beobachtungsschirmen zu. Wie erwartet, waren zwei der Ansichten in der oberen Zeile unverändert und zeigten weiter leere Cockpits. Auf den sechs anderen konnte sie Will und sein Team bei den Vorbereitungen für die Simulation beobachten, die Macintyre für sie vorbereitet hatte. (*Wie hat Will sie genannt – ›Solaris‹? Und ›U-N-V Eins-Drei-Sieben‹?*) Die acht Monitore in der unteren Zeile schienen jetzt ebenfalls eingeschaltet zu sein – gelegentlich flackerten sie –, aber noch zeigten sie nichts.

Andrea hatte sich neben John an die Konsole gesetzt. Sie bewegte die Hände über Tasten und Knöpfe, wohl, um neue Systeme zu starten. Macintyre stand in der Nähe und blickte ihr ab und zu über die Schulter, mischte sich aber nicht ein. *Er lehrt sie an*, verstand Sam plötzlich. *Er bleibt nahe genug, um sie herauszuboxen, wenn sie in Schwierigkeiten gerät, aber ansonsten muß sie selbst klarkommen.*

Wie um ihre Annahme zu bestätigen, legte Macintyre für einen Augenblick die Hand auf Andreas Schulter und sagte dann: »Ich möchte, daß du die Translokation diesmal selbst durchführst.«

Sie sah zu ihm hoch, und Sam konnte die Zweifel in ihrem Gesicht lesen. Aber Macintyre lächelte beruhigend auf sie hinab. »Du weißt, was du tust, Andrea. Ich möchte, daß du sie in ...« – er blickte auf die Digitaluhr in der Konsole – »... zwei Minuten und 25 Sekunden durchschickst. Okay?«

Andrea zögerte, dann nickte sie. Sam beobachtete,

wie sie tief durchatmete und sich dann wieder zur Konsole umdrehte. Sie drückte noch ein paar Knöpfe und behielt die sich verändernden Datenanzeigen im Blick. Dann griff sie nach dem Auslegermikro, das vor ihr aufragte, und zog es zu sich. »Team Alpha bitte einchecken.« Ihre Stimme klang sicherer als zuvor, als habe ihre neue Verantwortung sie bereits verändert.

»Alpha One, Check.« Die Stimme des Führungspiloten drang aus einem erhöht angebrachten Lautsprecher. Auf dem äußersten linken Monitor sah Sam Will lächeln. »Bereit, wann immer du soweit bist, Andrea.«

»Alpha Two, Check.«

»Alpha Three, Check.«

Nacheinander checkten alle sechs Piloten ein. Andrea nickte zufrieden. Sie drückte einen weiteren Knopf, und eine neue Riege von Anzeigen leuchtete vor ihr auf. »Telemetrie okay«, verkündete sie. »UFT-Cockpits online.« (In ihrem Versteck blinzelte Sam überrascht. *Das sind die ›UFT-Cockpits‹? Dann steht ›UFT‹ wohl doch nicht für Einheitliche Feldtheorie.*)

»Wie sehen die Wellenformen aus?« fragte Andrea. »Irgendwelche Abweichungen?«

»Keine«, erwiderte der asiatische Techniker. »Wir haben hier drüben alles synchron.«

Andrea nickte. Sam konnte die Anspannung spüren. »Stufe zwei«, verkündete Andrea. »Primäres Induktanzsystem stetig bei zwei Milliarden Volt.« (*Was?* dachte Sam benommen.) »Koordinaten bestätigen.«

Wieder kam die Antwort von John. »Eingegeben und erfaßt. Wir zielen auf die Berge außerhalb von Rolandsfeld.«

»Mitgekriegt, Alpha One?«

»Copy, Control.« Will lachte wie ein Freibeuter, der soeben einen ungeschützten Kauffahrer entdeckt hatte. »Wir werden unseren Spaß haben.«

Plötzlich mischte sich Macintyre ein. »Seht euch vor,

Will«, warnte er. »Das hier sind erst präliminäre Tests. Du weißt, wie das mit neuen Technologien ist...«

Will lachte schallend auf. »Keine Bange, Dad«, gab er zurück. »Ich bring den DeSoto in einem Stück nach Hause zurück.«

Macintyre schüttelte den Kopf, sagte aber nichts.

Andrea preßte eine weitere Reihe von Knöpfen. »Rückholkriterien bestätigen.«

»Standard-Rückholkriterien, Control«, antwortete Will.

»Start der Automatiksequenz«, verkündete Andrea, als sie den letzten Knopf eindrückte. »Induktanzfelder stabil. Gerüstsystem erhält Energie.«

Samantha rutschte unbehaglich in ihrem Versteck umher. Sie konnte fühlen, daß etwas vorging. Die Härchen in ihrem Nacken entwickelten ein Eigenleben. Ihre Zähne schienen zu brummen, und das Bild vor ihren Augen wurde undeutlich. Aber diese körperlichen Auswirkungen beunruhigten sie weniger als ein anderes ›Gefühl‹ – sofern ›Gefühl‹ das richtige Wort für etwas war, das sie nicht mit ihren gewöhnlichen fünf Sinnen fühlte, sondern... *anders.* Der ganze gewaltige Saal schien von einem neuen Klang widerzuhallen, jenseits der Wahrnehmung des menschlichen Ohrs, auf einer Frequenz, die irgendwie sympathetische Schwingungen in ihrer Seele auslöste. *Irgend etwas wird geschehen. Etwas Wichtiges.*

»Gerüst auf voller Energie«, stellte Andrea knapp fest. »Stetig bei zwei Milliarden Volt, ein Gigahertz.« Sam bemerkte, daß Andrea, Macintyre und John die Hände vor die Augen nahmen. *Warum...?*

Sam keuchte vor Schmerz, als eine lautlose Lichtexplosion sie erfaßte. Sie ließ sich tiefer in die Schatten fallen. Durch die Schmerzen hindurch fühlte sie ein seltsames Vibrieren im Kern ihres Daseins, als sei die harmonische Frequenz, die zuvor jene seltsame Vibration ihrer Seele ausgelöst hatte, auf eine höhere Oktave gesprungen.

»Translokation erfolgreich.« In Andreas Stimme lag ein deutlicher Unterton von Zufriedenheit. »Willkommen auf Solaris Sieben, Ladies and Gentlemen.«

Gegen einen unvernünftigen Drang ankämpfend, die Flucht zu ergreifen, *davonzurennen*, zwang Sam sich wieder vor. Aus weinenden Augen blickte sie hinüber zu den Cockpitreihen.

Nur die beiden vordersten Einheiten waren noch zu sehen. Die sechs anderen Gerüste waren leer.

16

Sam starrte ungläubig auf die leeren Gerüste, auf denen nur eine Sekunde zuvor noch sechs wuchtige ›Cockpits‹ gestanden hatten. *Das muß ein Trick sein. Das muß …*

Ihr Verstand weigerte sich, ihren Sinnen zu vertrauen. *Was ich gerade gesehen habe, widerspricht allen Naturgesetzen. Also* kann *ich es nicht gesehen haben.* Ihre Gedanken waren überhastet, erregt, panisch. *Es ist ein Trick, eine Täuschung. Teufel, ich habe David Copperfield im Fernsehen die* Freiheitsstatue *verschwinden lassen sehen. Natürlich wußte er, daß er Zuschauer hatte. Üben diese Typen hier nur für einen pompösen Zaubertrick?*

Aber während ihr Intellekt rebellierte, wußte ein anderer Teil ihres Wesens – ein tieferer, zentralerer Teil –, daß sie soeben Zeuge eines bedeutenden und überwältigenden, aber nicht ganz und gar unmöglichen Geschehens geworden war. Ihr Verstand mochte sich aufplustern und protestieren, soviel er wollte, die Cockpits waren wirklich verschwunden. Sie waren fort … nach *Irgendwo.*

›*Virtuelle Welten.*‹ ›Anderswann.‹ Amy Langland hatte davon gesprochen. *Sind die Cockpits in eine ›virtuelle Welt‹ gesprungen? Befinden sie sich jetzt im* Anderswann?

Sie lehnte sich an den großen Metallkäfig neben sich, ließ sich von dessen Solidität und dem kalten Metall an ihrer Haut beruhigen. *Wenigstens* darauf *kann ich mich noch verlassen,* dachte sie. *Stahl ist noch immer hart, der Boden trägt weiter mein Gewicht, ich kann die Luft immer noch atmen …*

Während sie ihre mentalen Klimmzüge beobachtete, fühlte sie die Last der Verwirrung, der Rebellion schwinden. – *Na gut, warum spreche ich es nicht aus? Der* Angst. *Die Welt sieht immer noch genauso aus wie vorher,* machte sie sich klar. *Nur weil ich etwas gesehen habe, das ich nicht erklären kann, muß noch nicht meine ganze Weltsicht ihr Fundament verlieren.* Sie atmete tief ein, dehnte ihre Lunge auf deren maximale Kapazität, dann ließ sie die Luft langsam mit leisem Zischen entweichen. Die Spannung in Kehle und Brustkorb und die drohende Panik in ihrem Geist verringerten sich dramatisch. Sie wandte sich wieder den Cockpitreihen zu, und zum ersten Mal konnte sie die leeren Gerüste betrachten, ohne von einer Welle der Furcht erfaßt zu werden.

Tatsache: Die Cockpits waren dagewesen, und nun waren sie fort. Tatsache: Die sechs Personen, die hineingestiegen waren, hatten sich auf eine Mission unbekannter Art vorbereitet. Tatsache: Die ›Translokation‹ – das war doch das Wort gewesen, oder? – war von Andrea mit Hilfe der komplexen Computeranlage kontrolliert und veranlaßt worden. Tatsache: Es war nicht zum ersten Mal geschehen. Schlußfolgerung: …

Sam schüttelte den Kopf. *Ich habe nicht den leisesten Schimmer.* Sie brauchte mehr Daten.

»Control von Alpha One.« Wills Stimme aus dem Lautsprecher erschreckte Sam so sehr, daß sie fast aufgeschrien hätte. »Translokation erfolgreich. Wie sieht die Telemetrie aus?«

Samantha drehte sich zu Andrea und den Kontrollkonsolen um. Sechs Monitore in der oberen Bildschirmreihe zeigten weiter die Köpfe Wills und seiner Teamkameraden. Die unteren Bildschirme waren noch immer leer.

Andrea überprüfte die Datenanzeigen. »Wir empfangen Telemetriedaten bei fünf«, bestätigte sie. »Wie ist euer Empfang?«

»Fünf bei fünf und baumwipfelhoch«, antwortete Will mit einem breiten Grinsen. »Empfangt ihr unsere Peilung?«

Andrea sah hinüber zu John. Er lächelte. »Wir haben eure Spielzeuge fest im Griff, Team Alpha«, erklärte er fröhlich.

»Hier bei uns ist alles in Ordnung«, gab Andrea zurück. »Mission fortsetzen, Alpha One.«

Wills Grinsen wurde noch etwas breiter. »Ein dickes Roger, Control.«

Macintyre beugte sich vor und zog das Mikro an seinen Mund. »Will«, sagte er. Seine Stimme war leise, aber der Ernst in seinem Ton war nicht zu überhören. »Bitte sei vorsichtig. Ich mache keine Witze. Ich will niemandem einen Verlust unserer Leute erklären müssen. Okay?«

Auf dem Monitor verblaßte Alpha Ones Grinsen ein wenig. »Ich hab's gehört, Mac«, stellte er in ehrlichem Ton fest. »Wir gehen's langsam und vorsichtig an.« Ein leises Klicken kam aus dem Lautsprecher. Auf dem Bildschirm bewegten sich Wills Lippen lautlos weiter. Anscheinend hatte er auf eine andere Frequenz umgeschaltet, um sich mit seinem Team zu unterhalten.

Macintyre deutete auf die untere Bildschirmreihe, die immer noch nur gelegentliches Flackern zeigte. »Wo bleibt die Sicht?« fragte er.

Andrea arbeitete an ihren Kontrollen und beobachtete die Ergebnisse auf den Datenschirmen. »Wir haben leichte harmonische Verzerrungen«, murmelte sie. »Ich bin dabei, sie auszugleichen...« Die sechs linken Bildschirme der unteren Zeile leuchteten einen Augenblick lang reinweiß auf, dann verwandelten sie sich in Fenster, die in ein wogendes Chaos wiesen. »Verstärke Primärempfang... *jetzt*.« Die sechs Bildschirme wurden klar.

Sam starrte mit verwirrtem Stirnrunzeln auf die Monitore. *Eine wüste Einöde...* Das war ihr erster Eindruck. Die sechs unteren Schirme zeigten samt und sonders eine scheinbar leblose Einöde, ähnlich den zerfurchten Wüsten in den ›Überflugstaaten‹ wie Nevada oder im östlichen Utah. Die Videoschirme zeigten Farbbilder, aber die Szenerie schien ausschließlich aus Grau- und schwachen Brauntönen zusammengesetzt, denen auch ein Schwarzweißbildschirm gerecht geworden wäre. Über dem Gelände hing eine niedrige, solide Wolkendecke. Im Augenblick schien es nicht zu regnen, aber der Boden wirkte durchnäßt, um nicht zu sagen schlammig. In der Ferne glaubte Sam Bergketten erkennen zu können. (*Stimmt*, erinnerte sie sich. *Der Techniker hat was von den ›Bergen außerhalb von Rolandsfeld‹ gesagt.*) Erst nach ein paar Sekunden bemerkte sie, daß die sechs Ansichten sich geringfügig in Sichtposition und Blickwinkel unterschieden. Offensichtlich empfingen die Geräte Bilder von sechs verschiedenen Kameras – wahrscheinlich einer pro Cockpit.

Und was passiert jetzt? Sam stellte sich vor, wie die sechs Cockpits, auf mysteriöse Weise in diese wilde, lebensfeindliche Umgebung befördert, bewegungslos auf dem harten Boden standen. *Was machen sie nun – Räder ausfahren und herumfahren …?*

»Okay, Team Alpha.« Sam blickte auf den Schirm mit Wills Bild und sah ihn nach Steuerknüppel und Gashebel des Cockpits greifen. *(Knüppel und Gashebel? Was, zur Hölle, sollen die ihm nützen?)* »Radiale Aufteilung. Zieht einen halben Klick auswärts und erstattet Bericht. Und los.« Auf dem Schirm sah Sam ihn den Gashebel nach vorne drücken.

Der Blickpunkt am linken Ende der Monitorzeile veränderte sich sofort. Sam starrte entgeistert, als das Gelände vorbeiraste. Es war schwer, ohne Vergleichsobjekt Entfernungen zu messen, aber sie schätzte, daß Wills Fahrzeug – was auch immer es war – sich mit dreißig Meilen in der Stunde oder mehr über den zerfurchten Wüstenboden bewegen mußte. Gleichzeitig erkannte sie, daß die Kamera sich nicht in Bodenhöhe befand, wie sie zunächst angenommen hatte, sondern fünfzehn bis achtzehn Meter über der Landschaft hing.

Okay. Anscheinend steuert er irgendein Flugzeug oder einen Hubschrauber. Aber wie? Die Cockpits hatten aber überhaupt keine Möglichkeit der Fortbewegung, das wußte sie. Sie waren keine hypermodernen SF-›Flugwagen‹. Die Kästen boten einfach nicht genug Platz für die nötigen Apparaturen. Und sie hatte sich bereits selbst überzeugt, daß dies keine Simulation war. Mit einem leisen Seufzer stellte sie die Frage zurück und schob sie im Geiste in den bereits zum Bersten gefüllten Ordner mit der Aufschrift ›Noch zu klären‹.

Sie überprüfte die anderen Schirme und sah ganz ähnliche Bilder, aber aus anderen Blickwinkeln. Anscheinend verteilten die sechs Mitglieder von Team Alpha sich über die Landschaft. (*Ehrlich?*, kommentierte sie ihre Schlußfolgerung sarkastisch. *Was hast du denn* gedacht, *was ›radiales Aufteilen‹ meint?*)

Endlich hielten die sechs Kameras an. Sam sah auf die Uhr. *(Wenn das Team einen halben Kilometer ausgerückt ist, bedeutet das* – sie rechnete schnell im Kopf nach –, *daß diese Dinger, was immer sie sein mögen, sich mit rund achtzig Kilometern in der Stunde bewegen. Das macht etwa fünfzig Meilen.)* Sie konzentrierte sich auf einen der Schirme, der noch Bewegung zeigte, und beobachtete aufmerksam, wie die Fahrt sich verlangsamte und zum Erliegen kam. Soweit sie erkennen konnte, kam es zu keiner Veränderung in der Flughöhe. *Also eine Art Hubschrauber.*

Eine Frauenstimme drang aus dem Lautsprecher. »Alpha Four, bereit.«

»Alpha Two, klar zum Einsatz.«

»Alpha Three, bereit.«

Nachdem der Rest des Teams sich gemeldet hatte, war wieder Wills Stimme zu hören. »Okay, Team Alpha, aufgepaßt. Denkt daran, was Mac gesagt hat. Nehmt's leicht. Das hier ist nur eine Probemission. In Ordnung, dann mal los.«

Die Bilder auf allen sechs unteren Schirmen drehten sich rapide – anscheinend ließen die Teammitglieder ihre Fahrzeuge für einen Augenblick um die Mittelachse rotieren. Die verschiedenen Ansichten waren zu verwirrend, als daß Sam sich ein Gesamtbild hätte machen können, deshalb konzentrierte sie sich auf einen der Schirme: auf Wills.

Der Teamchef schien auf den nächstgelegenen Berg zuzufliegen. Das zerklüftete Gelände zog rapide unter ihm vorbei. Sam schätzte seine Geschwindigkeit auf beinahe sechzig Meilen in der Stunde – neunzig Stundenkilometer. Zum erstenmal bemerkte sie, daß die Bewegung des Fahrzeugs, zumindest nach der Bildschirmanzeige zu urteilen, nicht gleichmäßig war. Stattdessen unterlag sie einer gewissen Vibration, einem regelmäßigen Stoß oder Zucken etwa jede halbe Sekunde. *Tiefflugturbulenzen?* spekulierte sie, dann verwarf sie diese Hypothese wieder – Turbulenzen waren niemals so gleichartig und regelmäßig. *Es muß eine Art harmonischer Effekt sein*, entschied sie. *Vielleicht eine Besonderheit des Antriebs, den das Fahrzeug benutzt.* Sie grinste, zufrieden darüber, dieses Rätsel gelöst zu haben.

»He, Alpha Three!« krähte Will über den Lautsprecher. »Let's party!« Auf dem Schirm des Teamleiters kippte der Horizont weg, als lege er sein Fahrzeug in eine enge Wende. Sams Blick zuckte auf die obere Monitorzeile. Will grinste wie ein Bandit und hantierte an den Rundumkontrollen. »Wie wär's mit einem Tänzchen?« rief er. Sam sah wieder auf die unteren Bildschirme und wartete darauf, daß etwas Verwertbares in Sicht kam. Da war es, eine blitzartige Bewegung am Rand des Schirms ...

Und dann gab es eine atmosphärische Störung, und die Beobachtungsschirme waren tot. Die Lautsprecher krachten und zischten. Der Funkkontakt war abgebrochen.

Andrea und der Techniker sprangen augenblicklich auf, schrien einander Anweisungen zu, drückten Knöpfe, gaben Befehle ein. Zahlreiche der digitalen Datenanzeigen auf den Computerkonsolen wurden dunkel oder füllten sich mit sinnlosem Kauderwelsch. Macintyre griff nach dem Mikrofon. »Team Alpha, bitte melden«, bellte er. »Team Alpha, könnt ihr mich hören?« Er drehte sich zu Andrea um. »Haben wir noch Telemetriekontakt?«

»Wir haben die Niedrigbandträgerwelle und die sekundäre Modulation, sonst nichts. Was, zum Teufel, ist da passiert?« Sam konnte eine Spur von Panik in Andreas Stimme erkennen.

»O Shit…« Das kam von John. Er zeigte auf den großen Wellenformmonitor. Die komplexe modulierte Sinuswelle verschwamm, teilte sich in ihre beiden Teilwellen. »Wir driften.«

»*Reit* sie.« Macintyres Stimme war lauter, als Sam sie bisher je gehört hatte. Als der Techniker sich über seine Tastatur beugte, wandte Macintyre sich an Andrea. »Was ist mit den Peilzeichen?«

Die Frau tippte eine Befehlszeile in die Tastatur und starrte auf die Ergebnisanzeige. Im hellen Licht der Quarzhalogenlampen sah Sam den Schweiß auf ihrer Stirn glänzen. »Sie werden schwächer. Amplituden runter auf 35 Prozent und fallend, Datalink-Integrität fällt aus…«

»Kannst du sie zurückholen?«

Andrea drehte sich um und sah Macintyre in die Augen. »Ich weiß es nicht«, stellte sie leise fest.

»Versuch es«, befahl der junge Ingenieur. *»Mach schon!«*

Die Frau nickte und konzentrierte sich auf die Konsole. Ihre Finger tanzten über die Kontrollen. »Team Alpha, bitte melden.« Jetzt, da sie eine Aufgabe hatte, war ihre Panik verflogen, und ihre Stimme klang beinahe unbeteiligt. »Notrückholtranslokation. Ich wiederhole, Notrückholtranslokation. Wir holen euch zurück.« Sie drehte sich zu dem Asiaten um. »Fertig? Auf mein Zeichen. Rückholtranslokation – drei… zwei… eins… *Polarität umkehren!*«

Drei Augenpaare – vier, wenn man Sam mitzählte –

fixierten die leeren Gerüste. Eine endlose Sekunde lang geschah gar nichts. Dann peitschte nochmals derselbe grelle Lichtblitz durch Sams Augen. Als sie durch die Tränenflut wieder etwas sehen konnte, waren die sechs Cockpits zurück, als wären sie nie fort gewesen. Nur schien ihre dunkelgraue Metallhülle jetzt von weißem Reif bedeckt zu sein. *Kondensation?*

Das Dach von Wills Cockpit wurde entriegelt und glitt mit einem Knall zurück, der laut genug war, um Sam zusammenzucken zu lassen. Der muskulöse Pilot schwang sich aus dem Cockpit und blieb ein paar Sekunden regungslos stehen, dann ging er die Reihe entlang und half dem Rest seines Teams beim Ausstieg. Sie waren zurückgekommen, vollzählig und, soweit Sam es sehen konnte, unverletzt. (Körperlich *unverletzt jedenfalls*, fügte sie hinzu. Psychisch wirkten sie, als hätten sie sich soeben sämtlich für den Caterpillar-Club qualifiziert.) Sam zog sich tiefer in die Schatten zurück, als die Mitglieder von Team Alpha sich den Konsolen näherten.

Macintyre erwartete sie vor dem Kontrollzentrum. »Was ist geschehen, Will?«

»Unerwartete Gesellschaft.« Der stämmige Pilot lächelte. Er versuchte, draufgängerisch und unbeschwert zu klingen, aber in Sams Ohren klang es wie das unsichere Pfeifen eines Kindes, das für eine Wette über einen mitternächtlichen Friedhof wanderte. »Weißt du noch? Ich habe vorausgesagt, daß die Einheimischen uns früher oder später bemerken und nachsehen kommen werden?«

»Diese Diskussion können wir später nachholen«, erwiderte Macintyre. Die Erleichterung in seiner Stimme war unüberhörbar. »Erzähl, was geschehen ist.«

Will zuckte die Schultern und strich sich eine Haarsträhne aus der Stirn – dann runzelte er die Stirn, als überrasche es ihn, daß seine Finger auf Schweiß gestoßen waren. »Das Übersetzen lief gut – glatt und sauber. Keine Probleme, keine Haken. Wir bereiteten uns gerade auf die Mission vor, als wir die Bogies orteten.«

»Bogies?« wiederholte Macintyre.

»Acht Stück«, bestätigte der Pilot. »Vielleicht auch zehn. Sie befanden sich tiefer im Berggebiet, wo unsere Sensoren nicht so sauber zeichnen konnten, aber sie waren eindeutig da. Vielleicht einen Klick entfernt, und sie stürmten geradewegs auf uns zu. Ja, und dann kamen die Störsendungen. Mein Radarschirm ist ein Omelett, mein Zielsuchsystem erfaßt Felsen, Vögel und allen möglichen Shit, und alles, was ich über Commlink höre, ist Rauschen.«

»Die lokale *und* die Kommunikation mit der Basis war ausgefallen?«

»Beide, Mac«, bestätigte Will. »*Total*ausfall.« Er versuchte sich an einem erneuten Grinsen, und diesmal gelang es ihm schon besser. »Verdammt gut, daß ihr uns zurückgeholt habt. Ansonsten hätte es für uns ganz schnell *verflucht* interessant werden können.«

Macintyre sah alles andere als erfreut aus. »Störsender?« wiederholte er leise.

»Ich weiß, wie Störsender arbeiten, Mac. Glaub es mir, okay?«

»So etwas ist bisher noch nie vorgefallen.« Macintyre schüttelte den Kopf. »Bist du sicher, daß die Störsendungen für euch gedacht waren?«

Will rollte mit den Augen. »So was ist schwer festzustellen, weißt du?« stellte er in ironischem Tonfall fest. »Die ganzen Kommgeräte, die einem was über die Störsendungen sagen könnten, sind damit beschäftigt, gestört zu werden, wenn du verstehst, was ich sagen will.«

Macintyre ließ sich keinerlei Regung anmerken. »Und die Banditen – hatten die es auf euch abgesehen, oder waren sie nur zufällig in der Nähe?«

Der Pilot zuckte vielsagend die Schultern. »Ich erinnere mich an eine der ersten Lektionen, die ich auf der Flugschule gelernt habe, Mac. Entscheidungen trifft man gestützt auf Möglichkeiten, nicht auf Absichten. Acht oder zehn Bogies *mit* Störsenderunterstützung haben die Möglichkeit, meine Leute in Schlackehaufen zu verwandeln. Ob sie die Absicht haben? Ich werde ganz bestimmt nicht abwarten, um es herauszufinden.«

Macintyre nickte. Er klopfte dem Piloten auf die Schulter. »Du hast recht, Will. Ich bin nur froh, daß wir euch zurückholen konnten.«

Will lachte. »Nicht halb so froh wie ich.« Er sah hinüber zu den anderen Mitgliedern von Team Alpha, die in einer engen Gruppe zusammenstanden und sich leise unterhielten. »Brauchst du meine Leute noch?«

»Ich denke, mit der Nachbesprechung können wir noch ein Weilchen warten«, erwiderte Macintyre mit einem angedeuteten Lächeln.

»Okay, Leute.« Will drehte sich zu seinen Kameraden um. »Unter die Dusche, und danach ist Miller Time.« Er warf Macintyre einen schrägen Blick zu. »Die Control Crew bezahlt, stimmt's, Mac?«

Sam saß auf dem Betonboden, den Rücken am Metallkäfig. Der Druck des Metalls gegen ihren Rücken war zu einer vertrauten, wenn auch unangenehmen Konstante geworden, und eine leise Vibration schien sich durch ihren Körper bis zu den Ohren fortzupflanzen. Sie befand sich tief in den Schatten, außer Sicht der Kontrollkonsolen oder der Cockpits auf ihren Gerüsten. In den Randbereichen ihres Bewußtseins schrillten Alarmglocken: Jede Sekunde, die sie noch länger hier blieb, erhöhte die Gefahr einer Entdeckung. Es bestand eine gute Chance, daß bereits jemand den verlassenen Lastzug mit Petries vermißtem Ausweis in Verbindung gebracht hatte, aber sie ignorierte die Warnungen. *Ich brauche Zeit zum Nachdenken*, stellte sie sicher zum dutzendsten Male fest. *Ich muß das enträtseln, muß herausbekommen, was das mit Pop-Pop zu tun hat. Herausfinden, was es mit mir zu tun hat.*

Sie konnte Andrea hören, die sich noch immer bei den Kontrollkonsolen aufhielt. Will und die übrigen Mitglieder von Team Alpha waren vor zehn Minuten abgezogen, vermutlich, um zu duschen und sich umzuziehen. Sobald sie fort waren, hatten Macintyre, Andrea und John eine leise, angespannte Diskussion darüber geführt, was mit der Mission schiefgelaufen sein konnte. Von ihrer Position aus hatte Sam nur jedes dritte oder vierte Wort aufschnappen können, und was sie mitbekam, war Technokauderwelsch wie ›Resonanzüberlagerung‹ und ›Impulsmodulationsmuster‹ gewesen. Gemeinsam hatten Macintyre und Andrea die beiden Wellenformen auf der Hauptanzeige neu synchronisiert. Soweit Dooley es aus den Gesprächsfetzen rekonstruieren konnte, hatten die Störsendungen, die zum ›Abdriften‹ geführt hatten, aufgehört, und das System war wieder stabil.

Nach ein paar weiteren Minuten der Überprüfung verließen Macintyre und John die Halle und ließen Andrea allein zurück, die noch einige Diagnoseprogramme für die Kommando- und Kontrollsysteme fahren wollte. An diesem Punkt zog Sam sich von ihrem Beobachtungspunkt in eine Position zurück, in der sie weniger Gefahr lief, bemerkt zu werden.

Okay. Sehen wir mal, ob wir eine vernünftige Antwort für das alles finden können. Cockpits mit sechs ›Piloten‹ waren verschwunden – *oder* scheinbar *verschwunden,* korrigierte sie sofort – und zurückgekehrt. Wohin waren sie verschwunden? Die oberflächliche Antwort lautete: »An einen Ort namens Solaris Sieben«, aber das führte nur zu weiteren Fragen.

Will hatte sich ausgedrückt, als wären er und sein Team in eine Art Gefechtssituation geschickt worden, in der sie in den Hinterhalt einer Gruppe ›Bogies‹ geraten waren – feindlicher Maschinen der Gegenseite. Sie seufzte und schüttelte den Kopf. Das Ganze konnte leicht eine simulierte Mission derselben Art sein, wie sie die Jägerjockeys in Edwards absolvierten. *Wie wäre es damit?* fragte sie sich. *Zwei Simulatorstationen, unabhängig voneinander, aber über ein Netzwerk verbunden. Will und seine Crew sind zu ihrer Mission aufgebrochen, ohne zu wissen, daß eine andere Gruppe – nennen wir sie Team Beta – gleichzeitig in ihren Simulatoren saß. Team Alpha stellt überrascht fest, daß Team Beta es auf dem simulierten ›Schlachtfeld‹ erwartet ... und ist erst recht überrascht, als die gegnerische Truppe Störsender benutzt, um sie außer Gefecht zu setzen.*

Sam nickte langsam. Das ergab einen gewissen Sinn. *Gehen wir einen Schritt weiter,* entschied sie. *Team Alpha und Team Beta sind in eine Art langfristiges Kriegsspiel verwickelt. Beide Teams erhalten Missionen, die sie ausführen müssen, aber sie haben gleichzeitig die Freiheit, ›Aggressor‹ zu spielen und die Pläne des jeweils anderen zu stören. Fast wie in echten Kampfoperationen.* Sie veränderte ihre Sitzhaltung, um die Anspannung in ihren Knien zu lindern.

Das ist ein verteufelt hartes Trainingsprogramm, dachte sie beeindruckt. Selbst die Edwards Air Force Base hatte nichts Vergleichbares, jedenfalls nicht, soweit sie es wußte. *Könnte Generro Aerospace an einem neuen Trainingsprogramm für Piloten von Abfang- und Angriffsjägern arbeiten?*

Okay, damit hatte sie eine vorläufige Hypothese, die zumindest einen *Teil* der seltsamen Geschehnisse erklärte, deren Zeuge sie geworden war. Nun war es an der Zeit zu versuchen, sie zu widerlegen.

Erstes Problem: Als Team Alpha auf die Störsender traf, reagierten Macintyre und die anderen, als wären die Piloten in echter Gefahr. Warum, wenn das Ganze nur eine Simulation war?

Vielleicht, weil der Sieg in diesem Kriegsspiel in Gefahr war, überlegte sie. *Diese neue Taktik der Aggressortruppe hätte sie wertvolle Punkte in der Endwertung gekostet.*

Und manchmal wird man von einer Simulation so gepackt,

daß man voll hineingezogen wird – man vergißt, daß es nicht real ist. Sie grinste, als sie sich an ihre eigene Reaktion beim letzten ›Flug‹ im Edwards-Simulator erinnerte. Sie hatte ehrlichen Zorn gefühlt, als ihr ›Flügelmann‹ – der in Wirklichkeit nur einer Computersimulation entsprochen hatte – von einer MiG-29 Fulcrum abgeschossen wurde.

Zweites Problem: Was für eine Art Fahrzeug und Gefecht versuchte man hier zu simulieren, zum Teufel? Kampfhubschraubergefechte ergaben keinen Sinn, die Taktiken, die Will und die anderen eingesetzt zu haben schienen, wären in einem Choppergefecht umständliche Arten des Selbstmords gewesen. Warum sollte jemand etwas absolut Unrealistisches simulieren?

Vielleicht ist das nur ein Probelauf, dachte sie, *eine Art ›Generalprobe‹ für neue Technologien. Wenn Macintyre und seine Kumpane die anfänglichen Probleme erst ausgebügelt haben, entwickeln sie im Anschluß eine anständige Simulation für etwas wirklich* Wichtiges.

Drittes Problem: Sie seufzte. Tja, das war der wirkliche Knackpunkt, nicht wahr?

Wohin sind die Cockpits verschwunden? Als der grelle Lichtschein aufflammte, *was ist da mit ihnen geschehen?* Sie konnte in Gedanken so viele Erklärungsansätze durchspielen, wie sie wollte, um ihre Hypothese einer Simulation zu rechtfertigen, aber das beantwortete alles noch nicht die eigentliche Frage: *Was ist mit den Cockpits geschehen?*

Schließlich lachte sie mürrisch auf. *Wie lange kann ich das Unvermeidliche hinauszögern?* fragte sie sich mit beißendem Sarkasmus. *Wie lange kann ich mentale Spielchen treiben? Ich* weiß, *was ich tun muß, um die wahren Antworten auf diese Fragen zu finden.* Mit einem Grunzen zwang sie sich aufzustehen und huschte zwischen den summenden Maschinen entlang, ihre nächste Lügengeschichte vorbereitend.

Sie ging aus derselben Richtung auf die halbkreisförmige Kommandostation zu, in der Macintyre und die anderen verschwunden waren. Andrea bemerkte ihre Ankunft nicht, bis Sam sich laut räusperte. Die schmalgesichtige Technikerin wirbelte mit einem Keuchen herum.

»Sorry, ich wollte Sie nicht erschrecken.« Es kostete Sam ihre ganze Willenskraft, die Stimme gleichmäßig und das Lächeln freundlich und unschuldig zu halten.

Die Frau blinzelte. »Schon gut, äh ...«

Sam streckte die Hand aus. »Samantha Dooley.«

Andrea zögerte einen Augenblick, aber ihre Erziehung gewann schnell die Oberhand. Sie packte Sams Hand mit festem, trockenem Griff. »Andrea Wallinger. Ich ... äh ... ich hatte noch nicht ...«

»Ich weiß«, unterbrach Sam mit einem entschuldigenden Grinsen. »Ich habe mir nicht die Zeit genommen, mich mit allen hier bekannt zu machen, wie ich es hätte tun sollen.«

Andrea blinzelte wieder. »Sie sind neu?« Eine Spur von Mißtrauen in ihrer Stimme ließ Alarmglocken in Sams Kopf klingeln.

»In gewisser Hinsicht«, erwiderte sie. In Gedanken betete sie, daß ihr Bluff funktionierte. »Ich bin gerade von New Horizons abgestellt worden.«

Ihr Gegenüber entspannte sich spürbar. »O natürlich.« Sie zögerte. »Dooley?« wiederholte sie fragend. »Habe ich schon von Ihnen gehört?«

»Wahrscheinlich nicht von mir«, gab Sam mit einem kurzen Lachen zu. »Aber das kommt vielleicht noch.« Sie machte eine Pause, als sei ihr gerade etwas eingefallen. »Sie denken wahrscheinlich an meinen Vater«, schlug sie vor. »Oder an meinen Großvater.« Andrea runzelte die Stirn. »Jim Dooley, junior und senior?«

Andreas Miene klarte auf. »O ja, natürlich. Sie sind Teil *dieser* Familie?« Sie schüttelte lächelnd den Kopf. »Ein ziemliches Erbe.«

»Ziemlich große Fußstapfen«, korrigierte Sam, ebenfalls lächelnd.

Die andere Frau lachte. Wenn sie lächelte, war ihr Gesicht ausgesprochen hübsch, stellte Sam fest. Es war nur Andreas konstant ernste Miene, die sie so unscheinbar aussehen ließ. »Ich bin sicher, im Laufe der Zeit werden Sie die schon ausfüllen, Samantha.«

»Tja, um ehrlich zu sein, habe ich hier und jetzt eine Chance, damit anzufangen.« Sam nahm sich zusammen. *Zeit für die große Lüge.* »Mr. Macintyre hat mich auf dem Flur getroffen und hierhergeschickt. Ich soll durch U-N-V Eins-Drei-Sieben.«

»Wie?« Andrea runzelte wieder die Stirn. »Wann?«

»Jetzt.« Sam hielt den Atem an.

»Jetzt?« Andrea klang entsetzt. »Das kann nicht Ihr Ernst sein.«

Sam gab sich überrascht. »Wieso?« fragte sie. Sie deutete auf den Hauptschirm, auf dem ein einzelner synchronisierter Wellenstrang in brillantem Grün leuchtete. »Er hat gesagt, Sie hätten Solaris Sieben sicher erfaßt.«

»Na ja, schon, aber …« Andreas Hände flatterten wie verletzte Vögel. »Aber wir haben ein paar ernste Probleme …«

Wieder schnitt Sam ihr das Wort ab und legte diesmal eine Spur von Ungeduld in ihre Stimme. »Das weiß ich. Will hat mir alles darüber erzählt. Genau deswegen will Mac mich jetzt rüberschicken. Erkundung, um zu sehen, wie sich die Lage entwickelt.« Sie gestikulierte in Richtung der Wellenformen. »Sie haben sie kongruent«, stellte sie fest. »Sie können mich sofort translozieren, und ich kann Mac den Bericht liefern, bevor er ungeduldig wird. Okay?«

Andrea wirkte nicht überzeugt. »Vielleicht sollte ich direkt mit Mac reden.« Sie griff nach einem auf der Konsole montierten Telefonhörer, den Sam bis jetzt übersehen hatte.

Sie hatte Mühe, ihre aufkommende Panik zu verbergen und scheinbar sorglos die Schultern zu zucken. »Wenn Sie es für nötig halten, ihn zu stören. Er hat gerade eine Besprechung mit Mr. Leclerc, aber wenn Sie dazu seine ausdrückliche Erlaubnis brauchen…« Sie ließ den Satz verklingen.

Die Technikerin verlagerte unbehaglich das Gewicht von einem Fuß auf den anderen. Sam konnte die Unsicherheit in ihren Augen sehen, konnte beinahe ihre Gedanken hören: *Übernehme ich die Verantwortung selbst, oder laufe ich um Erlaubnis zu Mac?*

Ich habe sie fast soweit, dachte Sam. *Sie braucht nur noch einen kleinen Schubs. Aber er darf nicht zu hart sein.*

Sam schaute auf die Uhr und zuckte die Achseln. »Wahrscheinlich ist es ohnehin egal«, sagte sie. »Das Missionsfenster ist fast zu. Vielleicht nächstes Mal.« Sie drehte sich um.

»Äh… Samantha…?«

Ja! So beiläufig, wie sie konnte, drehte Sam sich wieder um. »Nh-hm?«

»Wenn es wirklich so wichtig ist…«

Sam zuckte die Achseln. »Mac scheint der Meinung zu sein.«

Andreas Miene entspannte sich, als sie ihre Entscheidung getroffen hatte. Sie warf Sam sogar ein kurzes Lächeln zu. »Wie groß *ist* Ihr Fenster?«

Sam blickte wieder auf die Uhr. Es war 12:11 Uhr. Sie zuckte noch einmal die Schultern. »Er wollte eine Translokation bis 12:15… Wenn das noch geht.«

Andrea sah auf die Uhr der nächsten Konsole. »Das schaffen wir. Nehmen Sie Privateer. Ich lade das Gerüst auf.«

»Danke, Andrea. Ich schulde Ihnen was.« Sie lief hinüber zu den Cockpits und kämpfte darum, sich ihren Triumph nicht anmerken zu lassen.

Privateer war das zweite Cockpit von rechts, eines der beiden, die an der ersten Mission nicht beteiligt gewesen waren. Rechts neben ihm stand Calamity Jane, auf der linken Seite Call of the Wild, immer noch von einer dünnen Reifschicht bedeckt. Sam schwang sich in das Cockpit und machte es sich bequem.

Es war nicht annähernd so beengend, wie es von außen und auf den Monitoren ausgesehen hatte. Sie hatte mehr Hüft-, Schulter- und Beinraum als in den meisten Flugsimulatoren, die sie in Edwards benutzt hatte, und *viel* mehr Platz als in dem Formel-Eins-Rennwagen, den sie einmal hatte fahren dürfen. Sie brauchte sich nicht einmal zu ducken. Sam griff nach hinten und zog das undurchsichtige Kanzeldach auf den Schienen vor, bis es einschnappte. Im Innern ihres Metallkokons konnte sie das Summen und Brummen der stromfressenden Elektronik nicht mehr hören, das die Halle erfüllte. Hier drang nur noch das leise Sirren der Klimaanlage an ihr Ohr.

Hastig versuchte sie sich zu orientieren. Unter ihren Füßen befanden sich zwei Ruderpedale. Sie legte die Hand um den Steuerknüppel rechts neben dem Sitz. Ihr Zeigefinger legte sich von selbst um einen Auslöser im Pistolenstil, und auf der Oberseite des Knüppels fand sie je einen blauen und grünen Daumenknopf. Links von ihr befand sich der Gashebel – ein einfacher Quergriffhebel, wie die Automatikschaltung in einem alten Wagen, mit einem Daumenknopf am rechten Ende. *(Eine Hubschraubersimulation kann das nicht sein. Die Kontrollen stimmen nicht.)*

Genau vor ihr befand sich zwischen zwei mit roten, blauen und grünen Knöpfen besetzten senkrechten Armaturen ein großer, an einen Fernseher erinnernder Monitor. Er zeigte kein Bild, aber vereinzelte, an seinen Rändern tanzende Lichtpunkte bewiesen, daß er eingeschaltet war.

Unter dem Hauptschirm befand sich etwas, das an einen Radarschirm erinnerte oder möglicherweise an die Gefahrenanzeige in einem F-16 Falcon. Zwei sich überschneidende Linien unterteilten den Schirm in

Quadranten, während zwei weitere Linien in anderer Farbe ein bis zum Bildschirmrand reichendes Dreieck eingrenzten, dessen Scheitelpunkt im Zentrum des Schirms lag. (*Eine Art Radarkeil?* fragte Sam sich. *Oder eine Art Schußfeldbegrenzung?*) Auf derselben Konsole, links neben dem Radarschirm, sah sie eine Kompaßrose und etwas, das nach einem Tachometer aussah und von 0 bis 170 eingeteilt war. *(Meilen pro Stunde? Kilometer pro Stunde? Oder Knoten durch 10 – wie im Falcon?)* Auf der rechten Seite befanden sich zwei weitere Anzeigefenster – beide leer –, die mit ANZEIGESCHLÜSSEL und SCHADEN beschriftet waren. Der Rest der Armaturen …

Sie schüttelte den Kopf. *Im Grunde nur noch mehr Knöpfe* – beleuchtete Tasten und kleine alphanumerische Tastaturen. Die wenigsten waren gekennzeichnet, und die trugen rätselhafte Aufschriften wie AK/10 und PPK. Insgesamt war das Cockpit weniger komplex als das eines modernen Düsenjägers, aber sie hatte trotzdem keine Chance, es auf den ersten Blick zu durchschauen. *Halt dich an das, was du weißt, Dooley*, ermahnte sie sich selbst. *Knüppel, Gas und Ruderpedale reichen für den Anfang.*

»Samantha?« Andreas Stimme drang krachend aus einem kleinen Lautsprecher irgendwo hinter Sams Kopf. »Alles okay?«

Sam sah nach oben und bemerkte das schwache Glitzern von Glas über dem Hauptbildschirm, das die Position der Videokamera verriet. Sie grinste in die Kamera, während sie ein kleines Auslegermikro zurechtbog. Sie senkte den Kopf und suchte nach dem ›Sprechen‹-Knopf. *Da, das müßte er sein: der kleine rote Knopf neben dem Gas.* Sie drückte ihn und hörte ein leises Knacken im Lautsprecher. »Dooley One, Check«, bestätigte sie knapp.

»Telemetrie gut. UFT-Cockpit online.«

»Wie sieht's mit den Wellenformen aus, Andrea?«

»Synchron«, bestätigte die Technikerin. »Stufe zwei, primäres auf zwei Milliarden Volt.«

Sam schloß die Augen und versuchte sich auf ihre Sinneseindrücke zu konzentrieren. Wenn Andrea die Wahrheit gesagt hatte, flossen soeben zwei *Milliarden* Volt – zwei *Gigavolt* – durch das Metallgerüst, auf dem ihr Cockpit stand. *(Mit welcher Spannung arbeitet ein elektrischer Stuhl?* fragte sie sich plötzlich. *Sind das nicht nur läppische zwei*tausend *Volt ...?)* Sie konnte ein leises Kribbeln auf ihrer Haut spüren, besonders im Nacken, aber es war unmöglich zu sagen, ob das von der elektrischen Spannung herrührte oder nur ein Zeichen von Streß war.

»Welche Koordinaten, Dooley One?« fragte Andreas Stimme.

Sam zögerte. »U-N-V Eins-Drei-Sieben«, antwortete sie schließlich.

»Ja, weiß ich«, stellte Andrea geduldig fest. »Aber welche *Koordinaten?*«

Oh-oh. Sam zermarterte sich das Hirn. Was hatten Will, Macintyre oder wer auch immer über Koordinaten gesagt? »Dieselben wie bei der letzten Mission, bitte«, meinte sie und zwang sich, gelassen zu klingen. *Was war es noch?* »Die Berge außerhalb von Rolandsfeld. Setzen Sie mich an derselben Stelle ab wie Will, falls das geht.«

»Na ja, ich kann Sie in die Nähe bringen«, erklärte Andrea. »Reicht plus/minus zehn Zentimeter?«

Das war ein Witz, erkannte Sam mit einem Aufatmen der Erleichterung. *Vielleicht funktioniert die große Lüge tatsächlich.*

»Rückholkriterien bestätigen, Dooley One.«

»Standard.«

»Start der Automatiksequenz«, verkündete Andreas Stimme. »Induktanzfelder stabil. Gerüstsystem erhält Energie.«

Einen Augenblick lang schien eine Million winziger Insekten über Sams Haut zu krabbeln. Es kostete sie Mühe, sich nicht mit den Händen über Gesicht und

Beine zu fahren. *Es ist nur ein Magnetfeld, ein starkes Magnetfeld. Das Kraftfeld läßt die Härchen auf der Haut einander abstoßen.*

»Stetig bei ein Gigahertz«, stellte die krachende Lautsprecherstimme fest. »Translokation in drei … zwei … eins …«

Und mit einem gewaltigen Ruck fiel die ganze Welt unter Samantha weg.

17

Sie war geblendet.

Einen langen, schrecklichen Augenblick lang konnte Samantha nichts sehen. Es war keine Dunkelheit. Dunkelheit war eine Eigenschaft, die ein *Etwas* voraussetzte, das sie besaß. Das hier war etwas völlig anderes – die absolute Abwesenheit jeder wie auch immer gearteten visuellen Wahrnehmung. Sie glaubte sich wimmern zu hören, war sich dessen aber nicht sicher.

Die Blindheit wurde noch durch das Gefühl des Fallens verschlimmert. Ein schwindelerregendes, auf urinstinktmäßiger Ebene entsetzliches Gefühl, in einen bodenlosen Abgrund zu stürzen. *Das Cockpit stürzt ab wie ein Aufzug, dessen Kabel gerissen sind,* stammelten ihre Gedanken, aber gleichzeitig wußte sie, daß das nicht stimmte. Sie stürzte, ja, aber… *Was hat Fred Noonan in seinem Tagebuch geschrieben? »…dieser ›Sturz‹ ging in eine Richtung, von deren Existenz ich nie etwas geahnt hatte…«* Genau dieses Gefühl hatte sie jetzt auch.

Das Nichts verschlang sie für weniger als eine Sekunde, aber die Orientierungslosigkeit, die das mit sich brachte, hielt sehr viel länger an. So plötzlich, wie er über sie hereingebrochen war, verschwand der Eindruck des Stürzens wieder, und Sam sah um sich herum wieder die Cockpitkabine – ein Eindruck, der plötzlich beruhigend, fast vertraut war.

»Dooley One.« Andreas Stimme klang seltsam – nicht nur verzerrt. Es war eher eine Art Phasenverschiebung. »Alles in Ordnung?«

Sam sah hinunter auf ihre Hände und stellte fest, daß sie zitterten. Sie packte Knüppel und Gashebel fester, und das Zittern verschwand. »Alles okay, Control«, antwortete sie, konnte ein Beben in der Stimme dabei jedoch nicht unterdrücken. »Äh… nur eine kleine Unregelmäßigkeit bei der Translokation, das ist alles.«

»Unregelmäßigkeit? Was für eine Unregelmäßigkeit?«

»Momentane Instabilität, das ist alles«, versuchte Sam die Situation zu retten.

»Auf meinen Anzeigen war nichts zu sehen«, konterte Andrea. In ihrer Stimme lag eine Spur von – *Mißtrauen?*

»Na, es hatte auch keine Auswirkungen. Jetzt ist alles stabil.«

Andreas Antwort war ein unverbindliches »Hmm«.

Ich muß aufpassen, dachte Sam. *Wenn sie entdeckt, daß ich eine Betrügerin bin, kann sie diesem Ausflug ein jähes Ende machen. Also habe ich wahrscheinlich wenig Zeit.*

Sie sah auf den Hauptschirm des Cockpits. Das Bild war blaß und verwaschen. Nach einer kurzen Suche fand sie die Kontrast- und Helligkeitsregler und justierte den Schirm neu.

Es war dasselbe Gelände, das sie bereits auf den Monitoren im Kontrollstand gesehen hatte: eine öde Wüstenei aus zerfurchtem Lehmboden, die in der Ferne zu einem Mittelgebirge führte. Durch das tiefhängende Wolkendach schien wäßriges Licht. Wie Will und sein Team vorhin, schien sie konstante 50 bis 60 Fuß über dem Boden zu hängen. Sie schloß für einen Augenblick die Augen und versuchte, ein *Gefühl* für das Fahrzeug zu bekommen – oder was es auch immer war, das sie steuerte. Eine schwache Vibration drang durch Cockpitboden und Sitz, ihr Rückgrat hinauf bis in die Schädelknochen, das fast unmerkliche Brummen eines Motors im Leerlauf. Sie spürte nichts von dem starken, niedrigfrequenten Beben, das sie mit einem Helikopter in Verbindung brachte.

»Dooley One, wie lautet Ihre Mission?« fragte Andrea plötzlich. Diesmal war das Mißtrauen in ihrer Stimme unverkennbar.

Sams Augen flogen auf. »Einfache Erkundung, Control«, erwiderte sie so gelassen wie möglich. »Ich hab mir nur kurz die Gegend angesehen.« *Ich sollte wohl besser was tun.* Sie zentrierte den Knüppel, überprüfte das Spiel der Ruderpedale und schob den Gashebel vorsichtig nach vorne.

Sie keuchte laut auf, als das Fahrzeug nach vorne ruckte. Das war weder die gleichmäßige Beschleunigung eines Flugzeugs noch der kontrollierte Sturz eines Kopters, diese Bewegung war ... *völlig anders.* Sie war ungleichmäßig, ruckend, stoßartig.

Mein Gott, das ist real! Das Fahrzeug ruckte vorwärts, und zum erstenmal drang klare, absolute Gewißheit bis in ihren Geist durch und erfaßte sie vollständig. *Das ist keine Simulation. Das* kann *keine Simulation sein. Ich bin ...* irgendwo anders. *Ich bin ›transloziert‹.* Innerhalb eines Sekundenbruchteils stürzten all ihre Hypothesen in sich zusammen, gaben sich als das zu erkennen, was sie in Wirklichkeit waren: kindische Rechtfertigungen und Ausflüchte, Versuche, die Wirklichkeit zu verdrängen. Sie hörte einen Laut, der eine Mischung aus bitterem Lachen und Wimmern war – und erkannte, daß er aus ihrem Mund kam. In ihrem Innersten *kannte* sie endlich die Wahrheit. Sie war körperlich an einen anderen Ort versetzt worden (in eine andere *Zeit?*).

»Dooley One, bitte melden.«

Sams Piloteninstinkt griff ein und unterdrückte die Angst, die sie zu lähmen drohte. Es schien beinahe, als sei eine Stahlwand herabgefallen, die ihren Verstand gegen die Gefühle abschottete. In ihrer Magengrube tobte es noch immer, ihr Puls raste, ihre Kehle schien wie zugeschnürt ... aber sie hatte sich in der Gewalt. Ihre Gedanken waren kalt, emotionslos – kristallklar und präzise. *Mann,* dachte sie, *was steht* mir *für ein Nervenzusammenbruch bevor, wenn ich erst loslasse ...*

Sie lächelte kühl zu der Videokamera hoch. »Dooley One an Control.« Ihre Stimme war kühl und berufsmäßig. »Empfange Sie bei fünf. Alle Kontrollen grün, alles in Ordnung.«

Andrea zögerte. Als sie schließlich antwortete, konnte Sam hören, daß ihr Mißtrauen nachgelassen hatte. »Roger, Dooley One. Halten Sie mich auf dem laufenden.«

»Geht klar.« Sam blickte auf den Tacho, während sie den Gashebel um ein winziges Stück weiter vorschob. Ein gelber Anzeigebalken kroch die Skala hinauf und hielt bei ›50‹ an. *Zeit, herauszufinden, was dieses Baby bringt*, stellte sie fest. Langsam bewegte sie den Hebel weiter vor, bis die Geschwindigkeitsanzeige die 70 erreichte.

Die Bewegungen ihres Gefährts veränderten sich drastisch. Es wankte immer noch unregelmäßig vorwärts, aber jetzt war ein rhythmisches Hämmern hinzugekommen, dessen Vibrationen stark genug waren, ihre Zähne aufeinanderschlagen zu lassen, wenn sie die Kiefer locker ließ. Die Schläge kamen etwa jede Sekunde – *beinahe wie die Schritte eines schnell marschierenden Menschen*. Zögernd drückte sie den Gashebel weiter nach vorne, bis der Tacho auf 80 stand. Wie sie es fast erwartet hatte, nahm die Geschwindigkeit der harten, die ganze Kabine durchschüttelnden Schläge zu. *Was könnte das bedeuten?* fragte sie sich. Die Vibrationen waren ganz offensichtlich kein Harmonieeffekt, wie sie zunächst vermutet hatte. Dazu waren sie zu stark und präzise.

Sie streckte die Finger der rechten Hand und faßte den Knüppel fester. *Mal sehen, wie dieses Ding sich in der Kurve macht*. Vorsichtig drückte sie den Knüppel nach links.

Das Bild auf dem Hauptschirm geriet augenblicklich in Bewegung, und die Szenerie verschob sich nach rechts. Sie brachte den Knüppel wieder in die Mitte. Die Bewegung zur Seite hörte auf. *Okay, ich habe gedreht …*

Aber nein, erkannte sie plötzlich, sie hatte das Fahrzeug *nicht* gedreht. Irgend etwas stimmte nicht mit dem Bild auf dem Monitor, und es dauerte ein paar Sekunden, bis sie erkannte, was es war. Parallaxe und Perspektive waren falsch, die Bewegung stimmte nicht mit der Blickrichtung überein. Ihr Fahrzeug bewegte sich weiter in die alte Richtung; nur ihr Blickwinkel hatte sich verändert. *Wie bei jemandem, der vorwärts geht, und dabei den Kopf nach links dreht. Oder einem Panzer, der den Geschützturm dreht, ohne den Kurs zu ändern.* (Konnte es sein, daß sie eine Art *Panzer* fuhr?) Sie senkte den Kopf und betrachtete das, was sie für die Radar- oder Gefahrenanzeige hielt. Tatsächlich, stellte sie fest, der dreieckige Sektor – der Schußwinkel? – war um etwa 20 Grad zur Oberkante verschoben. Daran orientiert, bewegte sie den Knüppel nach rechts, bis ihr Blickfeld wieder mit der Bewegungsrichtung übereinstimmte.

Der Knüppel dreht also meinen … meinen was? *Meinen Geschützturm?* In dem Fall mußten die Pedale die Bewegungsrichtung kontrollieren. Sie drückte das linke Ruderpedal sanft nach unten und beobachtete zufrieden, wie sich das Bild auf dem Schirm verschob. Ja, sah sie, diesmal stimmte alles; sie *drehte* das Fahrzeug. (Vor ihrem inneren Auge sah sie einen riesigen Panzer, der gewaltige Staubwolken emporschleuderte, während er über die Ebene donnerte.)

Bleibt noch eines … Vorsichtig zog sie den Knüppel nach hinten. *Wenn das hier ein Panzer* ist, *dürfte gar nichts passieren, oder?*

Trotz ihrer hervorragenden mentalen Kontrolle erschreckte sie, als das Cockpit nach hinten kippte – *wie bei einem Flugzeug, das zum Steigflug ansetzt.* Auf dem Bildschirm sank der ferne Horizont an den unteren Rand des Bildes. Ihre Höhe über dem Boden blieb jedoch unverändert, stellte sie gleichzeitig fest. Zum erstenmal bemerkte sie einen Cursor – *nein,* korrigierte sie, *ein Fadenkreuz* – in der Mitte des Schirms. Bis dahin hatte es auf dem Horizont gelegen, und wahrscheinlich hatte sie es deshalb nicht gesehen. Jetzt aber zeichnete es sich deutlich vor dem grauen Himmel ab. Sie zentrierte den Knüppel wieder und fühlte, wie das Cockpit sich zurück in die Horizontale senkte. *O Mann … Ich habe keinen Schimmer, was ich hier mache.*

»Dooley One.« Andreas krachende Stimme ließ sie zusammenzucken. »Telemetrie zeichnet mehrere Bogies auf 94 Grad relativer Position. Können Sie das bestätigen?«

Bogies? Sam senkte den Blick auf die Gefahrenanzeige.

Ja, da waren sie – zwei seltsame kantige Symbole im oberen rechten Quadranten, etwa auf halbem Weg zwischen Mittelpunkt des Schirms und äußerem Rand. *Welchen Maßstab benutzt die Anzeige?* fragte Sam sich plötzlich. Sie suchte den Schirm ab, konnte aber nichts entdecken, das nach einer Maßstabsangabe aussah. *Sieht aus, als wäre das einer der Punkte, die vorausgesetzt werden.* Hätte sie in einem Falcon gesessen, wäre ein Blip an dieser Stelle der Gefahrenanzeige 15 nautische Meilen entfernt gewesen. *Aber das hier ist kein Falcon*, erinnerte sie sich.

»Dooley One?«

»Roger, Control«, stellte sie ruhig fest. »Zeichne zwei Bogies.«

»In welcher Entfernung, Dooley One?«

Mußte die Frage wirklich sein …? »Rücke zur näheren Überprüfung vor«, erwiderte Sam, ohne auf Andreas Frage einzugehen.

»Sie befinden sich auf einer Erkundungsmission, oder?« fragte die Technikerin in scharfem Ton. »Es ist nicht vorgesehen, daß Sie Kontakt aufnehmen.«

»Ich rücke zur näheren Überprüfung vor«, erwiderte Sam entschieden. Sie drückte das rechte Ruderpedal nach unten und drehte ihr Fahrzeug in einem weiten Bogen nach rechts. *Der Wendekreis stinkt*, stellte sie fest.

Sie zog den Gashebel zurück und verlangsamte auf etwa 50. Wie erwartet wurde der Wendekreis kleiner.

Auf dem Radarschirm verschoben sich die beiden kantigen Bogies in Richtung Oberkante, als Sams Ausrichtung sich veränderte. Noch befanden sie sich nicht innerhalb des keilförmigen Schußwinkels, aber es konnte nur noch Sekunden dauern. *Dann werden wir ja sehen …*

»Dooley One.« Diesmal lag ein unverkennbarer Befehlston in Andreas Stimme. »Sie haben keine Erlaubnis zur Kontaktaufnahme. Brechen Sie die Aktion augenblicklich ab und bereiten Sie sich auf die Rückholung vor.«

»Negativ, Control. Ich mache nur, was Macintyre mir aufgetragen hat.«

Eine andere Stimme – diesmal eine männliche – drang aus dem Lautsprecher, und Sam zuckte zusammen. Sie fühlte, daß ihr Gesicht wie das eines bei einer Lüge ertappten Kindes schamrot anlief. »Ms. Dooley, hier spricht Ernest Macintyre. Brechen Sie die Aktion ab und schalten Sie das System aus, bevor Sie sich umbringen. Wir holen Sie zurück.«

Wut brach aus Sams Brust hervor und überwand ihre Scham und Angst. *Den Teufel wirst du, Mac! Ich habe noch nicht genug herausgefunden.* Sie sah sich verzweifelt im Innern des Cockpits um. Es mußte irgendwo ein paar Kontrollen für die Telemetrieverbindung zum Kontrollsystem bei Generro Aerospace geben.

»Rückholtranslokation … in fünf … in vier …« Andreas Stimme hallte in ihren Ohren wie ein Countdown zur Katastrophe. »… In drei …« Sam geriet in Panik.

Da waren sie! Ein kleiner Satz Kippschalter auf der Konsole unterhalb des Gashebels. Im Gegensatz zu den meisten anderen Kontrollen des Cockpits waren diese beschriftet: TELEMETRIE, PEILZEICHEN und KOMM. Verzweifelt kippte sie die ersten beiden auf AUS.

»… In zwei …« Andreas Countdown stoppte, und die

Technikerin keuchte. »Sie hat ihr Peilzeichen abgeschaltet, Mac.«

»Dooley, Sie wissen nicht, was Sie da tun«, bellte Macintyre. (*Ganz recht, Mac,* antwortete Sam in Gedanken mit einem trockenen Lächeln.) »Das ist kein Spiel. Wir haben schon Leute verloren ... und das *mit* aktivem Peilsender.«

»Leute wie meinen Vater?«

Sie hatte es vor allem gesagt, um Zeit zu gewinnen, aber Macintyres Antwort ließ sie für einen Augenblick vor Schock erstarren. »Korrekt, Dooley. Und wenn Sie ihm keine Gesellschaft leisten wollen, schalten Sie Ihren Peilsender wieder ein.« Sam hörte ein Wummern – anscheinend hatte Macintyre seine Hand über das Mikro gelegt. Sein nächster Satz war so leise, daß sie ihn kaum verstehen konnte. »Andrea, auf Manuell gehen. Hol den Peilsender wieder hoch.«

»Das braucht Zeit.«

»Wir *haben* keine Zeit. Beweg dich.« Die Hand wurde anscheinend weggezogen, und Macintyres Stimme kam wieder klar und deutlich über die Verbindung. »Dooley. Samantha. *Sam* ... Bitte. Drehen Sie ab und lösen Sie sich von den Kontaktobjekten. Wenn Sie außer Reichweite sind, schalten Sie den Peilsender wieder an, und wir versuchen, Sie unverletzt zurückzuholen. Okay?«

Mit einem verächtlichen Schnaufen warf Sam auch den dritten Kippschalter um. Der Lautsprecher verstummte. »Die Unterhaltung wurde ohnehin langweilig«, murmelte sie.

Dad ...? Er ist auf so einer Mission gestorben ...?

Nimm dich zusammen, Dooley, herrschte sie sich an und verdrängte jeden Gedanken daran aus ihrem Bewußtsein. *Darüber kannst du später nachdenken ... Wenn es ein Später gibt.*

Während sie sich mit Andrea und Macintyre auseinandergesetzt hatte, hatte Sams Instinkt sie das Fahrzeug zurück auf geraden Kurs bringen lassen. Jetzt aber zog sie den Gashebel noch weiter zurück und legte es in eine enge Rechtskurve. Die fernen, durch den Nebel kaum wahrnehmbaren Berge glitten über den Hauptschirm, so wie die beiden Bogies über die Gefahrenanzeige unter ihm. Der erste Blip kam in den Schußwinkel der Anzeige …

Und sie fühlte, wie ihre Kinnlade herabfiel, als der Bogie auf dem Bildschirm auftauchte.

Trotz allem, was sie schon hatte herausfinden können, hatte Sam erwartet, eine Art Hubschrauber im Tiefflug über der Ebene zu sehen. Statt dessen …

Statt dessen sah sie zwischen den Nebelschwaden eine Gestalt – eine humanoide, aufrecht gehende Gestalt. Einen Augenblick drehte ihr Maßstabsgefühl durch wie ein Kreiselkompaß. Sie schüttelte den Kopf. *Wenn das ein Mensch ist …*

Aber es *war* kein Mensch – das erkannte sie im nächsten Augenblick, und wieder wurde ihr Maßstabsgefühl grundlegend erschüttert. Die Gestalt vor ihr ging zwar aufrecht, und sie war auch grob humanoid, aber sie war eben kein Mensch. Ihre Linien waren kantig, rechtwinklig – technisch. Metallflächen funkelten in einem durch die Wolkendecke fallenden Dämmerlicht. Was sie zunächst für Arme gehalten hatte, waren Waffen, mit riesigen, klaffenden Mündungen anstelle von Händen. Die Füße entsprachen krallenartigen Monstrositäten auf metallischen ›Beinen‹ von der Breite einer Telefonzelle. Der Kopf, der 50 Fuß oder mehr über dem Boden hing, war – nun, sie konnte nicht sagen, *was* er war – eine Art Sensorplattform? Das Ganze wirkte wie ein Roboter – ein riesiger, brutaler Roboter aus irgendeinem billigen, kitschigen Science-Fiction-Film.

Nur waren alle Roboter, die sie je in der Fernseh-Nachtschiene gesehen hatte, schwerfällige, unbeholfene Gebilde gewesen, die Mühe hatten, überhaupt von der Stelle zu kommen. *Das Ding da hat ein Scheißtempo drauf!* Seine Beine pumpten wie die eines Langstreckenläufers und bewegten den titanenhaften Mechanismus mit einer kaum faßbaren Geschwindigkeit vorwärts. Eine gewaltige Staubwolke zog wie ein Hahnenschwanz hinter ihm her.

Der Roboter – diese Bezeichnung hatte sie ihm zumindest in Gedanken gegeben – stürmte nicht geradewegs auf sie zu. Statt dessen bewegte er sich beinahe auf einem parallelen Kurs.

Aber nicht lange. Scheinbar in Reaktion auf ein Signal, das ihr entgangen sein mußte, änderte er die Richtung und drehte in einem riesigen Wendekreis. Als sie die Bewegungen verfolgte, wurde Sam klar, wie gewaltig diese Maschine war. *Er muß mindestens 50 Tonnen wiegen*, erkannte sie. *Und er rennt ...*

Bevor er seine Drehung beenden konnte, zuckten vier rubinrote Lichtstrahlen über Sams Bildschirm und hart an dem laufenden Roboter vorbei. *Heiliges Kanonenrohr! Laser* – riesige *Laser ...* Die Strahlbahnen verschwanden, dann blitzten sie wieder auf. Diesmal erwischte eine den Robot am Torso. Sam zuckte zusammen, als dicke Metallbrocken – *Panzerung?* – abgesprengt wurden und wie Schrapnell zu Boden stürzten.

Der Torso des Zielroboters drehte sich, bis er zurück in die Richtung blickte, aus der er gekommen war. Sam schloß ihre Drehung ab, und der Blickwinkel des Hauptschirms – *das ist es, was das Keilsegment auf der Radaranzeige repräsentiert*, erkannte sie – erfaßte jetzt auch den zweiten Bogie. Es war ebenfalls ein Robot von ähnlicher Größe wie der erste, aber etwas anderer Bauart. Diese Maschine schien weniger humanoid als die andere, und auf ihren ausladenden Schultern ragten große, offene Kastenaufsätze empor. Im schwachen Licht glaubte Sam, Reihen roter Spitzkegel in den Kästen ausmachen zu können. *Raketenlafetten ...?*

Der Torso des ersten Roboters beendete die Drehung. Sam sah, wie er die Arme hob und mit seinen Waffen zielte. Rubinrotes Licht – so hell, daß die Strahlen wie solide Farbbalken wirkten – zuckte durch den Staub, flackerte wie ein Blitzlichtgewitter und war verschwunden. Aus dem wuchtigen rechten Arm des Roboters brach mit lautem Donnerschlag ein Strahl azurblauen Lichts – *die Farbe von Tscherenkoffstrahlung*, dachte Sam.

Gott im Himmel, die versuchen einander zu killen!

Sam riß den Gashebel bis zum Anschlag zurück, und ihr Magen drohte sich zu überschlagen, als ihr Fahrzeug – *ist das womöglich auch einer dieser Riesenroboter …?* – hart abbremste und zum Stehen kam. Sie schloß die Augen und versuchte, das mechanische Blutvergießen auf dem Bildschirm zu ignorieren. Sie fühlte plötzlich ein verzweifeltes Verlangen, von hier zu verschwinden, zu *fliehen* – all das abzublocken, was um sie herum geschah, an einen Ort zurückzukehren, an dem die gewöhnlichen, vertrauten Naturgesetze galten … Selbst wenn dieser Ort nur in ihrem Geist existierte. Die Geräusche und Eindrücke der Umgebung schienen zu verblassen. Wie aus einer gewaltigen Entfernung fühlte sie die Muskelbewegungen, mit denen sie ihre Beine an den Brustkorb zog, den Kopf in den Schutz der Oberschenkel senkte …

Nein!

Nein! Dooley, du … darfst … nicht … aufgeben! Mit der ganzen Kraft ihres Willens kämpfte sie gegen den überwältigenden Drang – das *Verlangen* – an, sich zu einem Ball zusammenzurollen und die Außenwelt aus ihrem Bewußtsein zu verbannen. *Du mußt das durchhalten, Dooley! Gottverdammt! Es gibt keinen einfachen Ausweg. Denk an den Fischadler, Dooley. Volles Risiko.*

Zögernd, schmerzhaft langsam, streckte sie ihren Rücken, schob die Beine wieder in den Freiraum unter den Armaturen, stellte die Füße auf die Ruderpedale. Sie zog die Schulterblätter nach hinten, strich sich die Haare aus den Augen. *Bleib dran, Dooley.* Sie atmete tief ein, hielt die Luft an, so lange sie konnte, dann ließ sie sie leise entweichen. Noch einmal … und wieder. Das

Gefühl der Entfernung, der Losgelöstheit, nahm ab – *Gott sei's gedankt, auch wenn es nur eine kleine Hilfe ist*, dachte sie sarkastisch. Sie ballte die Fäuste. Die Anspannung in den Unterarmen hatte eine beruhigende Wirkung. Ja, sie hatte ihren Körper wieder unter Kontrolle. Sie unterdrückte ein Schaudern und sah wieder auf den Bildschirm.

Die Situation hatte sich weiterentwickelt – oder vielleicht war ›verschlimmert‹ ein passenderer Ausdruck –, während sie gegen den Verrat ihres Körpers angekämpft hatte. Zwei weitere der gigantischen Roboter waren von irgendwo außerhalb des Schirms auf das Kampffeld getreten, und alle vier Kampfmaschinen waren in einem Nahkampf ineinander verkeilt, bei dem sprichwörtlich ›die Fetzen flogen‹. Die Luft war erfüllt vom Staub, den die donnernden Metallfüße aufschleuderten, und die Sichtweite hatte sich auf weit unter eine Meile verringert. Lanzen rubinroten Lichts zuckten und blitzten durch den Dunst, brannten die Panzerung von jeder Fläche, die sie trafen, und zerstörten seltener ganze unidentifizierbare Mechanismen in Sekundärexplosionen. Die azurblauen Strahlen waren sehr viel seltener als die Laserschüsse, schienen aber bei einem Treffer erheblich mehr Schaden anzurichten. Sam zuckte zusammen, als sie einen der blauen Blitze einen Roboterarm sauber abtrennen sah.

Mein Gott ... Diese Dinger können eine furchtbare Menge an Schaden einstecken, erkannte sie. *Und nicht weniger austeilen. O Mann, was könnte eines von diesen Dingern mit einem Panzerzug machen?* Sie erinnerte sich an die Cockpitreihen bei Generro Aerospace. *Ganz zu schweigen von acht!*

Auf dem Schirm hatte sich eines der Robotmonster in Sams Richtung gedreht. Ein Bombardement von Laserstrahlen blitzte auf und sprengte breite Furchen in den Boden – nur wenige Meter vor ihrem Fahrzeug entfernt. Als wäre dieser Angriff ein stummes Zeichen gewesen, stellten die drei anderen Roboter ihr Feuer ein und wendeten sich schwerfällig in ihre Richtung.

Heilige Scheiße! *Dooley, es wird Zeit, daß du deinen Arsch in Sicherheit bringst …* Als sie den Gashebel voll nach vorne stieß und auf das linke Ruderpedal stampfte, zuckte eine weitere Lasersalve um sie herum auf. Ein hartes, metallisches Krachen hallte durch ihr Cockpit, und die Rückenlehne schlug gegen ihre Nierengegend. *Shit, ich bin getroffen!* Plötzlich leuchtete die untere, mit SCHADEN gekennzeichnete Anzeige des Armaturenbrettes auf. Sie sah die schematische Darstellung eines gedrungenen, kantigen, aber grob humanoiden Roboters. *(Das fahre ich …?)* Der größte Teil der Vektorlinien, die seine Silhouette formten, war grün. Das untere rechte Viertel des Torsobereichs jedoch leuchtete gelb, und die obere Sektion des rechten Beins strahlte orangerot.

Der Tachobalken kletterte die Skala empor, und Sams Fahrzeug – *mein Riesenroboter* – bewegte sich in einer weiten Kurve nach links. Die vier anderen Roboter glitten auf dem Bildschirm nach rechts und waren bald darauf ganz außer Sicht. Auf der Gefahrenanzeige waren sie jedoch noch zu sehen, und sie schienen sie zu verfolgen. Das Cockpit wurde wieder durchgeschüttelt, und gleich noch einmal. Lauter Explosionsdonner peitschte durch ihre Trommelfelle. Gelbe, orangerote und blutrote Flecken tanzten über das Schadensdiagramm. *Die machen mich fertig.*

Sie stellte fest, daß es etwas zutiefst Beunruhigendes hatte, Leuten, die auf sie schossen, den Rücken zuzukehren. Selbst als ihre Geschwindigkeit auf 90 stieg und sie die Entfernung zu ihren Verfolgern auf der Gefahrenanzeige wachsen sah, konnte sie die Angst und das Gefühl der Bedrohung nicht abschütteln – ebensowenig wie die überwältigende *Notwendigkeit* zu sehen, was hinter ihr geschah. Als sie die Drehung beendet hatte und weiter beschleunigte, zog sie den Steuerknüppel hart nach rechts. Das Bild auf dem Monitor und der Keilausschnitt auf der Gefahrenanzeige drehten sich rapide. Nachdem sie die anderen Roboter beobachtet hatte, wußte sie, was jetzt geschah: der Torso ihres Robots drehte sich in der ›Hüfte‹ nach hinten, während er weiter mit höchster Beschleunigung geradeaus hastete. Ihre vier Verfolger kamen bald in Sicht, und sie brachte den Knüppel zurück in die Mitte. Die Drehbewegung stoppte.

Die Ansicht auf dem Monitor war alles andere als beruhigend. Der Boden schien unter ihr *wegzufallen*. Es war, als würde sie einen Wagen mit Höchstgeschwindigkeit die Straße hinunterjagen und dabei über die Schulter nach hinten sehen. Sie versuchte, ihr Unbehagen so gut es ging unter Kontrolle zu halten, und konzentrierte sich auf ihre Verfolger.

Sie waren acht-, neunhundert Yards hinter ihr. Drei von ihnen fielen zurück, aber einer – die Einheit mit den Raketenlafetten auf den Schultern – schien ihr an Geschwindigkeit ebenbürtig. *Oh-oh ...*

Das Cockpit ruckte und bebte wieder – diesmal nicht von einem Treffer. Sam hatte niemand feuern sehen. Sie riß den Steuerknüppel wieder nach rechts. Als der Torso sich drehte, erkannte sie mit eisigem Schreck, wo das Problem lag. Sie hatte die zerklüfteten Ausläufer des Gebirges erreicht. Und das hieß, sie hetzte mit einem weit über zehn Meter hohen, 50 Tonnen schweren Roboter in ein mit Schluchten, Flußbetten und Felsblöcken übersätes Gebiet. Sie schauderte, als sie sich vorstellte, ihr Roboter könnte – *bei 90 Stundenkilometern* – über einen Felsen stolpern. Sie hatte keine andere Wahl: Sie zog den Gashebel zurück und behielt die Augen auf den Armaturen, während die Geschwindigkeit sackte.

Ihre vier Verfolger wurden keineswegs langsamer, wie sie sofort feststellte. Sie jagten mit weiten Schritten näher. *Beam mich hoch, Scotty*, dachte sie inbrünstig. *Am schönsten ist es zu Hause, am schönsten ist es zu Hause …* Sie streckte die Hand aus und legte die drei Kippschalter – TELEMETRIE, PEILZEICHEN und KOMM – zurück auf EIN. Ein panisches Stimmengewirr brach aus dem Lautsprecher und ließ sie fast taub werden.

»… abgeschaltet. Ich kann von hier aus kein …«

»… einer Rettungsmannschaft?«

»Die Gerüste sind nicht auf multiple Temporärkompensation eingepegelt. Das dauert mindestens eine Stunde …«

»Verdammt, verdammt, verdammt, verdammt …«

Sam erkannte zwei der Stimmen: Macintyre und Andrea Wallinger. Die anderen waren ihr unbekannt. »He«, rief sie. »Ich wäre jetzt soweit, wann immer ihr es einrichten könnt.«

Das Stimmengewirr verstummte, als habe jemand einen Schalter umgelegt. Dann hörte sie Macintyres Stimme. »Dooley, Ihre Kommverbindung ist wieder online.«

Sag bloß, Sherlock, wollte sie antworten. Aber sie hielt den Mund.

»Wie ist Ihr Status?«

»Delta Sierra, Control«, antwortete Sam und schaffte es, ihre Stimme halbwegs beherrscht klingen zu lassen. »Und es wird mit jedem Augenblick schlimmer.« Hastig klärte sie Macintyre über die Verfolger und die Schadensanzeige auf ihrer Konsole auf. »Wenn Sie mich jetzt hier rausholen wollen, mache ich Ihnen keine Schwierigkeiten«, beendete sie ihren Bericht. »Ich bin bereit für meine Medizin.«

Macintyre antwortete nicht sofort, und plötzlich schien Eiswasser durch Sams Adern zu fließen. »Ich befürchte, so einfach ist das nicht, Samantha«, stellte er leise fest. »Wie weit sind die Bogies entfernt?«

»Vielleicht eine halbe Meile, und sie kommen schnell näher. *Wieso* ist es nicht so einfach, Macintyre? Ich habe mein Peilzeichen wieder eingeschaltet.«

»Mag sein, daß es wieder arbeitet, aber wir brauchen eine gewisse Zeit, um es mit unseren Geräten zu synchronisieren.« Er schnalzte vorwurfsvoll mit der Zunge. »Haben Sie irgendeine Ahnung davon, wie komplex die physikalischen Prozesse sind, um die es hier geht?«

»Um ganz ehrlich zu sein, ist mir das im Augenblick *scheißegal*, Macintyre«, bellte sie. Sie geriet allmählich in Panik, und es wurde immer schwieriger, die Beherrschung zu behalten. »Wir können fachsimpeln, solange Sie wollen, nachdem Sie mich, zum Teufel, hier *raus*geholt haben!«

»Keine Panik, Dooley. Hier ist Will Zdebiak.« Sie erkannte die Stimme des Chefpiloten der Mission, die sie beobachtet hatte. »Mac arbeitet daran. Er sagt, er kann Sie in...« – seine Stimme wurde leiser, als er sich abwandte – »Sechzig, Mac?« Er kam zurück ans Mikrofon. »...In sechzig Sekunden erfaßt haben. Geben Sie mir noch mal Ihren Status durch.«

Sams Blick erfaßte den Bildschirm und alle Anzeigen. Ein Teil der gelben Bereiche auf dem Schadensdiagramm waren orange oder sogar rot geworden. *Was bedeutet das? Brenne ich...?* Sie ballte die Fäuste um Steuerknüppel und Gashebel, bis die Sehnen in ihren Unterarmen schmerzten. Dann lockerte sie den Griff, zwang die Muskeln, sich zu entspannen, und fühlte die Anspannung aus ihrem Körper fließen. Als sie antwortete, überraschte der ruhige Tonfall ihrer Stimme sie selbst. »Okay, Control. Ich bin am Rand der Berge und komme jetzt in unzugängliches Terrain.«

»Nicht weitergehen, Dooley«, unterbrach Will. »Die Mechdatamodelle, die wir benutzen, sind erstklassig für flachen Boden, aber auf unebenem Gelände fliegen die Balancealgorithmen mit Düsenantrieb zum Fenster raus. Verstanden?«

»Sie meinen, ich könnte Gänseblümchen riechen.«

»Korrekt. Und in einem 50-Tonnen-BattleMech einen Kopfstand zu versuchen ist nicht gerade das, was der

Onkel Doktor verschrieben hat, wenn Sie wissen, was ich meine.«

Ein Teil von Sams Verstand – der Teil, der nicht mit ihrem unmittelbaren Überleben beschäftigt war – registrierte Wills Mitteilung zur späteren Auswertung. *Mech*, dachte sie. *BattleMech. Also so heißen diese Dinger.* »Wenn ich das richtig verstehe, gilt diese Einschränkung nicht für die Banditen?« stellte sie trocken fest.

»Das ist korrekt«, bestätigte der Pilot. »Kommen sie immer noch näher?«

»Zwei halten sich zurück«, teilte sie ihm nach einem Blick auf den Bildschirm und die Radaranzeige mit. »Die beiden anderen rücken weiter vor, aber sie sind erheblich langsamer geworden.«

»Gut.« Sie hörte raubtierhafte Zufriedenheit in der Stimme des Mannes. »Sie wissen nicht so recht, was sie von Ihnen halten sollen. Haben Sie schon das Feuer erwidert?«

»*Womit?*« fragte sie.

Will kicherte. »Ach, mit dem üblichen«, stellte er fröhlich fest. »Autokanonen. Laser. Raketen. Partikelprojektorkanonen. Sie wissen es vielleicht nicht, aber Sie sitzen auf einem recht beeindruckenden Arsenal, Dooley.«

»Beeindruckend genug, um vier Mechs zu Schrott zu schießen?«

»*So* beeindruckend nun auch wieder nicht.«

Hätte mich auch gewundert, dachte sie zynisch.

»Sie sollten denen etwas zu denken geben«, führte Will weiter aus. »Nennen wir es Unterdrückungsfeuer. Um uns etwas mehr Zeit zu verschaffen, in der wir Ihr Peilzeichen erfassen und Sie da rausziehen können. Okay?«

»He, ich bin für jeden Vorschlag dankbar.«

Der Pilot lachte wieder. Sam stellte sich vor, wie seine stahlgrauen Augen amüsiert funkelten. »Ich erkläre es Ihnen Schritt für Schritt«, beruhigte er sie. »Sie haben wahrscheinlich schon bemerkt, daß der Steuerknüppel Ihr Fadenkreuz kontrolliert.« Sie grunzte eine Zustimmung. »Haben Sie Ihre Waffen rekonfiguriert?«

»Wie denn?«

»Stimmt. Okay, in dem Fall liegt alles – und ich meine wirklich *alles* – auf dem Pistolenabzug. Sie brauchen nur das Fadenkreuz auf ein Ziel zu ziehen – zum Beispiel den nächsten Mech – und den Auslöser durchzudrücken. Ihre Betriebstemperatur wird in die Stratosphäre steigen, aber da wir Sie jeden Augenblick da rausgeholt haben dürften, brauchen Sie sich deswegen keine grauen Haare wachsen zu lassen. Alles klar?«

Sam zuckte die Achseln. »Den Versuch ist es wert. Und treten Sie Macintyre für mich in den Hintern, okay?«

»Noch fünfundvierzig Sekunden, Samantha.« Das war Macintyres Stimme. An ihrem Tonfall erkannte sie, daß der junge Ingenieur sie aufzumuntern versuchte, aber es gelang ihm nicht. *Beim letztenmal hat er* sechzig *Sekunden gesagt ... und das war vor über einer Minute. Das ist wie ein ›2-Minuten-Drill‹ beim Football.*

Nur einer der feindlichen BattleMechs rückte noch vor, und selbst der hatte sich dramatisch verlangsamt. Will hatte recht, erkannte sie: Die Verfolger wußten mit ihr nichts anzufangen und wollten nicht kopfüber in eine unhaltbare Situation oder womöglich sogar einen Hinterhalt stürmen. Aber selbst mit Gehgeschwindigkeit würde der vorderste Mech sie in dreißig Sekunden erreicht haben. Sie wischte die schweißnasse Rechte am Oberschenkel ab, dann griff sie wieder den Steuerknüppel.

Sie zwang sich, das Schwanken zu übergehen, mit dem der Torso ihres Mechs sich drehte. Der Knüppel war überraschend leichtgängig, und es kostete sie ein, zwei Sekunden, das Fadenkreuz über die ausladende Silhouette des näher kommenden BattleMechs zu ziehen. Als sie das Ziel anvisiert hatte, blinkte auf dem

Schirm eine Entfernungsangabe auf. *Dreihundertfünfzig Meter. Das ist nah genug, Bürschchen.* Sie spannte sich an und drückte den Feuerknopf.

Der Lärm, der durch ihr Cockpit brandete, war unglaublich. Es war eine Kombination aus dem Kreischen von Schnellfeuer-Maschinengewehren, dem Wummern einer Waffe mit viel niedrigerer Feuergeschwindigkeit, aber größeren Projektilen, dem unverwechselbaren Seufzen sich entladender Akkumulatoren und einem Donnerschlag, als sei ein Blitz in das Kanzeldach gefahren. Sams Ohren klingelten unter dem Eindruck dieser Essenz moderner Kriegsführung.

Auf dem Bildschirm verschwand der feindliche Mech in einem flammenden Inferno. Laser schälten metallische Haut und Panzerung ab. MG-Salven blitzten und tanzten über die Facettenkanten des Mechkopfes. Ein azurblauer Blitzschlag ließ den Boden unter den Füßen des Ziels explodieren und schleuderte Tausende Pfund Staub und Erde in die Luft. Eine Sekunde später loderten über den gesamten Mechrumpf verteilt rote Feuerblumen auf, als eine Raketensalve ihr Ziel erreichte. Sekundärdetonationen zuckten. Rauch breitete sich zu einem von roten Flammen durchzogenen schwarzen Wolkenball aus, in dem der BattleMech völlig verschwand.

»Herr im *Himmel* …«, keuchte Sam. Sie konnte die Gewalt der Feuerkraft nicht fassen, die sie gerade ausgelöst hatte. Sie zog den Auslöser kein zweites Mal durch, sondern starrte nur wie gebannt auf den Schirm und wartete, daß sich der Rauch verzog und die Trümmer ihres Ziels freigab.

Sie kreischte fast vor Entsetzen, als der feindliche Mech aus der Qualmwolke auf sie zumarschierte. Er war offensichtlich beschädigt. Der gesamte Kopf war rußgeschwärzt, und im Torso klafften mehrere Löcher, durch die das Strebenwerk der internen Rumpfstruktur sichtbar war. Der rechte Arm hing in einem so seltsamen Winkel herab, als sei der Ellbogen zerschmettert. Aber er stand noch aufrecht, und er kam näher. So zugerichtet, wirkte er noch bedrohlicher als vor ihrem Angriff.

»Mac!« schrie sie und konnte die beginnende Hysterie in ihrer Stimme selbst erkennen. »Ich will hier weg, Mac.«

»Noch dreißig Sekunden, Samantha.«

Die beiden offenen Kästen auf den Schultern des feindlichen Mechs spien weißen Rauch. Ein Dutzend kleine, dicke Raketen – weiß, mit grellroten Sprengköpfen – schossen aus den Rohren, sechs aus jeder Lafette. Sie sah sie kurz zittern, dann hatten sie offensichtlich ihr Ziel erfaßt und jagten in kerzengerader Linie heran.

»Ich habe keine *drei* Sekunden, Mac. Raketen im Anflug.« Sie sah die Projektile näher kommen. Sie zogen überraschend dünne Kondensstreifen hinter sich her. Sie stählte sich für den Einschlag …

18

Der Einschlag der Raketen war furchtbar, apokalyptisch – es war, als wäre Samantha der Himmel auf den Kopf gefallen. Das Cockpit hallte wie ein Gong. Es war ein einziger, überwältigender Schlag, als wären alle zwölf Raketen in einer perfekt getimten Salve gleichzeitig detoniert. Sams Kopf schlug gegen das Kanzeldach, und ein greller Lichtschein explodierte in ihrem Schädel, gefolgt von Dunkelheit.

Sie erwachte ein paar Sekunden später. Als erstes spürte sie den Schmerz, ein brutales Hämmern in der rechten Schläfe und ein schärferes, loderndes Reißen im linken Knie. Einen furchtbaren Augenblick lang wußte sie nicht, wo sie war, was geschehen sein konnte. Dann schlug die Erinnerung über ihr zusammen und verlieh der Szenerie, die sie umgab, einen Sinn.

Das Cockpit lag auf der linken Seite. Offensichtlich war der Mech gestürzt oder von den Raketentreffern umgeworfen worden. Falls ihr Sitz über Sicherheitsgurte verfügte, hatte Sam sie nicht gesehen, und als der riesige Roboter aufgeschlagen war – *Mama mia, was muß das für ein Schlag gewesen sein! Fünfzig Tonnen über sechzig Fuß ...* –, war sie hart mit dem Kopf gegen die Seitenwand geschlagen. *Ich kann froh sein, daß ich mir nicht den Hals oder den Schädel gebrochen habe,* erkannte sie schaudernd. Der Querstab des Gashebels bohrte sich schmerzhaft in ihre Rippen. Sie fluchte und wälzte sich zur Seite.

Es war dunkel im Cockpit. Das einzige Licht kam von den wenigen noch funktionierenden Schaltern und Datenanzeigen. Der Hauptbildschirm und die Radaranzeige waren beide dunkel. Zwei Warnschalter glühten dunkelrot.

Was ist mit dem Funk? fragte sie sich. Plötzlich erfüllte

dieser Gedanke ihr Bewußtsein. Sie griff hinüber und drückte mehrmals auf den Sprechknopf des Funkgeräts. Der Lautsprecher blieb stumm – kein Rauschen, kein elektronisches Knacken, wenn sie das Mikro einschaltete. Das bedeutete nicht notwendigerweise, daß sie nicht mehr senden konnte, machte sie sich Hoffnung, nur, daß sie nicht empfangen konnte.

Sie schaltete das Mikro wieder ein. »Control von Dooley One.« Sie versuchte, die Stimme emotionslos und berufsmäßig zu halten. Zu ihrem Bedauern mußte sie erkennen, daß es ihr nicht gelang. »Ich bin noch ganz, aber von meinem Gefährt kann ich dasselbe nicht behaupten. Die meisten Systeme scheinen beschädigt oder ausgefallen, und ich würde sagen, die einzige Möglichkeit, dieses Ding wieder in Bewegung zu setzen, ist, daß es jemand abschleppt. Können Sie mich hier rausholen? Over.«

Sie gab den Sprechknopf frei. Der Lautsprecher blieb tot.

Ein eisiger Lufthauch schien über Sams Nacken zu streichen. Sie schaltete das Mikro wieder ein. »Control von Sam Dooley. Ich lebe noch, und ich erbitte sofortige Rückholung. Können Sie mich empfangen? Over.«

Schweigen. *Was, wenn sie mich für tot halten?* fragte sie sich plötzlich. *Was, wenn sie den Kontakt verloren haben? Sie wissen, daß Raketen im Anflug waren. Ich habe es ihnen selbst gesagt. Wenn unmittelbar danach der Kontakt abbricht, was sollen sie da anderes denken? Und werden sie sich die Mühe machen, ein Cockpit zurückzuholen, in dem sie nur eine Leiche vermuten?*

Sam war nicht bereit, die Hoffnung aufzugeben. Sie drückte ein weiteres Mal den Sprechknopf des Mikrofons. »Mac, hier ist Sam Dooley.« Sie hörte den Anflug von Hysterie in ihrer Stimme und verachtete sich dafür. »Wenn Sie mich hören können, holen Sie mich hier raus. Ich wiederhole – mein BattleMech ist Schrott, aber ich lebe noch und fühle mich ganz furchtbar einsam, wenn Sie verstehen, was ich sagen will. Sollte es irgendeine Möglichkeit geben, mich wissen zu lassen, daß Sie diese Nachricht erhalten haben, Mac, dann tun Sie's, okay?« Sie ließ den Sprechknopf los und versuchte, eine bequemere Sitzposition zu finden.

Die Klimaanlage war ausgefallen, das kaum hörbare Sirren des Ventilators verstummt. Zum ersten Mal fiel Sam auf, wie heiß es im Innern des Cockpits war. Sie war schweißgebadet, ihr Haar stumpf und lappig, ihre Kleider klebten an der Haut. Zum Teil ging das sicherlich auf Angst und Streß zurück, aber hauptsächlich lag es daran, daß ihr Cockpit große Ähnlichkeit mit einer Sauna entwickelte – bis auf die fehlende Luftfeuchtigkeit. *Was hat Will noch über Funk gesagt? Irgendwas über meine Betriebstemperatur, die ›in die Stratosphäre steigt‹*, erinnerte sie sich nach kurzem Nachdenken. *Liegt da das Problem?*

Oder steht der Mech in Flammen …?

Der Gedanke durchzuckte sie wie ein Stromstoß. *Himmel!* Sie hatte Sekundärexplosionen gesehen, wenn die anderen Mechs getroffen wurden. Ein Teil davon mochten verzögerte Sprengkopfdetonationen panzerbrechender Projektile gewesen sein, aber zumindest ein paar mußten durch die Explosion eingelagerter Munitionsvorräte entstanden sein. *Dieses Ding ist vollgepackt mit MG-Munition*, dachte sie. *Ich sitze auf einem Pulverfaß, und die Lunte brennt schon …*

Sie schüttelte den Kopf. *Super. Vor die Entscheidung gestellt zu werden, das habe ich jetzt wirklich gebraucht …* Was sollte sie tun – hierbleiben und darauf hoffen, daß Macintyre sie translozierte, bevor sie in einer Munitionsexplosion starb? Oder aussteigen und erst einmal am Leben bleiben, dafür aber die einzige Verbindung zu der Welt aufgeben, aus der sie gekommen war? *Herkules am Scheideweg.*

Ein dumpfer Knall von irgendwo unter ihr nahm ihr die Entscheidung ab. Irgendwo in den Eingeweiden des am Boden liegenden Mechs war etwas explodiert. Sie drückte ein letztes Mal den Sprechknopf. »Mac, Dooley noch mal. Ich steige aus, Mac. Ich habe keine Wahl. Aber ich bleibe in der Nähe, okay? Wenn Sie mich hier irgendwie abholen könnten, wäre ich Ihnen ausgesprochen dankbar.« Sie unterdrückte den Drang loszuprusten – irgendwie wirkten ihre Bemühungen, cool und profihaft zu klingen, während sie in Wahrheit panische Angst davor hatte, in die Luft zu fliegen oder für den Rest ihres Lebens in dieser Einöde festzusitzen, zutiefst lächerlich. »Hol mich hier raus, Mac, okay? Ich warte. Dooley, over und out.«

Eine weitere Sekundärexplosion schüttelte das Cockpit durch, und die Hälfte der noch funktionierenden Datenanzeigen erlosch. Gegen blinde Panik ankämpfend, suchte Sam mit beiden Händen nach dem Griff des Kanzeldachs. Es schien eine Ewigkeit zu dauern, aber dann fand sie den Verschlußgriff und zog.

Nichts. Der Griff rührte sich nicht einmal. *O Gott …*

Konnte der Aufprall – entweder beim Raketeneinschlag oder im anschließenden Sturz – das Cockpit verformt und das Kanzeldach verkeilt haben? *Wenn ja, bin ich tot.* Verzweifelt warf sie ihr ganzes Gewicht gegen den Griff. Es war nicht einfach, angesichts der Enge der Kabine und der ungünstigen Lage des Cockpits. Zunächst blieb der Griff wie festgefroren in Position. Dann aber gab er mit einem metallischen Knirschen nach und krachte in die offene Position. Das Schiebedach glitt minimal zurück.

Sam hätte laut jubeln mögen, als sie den haarfeinen Streifen Tageslicht sah. Sie packte die Haltegriffe und schob.

Die Leitschienen des Kanzeldachs waren verbogen. Das erkannte sie im ersten Augenblick. Bei Generro war das Dach glatt und lautlos vor- und zurückgeglitten. Jetzt knirschte es, krachte und stöhnte, und sie benötigte ihre ganze Kraft, es zu bewegen. Aber es bewegte sich. Der Spalt wurde breiter – einen Finger breit, eine Hand breit. Das Dach klemmte, und Angst hielt Sams Herz in eisigen Klauen. Sie atmete tief durch und drückte mit ganzer Kraft.

Sie konnte fast die Sehnen reißen hören, aber das Dach bewegte sich keinen Millimeter weiter. Die Öffnung war inzwischen knappe dreißig Zentimeter breit. Auf der anderen Seite konnte sie das rauhe Gelände des Vorgebirges und die lückenlose graue Wolkendecke sehen. *Es* darf *nicht klemmen,* dachte sie verzweifelt. *Ich bin fast raus aus diesem Sarg.* Wieder warf sie sich gegen die Haltegriffe und drückte mit ihrer ganzen Kraft, bis das Cockpit unter der Anstrengung vor ihren Augen schwamm. Keuchend fiel sie zurück.

Ein Gefühl der Sinnlosigkeit übermannte sie. *Was für eine idiotische Art zu sterben!* wütete sie in Gedanken. *Eingeschlossen in einem gottverfluchten* Roboter *auf einer fremden Welt …* Sie blinzelte die Tränen fort, die ihr in die Augen traten.

Wieder schloß sie die Augen, zwang sich tief und ruhig zu atmen. *Nimm dich* zusammen, *Dooley. Wenn dich irgendwas umbringen kann, dann ist es Panik.* Die Ausläufer der Hysterie zogen sich langsam zurück, verschwanden wie die von der Ebbe davongezogenen Wellen eines eisigen schwarzen Meers.

Sie bemühte sich, ruhig zu bleiben und ihre Lage objektiv zu analysieren. Sam öffnete die Augen und betrachtete das Kanzeldach und das, was sie von den Schienen, auf denen es sich bewegte, sehen konnte. Sie *waren* verbogen, aber die Lage war nicht annähernd so schlimm, wie sie hätte sein können. Das Dach hing nur auf einer größeren Ausbeulung fest. Wenn es ihr nur gelang, genügend Kraft aufzubringen, *sollte* sie es über dieses Hindernis bewegen können. Was sie brauchte, war ein Angelpunkt, eine solide Basis, die es ihr gestattete, Hebelwirkung einzusetzen.

So gesehen war die Lösung einfach. Weil das Cockpit

auf der Seite lag, hockte sie unsicher auf der linken Steuerkonsole, mit verdrehten Schultern, um die Haltegriffe des Kanzeldachs fassen zu können. Dadurch konnte sie bei ihren Versuchen, das Dach zu öffnen, nur ihre Armmuskulatur und die Drehmuskeln der Hüfte einsetzen. Was sie brauchte, war eine Möglichkeit, die starken Muskeln in ihren Beinen ins Spiel zu bringen. Sie sah sich noch einmal um und mußte plötzlich grinsen.

Ich bin zu gut erzogen, stellte sie mit bitterer Ironie fest. *Selbst wenn es darum geht, mein Leben zu retten, bleibe ich mit den Füßen vom Tisch …*

Sie drehte ihren Körper in der Enge des Cockpits und zog die Füße auf das Hauptarmaturenbrett vor dem Pilotensessel. Mit gebeugten Knien drehte sie sich auf die Seite und packte die Haltegriffe. Ein tiefer Atemzug, dann zog sie, so fest sie konnte, mit der ganzen Kraft der Beine und des Rückens. Unter den Sohlen ihrer leichten Wanderstiefel knirschten und splitterten Tastaturen, Knöpfe und Datenanzeigen.

Einen Sekundenbruchteil widersetzte sich das Dach, dann flog es mit einem lauten *Kreischen* nach hinten davon. Sam wurde völlig überrascht, verlor den Halt und das Gleichgewicht. Mit einem Aufschrei stürzte sie aus dem offenen Kanzeldach und schlug noch einmal mit dem Kopf gegen die Cockpitwand.

Sie kam hart auf Schulter und Hüfte auf. Schmerzen schossen durch ihren Körper. Ihre Kampfsportreflexe sorgten dafür, daß sie abrollte und einen Teil der Sturzenergie abfing. Sie kam an einem Felsblock von der Größe eines VW-Käfers zum Stehen und handelte sich dabei den nächsten Schlag vor den Kopf ein. Tränen standen in ihren Augen und ließen die Welt verschwimmen, als sie sich mühsam in die Hocke aufrichtete.

Ihr linkes Knie explodierte vor Schmerzen, als sie es belastete. Das Gelenk fühlte sich geschwollen und von

Flüssigkeit aufgedunsen an. Es klopfte und pulsierte, selbst wenn es unbelastet war, und ein Großteil der Schmerzen war eine Folge des Flüssigkeitsdrucks in der Gelenkkapsel. Aber wenn sie es bewegte oder belastete, verwandelte sich der dumpfe Druck in ein kaum zu ertragendes Stechen, als stoße ein sadistischer Arzt ein rotglühendes Skalpell in die Wunde. *Wirklich ein* toller *Zeitpunkt, dir das Knie zu zertrümmern, Dooley,* stellte sie angewidert fest. *Fällt dir vielleicht noch etwas ein, wie du das Ganze hier schwieriger machen kannst ...?* Wenigstens trug das Gelenk ihr Gewicht, entschied sie nach mehreren schmerzhaften Versuchen. Sie würde sicher keinen Sekundenbruchteil davon genießen, aber zumindest *konnte* sie gehen, wenn es sein mußte.

Muß es sein? Das war natürlich die entscheidende Frage. Zum ersten Mal sah sie sich wirklich um ... und war sprachlos.

Ihr BattleMech war vielleicht drei Meter entfernt. Er lag auf der Seite. Einen Augenblick lang stierte sie ihn nur ehrfürchtig an und vergaß alle Schmerzen und Gefahren.

Sie hatte gewußt, daß die Kampfroboter groß waren, aber etwas zu wissen und es zu sehen – erst recht aus dieser Nähe –, das ist etwas Grundverschiedenes. Der BattleMech war gewaltig, so groß wie ein kleines Haus – größer als ein F-111 Jagdbomber und wahrscheinlich auch schwerer.

Sie zitterte. Selbst zertrümmert am Boden, von Raketenfeuer zerbeult und zerfetzt, war er furchteinflößend, als habe sein Konstrukteur ihn bewußt in der Absicht gebaut, seinen Gegnern Angst einzujagen. (*Wer weiß?* dachte sie.) Sein Torso war schmal und ruhte auf ›Hüften‹ und ›Beinen‹, die ein erstklassiges Gerüst für einen schweren Baukran abgegeben hätten. Sein ›Kopf‹ war gedrungen und saß zwischen riesigen, hochgezogenen ›Schultern‹. Er erinnerte Sam an einen riesigen Geier, in Form gebracht von einem Industriedesigner mit Verfolgungswahn. An der Oberseite des ›Kopfes‹ sah sie das offene Kanzeldach, aus dem sie gefallen war. *Mein Gott*, dachte sie, *ich habe dieses Ding* gesteuert!

Die Raketensalve hatte die Panzerung des gestürzten Mechs an sechs Stellen durchschlagen. Das rechte ›Kniegelenk‹ war fast völlig vernichtet. Nur zwei Stromkabel hielten die beiden Beinhälften noch zusammen. Der rechte ›Arm‹ war zerbeult und unter den Rumpfmassen eingeklemmt, während vom linken nur noch ein verkohlter und verdrehter Metallstumpf übrig war. Ein breiter Krater klaffte in der Mitte des BattleMech-›Brustkorbs‹, und das Metall im Innern glühte immer noch kirschrot. Funken zuckten und sprangen durch die Öffnung und erinnerten Sam an Bogenschweißarbeiten. Öligschwarzer Rauch stieg aus einem anderen Riß in der Rumpfstruktur der Kampfmaschine auf, und sie glaubte, das Flackern eines Feuers zu sehen. *Ich kann verdammt froh sein, daß ich da raus bin*, stellte sie bei sich fest.

Natürlich waren drei Meter immer noch ziemlich nah, für den Fall, daß etwas unangenehm Heftiges geschah. Sie kroch in geduckter Haltung um den Felsen und brachte dessen Masse zwischen sich und die umgestürzte Maschine. In seiner Deckung fühlte sie sich endlich ein wenig sicherer und versuchte, Puls und Atmung unter Kontrolle zu bringen.

Der Mech – *mein Mech*, korrigierte sie in Gedanken – starb nicht widerspruchslos. Elektrische Funken sprühten und knisterten. Überhitztes Metall stöhnte und knirschte, während es abkühlte. Tief im Inneren der Maschine hörte sie ein hohes, schnarrendes Singen, wie ein Motor mit fehlerhaften Lagern.

Jetzt drang ein weiteres Geräusch an ihre Ohren, ein rhythmisches Donnern, das sie mehr durch den Boden fühlte als hörte. *O mein Gott*, erkannte sie plötzlich. *Ich habe gar nicht mehr an die anderen Mechs gedacht …*

Irgendwo da draußen warteten noch vier von ihnen,

und allermindestens der eine, auf den sie geschossen hatte, würde hierherkommen, um nachzusehen, welches Ergebnis seine Raketensalve gehabt hatte. *Was machen sie mit abgeschossenen Mechs? Und was machen sie mit gefangenen Piloten – besonders mit ›Ausländern‹ wie mir…?*

Die rhythmischen Erschütterungen – wie die Schritte eines sich nähernden Monsters in einem Godzilla-Film – kamen immer näher und wurden mit jeder Sekunde lauter. Vor ihrem inneren Auge sah sie, wie der Roboter, der ›ihren‹ Mech vernichtet hatte, mit riesigen Schritten über das Gelände stampfte.

Sie schob sich langsam um den automobilgroßen Felsblock und blieb dabei in der Hocke, um möglichst unauffällig zu bleiben. Ihr Knie loderte vor Schmerzen, aber sie unterdrückte den Impuls zu fluchen. *Haben diese Dinger Außenmikros? Und wie empfindlich sind sie?*

Da war er. Da war die zweibeinige Raketenplattform, die sie fast das Leben gekostet hatte. Der Mech war vielleicht noch zweihundert Fuß entfernt und kam langsam über den unebenen Boden näher. Der rechte Arm hing noch immer leblos vom zerschmetterten Ellbogen herab, aber die gewaltige Waffe im linken zielte auf den Kopf des gestürzten Mechs. Sam schüttelte ungläubig den Kopf. *Also wirklich,* dachte sie. *Glaubst du ernsthaft, das könnte ein Trick sein…?* Aber dann erinnerte sie sich, welche Schadensmengen sie die anderen Mechs hatte wegstecken sehen. Es *war* denkbar, daß die am Boden liegende Maschine noch zu einem letzten vernichtenden Angriff aus nächster Nähe fähig war.

Hinter der Raketenplattform näherten sich zwei weitere der Metalltitanen. Schließlich hielten alle drei in einer kleinen Gruppe an, die Torsen leicht gedreht, so daß sie einander ›ansahen‹. Außer den Geräuschen, die aus dem Wrack ihres Mechs drangen, war nichts zu hören, aber Sam wußte, daß die drei Piloten ihre weitere Vorgehensweise diskutierten.

Schließlich wuchtete der vierte Mech heran und brachte die Entscheidung. Er marschierte geradewegs an den drei anderen vorbei und hielt erst zwölf bis fünfzehn Meter vor Sams Maschine an. Mit dem verlängerten linken Arm zeigte er geradewegs auf den kampfunfähigen BattleMech.

O Shit! Blitzartig erkannte Sam, was als nächstes geschehen würde. Sie warf sich hinter dem Felsblock flach auf den Boden.

Ihre Ohren hallten wider von dem hohen Kreischen ausströmender Hochdruckgase und dem Röhren und Krachen eines heißen Feuers. Sie schrie ihre Angst in den Boden, als ihr die Luft aus den Lungen gesaugt wurde und sie ihre Haare versengen spürte. *Ich werde bei lebendigem Leib gebraten …*

Die mörderische Hitze hielt nur zwei Sekunden an. Das Glutofendonnern verstummte, und frische Luft – im Vergleich zu dem Drachenodem nur einen Augenblick zuvor eisig kalt auf ihrer Haut – strömte heran, um den entstandenen Unterdruck auszugleichen. Sam keuchte, sog die lebenserhaltende Luft tief in ihre Lungen.

Vorsichtig hob sie den Kopf über den Felsen.

Die Trümmer ihres Mechs standen hell in Flammen. Sie waren von einer brennenden Flüssigkeit überzogen, die an Napalm erinnerte. Der feindliche BattleMech stand über dem Wrack, und aus der Mündung des Flammenwerfers in seinem Arm tropften Reste flüssigen Feuers. Während Sam zusah, hob er den Flammenwerfer ein zweites Mal.

Noch einen Schuß überlebe ich nicht! Die Hitze wird mich umbringen. Noch bevor sie den Gedanken ausformuliert hatte, war Sam bereits auf den Beinen und rannte davon. Die Schmerzen, als sie das Gewicht auf ihr linkes Bein legte, waren kaum zu ertragen. Aber das Gelenk hielt. Sie biß die Zähne zusammen, um nicht aufzuschreien, während sie über den zerklüfteten Boden auf ein mit Felsbrocken übersätes Stück Grund ein paar Dutzend Meter entfernt zurannte. Hinter ihr hörte sie das erneute Röhren der Flammen. Sie fühlte die Tentakel der Hitze nach ihr greifen.

»He, du! Stehenbleiben!« Die Stimme war unglaublich, unmenschlich laut – wie ein wütend aufschreiender Riese. Reflexartig sah Sam über die Schulter.

Einer der Mechs – derjenige, der sie mit seiner Raketensalve fast umgebracht hatte – hatte den Torso in ihre Richtung gedreht.

»Anhalten, oder du bist tot!« donnerte die elektronisch verstärkte Stimme … Und diesmal sprach sie Englisch.

Beinahe hätte sie angehalten und die Hände gehoben, um sich zu ergeben. Aber dann erinnerte sie sich an den Anblick ihres am Boden liegenden, mit Napalm übergossenen BattleMechs. *Behandeln sie so ihre Feinde. Danke, nein.* Sie senkte den Kopf und rannte, so schnell ihr verletztes Knie es zuließ.

»Falsche Entscheidung, Schlange.« Eine krachende MG-Salve unterstrich den trockenen Kommentar. Sam schrie auf, als sie die Kugeln hinter sich in den harten Boden schlagen und die Querschläger jaulend in den Himmel fahren hörte. Der Mechpilot gab eine zweite Salve ab – näher, aber immer noch hinter Sam. Felssplitter peitschten durch die dicken Hosenbeine über die Rückseite ihrer Schenkel. *Beim nächsten Feuerstoß bin ich dran …*

Aber einen Augenblick später hatte sie die Felsen erreicht, und vor ihr öffnete sich eine der zahllosen schmalen, engen Bodenspalten – möglicherweise die tiefen Spuren früherer Flußläufe. Sie hechtete kopfüber hinein und schlug hart am Boden auf. Sie rollte ab, kam wieder auf die Beine und rannte die Felsspalte hinab. Hinter ihr zerfetzte ein weiterer Feuerstoß den Boden und schlug Funkenregen aus den Felsen. Ein schneller, panischer Blick über die Schulter zeigte ihr, daß sie für den Moment außer Sicht war. Aber sie wußte nur zu gut, wenn der Mechpilot es wirklich darauf anlegte, sie zu töten, genügte dazu eine Rakete. *Wer auch immer ursprünglich gesagt hat: ... Knapp daneben ist auch vorbei ..., hat keine Explosivraketen benutzt ...*

Eine engere Felsspalte öffnete sich zur linken Seite, und sie humpelte hinein. Eine weitere Abzweigung, eine weitere Kurve. Noch zwei – die Schluchten oder Arroyos oder Felsspalten oder was immer gingen wie ein Irrgarten ineinander über – und sie war sich nicht einmal mehr sicher, aus welcher Richtung sie gekommen war. Die Erschöpfung und die hämmernden Schmerzen in ihrem Knie ließen ihr Blickfeld schrumpfen, aber sie zwang sich immer weiter.

Irgendwann brach sie zusammen. Sie konnte einfach nicht mehr. Die Umgebung verschwamm vor ihren Augen; ihr Gehirn schien in Watte gepackt. *Wenn der Mechpilot mir noch auf den Fersen ist, kann ich ihm nicht einmal ein bewegtes Ziel bieten,* dachte sie wie im Rausch.

Aber keine MG-Salve zerfetzte ihren Körper, kein Napalm verwandelte sie in eine lebende Fackel. Die Stille lag über ihr wie eine schwere Decke.

Ohne Vorwarnung verkrampfte sich ihr Magen. Die Anspannung der letzten Minuten hatte sie eingeholt, wie sie jetzt erkannte. Sie würgte, dann erbrach sie ihren Mageninhalt auf den felsigen Boden.

Als die Krämpfe endlich nachließen, wischte sie sich mit dem schweißnassen Ärmel den Mund ab. *Igitt. Wirklich reizend, Dooley,* dachte sie.

Ein eisiger Wind kam scheinbar aus dem Nirgendwo und jagte heulend und pfeifend durch das Schluchtenlabyrinth. Über ihr drohten die schiefergrauen Wolken zu brechen. Erschöpft blickte sie sich um. Etwa zwei Meter entfernt war ein kleiner Überhang – fast eine Höhle, aber eben nur fast – zu sehen, unter dessen Dach die Seitenwand der Felsspalte leicht ausgehöhlt war.

Keuchend vor Anstrengung, schleppte sie sich hinüber und preßte sich so gut es ging in die Deckung. Sie zog die Knie an die Brust und umklammerte die Beine. Und so weit von zu Hause entfernt, daß sie es nicht einmal fassen konnte, versank sie in einen Zustand geistiger Abwesenheit, der nur sehr entfernt etwas mit Schlaf zu tun hatte.

19

Die kleine Kreatur war wieder zurück. Samantha saß elendiglich in ihrer schmalen Felsnische und beobachtete sie aus stumpfen Augen.

Sie war etwas über einen Fuß lang – den Schwanz eingeschlossen, etwa 46 Zentimeter – und wirkte wie eine Art Eidechse … Bis auf die Tatsache, daß sie einen dichten Pelz aus drahtigem braunem Haar hatte. Sie war vor etwa einer halben Stunde plötzlich aufgetaucht und hatte Sam mit ihren kleinen roten Augen von der anderen Seite des engen Felsspalts aus beobachtet. Nach ein paar Sekunden schien sie wieder zwischen den Felsen verschwunden.

Jetzt war sie zurück und näher als zuvor, höchstens noch drei Meter von ihren Schuhen entfernt. Sie schien vor Anspannung oder Furcht zu zittern. Zum erstenmal bemerkte Sam einen scharfen, bitteren Geruch, wie eine Mischung aus Moschus und Ammoniak, der von dem kleinen Tier ausging. Auf all ihren Reisen hatte sie nichts gesehen, was dieser pelzigen Eidechse ähnelte, und auch in keinem der Naturkundebücher, die sie gelesen hatte, war eine ähnliche Kreatur beschrieben.

Natürlich nicht, Dooley, dachte sie mit trockenem Humor. *All diese Bücher behandeln die Tierarten der Erde – Sol III –, nicht die von Solaris Sieben.* Die Drahthaareidechse war nur eine weitere Erinnerung daran – als ob sie die nötig gehabt hätte –, daß sie sich fern der Heimat befand. *Ein völlig anderer Planet, möglicherweise Jahrhunderte in der Zukunft oder in einem ganz anderen Universum.* Sie schüttelte den Kopf. Diese Gedanken waren zuviel für sie, gingen über ihr Verständnis hinaus.

Die Pelzeidechse kam näher, schlich zögernd auf ihren rechten Fuß zu. *Was willst du?* Sie richtete den Gedanken wie eine Funkbotschaft auf das kleine Tier. *Sitz ich in deinem Bau, ist es das?*

Sie lachte. Ein kurzes, bitteres Bellen, mehr nicht. *Weggegangen, Platz vergangen. Ich bin hier, du bist es nicht, und damit hat es sich. Pech gehabt, Brother.* Sie hob einen Kiesel auf und warf ihn nach der Kreatur. Die huschte ein paar Schritte zurück, drehte sich um und zischte giftig. *Ich weiß genau, was du meinst,* dachte sie ärgerlich und warf einen zweiten Stein. Die Eidechse sprintete hinter ein paar kopfgroße Steine auf der anderen Seite des Arroyo in Deckung und außer Sicht.

Reflexartig sah sie auf die Uhr. *Kurz vor halb sechs.* Sie schüttelte den Kopf. Das war natürlich ohne jede Bedeutung. Die Uhr zeigte ihr nur, wie spät es gerade in Kalifornien war. Es hätte eines außergewöhnlichen Zufalls bedurft, sollte das irgendeine Beziehung zur Ortszeit hier haben. *Ich weiß nicht einmal, wie lang ein Tag auf Solaris Sieben ist, Himmelherrgott,* machte sie sich klar. Bestimmt zum dutzendsten Male rutschte sie über den rauhen Boden und verrenkte den Hals, um unter dem Vordach heraus zu den Wolken hochzusehen. Immer noch eine solide, lückenlose Decke, immer noch grau wie Blei. Sie wußte, daß die Sonne am Himmel stand – es war etwa so hell wie eine Dämmerung in Venice Beach –, aber es schien unmöglich festzustellen, wo über den Wolken die Sonne stand. *Es könnte Mittag sein oder zwei Minuten vor Sonnenuntergang. Ich könnte den Unterschied nicht feststellen,* stellte sie düster fest.

Wenigstens hatte der Regen aufgehört. Zwei Minuten nachdem sie einen Unterschlupf gefunden hatte, war es zu einem wahren Wolkenbruch gekommen. Fast eine Stunde hatte der Regen gedauert, ein gnadenloses Bombardement riesiger kalter Tropfen. Schwermütig hatte sie zugesehen, wie sich der Boden der Schlucht in Schlamm verwandelte. Einmal hatte ein Angstausbruch ihre Gefühlsleere durchbrochen – *was, wenn es zu einer Springflut kommt? Wenn das hier wirklich ein ausgetrockne-*

tes Flußbett *ist…* Aber sie hatte den Gedanken verdrängt. *Nach dem, was ich heute schon überlebt habe, ist eine Springflut nicht einmal den Gedanken wert.*

Etwas Gutes hatte der Regen zumindest gebracht. Sie hatte ihr linkes Bein unter dem Überhang vorgestreckt und das kalte Wasser ihr Hosenbein durchnässen lassen. Die Kälte hatte die Schmerzen im verletzten Knie gelindert – nicht ganz so wirksam wie ein Eisbeutel, aber viel besser als nichts –, und auch die Schwellung schien zurückzugehen. Als sie später bemerkt hatte, wie trocken ihre Kehle war, hatte sie reichlich zu trinken gefunden, indem sie einfach nur die Hände zusammengelegt und in den Regen gehalten hatte.

Irgendwann hatte der Regen dann nachgelassen und schließlich völlig aufgehört. Die Wolkendecke war nicht aufgerissen – es drangen keine wärmenden Sonnenstrahlen hindurch –, aber der Schlamm war erstaunlich schnell getrocknet. *Fast, als ob der Boden das Wasser aufsaugen würde.* Eine halbe Stunde nach Ende des Wolkenbruchs waren die Pfützen auf dem Schluchtboden verschwunden, und das einzige Indiz dafür, daß es überhaupt geregnet hatte, war eine gewisse Weichheit des Erdbodens.

Mit dem Ende des Regens frischte der Wind wieder auf – der scharfe, beißende Wind. Im Gegensatz zum Boden trockneten Sams Kleider nur langsam, und innerhalb weniger Minuten zitterte sie vor Kälte.

Sie blickte wieder zum Himmel empor. War es nur Einbildung, oder wurden die bleigrauen Wolken dunkler? *Geht die Sonne unter?* fragte sie sich, und der Gedanke ließ sie stärker schaudern, als es der Wind vermochte. *Eine Nacht im Freien überlebe ich nicht.*

Sie sah sich nach irgend etwas um, das sie verwenden konnte, um Feuer zu machen. Nichts – kein Holz, kein Gras, keine Blätter. Jetzt, da sie darüber nachdachte, fiel ihr auf, daß die Pelzeidechse das einzige Leben – Tier oder Pflanze – war, das sie in dieser Gegend gesehen hatte. Sie seufzte. *Was soll's? Selbst wenn mir jetzt irgendeine mitleidige Seele ein Stück trockenes Holz brächte, könnte ich es nicht anzünden.* Sie besaß keine Streichhölzer. Sie hatte weder Stahl und Feuerstein noch irgendwelche anderen Werkzeuge, um ein Feuer zu machen. Und ihr Bic war fort. *Wahrscheinlich aus der Tasche gefallen, als ich aus dem Mech gestürzt bin*, dachte sie. Sie hatte ein Päckchen Lucky Strike gefunden, aber es war zerdrückt und durchnäßt.

Soviel zu High-Tech-Methoden, ein Feuer zu entfachen. Was mache ich jetzt: zwei trockene Klischees aneinanderreiben?

Verdammt, es lief wieder alles auf eine dieser *Entscheidungen* hinaus. Wenn sie ihr Leben retten wollte, mußte sie eine weitere Verbindung – ihre absolut letzte diesmal – zu ihrem Zuhause, zu Generro, zur Erde aufgeben. Vor kaum mehr als einer Stunde war sie gezwungen gewesen, sich aus ihrem abgeschossenen Mech zu retten und den Peilsender aufzugeben – falls er noch funktioniert hatte –, der es Macintyre und den anderen irgendwann hätte ermöglichen können, sie nach Hause zu translozieren. Jetzt mußte sie ihr Missionsgebiet verlassen, wenn sie nicht erfrieren wollte – und damit die Chancen einer Rettungsmission, sie jemals wiederzufinden, praktisch auf Null schrauben – falls Macintyre überhaupt eine ansetzte. Sie lächelte bitter. *Diese harten Entscheidungen gehen mir allmählich auf den Wecker.*

Mit einem Seufzen zwang sie sich aufzustehen. Ihre Muskeln waren steif, und das linke Knie fühlte sich an, als habe jemand einen kleinen Ballon unter die Kniescheibe implantiert, der das Gelenk behinderte. Sie trat unter dem Überhang vor in die Mitte des Arroyo.

Wohin jetzt? Es mußte irgendeine Siedlung in der Nähe geben, oder? Die BattleMechs, die sie zur Strecke gebracht hatten, mußten schließlich irgendwoher kommen. Hatte Andrea Sam nicht in den Bergen außerhalb von Rolandsfeld abgesetzt? Rolandsfeld hörte sich nach einem Ortsnamen an.

Aber wo war dieser Ort? In welcher Richtung lag er? Und gab es überhaupt einen Weg dorthin – von hier aus?

Sie seufzte wieder. Wenigstens würde die Bewegung sie wärmen, wenn auch nicht sehr. In Gedanken schnippte sie eine Münze. Dann drehte sie sich nach rechts und begann mit dem Aufstieg.

Als sie über die Schulter zurückschaute, sah sie die Pelzeidechse hinter einem Felsen vorlugen. »Mit Dank zurück, Buster«, sagte sie trocken und humpelte weiter.

Es *wurde* dunkler, daran war kein Zweifel mehr möglich. Zu Sams Linker ging die Farbe der Wolkendecke von dunklem Grau in Mitternachtsschwarz über, während die Wolken in der Nähe des Horizonts auf der rechten Seite einen Hauch von Rosa annahmen. *Da hinten gibt's wahrscheinlich einen spektakulären Sonnenuntergang*, dachte sie. *Wenn nur die Wolken aufreißen würden.*

Sie seufzte. Es wurde alles immer nur noch schlimmer. Die Temperatur war bereits spürbar gesunken. Trotz der Anstrengung des Marschierens über das zerklüftete Gelände war sie durchgefroren. *Wenn es am frühen Abend schon so rapide abkühlt, wie wird es erst mitten in der Nacht sein?* Echte Angst schnürte ihr die Gedärme ein. *Wenn ich keinen Unterschlupf finde, bin ich tot.*

Was für eine idiotische, miserable, *scheußliche* Art zu sterben – erfroren in irgendwelchen gottverlassenen Bergen.

Wenigstens machten die veränderten Lichtverhältnisse es einfacher, die Richtung zu halten. Als sie aus der engen, verschlungenen Schlucht geklettert war, hatte sie es beinahe unmöglich gefunden, sich zu orientieren. Sie hatte bald das Gefühl bekommen, daß die Felsspalte zurück in die Richtung führte, aus der sie gekommen war, also war sie herausgeklettert und eine

Zeitlang querfeldein gezogen. Als sie Minuten später in eine neue Schlucht hinabgestiegen war – die unangenehm vertraut aussah –, hatte sie ernsthaft befürchtet, hinter der nächsten Biegung dieselbe flache Felsnische zu finden, dieselbe pelzige Eidechse. Es war nicht dazu gekommen – *dem Himmel sei Dank …* –, aber trotzdem hatte sie die Möglichkeit, sich am Sonnenuntergang zu orientieren, mit Erleichterung aufgenommen.

Dunkelheit links, Sonnenuntergang rechts: sie bewegte sich also nach Süden. Sie versuchte, sich an die Gegebenheiten zu erinnern, die sie aus dem Cockpit ihres BattleMechs gesehen hatte. *Hätte ich mich nur mehr auf den Kompaß konzentriert*, fluchte sie. Sie *glaubte*, daß die anderen Mechs – die Bogies – aus den Bergen südlich ihrer Position gekommen waren. Das ließ es wahrscheinlich erscheinen, daß Rolandsfeld im Süden lag, oder? Sie schnitt eine Grimasse. *Ich kann mich einfach nicht mehr an die Kompaßeinstellung erinnern. Ich könnte 90 Grad abseits des richtigen Kurses liegen … oder noch mehr.*

Der Weg wurde steiler und schwieriger. Nicht nur, daß die Steigung zunahm, jetzt, da sie wußte, wohin sie wollte, verliefen alle Felsspalten auf ihrem Weg quer zu ihrer Marschrichtung. Ein Teil von ihnen war so schmal, daß sie ohne echte Probleme hinüberspringen konnte. Trotzdem ging sie so vorsichtig vor wie möglich. Ihre leichten Wanderstiefel stützten die Knöchel nicht so fest, wie es ihr lieb gewesen wäre, und sie wagte es nicht, das verletzte Knie zu stark zu beanspruchen. Hinzu kam, daß viele Schluchten so breit waren, daß ihr ohnehin nichts anderes übrigblieb, als hinab- und auf der gegenüberliegenden Seite wieder hinaufzuklettern. Und manche waren so steil, daß sie gezwungen war, von ihrem Kurs abzuweichen und sie völlig zu umgehen.

Sie sah über die Schulter und versuchte einzuschätzen, wie weit sie gekommen war. *Wahrscheinlich nicht mehr als zwei Meilen Luftlinie*, dachte sie mürrisch. *Oder ›BattleMechlinie‹. Aber wahrscheinlich fast das Doppelte, wenn man die Auf- und Abbewegungen mitrechnet.* Ihre Knöchel schmerzten vom Marschieren über rutschende Steine, und die Wadenmuskeln brannten. Das linke Knie war fast völlig taub. Nur noch die schlimmsten Schläge sandten lodernde Schmerzen durch das Gelenk. *Das ist gar nicht gut*, erkannte sie. Auch wenn das Fehlen der Schmerzen aus anderer Sicht ein Segen war.

Es wäre leicht gewesen, sich in den Windschatten eines der Felsen zu setzen und auszuruhen. Sie wußte, am Anfang würde die Kälte beißend sein, aber dieses Gefühl würde schnell genug verschwinden, und sie dürfte sich wohlig warm fühlen. Und dann würde sie einschlafen …

Nein!

Gott im Himmel, soweit würde sie es *nicht* kommen lassen. Sie hatte noch nie aufgeben können. Sie haßte es zu verlieren und war einfach nicht *fähig* zu kapitulieren. *Wenn ich heute nacht sterben soll, muß der Sensenmann mich mit zwei von drei Würfen besiegen und in einem verdammten* Sack *wegschleppen …* Sie richtete sich auf, nahm die Schultern zurück und zwang sich weiterzugehen.

Im Westen war fast kein Licht mehr zu sehen. Die Nacht schien mit Macht hereingebrochen zu sein. Der Himmel über Samantha war tiefschwarz. Es war kein Stern zu sehen. Einmal, vor vielleicht zehn Minuten, hatte sie aus dem Augenwinkel eine leuchtend goldene Lichtspur im Westen gesehen, die vom südwestlichen Horizont in die Höhe stieg. Sie war ebenso schnell wieder verschwunden, wie sie aufgetaucht war, und Sam hatte sie nicht näher fixieren … oder sich auch nur sicher sein können, daß sie tatsächlich existiert hatte. *Was, zum Teufel, war das überhaupt?* fragte sie sich müde. Sie *glaubte*, eine Aufwärtsbewegung erkannt zu haben, also konnte es kein in den Himmel gefeuerter Mechlaser gewesen sein. Vielleicht ein Raketenabschuß? Oder vielleicht war es eine Art Raketenschiff gewesen – *wenn es auf Solaris Sieben BattleMechs gibt, muß es dann nicht auch Raketenschiffe geben?* –, das von einem Raumhafen startete. Wenn dem so war, dann ging sie in die falsche Richtung, oder? Sicher war ein Raumhafen ganz ähnlich gelegen wie ein Flughafen, relativ nahe an einer großen Stadt …

Sie schüttelte den Kopf und versuchte, einen klaren Gedanken zu fassen. *Ich bleibe auf dem Kurs, den ich eingeschlagen habe*, entschied sie. *Etwas anderes kann ich im Augenblick nicht tun.*

Sie war erschöpft – völlig ausgelaugt. Ihr Körper fühlte sich an wie … Ehrlich gesagt schien es gar nicht mehr *ihr* Körper zu sein. Ab und zu hatte sie den Eindruck, ihrem Körper dabei *zuzusehen*, wie er sich abmühte. Sie wußte, daß der Körper, den sie beobachtete, Schmerzen hatte, kurz vor dem Kollaps stand, und sie spürte Mitleid mit ihm. Aber die Schmerzen selbst fühlte sie nicht, nicht wirklich. *Es geht zu Ende*, stellte sie benommen fest. *Lange mache ich es nicht mehr.* Auch ihr Verstand war am Ende. Ihre Gedanken wirbelten richtungslos durcheinander, schlossen und brachen sinnlose Folgerungen – *wie in dem Dämmerzustand unmittelbar vor dem Einschlafen.* Sie zwang sich, durch die tiefe Dunkelheit weiterzutrotten, und wußte, sie würde über irgendein Hindernis stolpern und stürzen – wenn nicht in der nächsten Minute, dann in der übernächsten oder in der darauf. Und ob sie sich danach wieder würde aufrichten können, glich einem Glücksspiel.

Irgendwann bemerkte sie, daß die Neigung des Bodens abgenommen hatte, fast, als nähere sie sich der Kuppe des Berges. Sie kam leichter voran, aber noch nicht leicht genug. Der Boden war hart und uneben, aber wenigstens nicht mehr mit baseballgroßen Steinbrocken übersät, die über Meilen gedroht hatten, ihr die

Knöchel zu brechen. Ein derartiges Gelände hätte sie im Dunkeln niemals bewältigt...

Nur, daß es eigentlich gar nicht mehr dunkel *war*. Zum erstenmal seit einiger Zeit konnte sie wieder die Einzelheiten des Bodens vor sich erkennen – nicht nur verschwommene Schatten schwarz auf schwarz, sondern richtige Umrisse und Gegenstände. Es dauerte ein paar Sekunden, bis ihr verwirrter Verstand diese Tatsache verdaut hatte. Sie blieb stehen und sah sich mit brennenden Augen um. Sie hatte sich so daran gewöhnt, auf den Boden unmittelbar vor ihren Füßen zu starren, daß ihre Augen eine Weile brauchten, um sich auf größere Entfernungen einzustellen.

Sie *war* auf einer Bergkuppe, stellte sie fest – genauer gesagt, auf dem Scheitelpunkt einer ganzen Hügelkette. Die Wildnis lag hinter ihr. Vor ihr fiel das Land sanft in ein weites Talbecken ab.

Und in der Ferne erstreckte sich ein Lichtermeer bis zum Horizont. Ein paar verwirrte Augenblicke glaubte sie fast, in den Hügeln von Griffith Park zu stehen und auf Los Angeles hinabzuschauen.

Samantha lehnte sich an einen großen Felsen und starrte nur ins Tal. *Ich habe es fast geschafft*, dachte sie benommen. *Ich bin fast da.*

Nun ja, so *ganz* stimmte das nicht. Die Stadt war kleiner als Los Angeles, und sie schien auch dichter besiedelt zu sein – jedenfalls nach den Lichtern zu schließen. Das Talbecken selbst war riesig (falls es denn tatsächlich eines war und ihre Augen ihr keinen Streich spielten), und das eigentliche Stadtgebiet bedeckte seine entfernteren, südlichen Ausläufer. Ihre beste Schätzung plazierte den Stadtrand in fünf bis sechs Meilen Entfernung von ihrer jetzigen Position.

Sie sackte zusammen, als diese Tatsache zu ihr durchdrang. *Fünf oder sechs Meilen*, wiederholte sie in Gedanken. *Ich habe nicht den Schimmer einer Chance, es so weit zu schaffen. Verdammt*, so nah *an der Rettung noch zu erfrie-*

ren ... Sie wandte sich von dem Lichtermeer ab, das spöttisch in der kalten Nachtluft zu funkeln schien.

Und sah, daß ein Tentakel aus Lichtern sich aus dem Stadtgebiet zu den Hügeln links von ihr erstreckte. Die Lichter in diesem Ausläufer waren nicht annähernd so konzentriert wie im Stadtkern. Es gab große Bereiche der Dunkelheit, schwarze Inseln, in denen überhaupt kein Licht brannte. In anderen Gegenden schienen einzelne Lichter zu flackern – nicht zu funkeln wie Sterne, als Folge von Luftströmungen, sondern tatsächlich zu *flackern,* als ob die Lichtquellen selbst nicht konstant brannten. Und an wieder anderen Stellen waren die wenigen Lichter von deutlich anderer Farbe: vom warmen Rotgelb offener Feuer statt vom harten, künstlichen Gelb von Natriumdampflampen oder vom grellen Weißblau von Kohlenstoffbogenlampen.

Sams Herz hüpfte ihr in der Brust. Eine plötzliche Flamme der Hoffnung zerschmolz das schmutzige Eis der Verzweiflung in ihren Eingeweiden. Sie zwang sich, auf das nächstgelegene der Lichter zuzugehen, zu traben, zu stolpern.

Sie erreichte die Kuppe einer Bodenwelle und blickte hinab in das enge Tal unter ihr. Feuer flackerten in der Dunkelheit – kleine kreisrunde Feuer. *Wie glühende Kohlen auf einem Feld aus schwarzem Samt,* dachte sie, *oder die Lagerfeuer eines Belagerungsheers in einem Ritterfilm ...* Sie schüttelte den Kopf und zwang den Mischmasch unzusammenhängender Gedanken nieder, der sie zu überwältigen drohte. Die Schmerzen in ihrem Knie waren zurückgekehrt, und sie stöhnte laut, als sie sich an den Abstieg machte.

Beinahe hätte sie es nicht geschafft. Die Erschöpfung ließ ihr Blut in den Ohren rauschen wie eine ferne Brandung. Ihr Gesichtsfeld schrumpfte immer weiter zusammen, bis sie nur noch einen Ausschnitt des Geländes von der Größe ihrer ausgestreckten Faust im Zentrum eines blutroten Mahlstroms erkennen konnte.

Nach dem fünften Sturz zählte sie nicht mehr, wie oft sie stolperte –, auf losen Steinen ausrutschte, vornüberkippte und den steilen Hang hinabrollte, bis ein Felsblock sie aufhielt. Die Leere und die Ohnmacht folgten ihr wie eine gewaltige schwarze Flutwelle, die beständig über ihr zusammenzuschlagen und sie mitzureißen drohte.

Sie hatte keine Ahnung, wie lange sie brauchte – Minuten, Stunden, Jahre –, aber irgendwann erreichte sie ebene Erde. Sie blieb stehen, beugte sich vor, die Hände auf den Oberschenkeln, und sog keuchend den lebensnotwendigen Sauerstoff ein. Langsam – o so langsam – ließen die Schmerzen in ihrem Brustkorb nach, das Donnern des Blutes in ihren Ohren wurde leiser, und der rote, wirbelnde Tunnel, durch den sie die Welt sah, weitete sich und verblaßte. Sie stellte fest, daß sie zwischen den Feuern stand. Es schienen Feuerbecken zu sein oder – wahrscheinlicher noch – brennende Mülltonnen oder alte Ölfässer. Das nächste war dreißig Fuß entfernt. Selbst aus dieser Entfernung konnte sie die Hitze auf ihrem Körper spüren wie ein Versprechen, das Versprechen von Leben. Sie stolperte darauf zu.

Eine schwarze Gestalt ragte vor ihr auf, schien sich aus der Dunkelheit zu materialisieren. Ihr benommenes Gehirn brauchte einen Augenblick, um zu erkennen, was sie sah: einen gebeugten, unterernährt aussehenden Mann in einem zerschlissenen Kunstfellmantel über zerlumpten Kleidern. »Weg!« knurrte die Vogelscheuche sie an. »Weg, oder ich schlitz dich, Bint.« Oder so ähnlich. Sam verstand nicht, was er sagte, denn er sprach kein Englisch. Aber in der Hand der Vogelscheuche blitzte etwas – ein Messer, dessen Klinge im Feuerschein hell funkelte. Es zuckte in ihre Richtung.

Sam spannte sich. Ihre Jujutsu-trainierten Reflexe erwachten, suchten den besten Angriffswinkel, die beste Möglichkeit, den Angreifer zu entwaffnen und auszuschalten. Sie bewegte sich, sprang in den Bogen des Angriffs ...

Aber ihr Körper – erschöpft, ganz kraftlos – ließ sie im Stich. Ihr linkes Knie versagte, und sie fiel schmerzverkrümmt zu Boden.

Die Vogelscheuche stoppte den Angriff. In dem schmutzigen Gesicht glühten die Augen eines Aasfressers. Der Mann zeigte schwarze Zähne in einer Grimasse, die beinahe ein Lächeln sein mochte. »Jetz bisse nicht mehr so stark, was, Bint?« krächzte die Gestalt. »Überhaupt nich so stark. Mach, daß du von mei'm Platz wegkommst, oder ich schlitz dich richtig, hä?« Nachdem sie ein letztes Mal warnend mit der schmalen Messerklinge wedelte, schien die Gestalt in sich zusammenzusinken, als der Mann in die Hocke ging und seinen zerlumpten Mantel um den Leib wickelte.

Sam schloß die Augen. Ihr Herz flatterte fast unter den Nachwirkungen des Adrenalins, das die Furcht in ihren Kreislauf gepumpt hatte. Ihr Magen verkrampfte sich. Ihr war übel. *Ich bin hilflos,* erkannte sie mit Entsetzen. *Ich bin vollkommen hilflos.* Zum erstenmal, solange sie zurückdenken konnte, war sie gezwungen, sich einzugestehen, daß sie ganz und gar auf die Gnade ihrer Umgebung angewiesen war. Sie konnte weder fliehen noch kämpfen – nicht in ihrem Zustand. *Teufel,* sie konnte nicht einmal um Hilfe schreien. *Nicht, daß ein Hilferuf mir viel bringen würde, nach diesem Empfang zu schließen,* dachte sie grimmig.

Etwas berührte sie an der Schulter. Sie jaulte ängstlich und zuckte auf. Wieder gab ihr linkes Knie nach, und sie stürzte auf den felsigen Boden zurück. Sie sah hoch.

Die schwere Wolkendecke reflektierte das Licht der Stadt und schien in einem eigenen schwachen Glanz zu leuchten. Vor diesem opalisierenden Schimmer zeichnete sich eine große Gestalt ab, die sich zu ihr herabbeugte. Instinktiv rutschte sie nach hinten, als die Gestalt sich nach ihr streckte.

Dann fing sie ihre Reaktion ab, als sie erkannte, daß die Gestalt sie nicht bedrohte, sondern die Hand anbot, um ihr aufzuhelfen. »Is okay«, sagte die Gestalt mit rauher Stimme. »Is okay, ich tu dir nix. Hm?«

Die über ihr aufragende Silhouette schien kleiner zu werden, schrumpfte auf ihre wahren Dimensionen. Mit einiger Enttäuschung erkannte sie, daß ihre Angst die Gestalt zu einem gefährlich drohenden Schatten aufgebauscht hatte. In Wirklichkeit war ihr Gegenüber klein, gute acht Zoll kleiner als sie, und hager – dünner noch als die Vogelscheuche, die sie mit dem Messer bedroht hatte. Als ihre Augen sich an den Wolkenschein gewöhnt hatten, sah sie ein hohles Gesicht mit Adlernase. Dünne Büschel schmutzigweißen Haars formten einen chaotischen Kranz um den Kopf, auf dem es saß. Ein *Mann*, stellte sie fest, *ein alter Mann.*

»Is okay«, sagte er wieder. »Komm.«

Mit einem verlegenen Lächeln nahm Sam die ausgestreckte Hand. Er stolperte, als sie zog, und fiel fast auf sie. Aber sein Griff war fest, und sie stützte sich an seinem Arm ab, während sie auf die Füße kam.

»So. Besser, hm?« Er lächelte zu ihr hoch. Die meisten seiner Zähne fehlten, und die wenigen, die ihm geblieben waren, wirkten ernsthaft angefault. Er lachte, und eine übelkeiterregende Geruchswolke – ein komplexer, süßsaurer Biogasgestank aus Alkohol, Aceton und Fäulnis – bedrängte sie. Er zuckte die knochigen Schultern und deutete auf die Vogelscheuche, die das Messer gegen sie gezückt hatte. »Laß den alten Dog, hm? Er ist übel drauf, weißte?« Er klopfte ihr väterlich auf den Arm. »Du kanns mit auf meinem Platz sitzen, wenne willst. Hm?« Mit einem vogelartigen Zucken des Kopfes deutete er auf ein kleineres Feuer rechts von Sam.

Sie zögerte. *Ich brauche die Wärme. Ohne sie sterbe ich, aber…* »Wer sind Sie?« fragte sie, mehr, um sich Zeit zum Nachdenken zu verschaffen, als weil sie Wert auf eine Antwort legte.

»Du kanns mich Raven nennen, wenne willst.« Er lachte wieder, ein blubberndes, schleimiges Geräusch. »So nenn mich alle, die, wo überhaup mit mich reden.«

»Raven«, wiederholte sie.

Der alte Mann nickte. »Des bin ich«, bestätigte er mit einem lückenhaften Grinsen.

Sam starrte in seine Augen. Sie waren weit aufgerissen, standen beinahe vor – so ernsthaft blutunterlaufen, daß sie den Eindruck erweckten, jeden Augenblick zu bluten anzufangen. Die Pupillen waren so riesig, daß um sie herum nur eine fadendünne Spur der Iris zu erkennen war. *Er ist sinnlos besoffen*, erkannte sie. *Oder er steht unter Drogen. Und er ist völlig plemplem.* Aber der Wahnsinn, den sie in seinen Augen sah, schien von sanfter Natur: eher Senilität als Feindseligkeit. *Er ist harmlos*, entschied sie. *Oder zumindest harmloser als irgendwer sonst, den ich hier finden dürfte.*

Sie zwang sich zu einem Lächeln. »Danke, Raven«, sagte sie. »Ich glaube, ich nehme dein Angebot an.«

Raven nickte, und sein Grinsen wurde breiter, als habe sie ihm gerade das größte aller Komplimente gemacht. (*Möglicherweise habe ich das sogar*, überlegte sie.) Er humpelte zu seinem Feuer. Jetzt sah sie, daß sich noch andere Gestalten um die Wärme und das Licht drängten. *Ravens Familie?* fragte sie sich. *Seine Bande? Oder sein Stamm?* Sam zuckte die Schultern. Sie war zu müde zum Nachdenken, zu müde, um sich Sorgen zu machen … und *viel* zu müde, um auch nur noch eine Sekunde auf den Beinen zu bleiben. Sie sackte auf den harten Boden und zog die Knie an die Brust. Nach der Kälte der Berge fühlte sich die von den Flammen ausgehende Wärme fast schmerzhaft an. Sie schloß die Augen. Eingelullt vom Knistern des Feuers und dem Murmeln leiser Gespräche, fiel sie kopfüber ins dunkle Meer des Schlafs.

Als sie einen unbestimmbaren Zeitraum später wieder erwachte, stellte sie fest, daß jemand einen abgenagten

Pelzteppich wie eine Decke über sie gelegt hatte. (Sie schnupperte und verzog das Gesicht. Dem Geruch nach zu urteilen, hatte sie überhaupt kein Verlangen, sich jemals in Windrichtung des Tiers wiederzufinden, das diesen Pelz ›gestiftet‹ hatte… *Aber Bettler können es sich nicht leisten, wählerisch zu sein,* erinnerte sie sich, *und hierzulande gilt das ganz gewiß auch für mich.*)

Sie setzte sich auf und kniff im Licht die Augen zusammen. Die Wolkendecke über ihr war immer noch geschlossen: Nirgends eine Spur von blauem Himmel. Aber sie schien viel höher, und die Wolken wirkten dünner. Mehr Licht drang bis zum Boden vor, und es war fast so hell wie an einem wolkigen Tag in Los Angeles.

Irgend jemand hatte das Feuer in Ravens Tonne mit Asche zugedeckt. Aus Luftlöchern in der Seite stiegen dünne Rauchfäden auf. Ein ausgefranstes Stück Metall lag über der Öltonne, und ein zerbeulter Topf auf der Metallplatte dampfte vor sich hin. Eine Frau – *ich halte es zumindest für eine Frau,* fügte sie hinzu – hockte daneben und starrte mit leerem Blick auf den Topf. Während Sam ihr zusah, streckte sie den Arm aus und rührte den Inhalt mit einem ›Löffel‹, der sein Dasein als Winkeleisen zu führen schien.

Plötzlich neugierig – und mehr als nur ein wenig nervös –, blickte Samantha sich um. Sie stellte fest, daß sie den Weg auf eine Müllhalde gefunden hatte. *Und nicht auf* irgendeine *Müllhalde,* dachte sie augenblicklich, *sondern eher auf eine Art Technologiefriedhof – einen Ort, an den sich alte Maschinen zurückziehen, um zu sterben.* Sie befand sich am Rand eines Gebiets von der Größe eines Footballfelds. Im Süden und Osten ragte in vielleicht achtzig Metern Entfernung eine dreißig, vierzig Fuß hohe Wand aus übereinandergestapelten alten, verrosteten Autos auf – zumindest schienen es in ihren Augen Autos zu sein. Der Boden unter ihr – den sie im Dunkeln für Kies und Schotter gehalten hatte – schien in Wirklichkeit hauptsächlich aus Rost zu bestehen: aus oxidierten Metallsplittern, zum größten Teil so winzig wie Metallspäne. Zwischen heuhaufenhohen Bergen zerschmetterten, vor sich hin rostenden Metalls waren über das ganze Gebiet Feuertonnen verteilt, um die sich zerlumpte Gestalten drängten. Neugierig untersuchte Sam den nächsten Schrotthaufen. Sie konnte einen Teil seiner Bestandteile erkennen – das da sah nach einem kaputten Kühlschrank aus, und dies hier mußte einmal eine Art hydraulische Bohrmaschine gewesen sein –, aber der größte Teil des Mülls war zu zerdrückt und verrostet, um noch erkennbar zu sein.

Hinter der Mauer aus Schrottautos konnte sie ein Stück Land mit niedrigen Häusern sehen: zwei bis drei Stockwerke hoch, mit gelegentlichen größeren Bauten hier und da. Sie alle schienen schon bessere Tage gesehen zu haben – *nein*, korrigierte sie sich trocken, *wir wollen ehrlich sein: Sie sehen abbruchreif aus.* In den Straßen zwischen ihnen bewegten sich Leute, aber sie war zu weit entfernt, um Einzelheiten zu erkennen. *Toll*, dachte sie düster, *einfach* toll, *Dooley. Du bist noch keine vierundzwanzig Stunden auf dieser Welt, und schon hast du die Slums gefunden. Was für ein Orientierungssinn.* Sie schnaufte verächtlich.

Mehrere Mitglieder von Ravens ›Stamm‹ beobachteten sie, bemerkte Sam plötzlich. Zwei schienen enge Verwandte: Sie hatten dieselbe hagere, verdrehte Figur wie ihr Wohltäter, und ihre Kleidung hätte vom Müllhaufen desselben Schneiders stammen können. Ihre Gesichter waren eingefallen und von der Härte ihres Lebens gezeichnet, verwüstet von zu vielen Jahren der Sorge und zu wenigen Augenblicken der Ruhe. Eingesunkene Augen beobachteten sie stetig und ohne Gefühl. Mit plötzlichem Unbehagen blickte Sam zur Seite.

Die dritte Person, die sie beobachtete, unterschied sich von den anderen wie die Nacht vom Tag. Es war ein junger, schlanker Mann mit harten Zügen, der fünf

Meter von Sam entfernt saß. Auch er betrachtete sie, aber seine dunklen Augen schienen lebendig, nachdenklich, und vielleicht auf eine grimmige Art und Weise humorvoll. Seine Haut war bleich, sein Haar nachtschwarz. Er trug enganliegende Hosen aus einem Stoff, der weich wie Handschuhleder schien, aber ein auffallendes Schlangenhautmuster besaß. Die Hosenbeine steckten in mittelhohen steifen Lederstiefeln mit Zehenkappen und Ketten aus silbrigem Metall. Am Oberkörper trug er nur eine ärmellose Weste aus demselben Material wie die Hose. Seine Schultern waren breit und stark, aber die langen Arme schienen nicht muskulöser als ihre. Sein ungeniertes Starren beunruhigte sie, und sie drehte sich weg.

Raven schlief noch, sah sie, in einen alten Stoffmantel gehüllt. Er hatte die Knie an die Brust gezogen und lag zusammengerollt in der Nähe des Feuers. Sam wälzte sich vorsichtig auf die Beine und stöhnte unwillkürlich, als ein stechender Schmerz durch ihr Knie fuhr. Sie reckte sich und versuchte, ihre steifen Muskeln zu lockern, während sie zu dem alten Mann hinüberhumpelte und die Hand auf seine Schulter legte. Er reagierte nicht. Sie schüttelte ihn sanft.

»Laß ihn.«

Der harte Klang der Stimme hinter ihr ließ Sam zusammenzucken. Sie drehte sich – Verzeihung heischend – um.

Die Miene des jungen Manns war hart wie Stein. Er wirkte wütend. *Warum?* »Ich wollte mich nur bedanken«, verteidigte sie sich. »Er hat mir gestern nacht das Leben gerettet.«

»Dafür ist es zu spät.« Der Mann zuckte die Schultern.

»Zu spät?« Sam fühlte Wut in sich aufsteigen, unterdrückte das Gefühl jedoch. *Jetzt ist nicht der Zeitpunkt, um sich mit den Einheimischen anzulegen, Dooley,* ermahnte sie sich. »Warum zu spät?« fragte sie mit ruhiger, vernünftiger Stimme. »Ich will ihm nur dafür danken…«

»*Freck!*« spie der Mann. Er starrte sie mit unverhohlener Wut an. »Er ist *tot*, Ballast, okay? Raven ist während der freckenkrekigen Nacht gestorben. Okay?«

Samantha blinzelte. »Tot? Aber…« Sie sah auf die zusammengerollte Gestalt hinab und erkannte augenblicklich, instinktiv, daß der junge Mann recht hatte. Der alte Mann, der sich ihr als Raven vorgestellt hatte, war tot. »Aber was…« Ihre Stimme erstarb.

»Ist doch egal, oder?« stellte ihr Gegenüber mit rauher Stimme fest.

»Mir vielleicht nicht.« Die harten Augen des jungen Manns weiteten sich leicht, als er den sanften Ton von Sams Stimme hörte. »Er hat mir das Leben gerettet«, wiederholte sie.

Der Mann bewegte einen langen Augenblick keinen Muskel, wirkte erstarrt wie ein Standbild auf einem Kinoplakat. Dann sah sie die harten Linien seines Körpers ein wenig weicher werden, etwas von der Anspannung verschwinden. »Es war nur eine Frage der Zeit.« Er versuchte, seine Stimme gefühllos zu halten, aber unter den rauhen Worten konnte Sam echte Trauer spüren. In Gedanken reduzierte sie die Schätzung seines Alters. *Fünfzehn? Mehr auf keinen Fall.*

»Wieso war es nur eine Frage der Zeit?«

Er zuckte die Achseln. »Wenn man lange genug Quetsch säuft, erwischt man irgendwann eine schlechte Ladung. Seine halbe Leber war schon hin, okay? Es genügte ein leichter Toxschock, und das war's.«

Sam nickte zögernd. Ein Teil seiner Antwort sagte ihr überhaupt nichts – ›Quetsch‹, ›Toxschock‹ –, aber sie verstand den Kern der Aussage. »Dein Vater?« fragte sie verständnisvoll.

Der Bursche zuckte zusammen. Dann wurde seine Miene wieder zu Stein, so schnell, daß Sam beinahe glauben konnte, sie hätte sich seine Reaktion eingebildet. »Falsche Leitung, Ballast«, schnappte er. (›*Kümmer dich um deinen eigenen Dreck, Arschgesicht*‹, übersetzte Sam in Gedanken.)

Sie nickte wieder. »Was ...« Sie unterbrach sich und setzte noch einmal an. »Was wird jetzt aus ihm?« Sie deutete auf den Leichnam.

»Die Schnapper holen ihn. Irgendwann.«

»›Schnapper‹?«

Er rollte mit den Augen. »Bullen, Polizei, okay? So läuft das hier, Grünschnabel.« Er lächelte ohne eine Spur von Humor. »Willkommen in Rolandsfeld.«

20

Samantha starrte auf Ravens verkrümmte Leiche. »Und ihr laßt ihn einfach *liegen?*« fragte sie. »Ihr laßt zu, daß die Cops … die Schnapper … ihn abtransportieren?«

Der junge Mann zuckte die Schultern. »Was sonst?«

»Ihr tut nichts, um …« – sie zögerte, suchte nach den richtigen Worten – »um ihm euren Respekt zu erweisen?« Ungebeten trat die Erinnerung an ihren letzten Flug in Pop-Pops *Yellow Bird* und an die private Wake, die sie und Maggie abgehalten hatten, vor ihr inneres Auge. »Um euch irgendwie von ihm zu verabschieden?«

»*Das* ist nicht er. Das ist bloß das Fleisch, der Staub, okay? *Er* ist nicht mehr da.«

»Ja, aber …«

Er lachte grimmig. »Was machst du mit deinem Mantel, wenn du ihn nicht mehr brauchst? Veranstaltest du eine Party für ihn? Freck, du bist wirklich Ballast.« Er zögerte, und ein neuer Ausdruck trat in seine dunklen Augen. »Du bist nicht von hier, oder, Ballast? Du bist keine Felderin. Du bist eine Fremdweltlerin, oder?«

Sam zögerte, dann nickte sie einmal kurz. *Es trifft den Kern der Sache,* mußte sie zugeben.

»Wo kommst du her, Ballast? Aus den Sonnen? Und was, beim Freck, machst du *hier?*« Er beugte sich interessiert vor. »Du siehst wie ein Mechhäschen aus. Du bist ein Freckaas-Ballast-Mechhäschen, das hier mal kurz Slumluft schnuppern kommt, ja?«

»Das ist eine lange Geschichte.«

»*Erzähl,* Ballast«, schlug er in einem vor Ironie triefenden Tonfall vor. »Ich *mag* Geschichten.«

Plötzlich fühlte Sam sich unter dem Blick des jungen Manns unbehaglich. Nach seinen Augen und seiner Stimme zu schließen, war sein Alter inzwischen nur noch auf vierzehn zu schätzen. *Etwa halb so alt wie ich*, dachte sie – und fühlte sich noch immer eingeschüchtert. *Immerhin ist das hier seine Welt*, versuchte sie ihre Reaktion zu rationalisieren. *Er weiß, wie die Dinge laufen. Ich bin fremd, ein Greenhorn*. Sie sah sich in der Verwüstung um, die sie umgab. *An einem Ort wie diesem wirst du schnell erwachsen – und* hart.

Sie stand langsam auf. »Ist doch egal, oder?« sagte sie ruhig und benutzte seine Worte. »Dann werde ich mal weiterziehen.« Sie sah auf Ravens Leichnam hinab und konzentrierte sich auf einen einzigen Gedanken – *danke, Raven, du hast mir das Leben gerettet*. Sie stellte sich vor, daß er seinen Weg an den Ort fand, an dem die Seele des alten Mannes jetzt war, wo auch immer das sein mochte, und drehte sich um.

»Wohin willst du?«

Sam drehte sich nochmals um. Die Miene des jungen Mannes war immer noch leer, aber wieder hatte sich seine Körpersprache subtil verändert. Sie wünschte, sie hätte gewußt, wie sie das deuten sollte. »Ich weiß nicht«, antwortete sie mit einem leichten Schulterzucken. Dann lächelte sie dünn. »Aber du brauchst dir keine Sorgen zu machen. Ich mache dir deinen Platz nicht streitig.« Der Knabe runzelte fragend die Stirn. »Er gehört doch jetzt dir, nachdem Raven tot ist, oder?«

Er schnaubte abfällig über eine derartig lächerliche Vorstellung. »Ich häng nicht *hier* rum, Grünschnabel«, höhnte er. »Ich bin letzte Nacht zu einem Besuch hergekommen. Hab dich hier schlafend vorgefunden – völlig weggetreten, laut Metall schleifend –, und Raven war tot.« Er zuckte die Schultern, als wäre damit alles gesagt.

»Warum bist du geblieben?« fragte Samantha nach einer Weile.

Der junge Mann sah beiseite. »Hatte nichts Besseres vor«, murmelte er.

»Also hast du hier geschlafen? Nein«, korrigierte sie

sich, »du hast überhaupt nicht geschlafen, oder?« Der Ausdruck auf der Miene des Burschen zeigte ihr, daß sie richtig geraten hatte. *Das ist richtig rührend.*

»Raven war erledigt«, erklärte der Junge grob, ohne Sams Blick zu begegnen. »Wenn man einem Grünschnabel einen Platz zum Pennen anbietet, sorgt man wenigstens dafür, daß ihr keiner für ihre teuren Schuhe den Hals durchschneidet.«

Sam hatte Mühe, ein verständnisvolles Lächeln zu unterdrücken. *Du hast die ganze Nacht über mir Wache gehalten, nicht wahr?* dachte sie. Deswegen *bist du nicht zurück in deine gewöhnliche Unterkunft gegangen. Aber das wirst du nicht zugeben … Und du wirst mir auch nicht gestatten, dir dafür zu danken, oder?* Sie nickte langsam. »Das sehe ich ein«, stellte sie gleichmütig fest. »Das ist nur korrekt.« Sie lächelte ein wenig. »Ich kannte Ravens Namen. Und ich heiße Samantha, aber man nennt mich Sam.« Sie wartete.

»Renard«, erwiderte er nach einer Sekunde. »Ren.«

Sam nickte wieder nüchtern. »Okay, Ren.«

Renard sprang auf, als habe er plötzlich zuviel Kraft, die er irgendwie verbrauchen mußte. »Wohin willst du?« fragte er wieder.

Das ist die große Frage, nicht wahr?

Einiges von den Gefühlen, die in ihrem Innern tobten, mußte sich auf ihrem Gesicht widergespiegelt haben, denn Renard runzelte die Stirn. »Du weißt nicht, wohin?« Wortwahl und Betonung kennzeichneten den Satz als Frage. Seine Miene verwandelte ihn aber zu einer Feststellung.

Sam zögerte.

Anscheinend war das Antwort genug. Er schnaubte angewidert. »Dachte ich mir's. *Freck,* du bist *wirklich* Ballast. Was, im Namen der Fünf Säulen, *machst* du hier, Häschen? Wie kommst du überhaupt hierher?«

Wieder zuckte Sam die Achseln. »Ist doch egal, oder?« wiederholte sie noch einmal.

»Mir jedenfalls, da kannst du ein Ei drauf zerbrechen.«

»Dir kann es auch egal sein.« Irgend etwas ließ sie glauben, daß dieser hartgesottene junge Bursche nicht annähernd so kalt und herzlos war, wie er sie glauben machen wollte – und im Augenblick konnte sie einen Freund gebrauchen, selbst wenn er ihr nur den Weg in die richtige Richtung wies. Sie entschied sich, einer Eingebung zu folgen, seufzte theatralisch und ging davon.

»He, Ballast!«

Sie verkniff sich ein Grinsen – *erwischt!* – und drehte sich mit entmutigter Miene zu ihm um. »Yeah?«

Renard verlagerte das Gewicht von einem Fuß auf den anderen. Seine Körpersprache schrie das Unbehagen heraus, das er seiner Miene nicht anmerken ließ. »Wo willst du hin?« fragte er wieder. »Wovon willst du leben, hä?« Er deutete mit einer scharfen Geste auf das formlose Lumpenbündel neben dem Feuer. »Es gibt nicht viele wie Raven, nicht hier in der Gegend.«

Sie zuckte wieder die Schultern und murmelte: »Ich finde schon was.« Sie drehte ihm wieder den Rücken zu und versuchte, sich ihre eigenen Zweifel nicht anmerken zu lassen. *Was, zum Teufel, ist mit dir los, Dooley, daß du in dieser Lage die Spröde spielst?* herrschte sie sich an. *Du hast ihn am Haken.* Sie schnaubte leise – eine Geste der Selbstverachtung, gemischt mit Enttäuschung. *Du warst immer so verflucht stolz auf deine Unabhängigkeit. Kannst du nicht mal diesem Kind trauen, um dein eigenes Leben zu retten? Er kann dich in keinen Schlamassel bringen, aus dem du nicht wieder rauskämst.*

»He, warte.«

Langsam drehte sie sich um. Auf Rens schmalem Gesicht stand ein Ausdruck von seltsamer Bewegtheit.

»Weißt du überhaupt, wo du bist?«

»Rolandsfeld.«

Ren zischte ungeduldig. »Ja, sicher. Aber *wo* im Feld?«

Sam schüttelte den Kopf. »Nein«, antwortete sie ehrlich. »Das weiß ich nicht.«

Er starrte sie wütend an. Seine Augen blitzten zornig. »Und wo du hinwillst, weißt du auch nicht, oder, Ballast? Wo willst du heute nacht pennen? Was willst du essen?«

»Ich finde was.«

Er schnaufte amüsiert, als hätte sie einen Witz gemacht. Dann musterte er sie mit übertriebener Gestik von Kopf bis Fuß. »Ja, *klar* findest du was. Auf dem Rücken oder auf den Knien, anders nicht. Bist du bereit, den Weg einzuschlagen, Häschen? Wer weiß, vielleicht gibt's im Feld ja Abnehmer für Fremdweltenfleisch. Hä?« Seine Stimme war hart, abfällig, aber etwas in seinem Blick strafte das Gift in seinen Worten Lügen. »He, wenn du es wirklich willst, kannst du deine Laufbahn gleich hier starten.«

Es kostete sie große Mühe, ein Schaudern zu unterdrücken. Der Bursche hatte recht, das war ihr klar. *Mein Gott, es stimmt. Was für Möglichkeiten hätte ich denn sonst? Ich kenne die Kultur nicht, ich kenne die Technologie nicht, es ist reines Glück, daß ich mich überhaupt verständigen kann.* Sam zwang sich, diese Gedanken beiseite zu lassen. »Ich finde was«, sagte sie gleichmütig.

Ren spuckte auf den Boden. Samantha sah schweigend zu, wie er auf und ab tigerte und vor Anspannung fast zitterte, während er um eine Entscheidung rang. Schließlich benahm er sich wie ein Hund, der Wasser aus dem Fell schüttelt. »Ach, Freck, ich bin weg!« knurrte er. »Muß zur Arbeit.« Er drehte ihr den Rücken zu, ging aber nicht los – noch nicht. Ohne sie anzusehen, raunzte er grob: »Wenn du mitkommen willst, dann komm. Wenn nicht, *freck* dich!« Damit setzte er sich in Richtung der flachen Häuser von Rolandsfeld in Bewegung.

Trotzdem zögerte Sam noch, bevor sie ihm nachhumpelte.

Was, zum Teufel, ist das für ein Ort?

Das war Samanthas erster Eindruck vom ›wirklichen‹ Rolandsfeld. Ihr Eindruck von der Bergkuppe in der letzten Nacht war der einer Großstadt wie Los Angeles gewesen – einer in einem Lichtermeer das Land bedeckenden Metropole. Bei den – zugegebenermaßen seltenen – Gelegenheiten, als sie daran zurückdachte, hatte sie sich ursprünglich etwas aus einem Science-Fiction-Film vorgestellt. Rolandsfeld mußte ein ›Technotopia‹ sein, oder nicht? Jede Gesellschaft, die über die Technologie zur Herstellung von BattleMechs verfügte, mußte auch zahllose andere Wunder der Technik ihr eigen nennen. ›Flugautos‹ vielleicht, riesige Glas-und-Titanstahl-Wolkenkratzer von einer halben Meile Höhe, Computer, Roboter, künstliche Intelligenz und wer weiß was noch.

Na schön, die Verwüstung, in der sie die Nacht verbracht hatte, und die flachen Häuser, die sie von der Schrotthaldenwüste aus gesehen hatte, paßten nicht zu diesem Bild chromglänzender Technologie. Aber konnte man aus einem Schrottplatz und ein, zwei Häuserblocks in South Central L. A. ein realistisches Bild von ganz Los Angeles gewinnen? Das mußte ungefähr der Lage entsprechen, in die sie geraten war, hatte sie sich überlegt. Okay, sie war über die ›Slums‹ von Rolandsfeld gestolpert ... Und die waren reichlich niederschmetternd. Aber wenn sie sich nur weit genug von den Hügeln entfernte, aus denen sie gestern nacht gekommen war, mußte sie irgendwann die *wahre* Stadt erreichen ...

Oder? Es dauerte nicht lange, bis die ersten Zweifel an ihr nagten. Die ersten Blocks, an denen Ren und sie vorbeikamen, wirkten ohne Zweifel vertraut. Es hätte nicht viel gefehlt, und sie hätte sich einreden können, daß sie in der Nähe des USC-Campus durch Watts lief oder durch verschiedene Viertel in South Central. Dieselben flachen, heruntergekommenen Häuser. Dieselben Graffitis und Gang-Markierungen an den Mauern. Dieselben Metallgitter an den Fenstern, dieselben stahlverstärkten Ladentüren. Und dieselben Straßenbewohner, die an den Wänden lehnten oder in den Hauseingängen hockten und die Vorbeigehenden mit Aasfresser- oder Raubtierblicken verfolgten.

Die Gemeinsamkeiten waren erstaunlich, grundlegend, bedeutend. Die Unterschiede, die sie bemerkte, waren hingegen nur oberflächliche, im Grunde bloße Details, auch wenn Sam sie dennoch verwirrend und besorgniserregend fand.

Da war zum Beispiel die Luft. Selbst an den frischesten, klarsten Tagen hatte die Luft im Los Angeles Basin einen charakteristischen Geruch von Autoabgasen und verschiedenen sonstigen Beimischungen, die das typische Aroma dieser Stadt ausmachten. Angelenos bemerkten es natürlich nicht; ihre Sinne paßten sich relativ schnell an und ›filterten‹ es aus. *Diese Stadt* jedoch hatte ihren *ganz eigenen* Geruch: Es war zweifellos Abgasgestank, wenn auch nicht das Kohlenmonoxid und die Stickoxide, an die sie gewöhnt war, unterlegt mit dem üblichen Biß von Ozon und noch etwas anderem. *Vielleicht dem toten, staubigen Geruch der Verzweiflung? Und dem scharfen Duft von Gewalt dicht unter der Oberfläche …*

Dann waren da die Plakate, die an jeder verfügbaren Wandfläche hingen. Die Werbung für durchaus vertraute Produktarten – etwa Alkohol und Junk food – war irgendwie *falsch.* Es waren nicht nur die unterschiedlichen Sprachen, in denen sie abgefaßt war, und die fremdartigen Markennamen – *Stiletto Gin?!* – oder die öffentlichen Warnungen vor unbekannten Gefahren – ›Das nächste BRIADS-Opfer könntest DU sein!‹ –, auch wenn sie das alles andere als kalt ließ. Weitaus beunruhigender war das *Aussehen* der Plakate, der grafische und typografische Aufbau, die Bilder, die Art, wie all dies zusammenspielte. Bis zu diesem Zeitpunkt hatte Sam nie weiter darüber nachgedacht, aber jetzt erkannte sie, daß Werbung – *genau wie so ziemlich alles andere auch* – eine Art ›visuellen Dialekt‹ besaß, eine Art auf ihren Kulturkreis festgelegte ›Bildsprache‹, die es den Werbegestaltern erlaubte, mit einfachen Bildelementen eine große Menge emotionaler ›Daten‹ zu übermitteln. Was Sam anbetraf, ging diesen Plakaten und Werbeflächen der vertraute visuelle Dialekt ab. Die Bilder und Grafiken benutzten eine fremde Bildsprache, die sie nicht verstand.

Und dann die Werbung für Waffen. Grelle Plakatwände verkündeten unmittelbar neben den Werbebotschaften von Schokoriegeln und Softdrinks das Hohelied der Handfeuerwaffen und Munitionsarten: ›SAGET 9 MM – WENN ES DARAUF ANKOMMT!‹ oder ›SCHLÜSSELHALTER UNTERKALIBERMUNITION – SAG ES HÜLSENLOS!‹ *Ich komme mir vor wie im feuchten Traum eines Waffenfetischisten ...*

Als sie die Schrotthaufen hinter sich ließen, hatte Sam wieder zu Renard aufgeschlossen. Jetzt war sie aber zurückgefallen – *zu beschäftigt mit Glotzen,* schalt sie sich in Gedanken. Hastig beschleunigte sie ihre Schritte und schloß die Lücke zu dem jungen Halbstarken. Sie war noch immer ein Dutzend Meter entfernt, als er nach rechts in eine enge Seitenstraße abbog – *Gasse ist vielleicht ein besseres Wort dafür,* korrigierte sie sich. Sie fühlte fremde Augen auf sich ruhen. Die Straßenbewohner beobachteten sie, *schätzten* sie *ab.* Plötzlich schauderte sie und wollte Renard nachlaufen, *sofort,* aber gleichzeitig wußte sie instinktiv, daß genau das grundverkehrt gewesen wäre. Mit einiger Mühe hielt sie ihre Schritte gleichmäßig – ein schneller, geschäftsmäßiger Gang, nicht die panische Flucht eines Opfers. Sie bog um die Ecke ...

Und wäre fast mit jemand zusammengestoßen, der aus einer Türnische links von ihr trat. Sie bremste hart ab und stoppte nur Zentimeter vor ihm.

Es war ein großgewachsener Mann, eins achtundachtzig, vielleicht eins neunzig, mit breiten Schultern und entsprechendem Brustkorb. Irgendwann war er wohl mal gut in Form gewesen, aber inzwischen schienen sich die meisten seiner Muskeln in Fett verwandelt zu haben. Sein T-Shirt – mit einem grobgerasterten Farbfoto eines BattleMechs, der über einen Metallberg kletterte, über dem Schriftzug ›SCRAPYARD DOG‹ – dehnte sich über seinem Bauch. Er grinste lüstern auf Sam herab, und seine Schneidezähne funkelten in kaltem Stahlgrau. Sein Atem hüllte sie ein, eine übelkeiterregende Mixtur aus Alkohol, Mundgeruch und Zahnfäule.

»He, Häschen«, lallte er. »Willschu misch begleiten? Ja, *klar* willschu.« Er streckte die linke Hand nach ihr aus. Vielleicht nach ihrem Arm, vielleicht nach ihrer Brust. Sie war sich nicht sicher.

Und sie *dachte* nicht daran, stillzuhalten, um es herauszufinden. Sie wich einen Schritt zurück und wollte die fleischige Hand packen, die sich nach ihr ausstreckte, wollte denselben Drehgriff anwenden, mit dem sie sich gegen das Wiesel im Jones-Cartage-Laster zur Wehr gesetzt hatte.

Sie war schnell, aber ihr massiges Gegenüber war noch schneller. Seine Rechte zuckte vor und packte ihr Handgelenk wie ein Schraubstock. Sam schrie auf, als er die Hand in seiner Pranke über ihre Schulter hob und aus blutunterlaufenen Augen anstarrte. »Feurisch«, brummte er. Dann, grinsend: »Isch mag meine Mädschen feurisch.«

Sam verlagerte das Gewicht, bereitete einen Gegenschlag vor. Aber bevor sie ihn ausführen konnte, drückte der Mann fester zu, bis sie die Knochen in ihrem Handgelenk aneinander reiben fühlte. Sie unterdrückte einen Schmerzensschrei.

»Laß es«, knurrte er, mit plötzlich klarer, harter Stimme. Seine kleinen Schweinsaugen verengten sich, und er starrte auf sie herab. »Versuch ja nichts, Häschen, oder ich könnte mich entscheiden, gar nicht nett zu dir zu sein. Klar?«

Samantha trat mit dem rechten Bein aus, ein schneller, kraftvoller Tritt in seine Weichteile. Er kam nie an. Wieder reagierte er schneller, als irgendwer von seiner Größe – oder in seinem Zustand – es eigentlich hätte können dürfen. Er drehte sich in der Hüfte, so daß ihr Tritt den Oberschenkel traf. Der Schlag ließ ihn grunzen. Es mußte geschmerzt haben, wenn auch nicht annähernd so sehr, wie sie es beabsichtigt hatte. Dann riß er Sam mit einem tierischen Wutgebrüll am Handgelenk von den Füßen und schüttelte sie durch, während er gleichzeitig den Druck noch verstärkte.

Sie kreischte vor Schmerzen, als flüssiges Feuer ihren Unterarm hinab bis in den Ellbogen zu schießen schien.

»Schlampe«, knurrte der Riese. »Freckarsch.« Er preßte die Faust noch fester zusammen, und Sam fühlte, wie etwas in ihrem Handgelenk nachgab. Die Schmerzen wurden zu einem roten Nebel vor ihren Augen, einem donnernden Hämmern in ihren Ohren.

»Laß die Lady runter, du Sack.«

Die Stimme drang kaum durch das Paukenkonzert der Schmerzen. Sam erkannte sie nicht sofort – sie hatte noch nie eine so kalte, tödliche, gefühllose Stimme gehört. Sofort sah sie hinab zum Ursprung dieser Stimme, dieser neuen Bedrohung.

Es war Renard. Sein Gesicht schien leer, ohne jeden Ausdruck, wie das einer Leiche. Das einzige Lebenszeichen lag in seinen Augen, ein kaltes Glitzern wie das einer Messerklinge unter einer Straßenlaterne. In der Hand hielt er eine Waffe – eine riesige, wuchtige Pistole mit einer Mündung wie ein Höhleneingang. Sie war vollkommen ruhig auf den Riesen gerichtet, als wäre sein Arm, sein ganzer Körper aus Wolframstahl. »Laß die Lady runter«, befahl er erneut.

Langsam drehte das Schwergewicht den Kopf und starrte auf Ren hinab. Seine Augen verengten sich zu wütenden Schlitzen. »Zieh Leine, Junge«, brummte er. »Sieh zu, daß du Land gewinnst.« Er hielt Sams Handgelenk noch immer in einem Griff wie eine Hydraulikpresse.

Ren schüttelte ein einziges Mal den Kopf. »Laß sie runter.« Sam sah seinen Daumen sich bewegen, hörte das scharfe, metallische Klicken, als er den Sicherheitshebel der schweren Waffe löste.

Der Griff um ihr Handgelenk lockerte sich ein wenig, und die Schmerzen ließen nach. »Gehört sie zu dir?« fragte der Mann, und seine Stimme troff vor beleidigender Herablassung. »*Großer* Mann.«

Sam sah Ren die Pistole leicht bewegen. Bis jetzt hatte er auf den Brustkorb ihres Angreifers gezielt. Jetzt zeigte der Lauf der Waffe exakt zwischen dessen Schweinsaugen. »Für dich reicht's.«

Samantha konnte eine Veränderung im Griff des Mannes fühlen. Er war immer noch fest genug, um zu schmerzen, aber etwas von der Sicherheit, der blinden Aggression schien ihn verlassen zu haben. »Groß genug, um den Abzug durchzuziehen?« fragte er.

Und Renard zog die Lippen zurück, in einem grausamen, kalten Lächeln. *Ich bin der Tod*, schien es zu sagen. »Falls ich es bin, wirst du keine Gelegenheit mehr haben, es zur Kenntnis zu nehmen.«

»*Freck!*« Der Mann schleuderte Sam beiseite. Sie stolperte, fing sich aber, bevor sie zu Boden gehen konnte. »Da *hast* du den Köder«, knurrte er. Sam hörte das Zittern der Angst in seiner Stimme. »Wahrscheinlich ist sie die Mühe eh nicht wert.« Damit drehte er sich um und wankte davon, aus der Gasse und außer Sicht.

Rens Pistole folgte ihm, bis er um die Ecke war. Zwei Sekunden stand der junge Mann nur da, hart und unerbittlich. Dann ließ er mit einem Seufzen den Atem entweichen, und die Anspannung verließ seinen Körper. Er blickte auf die Pistole in seiner Hand, als habe er sie noch nie zuvor gesehen. Er brachte die Hand hinter den

Rücken und schob die Waffe in den Hosenbund, wo sie unter seiner hüftlangen Weste verborgen war. »Ballast«, schnaufte er.

Dann lächelte er Samantha an. Diesmal war es ein echtes Lächeln, keine Grimasse eines fleischgewordenen Todesengels. »Kommst du?« fragte er sie.

Sam nickte, noch immer benommen. *Ich bin noch nie so knapp an einem Mord vorbeigekommen.* Als Renard weiterging, hastete sie hinterher.

Er sah sie nicht an, reagierte überhaupt nicht auf ihre Anwesenheit an seiner Seite. Er ging einfach weiter. Sam versuchte, seine Körpersprache zu lesen, und erkannte schließlich ein leises Zittern als die Angst, die er während der Auseinandersetzung so erfolgreich unterdrückt hatte.

»Danke«, sagte sie leise. »Ich stehe schon wieder in deiner Schuld.«

Ren schnaubte nur, als hätten ihre Worte keine Bedeutung für ihn. »Ich hab was gegen Arschlöcher«, erklärte er grob.

Sam nickte und ging ein paar Minuten schweigend neben ihm her. Schließlich konnte sie ihre Neugier nicht mehr unterdrücken. »Hättest du ihn erschossen?« fragte sie leise.

Er blieb stehen und sah sie an. Seine Miene war wieder ausdruckslos.

»*Hättest* du geschossen?« hakte sie nach.

Plötzlich grinste er. »Nö«, antwortete er lässig. »Is nicht geladen.«

Sie starrte ihn einen Augenblick lang an, dann prustete sie los. »Renard«, stellte sie fest, »dein Stil gefällt mir.«

Und ich hatte auf eine Science-Fiction-Stadt mit riesigen Glastürmen gehofft … schnaubte Sam.

Sie waren jetzt fast eine Viertelstunde unterwegs – *schätzungsweise eine Meile seit den Schrotthaufen,* dachte sie –, und soweit sich ihre Umgebung überhaupt verändert hatte, war sie noch bedrückender geworden. Die Straßen waren schmaler und wurden jetzt ab und zu von Müllbergen fast vollständig blockiert – verschimmelten Essensresten, vermischt mit Schrott. *Wenn ich in fünf Jahren noch mal hier vorbeikomme, werden diese Straßen dann ganz unter Schrotthaufen verschwunden sein?* fragte sie sich.

Aasfresser beobachteten sie auf ihrem Weg – zweibeinige *und* vierbeinige Aasfresser. Stadtstreicher starrten aus dunklen Hauseingängen, und kleine Knopfaugen funkelten in den dunklen Tiefen der Müllberge. *Ratten,* dachte sie, bis sie eines der kleinen Tiere sah. Es ähnelte der Kreatur, deren Bau sie in der Wildnis für sich beansprucht hatte: eine Eidechse, aber mit einem dichten Haarpelz, und dieses Exemplar war größer, etwa so groß wie ein unterernährter Beagle. Und es wirkte gemeiner – hagerer, bissiger, wilder. Samantha unterdrückte ein Schaudern. *Diese Biester füllen die ökologische Nische von Ratten? Wenn ich je einen Beweis dafür gebraucht hätte, daß ich* woanders *bin, in einer grundlegend fremden Welt, dann hab ich ihn jetzt.*

Renard marschierte weiter, ohne die Aasfresser zu beachten, deren Blicke sie verfolgten. Die Wolkendecke über ihnen war ungebrochen und von dunklem Schiefergrau. Ein leichter, kalter Nieselregen hatte eingesetzt. Sam war kalt bis in die Knochen. Falls Ren den Regen überhaupt bemerkte, ließ er sich davon nichts anmerken.

»Und hier in der Gegend arbeitest du, Ren?« fragte sie.

Der junge Mann grinste und verstand die *wahre* Frage hinter ihren Worten. »Es ist nicht mehr weit, Ballast«, antwortete er trocken.

»Sam«, korrigierte sie automatisch.

Er zögerte. Dann nickte er. »Sam.«

»Was machst du denn so?« fragte sie eine Minute später. Sie sah sich zwischen den niedrigen, heruntergekommenen Gebäuden um. Die Fenster der meisten kleinen Läden waren mit Brettern verschlagen. In vielen Mauern klafften reihenweise baseballgroße Krater. *Kugellöcher*, erkannte sie mit Schrecken.

Ren schien ihre Blicke bemerkt zu haben, denn er verzog den Mund zu einem grimmigen Lächeln. »Du meinst, ich bin in einer Bande? Schießereien aus dem vorbeifahrenden Wagen und so 'n Scheiß? Nein, nicht mehr.«

»Sondern …?«

»Ich hab mir einen richtigen Job verschafft«, erläuterte er. »Ich arbeite für einen Stall. Den Saberstall.«

Samantha schüttelte den Kopf. »Kapier ich nicht«, gab sie zu. »Was ist ein Stall?« Sie schnitt seine Antwort mit einem Schnaufen ab. »Ich *weiß*, ich bin Ballast, aber erklär's mir trotzdem, okay?«

Ren kicherte. »Ich weiß auch, daß du Ballast bist«, erwiderte er, aber zum erstenmal meinte er es nicht als Beleidigung. »Wir sind auf Solaris Sieben. Du mußt *wirklich* Ballast sein, um nicht zu wissen, was das bedeutet.«

»Sag es mir.«

Das junge Ex-Bandenmitglied zuckte die hageren Schultern. »Solaris Sieben – das ist die ›Spielwelt‹, richtig? Dafür gibt es diese Welt. *Nur* dafür existiert sie überhaupt.«

»Wie meinst du das, die ›Spielwelt‹?«

»Die *Spiele*«, betonte er. Er blieb stehen, stemmte die Fäuste in die Hüften und starrte sie an. »Du weißt es tatsächlich nicht? Wo, zum Ei, kommst du *her?* Und was machst du hier?«

Sam seufzte. »Vielleicht erzähle ich es dir eines Tages. Du sagtest …?«

Ren schüttelte den Kopf – ob enttäuscht oder angewidert, konnte sie nicht sagen. »Die Spiele«, erwiderte er. »Die BattleMech-Spiele. Kämpfe. Einzelduelle, Mannschaftskämpfe, die ganze verfreckenkreckte Palette. Auf dem ganzen verfreckten Planeten gibt's Arenen, okay? Es gibt die verschiedensten Ligen, alle Arten von Unterteilungen. MechKrieger kommen von überall her, um hier anzutreten.«

Sam blinzelte. »Kämpfe?« wiederholte sie. »Wie… *Kämpfe*, ernsthaft? Du redest von Gladiatorenkämpfen?«

Ren zuckte wieder die Achseln. »Gladiatoren sind was anderes. Ich rede von Mechkämpfen.«

»Kämpfe bis zum Tod?«

»Okay, in manchen Arenen und Ligen – manchmal draußen in den Blutgruben – benutzen sie Übungswaffen und Simulatoren und den ganzen Freck.« Seine Miene zeigte Samantha überdeutlich, was er davon hielt. »In den oberen Ligen, bei der echten Show, da benutzen sie scharfe Waffen, da ist nichts gespielt.«

Mein Gott… Sam schüttelte ungläubig den Kopf. *Was für eine Welt ist das?* Bilder des Mechgefechts traten vor ihre Augen, das sie beobachtet hatte – und in das sie *verwickelt* worden war! Die Laser, die Raketen, die kaum faßbare Feuerkraft und Vernichtung. »Und es gibt Leute, die so etwas zum *Spaß* machen?«

»Für *Geld*«, unterbrach der junge Bursche sie scharf. »Ein echter Brenner – ein wirklich heißer MechKrieger – verdient ein verfrecktes *Vermögen…* Wenn er lange genug lebt.«

»Und die Leute bezahlen dafür, zusehen zu können, wie andere sich gegenseitig umbringen?«

»Sie zahlen *und wetten.*« Ren deutete auf ein zerrissenes Plakat an der Wand eines nahen Hauses. »Was hast *du* denn gedacht, was all das heißen soll?«

Sam drehte sich um und betrachtete das Plakat, auf das er zeigte. Sie machte sich klar, daß sie in den letzten zwanzig Minuten Dutzende dieser Art gesehen hatte. Sie hatte sie nur nicht weiter beachtet.

Dieses ähnelte der Ankündigung eines Preisboxkampfes in der Welt, die sie kannte, einem Plakat für ein Boxchampionat. Aber statt der Porträts zweier Boxer prangten auf diesem Plakat zwei riesige, grell bemalte BattleMechs. PAUL JERRIS CONTRA CASSIE HO stand da zu lesen, und darunter, in etwas kleineren Lettern: DUNKELFALKE CONTRA STEPPENWOLF – DIE FABRIK.

»Die Fabrik, das ist die große Arena im Montenegro-Viertel von Solaris City«, erklärte Ren beinahe geduldig. »Jerris und Ho sind zwei aufstrebende Jockeys, die gerade anfangen, sich einen Namen zu machen. Jerris steuert einen *Dunkelfalken* – das ist ein Mechtyp, klar? –, und Ho reitet einen *Steppenwolf*. Dürfte ein ziemlich ausgewogenes Match werden, wenn man ihre bisherige Laufbahn betrachtet. Bei dem Kampf wird eine Menge Geld den Besitzer wechseln, darauf kannst du dein Leben verwetten.«

Dein Leben verwetten … interessanter Ausdruck. Genau das tun Jerris und Ho bei diesem Kampf, nicht wahr? Ihr Leben verwetten …

Brot und Spiele. »Es wird alles im TV übertragen, richtig?« fragte Sam langsam, laut nachdenkend.

»Im Trivid, exakt«, bestätigte Ren, der sie nicht genau verstanden zu haben schien. »Das schaut sich jeder an, der nicht live in der Arena dabeisein kann.«

»Und ein ›Stall‹ ist …?«

»Na, was glaubst du wohl?« Ren schnaubte wieder. »Mechs kosten Geld – *große* Noten. Im Einkauf, im Betrieb, im Unterhalt. Und man braucht Techs, um sein Gefährt in Schuß zu halten, nicht wahr? *Darum* geht es bei den Ställen.«

Wieder nickte Sam zögernd. Das Ganze ergab auf verrückte Art und Weise einen Sinn. »Du arbeitest also für einen dieser Ställe?«

»Für den Saberstall, ja.« Er zuckte etwas unbehaglich die Schultern. »Es ist kein großer Stall, noch nicht. Die Saber kämpfen noch in den Blutgruben – den kleinen Arenen, den regionalen, die nicht Teil der Show sind.

Noch nicht. Aber sie werden es schaffen … *bald.* Weißt du, die Saber, die sind ein Doppelstall«, erklärte er ernst. »Sie haben Mechs, und sie haben auch gute Piloten, sicher. Aber sie haben auch Gladiatoren.«

»Damit meinst du echte Gladiatoren, nicht wahr?« Sam unterdrückte ein Schaudern. »Arenaduelle. Einzelkampf bis zum Tod vor Publikum.«

Rens kalter Blick senkte sich in ihre Augen, und er schien bis tief in ihre Seele zu blicken. »Ja, genau das meine ich«, stellte er langsam fest. »Nicht immer bis zum Tod, aber … manchmal, ja.« Er blinzelte. »Du hast es nicht gewußt, oder? Du hast nie vorher etwas darüber gehört?«

Sie schüttelte den Kopf. »So etwas gibt es nicht, wo ich herkomme.«

»Und das ist wo …?«

»Weit entfernt«, antwortete Sam trostlos. *Weiter, als du ahnst.*

Über die Zukunft kannst du dir später Sorgen machen, Dooley, riß sie sich zusammen. *Jetzt mußt du erst einmal an das Hier und Jetzt denken … daran, wie du den heutigen Tag überlebst.*

»Du arbeitest also für die Saber«, stellte sie mit ruhiger Stimme fest. »Bist du ein Gladiator oder« – sie zögerte einen Augenblick und versuchte sich daran zu erinnern, wie Ren es ausgedrückt hatte – »oder ein MechKrieger?«

Der Junge lachte laut. Es war ein hartes Lachen, seltsam alt für jemand, der noch keine sechzehn war. »Du Ballast, ich feg den verfreckten Boden!«

Sie konnte nicht anders. Sie stimmte in sein Gelächter ein. »Na, Renard«, sagte sie. »Glaubst du, sie haben Platz für noch einen Feger?«

21

Es gab kein Schild, das die Anlage des Saberstalls kennzeichnete, nichts, um sie von den anderen heruntergekommenen Lagerhallen abzuheben, die diesen Teil von Rolandsfeld dominierten.

Samantha hatte versucht, sich die Richtung einzuprägen, in die sie gegangen waren, sich die Strecke einzuprägen – *Warum eigentlich?* fragte sie sich jetzt mit gelindem Sarkasmus. *Für den Fall, daß ich zurück zu den Schrotthaufen finden muß, um mit Dog um seinen Platz zu kämpfen?* –, aber die lückenlose Wolkendecke machte das ausgesprochen schwierig. Sie konnte sich nicht an der Sonne orientieren, um festzustellen, wo Norden lag, und der Weg, den Ren genommen hatte, erschien ihr beinahe absichtlich verwirrend. Sie schätzte, daß sie vielleicht anderthalb Meilen zurückgelegt hatten – eine halbe Stunde Wegs, einschließlich zwei Minuten Aufenthalts bei der Konfrontation mit Sams Möchtegern-›Kunden‹ –, aber Renard hätte sie ohne weiteres die ganze Zeit im Kreis führen können, ohne daß sie es bemerkt hätte. Ihr Knie hatte eine Weile furchtbar geschmerzt, war aber schon vor der Begegnung mit dem Besoffenen taub geworden. (Sie zog es vor, nicht über die möglichen Schäden nachzudenken, die sie dem verletzten Gelenk durch die ständige Belastung zufügte. *Als hätte ich eine Wahl*, erinnerte sie sich.)

»Da wären wir«, verkündete Ren und deutete mit einer Kopfbewegung auf die Lagerhalle.

»Zu Hause?« fragte Sam ironisch.

»Ja, manchmal.«

Statt mit ihr zu dem verrosteten Eisentor zu gehen, wie Sam es erwartet hatte, führte der Junge sie seitlich um die Lagerhalle, einen engen, mit Müll zugestellten Fußweg hinab. Irgend etwas zischte Sam wütend an, als sie ihm an einem besonders großen Berg Abfall vorbei folgte – ohne Zweifel eine der pelzigen Echsenratten –, aber wenigstens griff es nicht an.

Sie stellte fest, daß die Saberstallanlage mehr umfaßte als nur diese eine Lagerhalle. An der Seite des Gebäudes und über das Ende der Halle hinaus verlief ein Maschendrahtzaun, dessen Oberseite mit besonders unangenehm aussehendem Stacheldraht abgesichert war. Die ›Anlage‹ bestand aus noch einigen zusätzlichen Bauwerken, sechs bis sieben Stockwerke hohen Lagerhallen und anderen, die an Kasernen erinnerten. Alles in allem beanspruchte das Ganze ihrer Schätzung nach runde sechs Hektar Grund.

»Das ist einer der kleineren Ställe, hast du gesagt?« fragte sie.

Er nickte. »Verglichen mit denen in der Show, ja, da ist er klein.« Dann grinste er – ein wenig räuberisch, fand Sam. »Für diese Gegend, hier im Feld? Da ist er ziemlich groß.«

Sie marschierten weiter außen am Zaun entlang und kamen schließlich um eine Ecke an die Rückseite des Lagers. Aus diesem neuen Blickwinkel konnte Sam sehen, daß eine der größeren Hallen über fünfzig, sechzig Fuß hohe, offene Schiebetore verfügte, durch die sie in das dunkle Innere des Gebäudes blicken konnte. Sie kniff die Augen zusammen, um auszumachen, was sich dort befand.

Plötzlich blitzte und loderte ein grelles, bläulichweißes Licht in der Dunkelheit – *wie ein Bogenschweißgerät*, dachte sie. Im harten Lichtschein sah sie eine kantige Metallgestalt in der Finsternis aufragen. Ein BattleMech. *Mein Gott*, dachte sie wieder.

Ren hatte ein Tor im Zaun erreicht, eine Metalltür, neben der eine glatte, mattschwarze Metallplatte von etwa einem Fuß im Quadrat montiert war. Rund um das Tor war der Zaun verstärkt, und über ihm waren die oberen Stacheldrahtbahnen scharf nach außen geneigt, um jeden Versuch, hinüberzuklettern, abzuwehren. Wortlos trat Renard vor die Tür und legte die rechte Handfläche auf die schwarze Platte. Sam hörte ein leises elektronisches Summen, dann öffnete sich mit einem lauten Knacken die Türverriegelung. Ren drückte den Türgriff nach unten und öffnete den Eingang. Er hielt die Tür leicht ungeduldig auf und wartete, bis Sam ebenfalls in der Stallanlage war, bevor er sie wieder schloß.

Sie sah sich um. Irgendwer arbeitete noch immer an dem BattleMech, den sie gesehen hatte – anscheinend war er damit beschäftigt, Panzerplatten an einem der riesenhaften Beine anzubringen. Abgesehen von dem Techniker, der ab und zu im Licht des Schweißbrenners zu sehen war, schien die Anlage ausgestorben. Sie drehte sich zu ihrem jungen Begleiter um. »So, und was nun?«

Nach Rens Gesichtsausdruck zu schließen, stellte er sich dieselbe Frage. Er wirkte wieder unsicher, nervös, so, wie sie ihn kennengelernt hatte. *Er bekommt kalte Füße*, dachte sie grimmig. *Er hat mich aus einem Impuls heraus hierhergebracht. Jetzt weiß er nicht, was er mit mir anfangen soll.* Sie streckte die Hand aus, drückte seinen Arm und schenkte ihm ein ermutigendes Lächeln. »Danke, Ren«, sagte sie aufrichtig. »Ich weiß zu schätzen, was du für mich getan hast, aber von hier an komm ich selber zurecht, okay? Stell mich einfach irgend jemand hier vor – *irgendwem*, ganz egal –, und um alles weitere kümmere ich mich dann schon selbst. Einverstanden?«

Er zögerte, dann zuckte er mit gespielter Gleichgültigkeit die Schultern. »Ja, klar. Einverstanden.« Sie konnte seinem Gesicht die Erleichterung ablesen – *Erleichterung, daß ich ihn nicht vor seinem Arbeitgeber und seinesgleichen in Verlegenheit bringe?* fragte sie sich. Das schien ihr die wahrscheinlichste Erklärung.

Er drehte sich mit einer scharfen Bewegung um und

marschierte davon. Über die Schulter rief er ihr ein grobes »Hier lang« zu. Sie beeilte sich, Schritt zu halten.

»Ich arbeite nicht im Mechbereich«, erklärte er ihr unterwegs. »Deshalb kenne ich da niemanden. Vielleicht bei den Gladiatoren ...« Er zuckte die Schultern.

»Geht in Ordnung.«

Er führte sie auf eines der kleineren Gebäude zu, fort von den hohen ›Hangars‹ wie dem, in dem sie den Mech gesehen hatte. Es war ein langer, flacher Bau, einer von denen, die sie an Militärunterkünfte erinnerten. »Lebst du hier?« fragte sie.

Er schüttelte den Kopf. »Ich hau mich da *drüben* hin«, antwortete er und deutete auf eine kleinere Baracke in der Nähe des Zauns. »Zusammen mit den anderen Arbeitern. Hier pennen die Gladiatoren.«

Gladiatoren. Ganz toll, dachte sie.

Ren näherte sich der zerkratzten, mit abblätternder Farbe bedeckten Tür an einem Ende des Gebäudes, als sie sich öffnete und drei Personen ins Freie traten. Sie hielten an.

Die drei waren älter als Ren, aber immer noch jung, erkannte Sam – zwanzig vielleicht, höchstens einundzwanzig. Es waren zwei Männer und eine Frau. Alle drei trugen einfache Overalls in einem nüchternen Beige, mit einem Dutzend Taschen. Der größte der drei hatte etwa Sams Körpergröße, aber alle drei hatten Rens Statur – mittelgroß, hart, nicht übermäßig muskulös, aber schnell und mit einer gefährlichen Ausstrahlung. Das rote Haar der Frau war kurz geschoren, während die beiden Männer ihre Haare länger trugen – schulterlang hinten und an den Seiten, in der Stirn kurz.

»Yo, Jonas«, begrüßte Ren den größeren der beiden Männer. »Geht's?«

Die drei hatten sich leise unterhalten, als sie das Gebäude verließen, waren aber verstummt, sobald sie Ren und Sam gesehen hatten. Jetzt trat der größere der Männer – Jonas – vor und musterte Sam mit kalten grauen

Augen von oben bis unten. »Bringst du schon dein Mädchen mit ins Lager, Ren?« fragte er verächtlich. »Oder ist das deine Mutter?«

Sam blinzelte. Das war keine freundschaftliche Stichelei. Das erkannte sie sofort. Jonas' Stimme hatte einen ernsthaft bösartigen Unterton, und in seinem Blick und der Mimik des Gesichts war etwas äußerst Unangenehmes zu erkennen. *Was, zum Teufel, geht hier vor?* überlegte sie. *Es sieht fast so aus, als wolle er einen Streit provozieren – mit Ren oder mit mir, ich weiß nicht genau, auf wen von uns er es abgesehen hat ...* Sie warf ihrem jungen Begleiter einen schnellen Blick zu.

Rens Gesicht hatte sich wieder in die gefühllose Maske verwandelt, die er zwischen den Schrotthaufen zur Schau getragen und mit der er den Trunkenbold eingeschüchtert hatte, der Sam angriff. Es war keine Spur mehr von dem Mitgefühl und der Sorge zu sehen, die er ihr gegenüber an den Tag legte. Seinem Blick nach zu urteilen war es ihm völlig gleichgültig, was aus ihr wurde.

Das ist mein Zeichen, nicht wahr? erkannte Sam mit Schaudern. *Jetzt bin ich auf mich selbst angewiesen. Was auch geschieht, es ist meine Sache.*

»Suchst du einen Spielgefährten, Häschen?« fragte Jonas und kam auf Sam zu. Seine dünnen Lippen verzogen sich zu einem höhnischen Grinsen. »Jemanden, mit dem du Spaß haben kannst?« Er warf seinen Begleitern einen wissenden Blick zu. »Ich bin dabei, wenn du willst.«

Dieser Blick zeigte Sam, was hier vorging. *Hackordnung,* erkannte sie plötzlich. *Das sind Gladiatoren, nicht wahr? Das hat Ren gesagt. Sie kämpfen – und sonst tun sie* gar nichts. *Wie wird in einer solchen Gruppe die Hackordnung ermittelt – die Hierarchie der Starken und Schwachen? Genau so ...*

Aus dem Augenwinkel sah sie, daß Ren sie beobachtete. Seine Miene war leer, aber sein Körper schien angespannt – *er macht sich Sorgen*, stellte sie in Gedanken fest. *Er hofft, daß ich ihn nicht enttäusche.*

Na schön, dann weiß ich, wie ich vorzugehen habe.

Sie verzog ihr Gesicht zu einem nicht minder abfälligen Grinsen. »Einen Spielgefährten?« wiederholte sie verwundert. »Vielleicht ... Wenn du mir jemanden zeigen kannst, der Mann genug ist zu wissen, wie's geht.«

Jonas' Miene verdüsterte sich, und sie verspürte einen verzweifelten Drang, eine Jujutsu-Verteidigungsposition einzunehmen. Aber entgegen ihrem Instinkt behielt sie die Hände an den Seiten und die Hüfte provokativ geknickt.

Der junge Gladiator starrte sie eine Weile haßerfüllt an. Dann sah sie ihn ein falsches Lächeln auf sein Gesicht zwingen. Er gluckste leise, drehte sich zu seinen Freunden um, als wolle er einen Witz machen ...

Ohne Vorwarnung griff er an und schlug mit der rechten Handkante nach Sams Kehlkopf.

Trotz ihrer entspannten Haltung war Samantha darauf vorbereitet. Als der junge Gladiator zuschlug, tänzelte sie einen halben Schritt zurück – fast zu spät. *Er ist verdammt schnell ...* Sie packte seine rechte Hand mit der Linken. In derselben Bewegung, noch bevor Jonas reagieren konnte, trat Sam wieder vor, schob den rechten Arm über seinen und klemmte seinen Unterarm in dessen Beuge. Sie packte ihr linkes Handgelenk mit der Rechten, drehte sich schnell auf der linken Ferse nach rechts und verdrehte Jonas' Arm nach oben hinter seine Schulter. Um den reißenden Druck gegen sein Schultergelenk zu lindern, reagierte Jonas instinktiv – er beugte sich aus der Hüfte nach vorne.

Normalerweise hätte Sam die Bewegung beendet, indem sie den Druck weitergezogen und ihren Gegner vor sich auf die Knie gezwungen hätte. Auf der Jujutsu-Matte hätte sie damit den Punkt gewonnen.

Aber das hier ist kein Sport. In einem offiziellen Wettstreit hätte ihr Gegner aufgegeben. Das hier war die

Wirklichkeit. Der Gladiator hatte die linke Hand noch frei, und sie wußte, damit konnte er immer noch großen Schaden anrichten. Sie mußte ihn völlig unschädlich machen – *total*, und das sofort.

Diese Gedanken zuckten innerhalb eines Sekundenbruchteils durch Sams Hirn, und sie traf ihre Entscheidung. Ohne ihre Bewegung zu unterbrechen, trat sie mit dem rechten Fuß etwas zurück, erhöhte den Druck auf Jonas' Arm und riß das Knie, so hart sie konnte, hoch in das Gesicht des Gladiators. Sie zuckte zusammen, als der Schlag seine Nase zerschmetterte. Augenblicklich gab sie seinen Arm frei und sprang aus dem Weg. Er fiel, von dem Schlag benommen, auf die Knie.

Eine lange Sekunde bewegte sich niemand. Jonas' Begleiter waren instinktiv in Kampfposition gegangen, hielten sich aber zurück – noch. Keuchend vor Anstrengung und als Folge der hämmernden Schmerzen in ihrem Knie, duckte Sam sich in Verteidigungsstellung.

Auf dem Boden vor ihr schüttelte Jonas den Kopf und spuckte schaumiges Blut. Langsam sah er zu ihr hoch. Sein blutverschmiertes Gesicht entsprach einer wütenden Fratze. »*Schnappt* euch die Freckin«, grunzte er. Als hätten seine Worte sie aus einer Lähmung befreit, kamen die beiden anderen Gladiatoren vor – vorsichtig, nach links und rechts ausweichend, so daß sie Samantha von beiden Seiten würden packen können.

»Halt!«

Die Stimme in Sams Rücken war nicht laut, aber sie krachte hart und scharf wie ein Gewehrschuß über die Szene. Einen Augenblick lang waren alle zu einem surrealistischen Stilleben erstarrt. Dann nahmen Jonas' Begleiter Haltung an. Selbst Jonas, der immer noch schaumiges Blut auf den Boden spuckte, reagierte. Sam drehte sich um.

Es war ein älterer Mann, der den Kampf beendet hatte – halb kahl, großgewachsen und von breiter Statur. Ihr erster Eindruck ließ ihn fett erscheinen, weil er einen derart ausladenden Bauch wie der Kerl besaß, der sie in der Gasse angegriffen hatte. Aber diesen Irrtum korrigierte sie sehr schnell. Ihr potentieller Vergewaltiger war verweichlicht gewesen. An *diesem* Mann war nichts weich.

Er trug den gleichen Overall wie die Gladiatoren, aber auf der linken Brustpartie prangte ein ›Einheitsaufnäher‹ mit einem stilisierten Schwert. Von seinem breiten Gürtel hing ein Pistolenholster. Unter dem rechten Arm trug er – wie einen Offiziersstock – etwas, das nach einer Reitpeitsche aussah, aber aus Metall zu sein schien. *Und im Griff scheint eine Batterie zu stecken*, erkannte Sam. *Ist das so was wie ein elektrischer Viehstachel …?*

Plötzlich durchzuckte Sam ein Gefühl des Wiedererkennens: Die Art, wie er sich bewegte, seine Haltung. *Er ist so was wie ein Ausbilder*, erkannte sie.

Der Kahlkopf betrachtete das Bild, das sich ihm bot. Sein Mund war zu einer angewiderten Grimasse verzogen … Und daraus, wie natürlich die Linien seines Gesichts wirkten, schloß Sam, daß es sich dabei um seinen üblichen Gesichtsausdruck handelte. Er starrte die drei Gladiatoren an und sah ohne irgendwelches Mitgefühl zu, wie Jonas sich mühsam aufrichtete. »Was geht hier vor?« fragte er. *»Antwort!«*

Die junge Frau ergriff das Wort. »Nichts, Sensei«, schnappte sie. (Sams Augen weiteten sich, als sie den Begriff ›Sensei‹ hörte. Es war das japanische Wort für ›Meister‹ und wurde für einen Kampfsporttrainer benutzt.)

»Nichts«, wiederholte der Kahlkopf. »Nichts.« Er fixierte Jonas. »Mr. Clay ist ganz von allein über seine Füße gestolpert und hat sich die Nase angeschlagen, ja?«

Keiner der drei Gladiatoren sagte etwas oder regte auch nur einen Muskel.

Der Ausbilder schüttelte den Kopf. »Verfreckenkreckter Sauhaufen«, knurrte er. »Macht, daß ihr wegkommt.«

»Ja, Sensei«, antworteten die Gladiatoren im Chor. Dann drehten sie um und marschierten hastig um eine Ecke davon ... Aber nicht, bevor Jonas Clay ihr noch einen letzten haßerfüllten Blick zugeworfen hatte. (Sam seufzte innerlich. *Mit dem werde ich noch Ärger bekommen*, dachte sie. *Reichlich Ärger.*)

Der Kahlkopf sah ihnen nach, dann richtete er seine harten, dunklen Augen auf Renard. Bis jetzt schien er Sams Anwesenheit noch in keinster Weise auch nur zur Kenntnis genommen zu haben. Mit einem Schnauben kam er herüber und baute sich vor dem jungen Ex-Bandenmitglied auf. Sam konnte die Angst im Blick des Jungen sehen, aber er rührte sich nicht und hielt seine emotionslose Miene aufrecht.

»Vielleicht können *Sie* mir erklären, was hier vorgefallen ist, Mr. Gilbert«, stellte der Sergeant leise fest. Er sprach den Namen mit französischer Intonation aus. (Samantha merkte es sich für den späteren Gebrauch. *Renard Gilbert.*)

Ren verzog keinen Muskel. »Es war nichts, Sensei. Nur eine ... Meinungsverschiedenheit.«

Der Sergeant schenkte Sam immer noch nicht die geringste Beachtung, zeigte aber mit einem großen Daumen in ihre Richtung. »Hast du sie hergebracht?« fragte er.

»Ja, Sensei. Ich ...« Rens Stimme erstarb.

»Es war meine Idee«, unterbrach Sam. »Ich habe ihn darum gebeten.«

Sie hätte ebensogut stumm und unsichtbar sein können, was die Reaktion des Sergeants auf ihre Einmischung anging. »Das gibt einen Verweis, Mr. Gilbert«, raunzte das Schwergewicht. »Ich erwarte Sie später vor meinem Büro, wenn Sie mit Ihren Aufgaben fertig sind.«

Ren kniff die Lippen zusammen. »Ja, Sensei.«

»He!« rief Sam laut. Wütend packte sie den Mann an der Schulter und wirbelte ihn zu sich herum. »Ich habe Ihnen gesagt, es war meine Schuld.«

Sie keuchte, als der Sergeant mit seinem Offiziersstock – oder was immer es war – nach ihrem Kopf schlug. Reflexartig blockte sie den Hieb mit gekreuzten Handgelenken ab, packte mit beiden Händen seinen Unterarm und drehte, zog ihn aus dem Gleichgewicht, während sie ihm mit dem Bein das linke Knie wegzog. Er stürzte und schlug hart auf dem Boden auf. Mit einem Grunzen sprang Sam einen Schritt zurück und wartete geduckt darauf, daß er auf die Füße sprang und erneut angriff.

Er tat nichts dergleichen. Statt dessen blieb er auf der Seite liegen und sah sinnend zu ihr hoch. Dann verzog sich sein ledriges Gesicht zu einem Grinsen. »Gut«, grunzte er. »Sehr gut.« Er setzte den Stock entschieden auf den Boden. Dann wälzte er sich auf die Füße. Sam fühlte ihre Anspannung abklingen, als er sie musterte.

»Gut«, sagte er wieder. »Wenn du willst, haben wir hier einen Platz für dich.« Dann verschwand sein Lächeln, und der Stahl kehrte in Miene und Stimme zurück. »Aber das war das *letzte* Mal, daß du mich berührt hast. Verstehen wir uns?«

Sam nickte langsam. *Es geht alles viel zu schnell*, dachte sie grimmig. *Aber was, zur Hölle, bleibt mir übrig, als mich treiben zu lassen und zu sehen, wohin es mich bringt?* »Ja, Sensei«, bellte sie.

Samantha stolperte in die Kaserne und ließ sich vornüber auf ihre harte Pritsche kippen. Ein paar Sekunden überlegte sie, ob sie die Wadenstiefel ausziehen sollte, die sie zugeteilt bekommen hatte, aber sie verwarf den Gedanken schnell wieder. *Zu viel Arbeit*, entschied sie. *Und zu peinlich, wenn ich die Kraft nicht mehr habe, die Velcro-Verschlüsse zu öffnen.*

Es war der dritte Tag ihrer ›Grundausbildung‹ – wie

sie das Training in Gedanken getauft hatte – unter der direkten Aufsicht des Sensei. (Jared Bloch war sein Name, hatte Sam inzwischen erfahren, und er ließ die durchaus reale Sorge um seine ›Schützlinge‹ niemals Oberhand über die knallharte Disziplin gewinnen, die sie seiner Überzeugung nach brauchten.) Der Kahlkopf hatte die Aufsicht über den Rest der Gladiatorenschüler einem Kollegen anvertraut, um Sam so schnell wie menschenmöglich ›in Form zu bringen‹. *Herzlichen Dank*, schnaufte Sam in ihr Kissen. *Wenn es Ihnen nichts ausmacht, kann ich auf all diese persönliche Aufmerksamkeit gerne verzichten.*

Samantha hatte immer geglaubt, in Top-Kondition zu sein ... bis jetzt. Sie war stets in der Lage gewesen, mit Freunden und Kollegen in allen athletischen Kategorien, die anstanden, mitzuhalten – Jogging, Tennis, Kampfsport, was auch immer –, und war zu der Ansicht gelangt, sie hätte die körperlichen Fähigkeiten, mit allem fertig zu werden, was das Schicksal ihr in den Weg warf.

Jared Bloch hatte keine Stunde gebraucht, um ihr klarzumachen, wie vollkommen daneben sie damit lag. Die Saberstallanlage besaß eine ›Übungsstrecke‹, wie Sam sie in zahllosen Filmen über die Grundausbildung der Army schon gesehen hatte – einen Parcours mit so ziemlich jeder Art von Hindernis, die sich ein krankes Hirn nur ausdenken konnte. Anscheinend begann jeder werdende Gladiator den Tag mit einer Runde rund um diese Strecke vor dem Frühstück. Nachdem Bloch Sam *dreimal* rund um den Kurs getrieben hatte, wollte sie sterben.

Und *immer noch* trieb er sie an, zwang sie, tief in ihrem Innersten zu suchen und Reserven an Kraft und Entschlossenheit zu öffnen, von deren Dasein sie nie auch nur etwas geahnt hatte. Sie hatte sich erst in die Messe der Gladiatorenschüler geschleppt, als alle anderen längst gegessen hatten und wieder fort waren –

natürlich war das aus offenkundigen Gründen mit Absicht so arrangiert worden, hatte Sam sich später gedacht –, und war gezwungen gewesen, sich ihre Mahlzeit aus rasch abkühlenden Resten zusammenzustellen. Anschließend hatte Bloch sie zurück auf die Übungsstrecke geführt, die sie prompt Folterzone getauft hatte, um sie weiter zu schleifen, bis die Sonne hinter den schiefergrauen Wolken untergegangen war. Wieder war die Messe leer gewesen, als er sie für den Abend entlassen hatte, und sie war froh darüber. Wäre Jonas Clay dort gewesen, um ihr Schwierigkeiten zu machen, hätte sie Mühe gehabt, einen Spruch zur Entgegnung aufzubieten, geschweige denn, sich bei einer Schlägerei zu verteidigen. Nach dem Essen hatte Bloch ihr den Platz in der ›Durchreisendenkaserne‹ angewiesen. Momentan war sie die einzige ›Durchreisende‹ in der Anlage – was immer durchreisend unter diesen Umständen bedeutete –, also hatte sie den gesamten kleinen, spartanisch eingerichteten Bau für sich. Das Paradies! Sie war auf ihr Bett gefallen und hatte geschlafen wie eine Tote.

Und am nächsten Tag war sie aufgestanden und hatte wieder dasselbe absolviert, und ebenso am Tag danach. *Was, zum Teufel, mache ich hier?* fragte sie sich zum tausendsten Mal. *Verglichen mit dieser Folter, kann es so schlimm nicht sein, sich auf der Straße zu verkaufen …*

Sie wälzte sich auf den Rücken und starrte mit leerem Blick auf die Unterseite des oberen Betts. Das stimmte nicht, und sie wußte es. Und sie akzeptierte ihre vorläufige Mitgliedschaft im Saberstall als die beste Alternative einer trostlosen Liste. *Aber das heißt nicht, daß es mir gefallen muß!*

Zumindest ließen die mörderischen Schmerzen, die sie in jedem Muskel ihres Körpers spürte, mit der Steigerung ihrer Leistungsfähigkeit schnell nach. Bloch war ein harter Lehrmeister – *gußeiserner Hurensohn trifft es eher* –, aber er wußte genau, wie weit er sie treiben konnte, ohne sie zu zerbrechen. Am Ende eines Trainingstages hatte sie Muskelkater an Stellen, von denen sie überhaupt nicht gewußt hatte, daß sie dort Muskeln besaß. Zum Ende ihrer ›Folterungen‹, wenn sie in einen rauschähnlichen Zustand verfiel und ihr Gleichgewichtssinn sie verließ, nahm er den Druck zurück oder wies sie an, ganze Hindernisserien auszulassen. Sie wußte, daß dies ein Beweis für seine Vernunft war. *Wenn ich müde bin, ist die Gefahr einer schweren Verletzung am größten. Und wenn Bloch die Aufgabe hat, mich für etwas in Form zu bringen, würde es seine Zeitplanung komplett über den Haufen werfen, wenn ich mir was breche oder ausrenke.*

Jetzt, da sie darüber nachdachte, erkannte sie, daß er das Risiko einer Verletzung von Anfang an gering gehalten hatte. Sie hatte ihre Knieverletzung, die Bänderzerrung durch den Sturz aus dem Mech, ihm gegenüber nie erwähnt, aber anscheinend hatte er bemerkt, daß sie das linke Bein schonte. Er hatte sie bis an die Grenzen der Belastbarkeit des verletzten Gelenkes getrieben, aber nicht ein einziges Mal darüber hinaus. Am zweiten Tag hatten sich die Steifheit und die Schmerzen im Gelenk bereits gemildert, und inzwischen waren sie fast verschwunden. *Ein zweifelhafter Segen*, dachte sie sarkastisch. *Wenn mein Knie noch schmerzen würde, hätte ich wenigstens eine Ablenkung davon, wie sehr der Rest meines Körpers weh tut.*

Bloch legte ihre Trainingszeiten weiter so, daß sie entweder vor oder nach den anderen Gladiatorenschülern in der Messe war, und sie blieb die einzige Bewohnerin der Durchreisendenkaserne. (Sie fragte sich, ob der Sensei auch dahinter steckte.) Das hieß jedoch keineswegs, daß sie niemanden außer Bloch sah. Mehrmals, als ihr Gesichtsfeld durch die Erschöpfung noch nicht *zu sehr* eingeengt war, hatte sie Leute gesehen, die sie vom Rand der Übungsstrecke aus beobachteten.

Renard war wenigstens einmal dagewesen, begleitet von ein paar Freunden, die seine hagere Härte und seinen Geschmack in Kleidungsfragen teilten. (Um ihn nicht in Verlegenheit zu bringen, hatte sie sich nicht anmerken lassen, daß sie seine Anwesenheit bemerkt hatte.) Auch Jonas Clay war ab und zu aufgetaucht, immer flankiert von zweien seiner ›Speichellecker‹ – jedenfalls nannte Sam sie in Gedanken so –, um ihr mit einer Miene deutlicher Verachtung zuzusehen. Beim letztenmal, als Clay und seine kleinen Freunde ihre Arbeit mit ihrer Anwesenheit beehrt hatten, hatte sie Clay einen Kommentar abgeben sehen – offensichtlich von höchst beleidigender Art, auch wenn sie wegen des Rauschens des Bluts in ihren Ohren nichts verstanden hatte –, und die gesamte Clique hatte schallend gelacht, bevor sie davonstolziert waren.

Na gut, nicht die gesamte Clique, korrigierte sie sich. Die rothaarige Frau, die Sam schon am ersten Tag in Jonas' Begleitung gesehen hatte, hatte nicht gelacht. Jedenfalls nicht so laut wie die anderen, und Samantha hatte den deutlichen Eindruck, daß sie überhaupt nur dem Druck der Gemeinschaft wegen eingestimmt hatte. Sie wußte, daß sie recht hatte, denn die Frau hatte ihr noch einen freundlichen Blick zugeworfen, bevor sie ihren Gefährten hinterhergeeilt war. *Da existiert ein Potential,* dachte Sam jetzt auf ihrer Pritsche. *Wenn nicht für eine Freundschaft, dann zumindest für eine wohlwollende Neutralität. Und hier kann ich für die kleinste Gabe dankbar sein.*

Sie verlagerte wieder ihr Gewicht und stöhnte, als ihre Muskeln sich beschwerten. *Vorausgesetzt, ich überlebe es,* setzte sie hinzu.

Sie verschränkte die Hände im Nacken und runzelte die Stirn. *Mein Gott,* dachte sie. *Ich fange an, Pläne für mein Leben hier zu machen.* Sie überlegte. *Pläne? Das hier ist nicht meine Welt …*

Ist sie es wirklich nicht? fragte sie sich in scharfem Ton. *Sie könnte es durchaus werden, Dooley – mach dir nichts vor.* Sie seufzte.

Sie *mußte* sich Gedanken darüber machen, wie sie sich hier einrichten konnte. Es war ein häßlicher Gedanke, aber er war notwendig. Was, zum Teufel, sollte sie sonst tun? Den Saberstall, Rolandsfeld und alles andere hinter sich lassen und zurück in die Wildnis ziehen, an den Ort, an dem ihr Mech vernichtet worden war?

Warum? Wozu? Für den unwahrscheinlichen Fall, daß Macintyre ein Rettungsteam geschickt hat ... und ich zufällig im richtigen Augenblick am richtigen Ort auftauche? Es spricht nichts dagegen, ein Risiko einzugehen, erinnerte sie sich grimmig, *aber es sollte zumindest ein* vernünftiges *Risiko sein.*

War dieses Risiko vernünftig? Nein, das mußte sie zugeben. *Nehmen wir einmal nur für die Zwecke dieser Überlegung an, daß Macintyre ein Rettungsteam hinter mir* herschickt. *Sicher ist das keineswegs. Es ist ohne weiteres denkbar, daß er glaubt, ich wurde getötet, als der Kontakt mit meinem Mech abbrach. Aber egal. Wann wäre der beste Zeitpunkt für eine Rettungsmission? Natürlich* sofort – *so schnell nach dem Abbruch des Kontakts wie möglich.* Macintyre und die anderen hatten davon ausgehen müssen, daß sie, selbst wenn sie den Raketenangriff überlebt hatte, danach möglicherweise verblutend in ihrem Cockpit lag. Andrea hatte etwas darüber erwähnt, die Gerüste wären nicht für ›multiple Temporärkompensation‹ eingerichtet. Sam ging davon aus, daß damit eine Bergungsmission erst mit einer gewissen Verzögerung möglich gewesen wäre. Eine Stunde? Zwei? Drei? In dem Fall wäre sie bereits weit entfernt vom Wrack ihres verwüsteten Mechs in Deckung gewesen, als die Retter sich nach Solaris Sieben versetzten.

Und, einmal hier, wären sie lange genug für eine echte Suchaktion geblieben? Nicht unbedingt. Es hatte zwar niemand ausdrücklich erwähnt, aber aus den Gesprächen, die sie mitgehört hatte, war bei Sam der sichere Eindruck entstanden, daß die VGL-Missionen versuchten, eine Entdeckung durch die Einheimischen zu vermeiden. Das war einer der Gründe dafür gewesen, daß Will und Macintyre so besorgt über die Störsendungen und den Hinterhalt gewesen waren, in den Wills Team gestolpert zu sein schien. Wenn man also davon ausgehen mußte, daß die VGL ihre Präsenz geheimhalten wollte, konnte sie dann erwarten, daß man durch eine große Suchaktion ihretwegen eine Entdekkung riskieren würde? Eher nicht, mußte sie sich traurig eingestehen, ganz und gar nicht. Sie war nur eine Einzelperson. Schlimmer noch, sie war nicht einmal ein Mitglied der Virtual Geographic League, nur eine aufdringliche Außenstehende, die sich durch die Abschirmung der League eingeschlichen und die Schwierigkeiten, in denen sie jetzt steckte, durch Lügen und Betrug selbst verursacht hatte. Sie seufzte wieder auf. *Ist es nicht viel wahrscheinlicher, daß sie froh sind, mich los zu sein?* Und das bedeutete…

Das bedeutet, dies hier ist *meine Welt,* machte sie sich klar. *Ich sitze hier fest – schiffbrüchig, aufgegeben. Ich darf mir nichts vorlügen. Ich kann nicht auf falsche Hoffnungen bauen, auf keinen Deus ex machina warten.* (Sie mußte laut darüber lachen, wie treffend der Begriff in ihrer Lage war.) *Ich bin nun einmal hier, und dabei bleibt es – es sei denn, ich finde einen Weg, mich zurück nach Hause zu expedieren.* Ich. *Niemand sonst. Ich allein. Es liegt alles bei mir.*

Ihre Augen brannten, und sie rieb sie ungeduldig mit dem Handrücken. Sie wünschte, sie hätte glauben können, daß das Kitzeln und die Unschärfe ihres Blicks ausschließlich von ihrer Übermüdung herrührten.

22

Lieber Gott, es kann doch nicht schon wieder Morgen sein …

Sam wälzte sich herum und zog das Kissen über den Kopf, um ihre Ohren zu verdecken. Natürlich war das zwecklos. Sie hatte nie wirklich verstanden, warum die Armee – jedenfalls den meisten Filmen nach zu urteilen, die sie gesehen hatte – selbst Ende des zwanzigsten Jahrhunderts noch Trompeter einsetzte, um die Truppen aus den Betten zu holen. Jetzt wußte sie, warum. *Weil es ziemlich unmöglich ist, Töne mit einer Menge Unterschwingungen und Obertönen, wie zum Beispiel Trompetensignale, zu ignorieren, egal, wieviel man sich in die Ohren stopft.*

Der Saberstall hielt sich keinen Trompeter, aber offensichtlich waren die tonangebenden Gewalten des Stalls mit dem Prinzip nur zu vertraut. Aus Lautsprechern in der Durchreisendenkaserne, die zu gut versteckt waren, als daß die Insassen sie hätten aufspüren und unschädlich machen können, gellte ein greller, elektronischer Alarm, der Sam an die Sirenen in alten Kriegsfilmen erinnerte. Es war ganz unmöglich, ihn zu übergehen oder weiterzuschlafen.

Mit einem wilden Fluch wälzte sie sich aus dem Bett und schrie auf, als ihre nackten Füße den kalten Steinboden berührten. (*Noch etwas, das die tonangebenden Gewalten verstanden haben*, nahm sie an. *Die Kasernen müssen arschkalt sein. Auf die Weise trödeln die Soldaten nicht beim Anziehen, einfach, weil das zu unangenehm ist.*)

Und für eine Zigarette könnte ich morden … Zu ihrer Überraschung wurde ihr allmählich klar, daß ausgerechnet *das* eine der härtesten Umstellungen war, die sie absolvieren mußte. Wenn überhaupt jemand auf Solaris Sieben Nikotin inhalierte, dann hatte sie davon zumindest noch nicht das leiseste Anzeichen gefunden. *Zeit, es wieder aufzugeben*, dachte sie sarkastisch. *Das, was hier geraucht wird, bringt mir gar nichts.*

Keine zehn Minuten nach dem Weckalarm war Samantha geduscht, angezogen und bereit, sich dem Tag zu stellen. *So bereit, wie ich es fertigbringe*, korrigierte sie mit einem Seufzen. Bloch wartete wie üblich draußen vor der Kaserne, den Offiziersstock (inzwischen wußte sie, daß es ein elektrischer Schockstab war) unter dem Arm.

»Sensei!« Sie nahm zackig Haltung an.

Der Hüne lächelte sie an. »Wir werden heute auf unseren kleinen Auslauf verzichten, Ms. Dooley«, stellte er jovial fest.

Es kostete sie ihre gesamte Selbstkontrolle, sich nichts anmerken zu lassen. ›Unser kleiner Auslauf‹ war Blochs Umschreibung für die brutalen drei Durchgänge der Trainingsstrecke, mit denen Sams Tag üblicherweise begann.

»Ich finde, es wird Zeit, daß Sie zu den anderen stoßen«, sagte er nach einer kurzen Pause. Seine Stimme war völlig sachlich, als er weitersprach: »Falls Sie meinen, dem gewachsen zu sein.«

Sam hätte fast gelächelt, so offensichtlich war die Falle. Sie antwortete nicht, blieb kerzengerade stehen und starrte geradeaus.

Nach einer Sekunde des Abwartens lächelte Bloch. »Sie lernen es, Ms. Dooley«, knurrte er wohlwollend. »Sie lernen es. Hier entlang.« Er drehte auf dem Absatz um und marschierte los. Offenbar erwartete er von Sam, daß sie ihm folgte.

Genau das tat sie auch, holte ihn schnell ein und folgte ihm im Gleichschritt, einen Schritt schräg links hinter ihm. (Er hatte ihr nie gesagt, daß sie einem vorgesetzten Offizier auf diese Weise zu folgen hatte, aber sie war sich sicher, es irgendwann einmal in einem Roman gelesen zu haben. Und Bloch schien es zu gefallen, woher sie es auch immer hatte.) Als sie die

Durchreisendenkaserne hinter sich ließen, räusperte Sam sich.

»Was?« schnappte Bloch.

»Ich wollte nach meiner Aufgabe fragen, Sensei.«

Der Hüne warf ihr einen fragenden Blick über die Schulter zu. »Gladiatorentraining. Das ist unsere Arbeit hier, Dooley.«

»Ja, Sensei«, stimmte sie zu. »Aber der Saberstall macht nicht nur das, nicht wahr?« Sie zeigte in Richtung der großen Hangars, die sie am ersten Tag in der Anlage gesehen hatte. »Es gibt hier auch Mechs.«

»Natürlich.«

»Ich kann einen Mech steuern, Sensei.«

Bloch hielt so plötzlich an, daß Sam fast mit ihm zusammengestoßen wäre. Er funkelte sie an. »Was war das?« grollte er.

Sam hielt seinem Blick stand. »Ich habe schon einen Mech gesteuert, Sensei.«

»*Schwachsinn*. Wo? Wann?«

»Auf Solaris. In der Wildnis außerhalb von Rolandsfeld.«

»*Wessen* Mech?« herrschte er sie an.

»Das kann ich Ihnen nicht sagen, Sensei.« *Sie würden es mir ohnehin nicht glauben.*

Blochs Augen verengten sich. »Welcher Typ?«

Sam zögerte. »›Privateer‹«, antwortete sie, in Erinnerung an die Bugverzierung des UFT-Cockpits.

»Mir ist egal, wie Sie ihn genannt haben«, höhnte Bloch. »Welcher *Typ*?«

»Das kann ich Ihnen nicht sagen, Sensei«, antwortete Sam tonlos. *Und das ist die reine Wahrheit.*

»*Schwachsinn!*« knurrte der Ausbilder wieder. Aber in seinen Augen lag Berechnung, als er Sam musterte, als sähe er sie zum ersten Mal. »Hier entlang«, schnappte er plötzlich, und wieder hatte Sam Mühe, ihn einzuholen.

Er führte sie in Richtung der Mechhangars. Wie

zuvor standen die Haupttore offen, aber diesmal arbeitete niemand an den riesigen Kolossen im Innern des abgedunkelten Baus. Bloch hielt vor dem Fuß eines der BattleMechs an und drehte sich erwartungsvoll zu Samantha um. »Also los«, sagte er leise. »Steigen Sie ein und fahren Sie ihn hoch. Danach reden wir noch einmal über Ihren Auftrag.«

Sam starrte die riesige Metallgestalt, die gute neun Meter über ihr aufragte, ärgerlich an. Dieser BattleMech war nach deutlich anderen Prinzipien entworfen als alle anderen Einheiten, die sie bis jetzt gesehen hatte. Statt aus scharfen, kantigen Panzerplatten schien dieses Modell ganz und gar aus Rundungen zu bestehen. Jedes einzelne Bauteil schien ein Kreissegment, ein Zylinder oder eine Kugel.

Und das hieß, es boten sich Hand und Fuß keine einfachen Griffe und Stufen an. Bei einer der anderen Mechkonstruktionen, die sie bis jetzt gesehen hatte, hätte sie es sich überlegt, am Rumpf hochzuklettern und zu versuchen, das Cockpit zu öffnen. Aber nicht bei dieser Maschine – sie hätte etwa so viel Glück gehabt wie bei einem Versuch, an einem Wasserspeicher emporzuklettern … *ohne* Leiter. (*Wahrscheinlich besser so,* sagte sie sich. *Sich zu übernehmen, aus mehreren Metern Höhe abzustürzen und meinen Hals zu brechen, ist kaum eine empfehlenswerte Art, positiv aufzufallen.*)

Sie streckte die Hand aus und berührte das Bein des Mechs, eine mit Gelenken ausgestattete Metallsäule, dicker als ihr Körper. Das Metall lag glatt und kühl unter ihren Fingern. Sie seufzte und sah Jared Bloch an. »Vielleicht ist die Gladiatorenausbildung gar keine so schlechte Idee«, meinte sie trocken.

Bloch kicherte. Es klang wie das Laufgeräusch eines schwergängigen Motors. »Freut mich, daß Sie sich entschieden haben, meine Ansicht zu teilen, Ms. Dooley«, stellte er sarkastisch fest. »Wenn Sie *sicher* sind, daß wir können …?«

Sams Schultern sackten, als sie Bloch folgte und den glänzenden Mech in der Halle stehenließ.

Die leichte Kompositplastrüstung glich einer Sauna. Samanthas Haar klebte unter dem Vollhelm schweißnaß auf ihrer Kopfhaut, und ganze Schweißbäche flossen ihr Rückgrat hinab und sammelten sich unter den verstärkten Nierenschützern. Trotzdem konnte sie die Schauer nicht unterdrücken, die sie immer wieder schüttelten. Die hatten nichts mit der Temperatur zu tun. Genaugenommen hatten sie *überhaupt keine* körperliche Ursache.

Ich sehe zu, wie Menschen trainieren, einander zu killen. *Das* war es, was sie erzittern ließ, das Wissen darum, wie bald schon die Gladiatorenschüler, die vor ihren Augen ihre Trainingskämpfe absolvierten, all dies in einer echten Arena würden austragen müssen. Ohne Rüstung und mit echten Waffen statt gepolsterter Plastikattrappen. Ohne Trainer, die Anweisungen brüllten und die Kämpfe abbrachen, bevor jemand versehentlich verletzt wurde. Ohne andere Schüler, die am Rand des Kampfplatzes standen, zusahen und im Geiste Strategien für die eigenen Trainingsgefechte durchgingen. Statt dessen vor zahlenden Zuschauern, im Sand der Arena, unter den grellen Scheinwerfern der Trividkameras. Zwischen Blut, Schmerz und Tränen.

Auf dem Weg zum Trainingsbereich hatte Jared Bloch ihr einen kurzen Überblick über die Gladiatoren-›Spiele‹ in Rolandsfeld gegeben. Gladiatoren waren Berufskämpfer, denen ihre Ställe Unterkunft und Verpflegung stellten sowie ein Grundgehalt zahlten. Darüber hinaus erhielten sie Bonuszahlungen für Siege in der Arena und Abzüge für dumme Fehler. Als die Gladiatorenarenen – die Todesgruben – zwanzig Jahre zuvor in Rolandsfeld ihre Pforten geöffnet hatten, waren sie trotz des blutrünstigen Namens Austragungsort rein sportlicher Wettkämpfe gewesen. Ursprünglich waren die Kämpfer gepanzert und mit stumpfen Waffen angetreten, die selbst im schlimmsten Fall nicht mehr als Prellungen verursachen konnten.

Am Anfang hatten die Kämpfe bei den Rolandsfeldern reichlich Anklang gefunden, aber es hatte nicht lange gedauert, bis das Interesse erlahmt war. Anscheinend waren die Zuschauer in Rolandsfeld zu abgestumpft, um sich sonderlich um zwei Gegner zu scheren, die dick genug gepolstert waren, um eine Kleinkaliberkugel abzufangen, bevor sie ihre Haut erreichte, und sich mit Waffenattrappen prügelten. Etwas mußte geschehen.

Vor ungefähr fünfzehn Jahren waren die Gladiatoren-›Spiele‹ dann laut Bloch modernisiert worden. Die Arenakämpfer trugen von nun an keine Rüstungen mehr, und die stumpfen Waffen wurden durch Schockstäbe verschiedener Größen und Formen ersetzt. Wie Sam aus der Beschreibung des Sensei entnehmen konnte, arbeiteten diese nach demselben Prinzip wie irdische Taser. Ein Stromstoß von hoher Spannung, aber geringer Stärke lähmte die Muskeln im Trefferbereich der Waffe. Ein Armtreffer lähmte den Arm, ein Beintreffer machte es dem Getroffenen unmöglich zu gehen. Ein Körpertreffer verursachte genügend starke Schmerzen, um das Opfer wirksam auszuschalten. Ein Kopftreffer …

Tja, genau das war anscheinend das Problem gewesen. Ein Kopftreffer *konnte* das Opfer einfach in eine Ohnmacht stürzen oder für eine Weile mit einer fürchterlichen Migräne aus dem Gefecht werfen. Aber er konnte auch tödlich sein, indem er das Gehirn schlichtweg abschaltete.

Wie es schien, gefiel gerade das dem Publikum; die reale Todesgefahr verlieh dem Sport einen zusätzlichen Kitzel. Innerhalb von Monaten hatten alle Todesgruben auf die neuen Schockwaffen umgerüstet … und wurden ihrem Namen zum erstenmal gerecht.

Und jetzt, erklärte Bloch, machte der Sport eine erneute Verschärfung durch. Selbst Schockwaffen reichten nicht mehr aus, das zunehmend abstumpfende Publikum zu reizen. Die Zuschauer verlangten nach echtem Blut, echtem Tod.

Bis jetzt erlaubten nur ein paar wenige Arenen Kämpfe bis zum Tod, und erst weniger als sechs Ställe waren bereit, ihre Kämpfer dafür aufzustellen. Selbst diese Ställe erlaubten ihren Gladiatoren nur, sich von sich aus für Kämpfe dieser Art zu melden, und teilten sie nicht dazu ein. Die Stallbesitzer ließen verlauten, daß kein Gladiator jemals *gezwungen* werden würde, eine Herausforderung zu einem Todesduell anzunehmen, aber gleichzeitig boten sie astronomische Bonuszahlungen für solche Duelle an, so daß sich eine wachsende Anzahl von Gladiatoren freiwillig aufstellen ließ. Immerhin brauchte ein Gladiator, so wie die Bonusstruktur aufgebaut war, nur fünf oder sechs Todesduelle zu überleben, und er hatte ausgesorgt – war reich genug, den Stall zu verlassen und den Rest seines Lebens im Luxus zu verbringen. Da die meisten Gladiatoren aus den Schrotthalden oder ähnlichen ›Erholungsgebieten‹ stammten, in denen Armut der schlimmsten Sorte herrschte, und bei einem Verlassen des Stalls damit rechnen mußten, in kürzester Zeit wieder genau dort zu landen, hatten die Todesduelle eine sehr reale Anziehungskraft.

(Sam seufzte. Ohne Zweifel planten die meisten Gladiatoren, die sich auf Todesduelle einließen, zu Anfang wirklich, nach dem fünften oder sechsten Sieg auszusteigen. Aber Bloch stellte fest, daß viele, wenn sie erst soweit gekommen waren, nicht mehr bereit oder fähig waren, der Arena den Rücken zu kehren. Entweder hatte der ultimative Adrenalinrausch der Todesarena sie in den Klauen, oder sie hatten ihre Siegprämien bereits verpraßt und nichts auf die hohe Kante gelegt, um einen Ruhestand zu finanzieren.)

Der Saberstall war eine der Organisationen, die ihren

Gladiatoren keine Teilnahme an Todesduellen gestattete, selbst wenn diese wollten. Offensichtlich waren die tonangebenden Gewalten des Stalls Gegner der jüngsten Veränderungen und planten, sich dem Vormarsch der Todesduelle so lange wie möglich zu widersetzen.

Bloch war allerdings überzeugt, daß ihnen das nicht mehr allzu lange möglich sein würde. Die Zuschauer stimmten mit den Füßen – und die Trividsender mit der Brieftasche –, und der Ausgang war vorbestimmt. Arenen, in denen keine Todesduelle stattfanden, verloren rapide an Zuschauern und standen vor der Wahl zwischen einer Änderung ihrer Geschäftspolitik oder dem Bankrott. Dasselbe galt natürlich für die Ställe. Es war ein überdeutliches Menetekel: In nicht allzu ferner Zukunft würde die überwältigende Mehrheit – wenn nicht *alle* Arenakämpfe – bis zum Tode ausgetragen werden.

Sosehr sie das Ganze auch mißbilligen mögen, die tonangebenden Gewalten scheinen kein Problem damit zu haben, sich auf diese Veränderung vorzubereiten, dachte Sam säuerlich. Das ›Kurzschwert‹ auf ihren Knien hatte weder eine Schneide noch eine Spitze. Es war nicht einmal ein echtes Schwert: Es war eine ›Simulationswaffe‹, so konstruiert, bei einem Treffer die Farbe des roten Kompositplasts der Rüstungen zu verändern, in der sie und die anderen Schüler steckten. In diesem Sinne war es ungefährlicher – und *bedeutend* weniger schmerzhaft – als eine Schockwaffe. Aber Sam beunruhigte, was es *repräsentierte.* Diese Simulationswaffe ähnelte in Größe und Form nicht einmal annähernd einer Schockwaffe und war auch völlig anders ausbalanciert. Das aber bedeutete, sie und die anderen Schüler trainierten damit nicht für Schockduelle. *Dieses Ding verfügt über das Gewicht und die Balance eines echten Schwerts,* stellte sie grimmig fest. *Also ist es genau das, was wir hier einüben – echte Duelle mit echten Schwertern.*

Auf dem Übungsgelände kämpfte Jonas Clay gegen

einen anderen Schüler. Beide waren flink und sehr aggressiv, aber keiner von ihnen schien mit dem simulierten Kurzschwert in seiner Hand sonderlich glücklich. Daraus, wie sie sich bewegten, schloß Sam, daß sie längere, schwerere Waffen gewohnt waren. Ihre Stöße waren regelmäßig eine Handbreit zu kurz und ließen dem Gegner genug Platz, auszuweichen. Ihre Hiebe kamen zu langsam und waren zu deutlich ›angekündigt‹.

Schließlich erzielte Clays Gegner einen Treffer, einen Streifschlag über Jonas' Brustpartie, der eine grüne Leuchtspur über die elektroreaktive Rüstung zog. Clay fluchte wild, während sein Gegner sich in dem Sieg sonnte. *Was für ein Sieg*, dachte Sam. *Du hast ihn nicht besiegt, Clay hat den Kampf* verloren. Sie fühlte einen leichten Stich, eine leise Trauer – ein Gefühl des Verlusts, von Heimweh –, als sie sich an die Worte ihres Fechtlehrers erinnerte. *Was hat er mir damals gesagt? ›Beim Fechten verliert, wer den ersten Fehler macht.‹ Das war es, nicht wahr? Clay, du hast einen Fehler gemacht.*

Bloch trat in den Ring und schickte den anderen Schüler auf die Seitenlinie. Dann nahm er Clay zur Seite und redete fast eine Minute leise auf ihn ein. Als der Sensei davonging, nahm Jonas seinen Vollhelm ab. Das Gesicht des jungen Mannes war puterrot – nicht nur vor Anstrengung, das sah sie sofort, sondern vor Scham. *Bloch muß ihm gesagt haben, daß er es versaut hat. Und so, wie ich Bloch kenne, hat er dabei kein Blatt vor den Mund genommen.*

Sie dachte, sie hätte ihre Belustigung erfolgreich versteckt, aber der giftige Blick, den Clay ihr zuwarf, als er an den Rand des Platzes schlurfte, schien darauf hinzudeuten, daß sie sich damit doch erheblich verschätzt hatte. *Früher oder später muß ich herausfinden, was mit diesem Kerl los ist und warum er so einen Haß auf mich hat,* dachte sie, während sie Clay zu seinen Freunden treten sah. *Als hätte ich noch nicht genug Sorgen.*

»Die nächsten«, donnerte Bloch von der Mitte des Übungsrings. »Dooley. Priss.«

Sam stand auf und ging los. Ihre Gegnerin war etwas langsamer. Es war das Mädchen, das bei Clay gewesen war, als Samantha im Stall eingetroffen war. Inzwischen hatte Sam herausgefunden, daß sie Dana Priss hieß. Sie warf Bloch einen schnellen Blick zu. *Das war Absicht, nicht wahr?* fragte sie schweigend. *Du hast mitbekommen, daß sie der eine Mensch hier ist, mit dem ich mich anfreunden könnte, also sorgst du dafür, daß wir uns gegenseitig zusammenschlagen müssen.*

Sie schüttelte traurig den Kopf. *Na schön, so ist das Leben in Rolandsfeld, schätze ich.*

Bloch fragte beide Kontrahenten: »Fertig?«

Sam schloß das Visier ihres Helms. »Fertig.« Sie faßte das Kurzschwert fester, während Priss ihren Helm schloß.

Bloch trat zurück, die Hand erhoben, dann ließ er sie mit einer scharfen Bewegung nach unten fallen. »Los.«

Sam nahm augenblicklich die klassische En-garde-Stellung des Säbelkämpfers ein – das rechte Bein voraus, den Fuß auf Priss gerichtet. Das linke Bein nach hinten, den Fuß senkrecht zur Körperachse. Den linken Arm aus dem Weg, die Hand auf der Hüfte. Den rechten Ellbogen halb gebeugt und entspannt, die Spitze ihres ›Schwerts‹ auf die Augen des Gegners gerichtet. (*Interessant,* stellte ein unbeteiligt beobachtender Teil ihres Geistes fest. *Es ist fast sechs Jahre her, daß ich gefochten habe, aber die Bewegungen kommen augenblicklich zurück.*) Sie zwang sich, sich zu entspannen, tief durchzuatmen – auf Priss' Attacke zu warten.

Aber Priss schien es mit den Angriff nicht eilig zu haben. Entweder spielte sie dasselbe Spiel wie Sam – hielt sich zurück und wartete darauf, daß ihre Gegnerin zum Angriff überging, um ihre Stärken und Schwächen abschätzen zu können –, oder die Rüstung, die simulierten Waffen oder das, wofür sie standen, schüchterte sie ein. *Wahrscheinlich ein wenig von beidem*, entschied Sam. *Na schön, wenn hier irgendwas passieren soll, dann wollen wir die Show mal in Gang setzen.*

Sie spannte bewußt die Muskeln des rechten Armes an, ließ die Spitze ihrer ›Klinge‹ zittern, in der Hoffnung, Priss werde es als Unsicherheit auslegen. Sie bewegte sich leicht nach rechts, als wolle sie um ihre Gegnerin kreisen. Während der Bewegung ließ sie die Klinge ein wenig zur Seite gleiten, so daß sie nicht mehr direkt auf die andere Kämpferin zielte.

Wie Sam erwartet hatte, nutzte Priss die gebotene Öffnung aus. Sie sprang vor und stieß gerade auf Sams ungedeckten Körper, genau aufs Herz.

Ihr Stoß war zu kurz, wie Sam es vorausgesehen hatte. Sie riß das eigene Schwert zurück in Position zu einer Lehrbuchquartparade. Bevor Priss sich wieder fangen konnte, folgte Sams Riposte – ein schneller Hieb aus dem Handgelenk zum Kopf …

Eine Finte. Priss' Klinge zuckte hoch, um den Kopfangriff abzublocken, aber da hatte Sam ihn bereits in einen abwärts gerichteten Seitenhieb verwandelt. Sams Waffe schlug in Höhe der Rippen ihrer Gegnerin auf die Rüstung und ließ deren gesamte Flanke grün aufleuchten. Wieder übernahm Sams Training die Führung. Während Priss noch ungläubig auf die ›tödliche Verletzung‹ starrte, trat Sam zurück und hob das Schwert zackig zum Salut – die Klinge senkrecht vor dem Gesicht, das Stichblatt in Höhe der Lippen.

Als Sam das Schwert senkte, legte sich eine fleischige Hand auf ihre Schulter. Blochs Miene war ausdruckslos, als sie sich zu ihm umdrehte. »Du hast sie gut getäuscht«, stellte der Hüne in geschäftsmäßigem Ton fest. »Aber laß das nicht zur Gewohnheit werden. Wenn du einem *guten* Fechter so eine Öffnung bietest, hat er dein Herz aufgespießt, bevor du weißt, wie dir geschieht.«

»Ja, Sensei«, schnappte sie. Als sie an den plötzlich stillen Rand des Trainingsgeländes zurückkehrte, konnte sie ein Grinsen nicht unterdrücken – Gott sei Dank war es hinter dem Helmvisier nicht zu sehen. Bei aller Kritik in Blochs Worten hatte sie die Zufriedenheit – beinahe den *Stolz* – herausgehört, die er zu verstecken versucht hatte.

Sam trat an diesem Morgen noch gegen zwei weitere Gegner an und gewann beide Kämpfe. Trotz Blochs Ermahnung benutzte sie beinahe die genau gleiche Taktik gegen ihre nächste Gegnerin, eine Frau namens Wilkinson. Sie funktionierte ebenso gut wie bei Priss, und Sam merkte sich diese Erkenntnis für später. *Du lernst wahrscheinlich genug aus eigenen Fehlern,* dachte sie mit Blick auf Wilkinson, *aber du hast noch nicht herausgefunden, wie man von den Fehlern* anderer *lernt.*

Bei ihrem dritten Duell an diesem Tag stand sie Jonas Clay gegenüber. Als der rauhbeinige junge Schläger aufs Feld stolzierte, sah sie hinüber zu Bloch – der eine zweihundertprozentige Gleichgültigkeit an den Tag legte und irgendwo zum Horizont blickte. *Erst eine potentiell beste Freundin und jetzt einen potentiellen Todfeind,* dachte sie trocken. *Was für ein verqueres psychologisches Spiel treibst du hier, Sensei?*

Sie besiegte auch Clay, aber dieser Kampf war sehr viel ausgeglichener. Im Gegensatz zu Wilkinson *hatte* er aus den Kämpfen der anderen Schüler gelernt, und er weigerte sich beharrlich, die ›Öffnungen‹ anzunehmen, die Sam ihm bot. (Er verpaßte allerdings auch die einzige *echte* Öffnung, als ihr Fuß auf dem Kies ausrutschte, und lieferte Sam damit ungewollt genau die Moralspritze, die sie in diesem Augenblick brauchte.) Schließlich entschied er sich zur Attacke und griff schnell und hart mit einem Hagel von Hieben auf Sams Kopf an. Sie parierte sie alle, aber er war zu schnell, um ihr eine saubere Öffnung für eine Riposte zu liefern. Also hielt sie nur stand und wob ein Netz aus simuliertem Stahl vor sich, das er nicht durchbrechen konnte. Schließlich wurde er, wie erwartet, ein Opfer von Erschöpfung und Enttäuschung und ließ in seiner Aufmerksamkeit für einen Sekundenbruchteil nach. Sie fintierte – diesmal nur mit dem Ellbogen – und zog seinen Arm hoch, um einen Kopfhieb abzuwehren …

Der nie kam. Sams Klinge war noch immer en garde, da ihre Ellbogenfinte deren Angriffswinkel nicht einmal im Ansatz verändert hatte, und sie stieß schnell und gerade genau auf seinen Solarplexus. Selbst durch die gepolsterte Rüstung ließ der Schlag ihn aufkeuchen. Sie trat zurück – kein Salut für Clay, entschied sie in der Stimmung des Augenblicks – und drehte sich um.

Jonas' unerwarteter Hieb auf ihren Hinterkopf war trotz der Helmpolsterung hart genug, ihr die Sicht vor Augen verschwimmen zu lassen. Ihr Magen verkrampfte sich, und ihre Ohren gellten von schrillem, metallischem Hallen. Sie stolperte unter der Gewalt des Schlages nach vorne, versuchte, sich umzudrehen und die Waffe zu heben, um den nächsten Angriff abzuwehren.

Es *gab* keinen nächsten Angriff. Jonas Clay lag stöhnend am Boden und umklammerte seinen rechten Oberschenkel. Zusätzlich zu dem leuchtenden grünen Fleck auf dem Körperpanzer, wo Sams Stoß ihn getroffen hatte, war der gesamte rechte Oberschenkelpanzer der Rüstung strahlend gelb. Jared Bloch stand über ihm, den Schockstab zu einem weiteren Hieb bereit, sollte er nötig werden.

»Das kostet Sie einen Verweis, Mr. Clay«, stellte der Sensei mit einer Stimme fest, die kaum mehr als ein eiskaltes Flüstern war. Er wandte sich von dem am Boden liegenden Schüler ab wie von einem Stück Abfall. »Sie haben gut gekämpft, Ms. Dooley«, sagte er zu Sam. »Aber lernen Sie aus diesem Zwischenfall: Ein Kampf ist *erst* zu Ende, wenn Ihr Gegner völlig neutralisiert ist. Haben Sie das verstanden?«

Sie sah hinab zu Clay, der sich nach dem Schockstabhieb noch immer vor Schmerzen am Boden krümmte. »Ja, Sensei«, schnappte sie.

Alle anderen Schüler mieden Sam auf dem Weg zum Essen, und sie folgte der Gruppe in einigem Abstand. Jonas Clay und seine engsten Speichellecker nahmen sie gerade soweit zur Kenntnis, um sie mit unverhülltem Haß anzustarren. Die meisten anderen Schüler schienen es zufrieden, nicht in den Streit verwickelt zu sein, und machten um Clays Clique einen ebensolchen Bogen wie um Samantha. Und dann gab es noch ein paar, darunter auch Dana Priss, die bereit schienen, Sam näher kennenzulernen – die sich mit ihr angefreundet *hätten*, wären da nicht Clay und seine Genossen gewesen. (*Typisch,* dachte Sam ärgerlich. *Der einzige, den ich mir* wirklich *zum Feind mache, ist natürlich jemand mit echtem Einfluß unter den Schülern, jemand, mit dem es sich niemand verderben will. Guter Zug, Dooley.*) Als sie die Messe erreichten, drehte sich Priss gerade lange genug zur Seite, um Samantha ein kurzes Lächeln zuzuwerfen. Dann verschwand sie im Innern des Gebäudes. Mit einem Seufzen legte Sam die letzten Schritte bis zum Eingang zurück und griff nach der Klinke.

»Samantha Dooley?«

Sam drehte sich um. Der Mann, der gerade um die Ecke des Gebäudes gekommen war, sah mit zweifelndem Blick auf einen der tragbaren Computer, die in dieser Welt die Funktion von Klemmbrettern auszufüllen schienen. Sie hatte ihn hier noch nie gesehen. Sein quadratisches Gesicht mit den groben Zügen war ihr fremd. Er trug einen Overall derselben Art wie sie, aber ihm schien er besser zu passen als irgend jemandem, den sie bisher darin gesehen hatte. *Maßarbeit?* fragte sie sich. *Ein Privileg höherer Ränge, schätze ich.* »Ich bin Dooley«, antwortete sie.

»Dann kommen Sie mit«, forderte der Mann sie auf. »Jemand möchte mit Ihnen reden.«

»Wer?« fragte sie und fügte verspätet hinzu: »Sir?«

Beinahe hätte ihr Gegenüber gelächelt. »Mandelbaum.« Sam wartete. Der Name sagte ihr nichts. »Tai-sa Mandelbaum«, erklärte er, hörbar überrascht. »Ihm gehört der Stall.« Jetzt lächelte er wirklich. »Tja, Schülerin Dooley, entweder haben Sie echtes Glück, oder Sie haben Mist gebaut … *gewaltigen* Mist.«

Er drehte sich um. Dann rief er über die Schulter: »Kommen Sie?«

23

Ihr Führer brachte sie zu einem Gebäude, zu dem sie bisher noch nie gerufen worden war, am anderen Ende des Trainingsgeländes der Gladiatoren, so weit entfernt von den Mechhangars, wie es in der Anlage des Saberstalls nur möglich war. Es war nicht das neueste Gebäude der Anlage, nahm Samantha an – diese Ehre gebührte der Durchreisendenkaserne –, aber eindeutig das bestunterhaltene. Und im Gegensatz zu den meisten anderen Bauten hier hatte es *Fenster*.

Es schien aus demselben Stahlbeton (oder was immer es sonst war) gebaut wie die anderen Häuser der Anlage, und es wirkte auf jeden Fall solide. Aber es erinnerte immer noch mehr an ein Bürohaus als an eine Festung. Die beiden unteren Geschosse hatten kaum Fenster, und die wenigen, die sie besaßen, waren schmal und tief in den Beton eingelassen, wenig mehr als verbreiterte Schießscharten, aber die obersten drei Etagen waren fast völlig verglast.

Sie betraten das Gebäude durch den Haupteingang, eine verstärkte Metalltür – anscheinend gingen die Unterschiede in der Bauweise nicht *so* weit –, und durchquerten eine spartanisch eingerichtete Empfangshalle. (Statt der dekorativen Sekretärin mit ausladender Haarpracht, die sie halb erwartet hatte, war die Rezeption mit einem hart aussehenden Mann mittleren Alters in einem Uniformoverall desselben Stils bemannt, wie ihn Jared Bloch trug. Er begrüßte Sams Begleiter mit einem kurzen Nicken, schenkte ihr aber keinerlei Beachtung.)

Von der Empfangshalle aus fuhren sie in einem Hochgeschwindigkeitsaufzug in die oberste Etage des Gebäudes. Aus dem Aufzugsbereich kamen sie in eine weitere Empfangshalle, diesmal großzügiger möbliert, mit Hologrammen von BattleMechs und anderen

Kampffahrzeugen an den Wänden. Die Rezeptionistin – diesmal war es eine Frau, die allerdings nicht weniger gefährlich wirkte als der Mann im Erdgeschoß – lächelte bei ihrem Anblick.

»Sho-sa«, begrüßte sie Sams Begleiter. »Schülerin Dooley.« Sie zeigte fast ein Lächeln, aber eben nur fast. »Er erwartet Sie. Gehen Sie durch.« Sie griff unter die Schreibtischplatte, wohl, um einen versteckten Knopf zu drücken.

Sams Begleiter – *Sho-sa?* wunderte sie sich – nickte dankend und ging an dem Empfangstisch vorbei auf eine Tür aus dunkelgemasertem Holz zu. Er klopfte flüchtig und öffnete sie. Dann trat er zur Seite und bedeutete Sam vorzugehen.

Sie zögerte kurz. Plötzlich war sie unruhig. *Was, zum Teufel, soll das alles?* fragte sie sich zum erstenmal. Dann nahm sie die Schultern zurück, unterdrückte die plötzlichen Angstwallungen und marschierte an dem Sho-sa vorbei in das hinter der Tür liegende Büro. Sie hörte die Tür hinter sich ins Schloß fallen.

Wieder einmal überkam sie ein unglaubliches Gefühl von Déjà-vu. *Hier bin ich schon einmal gewesen …*

Aber sie wußte, daß das nicht stimmen konnte. Als sie sich auf diesen Eindruck konzentrierte, erkannte sie, woher er rührte. Seit ihrer Ankunft auf Solaris Sieben hatte sie sich ständig in einer Umgebung bewegt, die sich deutlich von der Welt unterschied, die sie zurückgelassen hatte. Die Schrotthaufen, die verslumten Straßen von Rolandsfeld, die seltsame Kombination von High-Tech und Primitivität innerhalb der Stallanlage. Aber das hier …

Dies hätte leicht das Büro von Jacques Leclerc bei Generro Aerospace sein können. Alles war vollkommen alltäglich: ein hölzerner Schreibtisch, zwei Sessel, ein Regal (mit den ersten Büchern, die sie seit ihrer Ankunft auf Solaris gesehen hatte, wurde ihr plötzlich klar). Nichts in diesem Raum fiel aus dem Rahmen …

für ein Büro auf der Erde, ihrer Erde. Jetzt war diese vertraute Umgebung für sie ein ebenso großer Schock wie alles, was sie an ihrem ersten Tag auf Solaris Sieben gesehen hatte.

Die einzige Erinnerung an die Welt da draußen war die Aussicht aus dem großen Panoramafenster, das hinaus über die Trainingsanlage in Richtung der Mechhangars blickte. Mit Mühe riß sie sich los und konzentrierte ihre Aufmerksamkeit auf den Mann, der sie von seinem Platz hinter dem großen Schreibtisch aus neugierig beobachtete.

Tai-sa Mandelbaum – so hatte der Sho-sa ihn genannt. Er war von mittlerem Alter, in den Fünfzigern vielleicht, aber noch in bester Kondition. Sein militärisch kurz geschnittenes Haar war silbern, sein Gesicht faltig, die Straßenkarte eines Lebens. Aber die Augen, die sie aus diesem schmalen, asketischen Gesicht anblickten, waren so klar und scharf wie die eines dreißig Jahre jüngeren Mannes.

Er trug eine Uniformjacke, die nichts mit dem losen Overall gemein hatte, wie sie ihn trug. Sie war weiß mit roten Litzen, hellbraunen Epauletten und einem hohen, entfernt chinesisch wirkenden Kragen. Ganze fünfzehn Sekunden musterte Mandelbaum sie nachdenklich, als wolle er ihren Wert taxieren. Dann nickte er in Richtung des einzelnen Sessels vor dem Schreibtisch.

»Bitte nehmen Sie Platz, Ms. Dooley.« Seine Stimme war leise, seine Aussprache aber perfekt – *wie die eines ausgebildeten Schauspielers,* dachte sie. *Nein,* verbesserte sie sich, *wie die eines Offiziers, der so daran gewöhnt ist, daß seine Anweisungen augenblicklich befolgt werden, so daß er es nicht nötig hat, laut zu werden.*

»Danke, Sir«, antwortete sie und setzte sich.

»Mr. Bloch äußerte sich sehr positiv in der Einschätzung Ihrer Leistungen auf dem Übungsgelände«, begann Mandelbaum. »Er hat tatsächlich die Worte *Initiative, Potential* und *Durchsetzungsvermögen* im selben Satz verwendet. Ich kann mich nicht entsinnen, daß er diese Begriffe jemals zusammen benutzt hat, außer vielleicht, um sich selbst zu charakterisieren.« Er lachte leise, nahm eine Zigarette vom Aschenbecher neben seinem Ellbogen und hob sie an die Lippen.

»Danke, Sir«, wiederholte sie, dann starrte sie Mandelbaum mit offenem Mund an, als das letzte Stück des Puzzles an seinen Platz fiel. Ihr Herz drohte auszusetzen, als sie sich klar wurde, daß er eine *echte Zigarette* rauchte, jedenfalls etwas mit der richtigen Mischung aus Tabak, Nikotin und Chemikalien, um in ihrem System die entsprechenden Knöpfe zu drücken. Sie starrte fasziniert auf Mandelbaums Hand, als er die Zigarette über den Aschenbecher hielt und die Asche abklopfte.

»Ms. Dooley ...?« Mandelbaums Blick folgte ihren gebannt auf seine Finger starrenden Augen. »Darf ich Ihnen eine Zigarette anbieten, Ms. Dooley?« fragte er mit schwerer Ironie in der Stimme.

Sam schluckte schwer, als sie sich daran erinnerte, wo sie war. »Ja, Sir, danke«, krächzte sie mit plötzlich trockener Kehle.

Er öffnete eine Schublade, zog ein Päckchen heraus – *Marlboros, lieber Gott!* –, schüttelte eine heraus und reichte sie ihr. Dann schob er das Feuerzeug über den Tisch. Sie hob das Bic auf und konzentrierte sich ganz auf den Vorgang des Anzündens, um sich einen Augenblick Gelegenheit zu geben, ihre wild durcheinanderwirbelnden Gedanken zumindest etwas unter Kontrolle zu bekommen. Sie zog den Rauch tief in die Lunge, schloß für einen Augenblick die Augen, fühlte, wie das Nikotin seinen tückischen Zauber wirkte. Sie blies eine Rauchwolke zur Decke und stellte das Wegwerffeuerzeug wieder ab. »Vielen Dank, Tai-sa«, sagte sie und hatte Mühe, ihre Stimme im Griff zu behalten.

Er antwortete nicht, sondern sah sie nur wieder eine Weile an – *wahrscheinlich bewertet er neu, was er sieht,* dachte sie. Er nahm das Feuerzeug und steckte es ein.

»Sie sind auch von der Erde, nicht wahr?« brach es aus Sam heraus, bevor ihr Verstand die Auswirkungen ihrer Worte voll hätte verarbeiten können.

Mandelbaum sah sie streng an. »In diesem Universum nennen wir sie Terra.«

»Erzählen Sie!«

Der Tai-sa zuckte die Schultern und drehte sich zum Fenster, um hinaus auf die fernen Mechhangars zu blicken. »Es ist eine lange Geschichte«, erwiderte er keineswegs unfreundlich.

Sie akzeptierte die Ausflucht – *vorerst*, versicherte sie sich in Gedanken – und nahm noch einen Zug von der Zigarette, während sie versuchte, ihren rasenden Puls in die Gewalt zu bekommen. »Dann beantworten Sie mir wenigstens eine Frage. Wo, zur Hölle, *bin* ich?«

Er zuckte die Achseln. »Ich könnte sagen, auf Solaris Sieben«, antwortete er. »Aber das ist natürlich nicht das, was Sie hören wollen, nicht wahr?« Er machte eine Pause. Dann: »Solaris Sieben ist ein Planet im Solarissystem. Er liegt an der Marik-Steiner-Grenze der Inneren Sphäre. Damit ist er 120 Lichtjahre von Terra entfernt – von der Erde.«

»Die Zukunft ...?«

Mandelbaum schüttelte den Kopf. »*Eine* Zukunft«, korrigierte er sie leise. »Eine alternative Zukunft.«

Sam schüttelte den Kopf. Wieder hatte sie das Gefühl zu schweben – losgelöst von ihrem Körper, ihrer Umgebung, allem. So, wie sie sich gefühlt hatte, als sie zum ersten Mal begriffen hatte, daß ihr UFT-Cockpit sich in eine riesige Kampfmaschine verwandelt hatte, in etwas, mit dem Menschen einander umbrachten. Es war, als würde sie alles aus einer großen Distanz beobachten, weit fort von ihrem Körper, weit fort von Mandelbaums Büro. »Welches Jahr schreiben wir?« Es dauerte einen Augenblick, bis sie die erstickte Stimme als ihre eigene erkannte.

»Es ist 3052.« Mandelbaum hob warnend die Hand.

»Zumindest in dieser Alternativwelt. Das hier ist nicht Ihr Universum, Ms. Dooley« – er lächelte – »ebensowenig wie meines, was das betrifft. Die Geschichte dieser Welt zweigt irgendwann in den späten 1990ern von der *unseren* ab. Und das ist nicht der einzige Unterschied. Ich bin kein Physiker, deshalb kann ich es nur unzureichend erklären, aber ich bin sicher, daß einige bedeutende Unterschiede in den Naturgesetzen unserer beiden Universen existieren. Zum Beispiel wären einige der Technologien, die in BattleMechs Anwendung finden, in unserer Welt schlichtweg unmöglich. Glauben Sie mir, einige der besten Köpfe der League haben es versucht, sie umzusetzen, und es hat nichts gebracht.«

»Macintyre«, murmelte sie.

Mandelbaum nickte. »Einer der besten und klügsten«, stimmte er ihr zu. »Jedenfalls nach allem, was ich so höre. Er war noch ein Kind, als ich ihn zuletzt gesehen habe. Oder die Erde, was das betrifft.«

Sam schüttelte wieder den Kopf, versuchte zu verstehen – zu verstehen, was sie da hörte und was es bedeutete. »Sie sind schon so lange hier – in diesem Universum? Wie? Warum? Ich meine, *wie?*« Dann, noch bevor der weißhaarige Tai-sa ihr antworten konnte, tat sie es selbst. »Sie sind ein, ein Forscher, nicht wahr? Sie kamen vor Jahren hierher, in diese ›Virtuelle Welt‹, richtig? Und Sie sind nicht zurückgegangen.«

»So ist es, Ms. Dooley.«

»Warum nicht?«

Einen Augenblick lang sah der Tai-sa weg. Ihm schien unbehaglich zumute zu sein. »Ich könnte wahrscheinlich antworten, daß es dort nichts für mich gab, was eine Rückkehr gelohnt hätte«, erwiderte er langsam und vermied dabei einen Blickkontakt. »Das habe ich mir selbst über die Jahre einzureden versucht. Aber es stimmt nicht. Ich hatte eine Familie, eine Karriere, ein Leben … Aber diese Welt hatte mir *mehr* zu bieten, Ms. Dooley.«

»Samantha«, verbesserte sie jetzt. »Sam.«

Er akzeptierte die Korrektur mit einem leisen, nervösen Lächeln. »Samantha«, stimmte er zu. Er machte eine Pause, dann sprach er weiter. »Diese Welt hatte mir mehr zu bieten. Das dachte ich damals.« Er seufzte. »Ich war ein Krieger, Samantha. In meinem Innersten. Ich habe Jahre gebraucht, das zu erkennen, aber als ich in den 1950ern über Korea Düsenjägereinsätze flog, da wußte ich, daß ich war, wo ich *hingehörte*.«

Wieder verstummte er. Als er weiterredete, war seine Stimme leise, als spreche er mit sich selbst – und als belausche sie ihn. »Und ich war Historiker – Militärhistoriker natürlich. Meine Studien förderten etwas Wichtiges zu Tage, selbst wenn es nur für mich persönlich von Bedeutung war. Unsere Kultur, die amerikanische Gesellschaft, war eine der ersten, die ein Konzept abgeschafft hat, das mir heute noch so wichtig ist wie damals.« Er fixierte sie mit scharfen, dunklen Augen. »Können Sie erraten, wovon ich rede?«

Sie kniff nachdenklich die Augen zusammen. *Ich bin mir ziemlich sicher …* Aber sie wartete auf seine Antwort.

Mandelbaum lächelte wieder, ein trauriges Lächeln. »Das Konzept, das unsere Gesellschaft abgeschafft hatte, war die Vorstellung einer Kriegerklasse«, erklärte er ernsthaft. »Einer echten, besonderen Klasse – abgeteilt und entfernt von den anderen Klassen, die eine Gesellschaft formen.« Er schüttelte den Kopf. »Nicht einfach Soldaten, Samantha, das meine ich nicht. Keine zivile Miliz, nicht irgendwelche Personen, die dienstverpflichtet und bewaffnet werden, um eine akute Krisensituation zu bestreiten. *Krieger* – Männer und Frauen, die sich bewußt entscheiden, in ihrem Leben … in ihrem Leben …« – er stockte, dann grinste er verlegen – »… den Weg des Mars, des Ares, einzuschlagen. Die nicht leben, um zu kämpfen – jedenfalls nicht *nur* zu kämpfen –, sondern auch, um die Traditionen der Militärkunde zu verstehen und zu verinnerlichen. Eine gebildete Kriegerklasse, wenn Sie so wollen, eine Kriegerelite, deren Mitglieder nicht nur wissen, wie man kämpft, sondern auch, *wann* und *warum* eine Gesellschaft kämpfen sollte... und wann und warum *nicht*. Die Römer hatten sie. Auch die Griechen...«

»Japan«, warf Sam leise ein. »Bushido.«

»Der Weg des Kriegers, natürlich.« Er nickte zustimmend, beifällig. »Weniger komplexe Gesellschaften als die unsere, die in einer Zeit Krieg führten, als dieser selbst noch weniger komplex war, verstanden seine Bedeutung. Aber wir haben sie tatsächlich vergessen.« Er seufzte. »Wir haben vergessen und den Preis dafür bezahlt. Ich war damals nicht mehr auf der Erde und konnte nicht Zeuge des Vietnamkriegs und seiner Folgen werden, aber ich hätte die Kosten für die Gesellschaft vorhersagen können.«

Er beugte sich über den Schreibtisch. »Überlegen Sie, Samantha. Wir haben Wehrpflichtige eingezogen und Freiwillige angenommen, aber weder die einen noch die anderen haben die Verantwortung, die sie übernahmen, wirklich verstanden. Wir haben sie ausgebildet und indoktriniert, und wir haben sie hinaus in die Schlacht geschickt, auf das blutigste, am härtesten umkämpfte Schlachtfeld aller Zeiten. Wir haben sie aus politischen Beweggründen zurückgehalten. Wir haben sie zurückgeholt... Und dann haben wir sie vergessen.« Seine leuchtenden Augen verschleierten sich. »Wir haben sie zurück ins Zivilleben geschickt und erwartet, daß sie zu ihrem alten Leben zurückkehren, als wäre nichts geschehen. Als hätten sie sich nicht verändert – als hätten *wir* sie nicht verändert. Es ist Wahnsinn gewesen.«

Sam nickte zögernd. Was er sagte, ergab einen Sinn, aber... »Das ist nicht alles, oder?« fragte sie schließlich.

Mandelbaums Lächeln verzog sich zu einer ironischen Grimasse. »Natürlich nicht«, gab er zu. »Da war noch mehr. Mein anderes Motiv – möglicherweise war es mein *Haupt*motiv, ich weiß es bis heute nicht – war...« Er stockte. »Lassen Sie es mich so erklären. Ich war Pilot, Samantha. Ein Jägerpilot, in einem F-86 Saberjet, dem ersten wirklich erfolgreichen Düsenjäger. Heute hat sich die Lage wohl verändert, nach dem, was ich höre, aber in den 1950ern, am Himmel über Korea, hatten wir die entsprechenden Taktiken noch nicht perfektioniert – enge Formation, Flügelmänner, gegenseitige Unterstützung... Auf eine sehr reale Weise war ich da oben allein – allein am Knüppel der stärksten je entwickelten Kampfmaschine. Wenn ich MiGCAP flog – Combat Air Patrol – und ein Ziel sah, konnte ich es aus eigener Initiative verfolgen. Können Sie die Bedeutung, die... *Erregung* dieser Freiheit und Verantwortung begreifen? Mein Erfolg oder Versagen lag ausschließlich in meiner eigenen Hand. Wenn ich gut war – Erfolg hatte –, blieb ich am Leben, erzielte Abschüsse. Hätte ich versagt, wäre es mein Tod gewesen. Es lag alles in diesen beiden Händen.« Er senkte den Blick, wie um die schlanken Finger zu betrachten, die er über der Tischplatte spreizte. »Können Sie das verstehen?« Er sah wieder hoch, fixierte Sam mit ruhigem Blick. Irgend etwas in diesen Augen schien sich zu verändern, und er flüsterte leise: »Vielleicht *können* Sie es tatsächlich verstehen.«

Samantha sah, wie er umschaltete, in einer fast körperlichen Veränderung seine Stimmung abschüttelte und das tiefe Gefühl, das er gezeigt hatte, wieder unter die Oberfläche drückte. Er zuckte die Schultern, als wäre ihre Unterhaltung nur ein belangloses Geplauder. »Jedenfalls gewann ich Gefallen an meiner Laufbahn als ›Himmelswolf‹ – so haben wir uns genannt, meine Squadron. In gewisser Weise närrisch, aber passend.«

»Und dann war es vorbei.«

Mandelbaum nickte scharf. »Natürlich ging es vorbei. Meine Squadron wurde aufgelöst. Einige meiner alten Kameraden sind nie wieder geflogen. Andere wurden zivile Flugkapitäne.« Seine Miene ließ keinen Zweifel daran, was er von dieser Alternative hielt. »Eins führte zum anderen. Ich schloß mich der Virtual Geographic League an. Ich war einer der ersten Forscher, die in dieses Universum versetzt wurden – ins ›BattleTech‹-Universum, wie ich es getauft habe. Und ich fand eine Welt, in der es eine echte Kriegerklasse gab – eine deutlich abgegrenzte Klasse, deren Mitglieder geachtet und *geehrt* wurden. Ich fand eine Gesellschaft mit einem soliden Fundament und einem Überbau, der es Menschen gestattete, ja, sie sogar *ermutigte,* außerhalb dieser Struktur zu arbeiten. Sie hatte einen Platz für Wölfe, Samantha. Mehr Platz für einen einsamen Wolf, als es ihn in der Welt, die ich hinter mir gelassen hatte, *jemals* geben konnte. Ich bin nie zurückgekehrt.« Er legte die Fingerkuppen aneinander, hob die Hände an die Lippen und wartete.

Worauf wartet er? fragte Sam sich. *Darauf, daß ich widerspreche, ein Streitgespräch beginne? Aber ich* widerspreche *ihm nicht. Mein Gott, ich kann* genau *verstehen, was er meint. Hätte ich dieselbe Entscheidung getroffen wie er?* Sie starrte in Mandelbaums dunkle Augen. Sein Gesichtsausdruck veränderte sich auf geheimnisvolle Weise.

Er zuckte wieder die Schultern. »Ich war jung«, stellte er gleichmütig fest. »Heute bin ich alt. Alt und – ich hoffe es wenigstens – weiser.«

Sam runzelte die Stirn. »Soll das heißen, Sie haben die falsche Entscheidung getroffen?«

»Richtig, falsch« – er zuckte wieder die Schultern –, »das ist jetzt kaum noch von Bedeutung, oder?«

»Heißt das, Sie denken an eine Rückkehr?«

Er lachte, ein trockenes, verächtliches Kichern. »Ich habe Ihre Welt in den 1960ern hinter mir gelassen, Samantha«, stellte er fest. »Das ist fast dreißig Jahre her. Es ist nicht mehr meine Welt. Und ich bin zu alt, um noch einmal als Fremder in einem fremden Land neu anzufangen.«

Sie nickte langsam ... Dann setzte sie sich plötzlich kerzengerade auf, als ihr die Bedeutungen dieser Aussage klar wurden. *Dreißig Jahre ...?* »Aber Sie wissen von Vietnam«, brach es aus ihr heraus. »Sie wissen von den Nachwirkungen des Krieges. Und die hier!« Sie hielt ihm ihre halb niedergebrannte Zigarette vor die Augen.

Mandelbaum lächelte schwach. »Meine letzte Pakkung«, sagte er. »Ich habe sechs Wochen keine mehr geraucht. Es war purer Zufall, daß ich mir heute eine gegönnt habe.«

»Aber wie ...«, stammelte Sam.

»Ich *habe* Kontakt mit der VGL, ja«, beantwortete er ihre unausgesprochene Frage. »Gelegentlichen Kontakt ... *sehr* gelegentlich heutzutage.«

»*Wie* gelegentlich?«

»Es vergehen Monate zwischen den Besuchen«, stellte er fest. »Manchmal Jahre.«

»Wann war der letzte Kontakt?« hakte Sam nach.

»Vor sechs Monaten.« In Sams Brust kämpften widersprüchliche Gefühle. Anscheinend zeigten sie sich auf ihrem Gesicht, denn Mandelbaum fragte leise: »Möchten Sie, daß ich der League von Ihnen erzähle, wenn sie das nächste Mal Kontakt aufnehmen, und sie bitte, Sie zurückzuholen? Überlegen Sie es sich gut, Ms. Dooley. Es könnte ... *Folgen* haben.«

Sie nickte. *Und ob das Folgen hätte.* »Woher wissen Sie?« fragte sie plötzlich.

In seiner Stimme lag ein Hauch echter Belustigung, als er ihr antwortete. »Daß Sie ein ... nun, ich schätze, ›blinder Passagier‹ ist ein akzeptabler Name dafür ... sind? Das war reichlich offensichtlich, nachdem Ihre erste Frage vorhin lautete: ›Wo bin ich?‹ Die VGL bereitet ihre Piloten vor der Translokation gründlich vor. Wären Sie ein hier gestrandetes Mitglied, hätten Sie wenigstens ungefähr gewußt, wo Sie mich finden konnten – und wären hier erschienen, um meine Hilfe zu erbitten.« Er verzog spöttisch den Mund. »Wie Sie vielleicht bemerkt haben, ist Solaris Sieben nicht unbedingt der beste Ort, um zu stranden.«

Sag bloß! dachte sie trocken.

Er beugte sich wieder vor. »Und nun sagen Sie mal, wie *sind* Sie hierhergekommen, Samantha?«

Sie zögerte nur einen Augenblick, dann erzählte sie ihm mit einem geistigen Schulterzucken die ganze Geschichte. Von Pop-Pops Tod bis zu ihrem Einbruch bei Generro Aerospace und dem Kampf mit den Mechs in der Bergwildnis.

Mandelbaum war ein guter Zuhörer, ganz, wie sie es erwartet hatte. Er hörte interessiert zu, sein Blick ruhte während der ganzen Zeit auf ihrem Gesicht, auf ihren Augen. Er unterbrach sie nur selten, aber wenn, dann stellte er gezielte Fragen, die unmittelbar zum Kern der Sache vorstießen und unfehlbar die wichtigen Einzelheiten ans Tageslicht holten, die Sam nur angedeutet hatte.

Als sie ihr Eindringen bei Generro beschrieb und schilderte, wie sie die Technikerin Andrea überzeugt hatte, sie nach Solaris zu translozieren, kicherte er. »Das wird ihnen zu denken geben«, stellte er kopfschüttelnd fest. »Sie sind so stolz auf ihre Sicherheitsvorkehrungen – jedenfalls *manche* von ihnen. Sie sind so darauf konzentriert, ihr Geheimnis zu bewahren, daß sie einen der Kerngrundsätze der League vergessen haben, die ihre Gründer im neunzehnten Jahrhundert aufstellten.«

»Burton und Bell«, unterbrach Sam, die sich an ihr Gespräch mit Amy Langland erinnerte. *(Mein Gott, das scheint* Jahre *herzusein.)*

Mandelbaum nickte beifällig. »Genau. Sir Richard Francis Burton, Entdecker des Tanganyikasees, Übersetzer der *Geschichten aus Tausendundeiner Nacht*. Und Alexander Graham Bell, der Erfinder des Telefons. Als sie die Gründung einer Gesellschaft zur Erforschung des *Anderswann* erwogen – der virtuellen Welten, wie wir sie heute nennen –, verstanden sie, wie wichtig es war, neue Mitglieder zu *rekrutieren*, Menschen zu finden, die ihnen in Geist und Gesinnung ähnelten – *Seelenverwandte* –, und sie in die League zu holen.« Er seufzte. »Manchmal fürchte ich, die Sicherheitsvorkehrungen, die rund um die Aktivitäten der League gewachsen sind, halten gerade die Menschen fern, die wir *brauchen*, um uns ins nächste Jahrhundert zu führen.« Er lächelte. »Ich bin erleichtert, daß sie *Sie* nicht fernhalten konnten, Samantha.«

»Beinahe wäre es so gewesen«, gab sie zu. »Wäre dieser Lieferwagen nicht gewesen …« Sie zögerte. »Das ist etwas, was ich immer noch nicht verstehe. Was wollten diese Leute in Pop-Pops Haus? Die League wußte schon, daß sie seine Memoiren bekommen würde.«

Mandelbaum zuckte die Schultern. »Diese Frage kann ich natürlich nicht beantworten. Aber was macht Sie so sicher, daß die Leute in dem Lieferwagen zur League gehörten?«

»Aber wer sonst …?« Sie verstummte mitten im Satz. »Vielleicht die Regierung?«

Der weißhaarige Tai-sa neigte den Kopf. »Das wäre zumindest meine Vermutung«, stimmte er zu. »Natürlich kann ich es nicht mit Sicherheit sagen, aber … Die Beziehung der League zur US-Regierung war schon immer ein wenig heikel.« Er lächelte ironisch. »Es dürfte etwas mit den extremen Bemühungen beider Seiten zu tun haben, ja nichts von ihren Geheimnissen preiszugeben. Es würde mich jedenfalls keineswegs überraschen, wenn die Personen in jenem Lieferwagen Agenten der Regierung gewesen wären, die versuchten, sich die Journale Ihres Großvaters anzueignen, bevor die League sie unter Verschluß nehmen konnte.«

Sam nickte nachdenklich. Das ergab einen Sinn. Sie lehnte sich im Sessel zurück und schloß für eine Weile die Augen, verschaffte sich einen kurzen Augenblick der Ruhe vor der Welt. Schließlich fragte sie leise: »Was nun?«

»Das liegt an Ihnen, würde ich meinen.«

»Was ist mit einer Rettungsmission?« Sie sah Mandelbaum in die Augen, konzentrierte sich auf Hinweise, die er ihr geben konnte. »Würden sie eine aussenden? Oder mich einfach abschreiben?«

Mandelbaum hob die leeren Hände. »Woher soll ich das wissen?« fragte er gelassen. »Wenn er Grund zu der Annahme hätte, daß Sie noch leben, würde Macintyre alles in seiner Macht Stehende tun, um Sie zurückzuholen. Aber Macintyre leitet die Operation nicht ...«

»Und er *könnte* keinen Grund haben, es anzunehmen«, beendete Sam mürrisch den Satz ihres Gegenübers. »Ich verstehe. Also ...«

»Also bleibt die Frage: Was nun?« Mandelbaum drehte sich wieder zum Fenster. Sam sagte nichts, betrachtete nur stumm sein Profil. Schließlich drehte er sich zu ihr um. »Wenn Sie wollen, ist hier Platz für Sie«, erklärte er einfach.

»Das hat Jared Bloch bereits deutlich gemacht«, stellte sie trockenen Tons fest.

»Da bin ich mir sicher«, lachte Mandelbaum. »Bloch erkennt einen guten Fang, wenn er ihn sieht. Aber ich hatte an etwas anderes gedacht. Hätten Sie Interesse daran, zu lernen, wie man einen BattleMech steuert? Ich meine einen echten Mech, nicht den blassen Abklatsch, den ein UFT-Cockpit liefern kann.«

»Damit ich bei den Spielen antreten kann?«

Mandelbaum mußte den Sarkasmus in ihrer Stimme gehört haben, aber er ging nicht darauf ein. »Irgendwann sicher. Immerhin habe ich den Saberstall *dazu* aufgebaut. Und darauf *basiert* die Wirtschaft von Solaris Sieben. Es ist ein guter Lebensunterhalt«, führte er vorsichtig aus. »Es *gibt* Risiken, sicher ... Aber sobald Sie morgens aus dem Bett steigen, gehen Sie ein Risiko ein. MechKrieger ist ein ehrbarer Beruf – auf Solaris Sieben und in diesem ganzen Universum.« Er grinste. Es war beinahe eine raubtierhafte Geste, schockierend deplaziert in seinem Habitus des ›Elder Statesman‹. »Und es ist einer der besten Berufe für einen einsamen Wolf … oder jemanden, der einer werden möchte. Was meinen Sie, Samantha Dooley?«

Sam zögerte. *Wenn das hier meine neue Heimat* werden *soll, macht es dann keinen Sinn, mir eine passende Nische zu suchen?* Sie fühlte, wie ihre Lippen die Zähne in einem Spiegelbild seines Grinsens freilegten. »Wo muß ich unterschreiben, Tai-sa Mandelbaum?« fragte sie.

24

Sam fiel auf ihr Bett – ein *echtes* Bett diesmal, keine Pritsche, in einem eigenen kleinen Zimmer – und starrte zur Decke hoch. *Und ich dachte, das Gladiatorentraining wäre hart gewesen …*

Sie war erschöpft – so erschöpft, daß sie nicht einmal die Kraft aufbrachte, die zwanzig Meter den Flur hinab zur MechKriegermesse zu gehen, obwohl ihr leerer Magen verkrampft war wie eine geballte Faust. Eigentlich ergab ihre Erschöpfung überhaupt keinen Sinn. *Was habe ich denn heute schon getan?* fragte sie sich. *Körperlich, meine ich.* Nichts, *oder doch fast nichts.* Keine Runden um Jared Blochs Folterstrecke. Keine Kampfübungen mit Jonas Clay und den anderen. *Teufel auch*, dachte sie, *man könnte sagen, ich habe nur auf dem Hintern gesessen. Warum bin ich dann so müde?*

Sie mußte grinsen. *Ich glaube, ich habe meinem Dad einmal genau dieselbe Frage gestellt*, erinnerte sie sich. *Wir waren im Urlaub, und er ist stundenlang gefahren. Als wir endlich angekommen waren, hat er festgestellt, wie zerschlagen er war. Und ich habe ihn gefragt: »Wie kannst du denn müde sein? Du hast doch den ganzen Tag gesessen.«*

Nach ihrer heutigen Erfahrung konnte sie seine Erschöpfung nachvollziehen. Was Laufen, Klettern, Springen oder Kämpfen anging, hatte sie heute so gut wie nichts getan. Aber sie hatte mehr als vier Stunden in einem der modernen BattleMechsimulator-Cockpits des Stalls zugebracht, wo sie von SimTechs trainiert worden war, die auf ihre Weise ebenso unerbittlich und fordernd waren wie Jared Bloch. Sie hatte gelernt, wie man die kolossalen Kampfmaschinen – die echten Mechs, wie Mandelbaum es ausgedrückt hatte – gehen und laufen, zuschlagen und abblocken lassen konnte. Sie hatte die Stärken und Schwächen der atemberaubend starken Waffensysteme kennengelernt: Impulslaser, Autokanonen, Lang- und Kurzstreckenraketen, Partikelprojektorkanonen und den ganzen Rest. Sie hatte gelernt, wie man mit der Abwärme des leistungsstarken Reaktors und der abgefeuerten Waffen fertig wurde.

Es war wie das erste Mal, als sie in Edwards in einen F-16-Jägersimulator gestiegen war ... *Nein, noch schlimmer,* verbesserte sie schnell. Als sie zum erstenmal einen Simulator ›geflogen‹ hatte, war sie zumindest schon mit den Grundprinzipien des Fliegens vertraut gewesen. Sie hatte keine Probleme damit gehabt, das simulierte Flugzeug über den Himmel zu steuern, und reichlich mentale Pferdestärken übrig gehabt, um sich Gedanken über Dinge wie Waffeneinsatz und Taktik zu machen. Aber jetzt?

Jetzt mußte sie lernen, ein völlig neues Fahrzeug zu steuern – *von Grund auf* – und nebenher in einem Kampf zu überleben. Nach der ersten halbstündigen Simulatorsitzung waren ihre Kleider schweißgetränkt gewesen, und ihre Muskeln hatten von der Anspannung und geistigen Anstrengung gezittert. Und bei ihren drei darauffolgenden, über den Nachmittag und frühen Abend verteilten Sitzungen war der Druck noch stärker geworden. *Im Grunde macht das Sinn,* dachte sie müde. *Die anderen Rekruten des Stalls haben wahrscheinlich alles gelesen, was es über BattleMechtechnologie und Mechsteuerung zu lesen gibt, haben zahllose Kämpfe in den Arenen oder auf Trivid gesehen. Und ich?* Sie gluckste. *Das einzige Mal, als ich* echte *BattleMechs in Aktion gesehen habe, war ich viel zu sehr damit beschäftigt, den Arsch versohlt zu bekommen, um mich um Einzelheiten zu kümmern.*

Sie kratzte an den trockenen, juckenden Flecken über ihren Schläfen. Heute morgen war eine Tech namens Dawn mit einem batteriebetriebenen Rasierapparat in ihrem Zimmer aufgetaucht und hatte an beiden Seiten des Kopfes Teile ihrer Haarpracht abrasiert. Sie hatte die Frau gewähren lassen, auch wenn sie Dawns Erklärung, warum das nötig war, nicht so recht verstanden hatte.

Als sie zur ersten Simulatorsitzung angetreten war und der Cheftechniker ihr den Helm überreicht hatte, da hatte sie es begriffen. Der Kompositheim aus Acryl war mehr als nur eine Schutzvorrichtung. Es war ein ›Neurohelm‹, ein Gerät, in dessen Innenpolster Induktanzelektroden montiert waren. Soweit sie es verstand – keiner der Techs hatte ihre Fragen mit mehr als dem unumgänglichen Minimum barscher Worte beantwortet, als wäre es unter ihrer Würde, mit einer bloßen Schülerin zu reden –, lasen die Induktanzelektroden ihre Gehirnwellen. Insbesondere diejenigen, die in dem Teil des Hirns entstanden, das für die Verarbeitung ›körpereigener Reize‹ verantwortlich war: für ihren Gleichgewichtssinn. Die Daten aus diesem Teil des Gehirns wurden in das Kreiselstabilisatorsystem des riesigen Metallkolosses unter ihr eingespeist und gestatteten dem Mech, das Gleichgewicht zu halten und aufrecht zu bleiben. Falls sie das alles richtig verstanden hatte, fungierten ihre Sinne und ihr Gehirn als das ›Innenohr‹ des titanischen Fahrzeugs.

Mein Gott, dachte sie sarkastisch. *Mandelbaum hat nicht übertrieben, als er den VGL-Simulator als einen schwachen Abklatsch bezeichnet hat. Ruderpedale und ein einzelner Steuerknüppel ...? Mach mich nicht lachen!*

Im echten BattleMechcockpit kontrollierte sie jedes Detail ihrer riesigen Kampfmaschine. *Jedes* Detail. Wenn sie sich geradeaus bewegen wollte, mußte sie die Beine des humanoiden Fahrzeugs kontrollieren und gleichzeitig seine Arme, weil diese häufig notwendig waren, um das Gleichgewicht zu wahren. Sicher, vieles davon lief automatisch ab. Sie konnte bestimmte Aspekte der Kontrollen auf Autopilot legen. Das war völlig in Ordnung auf ganz ebenem Gelände, aber sobald sie sich in etwas unfreundlichere Gegenden wagte, mußte sie selbst Aspekte wie die Schrittlänge steuern, die Höhe, bis zu der sie die ›Knie‹ des Mechs hob, und zahllose andere Kleinigkeiten. *All die Faktoren, die ins Spiel kommen, wenn ich selbst gehe,* erkannte sie. *Genauso ist es jetzt – ich muß noch einmal ganz von vorne lernen zu stehen, zu gehen, mich zu drehen, zu laufen … Nur mit völlig anderer Gewichtsverteilung und körperlichen Möglichkeiten.*

Es war eine komplexe Aufgabe – grauenhaft komplex –, aber sie verstand die Vorteile dieser Form des Mikromanagement: Nur wenn man die Kontrolle über jedes Detail der Mechfunktionen hatte, konnte man diese Kontrolle zu seinem Vorteil ausnutzen. Natürlich war sie dazu noch nicht in der Lage – und sie war sich sicher, daß es noch *lange* dauern würde, bis sie soweit wäre –, aber sie hatte gehört, daß ein guter Mechpilot seine Maschine an einer verdammten *Bergwand* hochklettern lassen konnte wie einen menschlichen Bergsteiger.

Das liegt für dich noch Jahre in der Zukunft, Dooley, ermahnte sie sich. *Im Augenblick kannst du stolz darauf sein, daß du in der letzten Sitzung nur noch zweimal flach auf deinen metallenen Hintern gefallen bist …*

Jemand klopfte an die Tür, leicht, aber deutlich. »Haben Sie was an?« fragte eine Männerstimme.

Sam wälzte sich mit schmerzenden Muskeln herum und versuchte die Kraft aufzubringen, wütend zur Tür zu starren. »Ist das ein Höflichkeitsbesuch, oder kommen Sie zur Leichenbeschau?« Dann seufzte sie. »Kommen Sie rein.«

Das Zischen, mit dem die Schiebetür aufglitt, konnte das warme Glucksen über ihre Antwort nicht überdecken.

Ein junger Mann stand im Eingang. *Nein, so jung nicht mehr,* stellte sie schnell fest. Mit seinem knabenhaften Gesicht, den klaren grünen Augen und dem dünnen blonden Haarschopf hätte er als verlegener Teenager durchgehen können. Aber als sie näher hinsah und das feine Netz von Fältchen um die Augen bemerkte, erkannte sie, daß er ihr wenigstens zwei Jahre voraus hatte. »Darf ich eintreten?« fragte er. Seine Stimme war stark und lebendig.

»Ich habe doch schon gesagt, daß Sie dürfen, oder?«

Er zuckte die Schultern. Sein schräges Halblächeln zitterte nicht. »Ich wollte mich nur noch mal vergewissern.« Er kam herein und sah sich um. Sam nahm das gesamte Bett in Beschlag – das einzige Möbelstück in dem winzigen Zimmer –, also lehnte er sich an die Wand, die Knöchel über Kreuz. Das wirkte nicht sonderlich bequem, dachte Sam, aber ihm schien es nichts auszumachen.

»Sind Sie nur gekommen, um da rumzustehen und mich anzuglotzen?« fragte sie ihn.

Er zuckte wieder die Achseln, antwortete aber nicht. Seufzend und mit Mühe setzte Sam sich auf und sah sich ihren Besucher näher an.

Er war von mittlerer Größe, vielleicht einen Zoll größer als Samantha, aber mit erheblich breiteren Schultern. Er wirkte stark genug, hatte aber die seilartigen Muskeln eines Mannes, dessen Stärke nicht aus dem Kraftraum stammte, sondern das Ergebnis harter körperlicher Arbeit war. Er sah gut aus, das mußte sie zugeben … Aber sein Gesichtsausdruck zeigte, daß er sich dessen nur allzu bewußt war. Sie seufzte wieder. *Ich kenne dich*, dachte sie. *Ich habe dich noch nie gesehen, aber ich kenne dich trotzdem.* Ungebetene Bilder von Ben Katt und den anderen Jägerjockeys, die sie kannte, flogen an ihrem inneren Auge vorbei. *Dieselbe Sorte Mann, dasselbe Stereotyp*, erkannte sie. *Manche Dinge ändern sich nie, nicht einmal, wenn man das Universum wechselt.*

Er hatte natürlich bemerkt, wie sie ihn gemustert hatte, und sein schräges Lächeln wurde breiter. »Freut mich zu sehen, daß Sie nicht *völlig* tot sind«, bemerkte er. »Wir sind uns noch nicht begegnet. Ich bin Eric Silver, aber man nennt mich ›Sterling‹.«

Sam schüttelte den Kopf. *Bis ins Rufzeichen …*

›Sterling‹ Silvers Lächeln verblaßte. »Stimmt was nicht?«

»Nein. Nein, alles in Ordnung.« Sie streckte die Hand aus. »Ich würde aufstehen, wenn meine Beine mich noch tragen würden. Ich bin Samantha Dooley. Man nennt mich Sam.«

Er nahm ihre Hand. Einen Augenblick lang dachte Sam, er wolle sie küssen, aber dann schüttelte er sie nur mit einem festen Druck.

»Freut mich, dich kennenzulernen, Sam Dooley«, sagte er, und es klang ehrlich gemeint. »Harter Tag in der Büchse?«

»Im Simulator?« Sie nickte ernst. »Hart ist untertrieben.«

Silver nickte. »Aber ich habe gehört, daß du dich für eine Neue gut gemacht hast«, sagte er. »Ein paar der Techs waren beeindruckt.«

Sam verzog das Gesicht und erinnerte sich daran, wie der Cheftechniker sie in einer Sprache, die nach Chinesisch klang, beschimpft hatte, nachdem sie in ihrem simulierten Mech zum sechsten Mal in einer Stunde gestolpert und gestürzt war. »Da bin ich mir nicht so sicher.«

»Ich schon«, sagte er gelassen. »Es ist das erste Mal, daß eine Fremdweltlerin hier aufgetaucht ist und so schnelle Fortschritte macht.«

»Hier scheint jeder mit dem ersten Blick zu erkennen, daß ich eine Fremdweltlerin bin«, stellte sie trocken fest. »Ist es wirklich so offensichtlich?«

»Tja … *ja*«, bestätigte Silver lachend. »Ein paar der Piloten schließen Wetten ab, von welchem Planeten du kommst.«

Samantha zog die Stirne kraus. »Bist du deshalb hier, Sterling Silver?« lachte sie. »Um deine Wettkumpel abzuzocken?« Sie schüttelte den Kopf. »Sorry, mein Freund.«

»Nun ja.« Er breitete die Hände aus. »Den Versuch

war es wert. Macht wohl Sinn, daß du dein Geheimnis für dich behältst, wenn man bedenkt, wer dich angeworben hat.«

Sam beugte sich stirnrunzelnd vor. »Wie meinst du das?«

»Mandelbaum«, sagte er, als wäre damit alles erklärt. Als er an ihrer Miene sah, daß sie überhaupt nichts verstand, sprach er weiter. »Der Rätselmann persönlich. Niemand weiß, woher er kommt, und der Mann selbst sagt nichts.« Er zuckte die Schultern. »Okay, jeder weiß, daß er bei Haus Kurita Karriere gemacht hat, bevor er sich auf Solaris Sieben zur Ruhe setzte. Aber woher kommt er ursprünglich? Wo ist er geboren worden? Wo hat er seine Ausbildung erhalten?« Silver schwenkte die Arme. »Mädel, er hat Ideen über Strategie und Taktik, die ich vorher noch nie gehört hatte. *Niemand* hatte von ihnen gehört – nicht mal die anderen Schlangen, mit denen ich geredet habe. Kein Wunder, daß er so schnell die Rangleiter raufgefallen ist. Woher *hat* er diese Ideen, das ist es, was wir alle herausfinden wollen.«

Sam bemühte sich, ein Lachen zu unterdrücken. »Da fragst du die Falsche, Sterling«, antwortete sie ihm, so treuherzig sie konnte.

»Ja, *klar*«, schnaubte er künstlich angewidert. »Ein paar meiner Piloten vermuten, daß du die Tochter des Alten bist oder zumindest mit ihm *verwandt*.« Er sah sie hoffnungsvoll an. »Möchtest du dazu einen kleinen Kommentar abgeben?«

Sie lächelte süßlich. »Sorry.«

»Ja, hab ich mir schon gedacht.« Sein Stirnrunzeln verwandelte sich in ein hoffnungsvolles Lächeln. »Aber, hör mal, Sam Dooley, wie wäre es, wenn du einem Piloten die Chance gibst, dir beim Abendessen etwas zu entlocken? Ich zahle sogar.«

Sam konnte ein Lachen über seine übertrieben erwartungsfrohe Miene nicht zurückhalten. »Warum nicht? Du gehst voraus, Sterling Silver.«

Das Dekor der MechKriegermesse war kaum inspirierender als das im Speiseraum der Gladiatorenschüler, stellte Sam fest. Dieselben langen Tische, dieselben kahlen Wände, dasselbe billige Besteck.

Aber das Essen war besser. Das mußte sie zugeben. Und, was noch wichtiger war, hier gab es *Auswahl*. Statt einer simplen Ausgabe für eine vom Küchenpersonal in Großkübeln hergestellte Einheitsmahlzeit war die MechKriegermesse wie ein Selbstbedienungsrestaurant aufgezogen. Man hatte die Wahl unter drei heißen Mahlzeiten und ebenso vielen kalten sowie einer annehmbaren Bandbreite von Beigaben wie Salaten und Gemüsen. Während sie am Büffet entlangspazierte, entwickelte Sam den starken Verdacht, daß die in den Gerichten verwendeten Lebensmittel nicht die waren, nach denen sie aussahen. Enthielt dieses Gericht, das für ihre Augen wie Kartoffelsalat aussah, zum Beispiel wirklich Kartoffeln? Und die Schüssel mit etwas, das sie als Hühnersalat bezeichnet hätte – also, sie hatte noch nie Hühnersalat von dieser Farbe oder Konsistenz gesehen.

Silver stand hinter ihr in der Schlange und kicherte, als er Sam zögern sah. »Fremdweltlerin, hab ich's doch gewußt«, krähte er triumphierend. Mit einem – nur zum Teil gespielten – ärgerlichen Schnauben schaufelte Sam eine großzügige Portion eines Gerichts, das nach Spinatlasagne *aussah*, auf ihren Teller.

Es befanden sich nur noch sechs Personen in der Messe. Sam zögerte, als sie sich mit dem Teller aus dem Selbstbedienungsbereich entfernte – trotz Silvers Bemerkung, ihr Essen ›bezahlen‹ zu wollen, forderte niemand Geld von ihr. (*Ist auch besser so*, wurde Sam plötzlich klar. *Ich habe nicht die leiseste Ahnung, womit man hier auf Solaris bezahlt.*) Ihr Zögern gab Sterling Gelegenheit, zu ihr aufzuschließen und ihren Arm zu fassen.

»Warum setzen wir uns nicht mit da rüber?« fragte er und neigte den Kopf in Richtung eines Pärchens in der hinteren Ecke.

»Warum nicht?« willigte Sam ein. »Ist wohl an der Zeit, daß ich mich bekannt mache.«

Die beiden anderen sahen auf, als sie näher kamen, warfen Silver ein schnelles Lächeln zu und versuchten, bei ihren Blicken in Samanthas Richtung ihre offensichtliche Neugier zu unterdrücken. »Sam«, erklärte Silver, »ich möchte dir zwei der besseren MechKrieger unseres Stalls vorstellen – Mary-Margaret Richardson und Lucas Trent. Meg, Luke, wir haben einen Neuzugang: Sam Dooley.«

Sam musterte die beiden, während sie ihnen die Hand schüttelte und Begrüßungen austauschte. Was den Körperbau anging, hätten beide aus einem Ei geschlüpft sein können – genau wie Sterling Silver, fiel ihr jetzt auf. Sie waren von kompakter Statur, wahrscheinlich sehr stark, aber nicht übermäßig muskulös. Ihr Haar war kurz geschoren, mit denselben ›Elektrodenspuren‹ wie auf ihrem Kopf. Aber was ihr sofort auffiel, waren die Augen: ruhig, gelassen, selbstsicher bis beinahe an den Punkt, an dem es zu Arroganz wurde.

»Nimm dir 'nen Stumpf«, sagte Meg und deutete auf den Stuhl neben sich.

Silver setzte sich auf die andere Seite, neben Luke Trent. »Habt ihr Zeit für ein Schwätzchen?« fragte er die beiden anderen MechKrieger. »Sam hier hat wahrscheinlich ein Dutzend Fragen, und ich will nicht ausschließen, daß sie auch eine andere Meinung als meine hören möchte.«

»Laßt mich erst mal was essen«, sagte Sam und nahm sich ihrer ›Lasagne‹ an. Wie sie schon vermutet hatte, war es in Wirklichkeit keine Pasta. Was eine Nudelschicht hätte sein sollen, wirkte knusprig, fast wie dicker Blätterteig, und die Füllung vereinigte Geschmack und Konsistenz von Rinderhack, Auberginen und etwas Süßscharfem, fast (aber nicht ganz) wie Nelken. Es ähnelte keiner Speise, die sie je zuvor gegessen hatte. Aber als sie sich erst an die exotische Geschmackskombination gewöhnt hatte, fand sie es ausgesprochen lecker. Sie verschlang mehrere Bissen, bevor sie fragte: »Seid ihr schon länger im Stall?«

Meg antwortete für beide. »Ich drei Jahre, Luke zwei.« Sie lächelte, und ihr Gesicht nahm einen fröhlichen Ausdruck an, den Sam bei jemand mit einem so geschäftsmäßigen Blick nicht erwartet hatte. »Sterling ist der alte Mann hier: vier Jahre, richtig?«

»Demnächst«, bestätigte Silver locker.

»Und ihr seid alle hier aus der Gegend?«

»Dem Feld?« Meg lachte. »Keine Chance, Kumpelina. Ich bin die einzige Solarianerin hier, und ich komme aus Kobe – weiter kann man sich von Rolandsfeld kaum entfernen, ohne die Stadt zu verlassen. Luke und Sterling sind Fremdweltler – wie du«, fügte sie hinzu.

Sam zog eine Braue hoch, sagte aber nichts.

Jetzt ergriff Luke zum erstenmal das Wort. »Hab gute Dinge von den BüchsenTechs gehört – über dich«, sagte er gelassen. »Du wirst also mit uns trainieren, ja?«

Sam setzte zur Antwort an, aber Silver kam ihr zuvor. »Ich werd sie wahrscheinlich noch durch ein paar Simulationen schicken«, stellte er beiläufig fest, »aber gegen Ende der Woche – ja, da sollte sie soweit sein, live zu steuern.«

Samantha starrte den Piloten an. Das hörte sie zum erstenmal, einschließlich der Voraussetzung, daß Silver irgend etwas mit ihrer Ausbildung zu tun hatte. Aber sie verkniff sich eine entsprechende Bemerkung. »Danke für das Vertrauensvotum«, erwiderte sie nur und hielt die Ironie in ihrer Stimme auf einem Minimum.

Der Tisch sank für einen Augenblick in Schweigen, was Samantha Gelegenheit gab, sich wieder ihrer ›Lasagne‹ zu widmen. Dann bemerkte Meg: »Du hast doch bestimmt ein paar Fragen, Sam.«

Sam schnaubte. »Ich weiß nicht mal genug, um kluge Fragen zu stellen«, knurrte sie mit vollem Mund.

»Warum erzählt ihr mir nicht einfach irgendwas, von dem ihr meint, ich sollte es wissen? Wie wär das für den Anfang?«

Die drei MechKrieger tauschten schnelle Blicke aus, und ihr Lächeln verblaßte etwas. »Du warst noch nicht außerhalb des Lagers, schätze ich?« fragte Luke.

»Das soll wohl ein Witz sein?« lachte Sam. »Das ist die erste Gelegenheit, die ich bekomme, zu *denken*, von einem Spaziergang ganz zu schweigen.« Sie stockte, und ihr Lächeln verschwand. »Wieso?«

Es war Sterling, der ihr antwortete. Er sprach mit lockerem Tonfall, aber Sam hörte den Ernst in seinen Worten. »Manchmal ist es nicht unbedingt klug, sich als Mitglied des Saberstalls zu erkennen zu geben. Jedenfalls nicht im Feld.«

»In einem großen Teil von Solaris City nicht«, ergänzte Meg leise.

»Warum nicht?« Sam beugte sich interessiert vor. »Wo liegt das Problem? Haben die Leute was gegen MechKrieger? Das ergibt keinen Sinn.«

Die drei Piloten brachen in schallendes Gelächter aus. Sam fühlte ein Lodern in ihren Wangen, bis ihr klarwurde, daß die anderen nicht über *sie* lachten, sondern darüber, was sie gesagt hatte … Und sie kannte den Unterschied.

»Compañera«, antwortete Luke ernst. »Die Stadt – diese ganze Welt – *liebt* MechKrieger. Die meisten Krieger können *nirgends* hingehen, ohne daß ihnen eine Herde von Mechhäschen folgt – beiderlei Geschlechts. Fans, Groupies, die ganze Chose.«

»Bei uns ist es im Grunde nicht anders«, nahm Meg den Faden auf. »Nur, wenn du die Saberstallfarben trägst, kannst du dir nie sicher sein, ob eines der Mechhäschen dir nicht einen Vibrodolch in die Nieren stößt, sobald du ihm den Rücken kehrst.«

Sam runzelte die Stirn und erinnerte sich plötzlich an den Eindruck, den die Bauweise der Stallanlage bei ihr hinterlassen hatte, an das Gefühl, daß die Gebäude darauf ausgelegt waren, einem Angriff standzuhalten. »Ich bin mir nicht sicher, ob ich das verstehe«, gab sie zögernd zu. »Der Stall hat Feinde? Rivalen bei den Spielen?«

Die drei MechKrieger zögerten, tauschten erneut Blicke aus. Es war Silver, der das Schweigen brach. »Es ist etwas komplizierter«, erklärte er. »Sicher, der Stall hat natürlich Konkurrenten. Wir sind auf dem Weg nach oben, und dazu müssen wir über die Rücken anderer Ställe klettern, die ihrerseits alles tun, was nötig ist, um ihre Stellung in der Rangordnung nicht zu verlieren. Aber auf der Stufe, von der wir hier reden – noch unterhalb der echten Showliga –, ist ›alles, was nötig ist‹, in der Regel nicht wirklich bösartig. Es gibt natürlich Dolchstöße, aber nur im übertragenen Sinn: man setzt Gerüchte in die Welt, um den Ruf des Gegners zu untergraben, oder politische Winkelzüge, so was in der Art.«

Er gluckste. »Wir haben wahrscheinlich ein, zwei Geister für andere Ställe auf unserer Lohnliste. Wohl nicht unter den MechKriegern, aber fast sicher in den Wartungs- und Techriegen. Genau wie Saber ziemlich sicher seine Geister bei den wichtigen Konkurrenten haben wird. In den Topklassen – oben in der Show – kommt es gelegentlich vor, daß Geister die Mechs eines Rivalen sabotieren, sogar einzelne Mechjockeys aus dem Weg räumen. Wenn der Saberstall erst einmal auch da oben angekommen ist, wird es hier wohl auch so laufen. Aber im Augenblick?« Er zuckte die Achseln. »Üblicherweise kann ein Geist schlimmstenfalls etwas leichte Industriespionage betreiben. Wenn einer unserer Techs beispielsweise eine Methode findet, die Wärmetauscher effizienter zu machen, erfahren innerhalb von ein, zwei Tagen all unsere Rivalen davon und versuchen, an Hand der Berichte ihrer Geister auf denselben Trichter zu kommen.« Silvers Grinsen verblaßte. »Aber wir reden von Schlimmerem.« Er fixierte Sam. »Du hast gefragt, ob der Saberstall Feinde hat«, erinnerte er sie. »Die Antwort lautet: mehr oder weniger. Um genau zu sein, sieht es wohl eher so aus, daß *Tai-sa Mandelbaum* Feinde hat. Und die schrecken nicht davor zurück, jedem, der sich bei diesem Stall verpflichtet, echte Schwierigkeiten zu machen.«

Samantha schüttelte den Kopf. »Versteh ich nicht«, gestand sie. Das brachte ihr ungläubige Blicke von Meg und Luke ein, aber sie betonte: »Wirklich nicht. Hört mal, ich kann euch nicht hindern zu glauben, was ihr wollt, aber glaubt mir – ich habe keine Verbindung zu Tai-sa Mandelbaum. Ich weiß *nichts* über seinen Hintergrund oder darüber, *wer* hinter ihm her sein könnte. Aber ich bekomme langsam das Gefühl, ich *sollte* es wissen. Also?«

Nach einem Augenblick des Zögerns nickte Silver. »Okay, Mädel, was immer du sagst. Fangen wir vorne an. Also, erst mal, Tai-sa Mandelbaum *ist* ein Oberst ... im Gegensatz zu einigen der selbsternannten Gestalten, die man in Solaris City sonst findet. Er hat im Draconis-Kombinat gedient und sich den Rang verdient ...«

»Moment mal«, unterbrach Sam. »Hast du mir nicht gesagt, er wäre bei ›Haus Kurita‹ gewesen?«

Die drei MechKrieger sahen sich wortlos an. Als Silver weitersprach, lag ein seltsamer Unterton in seiner Stimme. »Haus Kurita, Draconis-Kombinat – das ist ein und dasselbe.« Er sprach es nicht aus, aber Sam konnte die Frage in seinen Augen lesen: *Wo, zum Teufel, kommst du her, daß du* das *nicht weißt?*

»Weiter«, sagte sie ruhig.

Silver schürzte ärgerlich die Lippen, redete aber weiter. »Soweit wir gehört haben – natürlich nicht von Mandelbaum selbst«, erklärte er schnell, »sondern aus den üblichen Quellen –, hat er sich an den Frontlinien eine mördermäßige Reputation aufgebaut: im Feld, wo's hart auf hart geht. Den Gerüchten zufolge soll er ein echter Draufgänger von einem MechKrieger sein, aber gleichzeitig auch ein ganz ordentlicher Deltaschädel, ein Luft-/Raumjockey.«

Er sah Sam fragend an, als erwarte er eine weitere Zwischenfrage. Sie hielt ihre Miene ausdruckslos und sagte nur: »Red weiter.«

»Nachdem er erst einmal Aufmerksamkeit erregt hatte«, fuhr der Mechpilot fort, »ist er *rapide* auf der Offiziersrangleiter nach oben geklettert. Verschiedene Kommandeursposten, dann eine Art Seitwärtsbeförderung zum Militärischen Nachrichtendienst. Er hatte den vollen Rang eines Tai-sa, als er sich zur Ruhe gesetzt hat. Das war vor vier Jahren. Von Luthien ist Mandelbaum hierhergekommen, nach Solaris Sieben. Er hatte anscheinend ein Vermögen gemacht – entweder das, oder er war von vornherein *sehr* wohlhabend –, denn als allererstes hat er den Saberstall gegründet. Beide Zweige, um genau zu sein, die Gladiatorenschule *und* den Mechstall. Ich war einer seiner ersten Rekruten.«

»Und der einzige, der bis heute hier ist«, fügte Meg hinzu.

Einen Augenblick lang wirkte Silver verlegen. »Vielleicht habe ich ja einfach nicht das richtige Angebot bekommen«, murmelte er.

Meg erklärte Samantha: »Bei einigen der höherrangigen Ställe gehört es zur Geschäftspolitik, dem Saberstall vielversprechende Mechjockeys abzuwerben. Mandelbaum hat ein verfreckt gutes Trainingsprogramm, und er steht im Ruf, Bauernlümmel zu Mechzauberern machen zu können. Das einzige Problem ist, sobald er einen Jockey aufgebaut hat, kommt einer der berühmten und reichen Ställe – wie Weiße Hand oder Starlight – und wirbt ihn ab. Mandelbaum kann einfach nicht die Gehälter bieten, mit denen die großen Jungs um sich werfen.« Sie warf ihrem Freund einen vielsagenden Blick zu. »Aber Sterling hier hat jeden Versuch, ihn abzuwerben, kalt abblitzen lassen.«

»Vielleicht bin ich lieber eine große Ratte in einem kleinen Bau als eine kleine Ratte in einem *großen* Bau«, grummelte er.

Meg verzog den Mund zu einem spöttischen Lächeln. »Was immer du dir einreden willst, Sterling. Hauptsache, du brauchst keine Angstbegriffe wie ›Loyalität‹ zu benutzen, hm?«

»Du warst dabei, mir von Mandelbaum zu erzählen«, erinnerte Sam Silver nach einer Weile leise.

»Ja, stimmt.« Er nahm sich ein paar Sekunden, um seine Gedanken zu ordnen. »Okay«, sagte er schließlich. »Das ist der Punkt, wo die Sache ein wenig undeutlich wird, weil Mandelbaum nie über sich redet.« Er warf Sam einen nachdenklichen Blick zu. »Jedenfalls nicht mit uns...« Er ließ den Gedanken unvollendet. Als deutlich war, daß Sam nicht darauf reagieren würde, schnaufte er und sprach weiter. »In der draconischen Hierarchie – oder *überhaupt* einer Hierarchie, was das angeht – kann man nicht weiterkommen, ohne Leuten auf die Zehen zu steigen. Innerhalb *und* außerhalb des Kombinats, im übrigen. Es sieht ganz danach aus, als gäbe es da draußen« – er deutete grobflächig in Richtung von Solaris City und metaphorisch zu den Welten jenseits von Solaris Sieben – »einige Leute, die immer noch etwas gegen den Tai-sa haben. Und sie sind bereit, ihre Antipathie an jedem auszulassen, der mit ihm in Verbindung steht.«

»Wer?« fragte Sam. »Wer hat so einen Haß auf Mandelbaum?« Sie sah die MechKrieger sarkastisch lächeln. *Okay*, gab sie in Gedanken zu. *Blöde Frage, Dooley.* »Ihr müßt zumindest Vermutungen haben«, setzte sie nach.

Es war Luke, der reagierte. »Mehr als Vermutungen sind es wirklich nicht, aber...« Er zögerte, dann: »Okay, wir stellen uns das so vor. Tai-sa Mandelbaum legt sein draconisches Offizierspatent nieder und kommt nach Solaris Sieben... Aber so etwas *macht* man einfach nicht. Ein Oberst des Militärischen Nachrichtendienstes geht nicht einfach in Pension, und *ganz sicher* nicht, um hierherzukommen, okay? Was werden die Leute also denken?«

Samantha blinzelte. *Es ist ziemlich offensichtlich, oder?* dachte sie. »Daß er sich nicht wirklich zur Ruhe gesetzt hat«, schlug sie vor, »sondern mit einer Art zeitweiligem Sonderauftrag hier ist.«

Silver nickte. »Ganz genau. Und jetzt nehmen wir mal für einen Augenblick an, Mandelbaum *hat* Schluß gemacht, sich wirklich und endgültig zur Ruhe gesetzt, in Ordnung? Werden die anderen Nachfolgerstaaten – Davion etwa oder Marik – ihm das abnehmen?«

Nachfolgerstaaten …? dachte Sam verwirrt. Aber sie hielt den Mund.

»Natürlich nicht«, beantwortete Silver seine eigene Frage. Allmählich wurde er warm. »Sie können sich gar nicht *leisten*, das zu glauben, einfach der Möglichkeit wegen nicht, Mandelbaum könnte *doch* irgend etwas Hinterhältiges hier durchziehen – etwas, das ihnen Schwierigkeiten machen wird, vielleicht schon in Kürze, vielleicht irgendwann in der Zukunft. Gut, nehmen wir an, der Tai-sa sei *kein* Maulwurf. Je angestrengter die Sicherheitsdienste der anderen Nachfolgerstaaten ihn unter die Lupe nehmen, desto weniger finden sie in diesem Fall. Aber wie wird ein Karrieregeist darauf wohl reagieren, hä?«

Die Antwort darauf wußte sie. »Indem er noch genauer nachforscht.«

Silver nickte zufrieden. »Wieder richtig«, lobte er. »Karrieregeister gehen *grundsätzlich* davon aus, daß hier irgend etwas Übles abgeht, und wenn sie keine Hinweise darauf finden, nehmen sie das als Beweis dafür, daß es besonders clever versteckt ist … was für den Geist bedeutet, daß die Person, die sie durchleuchten, *immens* geschickt im Verwischen von Spuren ist. Mit anderen Worten, ein verdammt heißer Karrieregeist der anderen Seite. Korrekt?«

Zögernd nickte Sam. Sie hatte keine persönliche Erfahrung mit der Weltsicht der militärischen Geheimdienste, der ›Military Intelligence‹ – *wenn der Name kein Widerspruch in sich ist*, dachte sie zynisch. Aber Ben Katt und einige der anderen Piloten hatten ihr einige erschreckende Stories über die ›Spooks‹ erzählt, mit denen sie in Kontakt gekommen waren. *Für den Spook gilt ›schuldig bis zum Beweis des Gegenteils‹. Und der* Anschein *der Unschuld ist nur ein Hinweis auf einen Gegner, der seine Spuren zu verwischen weiß ...* »Also arbeiten Agenten dieser anderen Nachfolgerstaaten gegen Tai-sa Mandelbaum. Ist es das, was du sagen willst?«

»Nicht direkt«, verbesserte Silver sorgfältig. »Sie würden mit nichts derartigem in Verbindung gebracht werden wollen. Falls Mandelbaum noch zum Geheimdienstapparat des Kombinats *gehört*, falls er einen Sonderauftrag *hat*, wissen sie genau, daß jede offene Aktion gegen ihn nur zur Eskalation der verdeckten Machtkämpfe zwischen den Nachfolgerstaaten führen würde. Kurita-Agenten machen ein paar ihrer Agenten kalt, und so weiter, Auge um Auge, Zahn um Zahn, bis sich alles wieder beruhigt. Soundso viele Operationen gehen den Bach runter, soundso vielen Spionen wird das Gehirn weggepustet. Für alle Seiten ein schlechtes Geschäft. Und selbst wenn Mandelbaum *kein* Kurita-Geist ist«, fügte Silver hinzu, »ist er immer noch draconischer Staatsbürger, und das Kombinat ist ständig auf der Suche nach einem Vorwand, die anderen Geheimdienstnetze zu stören. Unprovozierte Einmischung in das Leben eines draconischen ›Zivilisten‹ ist in dem Zusammenhang eine ideale Entschuldigung.«

Samantha stieß einen leisen Seufzer aus. *Und ich habe mir eingebildet, der Kalte Krieg wäre kompliziert und bizarr.* »Keine direkte Intervention also«, faßte sie zusammen. »Und indirekte?«

»Über Mandelbaums ... nun, nennen wir sie *natürliche Rivalen* hier auf Solaris«, bestätigte Silver. »Hauptsächlich andere Ställe. Okay.« Er beugte sich zielstrebig vor. »Als Fremdweltlerin machst du dir das wahrscheinlich nicht klar, aber der Saberstall ist ein phänomenaler Erfolg. Vor vier Jahren gab es noch keinen Saberstall – nicht die Spur davon. Mandelbaum ist nicht gekommen und hat einen Stall übernommen, den es schon gab. Er hat all das hier« – er schwenkte die Arme – »aus dem Nichts aufgebaut. Vier Jahre später – heute – ist der Saberstall einer der heißen Tips in Rolandsfeld. Sein Ruf breitet sich aus, sogar noch schneller als im letzten Jahr. Wenn der Tai-sa das durchhält, treten Saber-BattleMechs in zwei Jahren in der Show auf, in den Großen Arenen.«

Samantha nickte. Sie besaß keine Hintergrundkenntnisse, um Silvers Kommentar zu bewerten, aber sie entschied, ihm zu glauben. »Und wie hat er das geschafft?«

Der blonde Mechjockey grinste. »Das ist die entscheidende Frage, nicht wahr? Es gibt nur zwei Antworten darauf. Erstens: Er ist einfach verfreckenkreckt *gut* bei dem, was er macht. Er hat zwar mit denselben Vor- und Nachteilen angefangen, die alle Stallbesitzer haben, aber er hat es *richtig* gemacht. Er hat seine Ressourcen und Leute gut gemanagt. Er hat ein gutes Trainingsprogramm eingerichtet und, bei aller Bescheidenheit«, fügte er mit einem selbstgefälligen Lächeln hinzu, »ein paar verdammt gute Leute angestellt. Er hat innovative Ideen in bezug auf Taktik, Waffeneinsatz und Mechkonstruktion ... aber nichts, auf das nicht auch jeder andere hätte kommen können. Und zweitens?« Er kicherte böse. »Zweitens: Er hat irgendeinen *besonderen Vorteil*, irgendwas, das er aus dem Kombinat mitgebracht hat. Irgendeine heiße neue Technologie.« Er schnaubte. »Frag mich bloß nicht, was das sein könnte. Ich bin hier, seit der Stall die Pforten geöffnet hat, und es *gibt* einfach keine Geheimtechnologie, die Mandelbaum seine Erfolge geschenkt hat. Okay«, schloß er seine Argumentation ab. »Welche dieser beiden Erklärungen werden die anderen Stallbesitzer wohl glauben? Daß sie den

Arsch versohlt bekommen, weil Mandelbaum einfach besser und klüger ist als sie? Oder daß Mandelbaum sie überrundet, weil er einen unfairen Vorteil hat – ganz gleich, wie irrational diese Erklärung auch ist?« Er fixierte Samantha mit seinen grünen Augen. »Na?« fragte er. »Was werden sie denken?«

Sie lächelte trocken und nickte. »Ich habe verstanden. Es liegt in der menschlichen Natur.«

»Stimmt«, bestätigte Silver. »So weit, so schlecht. Um auf den Anfangspunkt zurückzukommen: Warum sollte irgendein Nachfolgerstaat gezielt gegen Mandelbaum vorgehen, wenn ...«

»Wenn es all diese eifersüchtigen Stallbesitzer gibt, die sich als Schachfiguren anbieten«, vervollständigte Samantha seinen Satz, »als ›verzichtbare Werkzeuge‹. Richtig?«

»Ganz genau! Und *das*«, schloß Silver, »ist die Geschichte des Saberstalls ... und die Erklärung dafür, warum es ratsam ist, mit dem Rücken zur Wand zu sitzen, wenn du die Anlage verläßt.« Plötzlich kicherte er. »Nicht, daß dein Trainingsprogramm dir sonderlich viel Freizeit zugestehen wird, Dooley. Du hast ein paar lange Tage vor dir, Mädel, *das* darfst du mir glauben.«

25

Sterling hat keine Witze gemacht, dachte Sam sarkastisch, als sie langsam von der Simulatorstation – der ›Büchsenfabrik‹, wie die anderen Mechjockeys sie nannten – zurück in ihr Quartier wanderte. *Das sind wirklich lange Tage.* Zum erstenmal, seit sie nach Solaris City gekommen war, konnte sie die Sonne sehen, eine riesige rote Scheibe, die fast den Horizont berührte. Sie sah auf die Uhr – das neue Digitalmodell, das Meg Richardson ihr geliehen hatte, als sie mitbekam, daß Sams kostbare Fliegeruhr sich nicht auf den sechsundzwanzigeinhalb Stunden dauernden Tag dieses Planeten einstellen ließ. Der plasmaroten Ziffernanzeige nach hatte sie über zehn Stunden in der ›Büchse‹ verbracht. Sie hatte besonders mörderische Szenarien absolviert, unter den unterschiedlichsten Bedingungen und in den verschiedensten Umgebungen gegen einen, zwei und schließlich *vier* Gegner gekämpft. Ihre Augen waren so müde, daß sie sich anfühlten wie abgeschmirgelt, und um ihre Stirn schien ein mehrere Nummern zu kleines Stahlband zu liegen. Die Muskeln in ihren Beinen und im Rücken beschwerten sich bei jedem Schritt.

Aber sie hatte überlebt, das war die Hauptsache. In allen drei Simulationen hatte sie es – unter genauer Aufsicht der ›Büchsen‹-Techs – geschafft, ihren 85 Tonnen schweren *Sasquatch*-BattleMech aus dem simulierten Massaker zu retten. *Reichlich schwer verwüstet, das schon*, setzte sie in Gedanken hinzu, *aber immer noch einsatzfähig*. Zugegeben, im letzten Szenario – dem Kampf gegen eine vierfache Übermacht – hatte sie nur durch schieres Glück überlebt. Ihr *Sasquatch* war schwer angeschlagen gewesen und hatte unmittelbar vor der automatischen Stillegung wegen Überhitzung gestanden, so daß der letzte ihrer Gegner, der noch aufrecht stand –

ein übles Teil namens *Dunkelfalke* –, ihr eigentlich hätte den Garaus machen können, aber seine Raketensalve war vorbeigegangen. Bevor er erneut angreifen konnte, hatte sie ihrem Mech ›die Sporen gegeben‹ und ihn mit einem letzten Befreiungsschlag, der den *Dunkelfalken* verschrottet hatte, in die automatische Stillegung getrieben. *Die Raketen hätten* treffen *müssen*, wunderte sie sich. *Hat da etwa einer der SimulatorTechs Mitleid gehabt und ein Byte oder zwei der Software manipuliert?*

Aber das war nicht wirklich von Bedeutung, nicht wahr? Selbst wenn der *Dunkelfalke* ihren *Sasquatch* abgeschossen hätte, wäre es noch immer eine verflucht anständige Leistung ihrerseits gewesen – das mußte sie sich eingestehen –, alle drei ›Flügelmänner‹ des *Dunkelfalken* auszuschalten (jedenfalls nannte Sam sie für sich so), bevor es sie selbst erwischte. Plötzlich mußte sie lachen, als sie sich an ihre katastrophalen Anfangssitzungen in der Büchse erinnerte, in denen sie schon ihr ganzes Können hatte aufbieten müssen, um den schwerfälligen BattleMech auf seinen Metallfüßen zu halten. Inzwischen hatte sie die Bewegungsmechanik so verinnerlicht, daß ihr ein, zwei unerwartete Manöver gelungen waren, mit denen sie ihre simulierten Gegner völlig überrascht hatte.

Das ist besser, als es in Edwards je war. Der Gedanke überraschte sie. Sie blieb mitten in der Anlage des Saberstalls stehen und untersuchte dieses Gefühl.

Ich bin Teil von etwas, ich werde akzeptiert. Das ungewohnte Gewicht auf der rechten Hüfte drang wieder in ihr Bewußtsein, und sie sah hinab auf das Kunstlederholster an ihrem Gürtel. *Ich bin jetzt eine MechKriegerin,* dachte sie, *und MechKrieger tragen eine Waffe – zumindest im Saberstall.* Silver hatte ihr Pistole und Holster am Morgen vor der ersten Simulatormission überreicht. Natürlich hatte der blonde Mechjockey seine Witze darüber gerissen, aber Sam konnte sehen, daß er die Symbolik dieser Geste sehr ernst nahm. Also hatte sie die

Waffe aus seinen Händen entgegengenommen und vor seinen Augen umgeschnallt… Und sich dagegen entschieden, ihm zu sagen, daß sie nicht einmal wußte, wie sie diese ihr unbekannte Pistole entsichern sollte.

Ich passe hierher, oder? Ich passe hierher… und es gefällt mir. Die Erkenntnis beunruhigte sie auf einer untergründigen Ebene.

Aber warum sollte mich das beunruhigen? fragte sie sich. *Ich bin nun mal* hier. *Gestrandet, ausgesetzt, wie immer man es nennen will. Warum sollte ich mich nicht* anpassen? *Und warum sollte ich nicht Gefallen daran finden?*

Sie grinste. *Auf gewisse Weise ist es alles, was ich mir je erträumt habe. Es ist die Freiheit, von der Mandelbaum geredet hat… die Freiheit, ein einsamer Wolf zu sein, mir selbst etwas aufzubauen, mich der Herausforderung zu stellen, zu überleben…*

Das Grinsen verblaßte. *Und warum habe ich dann trotzdem das Gefühl, daß mir etwas fehlt?* Sie sah hoch zum obersten Stock des Verwaltungsgebäudes. Wie erwartet kam das einzige Licht der gesamten Etage aus dem Fenster, hinter dem sie Tai-sa Mandelbaums Büro vermutete. Sie kniff die Augen zusammen, versuchte, Einzelheiten zu erkennen. War das der Umriß Mandelbaums an seinem Schreibtisch?

»Warum läufst du nicht rauf und kratzt an der Tür, du miese kleine Hündin?«

Überrascht drehte Sam sich um, als sie die harte, verächtliche Stimme in ihrem Rücken hörte.

Es war natürlich Jonas Clay, der Gladiatorenschüler, mit dem sie schon an ihrem ersten Tag im Stall aneinandergeraten war. Er stand vier Meter entfernt, die Fäuste in die Seite gestemmt, und starrte sie mit offenem Abscheu an. *Haß?* wunderte sich Sam.

»Schlechter Tag, Sammy?« fragte er und legte alles an Verachtung in die Frage, zu dem er fähig war. »Mußt du zu deinem süßen Fremdweltler-Daddy rennen und dich an seiner Schulter ausweinen? O ja, ich bin sicher, du und der Rätselmann, ihr habt *viel* zu bereden, nicht wahr?«

Einen Augenblick lang starrte Sam ihn nur an – entgeistert, verwirrt. Die Intensität der Feindseligkeit in seiner Stimme, sein ganzes Auftreten – nicht nur ihr gegenüber, sondern auch Mandelbaum, erkannte sie – war ... nun, *unpassend*. Seine Haltung schien allmählich keinerlei Bezug mehr zur Wirklichkeit zu haben. *Was, zur Hölle, habe ich dir je getan – hat* er *dir je getan –, das eine derartige Reaktion verdient hätte?* regte sie sich auf.

»Was ist? Hat dir ein Skavel die Zunge abgebissen, Sammy?«

Sam stemmte ebenfalls die Hände in die Seiten, und ihre rechte Hand strich unbeabsichtigt über die Pistole an ihrem Gürtel.

Clays Augen verengten sich, als er zu der Waffe hinunterblickte. »Oh, oh«, rief er in gespieltem Schreck, »oh, wird Sammy mich jetzt erschießen?« Er lachte böse. »Blöde Kuh«, spie er. »Du kommst auch noch dran.« Und damit drehte er sich um und marschierte davon.

Samantha sah ihm nach, bis er in den sich ausbreitenden Schatten verschwunden war. *Warum, zum Teufel, hat Jonas Clay es dermaßen auf mich abgesehen – und auf Mandelbaum?* wunderte sie sich. *Oder ist das einfach seine* Art, *und er haßt grundsätzlich die ganze Welt?* Sie hatte schon Menschen getroffen, auf die das zutraf ... Und sich sehr angestrengt, ihnen aus dem Weg zu gehen, als sie erst einmal erkannt hatte, was mit ihnen los war.

»Genießt du den Sonnenuntergang?« Wieder eine Stimme in ihrem Rücken.

Sie drehte sich um – langsamer diesmal – und schenkte Silver ein halbes Lächeln. »Mehr oder weniger«, antwortete sie und entschied sich sofort, ihre Begegnung mit Clay nicht zu erwähnen.

»Du hattest einen guten Tag, hab ich gehört.« Der MechKrieger grinste wie ein Bandit.

»Mehr oder weniger«, wiederholte sie.

Silver schnaubte verächtlich. »Spar dir die falsche Bescheidenheit, okay? Die BüchsenTechs haben mir erzählt, wie die Simulationen gelaufen sind. Ich habe sie noch nie so beeindruckt gesehen. Besonders nach dem letzten Szenario.«

Sam zuckte ein wenig unbehaglich die Schultern. »Ich bin gehörig zerschlagen worden«, stellte sie fest.

Er lachte. »Du kapierst es einfach nicht, was? Du hast verfreckt *gewonnen*, Dooley. Es war nicht *vorgesehen*, daß du gewinnst. Dieses Szenario – vier gegen einen? Das ist eine Verlierersituation, okay? Zumindest ist es so *gedacht*«, korrigierte er hastig. »Die Lektion, die du lernen *solltest*, war, eine Übermacht zu erkennen und deinen *verfreckenkreckten Arsch* zu retten, bevor du mit deinem Schlitten zu Schlacke geschossen wirst! Und was machst du?« Er prustete. »Du hast *denen* den Arsch versohlt, Dooley.« Er röhrte vor Lachen. »Hältst du dich denn *nie* an die Regeln?«

Unerwartet kehrten ihre Gedanken zur letzten Sitzung im F-16-Simulator in Edwards zurück. Sie zuckte die Achseln und versuchte, ein unbeschwertes Bild zu liefern. »Ich mag Herausforderungen«, stellte sie leichthin fest.

Silver schlug ihr auf die Schulter. »Du hast es drauf, Dooley. Das muß ich sagen.« Er machte eine Pause, und sein Gesichtsausdruck veränderte sich. »Hast du zwei Minuten Zeit?« fragte er. »Ich möchte dir was zeigen.«

Samantha stand im grellen Licht der Hangarscheinwerfer – in einem Hangar, den sie noch nie vorher betreten hatte – und starrte empor. Über ihr ragte ein BattleMech empor, sein polierter Rumpf funkelte in spiegelglattem Silber statt in den manchmal schreienden Bemalungen der übrigen Stallmechs. *Das Zeichen einer neuen Einheit, frisch vom Fließband,* erkannte sie. *Deshalb steht er wohl auch nicht im selben Hangarkomplex wie die anderen Battle-*

Mechs. Sie streckte die Hand nach dem gewaltigen Bein aus – zögerte, bevor sie sich überwinden konnte, das kalte Metall zu berühren.

Sie drehte sich zu Silver um, auf dessen Gesicht ein breites Lächeln stand. »Meiner?«

Er nickte. »Ich hab dir gesagt, Ende der Woche trittst du live an«, erinnerte er sie. Er zuckte die Achseln. »Es ist Ende der Woche.«

Sam schüttelte langsam den Kopf. Das war ... einfach zu groß, um es zu fassen. Sie strich mit den Fingerspitzen vorsichtig über die glatte Panzerung. »Was ...« Ihre Stimme brach. Sie versuchte es erneut. »Was ist es?«

Der Mechjockey lachte. »Natürlich ein SQS-TH-001 *Sasquatch.* VEBAs neuestes und bestes Modell. Warum sonst hätten wir dich in der Büchse auf dem *Sasquatch* drillen sollen?«

»Und er gehört mir?« wiederholte sie.

»Er gehört dir«, bestätigte Silver. »Die Techs haben ihn bereits nach den Telemetriedaten aus deinen Simulatorsitzungen konfiguriert.« Er lachte väterlich. Dann warf er ihr etwas zu, das unter den Scheinwerfern funkelte.

Sie schnappte den Gegenstand in einer Reflexbewegung aus der Luft und betrachtete ihn. Eine Metallscheibe, etwa von der Größe einer Kennmarke, an einer Kette. Auf einer Seite waren Seriennummern und andere Daten eingraviert. Auf der anderen glitzerte etwas wie ein eingefaßter Edelstein – wahrscheinlich eine Art optischer Datenchip. »Was ist das?«

»Der Codeschlüssel für deinen Mech. Morgen nehm ich dich mit raus in die Wildnis, und du kannst ihn ausfahren. Okay?«

Ein paar Sekunden konnte Sam nur noch den Kopf schütteln. Dann zog sie die Kette des Codeschlüssels über den Kopf und schüttelte das lange Haar frei. Sie lachte laut auf. »*Okay?* Sterling, das hier ist ein wenig mehr als nur ›okay‹.« Sie wußte, daß ihre Augen im grellen Scheinwerferlicht tanzen mußten. Noch einmal streichelte sie den Mech – *mein* Mech! Dann drehte sie sich zu ihrem Trainer und Freund um. »Plötzlich bin ich in der Stimmung, zu feiern«, stellte sie fröhlich fest.

Silvers Grinsen wurde noch breiter. »Ich denke, dazu lasse ich mich überreden«, sagte er großzügig.

Sam wälzte sich herum und starrte in plötzlicher Verwirrung in das verwaschene Licht an der Zimmerdecke. *Wo, zum Teufel, bin ich …?* Dann fühlte sie die Wärme des Körpers neben sich. Die Erinnerung flutete zurück, und sie lächelte. *Ach ja,* dachte sie behaglich. *Die ›Feier‹ ist etwas weiter gegangen, als ich erwartet hatte.*

Oder habe ich es von Anfang an darauf angelegt …? Sie seufzte zufrieden. Was machte das schon aus. Zum erstenmal seit *langer* Zeit fühlte sie sich wirklich *gut* – im Frieden mit sich und der Welt.

Sterling Silvers Quartier war größer als das ihre – nicht anders zu erwarten, nahm sie an, wenn man bedachte, daß er der dienstälteste Mechpilot des Stalls war –, aber Sam fand den zusätzlichen Platz nicht annähernd so attraktiv wie die Tatsache, daß dieses Zimmer ein *Fenster* besaß. Zugegeben, die Aussicht hätte besser sein können – größtenteils nur auf die kahle Wand eines Mechhangars –, aber wenigstens konnte sie den Himmel sehen. Sie drehte den Kopf und blickte vom Bett aus hinaus. Die Lichter von Solaris City wurden von der ungebrochenen Wolkendecke in einem seltsam rötlichen Schein zurückgeworfen.

Silver hatte nicht nur ein Fenster, es ließ sich sogar *öffnen. Was ich für etwas frische Luft in* meinem *Quartier geben würde,* dachte Sam.

Natürlich war es ein zweifelhafter Segen. Im Augenblick war das Acrylglasfenster halb offen und ließ für Sams Geschmack viel zuviel kalte Nachtluft herein. Sie überlegte ein paar Sekunden, dann glitt sie – vorsichtig, um Sterling nicht aufzuwecken – unter der Decke des

Betts hervor. Sie tapste nackt durch das Zimmer und schloß leise das Fenster.

Auf dem Weg zurück zum Bett schwang der Mechcodeschlüssel an seiner Kette zwischen ihren Brüsten. Sie blieb stehen und berührte das kleine Stück Metall mit der Fingerspitze. *Alles in allem gar kein so schlechter Tag,* dachte sie lächelnd. Sie rutschte wieder unter die Decke und preßte ihren Körper an Silvers warme Haut. Der MechKrieger murmelte etwas im Schlaf, streckte blind den Arm aus und legte ihn um Sams Schultern. Zärtlich strich sie ihm eine blonde Strähne aus dem Gesicht. Sie senkte den Kopf auf das Kissen und schloß die Augen.

* * *

Es schien nur Sekunden später, als der Lärm sie aufschreckte, das dumpfe Donnern einer Explosion außerhalb des Gebäudes. Unmittelbar danach ließ eine nähere Detonation das Fenster im Rahmen beben. Sam richtete sich kerzengerade im Bett auf. »Was, zum Teufel, *war* das?«

Silver brauchte ein paar Sekunden länger. Aber *als* er reagierte, wälzte er sich augenblicklich aus dem Bett und griff blindlings nach den auf dem Boden verstreuten Kleidern. »Wir werden angegriffen«, krächzte er und zog den Overall über.

»Was?« Sam starrte ihn verständnislos an. »Aber …«

Er hob Sams Overall auf und warf ihn ihr zu. »Anziehen. *Mach schon,* Dooley!« Eine weitere Explosion unterstrich seine Worte, ein greller, blendender Lichtblitz, einen Sekundenbruchteil später gefolgt von einer Druckwelle, die drohte, das Acrylglasfenster bersten zu lassen.

Ihre Reflexe übernahmen die Führung. Sam sprang aus dem Bett und zog den kalten Stoff des Overalls über die bettwarme Haut. »Wer?« fragte sie, während sie sich anzog.

»Freckenkreck, was weiß denn ich? Ich hab keine Zeit, eine Liste zu machen.« Während er antwortete, schnallte er den Waffengurt um, zog die schwere Pistole aus dem Holster und überprüfte die Munition. *»Beeilung!«*

»Wart nicht auf mich. Wir sehen uns draußen.«

Silver warf ihr ein Piratengrinsen zu. »Zu den Mechs«, sagte er. Dann rannte er aus dem Zimmer.

Sie brauchte nur zwei Sekunden, um den Overall zu schließen und die Stiefel anzuziehen. Einen Augenblick überlegte sie, ob sie den Gürtel umschnallen sollte. Dann zog sie die Pistole aus dem Holster und schob sie tief in eine der Overalltaschen. Sie stürmte ebenfalls auf den Flur. Die Treppe führte hinunter zum Haupteingang des Gebäudes. Sie war eine schnellere Sprinterin als Sterling und holte den MechKrieger unmittelbar hinter der Tür ein.

In der Anlage herrschte pures Chaos. Die Scheinwerfer, die das Gelände hätten erhellen sollen, waren tot. Harte, grelle Notlichter warfen tiefe, scharfkantige Schatten. Dunkle Gestalten rannten durch das Lager. Sie konnte nicht einmal erkennen, ob es Freunde oder Feinde waren … oder auch nur, ob *überhaupt* Feinde auf dem Gelände waren. Sie zuckte instinktiv zusammen, als eine erneute Explosion durch die Nacht krachte. Aus der Richtung des Gladiatoren-Trainingsfelds stieg ein Feuerball in den Himmel. Hinter ihr drängten sich andere MechKrieger aus der Kaserne wie Hornissen aus einem angegriffenen Nest.

Einen Schritt vor ihr packte Silver jemanden, der gerade vorbeilief: *»Was, beim Ei, geht hier vor?«* schrie der Mechjockey.

Die Gestalt drehte sich um, und Sam erkannte den Sensei, Jared Bloch. »Ein Angriff«, bellte der Hüne.

»Freck, das seh ich *selbst!* Wer? Nein, *wie?«*

Blochs Knurren wirkte im harten Licht wie eine erschreckende Grimasse. »Sabotage«, spie er. »Fünf Netze ausgefallen, Sicherheit stillgelegt. Wir liegen hier auf dem Präsentierteller.«

»Mechs?«

»Drei mittelschwere im Anmarsch«, bellte der Sensei. »Nur optische Sichtung.«

Silver nickte und klopfte dem großgewachsenen Soldaten auf die Schulter. Dann drehte er sich um. »Los«, brüllte er über die Schulter den anderen MechKriegern zu. »Saber, aufgesattelt.« Die Mechpiloten rannten zu den BattleMechhangars. Sam zögerte, dann folgte sie ihnen.

Das ergibt keinen Sinn. Der Gedanke ließ sie nicht los. Nicht nur der Angriff – der ergab zwar für sie keinen Sinn, aber offenbar für jemand *anderen* –, nein, das *Ganze*. Wie viele einsatzbereite BattleMechs hatte der Saberstall? Mindestens sieben in den Standardhangars, zu denen alle rannten. Und wie viele Mechs griffen sie an? Drei? *Was hat Bloch gesagt ...?*

Sie blieb plötzlich stehen. »*Nein!*« schrie sie hinter den zu ihren Maschinen stürmenden MechKriegern her. »*Nein!* Die Mechs müssen auch sabotiert worden sein!«

Nur Silver schien sie zu hören. Er blieb stehen und drehte sich zu ihr um. Im harten Licht der Notscheinwerfer sah sie, wie seine Augen sich weiteten, als er verstand, was sie meinte. »Halt!« rief er den anderen Piloten zu. »Nicht ...«

Es war zu spät. Luke Trent war an der Spitze der Truppe, erreichte den nächstgelegenen Mechhangar als erster. Die riesigen Schiebetore waren verschlossen, wie immer während der Nacht. Luke packte die Klinke der kleinen Zugangstür neben dem Tor. Eine Explosion riß ihn von den Füßen und schleuderte seinen zerfetzten Körper wie eine Stoffpuppe davon. Die anderen MechKrieger, die nur ein, zwei Schritte hinter ihm gewesen waren, schrien auf, als die Schrapnellsplitter sie trafen.

»O *Freck!*« schrie Silver. Er rannte wieder los, zwischen den Piloten vorbei. In der Explosion, die Luke getötet hatte, war die Tür aus den Angeln gerissen worden. Silver hastete durch die Türöffnung. Sam folgte ihm ein, zwei Schritte später in das Dunkel des Hangarinneren.

Nur *war* es nicht dunkel im Hangar, wie es hätte sein sollen. Ein flackernder roter Lichtschein warf tanzende Schatten über Boden und Wände. Sie schlug fast gegen Silver, der jäh wieder stehengeblieben war. »Nein …«, keuchte er.

Sam folgte seinem Blick. Drei riesige Mechs ragten über ihr auf. Ihr gepanzerter Rumpf war unberührt … aber in ihren offenen Cockpits tobte und loderte ein Flammenmeer. Jemand hatte die Cockpits geöffnet und Brandbomben oder das hiesige Gegenstück hineingeworfen.

Silver schien gelähmt. *Natürlich,* erkannte Sam plötzlich. *Natürlich ist er gelähmt. Er ist geschockt. Er wird angegriffen … und er ist kein MechKrieger mehr!* Sie packte ihren Liebhaber an der Schulter. »Die anderen Mechs werden auch sabotiert sein.«

Er drehte sich zu ihr um. Sein Gesicht war selbst im roten Feuerschein bleich. »Ich weiß.« Dann schien sein Blick wieder klar zu werden, und er schob das Kinn vor. »Beim Namen Blakes«, knurrte er. »Sie werden uns nicht ohne einen eibrechenden Kampf bekommen.« Seine Augen fixierten sie. »Hast du deine Waffe?«

Sie nickte stumm. *Auch wenn ich nicht weiß, wie ich sie benutzen muß.*

Benommen folgte sie Silver ins Freie. »Zur Waffenkammer«, brüllte er die MechKrieger unter seinem Befehl an. »Wir müssen als Schlammstampfer kämpfen.«

Ein gewaltiger Lichtblitz nahm Samantha für einen Augenblick jede Sicht. Dann schleuderte eine Druckwelle sie zu Boden. Geschockt, mit klingelnden Ohren, zwang sie sich zurück auf die Knie.

Mein Gott …! Die Kaserne der MechKrieger war *weg,* in einer einzigen Explosion in ein Trümmerfeld verwandelt. Während sie noch auf dem Boden kniete, zuckte etwas von links durch ihr Gesichtsfeld – ein Komet auf einem Feuerschweif, der in die Trümmer des Gebäudes schlug und explodierte. *Raketen.* Sie drehte sich um.

Über einem der flachen Wartungsschuppen der Anlage ragte etwas auf: ein riesiger, kantiger Kopf über metallenen Schultern, eine deutliche Silhouette vor den von der Stadt erhellten Wolken. Das mußte der erste der angreifenden BattleMechs sein. Während sie mit stummem Entsetzen hochsah, zuckten weitere Raketen aus den Lafetten auf den Schultern des Mechs und schlugen klaffende Löcher in die Wände des Hangars rechts von ihr.

Aus der Dunkelheit der Anlage zuckte Mündungsfeuer – das kurze Aufblitzen von Einzelschüssen, die haltbareren Feuerblumen von Automatikwaffen. Kugeln prallten jaulend von der Panzerung des näher kommenden BattleMechs ab – ohne etwas auszurichten.

Der feindliche Mech bahnte sich einen Weg durch das Wartungsgebäude und zertrümmerte es mit seiner schieren Masse wie ein Kind, das eine Sandburg zertrampelt. In der Bewegung hob er den rechten Arm in Richtung der Mündungsfeuer. Flammen schlugen aus der Mündung in Höhe des Handgelenks, eine lange, krachende, hochkalibrige Autokanonensalve peitschte durch die Saber-Verteidiger. Mündungsfeuer antwortete aus der Dunkelheit, aber es hatte deutlich abgenommen.

Und jetzt strömten Gestalten aus der Finsternis heran, im Schatten des BattleMechs. Bodentruppen, erkannte sie, wie motorisierte Infanterie zur Unterstützung der schweren Panzerwaffen in Form der angreifenden Mechs. Verzweifelte, chaotische Feuergefechte brachen überall im Lager aus, als die Verteidiger versuchten, dieser neuen Bedrohung zu begegnen.

Mein Gott, ich stehe hier einfach nur rum! Der Gedanke traf Sam fast wie ein Schlag ins Gesicht. Instinktiv zog sie die Pistole, hielt sie ungeschickt empor. Sie konnte die moderne Waffe zwar nicht benutzen, aber das bloße Gewicht in ihrer Hand stärkte ihre Selbstsicherheit.

Was, zum Teufel, soll ich bloß machen? Hier bin ich schlimmer als nutzlos.

Ich muß etwas tun …

Ihr Mech. Was war mit dem glänzenden neuen *Sasquatch*, frisch vom Band? Die Angreifer – wer immer sie waren – hatten die Mechs des Stalls sabotiert …

Zumindest die, von denen sie wußten. Aber wie gut waren ihre Informationen? *Das* war die entscheidende Frage. Wußten sie von dem *Sasquatch* in seinem Überschußhangar auf der anderen Seite der Anlage? Sam hatte keine Ahnung von seiner Existenz gehabt, bis Silver ihn ihr ›zugeteilt‹ hatte. Aber was hieß das schon? Schließlich war sie die Neue, die Fremdweltlerin.

Wenn ich mich irre, bin ich so tot wie Luke, das Opfer einer versteckten Sprengladung. Sie zuckte zusammen, als ein Feuerstoß hinter ihr in die Metallwand des Hangars schlug. *Aber wenn ich nichts tue, bin ich auf jeden Fall tot, nicht wahr? Ob in die Luft geflogen oder erschossen – tot ist* tot, *oder?* Wieder flogen Raketen durch die Nacht. Diesmal schlugen sie in die Betonmauern des Verwaltungsgebäudes ein.

Und sie rannte los, bevor sie Gelegenheit hatte, es sich wieder auszureden. Über das offene Anlagengelände, vorbei an der Trainingsstrecke, auf der Jared Bloch sie in den ersten Tagen geschunden hatte. Sie hörte Schüsse von allen Seiten, Schreie, Kreischen, das Knattern von Flammen, das Donnern von Explosionen. Eine Kugel peitschte dicht an ihrem Kopf vorbei, dicht genug, um sie den Windstoß *fühlen* zu lassen, aber sie rannte weiter.

Da war der Überschußhangar. Das riesige Schiebetor war geschlossen. Der Bau schien unbeschädigt. Keine Rakete hatte seine Wände zertrümmert. Sie bremste, kam rutschend an der Seitentür zum Stehen. Sie griff nach der Türklinke, zögerte – *was hat Luke gefühlt?* Der Gedanke flüsterte durch ihren Hinterkopf. *Hat er gewußt, daß er stirbt?* Sie packte zu, drückte sie nach unten.

Nichts, keine Explosion, kein tödlicher Schmerz, gefolgt vom Vergessen. Das Schloß öffnete sich. Sam stieß zischend die Luft zwischen den Zähnen aus, den Atem, den sie angehalten hatte, ohne sich dessen bewußt zu werden. Sie riß die Tür auf und hetzte in den dunklen Hangar.

Da stand der *Sasquatch* – *ihr* Sasquatch – eine kantige Form aus schwarzen Umrissen vor einem kaum weniger schwarzen Hintergrund. Keine Flammen loderten aus dem offenen Cockpit. *Vielleicht*, dachte sie. *Vielleicht tatsächlich.*

Sie rannte die Treppe zu dem Gerüst hoch, das den Mech teilweise einschloß. Ihre Stiefel knallten auf den Metallstufen. Das Geräusch hallte erschreckend laut durch den Hangar.

Ihre Augen gewöhnten sich langsam an die Dunkelheit. Aus verschwommenen Formen schälten sich erste Details. Auf dem Gerüstgeländer rechts von sich sah sie die Kontrolltafel für das Hallentor. Ohne anzuhalten, hämmerte sie die Faust auf den AUF-Schalter. Das schrille Singen eines Elektromotors füllte die riesige Halle.

Das Kanzeldach des *Sasquatch* stand auf, ein klaffendes Loch im kantigen Kopf des BattleMechs. Der schmale Laufsteg des Gerüsts schob sich durch das komplexe Muster von Antennen und Sensoren hindurch, die aus dem metallenen Schädel des Metallkolosses ragten. Ohne zu zögern, sprintete Samantha den Steg hinauf und sprang ins wartende Cockpit. Als sie den Sitz erreichte, hob sie den Arm und schlug auf den EINZIEHEN-Knopf an der Unterseite des Laufstegs.

Sensoren in der Pilotenkanzel bemerkten ihre Anwesenheit, und Hinweislichter tanzten über die komplexen Konsolen. In ihrem Schein sah sie den Schlitz für den Codeschlüssel, den Silver ihr gegeben hatte. Sie öffnete den Reißverschluß des Overalls und zog das kleine Stück Metall zwischen ihren Brüsten hervor, hob die Kette über den Kopf.

Dann zögerte sie, als ihr klarwurde, was sie vorhatte. *Mein Gott, das ist real. Ein echter Mech, scharfe Waffen. Jetzt wird sich zeigen, ob ich wirklich so gut bin, wie mir alle* sagen.

Sie rammte den Codeschlüssel in den Schlitz und sah neue Lämpchen auf den Konsolen aufleuchten. Unter den Füßen und der Pilotencouch fühlte sie ein kräftiges Vibrieren – etwas, das die Simulatorkonstrukteure sich nicht die Mühe gemacht hatten nachzubilden, stellte sie fest –, als der Fusionsreaktor des BattleMechs hochfuhr. Sie hob den Neurohelm auf, der auf einer der Konsolen lag – sie stellte fest, daß es derselbe Helm war, den sie im Simulator getragen hatte –, und zog ihn über den Kopf. Sie fühlte das kalte Metall der Induktanzelektroden auf der rasierten Kopfhaut ihrer Schläfen. Mit Leichtigkeit absolvierte sie die Sicherheitsabfragen, wie sie es von den SimulatorTechs gelernt hatte. Sie fühlte mehr, wie die Systeme des Mechs um sie herum zum Leben erwachten, als daß sie es hörte. Ihre Blicke überflogen die Datenanzeigen in geübtem Muster: verfügbare Energie 100 Prozent, Wärmetauschereffizienz nominal, Gyroskopgeschwindigkeit okay, Akkumulatoren in den Mechlasern und dem wuchtigen Gaussgeschütz, das den rechten Arm der Maschine einnahm, wurden aufgeladen.

Das riesige Schiebetor vor ihr war jetzt fast offen. Sie fühlte den BattleMech beinahe ungeduldig erzittern, als ihr Gehirn erste vorläufige Gleichgewichtsdaten an den Kreiselstabilisator im Herzen der Kampfmaschine sandte.

Was ist das ...? Eine dunkle Gestalt huschte durch das offene Tor in den Hangar. Reflexartig schaltete sie den

Sichtschirm des *Sasquatch* auf Infrarot, und ein computerbearbeitetes Bild der Umgebung erschien auf der Sichtprojektion.

Ja, es *war* eine Gestalt … ein schweres Gewehr feuerbereit in den Händen. Der Mann sah zu ihr auf, ein hartes Grinsen auf dem Gesicht.

Jonas Clay, erkannte sie. Ein eiskalter Windzug schien ihren Nacken herabzuwehen. *Bloch hat gesagt, die Sicherheitsvorkehrungen wurden sabotiert*, erinnerte sie sich. *Das heißt, es muß jemand hier im Lager gewesen sein. Und hat Clay mir nicht gedroht, daß ich ›auch noch drankomme‹ …? Hat er* das *gemeint, diesen Angriff?*

Clay war zur Seite getreten, weg vom Tor … fort aus dem durch das Gerüst eingeengten IR-Sichtfeld des *Sasquatch*. Sam kniff die Augen zusammen und stierte durch die offene Seite des Cockpits zu ihm hinab.

O mein Gott, offene Seite … Sie hatte das Kanzeldach des Mechs nicht geschlossen, hatte das Cockpit noch nicht versiegelt. *Falls* Clay hinter dem Angriff steckte – falls er die einzige einsatzfähige MechKriegerin ausschalten wollte, die der Stall noch besaß –, genügte ein einziger Schuß seines Gewehrs. Sie umklammerte panisch die Kontrollen ihres Mechs, bereit, die im Torso montierten Maschinengewehre des *Sasquatch* zu wenden und ihn niederzumähen. Aber sie wußte dabei nur zu gut, daß der Gladiatorenschüler mehr als genug Zeit haben würde, sein Gewehr hochzureißen und zu feuern, bevor ihre Waffen ihn erfaßt hatten. Ihre Glieder spannten sich – *als ob das eine Kugel oder einen Laserstrahl stoppen könnte*, dachte sie.

Aber Clay hob das Gewehr nicht an die Schulter. Stattdessen wurde sein wildes Grinsen noch breiter. »*Los*, Sammy«, schrie er zu ihr hoch. »Tritt ihnen in den verfreckten *Arsch!*« Dann drehte er um und rannte, aus der Hüfte feuernd, zurück hinaus in die Anlage.

26

Ein Schaudern lief durch Sams Körper, das sie nicht unterdrücken konnte. *Jetzt ist nicht der Zeitpunkt für emotionale Reaktionen*, herrschte sie sich an. Mit der Faust schlug sie auf den Schließknopf des Kanzeldachs und spürte den Druckausgleich in den Ohren, als das Cockpit luftdicht versiegelt wurde. Ein letzter Blick auf die Datenanzeigen, und sie war bereit. *Okay, Sterling*, dachte sie. *Dann wollen wir mal sehen, wie gut du deine Sache als Lehrer gemacht hast.* Ihre Hände liebkosten die Kontrollen, und der *Sasquatch* marschierte aus dem Hangar.

Und mitten in ein wildes Feuergefecht hinein. Selbst mit allen Sensorsystemen des BattleMechs kostete es sie lange Sekunden, das Chaos um sie herum auch nur *annähernd* zu durchschauen. Kleine Gruppen Saberstallpersonal duckten sich hier und da hinter was auch immer gerade als Deckung greifbar war, während die angreifenden Einsatzteams im Feuerschutz ihrer jeweiligen Kameraden abwechselnd weiter vorrückten.

Es war einer dieser Pulks von Saberkriegern, der den *Sasquatch* zuerst bemerkte. Über die Außenmikros des Mechs hörte Sam ihren plötzlichen Jubel. Die Angreifer bemerkten die neue Gefahr einen Augenblick später. Mündungsfeuer zuckte durch die Nacht, als Handwaffenfeuer – Laserschüsse und Projektile – harmlos von der Panzerung ihrer Maschine abprallte. Sam grinste wild. *Das Blatt hat sich gewendet, Boys*, dachte sie und zog die MGs und leichten Laser des *Sasquatch* über das nächstgelegene Einsatzteam. Sie verzog das Gesicht, als ihr Feuer durch die Reihen der Angreifer fetzte und mit der ersten Salve das halbe Team niederstreckte – das Gemetzel war auf ihrer Sichtprojektion nur zu deutlich zu erkennen –, aber sie zwang sich, sich von dem Blutvergießen nicht irritieren zu lassen. *Sie haben es sich selbst zuzuschreiben, vergiß das nicht.*

Ihr Erscheinen schien den Saberverteidigern neue Kraft einzuhauchen. Innerhalb von Sekunden schien sich das Kampfgeschick zu wenden, schienen die Angreifer die Initiative zu verlieren. In der ganzen Anlage sah sie ihre Stallkameraden Gegenangriffe starten. *Zeigt's ihnen,* dachte sie grimmig. Ihre Finger glitten über die Mechkontrollen, konfigurierten ihre Feuerleitkreise oder FLKs neu, trennten die Infanterieabwehrwaffen von den ›schweren Geschützen‹, die sie als ihre Mechkiller ansah. Während sie an den FLKs arbeitete, suchte sie die Umgebung nach den feindlichen BattleMechs ab.

Da war einer, zeichnete sich als Silhouette vor der brennenden Kaserne der Gladiatorenschüler ab – die kantige, insektenähnliche Form eines leichten *Heuschreck*-Mechs. Der feindliche Pilot schien die neuaufgetauchte Gefahr noch nicht bemerkt zu haben. Statt sich zu ihr umzudrehen, war er damit beschäftigt, mit den Maschinengewehren und dem einzelnen mittelschweren Laser seines Mechs auf eine Gruppe Saberstall-Krieger zu feuern. *Mal sehen, ob ich seine Aufmerksamkeit erregen kann*, dachte Sam trocken, während sie das Fadenkreuz über den *Heuschreck* zog. *Entfernung: 75 Meter. Praktisch ein Blattschuß.* Sie drückte leicht den Feuerknopf und löste alle auf FLK A konfigurierten Waffen aus.

Die Temperaturanzeige des *Sasquatch* schoß in den orangeroten Bereich, als die vier mittelschweren Impulslaser im linken Mecharm und das gewaltige Gaussgeschütz im rechten feuerten. Sam juchzte freudig, als die kombinierte Feuerkraft den kleineren *Heuschreck* von den Beinen fegte, seine Panzerung verflüssigte und eine Seite des gegnerischen Mechrumpfs nach innen beulte. Sekundenbruchteile bevor der zerschmetterte

Mech in einem Feuerball explodierte, schoß der Schleudersitz des Piloten zweihundert Meter in die Luft. *Einer weniger. Mein erster Abschuß!* Sie beschleunigte den *Sasquatch* und suchte auf dem Rundumschirm nach den beiden anderen Angreifermaschinen.

Da waren sie ... Aber es waren nicht nur zwei – es waren *vier. O Shit*, dachte sie, *Verstärkung.* Diesmal hatten die Angreifer sie zuerst gesehen. Ein Schwarm Langstreckenraketen war bereits im Anflug, kreischte durch die Nacht auf sie zu. Sie hatte kaum Zeit, sich auf den Aufprall vorzubereiten, als sie schon einschlugen und den *Sasquatch* in ihren schmutzigroten Feuerbällen fast völlig einhüllten. Warnglocken schrillten, bis Sam sie abstellte, und rote Lichter flackerten über die Schadensanzeigen. Der Angriff mußte ganze Panzersektionen vom Rumpf der Maschine gesprengt haben, und die ersten Laser zuckten bereits von den Angreifer-Mechs herüber und bohrten sich in die beschädigten Bereiche, versuchten, die interne Struktur ihres Mechs zu zerschneiden.

Zeit, aktiv zu werden. Sam warf den *Sasquatch* in einen schwerfälligen Spurt, duckte sich hinter den bis jetzt noch unversehrten Überschußhangar. Gleichzeitig überflog sie die Daten auf ihrer Konsole. Der Computer hatte drei der feindlichen Mechs sicher identifiziert und die Baureihe des vierten zumindest eingegrenzt. Sie stand zwei *Greifen*, einem *Kampfschützen* und entweder einem *Donnerkeil* oder einem *Kriegshammer* gegenüber – die Sensoren ihrer Maschine hatten den vierten Mech nicht deutlich genug erfaßt, um eine sichere Identifikation zu ermöglichen. Aber in beiden Fällen steckte sie in Schwierigkeiten – *ein* D-Keil *oder ein* Hammer *allein ist meinem* Sasquatch *schon ebenbürtig*, machte sie sich mit einigem Unbehagen klar. *Und die* Greifen *und der* Kampfschütze *machen die Sache noch übler.*

Das ist eine dieser Situationen, von denen Sterling geredet hat, nicht wahr? In der man die Überlegenheit des Gegners erkennen und davonrennen soll, um seinen Arsch und seinen Schlitten zu retten?

Aber ich kann nicht *kneifen, diesmal nicht. Es ist mal wieder Zeit fürs volle Risiko, wie beim Fischadler.*

Sie biß die Zähne zusammen und brachte den *Sasquatch* auf seine volle Laufgeschwindigkeit von fast 64 Stundenkilometern, spurtete an der Rückwand des Überschußhangars entlang. Als sie am gegenüberliegenden Ende ankam, bremste sie und schlich sich vorwärts, bis sie den Kopf des Mechs – und seinen rechten Arm – um die Gebäudeecke schieben konnte.

Sie kicherte böse. *Dachte ich mir, daß du das versuchst…* Einer der *Greif*-Piloten hatte den *Sasquatch* abdrehen und fliehen sehen – jedenfalls hatte er es so ausgelegt – und war aus dem Feuerschutz seiner Flügelmänner vorgeprescht, in der Hoffnung, den Saber-Mech von hinten abschießen zu können. *Laß ihn dafür bezahlen,* putschte Sam sich auf, als sie das Gaussgeschütz des *Sasquatch* hob und zielte.

Aus dem Augenwinkel mußte der gegnerische Mechjockey sie auf dem Sichtschirm bemerkt haben. Bevor Sam den Feuerknopf pressen konnte, drehte der *Greif* ihr den Kopf zu, und aus der Schulterlafette schoß eine Raketensalve in ihre Richtung. Aber der Pilot hatte keine Zeit gehabt, zu zielen, und die Geschosse verfehlten sie alle, zertrümmerten nur die vordere Wand des Hangars. *Er soll bezahlen,* dachte Sam wieder. Sie stieß den Feuerknopf hinab. Der Rückstoß war hart genug, ihre Zähne klappern zu lassen, trotz der ausgezeichneten Stoßdämpfer des BattleMechs.

Die solide Nickeleisenkugel des Gaussgeschützes traf den *Greif* voll ins ›Gesicht‹. Sie explodierte nicht, *aber das muß sie auch nicht.* Die elektromagnetische Kanone erzielte eine so hohe Mündungsgeschwindigkeit, daß die schiere kinetische Energie des Projektils mehr als genug Schaden anrichtete. Sam sah das Cockpit des *Greifen* unter dem Einschlag implodieren, unmittelbar bevor eine Sekundärexplosion den gesamten Mechkopf in einen Schrapnellregen verwandelte. Eine ganze Weile stand der enthauptete *Greif* noch schwankend neben dem Hangargebäude. Dann krachte er zu Boden. Aus seinem ›Hals‹ schlugen Flammen. *Und zwei!* jubelte Sam innerlich.

Keine sechzig Meter entfernt wuchtete sich ein weiterer BattleMech in Sicht – der *Kampfschütze.* Sie versuchte, den *Sasquatch* zurück in die Deckung des Hangars zu ziehen. Eine Sekunde zu spät. Lanzen aus rubinrotem Licht loderten aus beiden Armen des *Kampfschützen* und schnitten runde hundert Kilogramm Panzerung von der rechten Schulter ihres Stahlgiganten. Neue rote Warnlichter blinkten auf Sams Statusanzeige auf.

Verdammt, was nun? Ihr gesunder Menschenverstand riet ihr, sich zurückzuziehen – *und zwar sofort.* Wenn sie hierblieb, würden die drei gegnerischen Mechs sie umzingeln und zerfetzen. Wenn sie einen Ausbruch versuchte und losrannte – oder sich, was vernünftiger schien, eine andere Verteidigungsstellung suchte –, erhielt zumindest der *Kampfschütze* eine Gelegenheit, mit seinen schweren Lasern und Autokanonen auf ihren Rücken zu feuern. Sicher, sie würde das Feuer mit dem leichten Laser an der Rückseite ihres Mechkopfes erwidern können, während sie davonrannte, aber sie wußte nur zu gut, wieviel das nützen würde – *einen Furz, um es mal deutlich zu sagen,* dachte sie verärgert. Sie würde Schaden nehmen – möglicherweise *ernsten* Schaden –, das Gefecht aber wenigstens noch etwas länger strecken können. Sie knirschte mit den Zähnen. Was, in drei Teufels Namen, konnte sie *sonst* tun? Gar nichts. Es sei denn…

Freck, den Versuch ist's wert. Vorsichtig beugte sie die Knie des Mechs und senkte das riesige Kampfgefährt in die Hocke. Für Bewegungen dieser Art war der *Sasquatch* nicht gebaut, das war ihr klar. Sie mußte sich anstrengen, den Schwerpunkt des Mechs sicher über den spreizzehigen Füßen zu halten. Unter dem Neurohelm strömte der Schweiß an ihrem Kopf herab, während sie langsam von fünf an rückwärts zählte.

Zwei… eins… null! Sie packte die Kontrollen und schob die beiden Steuerknüppel vor.

Immer noch in der Hocke, sprang der *Sasquatch* nach vorne, aus der Deckung der Hangarwand, und drehte den Torso nach links.

Da war der *Kampfschütze*, eine breite Silhouette im Zentrum von Sams Sichtschirm. Instinktiv feuerte der gegnerische Pilot alle Waffen ab… Und genau, wie Sam es erhofft hatte, zerteilten die Laserstrahlbahnen und Autokanonengranaten die Luft zwei Meter über dem Kopf des abgeduckten *Sasquatch*. *Nimm das!* rief sie in Gedanken, als sie alles abfeuerte, was sie hatte: Gaussgeschütz, Laser, selbst die Maschinengewehre (was immer die auch ausrichten mochten). Sie wartete nicht einmal darauf, welchen Effekt ihre Breitseite hatte. Noch bevor die Feuerbälle der Explosionen verblaßt waren und der Rauch sich verzogen hatte, spurtete sie schon durch die Dunkelheit, weg vom Hangarbereich. Eine Raketensalve des zweiten *Greifen* folgte ihr, aber nur zwei der Geschosse schlugen von hinten in die Mechbeine ein. Der *Sasquatch* stolperte, aber sie konnte ihn abfangen, den enormen Kampfkoloß auf den Beinen und in Bewegung halten.

Die IR-Sensoren zeichneten deutlich die Abwärme des *Kampfschützen* hinter ihr. Sie hatte den Mech nicht zerstören können, ihn aber ernsthaft beschädigt. Der Sichtschirm zeigte Sekundärexplosionen entlang des rechten Arms und Torsos und eine Bresche am linken Bein, in der keinerlei Panzerung mehr die interne Struktur des BattleMechs schützte. Langsam und schwerfällig drehte er sich um und zog sich aus dem Gefecht zurück. *Das ist so gut wie ein Abschuß*, erkannte sie. *Drei weg…*

Rechts von ihr erhob sich das Verwaltungsgebäude. Eine Raketensalve hatte es getroffen, und ein Teil des Erdgeschosses stand in Flammen. In einem Zimmer im vierten Stock brannte Licht. *Mandelbaums Büro?* Sie konnte es nicht mit Sicherheit sagen.

Ihr *Sasquatch* schüttelte sich heftig, als eine neue Raketensalve einschlug. Diesmal warf sie einen weiten Flammenvorhang über den breiten Rücken des Mechs. Warnglocken schrillten in ihren Ohren, und diesmal hatte sie nicht die Zeit, sie abzuschalten. Reflexartig gab sie zwei Schüsse aus dem Rückenlaser des *Sasquatch* ab – mehr, um ihre Gegner abzulenken, als mit dem Ziel oder auch nur der realistischen Hoffnung, irgendeinen Schaden anzurichten – und drehte sich in die Deckung der Stahlbetonmauern des Verwaltungsbaus.

Was jetzt? Dort draußen lauerten immer noch ein *Greif* und ein vierter Mech, den der Computer inzwischen als *Kriegshammer* führte, beide mehr oder weniger unbeschädigt. *(Einfach* super, *Dooley. Du findest doch immer den Weg in den dicksten Schlamassel.)* Der *Kampfschütze* würde ihr wohl kaum mehr nachsetzen, aber er war noch immer da, und wenn sie den Fehler machte, in sein Schußfeld zu stolpern, konnte er ihr auch jetzt noch den ganzen Tag versauen. Und was noch schlimmer war, sie hatte keinen Schimmer, wo diese gottverfluchten Dinger steckten!

Warum haben wir so was nicht in den Simulationen behandelt? tobte sie innerlich. In allen Szenarios, die sie in der Büchse durchgespielt hatte, waren ihre Gegner auf ein, zwei Meter genau zu erfassen gewesen. Und jetzt? Möglicherweise kam der *Greif* in diesem Augenblick um die eine Seite des Gebäudes und der *Kriegshammer* um die andere. Die erste Warnung, die sie davor erhielt, würden die Treffer sein, mit denen ihre Gegner aus nächster Nähe die Panzerung des *Sasquatch* durchschlugen. *Gott im Himmel, ich muß doch* irgend etwas *tun können.*

Natürlich konnte sie etwas tun. Keine ihrer Simulatorsitzungen hatte taktische Zusammenarbeit eingeübt, aber als Teil ihrer Ausbildung hatten die Techs ihr gezeigt, wie sie die verschlüsselte Kurzstrecken-Kommunikatorverbindung des Mechs benutzen konnte. Mit einem leisen Fluch aktivierte sie die Funkanlage, wählte die Grundfrequenz und den Verschlüsselungsalgorithmus des Saberstalls. »Hier spricht Dooley Eins«, krächzte sie ins Mikro. »Hört irgendwer diese Frequenz ab? Kann mich jemand empfangen?«

In den Ohrhörern ihres Helms krachte und rauschte es. *Nichts* ... Dann plötzlich: »Dooley!« Sie zuckte heftig zusammen, als sie Silvers Stimme hörte. »Sam, bist du okay?«

Sie hatte Mühe, die unvernünftige Erleichterung aus ihrer Stimme zu halten – *du steckst immer noch tief in der Scheiße, vergiß das nicht!* –, als sie ihm antwortete. »Im Augenblick ja. Zwei Banditen sind erledigt, einer schwer beschädigt. Sterling, du mußt den Ausguck für mich machen. Da draußen haben es noch ein *Greif* und ein *Kriegshammer* auf mich abgesehen, und ich weiß nicht, wo, zum Freck, sie stecken.«

»Ist klar, Sam«, reagierte er sofort. »Du hast sie vorsichtig gemacht. Ich sehe sie langsam vorrücken – den *Greif* im Westen, der *Kriegshammer* bewegt sich nach Osten. Standardzangenmanöver.«

Sam nickte – ziemlich genau das, was sie erwartet hatte. »Entfernung vom Verwaltungsgebäude?«

»*Da* steckst du.« Sie konnte das harte Lächeln in Silvers Stimme hören. »Wie gesagt, sie sind vorsichtig geworden. Der *Greif* ist vielleicht 75 Meter entfernt, der *Kriegshammer* noch 25 mehr.«

»Irgendwelche Infanterie-Unterstützung?« Zum erstenmal wurde Sam bewußt, daß sie Schüsse – Laser und Feuerwaffen – im Hintergrund von Silvers Leitung hören konnte.

Der Blondschopf gluckste. »Hast du Angst, daß jemand versucht, deine Konservenbüchse zu durchlöchern? Nicht schlecht, aber auf dem Sektor haben wir die Lage unter Kontrolle.«

»Mit was für Verlusten?« In Sams Eingeweiden wüteten Schuldgefühle. Bis zu diesem Augenblick hatte sie daran nicht einmal gedacht.

»Mit schweren«, antwortete Silver grimmig. »Wir haben gute Leute verloren. Aber jetzt geht es darum, nicht noch mehr zu verlieren, bevor ... Moment!« unterbrach er sich. »Wir haben ... ja ... der *Greif* bewegt sich ... O, gequirlte Eierpampe ... Dooley, er springt. Augen aufwärts!«

Shit! Shit! Shit! dachte Dooley. Sie suchte nach Einzelheiten, die sie während des Trainings über die Sprungfähigkeiten des *Greifen* gelernt hatte. *Ziemlich gut, glaube ich,* erinnerte sie sich. *Jedenfalls besser als meine.* Vor ihrem geistigen Auge sah sie Flammenzungen aus den Sprungdüsenauslaßöffnungen des *Greifen* schlagen und den 55 Tonnen schweren Mech emporschleudern.

Ihr Gehirn schien im Zeitraffer zu arbeiten, die Sekundenanzeige der Konsolenuhr bewegte sich so langsam wie in einem Traum. Was ging jetzt in dem *Greif*-Piloten vor? Was plante er? Wollte er nur schnell vorrücken, bevor sie sich eine gute Abwehrstellung aufbauen konnte? Oder plante er einen vernichtenden ›Todessprung‹, bei dem er seine Maschine auf ihrem *Sasquatch* landete? Wie sah ihre bestmögliche Reaktion auf beide Varianten aus? Flucht ... oder ...

Bevor sie es sich wieder ausreden konnte, zündete sie die eigenen Sprungdüsen. Die plötzliche Beschleunigung drückte sie tief in die Polster der Pilotenliege. Sie breitete die Arme des *Sasquatch* nach beiden Seiten aus, um die Balance des BattleMechs zu verbessern, als er auf einer brodelnden Feuersäule in den Himmel stieg.

Ja, da war der *Greif,* immer noch im Steigflug. Seine Sprungdüsen arbeiteten mit voller Leistung. Sam schaltete die des *Sasquatch* augenblicklich ab. Sie hatten ihre Arbeit getan und den 85-Tonnen-Mech auf das Flachdach des Verwaltungsgebäudes gehoben. Sie fing den Aufprall der Landung mit den Kniegelenken der Maschine ab und stellte sich vor, das Ächzen der Aktivatoren zu hören. Wieder senkte sie den Mech in die Hocke ab, um einerseits ein kleineres Angriffsziel zu bieten und gleichzeitig ihre Offensivbewaffnung schneller zur Verfügung zu haben.

Der *Greif*-Jockey erkannte seinen Fehler und schaltete die Düsen ebenfalls ab. Viel zu spät – der mittelschwere BattleMech war jetzt nur noch ein ballistisches Flugobjekt. Er unterlag nicht mehr der Kontrolle seines Piloten, sondern war in den stählernen Klauen der Naturgesetze gefangen. Sam sah blauweißes Licht aus dem rechten Arm des *Greifen* schlagen, aber der künstliche Blitz der Partikelprojektorkanone kam nicht einmal in die Nähe ihres *Sasquatch*. Statt dessen schlug er einen klaffenden Krater in das Dach des Verwaltungsbaus, gute zwanzig Meter von Sam entfernt. Auf der Sichtprojektion stapelten sich mehrere Fadenkreuze über dem in einer Parabolkurve vorbeifliegenden *Greifen*. Mit einem tief aus ihrer Kehle aufsteigenden Knurren feuerte Sam sämtliche FLKs und trieb die Temperatur des *Sasquatch* deutlich in den roten Bereich. Eine gellende Warnsirene heulte auf. Irgendwo tief im Innern der Maschine war ein wichtiges Bauteil vom Hitzestau überladen worden.

Im Augenblick tat das nichts zur Sache. Vier Laserbahnen bohrten sich in den Rumpf des *Greifen*, während die Gaussgeschützkugel sein rechtes Bein in Kniehöhe davonriß. Sam duckte den Mech noch tiefer, als der feindliche Stahlkoloß über ihr vorbeischoß und hinter dem Verwaltungsgebäude, wo sie nur Sekunden zuvor noch gestanden hatte, einschlug. Instinktiv löste sie einen Schuß aus dem leichten Laser an der Rückseite des *Sasquatch*-Kopfes aus. Sie hätte es sich schenken können, sah sie auf der Heckansicht. Der *Greif* war aus dem Rennen – verwüstet, bewegungsunfähig. *Und drei!*

Ein vernichtendes Bombardement krachte links von ihr aus der Nacht – Laserstrahlbahnen, aktinischblaue PPK-Bolzen, eine Raketensalve. Ihr *Sasquatch* erbebte unter den Einschlägen. Sam schrie auf, als sie hart in die Gurte geschleudert wurde und der Neurohelm gegen das Kanzeldach knallte. Ganze Abschnitte der Konsole wurden dunkel, als der Feuerschlag die entsprechenden Sensorsysteme zertrümmerte. Unter ihr im Brustkorb des Mechs hörte sie ein schrilles Knirschen, als halte jemand einen Metallbrocken an ein sich mit hoher Geschwindigkeit drehendes Schwungrad. *Gyroskopschaden.* Sie schlug auf die Sprungdüsenkontrollen, aber nichts geschah. Der Angriff mußte die Auslaßsysteme zerfetzt haben. Schwerfällig drehte sie den Torso, um nach dem *Kriegshammer* zu suchen, der immer noch da draußen lauerte … *irgendwo* da draußen.

Die Infrarotoptik hätte den schweren BattleMech leicht lokalisieren können. Mit dieser Breitseite mußte der *Kriegshammer*-Pilot seinen Mech bis hart an die Überhitzung getrieben haben. Auf ihrer IR-Ortung hätte sich der überhitzte Mech wie eine riesige, leuchtende Zielscheibe abgezeichnet. *Zu schade, daß das gottverdammte Ding in Stücke gegangen ist …*

»Wo ist er, Sterling?« schrie sie ins Mikro. »*Wo?*«

Silver reagierte sofort …, aber nicht so, wie sie es erwartet hatte. »Moment«, schnappte er.

Sie starrte das Funkgerät an. *Moment …?!?* Was bildete dieser Kerl sich ein, das hier *vorging?*

Eine weitere Raketensalve senkte sich aus der Dunkelheit auf sie herab. Noch bevor sie einschlagen konnte, feuerte Sam das Gaussgeschütz auf ihren Ursprungsort ab.

Der *Kriegshammer*-Jockey hatte überhastet geschossen. Statt die gesamte Salve in den Torso zu kassieren, wurde Sams *Sasquatch* nur von zwei Raketen getroffen.

Beinahe hätte das aber schon genügt. Zerfetzte Panzerplatten flogen über das Dach wie Schrapnell und prasselten gegen das verstärkte Kanzeldach. Der linke Arm des Mechs mit den vier mittelschweren Impulslasern hing nutzlos herab. Sein Oberarmaktivator hatte nur noch Schrottwert. Unter ihr im Torso des Mechs hörte Sam ein scharfes Knattern, fast wie explodierendes Popcorn. *Die MG-Munition geht hoch*, erkannte sie mit kaltem Schaudern. *Ich stehe in Brand.* Bindlings, immer noch geblendet von den Feuerbällen der Raketeneinschläge, schlug sie auf die Schalter der Feuerlöschanlage. *Lieber Gott, mach, daß die wenigstens noch funktioniert!*

Der *Sasquatch* lag in seinen letzten Zügen, und mit ihm die Hoffnungen des Saberstalls. »Sterling!« kreischte sie fast. »Gib mir ein Ziel, verdammt!«

Aber es war zu spät. Die Erkenntnis traf sie plötzlich und mit schockierender Gewißheit. Alle vorderen Sensoren waren zertrümmert, aber die rückwärtige Lichtverstärkung arbeitete noch. Ein kleiner Nebenmonitor zeigte deutlich – *zu deutlich*, dachte sie benommen – die drei hinter ihr aus der Dunkelheit tretenden BattleMechs. Sie erkannte sie sofort – *Feuerfalken*, für BattleMech-Verhältnisse relativ leicht bewaffnet und gepanzert, aber mehr als genug, um ihren angeschlagenen *Sasquatch* in einen Schlackehaufen zu verwandeln.

Es ist vorbei. Die Gewißheit, verloren zu haben, lag wie ein großes, kaltes Loch in ihrer Magengrube. Sie sackte in die Gurte.

»Sam.« Silvers Stimme drang aus den Ohrhörern. »Sam, anrückende Mechs.«

Sie fand kaum mehr die Kraft zu reden. »Ich sehe sie«, stellte sie trübsinnig fest. »Tut mir leid, Sterling. Ich hab's versucht.«

Die Verbindung blieb stumm. Dann: »Sam, sie sind auf unserer Seite.«

Und eine neue Stimme – kühl, selbstsicher – drang an

ihr Ohr. Samantha brauchte ein paar Sekunden, um sie einzuordnen, aber dann breitete sich ein Ausdruck tiefer, ungehemmter Erleichterung auf ihrem Gesicht aus.
»Dooley One«, meldete sich Will Zdebiak, der Anführer des VGL-Teams Alpha. »Die Kavallerie ist da – etwas spät, aber besser spät als gar nicht. Warum ruhen Sie sich nicht etwas aus und überlassen uns die Aufräumarbeiten, hm?«

27

Mein Gott, die Verluste – auf beiden *Seiten.*

Mehr als zwanzig Tote waren in mehreren Reihen auf dem Zentralplatz der Anlage aufgebahrt. Die meisten waren Saber-Mitarbeiter, aber über ein halbes Dutzend stammte aus den Reihen der Angreifer. (*Wie viele habe ich selbst getötet?* fragte sie sich, und plötzlich wurde ihr übel. *Ich will gar nicht daran denken.*) Und dann waren da noch die Gefangenen: ein Dutzend oder mehr, die meisten mehr oder weniger schwer verletzt. Als die Sonne aufging, war Bloch – irgendwie hatte er es geschafft, unversehrt durchzukommen – noch mit dem Verhör der Gefangenen beschäftigt, um herauszufinden, welchen Sinn der Angriff gehabt hatte. Eigentlich hätte sie das interessieren müssen, aber sie schaffte es nicht, sich darauf zu konzentrieren. Die Angreifer waren aus einem anderen Stall gekommen – Frostluchs oder etwas in der Art –, aber es würde Zeit und Mühe kosten, dahinterzusteigen, wer den Angriff *tatsächlich* veranlaßt hatte. Einer der Nachfolgerstaaten? Wahrscheinlich… aber *welcher? Darum sollen sich Bloch und Silver kümmern,* dachte sie. *Ich habe andere Sorgen.*

Und damit meinte sie keineswegs die offensichtlichen. Wahrscheinlich hatte Will Zdebiak es zunächst nicht verstanden, daß sie ihn ignoriert hatte und geradewegs an ihm vorbei zu den auf dem harten, kalten Boden ausgestreckten Leichen gegangen war. Luke Trent und Meg Richardson, die beiden MechKrieger, die Silver ihr in der Messe vorgestellt hatte, waren unter ihnen. Luke war natürlich von der Sprengladung am Mechhangar zerrissen worden. Meg hatte Schrapnell von einer Raketenexplosion erledigt. Neben ihnen lag Renard Gilbert, dessen halber Schädel von einem Laserschuß verbrannt war. Auch Jonas Clay war dabei, die kalten Augen aufgerissen, das Lasergewehr immer noch fest umklammert. Eine MG-Garbe hatte ihn praktisch zweigeteilt, als er versuchte, den *Kriegshammer* abzulenken und Samanthas *Sasquatch* vor dem Untergang zu retten.

Aber von dem Mann, nach dem sie *wirklich* suchte, fand sie keine Spur, weder unter den Toten noch unter den Überlebenden: Tai-sa Mandelbaum. Jared Bloch behauptete, ihn im dicksten Kampfgetümmel gesehen zu haben, eine Laserpistole in der Faust. Eine tödliche Waffe gegen Kontrahenten aus Fleisch und Blut … aber Bloch hatte Mandelbaum damit auf einen der angreifenden *Greifen* schießen sehen. *Das ist, als würde man mit der Zwille auf einen Panzer losgehen,* machte Sam sich klar. Und dann hatte das Kampfgeschehen sie getrennt. Kein Überlebender des Saberstalls hatte ihn danach noch gesehen.

Was ist aus ihm geworden? fragte Sam sich wie betäubt. *Ist er den Kriegertod gestorben, allein und unbemerkt? Wurde er von einer Rakete zerfetzt, von einem Laser pulverisiert?*

Hat er im Tod endlich den Frieden gefunden, der ihm im Leben meist entglitten ist?

Sie fühlte ein Brennen in den Augen und wischte sie ungeduldig mit den Fingern. *Und was,* wenn *er tot ist?* fragte sie sich. *Ich habe ihn kaum gekannt – Teufel, wenn man es genau nimmt, habe ich ihn überhaupt nicht gekannt.* Trotzdem fühlte sie …

Was genau fühlte sie eigentlich? Verwandtschaft, Verlust. Echos anderer Emotionen. Natürlich Echos von Pop-Pops Tod, aber da war noch mehr, ein Gefühl von … *Nun, ›verpaßte Gelegenheiten‹ wäre eine Möglichkeit, es auszudrücken,* entschied sie. *Ich habe es in Mandelbaums Büro gefühlt, und ich fühle es noch immer – daß der alte Krieger ein Seelenverwandter war, daß wir etwas Grundlegendes gemein hatten. Daß er Lektionen gelernt hatte, die mir noch bevorstehen … Daß er Fehler gemacht hat, die ich noch machen werde ... Und daß ich eine Chance verloren habe, diese Fehler umgehen zu können, an seinem Beispiel zu lernen.* Sie wandte sich von den stummen Reihen der Toten ab und konzentrierte sich auf die Lebenden.

Zwischen Sterling Silver und Will Zdebiak gab es eine seltsame Dynamik, das spürte sie sofort. Der Saber-MechKrieger platzte ganz offensichtlich fast vor Fragen, die er ebenso überdeutlich nicht stellen wollte. (*Warum nicht?* wunderte sich Sam. *Weil er weiß, daß die Antworten zu beunruhigend wären?*) Samantha sah ihn dem *Feuerfalken,* aus dem Will herabgestiegen war, zweifelnde Blicke zuwerfen, über Einzelheiten der Konstruktion die Stirn runzeln. *Was fällt ihm auf?* Schließlich sah sie, wie seine Miene sich aufklärte, als habe er eine Schlußfolgerung gezogen – oder eine Entscheidung getroffen.

Und Will ... Tja, eigentlich galt für ihn dasselbe. Er hatte seinen ganz eigenen Fragenkatalog, den er Silver vorlegen wollte und den er aus seinen eigenen, ganz anderen Gründen ebenfalls für sich behalten würde.

Schlußendlich kam es zum Gespräch zwischen den beiden Männern. Sam konnte nicht verstehen, was sie sagten, aber ihren Mienen nach zu urteilen übertrat keiner von ihnen die mentalen Grenzen, die sie sich gesetzt hatten. Daran, wie sie immer wieder in ihre Richtung sahen, erkannte Sam, daß von ihr die Rede war.

Schließlich kam Zdebiak über den Platz auf sie zu. Silver wollte das Gespräch hören – das konnte Sam deutlich an seiner Körpersprache ablesen –, zwang sich aber, wegzusehen und die Aufräumarbeiten zu verfolgen.

Der grauäugige Pilot lächelte sie schräg an. »Sieht aus, als ob Ihr Transport nach Hause möglich ist, Ms. Dooley.« Er deutete zu seinem *Feuerfalken.* »Meine Maschine ist ein Doppelsitzer, also wenn Sie eine Mitfahrgelegenheit suchen ...«

Sie fixierte ihn mit einem ruhigen, forschenden Blick.

»Ich weiß es nicht«, erwiderte sie ehrlich. »Ich weiß nicht, ob ich die suche.«

Er blinzelte verwirrt. »Hä?« Sein Mund bewegte sich für einen Augenblick, ohne daß ein Laut hervorkam, dann sagte er: »Ich kann Sie *nach Hause* bringen.«

»Oh?« fragte sie kühl. Sie zuckte die Schultern. »Traditionell müßte ich dieses Angebot wohl mit offenen Armen annehmen.« Sie lächelte ihn schräg an. »›Nirgends ist es wie zu Hause‹ und all der Mist. Aber was erwartet mich denn zu Hause, Will? Sagen Sie mir das. Das VGL-Gegenstück einer Kriegsgerichtsverhandlung? Oder vielleicht verschwinde ich einfach – Amy hat mir erzählt, daß so etwas schon vorgekommen ist. Oder vielleicht werde ich ja auch freigelassen und darf mein Leben weiterführen, solange ich niemandem ein Sterbenswörtchen über all das hier verrate.« Sie breitete die Hände aus. »So oder so, wo liegt für mich der Reiz? Ich gehe nach Hause, und alles bleibt, wie es war. Ich bleibe hier … und ich *gehöre dazu*. Ich kann etwas tun, worin ich *gut* bin.« Sie wußte, es waren Mandelbaums Gedanken, die sie aussprach, wenn auch mit eigenen Worten. »Zu Hause ist kein Platz für einsame Wölfe«, schloß sie.

Will antwortete ihr nicht sofort, wie sie erfreut feststellte – er verwarf ihre Sorgen nicht selbstverständlich. Er schien ihr tatsächlich zugehört zu haben und über die Bedeutung ihrer Worte nachzudenken. Schließlich sagte er langsam: »Ich dachte immer, *ich* wäre ein einsamer Wolf. Es hat eine Weile gedauert, ihn zu finden, aber es *gibt* Platz genug für mich. Egal«, zuckte er die Schultern. »Lassen wir das für den Augenblick beiseite. Ich begreife, was Sie sagen wollen, Dooley. Sie haben einen Ort gefunden, an dem Sie sich heimisch fühlen. Das ist wichtig. Die meisten Menschen verbringen ihr ganzes Leben, ohne dieses Gefühl zu kennen. Und Sie haben etwas gefunden, worin Sie gut sind. Dagegen kann ich auch nichts sagen. Aber was genau ist es denn, worin Sie so gut sind, Dooley?« fragte er. In seinen Augen lag ein seltsamer Ernst, den sie vorher noch nicht gesehen hatte – als habe er seine obercoole Jägerjockey-Maske abgelegt und spräche als reale Person mit ihr. »Einen BattleMech steuern? Kann sein. Kann sein, daß es das *ist*, worin Sie gut sind, kann sein, daß es das ist, wozu Sie *geboren* wurden. Aber ich glaube es nicht.«

Sam hob die Arme bis auf Schulterhöhe und ließ sie wieder fallen. »Was dann?«

»Sich anpassen«, erklärte er entschieden. Er lachte. »Kennen Sie den alten Spruch: ›Wenn das Leben dir eine Zitrone beschert, mach Limonade‹?« Er sah sich um. »Sie haben Limonade gemacht, Hühnchen au Citron, Zitronenbaisers – eine komplette Mahlzeit. Sie sind in U-N-V Eins-Drei-Sieben gelandet« – er grinste diebisch –, »haben es bei den Klöten gepackt und es durchgeschüttelt, bis Sie hatten, was Sie wollten. Und wissen Sie was?« fragte er heftig. »Sie hätten ebensogut in U-N-V Eins-Null-Fünf landen können, oder U-N-V Sechs-Drei ... und das Ergebnis wäre dasselbe geblieben. Sie hätten *jedes* Universum bei den Weichteilen zu packen bekommen. Okay, sicher«, winkte er ab, »diesmal hat die Anpassung von Ihnen verlangt, daß Sie einen Mech steuern lernen. *Gut.* Aber das ist nur die *Verpackung*, Dooley. Verstehen Sie das nicht? Wenn es keine BattleMechs gewesen wären, hätten es U-Boote sein können oder Raumschiffe ... oder von Pferden gezogene *Streitwagen*, meine Güte. Waren Sie schon jemals in einer Lage, in die Sie geraten sind – *irgendeiner* Lage – und der Sie nicht gewachsen waren? Nein«, verbesserte er sich, *»nicht* einfach nur ›gewachsen‹ – die Sie *gemeistert* haben?« Er lachte. »Sie fahren Motorrad, nicht wahr?«

Von der Frage überrascht, nickte Sam.

»Und das hat Ihnen einer Ihrer Freunde beigebracht, richtig? Hat er Ihnen sein Motorrad nicht nach so etwa dem sechsten Mal nicht mehr geliehen, weil Sie besser damit umgehen konnten als er?«

Sam blinzelte … dann lachte sie laut auf. »Und er hat mir den Laufpaß gegeben«, gestand sie ein.

»Was für ein Dummkopf. Und genauso war es mit jeder anderen Situation, nicht wahr?« Will schwenkte die Hände. »Das war's. Sie sind kein geborener Mechjockey, Dooley. Sie sind eine geborene *Überlebenskünstlerin.* Und das macht Sie zu einem geborenen Mitglied der VGL. *Mann,* Dooley, wenn Burton und Bell noch leben würden, würden sie jedem, der sich Ihrer Mitgliedschaft in den Weg stellt, das Gemächte abreißen.«

Samantha schüttelte langsam den Kopf. *Zu schnell,* dachte sie. *Zu viel, zu schnell.* »Ich weiß nicht, Will.«

»He, es ist Ihre Entscheidung«, antwortete Zdebiak. Er sah sich um. »Solaris Sieben – das ist wirklich ein Ort für ein Abenteuer. Für *ein* Abenteuer. *Ein einziges.* Aber wenn es das ist, was Sie wollen … He, immer zu. *Jede* virtuelle Welt wird ein Abenteuer.« Er wechselte hart die Gänge des Gesprächs und warf sie damit für einen Augenblick aus dem Gleichgewicht. »Was meinen Sie, wie viele virtuelle Welten es gibt, Dooley?«

»Hä?« Sie blinzelte. »Wie, zum Teufel, soll ich das wissen?«

»Eine unendliche Zahl«, schoß er zurück. »Eine *unendliche* Zahl. Denken Sie darüber mal nach. Jede einzelne anders als alle anderen, jede einzelne eine neue Herausforderung. Und die League braucht *Überlebenskünstler* – Menschen, die in der Lage sind, sich an alle denkbaren Umstände anzupassen –, um sie zu erforschen. Ich halte Sie für einen dieser Menschen.« Er schenkte ihr sein schönstes Piratengrinsen. »Und *ich* werde jedem das Gemächte abreißen, der etwas anderes behauptet. Die Wahl liegt bei Ihnen, Dooley«, stellte er, auf einmal wieder ernst, fest. »Ich kann nichts garantieren. Wenn es um die Geschäftspolitik geht, bin ich ein ganz kleines Licht. Ich treffe keine großen Entscheidungen – ich *mache* nur, worüber andere Leute debattieren.«

Sam nickte. »*Die* Melodie kenne ich«, gab sie zu.

»Es ist Ihre Wahl«, sagte Will ruhig. »Wo *ist* zu Hause überhaupt?«

Samantha sah ihn für einen langen Augenblick an. Was Will gesagt hatte … Sie wußte, er hatte recht. All das, was sie durchgemacht hatte, nur um ihre Neugierde in bezug auf das relativ geringfügige Rätsel in Zusammenhang mit dem Tod ihres Großvaters zu klären, wie sie die Herausforderungen von Solaris Sieben überlebt hatte – nein, mehr als überlebt, überwunden und bezwungen … Sie hätte die Antwort auch selbst finden können, aber Wills Worte hatten eine Saite in ihr zum Klingen gebracht, die keinen Zweifel daran ließ, wie recht er hatte. Sie fühlte, wie ihre Mundwinkel sich nach oben bewegten. »Ich habe meine Wahl getroffen«, stellte sie leise fest.

»Es war eine Ehre und ein Vergnügen, mit dir zu arbeiten, MechKriegerin Samantha Dooley.«

Sie lächelte Sterling Silver mit einer gewissen Traurigkeit an. »Was wirst du tun?« fragte sie.

Er zuckte die Achseln. »Was schon? Den Stall wiederaufbauen und betreiben. In Betrieb *halten*, bis Mandelbaum sich entschließt, zurückzukommen und ihn wieder zu übernehmen.« Er wendete den Blick ab, als habe er Angst, sie könne das Gefühl in seinem Gesicht sehen. Er streckte die Hand aus. »Falls du dich je entscheiden solltest, es annehmen zu wollen, ist im Saberstall immer ein Platz für dich frei.«

Einen Augenblick lang wußte Sam nicht, was sie sagen sollte. Dann machte sie sich klar, daß sie vielleicht gar nichts zu sagen brauchte. Sie nahm seine Hand, schüttelte sie … Dann zog sie ihn an sich, legte die Arme um ihn. Er erwiderte die Umarmung und drückte fast die Luft aus ihren Lungen. Dann gab er sie frei und hielt sie an den ausgestreckten Armen von sich. In seinem Blick lag etwas Seltsames – ein ironischer, wissender Ausdruck, den sie zuvor nicht bemerkt hatte. »Wer weiß?« sagte er. Er versuchte, seine Stimme locker klingen zu lassen, aber sie hatte gleichzeitig einen seltsamen Unterton. »Vielleicht begegnen wir uns ja mal in der Wildnis.«

Damit drehte er auf dem Absatz um und marschierte davon.

EPILOG

Er weiß es, nicht wahr? Sam lag auf dem Bett und starrte hoch zur schallgedämmten Decke. *Silver – er weiß es oder hat zumindest eine Vermutung.*

Sie seufzte. Und wenn schon. Er würde niemand etwas davon erzählen. Da war sie sicher. Ihr Geheimnis – das Geheimnis der VGL – war nicht in Gefahr.

Nach all den dramatischen Geschehnissen war die Rückkehr zur Generro-Aerospace-Installation – die *Heimkehr* – alles andere als ein Höhepunkt geworden. Wills Flügelmänner hatten ihr die Kettenleiter hinauf in das speziell angepaßte Zweisitzer-Cockpit des führenden *Feuerfalken* geholfen. Irgendwie war es Sam gelungen, ein Grinsen zu unterdrücken, als sie wieder das Innere des UFT-Cockpits gesehen hatte, erkannt hatte, wie furchtbar primitiv und schlicht es im Vergleich zu dem eines echten BattleMechs war. Abgesehen von der Sorge darum, daß sie es in dem improvisierten Beifahrersitz bequem hatte, war Will stumm geblieben, während er die drei *Feuerfalken* aus Rolandsfeld in die Berge führte, die um diesen Teil von Solaris City aufragten. Sobald er sicher war, außer Sicht der Einheimischen zu sein, hatte er Kontakt mit Macintyre aufgenommen. Zwei Sekunden später hatte Sam das Gefühl des Fallens erfaßt, an dem sie die Translokation zurück zur Erde erkannte.

Und da wäre ich jetzt, dachte sie sarkastisch. Sicherheitsposten hatten neben dem Gerüst im Generro-Kontrollraum auf sie gewartet, wo Wills Cockpit materialisiert war – *Gemini* hatte der Zweisitzer-Prototyp geheißen, ›Zwillinge‹. Ernest Macintyre hatte wortlos zugesehen, wie die Wachen Samantha weggeführt hatten, zu diesem Zimmer, in dem sie die letzten Stunden verbracht hatte.

Zum dutzendsten Mal sah sie sich um. Sie mußte zugeben, der Raum war überraschend komfortabel. Von dem Augenblick an, in dem sie sich entschieden hatte, Solaris Sieben zu verlassen, hatte sie erwartet, daß ihr nächster Halt eine Zelle sein würde. Sie hatte den Gedanken mit einer Schicksalsergebenheit akzeptiert, die sie selbst überrascht hatte. *Das war es wert*, hatte sie sich gesagt – und an all das zurückgedacht, was sie gelernt, was sie erfahren hatte. An all die Möglichkeiten gedacht, die diese VGL repräsentierte.

Und so hatte dieses Zimmer sie angenehm überrascht. Keine Gitterstäbe, keine Metallpritsche. Alles in allem hatte die Einrichtung sie eher an ein Motel als an San Quentin erinnert – bequem genug und vollkommen durchschnittlich.

Nur, daß die Tür sich nicht öffnete, als sie den Knauf drehte. *Und es ist die verriegelte Tür, die eine Zelle letztlich ausmacht, nicht die Einrichtung, richtig …?* Sie seufzte wieder, schloß die Augen und wartete.

Das Knacken des Türschlosses weckte sie aus einem leichten, traumreichen Schlaf. Sie setzte sich hastig auf, schwang die Füße auf den Boden und fuhr sich mit den Händen durch das Haar.

»Ms. Dooley.«

Sie lächelte, als sie die beiden Männer in der Tür erkannte. »Mr. Macintyre«, erwiderte sie im selben Ton wie der junge Ingenieur. »Und Mr. Warner.« Sie deutete zu den beiden Stühlen an der Wand. »Bitte.«

Der junge Ingenieur blinzelte und nickte. Warner trat zuerst ein. Macintyre schloß die Tür hinter sich – Sam grinste, als sie ihn abschließen hörte –, ging dann hinüber zu einem der Stühle und setzte sich. Seinen Aktenkoffer (ein störendes Element in Sams Augen) stellte er auf den Boden. Warner lehnte sich an die Wand neben der Tür, ein unbewußtes ›visuelles Echo‹ von Silvers Haltung.

Macintyre betrachtete sie für einen langen Augenblick.

Seine Miene entsprach einer komplexen Mischung aus Neugierde, Bedauern und anderen Gefühlen. Schließlich fragte er: »Wie geht es Ihnen, Ms. Dooley?«

»Gut genug«, stellte sie mit einem Achselzucken fest. »Und bitte nennen Sie mich Sam. So weit waren wir schon mal.« Sie beugte sich vor, stützte die Arme auf die Knie, sah von einem der Männer zum anderen. »Was nun?« fragte sie.

Macintyre sah zur Seite, war anscheinend nicht fähig, ihrem Blick zu begegnen. *Und das ist eine ziemlich klare Antwort, oder?* stellte Sam traurig fest. Aber es gelang ihr – glaubte sie –, ihre Gefühle zu verbergen.

»Das ... ist ein Problem«, gestand Macintyre zögernd ein. »Die Virtual Geographic League war immer gezwungen, Wert auf Geheimhaltung zu legen.« Er zuckte die Schultern und schaffte es noch immer nicht, ihr in die Augen zu sehen. »Ich bin sicher, Sie verstehen das, Samantha. Die Technologie, die wir entwickelt haben ... Wenn sie in die falschen Hände fiele ...« Er hob die Schultern und ließ den Satz unvollendet.

Er brauchte nicht weiterzureden. *Sowjettruppen in BattleMechs beim Marsch auf Westeuropa? Terroristen mit Lasergewehren? Ich verstehe,* dachte Sam. Aber: »Gibt es überhaupt richtige Hände?« fragte sie rhetorisch.

Diesmal antwortete Warner. »Der Einwand, daß es sie nicht gibt, wurde schon häufiger erhoben«, gab er zu. »Ich stimme dem nicht unbedingt zu ...« – er grinste verlegen –, »... aber ich bin voreingenommen.«

»Ich könnte Ihnen versprechen, daß ich nie über das rede, was ich erfahren habe«, sagte Sam leise. Sie zog mit dem Finger ein X über die Brustpartie ihres Overalls. »Großes Pfadfinderinnenehrenwort.«

Ernest Macintyre kicherte leise, sagte aber nichts. *Muß er auch nicht,* wußte Sam. »Ich stelle Ihnen die Frage noch einmal, Gentlemen«, sagte sie. Ihre Stimme erschien ihr überraschend ruhig. »Was nun?«

Der Ingenieur drehte sich um und tauschte Blicke mit

dem alternden Piloten aus. Nach ein paar Sekunden stellte Macintyre fest: »Sie haben jede Sicherheitsregel gebrochen, die ich in meinem Leben je beachtet habe.« Zum ersten Mal, seit er das Zimmer betreten hatte, sah er sie mit seinen hellen Augen offen an. »*Und* noch einige mehr, die das Sicherheitspersonal mir erst erklären mußte«, fügte er in ironischem Ton hinzu. »Sie sind ein Außenseiter, Samantha. Eine ungesicherte Waffe. Sie sind eine Gefahr.«

»Und doch singt Mandelbaums Bericht Ihr Lob«, warf Warner ein. »In den höchsten Tönen.«

»Moment«, hob Sam die Hand. »Warten Sie. ›Mandelbaums Bericht‹?«

Macintyre lachte leise. »Sie haben doch wohl nicht geglaubt, Will und die anderen wären *zufällig* aufgetaucht, oder?« fragte er. »Zugegeben, der Zeitpunkt war ... ein *Glücksfall*«, stellte er vorsichtig fest. »Aber wäre Mandelbaums Nachricht nicht durch Kanäle zu uns gelangt, die seit Jahren nicht mehr benutzt worden waren, wären sie überhaupt nicht erschienen.«

Sam nickte zögernd. *Das ist zuviel, um jetzt darüber nachzugrübeln.* »Weiter.«

»In seinem Bericht benutzte er Begriffe wie ›taktisches Genie‹«, erklärte der Ingenieur. »Begriffe wie ›enormes Potential‹, ›geborene Kriegerin‹. Muß ich es weiter ausführen?«

Sie schüttelte wortlos den Kopf.

Warner nahm den Faden auf. »Von jemand anderem kommend, hätte dieser Bericht nicht annähernd dieses Gewicht gehabt. Aber Mandelbaum ...« – er zuckte die Schultern – »... ist *Mandelbaum.*«

»Und so sieht es aus«, stellte Macintyre fest. »In gewissen Kreisen gibt es Einwände ...« Plötzlich gluckste er. »Ich bin überrascht, daß Sie das Zähneknirschen nicht gehört haben. Aber ich wurde offiziell ermächtigt, Ihnen die Mitgliedschaft in der Virtual Geographic League anzubieten.«

Sam starrte die beiden an, den jungen Ingenieur und den alternden Testpiloten. Sie bemerkte, daß ihr Mund offenstand. Sie schloß ihn. »Ich …«

Sid Warner unterbrach sie. »Sie brauchen nicht sofort zu antworten«, riet er ihr. »Denken Sie darüber nach. Es ist eine weitreichende Entscheidung.« Sein Mund verzog sich zu einem trockenen Lächeln. »Nehmen Sie sich Zeit. Im übrigen dachte ich mir, Sie hätten vielleicht gerne ein bißchen was an Lektüre, um Ihnen bei der Entscheidungsfindung zu helfen.« Er nickte Macintyre zu.

Der Ingenieur öffnete den Aktenkoffer neben seinen Füßen und holte ein in Leder gebundenes Buch heraus, das er Sam überreichte. Sie nahm es und starrte auf den Namen auf dem Einband.

»Wenn Sie soweit sind und reden wollen, stehe ich zu Ihrer Verfügung. Wir stehen *beide* zu Ihrer Verfügung.« Warner stieß sich von der Wand ab, Macintyre stand einen Augenblick später auf. Sie drehten sich beide zur Tür.

Warner zögerte und sah zurück. »Ich weiß, es ist voreilig«, sagte er. »Aber … willkommen an Bord, Samantha Dooley.« Und damit verließen die beiden den Raum – durch die Tür, die sie hinter sich schlossen, aber nicht verriegelten.

Fast dreißig Sekunden lang saß Sam nur auf dem Bett und starrte zur Tür. Endlich schüttelte sie den Kopf und schlug das Buch auf der ersten Seite auf. Sie lächelte, als sie den handgeschriebenen Titel las: ›PERSÖNLICHES TAGEBUCH DES JAMES R. DOOLEY, SR.‹

Sie lehnte sich zurück und begann zu lesen.

GLOSSAR

Autokanone: Eine automatische Schnellfeuerkanone. Leichte Fahrzeugkanonen haben Kaliber zwischen 30 und 90 mm, während eine schwere Mechautokanone ein Kaliber von 80 bis 120 mm oder mehr besitzen kann. Die Waffe feuert in schneller Folge panzerbrechende Hochexplosivgranaten ab.

BattleMech: BattleMechs sind die gewaltigsten Kriegsmaschinen, die je von Menschen erbaut wurden. Diese riesigen humanoiden Panzerfahrzeuge wurden ursprünglich vor über 500 Jahren von terranischen Wissenschaftlern und Technikern entwickelt. Sie sind schneller und manövrierfähiger in jedem Gelände, besser gepanzert und schwerer bewaffnet als jeder Panzer des 20. Jahrhunderts. Sie ragen zehn bis zwölf Meter hoch auf und sind bestückt mit Partikelprojektorkanonen, Lasergeschützen, Schnellfeuer-Autokanonen und Raketenlafetten. Ihre Feuerkraft reicht aus, jeden Gegner mit Ausnahme eines anderen BattleMechs niederzumachen. Ein kleiner Fusionsreaktor liefert ihnen nahezu unbegrenzt Energie. BattleMechs können auf Umweltbedingungen – so verschieden wie glühende Wüstenei und arktische Eiswüsten – eingestellt werden.

Dunkelfalke: Ein mittelschwerer humanoider BattleMech von 55 Tonnen Masse, einer Höchstgeschwindigkeit von 86,4 km/h und einer Sprungreichweite von 150 Metern. Er ist bewaffnet mit einer über den Rücken geschlungenen Autokanone, einer 20er-Langstrecken-Raketenlafette in der rechten Torsohälfte, einer 2er-Blitz-Kurzstrecken-Raketenlafette am Kopf und einem mittelschweren Laser am rechten Arm.

Feuerfalke: Ein mittelschwerer humanoider BattleMech von 45 Tonnen Masse, einer Höchstgeschwindigkeit von 97,2 km/h und einer Sprungreichweite von 180 Metern. Er ist bewaffnet mit je einem schweren Extremreichweitenlaser und einem mittelschweren Impulslaser in beiden Armen sowie einem Raketenabwehrsystem im rechten und einem Maschinengewehr im linken Arm.

Gaussgeschütz: Ein Gaussgeschütz benutzt eine Reihe von

Elektromagneten, um ein Projektil durch den Geschützlauf in Richtung des Ziels zu beschleunigen. Obwohl sein Einsatz mit enormem Energieaufwand verbunden ist, erzeugt das Gaussgeschütz nur sehr wenig Abwärme, und die erreichbare Mündungsgeschwindigkeit liegt doppelt so hoch wie bei einer konventionellen Kanone.

Greif: Ein mittelschwerer humanoider BattleMech von 55 Tonnen Masse, einer Höchstgeschwindigkeit von 81,5 km/h und einer Sprungreichweite von 150 Metern. Er ist bewaffnet mit einer Extremreichweiten-Partikelprojektorkanone im rechten Arm, einer 20er-Langstrecken-Raketenlafette in der rechten Torsohälfte und einem leichten Laser in der linken Torsohälfte.

Heuschreck: Ein leichter, avoider BattleMech von 20 Tonnen Masse und einer Höchstgeschwindigkeit von 129,6 km/h. Er ist nicht sprungfähig und bewaffnet mit Maschinengewehren in den stummelartigen Armen und einem einzelnen, unter dem Rumpf hängenden mittelschweren Laser.

Kampfschütze: Ein schwerer humanoider BattleMech von 60 Tonnen Masse und einer Höchstgeschwindigkeit von 64,8 km/h. Er ist nicht sprungfähig und bewaffnet mit je einem schweren Laser und einer Autokanone in beiden Armen sowie zwei mittelschweren Lasern im Torso.

Kriegshammer: Ein schwerer humanoider BattleMech von 70 Tonnen Masse und einer Höchstgeschwindigkeit von 64,8 km/h. Er ist nicht sprungfähig und bewaffnet mit zwei Extremreichweiten-Partikelprojektorkanonen in den Armen, einer 6er-Kurzstrecken-Raketenlafette über der Schulter sowie zwei mittelschweren Lasern, einem Raketenabwehrsystem und einem Maschinengewehr im Torso.

KSR: Abkürzung für ›Kurzstreckenrakete‹. Es handelt sich um ungelenkte Raketen mit hochexplosiven oder panzerbrechenden Sprengköpfen.

Laser: Ein Akronym für ›Light Amplification through Stimulated Emission of Radiation‹ oder Lichtverstärkung durch stimulierte Strahlungsemission. Als Waffe funktioniert ein Laser, indem er extreme Hitze auf einen minimalen Bereich konzentriert. BattleMechlaser gibt es in drei Größenklassen: leicht, mittelschwer und schwer. Laser sind auch als tragbare Infanteriewaffen verfügbar, die über einen als Tornister getragenen Energiespeicher betrieben werden. Manche Entfernungsmeßgeräte und Zielerfassungssensoren bedienen sich ebenfalls schwacher Laserstrahlen.

LSR: Abkürzung für ›Langstreckenrakete‹, zum indirekten Beschuß entwickelte Raketen mit hochexplosiven Gefechtsköpfen.

Nachfolgerstaaten: Nach dem Zerfall des Sternenbunds wurden die Reiche der Mitglieder des Hohen Rats, die sämtlich Anspruch auf die Nachfolge des Ersten Lords erhoben, unter dem Namen Nachfolgerstaaten bekannt. Die Nachfolgerstaaten bestehen aus ursprünglich fünf und derzeit noch vier Herrscherhäusern: Haus Kurita (Draconis-Kombinat), Haus Liao (Konföderation Capella), Haus Steiner-Davion (Vereinigtes Commonwealth) und Haus Marik (Liga Freier Welten). Die Clan-Invasion unterbrach die Jahrhunderte des Krieges seit 2786 – die Nachfolgekriege – einstweilen. Die Nachfolgerfürsten setzten ihre Streitigkeiten aus, um der Bedrohung durch den gemeinsamen Feind, die Clans, zu begegnen. Die trügerische Ruhe seit Abschluß des Waffenstillstands von Tukayyid hat diese Solidarität jedoch inzwischen sehr brüchig werden lassen, und im Jahre 3057 brechen die Kämpfe innerhalb der freien Inneren Sphäre wieder aus.

PPK: Abkürzung für ›Partikelprojektorkanone‹, einen magnetischen Teilchenbeschleuniger in Waffenform, der hochenergiegeladene Protonen- oder Ionenblitze verschießt, die durch Aufschlagskraft und hohe Temperatur Schaden anrichten. PPKs gehören zu den effektivsten Waffen eines BattleMechs.

Sasquatch: Ein von der Vining Entwicklungs- und Bergungsagentur (VEBA) auf Solaris VII speziell für Arenakämpfe entwickelter humanoider BattleMech von 85 Tonnen Masse, einer Höchstgeschwindigkeit von 63,8 km/h und einer Sprungweite von 120 Metern. Er ist bewaffnet mit einem Gaussgeschütz im rechten Arm, vier mittelschweren Impulslasern im linken Arm, einem nach hinten feuernden leichten Laser am Kopf sowie einem Raketenabwehrsystem und zwei Maschinengewehren im Torso.

Sternenbund: Im Jahre 2571 wurde der Sternenbund gegründet, um die wichtigsten nach dem Aufbruch ins All von Menschen besiedelten Systeme zu vereinen. Der Sternenbund existierte annähernd 200 Jahre, bis 2751 ein Bürgerkrieg ausbrach. Als das Regierungsgremium des Sternenbunds, der Hohe Rat, sich in einem Machtkampf auflöste, bedeutete dies das Ende des Bundes. Jeder der Hausfürsten rief sich zum neuen Ersten Lord des Sternenbunds aus, und innerhalb weniger Monate war die gesamte Innere Sphäre im Kriegszustand. Dieser Konflikt hält bis zum heutigen Tage, knapp drei Jahrhunderte später, an. Die Jahrhunderte nahtlos ineinander übergehender Kriege werden in toto als die ›Nachfolgekriege‹ bezeichnet.